地势坤，君子以厚德载物。

血色浪漫

都梁 著

浙江教育出版社·杭州

图书在版编目（CIP）数据

血色浪漫 / 都梁著. — 杭州：浙江教育出版社，2020.6

ISBN 978-7-5722-0041-0

Ⅰ.①血… Ⅱ.①都… Ⅲ.①长篇小说－中国－当代 Ⅳ.① I247.5

中国版本图书馆 CIP 数据核字（2020）第 041881 号

责任编辑 孙露露　　**美术编辑** 曾国兴
责任校对 杜　玲　　**责任印务** 沈久凌
产品经理 王　军　　**特约编辑** 王云欢

血色浪漫
XUE SE LANGMAN

都梁　著

出版发行　浙江教育出版社
（杭州市天目山路 40 号　邮编：310013）
印　　刷　嘉业印刷（天津）有限公司
开　　本　700mm×980mm　1/16
成品尺寸　166mm×235mm
印　　张　33
字　　数　660000
版　　次　2020 年 6 月第 1 版
印　　次　2020 年 6 月第 1 次印刷
标准书号　978-7-5722-0041-0
定　　价　48.00 元

网址：www.zjeph.com

目录

引子 ……… 001
第一章 ……… 004
第二章 ……… 026
第三章 ……… 046
第四章 ……… 069
第五章 ……… 090
第六章 ……… 107
第七章 ……… 123
第八章 ……… 144
第九章 ……… 165
第十章 ……… 187
第十一章 ……… 220
第十二章 ……… 246
第十三章 ……… 268
第十四章 ……… 279
第十五章 ……… 294

第十六章 318

第十七章 340

第十八章 359

第十九章 380

第二十章 395

第二十一章 419

第二十二章 439

第二十三章 463

第二十四章 480

第二十五章 503

尾声 519

· 引子 ·

在钟跃民的记忆深处，1968年的那个冬天发生的事情显得格外清晰，那年冬天他差点儿卷入一场杀人案，至今想起来还心有余悸。

1968年是个闹哄哄的年头儿，钟跃民记忆中的背景是红色的，当时北京的大街小巷都用红油漆覆盖起来，上面写满了毛主席语录，映入眼帘的是红旗、红色的语录本、红袖章……总之，红色成了当时的主色调，连每个人的内心都充满了红色的希望。

钟跃民至今也没闹清，为什么在1968年的某一天，他和他的同伴们，包括北京机关大院、军队大院里的孩子们，突然像是中了邪，肾上腺素激增，一种青春激情和邪恶的混合物犹如一枚炸弹在体内爆炸，在一片红色的背景下，骤然产生一股凶猛的红色冲击波，以猛烈的力量向四周扩散。令人惊异的是，这股红色冲击波竟影响了他们的一生……

很多年以后，钟跃民才发现，1968年是个多事之秋，这一年世界上发生了很多大事，地球像一只充满氢气的气球，很危险地膨胀着、躁动着，一个小小的火星也能引起爆炸……

这年春天，苏联老大哥终于被小兄弟捷克斯洛伐克惹烦了，它认为这个小兄弟再不管教管教就该上房揭瓦了。于是苏联大批空降部队和装甲部队在勃列日涅夫"有限主权论"理论的指导下，长驱直入，占领了捷克斯洛伐克。全世界为之一惊，随之舆论大哗。

3月，那个总爱唠叨"我有一个梦想"的美国黑人领袖马丁·路德·金遇刺，全世界又是一惊，国际舆论一片哗然，美国国内几乎引起骚动。马丁·路德·金作为名人被载入史册，他那极富人情味的讲演和那浑厚且带有磁性的男中音从此成为绝唱。

这年5月，浪漫的法国青年也闹起事来，起因竟然是青年和体育部部长弗朗索瓦·米索福的一句对话。这位部长先生去巴黎的农泰尔大学为一个新建成的游泳池剪彩，碰巧该校社会学系的德裔学生丹尼·科恩-邦迪也是个类似钟跃民之流的捣蛋鬼，他向部长先生提问为什么在他的讲话和文章里只字不提学生们在性方面的问题。部长先生的回答很不中听，用咱中国人的说法，就叫站着说话不腰疼。他建议科恩-邦迪在欲火中烧时可以跳到水中败败火。部长的建议算是捅了马蜂窝，学生们闹起事来。

这年5月，巴黎的学生们终于起来革命了，他们攻击当权者，要求摧毁“旧秩序”。巴黎的拉丁区一时成了古希腊论坛，人人都在抗议，而抗议的对象可谓多样化，从大学的清规戒律、阶级差异到越南战争。

5月3日，警察清理巴黎大学，引起了拉丁区更剧烈的反应。

许多地方被群众自发性地接管了，工人占领了工厂，激进的医生们占领了医学会，演员们关闭了剧院，甚至一些神职人员也宣布他们“革命”了。忠于职守的警察则使拉丁区充满催泪弹的气味，戴高乐总统终于扛不住了，他从后门溜出爱丽舍宫，去了他的家乡科隆贝。这个消息使学生们有些晕乎了，他们相信“革命”马上就要成功了。

巴黎的五月风暴使世界为之震惊，整个西方世界差不多都兴奋起来了。对于法兰西人来说，他们几乎个个都算得上是老革命了，他们的革命传统至少能上溯到1789年，那一年巴黎的市民们起哄般地冲进了巴士底狱，愣是把一个偌大的王朝给灭了，他们才是革命的先驱。

此时，巴黎的大学生正沿着中国红卫兵走过的路，热火朝天地筑起街垒，高举着毛泽东的画像和巴黎公社的旗帜在大街上冲杀，雄心勃勃地要在欧洲大陆上再来一次“横扫一切牛鬼蛇神”，连吃上帝饭的神职人员也要造反，伟大的哲学家萨特先生也跟着胡闹了一把，这个世界真是乱套了。

然而，世上什么事总要有个完结。

5月30日，戴高乐总统回到巴黎，在电台发表了讲演，他号召人民热爱自己的国家。总统先生只是简单地告诉人民，再这么闹下去，大家就应该做好心理准备，迎接即将到来的物质匮乏。这句大实话比什么莫测高深的理论都管用，要是革命了半天，革得饭都没得吃了，那么这革命就没意思了，更何况大多数老百姓已厌倦了大街上的喧嚣。于是他们响应了总统先生的号召，把一批继续在街垒里胡闹的孩子拎着耳朵带回家，巴黎的五月风暴算是落下了帷幕。

成年后的钟跃民算是明白了，难怪当年他像中了邪一样，敢情是谁也没闲着，巴黎的学生们也不是省油的灯，真折腾起来也是爱谁谁。早知如此，当年“联动”的弟兄们就该派出联络员和巴黎这边的哥们儿串联一下，东西方一联手，兴许世界革命就成功了。不过，北京的学生和巴黎的学生在同一时刻喊出的口号却大相径庭。北京这边的口号暴力倾向重了点儿，不是打算油炸谁，就是要砸烂谁的狗头，人家那边却弥漫着一股浪漫气息：

不为面包，为蔷薇……

要做爱，不要作战……

听听，玩着玩着就捎带着把革命干了，真他妈的过瘾。

不过，1968年的钟跃民对法国发生的事一无所知，他只是找到了一种新的生活方式，而且活得很愉快。当巴黎的学生们从街垒里玩够了回家时，钟跃民一伙才刚刚出场。

·第一章·

钟跃民、袁军和郑桐几个小子无所事事地站在街头，正想办法寻开心。

钟跃民头上戴了一顶黄呢子军帽，他手扶自行车车把，一条腿跷在车的横梁上，另一条腿撑住地面。他轮廓分明的脸上有一种与这个年龄不相称的骄横之气。

袁军站在一旁，他披着一件草绿色的马裤呢军大衣，手里正把玩着一把弹簧车锁。郑桐一副白面书生的模样，戴着眼镜，穿着一身蓝制服，双手插在裤兜里。

前几天刚刚下过一场雪，地面的雪已经开始融化，原本雪白光洁的路面被车轮和脚印搞得很脏乱。他们肆无忌惮地起着哄，用手在指指点点，眼睛盯着两个从街对面一家食品店里走出来的漂亮姑娘。

袁军用手捅捅钟跃民，坏笑着朝街对面努努嘴道："跃民，这回可看你的啦。"

钟跃民笑着摇摇头："你丫别净招我犯错误。"

郑桐挖苦道："色大胆小了吧？"

同伴们一拥而上，起着哄地对他推推搡搡。钟跃民在同伴们的起哄下有些下不了台，他把自行车支好，扶了扶帽子，然后晃晃悠悠向街对面走去。

周晓白是和好朋友罗芸一起出来的，她们本来想逛逛街，因为在家里待着实在无聊。

今天周晓白的情绪很恶劣，就在短短的半个小时里，她们连续遭到两伙男孩子的纠缠。这些人真是无聊至极，就算你有心追求女孩子，也该有点儿礼貌，上来就直愣愣地一句"嗨，交个朋友怎么样"，这不是找骂吗？周晓白终于忍不住了，把刚买的一盒冰激凌摔在一个家伙的脸上，那家伙没想到这小妞儿这么大脾气，竟愣在那里，周晓白拉着罗芸转身出了食品店。

谁知刚出虎口，又入了狼窝，钟跃民正在外边等着呢。他满脸灿烂的笑容，张嘴就是一句："哎哟，这不是表妹吗，怎么在这儿碰上啦？得有两年没见了，姨和姨夫好吗？"

周晓白和罗芸都愣了，心说，这人有病是怎么着，张嘴就叫表妹，还真拿自己不当外人。

周晓白没好气地说："看清楚了，谁是你表妹？"

钟跃民面不改色，一脸真诚："表妹，你不认识我啦？我是你表哥啊，你再仔细看看。真是女大十八变，才两年工夫，我都认不出来了。"

钟跃民的真诚还真把周晓白给唬住了，这人还真不像坏人，也许他是认错人了。

周晓白的口气缓和了："你认错人了，我不是你表妹，我也没有表哥。"

钟跃民很执拗："别跟你哥开玩笑，你就是我表妹王小红。"

"我再和你说一遍，我不叫王小红，你认错人了。"

"认错人了，不对吧？你真的不是王小红，那你叫什么？"

"我叫周晓白，这下你明白了吧？"

得，钟跃民等的就是这个，才几句就把这小妞儿的名字给套出来了，看来今天有戏。钟跃民一拍脑门："哟，看来我还真认错人了，对不起，您瞧我这老眼昏花的，实在不好意思。"

周晓白问："你还有事吗？要是没事我们走了。"

"周晓白同学，咱们这就算认识了吧？这真是缘分，要不是我认错了人，咱们今天就失之交臂了，那还不遗恨终生？你们现在去哪儿？我送送你们。"

周晓白突然沉下脸："我明白了，什么认错了人，闹了半天还是又碰上流氓了，罗芸，咱们走。"

钟跃民嬉皮笑脸地拦住她们："哟，怎么说着说着就翻脸啦？周晓白，你一生气还真像我表妹，不行，不管你是不是，今天我还就认你这个妹妹啦。"

周晓白和罗芸不说话，只是厌恶地躲开钟跃民继续走路。

钟跃民讨了个没趣，他回头望望同伴们，袁军一伙儿正乐得前仰后合，轻佻地起着哄。

钟跃民又绕到姑娘们的前面继续纠缠着。

一伙青年正骑着自行车从这儿经过，为首的是张海洋，他戴着一顶羊剪绒皮帽，穿着一身国防绿军装，个子有1.8米，与钟跃民同样是一脸骄横之气。他的同伴们都穿着军装，但显得很杂乱，好像解放军部队不同时期发的军装都有。这显然是群部队大院的孩子。他们见钟跃民正在纠缠姑娘，便纷纷停下车。

一个青年认出了周晓白："海洋，那不是咱们大院的周晓白吗，周副司令的女儿，住将军楼的那个妞儿。"

张海洋把烟头一扔："嘿，这帮孙子是哪儿的，敢拍咱们院儿的人？走，过去看看。"

大家一拥而上，围住钟跃民。张海洋一把揪住钟跃民的衣领，开口便骂："孙子，你活腻歪了吧，敢拍我们院儿的人？”

钟跃民并不示弱，他冷笑一声：“嗬，想碴架是怎么着？找死呢？”他话音没落，藏在袖子里的弹簧锁已经呼啸而出，弹簧锁猛地抽在张海洋的头上，张海洋头上的羊剪绒皮帽被打飞了。

张海洋的同伙们纷纷掏出家伙扑了上去。

街对面的袁军一伙儿见这里风云突变，立刻扔掉手中的香烟，纷纷亮出弹簧锁冲过马路，双方在街头激烈地对打起来。

一个青年捡起半块砖向袁军劈面砸来，袁军敏捷地躲闪开，他身后的商店橱窗玻璃“哗啦”一声被砸得粉碎。

郑桐和一个高个子青年刚一交手，眼镜就被对方一拳打飞，他觉得眼前的景物变得模糊起来，这使他感到很愤怒，便急于报复，忙乱中他将一棵树当成了对手，狠狠地将半块砖头拍在树上。

一个正在散步的老人被张海洋一把抢走拐杖，老人跌了一跤，他坐在地上双手拍着大腿破口大骂，而那拐杖已经变成了武器，狠狠地敲在钟跃民的头上，拐杖断成两截。

钟跃民的头上流血了，他用手抹了一把，又火冒三丈地扑上去。

袁军冲进商店，抄起一把椅子砸碎放消防栓的玻璃门，拿出消防斧冲出门。

张海洋一伙儿见袁军来势凶猛，纷纷躲闪，袁军高举着消防斧追逐着。

这时，两个身穿藏蓝色警服的警察骑着自行车从这儿路过，见此情景忙下车制止。

斗殴的双方一见警察来了，顿时作鸟兽散。两个警察大声吼叫着分头追去……

一部捷克斯洛伐克产的老式电唱机中飘出了《山楂树》的歌声，钟跃民头上缠着纱布坐在客厅里的沙发上，他半合着眼在欣赏歌曲，仿佛什么事情都没有发生过。

袁军、郑桐等人气喘吁吁地推门进来，他们一见钟跃民头上的纱布，便幸灾乐祸地笑起来。

郑桐说：“跃民，让人花啦？”

钟跃民摸摸脑袋，不在意地说：“没事，蹭破点儿皮，你不看看咱哥们儿的脑袋是什么材料做的，那拐棍儿都断成两截了，这可是正宗铁布衫功夫。”

“你丫就吹吧。”

袁军笑道：“你丫怎么跑得这么快？哥儿几个正跟人浴血奋战呢，再一找你，连他妈影儿都没了，不仗义，真不仗义。”

钟跃民不爱听了，他回骂道：“去你大爷的，你没瞧见那大个子警察一下车就直奔我来了，你说他眼神儿怎么这么好？上来就拿我当主犯，我不跑还等什么？”

袁军说：“你小子当然是主犯，反正要是警察逮住我们，哥儿几个立马儿一块儿揭发你，就说你是咱这流氓团伙的头儿，老教唆我们犯错误，本来我们都挺纯洁的，可钟跃民这孙子净教我们使坏，我们属于受蒙蔽。郑桐，你把党的政策给他交代一下。”

郑桐严肃地说：“首恶必办，胁从不问，受蒙蔽无罪，反戈一击有功。”

大家附和着：“没错，没错，该毙了钟跃民这孙子。”

钟跃民一扭头，见郑桐的眼镜已经裂开了花，想起打架时似乎没见他的身影，便问道：“郑桐，刚才打架时你丫在哪儿呢，我怎么没看见你？”

郑桐有些不好意思：“有个大个子一巴掌把我眼镜打飞了，我当时就怒了，一板砖拍过去，觉着手感不对，闹了半天拍树上了。哥们儿赶紧找眼镜戴上，又拎起板砖照着一个人准备拍，定眼一瞧，我操，是他妈警察，吓得我把砖头一扔，没命地跑了。”

郑桐的父亲郑天宇是部里的高级工程师，是留过洋的知识分子，不像钟跃民、袁军等人的老爹，都有战争背景。郑天宇是个厌恶暴力的人，郑桐从小受此影响，从来不敢和别人打架。这些日子，在钟跃民和袁军等人的怂恿下，郑桐也学会了打架抄砖头。但他天生不是个打架的料，每次打架他只要发现对方比己方人多，总是先没了底气，第一个逃跑。所以，这成了郑桐的短处，被袁军牢牢地捏着，袁军动不动就把此事拎出来嘲笑郑桐，郑桐自己也认为这是件很丢脸的事，谁提这件事就跟谁急。

偏偏此时袁军又一脸不屑地说：“这孙子跟他爹一样，整个一臭知识分子。”

郑桐拉下脸：“知识分子怎么啦？”

袁军嘿嘿一乐：“酸呗，一身的酸气。”

郑桐立刻反唇相讥：“你爹呢？斗大的字不识半升，在部队扫的盲吧？哥儿几个，我给大家讲个故事，听不听？”

众人一听，来了情绪，纷纷怂恿郑桐快讲。

“话说那年袁局长刚从部队转业，到机关后正赶上‘四清’工作队下乡，于是袁局长又兼任工作队队长的职务。有一天工作队帮农民割麦子，袁局长忽然觉得尿急，便找个僻静处去方便，没一会儿袁局长捂着裆蹦着回来了，你们猜怎么回事？”

钟跃民问：“是不是袁局长一屁股坐镰刀上啦？”

郑桐摇了摇头：“不对，你们这帮人太缺乏想象力。原来是有一截接水泵的电线绝缘皮破了，袁局长没注意，掏出‘老二’对着电线就尿，只听‘咣’的一声，袁局长捂着‘老二’蹦了起来，只觉得裆下麻酥酥的，像是被净了身……”

众人笑得前仰后合。

钟跃民从沙发上滚到地上，乐得直不起腰来。他上气不接下气地说：“这事儿要是发生在袁军出生之前就麻烦啦，把袁局长的‘老二’给电废了，还能有袁军吗？”

袁军恼羞成怒，他不敢和钟跃民翻脸，却敢惹郑桐，他抄起桌上的烟灰缸：“我花了你丫的。”

郑桐也不甘示弱地站起来：“你敢！”

众人赶忙一拥而上，把两人拉开。

钟跃民正色道：“哥儿几个，咱们聊点正事，我听说中央芭蕾舞团的《红色娘子军》要公演了，在天桥剧场，星期六开始卖票。”

大家一听都来了精神，这两年的娱乐少得可怜，从1966年“文化大革命”开始以来，别说芭蕾舞，连电影也没演过几部，除了《列宁在1918》，就是《列宁在十月》，大家都快把台词背下来了。

郑桐一听，顿时就把刚才的事忘了：“我操，这机会可不能错过，咱们星期五晚上就去排队吧，等到了星期六早上再去买票黄花菜都凉了。”

袁军摩拳擦掌地说：“跃民，这回有热闹看了。我估计天桥剧场卖票那天，全城的顽主都得来，咱们得多去点儿人，还得带上家伙。”

钟跃民点点头：“我把李奎勇叫来，那小子打架是把好手。”

袁军说：“又是那个李奎勇，你找他来也不觉着丢份儿？”

钟跃民有些不悦：“袁军，论打架你差得远了，李奎勇从小就练摔跤、举石锁，出手又快又黑，要说单打独斗，咱们这里没人是他的对手。”

袁军对钟跃民赞赏李奎勇颇不以为然，嘟哝着：“狗屁，会摔跤有什么用，他能扛住菜刀吗？我倒要看看他有什么本事。”

钟跃民拉下脸：“怎么着，要不你先跟我练练？”

袁军这才不吭声了。

当年钟跃民随父亲从南京调入北京工作，由于是半途插班，一些专收干部子弟的小学制度较严，无法安插，钟跃民只好暂时被安插到一所普通小学。在那里钟跃民认识了李奎勇，他俩在一个班里上了半个学期课，两人成了朋友。李奎勇的父亲是蹬三轮儿车的，他家的孩子多，家境贫寒。李奎勇从小就练摔跤、举石锁，在学校里打架不要命似的，没人敢惹。那时的钟跃民还不像现在这样胆大包天，对李奎勇的摔跤功夫佩服得五体投地。四年级的第二个学期钟跃民就转学到了育英学校，不过，他和李奎勇一直保持着来往。

上一场雪还没有化尽，新雪又开始零零星星地飘落，风刮得很紧，好端端的大白天刮得跟黄昏似的，风夹着雪粒打在人脸上生疼。钟跃民、袁军和郑桐竖起大衣领子挡着脸，低着头顶着风去看望他们被隔离审查的父亲。

探视之前，照例要先接受“革委会”主任王占英的训话。王占英在“文化大革命”以前是个科长，是部里第一个起来造反的干部。此人还算正派，就是观点太激进，他真诚地认为钟跃民等人的父亲罪大恶极，枪毙了他们都不过分。至于钟跃民、袁军、郑桐等人，是属于上梁不正下梁歪，老子是走资派，儿子们便顺理成章地成了小流氓。

王主任坐在办公室的沙发上语重心长地训诫着：“你们都是可以教育好的子女，党和人民并没有抛弃你们，希望你们能和自己的走资派老子划清界限，站在毛主席的革命路线一边，敦促你们的父亲彻底交代自己的反党罪行。要让他们明白，党和人民对他们实行隔离审查，是对他们的挽救。咦？钟跃民，你怎么站着呢？一个肩膀高，一个肩膀低，整个身子成三道弯儿，一条腿还晃着，你摆出这副流里流气的样子给谁看呢？”

钟跃民显得很委屈：“王主任，您冤枉我了，我出生的时候就一腿长一腿短，就因为这点儿生理缺陷，袁军他们老欺负我，给我起了个外号，叫‘地不平’。您说我招谁惹谁了？我长成这样又不是我的错误，干吗老欺负我们残疾人……”

袁军一脸坏笑地说：“王主任，您可千万别信这小子的。我太了解钟跃民啦，他身上那点儿零件都是可长可短。上次在澡堂洗澡，他把两腿一叉，两条胳膊一伸，还问我，猜吧，这是什么字？我说这还用猜？这是‘大’呀。您猜他说什么？他愣说是‘太’字，我说为什么是‘太’呢？他说，你没看见我那儿还有一个点儿呢？我再一看，可不是，他两腿之间还真有个点儿，刚才我没留神，所以我给看成‘大’了，谁知就这么会儿工夫他那儿忽然直了，于是就成了‘太’。我说，要是那东西也算，那我也会，我一个立正，就成了‘卜’字……”

郑桐连忙插话：“我证明，钟跃民的确是两条腿不一边齐，我们班有个同学还给他写过一首诗呢，是这么写的，‘远看金鸡独立，近看骏马缺蹄。跑似风摆荷叶，躺在炕上不一边齐’。”

钟跃民笑道：“郑桐，你丫就挤对我吧，我操你大爷……”

王主任一拍桌子：“住嘴，说你们是小流氓我看一点儿都没冤枉你们，年纪轻轻的，怎么就学得这么坏？咱们这大院有不少‘可以教育好的子女’，怎么人家就不像你们这么坏？”

钟跃民说：“王主任，您说我们是‘可以教育好的子女’，我是不是可以这样理解，我爸是走资派，所以我是可以教育好的子女？”

王主任挠了挠头，不知他这么说是何意，只好说：“这么理解是可以的，毛主席是这样说的，不要叫他们‘黑帮子女’，应该叫‘可以教育好的子女’。”

钟跃民一听主任上了套，立刻来了劲儿，振振有词地说：“那么您是‘革委会’主任，您的孩子该怎么称呼？显然是和我们有区别的，‘可以教育好的子女’的反义词应该是‘不可以教育好的子女’，是不是可以这样理解？”

王主任火了，他把桌子一拍，厉声喝道：“钟跃民，你不要胡搅蛮缠，再胡闹我就取消你今天的探视资格。”

王主任确实小看他们了，这几个小子一肚子坏水，而且配合默契。钟跃民激怒了王主任，袁军便忙着打岔，以分散王主任的注意力：“主任，我们每月发的15元生活费太少了，党和人民能不能再给我们增加点儿？上个月还不到20号，我就没钱吃饭了，全靠着东要点儿、西蹭点儿过来的。我还去饭馆捡过人家吃剩的东西，您瞧我这脸色，是不是发绿？这是饿的，老这么下去也给咱社会主义祖国脸上抹黑呀，您说是不是？”

郑桐也添油加醋地附和着：“主任，我们可都是祖国的花朵，是花儿就得常浇水，不然就旱死了。”

“就是，我们简直连花儿都算不上，还是花骨朵呢，不给我们浇水，我们怎么含苞欲放？您可别忘了，毛主席说，埋葬‘帝修反’的重任要靠我们这一代去完成。我们天天盼着能早一天长大成人，去完成祖国交给我们的重任。现在可好，花儿还没开呢，却快旱死了，革命事业后继无人了。”钟跃民补充道。

王主任一脸不耐烦地说：“到底是走资派子女，嘴儿都挺能说。告诉你们，这是规定，被隔离审查人员在审查期间本人和家属一律发生活费，15元的标准是国家规定的，多一分也不行。”

钟跃民嘴里不干不净地骂着：“操，我算是看出来了，把我们饿死，也是‘文化大革命’的战略部署之一……”

王主任一瞪眼：“钟跃民，你说什么呢，你敢再说一遍？你这是典型的反革命言论……”

郑桐连忙打岔：“王主任，您还管不管你们家老三了？他老是欺负我。”

王主任不是个思维清晰的人，他的注意力很容易被分散，这次又上了郑桐的当：“是吗，我们老三怎么欺负你了？”

郑桐一脸委屈地说：“上次在院门口，他拦住我，说要找个地方和我单练。我说，‘老三，你这就不对了，毛主席教导我们，要文斗，不要武斗。我不和你打，你我有什么问题可以找组织解决，打架斗殴是不对的。老三，你爸爸好歹也是个17级的科长，凑凑合合地也算是个革命干部吧？你身为干部子弟，是不是应该给我们这些出身不好的同志起点模范带头作用呢？’王主任，您说，我这话没什么错吧？可你们家老三二话没说就给我一个嘴巴，抽得我两个眼睛里冒出了很多小星星，金灿灿的，我感到天旋地转……”

王主任的三儿子王跃进是个弱智的孩子，偏偏郑桐和袁军见着人就搂不住火，王老三没少受他们欺负，现在郑桐居然倒打一耙。

王主任有些疑惑：“我家老三，不会吧？他是个老实孩子，净受别人欺负，他没这个胆子欺负人呀？”

袁军说：“这您就不知道了，我在我爸面前也装得老实着呢，可一出了门就不是我了，您家老三也是这样。”

王主任哼了一声：“好吧，回去我问问他，如果属实，我会管教他的，要是你小子骗我，我可饶不了你。”

郑桐道：“算了吧，您问也是白问，这年头儿谁干了坏事还认账呀？袁军上次在大礼堂的舞台上撒尿，让人家管理员把‘老二’都攥住了，这孙子还一口咬定没尿呢。”

袁军不爱听了：“去你大爷的，你丫才在舞台上撒尿呢。”

王主任喝道：“都给我住嘴，耍什么贫嘴？看你们一个个这二流子样儿，真是上梁不正下梁歪。现在你们可以进去探视了，钟跃民，你父亲在5号房间，袁军、郑桐，你们的父亲在8号房间。”

钟跃民、袁军、郑桐走进长长的走廊，他们辨认着房间的号码。

钟跃民悄悄问郑桐：“王老三真抽你来着？”

郑桐嘴一撇：“抽我，还反了他啦？是我给丫一嘴巴。哟，8号，我们进去了。”

郑桐和袁军走进8号房，钟跃民推开5号房的房门走了进去。

钟跃民的父亲钟山岳当年参加红军队伍之前是长沙师范学校的学生，好舞文弄墨，经常在小报上发表些小块文章和评论。他是鲁迅先生的忠实崇拜者和捍卫者，若是有人在报刊上和鲁迅过不去，钟山岳马上口诛笔伐，和对方展开论战。有个笔名叫“绿野”的家伙，经常在报刊上和钟山岳较劲，钟山岳说鲁迅的文章好，绿野就准跳出来大肆诋毁，两人便你来我往地展开论战。一开始双方都还像个绅士，辩论的内容还只局限于文艺方面，后来就不行了，言辞越来越锋利，最后发展到彼此进行人身攻击、互相谩骂的地步。钟山岳年轻气盛，又多看了几本法国小说，于是按照西方贵族传统给绿野写了封信，要求找个地方进行决斗。绿野自然不甘示弱，欣然应战。双方各自带了证人在郊外的一片小树林里见了面，钟山岳在衣袖里揣着根铁棍，他发现对方的兵器很阴毒，看着似乎是根文明棍，其实是根“二人夺”，一旦拉掉鞘，就变成一把锋利的剑。钟山岳心知肚明，在决斗中根本不给对方拉掉剑鞘的机会。他贴身上去，以短制长，一铁棒将对方打成严重脑震荡。他自知惹下大祸，警察局饶不了他，干脆一不做二不休，连夜逃出长沙，到湘西投了贺龙。这是1935年的事。

钟山岳到辽沈战役时已经是东北野战军各纵队中最年轻的主力师师长了，部队马上要打锦州的时候，他认识了东野总部的宣传干事姚萍。当时姚萍风华正茂，又是大学生，东野各纵队中师团级干部里有一半都是光棍，大家都知道总部有个漂亮的女大学生，光棍们有事没事就往总部跑，和姚萍搭不上话，就是看一眼也好，那眼神都跟狼盯着羊似的。

钟山岳听说后也动了心，他带着警卫员骑马到了总部，牵着马四处溜达，两只眼睛像雷达似的到处扫描，结果碰上了罗荣桓政委，罗政委说："小钟，你鬼鬼祟祟地找什么呢？"

钟山岳张嘴话就来："我来看看罗政委。"

罗政委笑道："怎么你们这些光棍见了我都是这话，我有这么大面子吗？你就别在我这儿耽误时间了，该去哪儿就去哪儿。"

钟山岳后来在井台上发现了姚萍，姚萍当时正在洗衣服，钟山岳牵着马走到姚萍面前："你就是姚萍？"

姑娘点点头。

钟山岳又说："我是五纵二师师长钟山岳，你仔细看清楚了。"

姚萍还真抬头仔细看了看他。

钟山岳当时刚满30岁，相貌英俊，身材适中，穿着一身洗得发白的黄军装，皮带上挂着一把名贵的象牙柄左轮手枪。

姚萍当时有些蒙了，她言不达意地问："您有事吗？"

钟山岳说："我们已经把锦州围得像铁桶一样，总攻快要开始了，要是我们解放了锦州，我就回来娶你，你等着我。"他说完就蹿上了战马，头也不回地扬鞭而去。

姚萍愣在那里足有半个时辰没缓过劲儿来。

钟山岳和姚萍结婚后，钟山岳问姚萍："当时有那么多人追求你，你怎么就单单看上了我？"

姚萍反问道："不是你说的叫我等你吗？"

姚萍命薄，1952年生下钟跃民后，她就因子宫肌瘤切除了子宫，因此，钟跃民注定不会有弟弟妹妹了。钟跃民10岁那年，姚萍患肝癌去世。

钟山岳从此没有再娶，这倒不是他不想再成家，而是没有合适的，加之工作繁忙，实在是顾不上。

钟山岳性格复杂，他早年是个浪漫的文学青年，喜欢法国浪漫主义文学，喜欢新诗，有时也写上几首，内容无非是风花雪月、小桥流水之类的伤感爱情。多年以后，他意外地在一张20世纪30年代的小报上发现自己当年的小诗，差点儿酸倒了牙。大半辈子的戎马生涯使他从一介书生变成了一个从外貌到语言都很粗犷的汉子，难怪当年姚萍对他一见倾心。

钟山岳和儿子钟跃民关系不大好，这父子俩太相像了，遗传基因的神秘作用使钟跃民从小就不大安分，而钟山岳像世间所有父亲一样，早忘记了自己儿时调皮捣蛋，对儿子的行为通常是采用触及皮肉的教育方式，父子俩的关系曾一度很紧张。不过，自从钟山岳被隔离审查后，父子俩的关系倒好了很多，来探视父亲的权利还是钟跃民硬跟“革委会”的人闹才争取来的。

钟跃民走进关押父亲的房间，见钟山岳正在写交代材料，他把一些换洗衣服和牙膏、肥皂递给父亲说：“爸，您还好吧？”

钟山岳哼了一声：“放心吧，我一时还死不了。”

钟跃民信口开河地说：“爸，我都替您冤得慌，您革命了一辈子，越混越不行，最后混得让个科长给关起来了。早知道这样，您当初还不如投国民党去呢。”

钟山岳火了，他一拍桌子：“跃民，你又胡说八道，这是什么地方，怎么嘴上没个把门的？再胡说你就给我滚。”

“老爸，我滚了谁给您送衣服，您还没过河呢怎么就拆起桥来啦？”钟跃民才不怕父亲拍桌子。

父亲缓和了口气：“跃民呀，你不要总是发牢骚，也不要有抵触情绪。我这辈子经历的事多了，17岁参加红军，大大小小的仗也打了上百场，能活到今天已经是赚了。像现在这种隔离审查，我在1942年延安整风的时候就经历过，我相信党和人民会把我的问题搞清楚的，我们应该相信党。”

钟跃民玩世不恭地说：“爸，昨天我用扑克给您算了一卦，卦上说您这辈子命犯小人，您走到哪儿，小人就跟到哪儿，躲都躲不开。您相信谁也不如信自己、信儿子。我看这样得了，咱不跟他们玩了，反正这儿也不是监狱，想走拔腿就走，就那几个看守，也就是个摆设，我带几个朋友就能把他们收拾了。您先到外地没倒台的老战友那儿躲一段时间，过了这段风头再说。”

钟山岳苦笑着：“你在说梦话吧，我能躲到哪儿去？问题不解决，连老战友都不敢收留我，别胡说了。你是不是没钱了？我这里还有5块钱，你拿去。”

钟跃民惊讶地问：“哪来的钱？您每月才发12块生活费，比我还少3块。”

“我省出来的，这里花不着钱。”

钟跃民忽然发现父亲抽的烟变成了一种极简陋包装的经济烟，这种烟是当时最便宜的，每包只要9分钱。他记得父亲以前抽的烟档次不低，不是中华就是牡丹。他鼻子一酸，差点儿流下泪来："爸，这钱我不要，您留着买几包好烟，经济烟太毁身体了。"

看着儿子懂事了，钟山岳很欣慰："儿子，长征的时候我还抽过树叶子呢。人这一辈子总要赶上些沟沟坎坎，这没什么，有时一咬牙就挺过去了。1941年反扫荡，我带一个连，被鬼子包围，硬是打了三天三夜，一百多号人最后只剩下七八个。我们每人怀里揣了一颗手榴弹，只等着鬼子再冲上来就拉火，当时谁也没打算活下来，可撑到最后一刻，就来了援兵。儿子，无论什么时候，再困难也要咬牙挺住，不为别的，就因为咱们是男人啊。"

钟跃民玩世不恭地哼了一声："爸，咬牙也得有个限度，总不能一咬牙就是几十年……"

天桥剧场位于北京宣武区北纬路的东口，毗邻大名鼎鼎的天桥。这一地区的房屋破旧低矮。1949年以前，这里是北平最热闹的地方，也是京城下层老百姓的娱乐场所。1949年以后，这个地区逐渐衰败，江湖艺人们改行的改行，老的老，死的死，当年闻名遐迩的"天桥八怪"，也只剩下摞跤的宝三儿、变戏法儿的刘半仙。天桥寿终正寝是在1966年的"红八月"，红卫兵的崛起使宝三儿、刘半仙等天桥遗老吓得卷了铺盖卷，热闹了百十年的天桥终于变得冷冷清清。

天桥的热闹虽然不复存在，但在这一地区居住的居民成分却并没有改变，这里远离工厂区，产业工人很少，居民多是引车卖浆者之流。在钟跃民等人的眼里，这里相当于敌占区，平时若是没有浩浩荡荡的大队人马，他们绝不会来这儿。北京的军队大院多集中于海淀区，机关大院多集中于东西城，数宣武区和崇文区最破烂。以宣武区为例，天桥向西是南横街，南横街以北是菜市口、达智桥。菜市口以西的广内、广外大街几乎无一例外是平民居住区。

在钟跃民等人的眼里，那些在天桥、达智桥破烂的街头和胡同里闲逛的青少年，都属于流氓。这些人缺乏教养，心毒手狠，以无知为荣耀。

在平民子弟们的眼里，干部子弟成天牛哄哄的，倚仗着爹妈的势力胡作非为，整个一群少爷坯子，打架缺乏单打独斗的胆量和技巧。他们最喜欢一拥而上，最好是一大帮打一个，徒手打不过就动家伙。他们将干部子弟一律称为"老兵"，就是老红卫兵的意思，因为早期的红卫兵几乎清一色是干部子弟。

如果你站在1968年北京的街头，你可以毫不费力地分辨出这两类出身不同的青少年。他们的区别在于举止和气质，还有说话的腔调。胡同里长大的孩子都说一口纯正的北京话，喜欢带儿音，而大院里长大的孩子则一口标准的普通话。

从衣着上看，"老兵"喜欢穿军装，解放军部队不同时期发的军装都属于时髦服装，年龄稍大些的孩子穿件洗得发白的人字纹布的黄军装，肩膀上还留着佩肩章用的两个小孔，显得既朴素又时髦，不显山露水。年龄小些又喜欢张扬的孩子，便从箱子底翻出老爹的毛料军装穿上。1955年部队授衔时，校官以上的军官配发的衣着是很讲究的，冬装有呢子和马裤呢面料，夏装有柞蚕丝面料。将军们的军服就更讲究了，同是呢子军装，将军服的面料要高出校官服面料一个等级。他们还配发了水獭皮的帽子和毛哔叽的风衣。于是各种面料的军装便成了时髦货，就连和军礼服一起配发的小牛皮松紧口高腰皮靴，也成了顶尖级俏货，俗称“将校靴”。干部子弟们大概是希望用这种方式表现父辈的级别，却没料到平民子弟也认可了这种时尚，没有军装穿没有关系，只要你有抢劫的胆量，没有什么东西是弄不来的。所以，要是你在1968年北京的街头发现一个头戴水獭皮将军帽的青年，你可千万别以为他就是个中将的儿子，他父亲是个钟表匠也说不定。

这么说吧，要是你在1968年的某一天，穿一身将校呢军装单身出门，如果你不是身怀绝技的武林高手，那么结果是显而易见的，不等你走出两公里，就会被扒得只剩下裤衩、背心，要是你里面没穿裤衩，那么就活该你倒霉，光着屁股回家吧。

需要指出的是，无论是大院里的孩子，还是胡同里的孩子，又分为两大类：一种是安分守己的；一种是喜欢在街头闹事的，这类人被称为“顽主”。多年以后，有个作家还以此为名写了篇中篇小说，最后又拍成了电影。令人遗憾的是，影片中几位饰演顽主的当红明星只演出了当年顽主的玩世不恭，却没表现出顽主们斗殴时的凶狠和骄横。

如此说来，钟跃民一伙在1968年是当之无愧的顽主。

天桥剧场售票处的台阶上零乱地码放着一些砖头，砖头一块挨一块排成一条蜿蜒曲折的长队，这些砖头代表排队人所占的位置。售票处附近到处是成群结伙的青年，他们脖子上挂着军用挎包，双手插在裤兜里，放肆地打量着每一个过路的人。这些青年都有个共同的特点，他们和别人对视的时候，目光中充满挑衅和不屑。

钟跃民一伙七八个人也站在路边，天儿太冷，他们之中不断有人在跺脚取暖，往手上哈着热气。

一个中等身材、粗粗壮壮的男青年走了过来，他面相凶恶，走路端着双肩，呈八字步，一步一晃。

钟跃民一见，连忙迎上去，摘掉皮手套和他客气地握手，他就是钟跃民的小学同学李奎勇。

钟跃民扭头将袁军、郑桐等人介绍给李奎勇。

袁军傲慢地戴着皮手套和李奎勇握手，李奎勇微微皱了一下眉，他的目光和袁军挑衅的目光相遇了。

“你就叫李奎勇？老听跃民提起你，我耳朵都磨起老茧喽。”袁军冷冷地说道。

李奎勇面无表情地问：“哦，他都说我什么？”

“说你从小就练摔跤、打拳，那句话该怎么说来着？噢，‘拳打天下好汉，脚踢五路英雄’，你有这么厉害吗？”

“没这么邪乎，不过嘛……像你这样的三五个我还能对付。”

袁军冷笑道：“菜刀你能对付吗？”

李奎勇突然伸手摘下袁军头上的呢军帽，用手掂掂，又扣回袁军头上：“你这将校呢帽子也太旧了，都快磨破了，回头我给你换顶新的，我那儿还存着一打呢。”

袁军暴怒地将手伸进挎包：“我剁了你丫的……”

李奎勇一把按住他的手：“小子，你活腻了？你敢动一下我弄死你。”

钟跃民站在一旁冷冷地看着：“奎勇、袁军，你们俩要是互相看着不顺眼，改日约个地方单练，谁把谁废了那算本事，可今天你们都是冲我面子来的，当着我面儿动手就不够意思了吧？”

李奎勇阴沉着脸松开手：“好吧，今天我给跃民一个面子，小子，你记住了，你欠我两颗门牙。”

袁军冷笑着不服气：“你也记好，你欠我一条胳膊，想着点儿还。”

远处传来一片自行车的转铃声，一伙穿黄呢子军大衣的青年骑着自行车飞驰而来，他们旁若无人地支好自行车，拎着弹簧锁走上售票处的台阶，低头看看那些代表排队人的砖头，轻蔑地相视而笑。

一个青年从挎包里抽出一把菜刀，“当”的一声扔在最前边，大声喊道：“都看好了啊，我这把刀排第一，谁不服就跟我这刀说话。”

另一个青年抬脚将几块砖头踢飞：“哪儿来的这么多破砖？”

这显然是明目张胆地挑衅，钟跃民一伙儿呼的一下全站起来，不约而同地把手伸进挎包。李奎勇拦住钟跃民：“跃民，用不着你出手，我来摆平这些小子。”

他双手插在短大衣的口袋里慢慢走过去，叉开双腿稳稳站在那伙人面前。

双方的目光对峙着。李奎勇不紧不慢地说：“你们听好，我今天心情不错，这是你们的福气，你们要珍惜这个机会，快点儿把那几块砖照原样码好，再给我的哥们儿道个歉，这事就算过去了。”

一青年亮出菜刀，不屑地说：“谁的裤裆开了，露出这么个东西来？你胆儿不小呀，知道我是谁吗？”

李奎勇笑了笑：“你是谁？”

“计委大院小明，听说过吗？”

"没听说过，莫非也是从裤裆里钻出来的？"

几个青年大怒，纷纷抽出凶器扑上来，嘴里喊着："剁了丫的！"

李奎勇敏捷地跨上一步，闪电般贴近那个青年，一只胳膊搂住他的脖子，另一只手上不知何时出现了一把雪亮的剔肉刀，刀刃顶在他的颈动脉上，刀尖已划破皮肤，鲜血顺着刀刃流下来。

几个青年吓白了脸，全身都僵住了……被搂住的青年腿都软了，直往地上出溜。他张着嘴，一时说不出来话，半天才蹦出几个字："大……大哥，我服了，我……服了……"

李奎勇放了手，轻蔑地说："就这副熊样儿还敢到这儿来拔份儿？都给我滚，别让我再看见你们。"

几个青年灰溜溜地仓皇逃窜。

钟跃民笑着向李奎勇竖起大拇指，顺手向李奎勇甩过一包牡丹烟。

李奎勇收起刀子，接过烟，点燃一支，阴沉沉的目光向四周扫了一圈，周围看热闹的人都把目光转向别处……

夜深了，北风呼啸着向等候在售票处旁的人群席卷而来，钟跃民、袁军、郑桐等人把旁边建筑工地上堆放的木料搜集过来点燃了一堆篝火，由于木料放得太多，火苗竟蹿起3米多高，险些烧着了上面的电线。建筑工地的值班人是个老头儿，老人战战兢兢地刚要制止，却被袁军一瞪眼就把话给吓回去了。

这是个无法无天的年月，身为守夜人，他只能起个稻草人的作用，单个的流氓尚且对付不了，更何况今夜这群人。老人有个感觉，好像今夜全城的流氓团伙都来了，这可招惹不起。

一伙儿穿军大衣的部队子弟凑过来和钟跃民打招呼："跃民，借光啦，冻得受不了，让我们也烤烤火。"

钟跃民笑着说："你们可真会享现成的，总得交点儿税呀，可不能白烤火。"

一个戴羊剪绒皮帽的青年问道："跃民，饿了吧？你们踏踏实实坐着别动，我们哥儿几个去找点吃的来。"

袁军说："好呀，再弄瓶酒来。"

"哥儿几个擎好儿吧。"

街对面有个很简陋的小饭馆，饭馆此时已经上了门板，一个守夜老人正坐在火炉旁翻动烤在炉子上的馒头。

他听见外面传来敲门声，谨慎地把门打开一条缝，还没来得及问话，外面的人已一拥而进，老人被撞倒。

一伙穿军大衣的青年冲进来四处散开，非常熟练地在屋子里乱翻。一笸箩剩包子、馒头被这些家伙端走，几箱二锅头酒也被搬出饭馆……

老人惊慌地说："你们要干什么？快给我放下……"他话音没落，一个盛米饭的柳条笸箩已扣在老人的头上，米饭撒了一地。

工地上到处燃着篝火，青年们围着火堆在烤包子、喝酒。

谁也闹不清刚才参加抢劫的是哪一伙，因为他们的年龄、装束和神态都差不多。看得出来，他们虽然分别属于若干个团伙，但彼此之间肯定都认识。

钟跃民、袁军喝着酒，不停地向周围和他们打招呼的熟人点头示意。

李奎勇手里拿着一瓶酒，不时地对着瓶子来上一口，他阴沉的目光不停地向四周打量，充满了轻蔑和挑衅。

郑桐凑近钟跃民："跃民，你看见没有？海淀的、东西城的、朝阳的，都来了，明天早上有热闹看了，你说明天李援朝他们来不来？"

"他当然得来，这种露脸的事他能不来吗？"

"那么李援朝今天怎么不来排队？"

袁军插言道："凭李援朝的名声，他能来排一夜队？不信你看着，明早开始卖票了，他才会到，而且绝不排队。"

钟跃民点点头："没错，他就是第一个买票，也没人敢说什么。"

李奎勇哼了一声，不屑地说："他凭什么？"

"就凭他是李援朝。"

"扯淡，我倒想见识一下，他难道三头六臂？"

"要是一对一交手，3个李援朝也不是你的对手。但你不可能有这种机会，他手下亡命徒很多，轮不上他亲自动手，你就已经被收拾了。"

"那好，明天他要是来了，你给我指一下就行，我要会会他。"

钟跃民拍拍他的肩膀说："奎勇，今天是我请你来的，算你帮我一个忙，以后你要是有什么事需要我帮忙，你说一声就行，我随时还你这个人情，可这次你不能给我找麻烦，你要是想和李援朝叫板，以后自己找机会，和我无关。"

李奎勇点点头："好吧，受人之托，忠人之事，这次我听你的。跃民，说实话，以前我最烦你们这帮大院里的孩子，唯独你钟跃民还算条汉子，咱俩只做了一学期同学吧？可咱们成了朋友，我本以为你钟跃民是个天不怕地不怕的主儿，可我今天才发现，你怎么也有怕的人？"

钟跃民摇摇头："这你可错了，我不是怕谁，和你说你也不懂，你不是我们这个圈子里的人。”

李奎勇冷笑不语。

西北风在呼啸着，一堆堆篝火旁，青年们紧裹着大衣，伸出双手在烤火。不知是谁先哼起了歌，随即很多人加入，成了乱哄哄的大合唱：

歌声轻轻荡漾在黄昏水面上，
暮色中的工厂在远处闪着光，
列车飞快地奔驰，
车窗的灯火辉煌
…………

钟跃民吃饱了肚子，便觉得有几分无聊，他伸了个懒腰说：“我要去附近走走，谁去？”

袁军马上响应：“我去。”

郑桐本不想去，可他怕钟跃民不在的时候有人寻衅，靠他自己是应付不了的，于是也表示要去。

李奎勇说：“你们去吧，我在这儿守着。”

钟跃民、袁军、郑桐三人沿着空荡荡的前门大街漫无目的地闲逛着。

袁军凶狠地说：“跃民，我先和你打个招呼，我看李奎勇那小子不顺眼，今天看你的面子我先放过他，早晚我要插了他。”这也是顽主特有的语言，刀子被称为“插子”，“插了他”相当于“捅了他”。

钟跃民无所谓地回答：“那是你们自己的事，别和我说，不过，你要是和李奎勇单练，恐怕不是他的对手，这小子手黑着呢。”

袁军不屑地哼了一声：“走着瞧吧……”

三人走到大栅栏商业区，袁军、郑桐走路趺趺撞撞，已困得睁不开眼睛，钟跃民却目光炯炯，毫无倦意。

袁军迷迷糊糊地说：“跃民，哥们儿不行啦，我得找个地方眯一会儿。”

郑桐也不满地嘟哝着：“我也快扛不住了，跃民，你丫怎么跟上了发条似的，一点儿也不消停？”

钟跃民笑着说：“你们俩真没用，一宿都熬不下来？不行，不能睡，走走就不困了。”

袁军和郑桐跌跌撞撞地走上一家商店的台阶，紧裹着大衣蜷缩在门洞里，看样子再也不打算动了。

钟跃民大声问道：“你们俩是真不打算走了？”

袁军口齿都不清了：“不走……坚决不走了，你杀了我我也不走了……”

郑桐迷迷糊糊附和着：“谁走谁是孙子……”

钟跃民四处张望一下，发现了这家商店的玻璃橱窗，他脸上露出了坏笑。

钟跃民威胁着说：“好啊，这可是你们说的，谁走谁是孙子。”

他突然抡起手中的弹簧锁向玻璃橱窗砸去，一声巨响，橱窗玻璃被砸得粉碎，钟跃民扭头就跑。

被惊醒的袁军和郑桐呆呆地愣了片刻，突然明白过来，他们闪电般蹿出门洞，向钟跃民追去……

空荡荡的大街上传来袁军气急败坏的喊声：“钟跃民，你丫有大爷没有？我操你大爷……”

清晨终于来了，等候了一夜的人们自动排起一条长队，很多人都在看表。

8点整，售票处的窗口打开了，一个售票员伸头向外看了一下，发现窗外密密麻麻的人，惊讶地张大了嘴，把头缩了回去。人群开始躁动起来，每一个排队的人都紧紧贴着前一个人，生怕有人插进队伍。

这时远处响起了自行车的转铃声，许许多多的铃声竟汇成一股宏大的声浪。街道尽头出现密密麻麻的自行车流，身穿各色棉大衣、呢子大衣的青年一群接一群，汇成一股强大的黄色人潮，向着天桥剧场的方向涌来。

钟跃民他们几个人立刻兴奋起来：“嗬，够壮观的，四九城的顽主全来了，这回有热闹看啦。”

“打吧，打死几个才好呢。”

“好戏该开场了，这可比看芭蕾舞来劲。”

那些刚刚来到的青年似乎没有排队的概念，他们支好自行车，便一窝蜂拥向售票口，队伍一下子乱了。排了一夜队的人们对这些骄横的后来者并不买账，他们一个贴着一个，顽强地保持队伍完整，企图把这些后来者挤出去。人们推推搡搡，拥来挤去，队伍就像一条不断扭动的巨龙，喧嚣声、咒骂声交织在一起，汇成巨大的声浪。人群中最终酿成冲突，两伙青年进行了一场血腥的斗殴，人群顿时大乱，混战中不时能看见一两只高举着弹簧锁的手在人群中隐现，随即传来肉体被击中的闷响。

钟跃民站在旁边抽着烟冷冷地观望着，他突然在人群中发现了大名鼎鼎的李援朝。

李援朝捏住自行车的车闸，他一条腿支住身子，另一条腿跷在自行车的横梁上，似乎只是从这里路过，根本没打算下车。他身边簇拥着十几个横眉立目的青年，很有点儿众星捧月的意思。李援朝的个子很高，身材魁梧，一张堪称英俊的国字脸。他穿着一身普普通通的蓝制服，在一片黄绿色的军装中显得很特立独行。他在“老兵”中是个领袖级的人物，“李援朝”这三个字就是招牌，犯不上像那些毛头小子那样穿身将校呢到处招摇。

李援朝和钟跃民是一个学校的，他比钟跃民高两个年级。1966年成立红卫兵组织时，钟跃民刚读完初一，李援朝已经读完了初三。本来以李援朝的身份，他犯不上搭理低年级的钟跃民，而钟跃民也没想巴结他，在红卫兵海淀纠察队共事时，两人只是点头之交。他俩真正熟悉起来，是在冲击公安部大院时。

1966年年底，老红卫兵们聚集在北展剧场，起着哄地成立了“首都红卫兵联合行动委员会”，李援朝在会上当仁不让地被推举为领导人之一。

多年以后，钟跃民和一些当事人谈起这件往事的时候，大家都觉得很可笑，因为“联动”的成立完全是起哄架秧子，既没有严密的组织系统，也没有统一的行动纲领，只不过是出于干部子弟们对当时的中央“文革”小组有气。因为中央“文革”小组已经把斗争的矛头对准了党内的老干部，也就是他们的爹妈，这就直接触犯了他们的利益。他们向来是革别人命的，怎么这次革命革到自己家来了？大家在会上吵也吵了，骂也骂了，散了会后也没什么人把这件事当回事儿，可圈外人不了解情况，把“联动”这个组织传得沸沸扬扬，很有传奇色彩，甚至有传言说，“联动”组织内部等级制度森严，连袖章都是按照爹妈的级别配发的，分别为呢、缎、绸、布等面料。

钟跃民说：“我算明白了，很多著名的史诗都是这么问世的，最早出现在一个多喝了二两酒的家伙嘴里，有人听了就向别人转述，转述中又按照自己的想象进行了艺术加工，传来传去，代代相传，于是就成了史诗。”

钟跃民记得，“联动”成立大会后，大家听说公安部抓了他们的几个哥们儿，于是大家一起哄，说去公安部要人，当时谁也没觉得公安部有什么了不起，甚至觉得公安部要是敢不放人，就砸了它，造反有理嘛。第一次去冲公安部时，李援朝纠合了一两百人，开始大家还像模像样地和公安部负责接待的干部交涉，后来就有点儿烦了，跟这个小干部扯什么淡？干脆冲进去把人抢出来不就得了，于是弟兄们开始往大门里冲，这样就和守卫的军人们发生了冲突。当时军人们得到的命令是：打不还手，骂不还口。他们只是手挽手组成人墙，以阻止这些毛孩子胡闹。少年们冲了几次，就好像浪潮撞在礁石上，无济于事。平时挺有主意的李援朝此时也没了辙，这时钟跃民肚子里的坏水开始往外冒了。他带着一群初中一年级的少年伸手胳肢战士们的痒处，军人们没有受过抗痒训练，他们被胳肢得笑了起来，人墙顿时出现缺口。钟跃民并没有马上带人冲进缺口，而是组织少年们把战士们一个一个拉出人墙，使军人们组成的人墙出现了一个巨大的缺口，李援朝带人顺利地冲进公安部。

当然，事后想起来，当年的“联动”向公安部发起的6次冲击，未必是有计划有组织的行动，其中少年们起哄架秧子的成分起了很大作用。钟跃民就直言不讳地承认，当年自己参加冲击公安部的行动完全是闲出来的，他没什么政治诉求，只是不安分的天性使然。

这次胆大包天的行动的直接后果是，“联动”被中央“文革”小组定性为反革命组织，遭到北京造反派组织数万人的围攻，“联动”组织迅速土崩瓦解。

而李援朝却通过这次事件注意到钟跃民的应变能力和组织能力，他从此不再小看钟跃民，认定这家伙是个人物，两人的关系由此密切起来。

李援朝笑吟吟地向四处张望，人群中不断有人向他谄媚地打招呼，他微笑着点头示意。

他看到了钟跃民，两人对视了片刻。钟跃民笑笑，竖起两根手指碰碰帽檐，潇洒地向外一甩，行了个美式军礼。

李援朝笑着还了礼。

钟跃民对李奎勇说：“奎勇，那人就是李援朝，你觉得怎么样？”

李奎勇注视着李援朝，嘴里不以为意地说：“我看不过如此。怎么？他是你们这些老兵的头儿？也是什么‘联动’的吧？”

“我们这群人没有头儿，不过，敢惹李援朝的人确实不多，当年‘联动’六冲公安部，他是主要组织者之一。”

这时，与钟跃民打过架的张海洋一伙也出现在天桥剧场门前。钟跃民一见这伙人便兴奋起来，他把军用挎包往脖子上一挂，带着袁军等人挤出人群，迎着张海洋走过去。他满面笑容地问道：“哥们儿，还认识吗？”

张海洋等人正要走上台阶，见到钟跃民他们围上来，立刻做出了反应，他冷笑道：“扒了皮也认识你，你想怎么样？”

钟跃民手里亮出了菜刀：“别废话，你出手吧。”

张海洋向后面伸出手，一个同伴递过一把二十多厘米长的三棱刮刀，他接刀在手，慢慢向钟跃民走去，一场血腥的斗殴马上就要发生了。

此时，站在不远处一直注视着事态进展的李援朝突然扬起手喊道：“钟跃民、张海洋，都住手。”他分开人群走进圈内，正在剑拔弩张的双方都停住了。

张海洋和李援朝也是熟人，他抬头寒暄道：“噢，是援朝啊，你好，好久不见了。”

钟跃民冷冷地说：“援朝，这事你别管，我要剁了这小子。”

“跃民、海洋，你们都给我点儿面子好不好？其实大家都不是外人。跃民，我给你介绍一下，这位是张海洋，住2号院，八一学校的。海洋，他是钟跃民，育英学校的。大家都是自己人，大水冲了龙王庙嘛，咱们可别让外人看笑话。”李援朝真诚地为双方调解着。

“你是育英学校的，罗建国你认识吗？”张海洋问。

“当然认识，那是我哥们儿。你们八一学校的杨晓京你认识吗？”钟跃民也缓和了口气。

“他和我是同班同学，关系一直不错。”

钟跃民把菜刀装进挎包：“闹了半天都是哥们儿，咱们还打什么？算了吧。”

张海洋收起刮刀，朝手下人喊：“都把家伙收起来，这是误会。”

李援朝拍了拍两人的肩膀：“这就对了，你们哥儿俩握握手，今后就是朋友了，有什么事还得互相关照呢。”

这就是打群架的特点，往往人一多，架就打不起来了，因为人群里总有相互认识的人，两边一撮合，双方当事者也就有了台阶，谁也没有丢份儿，既然保全了面子，索性就握手言和，这一来二去兴许就成了熟人，成了哥们儿。钟跃民和张海洋握手成了朋友，他们自己也没想到，这一握手就是一辈子的朋友。

李援朝虽属号令群雄的人物，但今天情况有些特殊，因为全城的顽主都来了，哪个不是在自己那一亩三分地里称王称霸惯了的主儿？李援朝份儿再大也不可能做到一手遮天，他刚刚平息了钟跃民和张海洋之间的矛盾，又有两伙人在售票窗口前打起来了，一时砖头乱飞，喊声四起。几个佩戴北京卫戍区值勤袖章的解放军战士拨开人群冲上前去制止斗殴，斗殴的双方又和战士们扭打起来。

一个战士抓住一个正在打人的青年，想把他揪出人群，不料一块砖头飞来，击中战士的额头，那个战士呻吟一声，双手捂住了伤口，鲜血顺着指缝流出来。

天桥派出所的所长带领几个警察闻讯赶到，但肇事者早就没了踪影。

这是1968年年底发生的真实故事，当年的警察还没有配备对讲通信装备，除了回派出所打电话要求增援，别无他法。据说，一个小时以后，增援的一个连军人才赶到这里，而天桥剧场门前除了一地碎砖外，连个人影都不见了。

李援朝已经从手下人那里得到了票，他便和熟人打招呼告别，然后转身准备离去。可等他转过身来，却突然僵住不动了，因为一把雪亮的匕首正顶在他的腹部，他的脸上露出惊讶的表情。

李援朝长这么大还没人敢对他如此放肆，此人莫非活得不耐烦了？他发现一张面目狰狞的脸正紧紧盯着他，左面颊上一条深深的刀疤在微微颤动，无声地表明其主人心狠手辣。

李援朝毕竟是见过风浪的，他面不改色地盯着那张脸，没有丝毫的惊慌。他的伙伴们却大惊失色，纷纷亮出了手中的刀子向前逼近。

刀疤脸低吼一声："谁敢动一下我就豁他的肚子。"他身后的四条汉子同时跨上一步，亮出了手中的斧子。

李援朝的手下人全部被刀疤脸一伙的凶狠气势镇住，他们的动作都僵住了。

钟跃民刚刚买完票离开售票窗口，见此情景也愣住了。他慢慢把手伸进挎包，却被李奎勇按住："跃民，千万别动，你不是他们的对手。"

"你认识他们？那人是谁？"

"小浑蛋，新街口一带有名的亡命徒，敢杀人的主儿。"

钟跃民一惊："是他？我听说过这个人。"

小浑蛋冷笑着："你就是李援朝吧？久闻大名了，我这几个兄弟也想看看芭蕾舞，以前从没看过，听说跳舞的娘们儿都不穿衣服，是吗？"

李援朝不动声色地说："你就是那个小浑蛋吧？早听说你要会会我，没想到在这儿碰上了，废话少说，你想干什么？"

"不愧是大名鼎鼎的李援朝，刀都顶肚子了，说话还这么横。我嘛，没别的事儿，要不是找票，我到这儿干吗？把你的票给我留下。"

"我要是不给呢？"

"那么我就把你肚子豁开，把肠子一根一根抻出来晾晾。"

钟跃民推开李奎勇走出人群，亮出菜刀喊："小浑蛋，你放开李援朝，有种咱们一对一单练。"

小浑蛋诧异地说："咦，从哪儿蹦出个小兔崽子来？还挺有种。小子，你听说过我吗？"

"去你妈的，我管你是谁。"

小浑蛋沉下脸："小兔崽子，你是不是活腻啦，敢骂我？"

张海洋也持刀走出人群："小浑蛋，你要敢动李援朝一下，今天就把你砍成肉泥。"

李援朝冲他们摆摆手："跃民、海洋，你们的人情我领了，这件事由我自己了断。小浑蛋，今天算我栽了，票给你，你可以走了。"

李援朝的手下人将几张票递给了小浑蛋，小浑蛋却并没有收刀的意思，他扬扬下巴，示意李援朝为他开路。

李奎勇走出人群，对小浑蛋笑道：“哥们儿，你份儿也拔得差不多了，该收场了。”

小浑蛋见是李奎勇，他用手指了指钟跃民和张海洋说：“奎勇，你也来啦？看见没有，不是我不想走，是这两个小子不让我走。”

李奎勇对钟跃民说：“跃民，给我个面子，今天的事到此为止，以后的事你们自己看着办好不好？”

钟跃民点点头：“好，看你的面子，我今天放他一马，记住，你我的人情相抵了，从此咱们谁也不欠谁了。”

钟跃民和张海洋收起刀，人群闪开一条路，小浑蛋、李奎勇等人扭头要走。

李援朝和颜悦色地轻声说道：“等一下，小浑蛋，要是有一天你落在我的手里，你会是什么样子，你想过吗？”

小浑蛋笑了笑：“我这人命贱，所以老想和富贵人换命，换了命我也不吃亏，你没听人说吗，光脚的不怕穿鞋的。”

“那好，你可以走了。”

“下回见！”

小浑蛋和李奎勇几个人扬长而去。

李援朝手下的人气白了脸，纷纷鼓噪起来：“援朝，不能让他们走……”

李援朝摆摆手制止住他们，他望着小浑蛋的背影，久久没有说话，英俊的脸上渐渐布满杀机……

·第二章·

大院的西北角有两座4层的公寓楼，这里的环境很幽雅，楼的前后都植着草坪和高大的雪松，一条不宽的水泥路从这里通向办公区，这是部里的司局级干部的住宅楼，平时来这里的人不多。“文革”开始后，这些司局长大部分都出了问题，有的进了隔离审查学习班，有的干脆进了秦城监狱。这两座楼几乎成了空楼，每到夜晚时，偶尔路过的人会发现，这儿只有几家窗户里有灯光，其余的窗户都是黑沉沉的。

袁军的家就在这里。自从他父亲袁北光、母亲王咏琴被隔离审查后，行政处就给袁军安排了一间8平方米的平房，他家的大门被贴上封条查封了。按照“革委会”主任王占英的意思，之所以分给袁军一间平房，是因为袁军属于“可以教育好的子女”，要体现党的给出路政策。

袁军却不大领情，他最烦听这些，什么叫“可以教育好的子女”？凭什么他就老得受教育？安上这么个名，本身就是种歧视，就好比1957年的右派，据说表现好就可以摘帽子，结果摘了帽子又变成了摘帽右派，还是没什么区别。袁军看不出“黑帮子女”和“可以教育好的子女”之间有什么不同，反正都是给你脑门子上贴个标签，省得别人不知道。

袁家一共4个儿子，袁军最小，他的3个哥哥都在“文革”以前从“哈军工”或“西军电”这类的军事工程学院毕业，被分到西北的国防工业基地工作。自从他父母被审查后，袁军算是获得了有生以来最大的自由。没人管的日子简直太幸福了，以前上学时他最怕老师找家长告状，现在好了，谁爱告谁就告去，只要他找得着袁北光局长。如果单从这点考虑，袁军还是挺拥护“文化大革命”的。

如果说袁军对这场政治运动有什么不满的话，那就是他的生活水平严重下降，每月15元生活费，无论他怎么算计也坚持不到月底。这一年来，他始终过着一种半饥半饱的生活。后来他终于想开了，与其算计，不如干脆及时行乐，有钱了就先混个肚儿圆，没钱了再说，反正社会主义祖国不能眼睁睁看着他饿死。

袁军和郑桐是一对活冤家，两人从上小学起就在一个班，多年来两人的关系始终保持在打打合合的状态，常常是一句话不合，双方就各自抄家伙准备单练，每次都是正要玩儿命时被同伴们拉开。正因为翻脸成了家常便饭，所以两人从不记仇，往往是劝架的人还没缓过劲来，这两位已经又勾肩搭背地称兄道弟起来。

这个月还不到20号，袁军又没饭吃了。他厚着脸皮去郑桐家蹭了两顿饭，实在不好意思去了，因为郑桐家的经济状况也没好到哪儿去。郑桐的父亲郑天宇此时正和袁北光关在一起，母亲孙逸群是个中学教员，虽然没有被停发工资，但也在停职受审查。孙逸群的工资本来就不高，况且郑桐还有两个上小学的妹妹，因此日子过得也很紧。

近来社会上经常发生一些入室盗窃的案件，这座大院里也有几家住户被撬了门，损失了一些财产，案子一直没破。饿急了眼的袁军由此受到启发，决定先拿自己家开刀。他突然有了种紧迫感，自己要是不先动手，早晚得有真正的贼惦记上，那不便宜了别人？更何况撬自己家应该是轻车熟路，也省了踩点这套程序。

郑桐知道袁军的想法时，不禁大喜，连声说他早就想到这儿了，只不过没好意思说罢了。他见袁军还有些犹豫，便一个劲儿给他打气："哥们儿，你得这么想，袁北光不是你爸爸，他是'三反分子'，咱们顺了'三反分子'的东西，就是革命行动了。不是老教育咱们要和家庭划清界限吗？怎么划？怎么能证明你袁军和反动家庭掰了？就得把'三反分子'家的门给撬了，这样界限不划也清了。"

袁军听着不入耳："去你大爷的，你爸才是'三反分子'呢，要不咱先撬你家得了，你爸留过洋，谁知道他当年在美国都干了点儿什么，闹不好早和中央情报局挂上钩了，正经地里通外国，我觉得先撬你家比较合适。"

郑桐显得很为袁军着想："我家还用得着撬？我现在带你去就行了，问题是我家除了书就没什么值钱东西，你见什么值钱就尽管拿，就是千万别撬锁，撬坏了锁我还得去配，不是又得花钱？"

袁军一想也是，他搔搔头皮下了决心。

公寓的楼道里静悄悄的，看样子住户们已经入睡了，袁军家的大门上贴着被查封时的封条。

袁军和郑桐鬼鬼祟祟地用改锥在撬锁，郑桐边撬锁边心虚地四处张望，他小声问："你家邻居是张局长吧，这老头儿没被关起来？"

"没有。这老头上面有人保，没人敢动他。"

"要是他听见动静出来看怎么办？"郑桐不放心地问。

袁军没好气地说："操，这是我家，我撬自己家的门他管得着吗？我他妈乐意。"

"你丫就吹吧，这么牛逼你怎么不敢白天来，非深更半夜来撬门？"郑桐挖苦道。

袁军嘟囔着："废话，'革委会'贴的封条，我敢白天撬锁吗？"

门锁发出一声轻响，被撬开了，他俩不管什么封条，推开门溜了进去。

黑暗中袁军轻车熟路地在自己家里四处乱翻。

郑桐提出警告："你当是他妈抄家呢？把翻出来的东西照原样放好，戴上手套，别留下指纹。"

袁军不以为然地说："你以为你作了多大案子，公安局还会来查？人家警察吃饱撑的？"

郑桐突然被桌子上的一对瓷花瓶吸引了，他拿起花瓶仔细端详。他父亲郑天宇是个瓷器迷，家里也收集了不少瓷器，他从小耳濡目染地知道一些鉴赏瓷器的知识。

他脸上突然露出了喜色："这对花瓶是明代的，崇祯五年烧制，还是官窑的。你们家哪来的这东西？"

袁军想了想说："听我爸说，解放军刚进城时，各部队见了没主儿的房子就占，我爸他们占的那所院子的主人是个国民党大官儿，逃到台湾去了，这花瓶就摆在客厅里，后来这院子分配给我们家住，这花瓶和家具就成了我们家的，后来搬家时，我爸只带了这对花瓶。"

郑桐敲敲花瓶："我看你们家没什么值钱货，也就这对花瓶还值点儿钱。"

袁军喜出望外："真的，这花瓶值钱？那么咱把它送到委托行卖了。"

"这年头儿卖不出价来，能卖个几十块钱就不错了。对了，你还得把你们家户口本顺走，没户口本委托行不收。"

袁军沮丧地说："妈的，我们家存折是动不得的，都让银行冻结了，你看除了花瓶还有什么可卖的？"

"把那个半导体收音机带上，再卷上你爸的呢子大衣。"郑桐吩咐道。

"我操，你丫出点儿好主意行不行？哪天我爸被放出来，发现他大衣没了，非他妈打死我不可，不瞒你说，我爸手黑着呢。"

郑桐耐心地开导道："好不容易把锁撬了，不顺走点儿东西，咱们干吗来啦？赶明儿你爸要问起来，你就往造反派身上推，你爸准没脾气。再说了，你爸能不能出来还难说呢，万一哪天老爷子没扛住，又撂出点儿反党罪行，闹不好就被送秦城了，你就可劲儿折腾吧，没事。"

袁军骂道："你爸才被送秦城呢，你丫别老方我。"

郑桐又想起了什么，他拉开了衣柜，开始翻动衣服。

袁军问："你又惦记上什么啦？"

"你爸是不是还有一身将校呢？咱们来都来了，索性就多弄点儿东西走。"

"嘿，你丫这不是趁火打劫吗？给我放下，我都没敢顺这身将校呢，你怎么净想这美事？"

郑桐理也不理，边翻边回嘴："我还缺身行头呢，我们家再往上翻八代也翻不出一个当过兵的人，找件军装算是费了劲儿啦。我说过，不弄件将校呢穿穿，哥们儿死不瞑目。"

袁军恍然大悟："我明白了，我说你怎么这么痛快就来了，闹了半天是冲我家的军装来的。操，引狼入室，我他妈绝对是引狼入室。"

郑桐话里有话地威胁道："要不我过几天再来？"

袁军道："算啦，反正你是惦记上这身将校呢了，不弄到手不算完，你随便吧。"

两人摸着黑收拾好细软，溜出大门，消失在黑暗之中。

北京西城区的百万庄、二里沟一带有着大片的楼群，这些20世纪50年代建造的住宅楼按照不同的等级划分出若干个区域，以天干地支类推，如子区、丑区等。这些住宅区分属于不同的国家机关和部委，如国家计划委员会、第一机械工业部等。

如果你在1968年穿越这片住宅区，会发现这里随处可见成群结伙、身穿黄色军装和藏蓝色制服的青少年。他们或无所事事地站在街头，或数十人一起骑着自行车闲逛。这是些追逐时尚的青少年，当时的成年人是不会了解这种时尚的，这好比今天的成年人不了解那些把头发染成五颜六色的鸡毛掸子状，鼻子上戴着鼻环的新新人类一样。1968年的青少年们追求的时尚还不算太出格，最时髦的服装首推军装，蓝制服次之，以今天的眼光看，这些款式平庸、色彩单调的服装怎么能领导一个时代的时装潮流呢？简直毫无道理。创造这些时尚的是那些被称为"老兵"的青年，在一个刚刚能吃饱肚子的国度里，他们都是来自最富有的家庭。但他们的审美能力不可能摆脱时代的束缚，他们所能创造的时尚无非是在朴素的衣着上进行某种搭配，比如一身蓝制服可以配上一双白边的懒汉鞋，再配双雪白的线袜。如果是位姑娘，冬天的围巾倒是颇有讲究，一种色彩鲜艳，用细毛线织成的拉毛围巾成了时髦货，不过戴这类围巾需要一定的勇气，因为很容易被人指责为"不正经"。

就像今天的城市青年崇尚名牌汽车一样，当年的"老兵"崇尚一种全链套、装有电镀后架的永久牌自行车，此车的型号为永久十三型，俗称"锰钢车"。当年这种自行车产量有限，市面上极难见到，商店里若是偶尔到一批货，要事先贴出告示，购买者头一天傍晚就得到商店门前排队，和钟跃民等人购买芭蕾舞票一样，追求时髦的代价是忍受一夜凛冽的寒风。

如果你在1968年身穿军装或一身蓝制服，再配上懒汉鞋、白袜子，骑上锰钢车在百万庄一带闲逛，那就等于在向世人宣告：我是顽主，谁不服气就惹我试试。你放心，肯定会有不止一群顽主来找你麻烦。如果是位姑娘穿上这身行头，再戴上一条鲜红的拉毛围巾，那说句不客气的话，这叫“找拍”呢。何谓“拍”？拍婆子是也。何谓“拍婆子”？就是在大街上和不大正经的女孩子搭讪，要求交朋友。其实这位姑娘早该有心理准备，既然打扮成这样，就怨不得顽主们把你视为同类。

李奎勇和小浑蛋旁若无人地站在通往申区的路口上，两人边谈话边四处张望，脸上带着挑衅的神态。

在非“老兵”类顽主的眼里，百万庄地区无异于敌占区，特别是在百万庄的诸多区块中，申区简直是百万庄的灵魂。这是一片二层小楼的高级住宅区，里面的住户级别最低的也是副部级，他们的子女都是“老兵”中最有影响的人物。也就是说，谁要是得罪了他们之中的一个，后果将是相当严重的，他们有能力在很短的时间内召集数百人进行报复。

今天李奎勇和小浑蛋两人敢跑到申区来拔份儿，这无非是想表明他们的勇气——根本没把这些“老兵”放在眼里。

李奎勇和小浑蛋曾住在一条胡同里，当年李奎勇练摔跤时，小浑蛋还是个很瘦弱、胆小的孩子，有时还受别的孩子欺负，每次都是李奎勇替他打抱不平。后来李奎勇的父亲和别人换了房子，他家搬到了宣武区南横街，两人才断了联系。前些日子，小浑蛋在天桥剧场抢了李援朝的票，竟和李奎勇意外地重逢了。李奎勇怎么也没想到，这个当年胡同里最不起眼的老实孩子，几年没见竟成了大名鼎鼎的小浑蛋，连那些天不怕地不怕的“老兵”都谈虎色变。

使李奎勇感动的是，如今的小浑蛋虽已成名，但他对李奎勇仍然像小时候一样尊重，还是一口一个“勇哥”地叫着。李奎勇是个讲义气的人，别人敬他一尺，他就还人一丈。他虽然对干部子弟怀有极深的成见，但仍然能和钟跃民交朋友，就因为钟跃民能尊重他。所以当小浑蛋提出要他陪着到申区来拔份儿时，李奎勇没有犹豫，立刻就答应了。他没有想到，这一答应，几乎给他惹来杀身之祸。

两个穿军装的姑娘骑着自行车从路上走过，小浑蛋轻佻地招招手：“嗨，小妞儿，过来陪哥哥聊聊……”

两个姑娘显然没受过这等侮辱，她们停下自行车骂道：“浑蛋，哪儿来的狗东西，敢到这儿来撒野？”

小浑蛋大笑：“你还真说对了，我就叫小浑蛋，小妞儿，你连哥哥叫什么名字都知道？来，让哥哥亲一下。”他边说边向姑娘们走去。

两个姑娘见小浑蛋真要过来，慌了神，她们连忙骑上自行车：“你有胆量就等着别走。”

小浑蛋停下脚步："好呀，哥哥在这儿等你，快点儿来。"

李奎勇笑道："真是个浑蛋，我怎么都不认识你了？你小子以前可挺老实的。"

小浑蛋望着两个姑娘远去的背影说："奎勇，你还记得吗？当年我瘦得像个猴子似的，咱们胡同里的孩子谁都敢揍我，也就是你老护着我。那会儿你正练摔跤，没人敢惹你。后来你们家搬走了，我还挺想你，晚上做梦还梦见你好儿次呢。"

"你现在可不一样了，倒退半年，谁知道有小浑蛋这一号？现在可了不得，北京城谁不知道你小浑蛋的大名？前两天我在朝阳门碰见一个过去和我一起练摔跤的哥们儿，那哥们儿还问我呢，听说新街口最近煽起一个小浑蛋，腰里别把插子，见人就插，才一个月工夫就插了七八个了。"

"没想到我现在有这么大名声，连朝阳那边都知道啦？好像我是疯子，见人就捅刀子，其实我不过是专插那些'老兵'。"

李奎勇劝道："哥们儿，最近你可要留神，那个李援朝上次在你这儿栽了面儿，我听说他早放出话了，逮住你就要你的命。不是我说你，你最近干得有点儿出圈了，一连捅了好几个，连西城分局都在抓你，你还是躲躲吧。"

"扯淡，谁干掉谁还没准儿呢，大院里的人就那点儿能耐，打架就仗着人多，一对一单练就熊了。我试过几次，甭管多少人，你上去捅倒一个，其余的跑得比兔子还快。"

一群身穿黄呢子军大衣，骑着自行车的青年来到路口，他们停下车，用无礼的目光将小浑蛋和李奎勇上下打量个遍。

小浑蛋一见就来了脾气："孙子，你照什么？"

那群青年显然不认识小浑蛋，见有人寻衅，便纷纷从车把上拿下弹簧锁向小浑蛋围了过来。

李奎勇忙上前劝说："哥们儿，你别再惹事了，咱们走吧。"

小浑蛋是个暴脾气，哪能如此善罢甘休？他说："你站着别动，看我的。"他双手插在裤兜里迎着那群人走过去。

那群青年气势汹汹地把小浑蛋围在中间，小浑蛋面不改色。一个为首的高个子青年晃动着手里的弹簧锁，傲慢地向小浑蛋发问："你哪儿的？给我报个名儿。"

小浑蛋根本不说话，突然出手，一把三棱刮刀已经捅进了高个子青年的腹部。高个子青年惨叫一声，捂住肚子跌坐在地上，他的同伴们都被吓呆了。小浑蛋用带血的刮刀向青年们晃晃，青年们一个个呆若木鸡。

小浑蛋轻蔑地笑笑，转身扬长而去。

这时，那些被吓呆的青年似乎才清醒过来，七手八脚地扶起受伤的人。受伤的高个子青年痛苦地咬着牙，双手紧紧地捂住腹部，鲜血从指缝里涌出……

什刹海冰场的高音喇叭里一遍一遍地放着歌曲《大海航行靠舵手》，水银灯下，一群群青年男女兴奋地追逐着、嬉闹着，姑娘们漂亮的长围巾在灯光的映照下显得格外鲜艳。

钟跃民、袁军、郑桐及几个伙伴和另一伙青年在跑道南侧的冰球场上打冰球，钟跃民灵活地带球向对方禁区猛冲，他连连绕过对方的几个堵截者，抢到了一个极佳的射门位置，他抡起冰球杆正待大力击球，却被对方一个高个子青年撞出一丈多远，摔了个嘴啃泥。

袁军和郑桐幸灾乐祸地大笑起来。

钟跃民从冰面上爬起来，恼羞成怒地给高个子青年一记耳光："你他妈往哪儿撞，找死呢？"

高个子青年捂住脸愤怒地问："你凭什么打人？打冰球有规则，允许合理冲撞。"

钟跃民冷笑着："对不起，我看差眼了，把你脑袋当冰球了。"

高个子青年不像是顽主，也不懂顽主的规矩，他哪里知道和顽主是没有理好讲的。他涨红着脸抓住钟跃民的衣领："你跟我走，咱们去派出所讲理。"

钟跃民和同伴们都被这个不谙世事的青年逗乐了：讲理？真有意思，这年头儿哪有理好讲？这孙子是从外国来的吧，他怎么能提出如此可笑的问题？看来这人脑子有毛病，以至于钟跃民都懒得揍他了，钟跃民不耐烦地挥挥手："滚吧，找个凉快地方待着去。"

那青年哪里知道钟跃民已经饶了他，他仍在激动地喊着，要求钟跃民和他去派出所解决问题。

袁军不耐烦了，他觉得这个人太不懂事，今天哥儿几个心情不错，没有暴打他一顿已经是对他最大的爱护了，他怎么还敢没完没了？袁军板着脸向高个子青年走去。

那青年还沉浸在愤怒的情绪中，嘴里不停地嚷着。忽然，声音戛然而止，他只觉得自己脖子上凉飕飕的，原来是一把锋利的匕首架在他的脖子上……这青年终于明白自己碰到什么人了。

袁军收起刀子，挥挥手，那青年立刻跑得没影儿了。

这样一来，刚才和钟跃民他们一起打对抗的几个青年都收起冰球杆走了。人家是来打冰球的，不是来拔份儿的，要是撞倒个人就得挨揍，那这冰球就没法儿玩了。

钟跃民自己也觉得怪没趣的，但这没办法，他横惯了。

郑桐似乎发现了什么："哎，跃民，你看！"他指着不远处正在溜冰的两个姑娘说，"你认出那两个妞儿没有？"

两个姑娘正互相搀扶着在练习滑冰，她们好像还不太会滑，在冰面上站立不稳，一次次地跌倒。

钟跃民仔细瞧了瞧："不认识，她们是哪儿的？"

郑桐白了钟跃民一眼："哎哟，你丫什么记性？上次咱们为这两个妞儿还和张海洋打了一架呢，你还让人给花了。"

钟跃民恍然大悟："噢，想起来了，是这两个妞儿吗？让我看看哪个妞儿更漂亮点儿。"

他终于想起来了，那其中一个姑娘叫周晓白，这名字还是自己冒充她表哥套出来的。

周晓白和罗芸不大来冰场滑冰，因为当时社会上有种偏见，似乎来冰场滑冰的都不是什么好人。听同学们讲，冰场是小流氓经常出入的地方，打架斗殴是常事。更要命的是，冰场上的流氓特别爱追着女孩子耍流氓。周晓白听了很不以为意，她从来不是个胆小的女孩儿，小流氓有什么可怕的？这一年多来，她遇见的小流氓多了，不过就是在大街上厚着脸皮和她搭讪，也没什么太出格的举动，别理他就是了。再说，这年月简直没什么可玩的，除了滑冰还有什么娱乐？只剩下个冰场了，要是因为冰场上有流氓就不敢去的话，那冰场不就成了流氓专用的了？凭什么？她还非去不可。

罗芸对滑冰兴趣不大，可她和周晓白是好朋友，既然好朋友要她陪，她当然不好拒绝。其实罗芸更不怕冰场上所谓的流氓，她本身就是最早参加红卫兵的一批女孩子，也属于"老兵"圈子里的人。她知道冰场上的所谓流氓都是当年的"老兵"，这些干部子弟能坏到哪儿去？所以罗芸连想都没想就陪周晓白来了。

周晓白从上幼儿园起就是那种很乖的女孩子，上学时也是品学兼优的学生，在家里听父母的，在学校听老师的，这种女孩儿谁都喜欢。1966年闹红卫兵时，周晓白也想参加红卫兵，因为她最有资格，她是纯粹的红五类。她的父亲周镇南是1955年授衔的中将副司令，是解放军将领中为数不多的出身于黄埔的将军。周镇南告诉女儿："学校不上课了，你就给我待在家里，那个什么红卫兵组织你不要参加。那些毛孩子懂个屁，要是把好东西都砸了就叫革命的话，那么任何一个二流子都是革命家。我真不明白，怎么会支持这些毛孩子去胡闹？"

周晓白的母亲陈亦君在一边听了吓白了脸，她一遍一遍地叮嘱周晓白："孩子，你爸的话你可千万不能和别人说呀。"

周晓白听话地点点头，对她来说，父母是她最爱的人，不听他们的话听谁的？周晓白果然没有参加红卫兵，1966年的"红八月"，社会上已经闹翻了天，周晓白居然老老实实在家里温习功课，她还以为到9月1日学校就会开学了，等一开学她就是初二的学生了。谁知她在家一待就是两年，等学校开始复课闹革命时，她糊里糊涂地已经成了初三的学生，快要毕业了。这个养在深闺的女孩儿还不知道，如今干部子弟中最时尚的活动就是拍婆子，而她则是一个很显眼的目标。

罗芸从没滑过冰，第一次上冰面就穿了双花样刀冰鞋，她前仰后合地站立不稳，一不留神摔了个仰面朝天，乐得周晓白直不起腰来，她灿烂的笑容使脸庞显得十分妩媚。

谁知这一笑，可把不远处的钟跃民看傻了。

钟跃民目不转睛地盯着周晓白，嘴里警告着袁军等人："你们听着，那个围红围巾的妞儿归我啦，谁和我争，我可跟谁玩儿命。"

袁军笑道："得啦，别急赤白脸的，两个都归你，我们哥儿几个不眼馋，就怕你没能耐拍到手。"

"嘿，你要是这么说，今天我非让你们见识见识不可。袁军，你敢不敢和我打赌？"

"行呀，谁输了谁做东，新侨饭店，怎么样？"

"你丫有钱吗？就你那15块钱生活费，还他妈请客？"

"这你别管，我要是输了，决不赖账，是偷是抢，可是我自己的事。"

钟跃民一拍胸脯说："哥儿几个可听好了啊，这件事就这么说定了，下面看我的。"说完他已滑出10米开外。

钟跃民的滑冰技术很熟练，他高速冲过去，从周晓白身旁掠过，身子似乎无意地撞了她一下。周晓白站立不稳，她努力在冰面上平衡着身体，左摇右摆，最终还是跌倒了。

钟跃民兜转回来，扶起周晓白，嘴里忙不迭地道歉："哎哟，对不起对不起，你没事吧？"

周晓白不满地拍打着身上的冰末："这么宽的地方，你怎么非从这里过，你是不是成心的呀？"

钟跃民一脸委屈："这你可冤枉我了，我怎么会成心撞你呢？真对不起，请你原谅。"

"行啦，我不介意，你可以走了。"

钟跃民死皮赖脸地说："这多不合适，我把你撞了，拍拍屁股就走了，这像话吗？万一你以后有个三长两短，到哪儿去找我？不行，这件事我要负责到底，我可不想让良心负债。"

周晓白突然认出了钟跃民："是你呀，我想起来了，上次嬉皮笑脸地在大街上纠缠我们的就是你，流氓。”

钟跃民故作惊讶：“哟，你怎么知道我的名字？”

“你浑蛋！”

“你真神了，连我的小名都知道。”钟跃民很绅士地鞠了一个躬。

罗芸拉开周晓白：“晓白，别理他，这么无赖的人倒真少见。你到底要干什么？”

钟跃民换了一副面孔，很诚恳地说：“我说两位女同学，你们都是受过教育的人，应该懂得礼貌。一般来说，一位彬彬有礼的男同学在大街上企图和某位女同学相识，这无论如何不是男同学的过错吧？”钟跃民绕着两位姑娘滑了一圈，停下来似笑非笑地看着她俩。

周晓白显然不了解这类顽主，他们的面孔变化太快，刚才还一副贫嘴滑舌状，这会儿又突然变得彬彬有礼。以周晓白的教养，她是绝不会对有礼貌的人口出恶语的，她缓和了口气，看了钟跃民一眼小声道：“那么总不是我们的过错吧？”

见女孩上了钩，钟跃民心头狂喜，心说，这就有戏了。拍婆子是有学问的，最怕的是女孩子一声不吭，那是一种无言的轻蔑，但凡到了这种程度，这个妞儿你就别惦记了，没戏。周晓白的表现，说明她是个十足的傻丫头，太好蒙了。

钟跃民的话来得很快：“当然是你们的过错，你想呀，要是哪个女孩子长得猪不叼狗不啃的，还老在我眼前晃悠，那不是招我烦吗？可是一看见你们，我的感觉就不一样了，我纳闷儿呀，你们是怎么长的？也太漂亮了，让我们这些丑人很惭愧。”

周晓白和罗芸“扑哧”一声笑了出来。

见第一招已经奏效，钟跃民趁热打铁：“就说今天吧，我和朋友比赛速滑，本来我遥遥领先，结果刚滑到这儿，你正好一抬头，你知道我当时是什么感觉吗？告诉你，我好像被阳光晃了一下，顿时眼睛就花了，等我明白过来时，我那朋友早超过我没影儿了，你说，你这不是害人吗？”

周晓白笑了：“你可真贫……这些恭维话都是从哪本书上学来的？”周晓白从来没见过如此厚脸皮的人，不过她倒不觉得钟跃民讨厌。

钟跃民的话里充满真诚：“我说两位女同学，我说句话你们可别生气，不是我恭维你们，看你们两位往这儿一站，这相貌，这身材，就连我这最不爱恭维人的人都忍不住要说几句，你们长得够漂亮啦，别再长啦，总得给我们这些丑人留点儿活路不是？真的，求求你们了。”

周晓白和罗芸终于忍不住笑弯了腰：“我们成了植物了……”

钟跃民一本正经地说：“你们当然是植物了，鲜花难道不是植物吗？”

罗芸笑道：“真够肉麻的。”

钟跃民话题一转："我说两位女同学，不是我批评你们，要说你们这滑冰技术，我可就不敢恭维了，这和你们二位的身份也太不相称啦，你们现在需要一个高水平的教练。不行，我实在是看不下去了，我也豁出去啦，给你们当教练，我保证你们一个月后达到运动员的水平，怎么样？"

姑娘们都笑着望着钟跃民不说话。

钟跃民不管对方同意不同意，不屈不挠地说："按我的理解，不说话就是默认了。现在我开始行使教练的职责，首先我要搞清楚，我的两位运动员都叫什么名字。哦，这位的名字我已经知道了，叫周晓白，对不对？那这位呢？"

罗芸笑笑说："我叫罗芸。"

"嗯，都是好名字，一听就知道你们的父母都是有文化的人，不像那些胡同里的老百姓，一起名就是'桂枝'呀'秀兰'的。别笑，你们都严肃点儿，记住，你们的教练叫钟跃民。"

这时，郑桐装作陌生人，从钟跃民身边滑过。钟跃民视而不见，一本正经地开始布置任务："现在咱们开始练习，第一步，你们要先学会直线速滑……"

不远处，郑桐灵巧地滑了回来，袁军一伙迫不及待地向郑桐打听消息："跃民这孙子跟人家说什么呢？"

郑桐乐得直不起腰来："这孙子摆出一副教练的架势，正教那两个傻妞儿滑冰呢，丫装得跟真的似的，还真拿自己不当外人，哎哟，乐死我啦……"

袁军一伙乐得前仰后合，用手指着钟跃民起哄。

周晓白发现了他们，她马上明白了是怎么回事，她气恼地咬住嘴唇。

而钟跃民似乎越来越进入角色："身体重心向前倾，腰要弯下，腿要弯曲……"

周晓白不客气地打断他的话："我们好像没请你当教练，你能让我们安静点儿吗？"

钟跃民被噎住了，他闹不明白这妞儿怎么突然翻了脸，但他马上就摆脱了尴尬："我知道你们是客气，不好意思麻烦别人，是不是？没关系，你们千万别拿我当外人，只当是雷锋同志又回来了……"

周晓白似乎没听见他说的话，突然反问道："你叫钟跃民？"

"没错，'大跃进'的'跃'，'人民'的'民'，育英学校六八届的，如今正等待分配呢。"

周晓白和颜悦色地说："钟跃民同学，能帮我们个忙吗？"

钟跃民忙不迭地说："你尽管说，尽管说，钟某赴汤蹈火，在所不辞。"

周晓白轻轻笑了笑："没那么复杂，就是请你离我们远点儿。"说完，周晓白和罗芸手拉手向前滑去。

钟跃民尴尬地站在原地，怅然地望着姑娘们远去的背影，他回过头来，发现袁军、郑桐他们早已乐得站立不稳，纷纷扑倒在冰面上……

长安街上，钟跃民一伙骑着自行车兴高采烈地互相追逐着，刚才拍婆子未遂丝毫没有影响钟跃民的兴致，刚刚在冰场大门口他们还顺手“飞”了两顶羊剪绒皮帽，占了便宜的喜悦更是助长了他们的气焰，他们彼此间高声叫骂着，发出一阵阵喧哗。

袁军突然发现了正在前方并排骑着自行车的周晓白和罗芸：“跃民，你看前边那两个妞儿，是不是你刚才拍的那两个？”

钟跃民望了一眼：“算了吧，我现在对那俩妞儿没兴趣。”

郑桐一撇嘴：“你什么时候学好了？跟真的似的。”

“刚才我说得嗓子冒烟儿，这俩妞儿整个是油盐不进。我他妈烦啦，懒得搭理她们。”

袁军嘲笑道：“情场失意呀，说话都是酸葡萄味儿，我看呀，你以后洗手别干啦，省得哥儿几个跟你一起受刺激，干这个你不行。”

郑桐用一种很内行的口吻对钟跃民传授经验：“你丫太急功近利，是不是一见了人家就两眼发直，放着绿光？这样可不行，哥们儿教你吧，往后见了妞儿可不能这副流氓相，吓也给人家吓跑啦。”

钟跃民颇不服气：“我这么正派的人要是像流氓，天下还有好人吗？本来她们都默认我这教练了，可你小子那会儿过来了，还带着一脸的坏笑，让人家一看就穿帮了，都是你这孙子坏的事。”

“肯定是你的方法不对，龇牙咧嘴地把人家吓着了，你能不能装出一副好孩子样儿？多聊聊以前上学时的事，和她们共同回忆那段美好时光，编故事你难道不会？就说你曾经是个品学兼优的少先队大队长，挂过三道杠儿。当然，我们知道你其实连一道杠儿都没混上过，可我们不会揭发你，你丫就抡圆了吹吧。”

“你还当过鼓号队的队长，还被从几万个孩子中选出来给毛主席献过花，你还演过电影《花儿朵朵》，你就愣说那里面的男主角是你，反正这电影现在也不让放了，她们闹不清是谁演的，让我再想想你还有什么露脸的事，编嘛……”

郑桐和袁军你一句我一句，一点儿没有要住口的意思。

钟跃民到底受不了激将法：“操，你们还别将我，今天我要拍不上这俩妞儿，从此就退出江湖了。”说着他脚下开始加速，渐渐追上了周晓白和罗芸。

“哟，真巧了，怎么在这儿碰上你们了？”

“怎么又是你？”周晓白有些诧异。

“我也奇怪呢，怎么走到哪儿都能碰到你们，大概这就叫缘分吧？”

“你可真够无赖的，从冰场跟到这儿来了，怎么跟特务似的？”罗芸抢白道。

“罗芸，别理他。”周晓白决定不理睬这个无赖。

钟跃民一副语重心长的样子：“周晓白同志，你这就不对了，我知道你把我们当成了流氓，这只能说明你缺乏识别能力。请你想一想，世上有这么文明的流氓吗？”

罗芸一笑：“那么刚才你们在冰场门口干什么来着？”

钟跃民假装不记得，回头问：“郑桐，刚才咱们干什么啦？”

“哎哟，你这记性，不是有一帮坏孩子欺负咱们吗，咱们还跟人家讲理呢，你怎么忘了？”

“对对对，我想起来了，我说，你们这样做是不对的，如今是什么形势？是全国人民正在夺取‘文化大革命’全面胜利的关键时刻，我们年轻人更应该关心国家大事，怎么能在公共场所寻衅闹事呢？我苦口婆心地教育他们，可他们呢，实在是不可救药，竟然掏出了刀子，是不是这样，郑桐？”

“对，我证明，当时的情况的确如此，我们这些人平时在学校都是表现不错的好学生，别说动刀子，连吵架都不会，遇事总是想以理服人，谁知碰上这么一群疯狗，我们惹不起就躲了，人家还不依不饶，追了我们半天。”郑桐一脸真诚。

半天没说话的周晓白回头看了一下：“钟跃民，你说实话，后面那几个浑蛋是不是你们一伙的？”

这回钟跃民是真的莫名其妙了：“谁呀？我们都在这儿。”

袁军回头瞧了一眼，不远处有几个青年也骑着自行车不远不近地跟着。他明白了：“跃民，后面还真有几个人跟着。”

罗芸气鼓鼓地说：“那些人真讨厌，纠缠了好几次，还用自行车别我们。钟跃民，求你件事行吗？”

“该不会是又让我离你们远点儿吧？”

“你不是要当我们的教练吗？要是你能把后面那几个坏家伙赶走，我们就认你这个教练。”

钟跃民笑了：“这没问题，不过等我把他们赶走以后，我这个教练再找我的运动员，恐怕连影儿都没了。”

周晓白一听真生气了：“你这个人帮别人干点事就这么讲价钱？要不就算了，我们不求你了。”

“你看，你看，如今的女孩子怎么都这么大脾气？行，这事我管了，我可事先声明，我帮你们完全是出于正义感，而不是有什么企图。看见有人欺负女孩子，任何一个有正义感的人都不会袖手旁观，更何况是我们了。哥儿几个，咱们得帮助帮助后面那几个坏小子，给他们讲讲道理，也算是办个学习班吧，从精神上感化他们，劝他们以后少做些无聊的事。”

袁军跟着起哄：“哟，我忘了带语录本了，早知道今天要给那些坏小子办学习班，我肯定会把语录本带来，先让他们学习一段毛主席语录，接着再批判他们的错误思想，干这个我拿手。”

郑桐的嘴更损：“今天不学语录，咱们让那几个坏小子学学《三大纪律八项注意》，第七条就是‘不许调戏妇女’，让他们好好检讨检讨。”

周晓白和罗芸都被逗笑了，她们觉得这帮男孩子贫是贫点，但是挺好玩的。

钟跃民等七八个青年停住车，将自行车横在马路上，严阵以待。袁军悄悄打开弹簧锁，藏进衣袖。钟跃民从挎包里拿出带跑刀的冰鞋。郑桐拿着冰球杆向空中挥舞了几下，似乎是想试试冰球杆的结实程度。另外几个伙伴也悄悄地把什么东西藏进衣袖。

随着一阵自行车铃响，几个青年骑车过来了。袁军横在路上，口气蛮横地嚷道：“嗨，你们几个都下来。”

几个青年停住自行车，一个戴栽绒棉帽的青年出口也很蛮横：“干吗？”

“干吗？没什么大事，就是想给你们办办学习班。”

“办他妈狗屁学习班，你们要干什么？”

“你们色眯瞪眼地追什么呢？年纪轻轻的学点儿好行不行？”

“孙子，关你什么事，你们是哪儿的？”

“是你大爷。”

对方一个青年的手悄悄向挎包里摸去：“你们他妈活腻歪了是不是……”

袁军不容他掏出家伙，藏在袖子里的弹簧锁呼啸而出。钟跃民、郑桐等人纷纷亮出家伙扑上去，黑暗中传来闷响和惨叫，双方打作一团。

钟跃民一伙人多势众，出手凶狠，对方很快不支，顷刻作鸟兽散，钟跃民一伙不依不饶，挥舞着凶器将对方又追出几百米远……

架打完了，郑桐回头看了一下便乐了：“跃民，你看看，那两个小妞儿早没了影儿啦。”

袁军在东张西望：“看来咱们又上当啦，这俩妞儿还真没影儿了，咱们白跟人家干了一架。”

郑桐发牢骚：“哥们儿后背还挨了一冰刀，衣服都被砍破啦，这是招谁惹谁了？”

“这回你们知道了吧？这就是跃民这孙子重色轻友的结果。”

钟跃民笑着说：“哥儿几个，你们要这么说就没劲了，我让你们去打架了吗？

咱不是说要给那几个坏小子办办学习班宣传宣传毛泽东思想吗？你们这些人，太野蛮了，没说两句话就动手，该好好反省，以后可不能这样了啊。”

袁军一听：“我操，这孙子逮住便宜卖乖，咱们帮丫拔份儿，丫撂爪就不认账，哥儿几个，怎么办？”

众人高喊：“打丫挺的！”

钟跃民大笑着拼命蹬车逃，袁军等人大骂着，闹哄哄地追去。

袁军和郑桐两人骂骂咧咧地走进一个食品商店，郑桐手里拎着一个用白铁皮做的水桶。他们正在用最恶毒的语言诋毁着对方。郑桐一口咬定袁军是个不折不扣的傻逼、弱智，他妈怀他的时候肯定是受了刺激，不然怎么生出袁军这么个傻逼来。而袁军回骂郑桐说：“你丫也精不到哪儿去，还他妈号称瓷器鉴赏家呢，狗屁，你长这么大都见过什么瓷器？除了你们家抽水马桶是瓷的，你丫还见过别的瓷器吗？”

他俩是为从袁军家偷出来的瓷瓶吵架。这对崇祯五年的官窑瓷瓶被他们送进了委托行，那个负责收购的老家伙戴上老花镜看了半天，又找出个放大镜仔细研究瓷瓶上的花纹。袁军和郑桐心中一阵狂喜，心说，这瓶子算是顺对了，肯定值钱。结果老家伙长叹一声，说：“东西还不错，可明朝的瓷器存世太多，不太值钱。这样吧，愿意卖的话50块钱咱们可以成交。”袁军大喜，他认为50块已经是巨款了，便迫不及待地掏出户口本准备成交。而郑桐却大怒，他认为这老家伙在装孙子，明代官窑的瓷器至少也得给个一两百块，50块钱简直是打发要饭的。

郑桐冷笑一声：“老头儿，您这打鼓儿的行当是祖传的吧？”

老头儿惊奇地问：“年轻人，你不简单呀，还懂得打鼓儿这称呼？”

郑桐调侃道：“我家祖祖辈辈都是开当铺的，要不怎么一见您就觉着亲呢，我爷爷当年说梦话都是这个，‘破皮袄一件，光板无毛’。您还别说，我爷爷就这毛病，他眼里没好东西，您就是把皇上的金夜壶拎来，他也这么喊，‘破夜壶一个，有孔无嘴儿’。”

老头儿好脾气：“年轻人，你可真有张好嘴，可惜现在没打鼓儿这行了，不然我非收你做徒弟不可。我问你，你知道崇祯五年是公元多少年吗，距今年多少年？你要是答对了，这瓷瓶我个人200块钱买你的。”

郑桐哪儿知道这个，他不想和老头儿废话，只是收起瓷瓶说了句：“那50块钱您还是留着养老吧，这瓷瓶我不卖了，留着回家当夜壶用啦。”

袁军一旁忍不住说：“50块就50块吧。”

郑桐没好气地喝道：“住嘴，你个败家的东西，你当老子的家产挣得容易？”

袁军回嘴："郑桐，我看你丫又找抽了。"

他俩走到门口还听见老头儿在说："记清楚了，年轻人，崇祯五年是公元1632年，距今年336年。咱中华民族五千多年历史呢，三百多年是小意思，你要是能把秦始皇的夜壶拎来，别说两百，两万都给你。"

郑桐大怒，回身道："我这儿还有唐明皇的避孕套呢，给你孙子当气球吹吧，老丫的。"

出了委托行的门，袁军便大发牢骚："50块钱就不少了，你丫还贪心不足，这下好了吧，连50块也没有了。"

郑桐不耐烦了："你丫再唠叨我就把这瓶子砸了。"

袁军说："你不砸你是孙子。"

郑桐举起瓷瓶做威胁状，袁军不为所动，坚持声称不敢砸就是孙子。郑桐正不知如何收场，这时有个老人拍拍他的肩膀："小伙子，我刚才都看见了，这个瓷瓶我想要，你开价吧。"

两人当时便发起愣来，老人穿着一身浅灰色毛派力斯中山装，面色红润，气宇轩昂，一看就是个有身份的人。

郑桐当时自己也闹不清为什么脱口就是一句："500块。"

老人点点头，从皮包里拿出一叠钞票递过来："小伙子，你清点一下。"

郑桐和袁军哪里见过这么多钱，数来数去也数不清。等老人拿着瓷瓶走后，袁军一拍后脑勺："妈的，肯定又卖赔啦，这老头儿连价儿都不还。郑桐，你丫口口声声自称瓷器鉴赏家，怎么才开价500块？你没看见那老头儿抱着瓶子就跑，生怕咱们反悔，我估计你开1000块的价他也买。"

郑桐不爱听了："真没法和你这孙子共事，你他妈50块都想卖，卖了500块你倒埋怨上了。你丫知足吧，把你卖了也不值500块。"

两人进了食品店还在互相诋毁。

郑桐探头探脑地向冷饮柜台里张望："袁军，我看你是有病了，大冬天的怎么想起吃冰激凌来啦。你是想拉稀还是怎么着？"

袁军大大咧咧地说："我他妈乐意，大爷我有钱，怎么啦？今天想吃冰激凌，就得吃个够。今天的事今天办，也许到明天我还改戏了，改吃铁蚕豆了。"

郑桐不以为然地说："我看你丫就是被钱烧的，刚卖了点儿东西，手里有了点儿钱，就找不着北了。"

商店的售货员走过来："你们买什么？"

袁军一副财大气粗的口吻："我们买冰激凌。"

售货员打开冰柜问："要几盒？"

“你总共有多少吧？”

售货员的服务态度也不怎么样，他翻了袁军一眼，生硬地说：“我有多少不关你的事，我只问你要几盒。”

袁军傲慢地说：“当然关我的事，我怕你这里没这么多货。”

售货员睁大眼睛打量着袁军：“那么你就说出来听听，你打算要多少？”

郑桐把水桶放在柜台上：“这个桶能装多少我们就要多少。”

售货员惊愕地愣了一会儿，转身将冰柜里成纸箱的冰激凌搬到柜台上。

袁军和郑桐耐心地用木匙将冰激凌刮进水桶，售货员们都惊讶地围在一边看热闹。

两人旁若无人地工作着，边干边往嘴里放，凉得直哈气，他俩旁边已堆起一堆空冰激凌盒了，水桶里的冰激凌刚刚盖满桶底……

钟跃民的运气比袁军好些，他父亲钟山岳虽然也进了“牛棚”，但出乎意料的是，他家居然没有被查封，这真是个奇迹。袁军为此常愤愤不平，凭什么局级走资派的家都被抄了，而副部级走资派的家倒不抄？这也太不公平了。多年以后钟跃民才知道，这是钟山岳的一个没有倒台的老上级起的作用。

钟跃民的父亲不在家，家里那个多年的老保姆于阿姨也被造反派轰回农村老家去了，钟跃民成了这套四室一厅副部级干部住宅的唯一主人。于是，他家成了顽主们聚会的场所，每天高朋满座。有的哥们儿遇到些小麻烦，譬如遭到公安局的追捕不敢回家，就到钟跃民家来躲几天，顽主们的行话叫“刷夜”。钟跃民家是个极适合“刷夜”的场所，反正有的是房间，住上十来个人都有富余。后来在这里“刷夜”的人多了，钟跃民的一双将校靴不翼而飞，这才引起他的重视。他发誓以后谁再带人来“刷夜”，他二话不说就把他打出去。当然，他还没忘了补充一句，要是有妞儿来“刷夜”，他很欢迎。可惜到目前为止，他还没碰见过有“刷夜”嗜好的妞儿。

袁军、郑桐，还有外号叫“猴儿腚”的乐冀中、外号叫“二毛子”的于国庆和钟跃民都是一个大院的，他们来钟跃民家像来自己家一样随便，钟跃民有时烦了，干脆就堵着门不让进。今天这四位又来了，钟跃民不由分说就往外撵，拎着水桶的猴儿腚神秘兮兮地揭开桶盖让钟跃民看了一眼，钟跃民立刻改变了主意，他马上变得非常好客，很热情地把大家迎进客厅。

袁军对钟跃民这种实用主义态度很不满意，他故意做出犹豫的样子：“哥儿几个，既然跃民不欢迎咱们，咱也别招人家烦，我看还是另找地方吧。”话说完他才发现大家根本没有反应，原来每人早端了一个大碗吃上了，袁军这才不说话了，连忙用勺子把冰激凌大勺大勺地舀进嘴里。

客厅里大约有半个小时没人吭声。

郑桐边吃边揉肚子，钟跃民吃得直松裤带，二毛子不住地打嗝儿，猴儿旋吃着吃着突然浑身哆嗦起来，他抓过钟跃民的军大衣披上。这时袁军突然放下碗，捂着肚子蹿进了厕所。

钟跃民等人幸灾乐祸地笑起来。

郑桐笑道："这小子真是舍命不舍财，吃得直拉稀，还舍不得放下碗，生怕吃亏。"

钟跃民向厕所高喊："袁军，别再吃了，身子骨儿要紧，想开点儿。"

二毛子苦口婆心地说："袁军，你就听哥儿几个一句劝吧，实在撑不住就别硬撑了，肚子可是自己的，算我们大家求你啦。"

袁军在厕所里喊："不行，只要我还有一口气，就要革命到底，想想红军两万五，爬雪山过草地，我这点儿困难算什么？跃民，桶里还有多少？"

钟跃民看看水桶："还有小半桶呢。"

袁军喊："别忙，哥儿几个歇口气，一会儿接着练。"

钟跃民摇摇头："这孙子，不要命啦？"

郑桐不失时机地说："典型的小农意识，和他爹一样。"

袁军在厕所里喊："郑桐，你丫再说我爸我跟你急啊。"

钟跃民悲天悯人地说："你就别招他了，袁军够痛苦的了，那模样看着都让人心酸。"

众人大笑。

袁军边系皮带边走进客厅："真他妈痛快，把一辈子的冰激凌都吃了，从此我再不吃这东西了。以后要是有人请我吃冰激凌，我就告诉他，对不起，哥们儿吃伤了。"

郑桐担心地望着袁军："你没事吧？"

袁军梗着脖子说："没事，就是汗出多了点儿。"

"你看看，是不是发烧了？"钟跃民似乎很同情地问。

袁军说话都有些不利索了："真发烧倒好了，我出的是冷汗，这会儿怎么觉得胃里都冻成块儿啦？"

钟跃民又满满盛了一碗："这种感觉就对了，这会儿你要是觉得肚子里像火盆儿似的，不就麻烦了吗？来来来，再来一碗。"

袁军毛了："别别别，让哥们儿歇口气，真有点儿扛不住啦。"

大家七嘴八舌，很热情地劝道："你千万别客气，再来一碗，我们还有呢。"

“你不用考虑我们，哥儿几个少吃点儿没关系。”

“袁军，你千万要再坚持一下，只当是爬雪山呢。”

“哥儿几个，这小子死活不吃了，怎么办？”

“不吃哪成？灌丫的……”

钟跃民等人端着碗扑上去，七手八脚把袁军按在沙发上，捏着鼻子愣灌……

客厅里传来袁军的讨饶声：“哥们儿，哥们儿，高抬贵手，饶哥们儿一命。哎哟，郑桐，我操你大爷，你丫轻点儿，呛死我啦……”

袁家被撬的事传遍了整个大院，大院的保卫部还向公安局报了案，公安局那时刚刚被军管，警察们也是牢骚满腹，他们从来都是管人的，没想到现在派来了军代表，凡事都是军代表说了算，警察们也成了被管的，他们敢怒不敢言，破案的积极性也不高。保卫部报案后，分局来了两个警察，照了几张相就走了，从此再没下文。袁军和郑桐两人心里窃喜，袁军居然逮住便宜卖乖，他跑到“革委会”主任王占英的办公室，声泪俱下地要求组织尽快破案。

王占英是眼看着袁军长大的，他太了解袁军这坏小子了，当他得知袁家被撬时，他的第一个怀疑对象就是袁军，只不过他还没来得及找袁军，袁军倒自己撞上门来了。王占英深知对付这类坏小子用不着兜圈子，只需开门见山搞突然袭击就行，他一拍桌子，吓唬道：“袁军，你给我老实交代，你把门撬开后都拿走了什么东西？”

袁军是那种没提上裤子都不认账的主儿，岂能被王占英唬住？他面不改色：“王主任，这就是您的不对了，我知道您对我印象不好，可您不能公报私仇呀，这不是污辱我的人格吗？我也有尊严呀，我袁军小时候虽然淘气，可我本质不坏，怎么能干溜门撬锁的事？”

王占英冷笑道：“哼，我看这件事你的嫌疑最大，你不承认也没用，公安局不是吃干饭的，马上就会把你抓起来，我看你还是争取主动点儿，先把这事交代了。”

袁军可不怕唬：“王主任，这事真不是我干的，我有病是怎么的，溜门撬锁撬到自己家去了？这太不合逻辑了。人家小偷都是往自己家搂，哪有胳膊肘向外拐的？再说了，我们家有什么值钱玩意儿我还不知道，值当一撬吗？我向毛主席保证……”

“袁军啊，你是人小鬼大呀，我可是看着你从小长到大的，还不了解你？1958年我刚调到机关时你多大？嗯，那时你才6岁，那时候你就不简单啦，爬烟囱、钻垃圾箱、往机关的猪圈里撒图钉，这些事你没少干吧？你家邻居，那个张奶奶最了解你，你知道老太太怎么说你吗？有一次你规规矩矩守着炉子烧开水，老太太还纳闷呢，心说，这孩子今天怎么学好啦？居然学会干活儿了。结果怎么样？水一开你拎起壶就浇花去了。你说你，从小到大，你干过一件好事吗？”

“王主任，您不能总翻历史旧账，谁也不能要求一个6岁的孩子就像毛主席的好战士雷锋那样净做好事，我要是6岁就能像雷锋同志那样给灾区人民寄钱，那这钱的来路肯定就成问题了，不是偷我爸的就是偷我妈的。”

“你少跟我胡搅蛮缠，这事肯定是你干的。这件事的严重性你不是不知道，你父母都是走资派，党和人民对他们实行专政，查封了你家，这是机关‘革委会’的决定，更何况党和人民对你这种‘可以教育好的子女’还是给出路的，不是也给了一间房子让你住吗？你就这样对待党和人民对你的挽救？你给我老实交代，是不是你干的？”

“王主任，我算是看出来了，您今天是打算让我屈打成招，非弄出一个盗窃犯来不可。您不能因为我小时候往猪圈里撒过图钉、用开水浇花就断定我长大会溜门撬锁，这太冤枉我了，我恨不得把心掏出来给您看看，我也有一颗红心呢。”

“我们怀疑你并不是空穴来风，我们是有根据的，根据你的一贯表现，我们有理由认定是你干的。”

“就因为我往猪圈里撒过图钉？您要是这么说，我就不能再瞒您了，其实那年的事是我和你们家老三一块儿干的，多年来我忍辱负重把恶名一个人担了，从没揭发过他。是他对我说猪肚子里有蛔虫，吃图钉能治蛔虫，并且做示范给我看。我当时太天真，为了使猪能健康成长，就把图钉当作打蛔虫的药喂了猪。当饲养员抓住我时，你们家老三早没影儿了。我出于哥们儿义气没揭发他，直到今天我才明白，是老三偷了驴，让我拔橛子……”

谁都知道王主任家的老三是个傻子，绝不可能跟袁军他们混在一起，更不可能指挥袁军干什么坏事，从来只有傻乎乎被指挥的份儿。袁军这么说，分明是在胡说八道，故意拿王主任开涮。王主任气得直哆嗦，他猛地一拍桌子：“袁军，你少和我胡扯，避重就轻，这件事不算完，你回去好好给我想想，什么时候想通了，再来找我谈。”

袁军偏偏不罢休：“还有那次爬大烟囱的事，也是我和你们家老三……”

“滚……”

·第三章·

什刹海冰场是当年最时髦的去处，到了这里你就别太张扬了，因为这里可是藏龙卧虎之地，“份儿”大的主儿有的是。你要是在冰场上看见一个不起眼的家伙向你叫板，可千万不要轻敌，闹不好这家伙在他家门口那一带就是个赫赫有名的顽主。

钟跃民就见过一位，这位老兄每晚必到，他穿得衣衫褴褛，头戴绍兴式的破毡帽，腰上还扎了个破蓝布围裙。他的冰鞋也很奇特，居然是一双东北地区常见的毡靴，一副黑龙牌球刀用麻绳横七竖八地绑在毡靴上。此人的滑冰技术极好，他可以毫不费力地做出各种高难动作，引来一群群围观者。有一次他和钟跃民一伙打冰球，他单手持冰球杆带球像泥鳅一样满场乱窜，在钟跃民等七八个人的围追堵截下如入无人之境。在此之前钟跃民从来都认为自己是高手，这回可把他打傻了，打了半天连球也没摸着。后来他得知，此人绰号“三元子”，是西单一带的顽主。他是个垃圾清扫工，每次冰场散场后他还要去上夜班，他的工作是用铁锹将垃圾铲到卡车上，然后跟车到郊外的垃圾场卸车。此人很有些“垮了的一代”的风范，以破烂的工作装为时髦，在一片将校呢军装之间显得标新立异。别看这三元子是个垃圾工，“老兵”和流氓们都买他的账。有一次冰场上来了一伙初来乍到的顽主，他们见三元子穿得像个乞丐，便想拿他寻开心，结果犯了众怒，被百十号顽主打得抱头鼠窜。

1968年的北京顽主要是不去冰场的话，那么他就没有资格自称顽主。冰场除了具备玩耍和拔份儿的功能外，还有一种很重要的功能，那就是社交。顽主们既是江湖中人，总要结交四方好汉，你认识的人越多，份儿就越大。想做顽主中的成名人物，除了讲义气，结交人广外，自己也要心毒手狠，不然谁服你？像《水浒》里的宋江，光知道练嘴假仗义，自己没半点儿拳脚功夫，这种人到1968年可就吃不开了。

钟跃民每次来冰场，头半个小时不能去滑冰，他得先应酬。他的熟人太多，礼数得尽到了，和这位握握手，和那位抽根烟，要是有他同时认识的两伙顽主碴起架来，他得去做和事佬，给双方说和说和。他的自尊心比较强，要是有一方不给他面子，执意要打，钟跃民就会觉得对方不太懂事，连钟跃民的面子都不给，这不是找揍吗？他往往是劝着劝着就参加了战斗，帮助一方和另一方干起来。

袁军是个纯粹的好战分子，一见别人碴架他就激动得难以自抑，至于跟谁打并不重要，若干年后的那句口号“重在参与”，袁军早就身体力行了。

钟跃民在冰场的入口处碰见几个住在红霞公寓的哥们儿，正在寒暄，这时郑桐兴冲冲滑过来：“跃民，那两个妞儿又来了。”

钟跃民连忙向那几个哥们儿告辞：“哎哟，对不起了，我那儿有点儿正事儿，一会儿见吧。”

红霞公寓的李延军开玩笑道：“你丫能有什么正事儿呀，不就是拍婆子吗？留点儿神，别拍炸啦。”

周晓白和罗芸互相搀扶着，正在小心翼翼地练习滑冰。钟跃民一伙人从远处以冲刺的速度飞驰而来，在姑娘们面前猛地横过冰刀停下，冰刀在冰面上刮起一道道白色的冰雾。周晓白抬头看见钟跃民，微微一愣，继而又露出了顽皮的笑容。上次耍了钟跃民一把，她有些不好意思。

钟跃民看着周晓白摇摇头，叹了口气：“不够意思，真不够意思。”

周晓白假装不明所以，笑着问：“怎么啦？”

“那天连个招呼也不打就走了，好歹我也算是你们的教练吧？我的学生受人欺负，我这个当教练的能不管吗？结果教练挺身而出，差点儿挨了一顿揍，可学生呢，却连影儿都没有了。太让人寒心了，以后谁还敢做好事？”

罗芸笑道：“你们不是说要给人家办学习班吗？又不是去打架，怎么会挨揍呢？”

袁军解释说：“我们和那几个坏小子苦口婆心地讲道理，帮助他们改邪归正，可那几个小子根本就油盐不进，还要揍我们，没办法，我们只好奋起自卫了。”

周晓白十分不解：“说了半天还是打架嘛，我真闹不懂，你们这些男孩子究竟是怎么啦？简直把打架当成一种乐趣，还特别残忍，动手还不算，还要动刀。我想问问，你们究竟是怎么想的？”

钟跃民搔搔头皮想了想：“这个问题没想过，因为大家都是这样，你要是老老实实的，别人就会来欺负你，你要不想打架就只能选择挨揍。比方说，你走在大街上，对面过来一群人，你看了他们一眼，你猜他们会怎么说？”

“怎么说？”

“‘犯他妈什么照，找抽呢是不是？’你听听，这是人话吗？”

周晓白叹了口气：“真野蛮，现在的男孩子怎么都像好斗的公鸡？我记得以前可不是这样，那时候在学校里大家都比谁功课最好、谁品学兼优，谈得最多的是理想。”

钟跃民心中暗笑，这傻妞儿，这都哪年的皇历了，这年头儿谁还谈理想？他冷笑道：“那不是修正主义教育路线统治学校的时候吗，现在谁要是说我是乖孩子，我听着就跟骂人差不多。”

袁军也摆出一副历经世事的样子：“现在讲的是谁能打架、谁敢玩命、谁手黑，谁就有份儿。”

钟跃民接着说：“当然了，打架是我们的专业，我们还是挺敬业的。业余时间我们可以听听音乐、看看书。你看过《基督山伯爵》吗？那本书写绝了，不看一辈子后悔。”

周晓白点头表示赞同：“我看过，我们家有这本书，是挺好看的。”

钟跃民一听，眼睛一亮：“你们家有？太好了，能借我看看吗？”

“你不是刚说你看过吗，你到底看过没有？”

“有个哥们儿借这本书给我，只能看一夜，第二天早晨就得还。我看了整整一夜，只看了一大半，后面的故事就不知道了，急得我直拿脑袋撞墙。”

“噢，是这样，那么我可以考虑，要是你表现好，我就借给你。”

钟跃民是真喜欢这本书，不过，这可不是他的目的，借书是个最好的借口，有借就有还，这一来二去的，什么事都能办了。他做出兴奋状：“真的？那我一定好好表现，请党和人民在斗争中考验我。对了，《红色娘子军》的芭蕾舞剧要公演了，你看不看？”他使出最后一招撒手锏，按他的推算，只要把如此紧俏的芭蕾舞票亮出来，这妞儿就算是摆平了。

果然，周晓白兴奋得脸都红了：“你有票？太好了，我从小就喜欢芭蕾舞，还去少年班学过呢。”

钟跃民得意地说：“你看，我这个教练没白认吧？又教你滑冰，又带你看芭蕾舞，好事都让你赶上啦，那本书……”

“别臭美了，不就是两张破票吗？不带我去我还不稀罕呢，哼，我最烦别人和我讲价钱。”

郑桐不爱听了：“什么？破票，这票来得容易吗？我们排了整整一宿队，冻得哥儿几个跟孙子似的，后半夜我和袁军困得实在扛不住了，在一个商店门洞里刚眯一会儿，钟跃民这孙子拎着块砖头就过来了，一砖头就把人家商店的玻璃……”

钟跃民连忙打岔：“我说时间不多了，还一个小时就散场了，你们得抓紧时间练练。现在我正式授课，你们要好好学。说句不好听的，就你们俩这水平可真够给我丢份儿的，到时候人家一问谁是教练，有人说是钟跃民，让我这老脸往哪儿搁？没办法，就这水平我也得教，谁让我有责任感呢？”

周晓白嘴一撇："钟跃民，你贫不贫呀，谁稀罕你这破教练？"

袁军匆匆滑过来："跃民，那边有两拨人碴起来了，是外交部的杜卫东和和平里的地雷他们。"

杜卫东是钟跃民的哥们儿，他不能不管，这边已经初战告捷，无须留恋，他抬脚就要走。

周晓白知道他们又要去打架，连忙试图制止："钟跃民，你怎么走了，还教不教我滑冰了？"

"一会儿回来再教。"

"别去打架，好吗？"

"不行，杜卫东是我朋友，我能不管吗？"

"钟跃民，你要非去，以后就别理我。"周晓白赌气地说。

钟跃民只当是废话，这妞儿脑子有病，还没怎么着呢，就管起人来了，这会儿就是钟跃民他爹在他也不能不去。

他没理周晓白，转身和袁军等人向人声喧闹处滑去。

在京城众多的顽主中，杜卫东算个另类人物，首先他的来路很成问题。在干部子弟的圈子里，谁家老头儿是哪个山头的，这很重要，这关系到你是什么来路的问题。譬如两个以前并不认识的干部子弟，第一次见面要"攀道"，首先就是问问"你爸爸当年是哪部分的"，这一般都是指抗战时期他们的父辈属于哪个部队。干部子弟们把时间的坐标定在抗日战争时期是有道理的，因为抗战时参加革命的干部到了新中国成立后已成气候，到了"文革"前，他们的级别一般都在司局级以上。至于1945年抗战胜利以后参加革命的干部，一是年龄较小，二是级别较低。在一些高干子女眼里，解放战争期间参加工作的干部是不值得一提的，因为那会儿共产党最困难的时期已经过去了，其规模已成气候，军队也达到上百万人。干部子弟们开口"攀道"，侃的都是抗战或红军时期的家世。他们"攀道"是有些规矩的，如果你的父亲是新四军系统的，对方先要问问是几支队的或是几师的。这种问法是很内行的。你要是张嘴就说"我父亲1938年在新四军五师"，那就是找挨骂呢。因为新四军的建制以1941年的皖南事变为分水岭。皖南事变之前军部以下的建制为4个支队，皖南事变后新四军被国民党军事委员会宣布为"叛军"，被撤销了番号，是共产党自己重建的。重建后的新四军扩编为7个师和1个独立旅，所以说1938年的新四军还没有师的建制。如果他们的父辈是八路军系统的，则要问问是属于哪个军区的、几分区的，原因是抗战初期八路军的主力部队大多集中于晋察冀一带，晋察冀军区是八路军于1938年4月在华北完成了战略展开后组建的第一个军区，下辖若干个军分区。可别小看了这个不起眼的军分区，1955年解放军授衔时，当年的军分区司令员和政委大部分都被授予了上将军衔，成了手握重兵的“封疆大吏”。

老百姓家的孩子都觉得干部子弟们脑子有毛病，两个不认识的人一见面，张嘴就是“你爸是几分区的”，这不是傻逼是什么？由此看来，干部子弟这个圈子不是谁都能进入的，就这么几句简单的对话，你要是没有点儿党史、军史的基础知识，马上就会露馅，大部分干部子弟对党史、军史都是无师自通。

杜卫东的出身和“几分区”并不搭界，他压根儿就不是中国人，而是个纯粹的日本人。他的父亲杜源平五郎是外文编译局请来的外国专家，长期在中国工作，杜卫东从小就生长在北京，说得一口京油子话。“文革”前他不叫杜卫东，叫什么谁也想不起来了，反正是日本名字。1966年红卫兵运动兴起时，北京的大学、重点中学，都有外国留学生。这些外国学生也不可避免地卷入了“文革”。在北大附中读初二的杜卫东表现得比他的中国同学还要激进，他把自己的日本名字给改了，改叫“杜卫东”，意思自然是要保卫毛泽东了。他很执着，不管毛泽东是否需要他保卫，反正他是打算保卫到底了。

“文革”开始后，杜卫东也和中国的红卫兵一起造起反来。不知为什么，他莫名其妙地把自己也划为“干部子弟”，愣说他爸爸享受司局级待遇，勉强也算是“高干”。老红卫兵的历次活动——成立红卫兵纠察队、以“联动”的名义冲击公安部等他都参加了。

“大串联”开始后，他联络了几个日本孩子，也扛了面红旗徒步去“长征”。在延安枣园，杜卫东向接待方提出，他们是日本左派，是来中国取经的，回去准备在东京进行武装起义，推翻日本反动派的统治。在未来的战斗中，他们可能会牺牲，在牺牲之前他想在毛主席住过的窑洞里睡一夜。对于一个马上就要牺牲的人来说，这个要求并不算过分，接待方同意了他的要求。但由于有这类要求的外国人太多，所以做了一些限制，每人只能在毛主席住过的窑洞里睡两个小时。杜卫东睡了两个小时还觉得不过瘾，又花了两天时间排队，再度体验了一次毛主席住窑洞的峥嵘岁月。从延安出来，他们又徒步“长征”去了韶山，他神情肃穆地对身边的几个日本哥们儿说：“如果毛主席当年不走出韶山去革命，中国会像今天的日本一样，生活在水深火热之中！”

当然，这都是杜卫东1966年、1967年这两年的表现。他是个喜欢跟潮流的人，既然杜卫东也属于“老兵”圈子里的人，那“老兵”干什么杜卫东当然也干什么。时间进入1968年，当年的老红卫兵们在政治上早已失势，他们心灰意冷地远离了政治，干起了打架、拍婆子的勾当。此时的杜卫东自然也不会闲着，他也弄了身将校呢穿上。他父亲杜源平五郎的工作关系归外国专家局管理，于是杜卫东也像北京大院里的孩子一样，对外交谈时总有个归属问题，所以他自称是“外交部的”，也成了地地道道的京城顽主。

钟跃民有时碰见杜卫东就拿他开心：“卫东，你丫怎么还没走？”

杜卫东说：“我他妈走哪儿去？”

钟跃民说：“有你这么办事儿的吗？咱们那东京武装暴动的计划可是两年前就制订好了，怎么现在还没动静？要都像你这样磨磨蹭蹭，世界革命还干不干了？咱不是最后还要到美国打白宫吗？”

杜卫东说：“狗屁，那不是两年前的作战计划吗？早他妈改戏啦，攻打东京那样的大城市，咱们的力量够吗？这分明是‘左倾’盲动主义，万一给革命事业造成损失算谁的？咱还是得走农村包围城市的路子，世界革命也不是一天半天的事儿，着什么急呀。我现在的工作性质变了，主要是发动群众，等待革命高潮的到来。”

这些套话都是从当时的广播中学来的，成了钟跃民等人穷开心的语言。

杜卫东到底是大和民族的种儿，打起架来心毒手狠，骨子里有种嗜血的渴望。他和钟跃民合伙打过几次群架，杜卫东总是带着刀子，出手便见血。钟跃民从杜卫东身上体会到老爸当年和日本鬼子打仗的确很不容易，这小鬼子真是挺强悍的，难怪当年战争打了14年才惨胜。

冰场的一角，两伙青年正准备进行一场厮杀，冰场的各个角落仍然有人流涌向这里，人越聚越多。

杜卫东穿着一件黄呢子军装上衣，他最近喜欢剃光头，大冬天的故意光着刮得泛青的脑袋，显得很是与众不同，他正和一个穿棉军大衣的青年对峙着。

穿军大衣的青年从袖子里掣出了一柄日本军用刺刀，刺刀在水银灯下闪着寒光，他沉着地提刀在手，问：“哥们儿怎么称呼？”

杜卫东接过一把手下人递来的斧子，漫不经心地回答：“外交部杜卫东。你呢？也报报名嘛。”

那青年笑了笑说：“和平里的，人称‘地雷’。”

杜卫东嘲讽地说：“绰号倒挺唬人的，干吗不叫‘原子弹’？”

地雷冷冷地回答：“哪儿这么多废话，咱是单练呢还是一起上？”

“随便，我奉陪就是。”

钟跃民带着袁军等人从圈子外面挤进人群，杜卫东微笑着向他点点头打招呼：“跃民，咱们可有日子没见了，你丫最近忙什么呢？”

钟跃民问：“卫东，怎么回事？”

地雷轻蔑地上下打量着钟跃民。

杜卫东懒洋洋地说："谁知道怎么回事，有个小子不长眼撞了我一下，我给他两个嘴巴，这哥们儿就不干了，说我打狗欺主，我打了又怎么样，谁让他不长眼？"

地雷露出一脸凶相："我看你是活腻了。"

杜卫东说："跃民，你用不着出手，在旁边看会儿热闹，等我剁了丫的，一会儿请你去老莫吃饭。"

钟跃民伸手拦住杜卫东，转身问地雷："你是和平里的，吴平津你认识吗？"

地雷绷着脸道："别跟我提这个，我谁也不认识，就认识我这把刀。"

袁军从挎包里抽出菜刀："给脸不要脸是不是？我剁了你丫的。"

钟跃民拦住袁军："冰场上不是打架的地方，谁把谁放倒了也脱不了身，我看咱们约个地方怎么样？"

地雷把刺刀揣回袖子，无所谓地说："好啊，那咱们就约个地方，后天上午10点在月坛公园怎么样？"

杜卫东收起斧子道："就这么说定了，谁不去谁是孙子。"

钟跃民向围观的人群说："行啦，不是说好了吗？大伙都散散，都别扎在这儿，冰面都快被压塌了。"

人群渐渐散去。

杜卫东铁青着脸对钟跃民说："跃民，后天带上你的人给我助助威，我非剁了这小子不可。"

钟跃民大包大揽道："没问题，我肯定去。这小子叫地雷，和平里有这一号吗？我怎么没听说过？我看这孙子是欠收拾，后天你能叫多少人去？"

杜卫东回答："有个百十号人就够了，再多了就耍不开了。"

钟跃民说："人多了就打不起来了，这我有经验，两拨人里肯定有互相认识的，一打招呼，得，说合吧。"

杜卫东咬牙切齿地说："去了再说吧，我倒希望和那个地雷单练一场。"

袁军见这场架没打起来，觉得很扫兴，便埋怨钟跃民多管闲事："你跟他废什么话？上去一菜刀剁了丫算了，还和他约什么？没准儿到了后天我还懒得去了呢。"

钟跃民忽然想起了什么："咦，袁军，你还欠我一顿饭呢，好像是新侨饭店吧，你怎么连提也不提啦，装糊涂是不是？"

袁军一脸的无辜："是吗，我怎么一点儿印象也没有，你是把梦里的事当真了吧？"

钟跃民抓住袁军的胳膊一拧，问道："看来我得提醒你一下，再仔细想想，想起来没有……"

"哎哟，你丫轻点儿，想起来了，我终于想起来了，好像是有这么回事，明天……明天就去，行了吧？”

“这就对了，年纪轻轻的记性怎么这么差？看来提醒一下是很有必要的。”

1968年的北京，偌大一个城市，只有两家对外营业的西餐厅：一家是北京展览馆餐厅，因为北京展览馆是20世纪50年代苏联援建的，当时叫苏联展览馆，它的附属餐厅叫莫斯科餐厅，经营俄式西餐。中苏关系恶化以后才改成现在的名字，但人们叫惯了以前的名字，一时改不过口来，北京的顽主们干脆叫它“老莫”。另一家西餐厅是位于崇文门的新侨饭店，经营的是法式西餐，不过这种法式西餐已经完全中国化了。

这两家西餐厅是当时京城的顽主们经常光顾的地方。其中的新侨饭店用餐环境还算是比较考究的，墙壁上挂着装饰性的油画，内容也不显得很激进，餐桌上铺着雪白的桌布，每张餐桌上都摆放着精致的桌牌和一种用玻璃制成的调料容器，椅子都是带弹簧的软椅，椅垫和椅背都套着米黄色的布套。还有一点很重要，这里的女服务员都很年轻，而且没有太丑的。

袁军自从卖古瓷瓶得了笔钱后，一直过着“花天酒地”的生活，说话都比以前气粗了，感觉上已是一览众山小了。他的这种感觉得到钟跃民、郑桐等人的怂恿，大伙儿巴不得袁军保持这种富人的感觉，直到这笔钱花完为止。于是大伙儿见了袁军就拼命吹捧，都说袁军是个仗义疏财的汉子。什么叫顽主？首先是仗义，一掷千金，拿钱不当钱。郑桐说他平生最烦的就是抠抠搜搜，有点儿钱就恨不得在贴身裤衩上缝个兜儿，把钱藏进裤裆里，那叫爷们儿吗？袁军不是傻子，他当然知道哥儿几个为什么突然对他这么客气，但是不管真的假的，互相吹捧总比互相诽谤要好。何况这笔钱明摆着得花光了算，不然他们能饶了你？总之，无论他们是吹捧你还是诽谤你，结果都一样，不如主动点儿，落个仗义疏财的好名声。

钟跃民、袁军、郑桐、二毛子等人围坐在新侨饭店的餐桌前闹闹嚷嚷地点菜，身穿白色工作服的女服务员站在一边准备记菜名。

郑桐问：“同志，有卤煮火烧吗？”

大伙儿都坏笑起来。

女服务员一愣：“对不起，这是西餐厅，不卖卤煮火烧。”

袁军学着山东腔说：“同志，您这里有带料加工服务吗？俺这儿还带着烙饼哩，能给俺烩烩吗？”

女服务员恼怒地盯着他们，不说话。

袁军嬉皮笑脸地说：“同志，俺不让你们白服务，俺给加工费，俺那地界的大车店都有带料加工，这同志，看不起俺乡下人。”

钟跃民息事宁人地说：“同志，您别理他们，这都是我家亲戚，从乡下骑着毛驴来的，没见过世面，您多包涵。我也烦他们，可谁家没几个穷亲戚呢？不怕您笑话……”他用手指着袁军，“这是我表弟，好几年没来了，您猜他给我家带了什么礼物？您猜不出来？我告诉你吧，他拎了一个整猪头……”

郑桐等人大笑起来。

袁军笑道：“跃民，你丫就挤对我吧，这顿饭哥们儿还不吃啦。”他站起装作要走。

郑桐等人一拥而上把他按坐下：“别价，你走了谁结账呀，这不明摆着威胁哥儿几个吗？”

钟跃民一本正经地开始点菜：“不说了，不说了，点菜，第一道菜，嗯，奶油沙司圆肉饼。这样吧，这肉饼每人照着半斤上。”

郑桐等人又大笑起来。

女服务员大概是经常遭到顽主们骚扰，她一副见怪不怪的神态：“这是一道菜，不是肉饼。”

钟跃民故作惊讶：“不可能，这明明写着是肉饼嘛，还是圆的。”

女服务员轻蔑地瞪了他一眼扭头走了。

钟跃民一伙更得意了，肆无忌惮地大笑起来。袁军迅速把一套餐具装进挎包，然后是一副正襟危坐的样子。钟跃民摸摸软椅的布面称赞道：“这椅子不错，坐着挺舒服的，我那儿正缺把椅子呢。”

郑桐说：“顺几套餐具就得啦，你丫还惦记上椅子了？”

一个中年男服务员走过来：“几位小同志，我们如果有服务不周到的地方，请多提宝贵意见。”

袁军若无其事地说：“没意见，就是刚才那位女服务员太粗心，少摆了一套餐具。”

男服务员转身去拿餐具了。

郑桐小声地骂袁军：“你丫真是贼不走空，每次来都顺人家东西，上次把人家桌牌都顺走了。”

“哥们儿喜欢新侨，想留点儿纪念品，怎么啦？”

桌上的菜已经上满，钟跃民等人开始你争我抢，狼吞虎咽起来。

钟跃民嘴里塞满了食物，口齿不清地问：“袁军，照这么吃，咱们还够吃几顿？你还有钱吗？”

袁军回答：“还够吃几顿的，那天我和郑桐去委托行卖东西，差点儿让人家把我们扣下。郑桐这孙子挂相，一看就不像好人，我好说歹说，还拿出户口本，人家才没把我们当贼抓起来。”

郑桐说：“委托行那老东西真孙子，一对明代官窑瓷瓶，才给我们50块钱。袁军丫整个儿一农民，一听就乐得找不着北了，紧接着高呼毛主席万岁，我心说，毛主席要是知道你偷家里的东西卖，非抽你丫的。”

正说着，灯突然灭了，餐厅里一片黑暗。这是常事，这两年城市供电不足，经常停电。

袁军等人鼓噪起来：“怎么回事？没电啦？哎哟，我的嘴呢？我把面包塞鼻子里去啦……”

男服务员在黑暗中喊：“同志们不要乱，是例行停电，我们饭店有备用电源，马上可以恢复供电，请耐心等一下。”

郑桐起哄地大喊：“退钱，退钱，我们不吃了。”

二毛子也乱嚷道：“跃民，咱找他们经理说理去，吃着好好的给咱断电，这不是扫哥儿几个的兴吗？跃民，你怎么不说话？咦，郑桐，跃民哪儿去啦？”

灯终于亮了，餐厅经理正在挨个儿桌子道歉。

袁军、郑桐、二毛子等人突然发现钟跃民刚才坐过的地方空空如也，连椅子都没了。

郑桐惊讶地睁大眼睛小声说：“我操，这孙子真把椅子给顺跑啦……”

袁军反应极快，他把刀叉一扔说了句：“哥儿几个，快撤，一会儿人家发现了，找咱们要椅子，钟跃民这孙子……”

袁军等人仓皇逃出餐厅。

月坛公园的一片空地上，杜卫东从容地抽着烟，他身后已聚集了一片黑压压的人群。还有人流在源源不断地涌进公园。一辆蒙着苫布的平板三轮车缓缓停下，有人迫不及待地掀开苫布，露出里面成捆的棍棒、长矛、柳条帽……

在一棵粗大的槐树上，钟跃民端着一杆气枪，正坐在树杈上抽烟。另一棵大树上，坐着手持气枪的袁军。郑桐把碎砖一块块扔上树，袁军接住又一块块码在树杈上。

郑桐不放心地喊：“你他妈码稳点儿，别掉下来砸着我，别还没打着人家，先让自己人给花了。”

袁军笑着说：“一会儿打起来，哥们儿的大板砖哪人多就往哪儿招呼，我管他是谁。”

杜卫东仰头向钟跃民喊：“跃民，你丫怎么上树啦？哥们儿还指着你冲锋陷阵呢。”

钟跃民说：“卫东，我怎么觉着有点儿不对劲？地雷再怎么样也是我们中国人，我怎么帮着日本鬼子打中国人呢？那别人还不叫我汉奸？”

杜卫东笑道：“你把我当成白求恩同志就得啦，哥们儿是国际主义战士，不远万里来到中国，为了中国人民的解放事业……”

“去你大爷的，人家白求恩是加拿大人，你是他妈的日本鬼子，这能比吗？你算算，你们日本人干过好事儿没有？在明朝的时候就和我们中国犯葛，我们中国教你们这么多文化，可你们就是不走正道儿，好人不当就喜欢当海盗，趁我们中国人一不留神，抢点东西就跑，其实也就是抢个仨瓜俩枣，还以为占了多大便宜，我们都懒得搭理你们……”

坐在另一棵树上的袁军听钟跃民一说也越想越生气：“操，他们日本人是挺孙子的，听我爹说，我们老家的房子就是他们烧的。杜卫东，我操你大爷，你丫凭什么烧我们家房子？跃民，我怎么越看丫越不顺眼，咱干脆先打杜卫东丫一顿得了。”

杜卫东叫起屈来：“哥们儿，烧你们家房子的是日本军国主义分子，是他妈的法西斯，我可是国际主义战士。再说了，这年头儿也不对呀，那会儿咱们都没出生呢。”

“那有可能是你爸干的，或者是你爸的哥们儿干的。那会儿你爸总该出生了吧？正是当兵的年龄，他能闲着吗？没烧过房子也强奸过妇女吧？你们日本人就好这口儿，连母猪都不放过。反正这笔账得算在你头上，你说吧，两条道儿你挑一条，要么让我们捶你丫的一顿，算是我们参加抗日了，要么你掏钱请哥儿几个上老莫撮一顿，你挑吧。”钟跃民威胁道。

“那么我还是请客吧，我算明白了，哥儿几个不就是想宰我吗，说这么多废话干什么？又是找明朝的后账又是说我爸强奸妇女，你们中国人也够孙子的，想宰谁就先诽谤谁。”杜卫东乐呵呵地说。

一个青年气喘吁吁地跑来报告：“卫东，地雷他们来了。”

杜卫东的神态凝重起来：“有多少人？”

“恐怕也有百十号人。”

“来了好，大伙儿抄家伙。”

在公园门口，地雷带领他的人马浩浩荡荡地骑着自行车而来，他们将自行车往路旁一支，明晃晃的自行车顿时摆成一大片。他们纷纷从自行车的横梁上、身上挎的马桶包里掏出了事先准备好的家伙，其中有两个青年居然手里拿着日本侵华时期的军用战刀，一时间，战刀抽出刀鞘的声音、利斧等器械摩擦的声音交织在一起。

地雷穿着件国防绿棉军大衣，头戴羊剪绒皮帽，他神态自若地叼着烟，就像是来公园和女朋友约会，对将要爆发的大规模血腥械斗似乎没放在心里。他突然甩掉大衣一挥手，身后的百十号人顿时骚动起来，人群从公园的大门蜂拥而入。

公园里面，杜卫东率手下也亮出家伙，一步一步迎上前来，一场大规模的械斗就要爆发了。

这时，大门口突然有人喊了一声："住手！"

正准备斗殴的两群人都停住了，同时把头转向大门，只见李援朝带着几个人骑车闯进公园，直接插到两群人中间。

钟跃民叹了一口气，朝袁军喊道："打不起来了，李援朝来啦。"

袁军抱怨地说："真他妈没劲，早知道这样我就不来了。"说着，骂骂咧咧地滑下树。

钟跃民向人群望去，只见李援朝向杜卫东和地雷说着什么，两人频频点头，两人握手，两群人纷纷收起手里的凶器。

"李援朝这小子，哪次打架都充当说和的角色，我就没见过他正正经经地和谁打一架。走，过去看看。"

钟跃民和袁军挤进人群，跟李援朝握了握手。

"我一见你李援朝来就知道完啦，天大的架也打不起来了，真没劲。"

李援朝笑着说："跃民，你这个人怎么唯恐天下不乱呢？"

李援朝还真有面子，经他一说和，地雷和杜卫东的对立情绪顿时化为乌有，立刻变得有说有笑。杜卫东热情地向地雷介绍钟跃民："这是钟跃民，育英学校的。"

地雷和钟跃民握了握手："哥们儿，那天真对不住，你别往心里去，以后有事你说话。"

钟跃民客气道："没事，这回认识了，以后都是朋友了。"

李援朝四下看了看，今天来的人不少，外交部的，铁道部的，计委大院的。这些人难得聚到一起，今天李援朝赶来并不单纯是为了平息这场械斗，而是要借此机会跟各大院的头儿商量一件大事。

杜卫东问道："援朝，你刚才说有事要商量？你说吧，什么事？"

李援朝说："你们听说过小浑蛋吗？"

一听"小浑蛋"三个字，大家都炸了。

"最近刚听说，原先没这一号呀？我正要找他呢，前些日子我的一个朋友被小浑蛋插了，膀胱都被扎穿了，这小子手够黑的。"

"这小子已经伤了十几个人了，听说见面连话都不说，出手就是一刀，专往要害地方捅。"

“真他妈邪乎，没见过这么狠的人。”

李援朝说：“他出手极快，自称是‘京城第一杀手’，我要找你们商量的就是这件事。”

杜卫东问：“抓住他，废了他？”

“对！”李援朝点点头，“不废了他，咱们早晚被他废了。这家伙真是疯了，他不是对着某个人，而是冲咱们‘老兵’来的，不管有仇没仇，出手就要杀人。到现在为止，没出人命是运气好，他的动机是杀人。”

“抓住他怎么办，咱们总不能杀了他吧？闹出人命来事就大了。”地雷说。

李援朝老谋深算地说：“这家伙一身血债，他要是被公安局抓住，恐怕也得判死刑，咱们当然不能蛮干，要干得有理。我准备先去公安局报案，而且主动要求协助公安机关捉拿他，公安局总不会拒绝吧？好，有了这话就好办，凭小浑蛋的性格，他绝不会束手就擒，只要他反抗，就干掉他，这是正当防卫。”

钟跃民说：“逮他还不容易？下星期一《红色娘子军》该公演了，小浑蛋手里有票，他肯定会去，咱们就在剧场里收拾他。”

“还有一个星期呢，也许就在这一星期里谁就丢了命。”李援朝说。

“听说他最近老在展览馆、动物园一带活动，咱们多派点儿人去，把那一带监控起来。”杜卫东显得迫不及待。

“千万别打草惊蛇，这件事一定要秘密进行。”李援朝叮嘱道。

钟跃民家的客厅永远是高朋满座，通常客厅里总不少于七八个人，那是他一生中最悠闲的日子，时间多得难以打发，袁军和郑桐也是如此。这几天，钟跃民正兴奋着，周晓白把《基督山伯爵》这本极难找的书借给他一整个星期，这真是天大的面子，通常这样的书能借给你24小时就已经很够意思了。钟跃民把这本书仔仔细细看了两遍，于是有了资本，这会儿正坐在沙发上跷着二郎腿给袁军、郑桐等人讲《基督山伯爵》的故事，袁军等人听得发呆。

“美茜蒂丝的儿子阿尔培认为基督山伯爵在背后诋毁了他父亲，使他的家族名誉蒙受了耻辱，于是决定在剧院里向基督山伯爵提出决斗。19世纪的法国贵族有个毛病，要把手套扔在对方脸上，而且是在众目睽睽之下，这种举动表示双重意思：一是挑战，二是侮辱。人家法国贵族比较文明，扔手套表示挑战，不像咱们这帮人，一不高兴大板砖就拍过去了……”

袁军等听众大笑起来。

“袁军，要是你在剧院里让人家把手套摔在脸上，你怎么办？”钟跃民问。

“我一菜刀剁了丫的。”袁军凶相毕露地回答，一点儿也没觉得自己有失风度。

“你们听听，什么话吗？流氓就是流氓，永远成不了贵族。你当人家基督山伯爵到剧院听歌剧还带着菜刀？像基督山这种身份的人要是让人把手套摔在脸上就太丢份儿了，他没等对方摔手套，就会主动把手套从阿尔培手里拉过来，彬彬有礼地说：‘我就算您的手套已经扔了，并且裹了一粒子弹送回给您，现在离开我吧，不然我就要召仆人来把您赶到门外去……’”

郑桐打断他兴致勃勃的演讲：“没劲，你讲故事完全是照本宣科，语言是书本语言，你应该使用现在的语言。”

钟跃民叹了口气道：“你们这帮人太没文化，稍微高雅点儿就接受不了，看来我只好把自己降低到扫盲班的标准。基督山伯爵是这么说的：‘孙子，你丫是不是活腻歪啦，跟谁叫板呢？你要不服咱就找个地方单练，使什么家伙随你挑，是菜刀是插子哥们儿都奉陪到底，谁要不敢去谁是孙子……’”

听众们大笑起来。钟跃民卖起了关子不讲了。

袁军迫不及待地说：“接着讲啊，基督山和阿尔培单练了没有？谁把谁收拾啦？”

钟跃民摸摸肚子：“不行，我饿啦，早上就没吃饭，还真有点儿扛不住了。”

袁军掏出5块钱拍在茶几上：“郑桐，你去买几斤包子。跃民，你接着讲。”

郑桐动也不动：“你支使谁呢？不去。”

袁军急了：“那你丫吃不吃？”

“不吃，我还真不饿，看见吃的就烦。”

袁军气急败坏地说：“那么你丫也别听，出门找个凉快地方待着去。”

“你当我乐意听？我他妈烦着呢，好好地坐这儿歇会儿也不得安生。跃民，你别讲了，我听得快睡着了，特没劲。”郑桐分明是故意气袁军。

钟跃民说：“得，我都给人讲烦了，我他妈有病？不讲啦，坚决不讲啦，再讲我就是孙子。”

袁军愤愤然冲钟跃民去了：“真他妈没劲，一本破书，至于吗？”

“破书，你给我找一本瞧瞧？你爸好歹还是当局长的，你们家带字的印刷品都算上，恐怕超不过10本，还得算上毛主席语录和《毛泽东选集》的4本，再加上户口本和副食本，除去这些，你们家还剩几本书？”

袁军不服气地说：“你也太挤对哥们儿了，我们家没书就对啦，现在是什么时代？知识越多越反动，越没文化越革命。郑桐他爸还是大学毕业呢，运动一来，第一个挨斗的就是他爸。”

郑桐不爱听了，他随时都忘不了讥讽袁军和他那个大老粗的父亲，马上回嘴道：“我想起来了，袁军他爸特没劲，我爸挨斗时就他爸蹦得欢，腆着肚子在台上摆出一副老干部的架势，一讲话就哼啊哈的，让我爸只许老老实实，不许乱说乱动。当时还真把我给唬住了，心说，还是延安来的老干部有水平，话还没说呢，架势就出来了。没过两天，我从机关门口路过，看见造反派押着一队'牛鬼蛇神'去干活。'牛鬼蛇神'们排着队，扛着扫帚，嘴里还唱着《牛鬼蛇神之歌》，领唱的那位声音特洪亮，'我是牛鬼蛇神，我是牛鬼蛇神，我有罪，我有罪……'哥们儿一听有点儿不对，这声音怎么这么耳熟？再一瞧，哎呦喂！是袁军他爸。"

钟跃民等人大笑起来，袁军翻了脸："郑桐，你丫挤对谁呢？有种咱们一对一单练。"

郑桐也不示弱："你唬谁呢？单练你未必是对手，不服咱试试……"

袁军冲进厨房抄出菜刀，郑桐抄起一把椅子要砸袁军，同伴们一拥而上抱住两人。

袁军挣扎着："你们谁也别管，谁管我跟谁急。"

客厅里大乱。

钟跃民大叫："哥儿几个，要单练出去练去，这他妈是我家……"

周晓白和罗芸敲响钟跃民家的门时，客厅里正乱成一团，袁军举着菜刀要砍郑桐，谁劝也不听，郑桐也举着椅子不松手，随时准备自卫。钟跃民见劝说无效，勃然大怒，于是冲进厨房抄出根擀面杖，声称要把这两个人来疯的家伙打出去。

周晓白是第一次来钟跃民家。第一次和男孩子打交道，她心里很有些惶惶然的感觉，那天在冰场上她想阻止钟跃民去打架，便扔下一句话，你要是非去以后就别理我。她本以为钟跃民会就范，谁知钟跃民连理也不理，扭头就走了。倒是周晓白发了半天愣，她奇怪，这家伙怎么敢把自己的话当成耳旁风？她心里气得要命，决定以后决不再理他，谁知一会儿钟跃民又回来了，他就像什么也没发生似的对周晓白说："那本书你什么时候给我？"

周晓白不由自主地回答："明天。"说完以后她更生气了，心里暗骂自己没出息。回家以后周晓白还在奇怪，钟跃民这浑蛋用了什么法术使她像中了邪似的？

钟跃民的确老谋深算，周晓白把书借给了他，算是上了他的套，想不理他都不行了。昨天周晓白给钟跃民打电话要他还书，钟跃民竟颐指气使地让她来取，好像是周晓白求他似的，气得她差点儿摔了电话。她想了半天也没想明白，钟跃民这个浑蛋好像漫不经心地就把事情的性质给变了，明明是他求别人的事，结果倒成了别人上赶着来找他。

周晓白和罗芸的到来，使客厅里的气氛缓和下来，刚才还要动刀子玩命的决斗双方也没了脾气，好在袁军和郑桐经常发生这类冲突，他们已经习惯了，不到5

分钟他们就从敌人又变成了哥们儿。

钟跃民找出一些唱片，挑出一张柴可夫斯基钢琴曲《六月·船歌》的密纹唱片放在电唱机上。袁军发财后曾买过一箱红葡萄酒，一直放在钟跃民家，于是也被找出来启瓶，倒进一个个高脚杯，钟跃民殷勤地把酒杯递给两个姑娘。周晓白接过高脚杯瞪了钟跃民一眼，心中那股怨气在慢慢消退。她突然又觉得这家伙还不招人讨厌。谁知刚消了气，钟跃民又说了句不合时宜的话："约翰·施特劳斯有首圆舞曲，叫《美酒、女人与歌》，咱今天可都全了。"

周晓白一听又翻了脸，她把酒杯一放："钟跃民，你这狗嘴里就说不出好话，你把我们当什么了？"

钟跃民自知失言："哎哟，对不起，对不起，我说走嘴了，欠抽，欠抽。"

袁军说："晓白，抽这孙子。"

罗芸笑道："我发现钟跃民的嘴是挺欠的，抽他一顿一点儿也不为过。"

《六月·船歌》的旋律从音箱中传出，轻柔地弥散在空气中，周晓白很快就沉浸在优美的音乐中。

她很久没听过这么美的音乐了。她的母亲是个古典音乐爱好者，家里也收藏了很多唱片，都是精品，周晓白记得光是《天鹅湖》的全剧音乐就有4种不同的版本，而贝多芬的《第九交响曲》则有卡拉扬指挥的柏林爱乐交响乐团演奏的精品版、哈恰图良指挥的莫斯科国立交响乐团的版本。她小时候，母亲常常放各种古典音乐给她听，母亲的一句话她永远也忘不了：音乐和诗歌是从高尚的心灵深处自然流淌出来的。那时周晓白的功课很紧，很少有时间仔细欣赏音乐，也弄不懂那些音乐大师生活的时代背景，但她能够感觉到古典音乐的美妙。每当母亲放肖邦的夜曲时，她都能感到一种温馨的宁静，犹如置身于温暖的海洋中。母亲告诉她："这是用音符组成的诗，要欣赏肖邦的音乐，就必须具备诗人的情怀。"周晓白当中将的父亲却不大喜欢这些音乐，将其一概斥之为靡靡之音。他早就看这些唱片不顺眼，1966年"破四旧"一开始，老头儿就命令警卫员把唱片全砸了，连一张都没剩下。晓白的母亲回家后痛哭了一场，迫于当时的形势，母亲也没敢和父亲大吵大闹。因为整个社会已经陷入一片红色恐怖之中，别说砸几张唱片，连火葬场的死人都烧不过来。母亲沉默了。从此周晓白再也没听过古典音乐。

钟跃民见周晓白目光迷离，神情忧郁，似乎还没从音乐中醒过来，便问她："晓白，你发什么愣呀？"

周晓白像是突然被惊醒："哦，这音乐真美，我一进去就出不来了，真的，很久没听过这么美的音乐了。"

“你喜欢古典音乐？”

“喜欢，我家以前也有很多唱片，可惜‘破四旧’时全被我爸砸了。”

“你爸真他妈有病。”

周晓白发火了：“你爸才有病呢。我警告你，以后和我说话少带脏字。”

钟跃民连忙道歉：“得，得，是我爸有病，行了吧？怎么说翻脸就翻脸呀？真没劲。”

周晓白余怒未消：“你们这些人，嘴怎么这样脏？张嘴就是脏话，还特别爱拿别人的父母开心，难怪别人说你们是流氓，我看一点儿都没冤枉你们。”

郑桐显然不爱听了：“晓白，听你这意思，好像把我们都捎上了，是钟跃民这孙子……”

“你看，说着说着脏话又来了吧，我冤枉你们了吗？”

“哎哟，这也叫脏话？今天你在这儿，我们已经很文明了，尤其是钟跃民，说话显得特别文雅，他平常可不是这样的。”

钟跃民一拍郑桐的脑袋：“你丫又找抽呢，是不是？”

郑桐扶了扶眼镜：“你听听，露馅了吧？他一见了女同学就装出一副酷爱艺术的样子，其实，流氓就是流氓，别装孙子。我和袁军就这点好，不懂就是不懂，从不装孙子。”

周晓白不屑地哼了一声：“要是这么说，你们还是挺坦率的，首先承认自己是流氓，另外也承认自己不懂艺术，这就不错了，比某些不懂装懂的人要强。”

钟跃民看看周晓白：“我好像听出点儿含沙射影的意思。”

周晓白笑着说：“又不是说你，多什么心呀？”

钟跃民做痛苦状：“看来我有必要申明一下，郑桐承认自己是流氓，这的确很坦率，从他的一贯表现来看，称之为流氓也不为过。但他把我也算入流氓的圈子就显然是诽谤了，其实我是个热爱生活、热爱艺术的人，我渴望遇到一个知音，一个和我一样热爱艺术的人。不幸的是，知音难觅，抬眼望去，身边净是郑桐、袁军之类的小人，你不知道，我心里有多痛苦……”

袁军不干了：“跃民，这就是你的不对了，我看出来了，你不就是要找个知音吗，最好还是个女的，这我们理解，可你也犯不上为了找知音就拿我们垫背，这叫重色轻友。”

郑桐大度地说：“没关系，袁军，咱们就受点儿委屈，只要跃民能找到知音，就是把咱们骂成王八蛋，咱们也认了，这叫忍辱负重，谁让他是咱们哥们儿呢。”

周晓白笑着说：“你不是热爱艺术吗？我们也不太难为你，你给我们讲讲你听这首曲子的感受就行了。”她要考考钟跃民，看看他是真的喜欢音乐，还是装腔作势。

钟跃民推辞道："真想请我当老师？算了吧，好为人师可不是什么好品质，一个正派人应当谦虚。"

"是呀，咱们也够难为他的，这张唱片可能是'破四旧'抄家时被扔在大街上，让钟跃民捡回来的，柴可夫斯基的音乐对他来讲，的确深了些。跃民，你不要紧张，我们逗你玩呢。"周晓白用了激将法。

话说到这儿，钟跃民就不能不接招了："既然周晓白硬是不许我谦虚，那我只好给你上一课啦。郑桐，把唱片再放一遍。"

《六月·船歌》的旋律再次响起，钟跃民做深呼吸，眼睛半合，把嗓子的音域调整到低沉的中音区："先生们，女士们，意大利斯卡拉歌剧院的主要赞助人、指挥大师卡拉扬的恩师和引路人，著名的音乐评论家钟跃民先生特地从意大利的米兰不远万里赶到中国，临时担任音乐扫盲班教授，钟跃民先生是中国人民的老朋友，早在20世纪30年代……"

袁军不耐烦了："你丫怎么这么贫呀，还他妈意大利呢，你撑死了也就是从非洲逃荒过来的……"

周晓白笑道："袁军，你别捣乱，让他讲。"

钟跃民丝毫不受影响，他的情绪已经进入了一种氛围："好的音乐都会在人的头脑中形成画面，我看见的画面是这样的，先是俄罗斯风光的大背景，然后是辽阔无垠的草原、绮丽的外高加索风光、波涛汹涌的伏尔加河、圆顶的东正教堂。我似乎听到熟悉的俄罗斯民歌……这歌声忧郁而深邃，让人心里酸酸的，忍不住要流泪……"

周晓白愣了，她没想到钟跃民的语言如此具有感染力，寥寥几句话，竟勾勒出俄罗斯深邃而广袤的大背景，此人真不可小视。

音乐声在回荡，钟跃民富于诗意的语言几乎感染了所有的人，大家似乎都进入了他的语言所描绘出的画面和意境中。

周晓白用手支住下巴，静静地望着钟跃民，她的眼睛明亮，目光清澈如水。

"一个幽静的湖泊，岸边是茂密的白桦林，深秋的白桦林色彩斑斓，秋风轻轻掠过，白桦林飒飒作响……我们的小船静静地划动，桨声轻柔，水波荡漾，林中的夜莺在婉转歌唱……此时，你的心里没有悲伤，也没有欢乐，只有一种淡淡的、若有若无的惆怅……你的眼眶里贮满了泪水，但它不会滚落下来，泪水会渐渐被眼球所吸收，会自己干涸……在如此的氛围下，你的心中只有感动，只有柔情，还有一种深深的眷恋。小船渐渐远去，桨声在消逝，涟漪在水面上消失，带走了感动，带走了柔情……还剩下什么呢？只剩下那淡淡的、若有若无的惆怅在心中久久徘徊……"

大家都听呆了，周晓白的眼角竟溢出了泪水，想不到钟跃民对音乐竟有如此深刻的理解。她悄悄擦去眼泪，凝视着钟跃民，目光中有一种柔柔的光泽。

袁军鼓掌："不错，不错，大家怎么都不说话？给跃民捧捧场，真没想到，一起混了这么多年了，我还不知道他长了一身艺术细胞，一首曲子能听出这么多话来。"

郑桐附和道："我好像听出点儿意思来，跃民的口才不错，很形象，罗芸，你说呢？"

罗芸点点头："真是挺感动人的，美极了。跃民呀，你可真让我刮目相看，我还以为你就会打架呢，想不到你还这么浪漫，真是难得。晓白，你怎么不评论评论？"

周晓白勉强笑笑："浪漫？是很浪漫。我还记得第一次见到钟跃民时的样子，他打架打得满脸是血，简直吓死我了。刚才听音乐时，我怎么也不能把鲜血和浪漫统一到一个人身上，总觉得哪儿不对。"

钟跃民做沉思状："鲜血，浪漫？很有意思，这就叫血色浪漫。"

周晓白深深地看了钟跃民一眼："血色浪漫？说得好，很像咱们所处的这个时代。跃民，我没想到你还有诗人的气质。"

袁军夸张地张大了嘴："诗人？我说周晓白，别捧啦，再捧就有点儿肉麻了，你不觉得太抬举他了？他是诗人，世上有天天带着菜刀出门的诗人吗？"

钟跃民一抬手："去你妈的，你丫找抽呢？"

"听听，终于露出狰狞面目了吧，这就是诗人？"袁军叹道。

周晓白嗔怒道："跃民，你怎么又骂人？一点儿也不禁夸。"

"骂他，我还要抽他呢，这孙子嘴欠……"钟跃民扑向袁军，两人笑骂着滚作一团。

张海洋给钟跃民带话，说有要事相商，两人约好了在军事博物馆前见面。

在军事博物馆前的广场上，张海洋和钟跃民同时赶到，两人停住自行车互相望着，彼此都神秘地一笑，似乎对要商量的事都心知肚明。自从那次握手言和后，两人像遇到知己一样成了朋友。

"海洋，我听说昨天你的一个朋友被小浑蛋插了。"钟跃民开门见山。

"你的消息很灵嘛，这么快就知道了。我那个朋友伤势很重，要不是抢救及时，非丢了命不可。"

"小浑蛋是个心毒手狠的家伙，不出手则罢，一旦出手就往要害处扎，你那个朋友被抢救过来算是命大。"

"跃民，你看出来没有？小浑蛋是冲着咱们这些人来的。前几天他和李奎勇居然跑到百万庄申区路口去拔份儿，还出手插了申区的一个哥们儿。他采用各个击破的方法，让咱们防不胜防，得想个办法抓住他，不然会有越来越多的人遭毒手。”张海洋忧虑地说。

钟跃民沉思着：“就算抓住他又怎么样？总不能杀了他。”

张海洋咬牙切齿地说：“杀不了他也得废了他，让他在大狱里待一辈子。”

“李援朝正在联络各大院的人，准备联合行动，不过，我看收效不大。小浑蛋知道自己仇人太多，公安局也在通缉他，所以行踪诡秘。他手下党羽也很多，想抓住他可不太容易。”

“这就是我要找你商量的。据我的消息，你认识的那个李奎勇最近和小浑蛋混在一起，他们两人的关系很密切，从李奎勇身上入手，准能找到小浑蛋。”

“你的意思是咱们主动出击，先下手？”

“对，先下手，就咱们两个。人多嘴杂，要是泄露了风声，咱们不但抓不到他，反而会被他干掉。这小子杀人不眨眼。跃民，你敢不敢和我联手？”

“你为什么要和我联手？”

“不为别的，就因为我看你钟跃民像条汉子。还有，你的素质不错，我第一次和你交手时，就发现你反应敏捷，速度和爆发力都不错，你受过什么训练吗？”

“我以前在少年体校武术队受过训练。”

“难怪，闹了半天咱们还是同学呢，我在少年体校田径队待过。”

“我说你怎么跑得这么快，那次打架你见警察来，身子一晃就没影儿了。好吧，我同意和你联手。”

临分手时，张海洋说：“我知道你为什么答应得这么痛快。”

钟跃民笑笑：“你说说看。”

“谁要是能把小浑蛋收拾了，谁就声名大噪，份儿就算是拔到家了。”

“这还用说？明摆着的嘛。”

下午的阳光斜斜地照着，钟跃民懒洋洋地躺在玉渊潭公园湖边的长椅上。这里游人很少，湖面的冰已经在融化，湖边的柳树枝条已经微微显出一点儿绿色，空气中弥漫着一股春天特有的气息。

他已经很久没来玉渊潭公园了，“文革”以前，一到夏天他就和伙伴们来这里游泳。那时公园的周围还有很多农民的菜地，他们经常顺手牵羊摘几根黄瓜或偷几个西红柿。有一次，他们被看守菜园的农民抓住了，农民们对付这些坏小子是很有办法的，他们不打不骂，只是罚这些坏小子顶着毒日头干活儿。那个看菜园的农民在窝棚里睡觉，命令他们在菜地里拔草，一条大狼狗虎视眈眈地蹲在地头监视他们。那天的太阳很毒，哥儿几个几乎被晒得脱了一层皮。这件事情给钟跃民留下了深刻的印象，那时他还是小学生，对这类强制劳动毫无反抗能力，简直是任人宰割。要是放在现在，摘他几根黄瓜是看得起他，那条大狼狗再敢龇牙，非扒了它的狗皮不可。

平心而论，钟跃民一点儿也不怀念“文革”以前的岁月。那时的生活很没意思，简直是死水一潭，老师和家长总是把自己的愿望强加给孩子们，无非是让你好好学习，做个乖孩子。其实，并不是所有的孩子都愿意做乖孩子，钟跃民就不愿意。他认为这只是老师和家长们一厢情愿，是一种比较自私的想法。所有的家长在对待孩子的前途时，几乎都带有一种功利色彩，“养儿防老”这句话就是证明。在钟跃民看来，这简直是一种投资行为，为的是将来有回报。这好比农民种庄稼，就是为了收获，如果不是为了这个目的，那你干吗不种草？这种投资行为的恶果就是孩子们倒了霉。因为来到这个世界上，根本不是他们的主观愿望，他们是被迫来的，来了就马上被告知要好好学习，做个乖孩子。上中学时，学校走廊里挂满了爱因斯坦、贝多芬、托尔斯泰的画像，这就是明白无误地告诉你：长大后要做这类人，而做这类人的前提是从现在开始争取做个乖孩子。钟跃民常为此愤愤不平，谁规定他必须要做爱因斯坦？他从来不崇拜这类大师们。小时候读斯蒂文森的《金银岛》时，他突发奇想，认为长大后做个海盗船长也不错，不过他没敢把这个愿望告诉父母，只是埋藏在心里。

钟跃民真正把这个问题想明白时，已经是成年后了。他开始这样理解，对于大多数中国人来说，他们不知道自己真正需要什么。什么时候人们才能只听凭于心灵的召唤，而不被肉体的欲望所控制？走在人群里，钟跃民常常强烈地感受到，中国人的心灵还和中国历史一样，在功利主义和隐逸之间茫然地徘徊，使人世变成没有理智的掠夺，使出世变成失败的藏身之所。在这样的群体里，最容易形成时尚和潮流，所有潮流的流向，都是一元化的价值取向，所以我们的心灵总是一驾失控的马车。

钟跃民对现在的生活状态是比较满意的，首先是没有老师和家长在耳边喋喋不休，也没人逼你做功课。他觉得，世上有一种无法无天的生活方式，它未必适合所有人，但对钟跃民个人来说，是比较合适的。那年公安部抓了他们的红卫兵战友，弟兄们一怒之下就冲了公安部，几百个半大小子愣敢和军队叫板。那些受过特殊训练的战士面对他们一浪一浪地冲击队形，显得束手无策。这事儿要是搁在“文革”以前，你敢跟公安部叫板？你在那大门跟前多站一会儿试试？

有意思的是，和钟跃民有同样想法的青年绝不止他一个，就在钟跃民躺在北京玉渊潭公园的长椅上胡思乱想之时，在遥远的欧洲，巴黎的青年们已经在酝酿一场震惊世界的风暴。这些巴黎的青年简直和钟跃民心心相印，他们身体力行的目标，也是坚决不当乖孩子。

不过，此时的钟跃民还不知道纸醉金迷的巴黎已经山雨欲来，他只关心眼皮底下的事，他在静静地等着李奎勇到来，他早就得到消息，知道李奎勇这些天一直跟小浑蛋在一起。钟跃民认为自己有责任劝劝李奎勇，他要警告一下这位老同学。李奎勇目前的处境很危险，钟跃民是个讲义气的人，他不想眼看着李奎勇倒霉。

李奎勇骑着自行车来到湖边，他支好自行车，坐在钟跃民身边，钟跃民默默伸出了手，两人握手。

"跃民，听我弟弟说，你找我？"李奎勇问。

"没什么大事，好久没见了，想找你聊聊。"钟跌民淡淡地说。

"你有话就直说，干吗兜圈子？这可不像你。"

"好，我明说了吧，我听说你最近和小浑蛋混在一起，有这事吗？"

"你问这些干什么？"

"干什么？我想救你，我不想看着你和他一起倒霉。"

"你想救我？口气也太大了，北京城总不见得数你份儿大吧？"李奎勇不大喜欢钟跃民的口气。

钟跃民冷冷地说："我只想告诉你，离他远点儿，你犯不上蹚这浑水。"

"你们想干掉他？"李奎勇的脸上露出轻蔑的微笑。

"他早晚得死，我们不动他，公安局也饶不了他。公安局的人说，他犯的是故意杀人罪，现在受重伤的就有七八个人，他还不该死吗？"

"可是到现在还没死过人。"

"故意杀人罪是主观上有杀人动机，即便没杀死，那属于偶然，杀人罪是成立了。奎勇，你不要迷信他身手如何了得，什么'京城第一杀手'，他不过是个蠢货。这年月打架是件时髦的事，全城的顽主不过是打打架，拔拔份儿，仅此而已。小浑蛋这个蠢货却一上来就要杀人，这是拎着脑袋跟整个社会干，这不是找死是什么？你听我一句劝，躲他远点儿。"

"公安局抓他，我管不了，可你们动他我不能不管，我不能不讲义气。"

钟跃民叹了口气道："这我就没办法了，我已经把话说到了，奎勇，你好自为之吧。"

"你不想听听他为什么一见你们的人就下黑手？"李奎勇问。

"为什么？"

"1966年的'红八月'你还记得吧？你那会儿也闹得挺欢的，先是打'黑五类'，后来你们又想起打流氓，各学校都成立了'镇流队'。谁是流氓脸上又没写字，你们看谁不顺眼谁就是流氓，小浑蛋以前是个老实孩子，有个邻居和他家有仇，就给红卫兵递过话去，说他是流氓，这么着，红卫兵把他抓去差点儿打死，他命大，挺过来了。我们胡同有个哥们儿也是练摔跤的，他嘴硬不服软，当场就被打死了。小浑蛋从那以后就变了，变得心毒手狠了。"

"他就这么结下仇了，可他怎么连不认识的人也杀？"钟跃民惊讶地问。

"你想想，红卫兵是谁搞起来的？还不是你们干部子弟。你们这些人又特别爱臭显摆，变着法儿也要闹件军装穿穿，生怕别人不知道你们的身份。小浑蛋认准了穿军装的就是干部子弟，他不是冲哪个人，是冲你们'老兵'这个圈子去的。"

钟跃民露出凶相："那么他是找死呢。"

李奎勇也绷起了脸："别说是他，我们胡同的孩子，包括我，也都看你们不顺眼。你们的爹妈不就是有权有势吗，你们从小就吃好的、穿好的，连上学都是好学校，我们就天生命贱，凭什么？"

钟跃民冷冷地说："我们的爹妈提着脑袋干革命的时候，你们的爹妈在干什么？这会儿要讲平等了，早干吗去了？"

李奎勇猛地站起来说："钟跃民，我最烦的就是你这牛哄哄的劲头。你牛什么？你们爹妈有权有势，总不能我们老百姓的孩子就该死吧？"

钟跃民也站了起来："你怎么样我不知道，小浑蛋肯定是该死，他死定了。"

"你别以为你们人多势众，谁干掉谁还不一定呢。"李奎勇阴沉着脸说道。

"奎勇，你们不是对手，不要不服气，不信咱们走着瞧，看在同学的分儿上，将来我们抓住你，我也许会放你一马。"

"钟跃民，从今天分手以后，我要再碰上你，就用刀子和你说话。"李奎勇把烟头狠狠地摔在地上，骑上自行车要走。

"奎勇。"钟跃民叫了一声。

李奎勇停下车，但仍然背对着钟跃民："有话就说。"

"下星期一的芭蕾舞，你们还去吗？"

"什么意思？是想从我这儿探点儿消息？"李奎勇充满敌意地问。

"如果小浑蛋不去，他就算栽了，这种丢份儿的事他恐怕不会干，可他要是敢去，我们就让他变成筛子。所以，奎勇，我希望你别去，算我求你了，行不行？"不知怎的，钟跃民的口气有些近乎哀求。

李奎勇迟疑了一下，骑上车头也不回地走了。

钟跃民望着李奎勇的背影，心情很复杂……

·第四章·

傍晚时分，天桥剧场的大门前灯火辉煌，人声喧闹，观众们持票通过检票口。检票口外面拥挤着黑压压的人群，这都是些等退票的人。他们手里举着钞票，逢人便赔着笑脸问：“同志，有富余票吗？”

钟跃民和张海洋各自拎着一个军用挎包站在检票口的两侧，注视着通过检票口的人群，仿佛在寻找着什么。张海洋的右手插进挎包里，脸上的表情很凶恶，似乎随时准备抽出刀来投入厮杀。

钟跃民却满脸微笑，一见漂亮姑娘过来便满面春风地迎上前去：“这位女同志，有富余票吗？”人家要是摇摇头，他便穷追不舍地尾随着，“那我有富余票，您看吗？”他为此挨了不少白眼，正派姑娘一见他嬉皮笑脸的样子，便认定他是流氓，谁敢要他的票？钟跃民要的就是这效果，闲着也是闲着，逗闷子呗。

张海洋见他忙个不停，便笑骂道：“你丫是不是有病呀？有能耐一会儿周晓白来了，你再表演表演。”

钟跃民说：“她们早进去了。”

“我说呢，要不然你敢这么欢实？你悠着点儿吧，周晓白可是我们大院的‘院花’，我们一不留神让你给拍走了，这下肥水流进外人田了。其实我们两家还是世交呢，我爸和晓白她爸1941年在晋察冀二分区就是老搭档，两家一直走得很近，我和晓白还是小学同学，就这关系也没挡住你在中间插一手。我就奇怪，周晓白是个挺傲的人，你小子是不是给人家下迷魂药了？”

钟跃民显得挺客气：“不好意思，早知道你们两家是这关系，我就不给她当教练了。不过现在也不晚，哪天我是不是得和晓白说说，说你从小学一年级就暗恋上她了，为了哥们儿义气，我得忍痛割爱。”

“去你大爷的。”

钟跃民懒洋洋地把挎包甩到肩上：“进去吧，快开演了。”

张海洋懊恼地说：“妈的，这小子可能不敢来了，好歹也是个成名的人物，这小浑蛋也不怕丢份儿。”

小浑蛋到现在还没有出现，不过钟跃民仍然认定，他一定会来。小浑蛋是个好面子的人，他无论如何不会栽了这个面子的。不过，他如果来了，又能成功脱身，那么到不了明天，他会吹得全城都知道，把自己说成是李向阳，深入虎穴如入无人之地。钟跃民挺可怜这个家伙，这个从小在胡同里长大的孩子还没见过什么世面呢，一年以前还是个名不见经传的小人物，凭着心毒手狠混出点儿名气，现在已经开始为名声所累了，就凭这一点，他就非倒霉不可。因为他已成了众矢之的，谁干掉他谁就会成名。钟跃民一伙刚刚崛起时，也是初生牛犊不怕虎，专找那些“文革”前就成名的流氓头儿叫板。那些流氓头儿早已失去了当年的锋芒，只是一个劲地说好话认栽。因为他们心里太明白了，这些小兔崽子最好别惹，你横竖都占不到便宜，打赢了你丢面子，因为对方是无名之辈，你有欺负小孩儿之嫌；要是打输了，你以后就别在江湖上混了，让一群小兔崽子给收拾了，还好意思当流氓头儿？

这个道理很简单，可是能把它想明白的人并不多，包括很多大人物，轰轰烈烈一辈子，最后为名声所累，栽了跟头。像钟跃民这种鬼精的家伙，却在十六七岁的少年时代就把这个道理整明白了。他想，要是自己处在小浑蛋的位置，今天说什么也不会来，面子和生命比起来就显得太微不足道了。

开演之前，剧场的休息厅成了京城顽主们的社交场所。李援朝似乎是个中心人物，他被一群男女青年簇拥在中间，如众星捧月，和这个握握手，和那个交谈几句，显得很有风度。

钟跃民和张海洋走进休息厅，看见杜卫东正含情脉脉地和一个漂亮的小妞儿在交谈，他向钟跃民他们点点头。

张海洋揶揄道：“我从来没见过杜卫东这么温柔，那双眼睛水汪汪的，快滴出水来了。”

钟跃民说：“水汪汪的，我怎么没看出来？我只觉得他眼睛里发出一种绿光，像狼一样，你说，那傻妞儿知不知道自己快变成狼食了？”

杜卫东装作没听见，继续柔情似水地和小妞儿谈话。

地雷带着和平里的一伙顽主走进来，见了钟跃民问：“看见小浑蛋没有？”

钟跃民摇摇头。

地雷撩开军大衣，露出挂在里面的一把斧子说：“看看，我这家伙都准备好了，那小子敢来就劈了他。跃民，我在二楼第一排，有动静就叫我一声。”

开幕的铃声响了，钟跃民和张海洋走进剧场，袁军、郑桐、周晓白、罗芸等人都已经坐好，只有周晓白的座位旁边给钟跃民留着一个位子，大家心照不宣地认为周晓白已经是钟跃民的女朋友了。

张海洋和他的伙伴们坐在第五排，他扭头向钟跃民打了个手势，请他注意一下四周的动静。钟跃民点点头。

周晓白奇怪地问："跃民，你怎么认识张海洋呀？"

钟跃民笑道："你忘了？还不是因为你。"

周晓白终于想起第一次见到钟跃民的情景，便红了脸不吭声了。

剧场里的灯光突然暗了下来，《红色娘子军》的序曲骤然响起，一束灯光打在紫红色的舞台幕布上，大幕徐徐拉开。第一幕《常青指路》开始了。

钟跃民坐在周晓白旁边，两人聚精会神地看着演出。

这出革命现代芭蕾舞剧《红色娘子军》其实还是传统芭蕾舞的老套路，在"洋为中用"思想的指导下，当时的中国编剧们几乎没费什么脑子就把《天鹅湖》的故事路数给置换成《红色娘子军》了。王子齐格弗里德穿上一身红军军装，背上背把大刀，就成了洪常青，美丽的奥吉塔公主变成了吴清华，那个喜欢破坏别人爱情的魔鬼便顺理成章地成了南霸天。唯一不同的是，洪常青和吴清华没有恋爱一把，这很令人扫兴。当然，这也不能怨编剧，编剧们实在没这个胆子。且不说那是个禁欲的年代，就是从洪常青的职业道德上说也不能这样做。因为让你去当女兵连的党代表，是党对你的信任，你总不能利用职权去干和政治工作毫无关联的事吧？不过，无论什么样的思想内容，音乐和舞蹈的艺术魅力还是为这个革命故事增添了几许浪漫色彩，成为那个特殊年代在仅有的娱乐形式中最受欢迎的一种。所以，也不难理解为什么这次重新公演对大家有如此之大的吸引力了。

钟跃民猜得没错，小浑蛋早就来了，不过他一直没进剧场。之前李奎勇和他发生了一场激烈的争执，李奎勇认为自己太了解钟跃民了，这是个诡计多端的人，他不能不防，至于那个李援朝，李奎勇倒觉得不足为虑。小浑蛋和他的看法却不同，他觉得"老兵"这个群体都外强中干，如果单打独斗，没有人是他的对手，他们只会仗着人多壮胆，要是出手捅倒其中几个，其余的就会一窝蜂地逃走，最近几件流血事件更加证实了他的看法。他很看重自己的名声，决不能因为危险就栽了面子。两人争执了半天，小浑蛋执意要去，甚至提出，要是李奎勇怕事就在这儿等着，他自己去单刀赴会。李奎勇大怒，觉得小浑蛋伤了他的自尊，他什么时候怕过事，不就是和那些"老兵"碴架吗？去就去。

两人悄悄地走进剧场，坐在最后一排的座位上，这时已经开演20分钟了。

尽管悄无声息，但他们还是很快被李援朝的手下发现，这消息马上就悄悄地传遍了整个剧场。

舞台上，吴清华历尽千辛万苦来到根据地，一眼见到了红旗，她扑过去掀起红旗的一角，紧紧贴在脸上，不禁热泪盈眶。袁军对郑桐大发感慨：“他妈的，我宁可做那面红旗……”

小提琴拉出一段极抒情的旋律……这时钟跃民恰到好处地把手放在周晓白的手上，眼睛却看着舞台，似乎很陶醉。周晓白吃惊地看了他一眼，见钟跃民面不改色，便没有吭声。钟跃民大受鼓舞，便加大了力度握住她柔软的手，至于舞台上都演了些什么，钟跃民根本没注意，偏偏这时后排有个外交部的哥们儿捅了他一下，把嘴凑到他耳边低语了几句，钟跃民先是一怔，随后脸上露出了微笑。

第二幕结束了，开始剧间休息，场内灯光大亮，人群纷纷涌向休息室。

小浑蛋和李奎勇拉低帽檐，遮住半个脸靠在椅子上假寐。

李援朝猛地站起来，转身向二楼观众席做了个手势，站在二楼的杜卫东等人心领神会地点点头，把手插进挎包，顺着楼梯向一楼冲去。

站在乐池前的钟跃民、张海洋、袁军等人兵分两路，沿着观众席两侧的通道慢慢地向后排走去。

此时小浑蛋从帽檐下早已发现了他们的行踪。他不怕，既然来了，就做好了硬拼一场的准备，小浑蛋这个绰号就是打出来的。

小浑蛋用手拍拍李奎勇的肩膀，两人慢慢站起来，亮出了手中的匕首。

门已被封死，钟跃民等人呈半圆状包围了小浑蛋和李奎勇，他们手中也亮出了刀子。双方沉默地对峙着。

小浑蛋面不改色，玩弄着手中的匕首，匕首在灯光下闪出炫目的光芒。

李援朝笑着说：“小浑蛋，没想到你还敢来，倒是挺有胆的。”

小浑蛋冷笑着：“这么好看的演出可不常有，再说了，弄张票挺不容易的，要不是你李援朝帮忙，我到哪儿去弄票？”

“可你想过没有，一旦来了还走得了吗？”

“废话少说，李援朝，你小子有种就过来。”

李奎勇晃晃手中的刀：“谁先过来谁先死，不怕死的就来吧。”

钟跃民对李奎勇说：“奎勇，这里没你的事，你让开。”

“跃民，你想让我做小人？”

“你我朋友一场，我可不想伤你。”

“那么你就躲开，少管闲事。”

李援朝指着小浑蛋：“小浑蛋，我问你，你是想死还是想活？”

小浑蛋哼了一声：“李援朝，大爷我想死又怎么样？你要是有能耐就在这儿给我来个大卸八块。明说吧，我今天来就是想和你逗逗闷子，就你这几个虾兵蟹将还想抓住我？”

话音未落，他突然纵身跳起，踩着观众席的椅背敏捷地蹿过一排座椅向舞台方向扑去，李奎勇紧随其后。钟跃民、张海洋、杜卫东等人举刀沿着通道向舞台追去。

小浑蛋和李奎勇蹿上舞台，地雷也跟着蹿上台，举起斧子便砍，李奎勇一把攥住地雷持斧子的手腕，一个漂亮的背挎动作将他摔出去，地雷的身体腾空而起，落进乐池，砸在一把大提琴上，大提琴被砸碎……

张海洋蹿上舞台，挥刀向小浑蛋砍去。小浑蛋的匕首和张海洋的菜刀碰撞在一起，发出金属的铮鸣声……杜卫东从侧面冲上去又是一刀，小浑蛋敏捷地闪开，钟跃民来不及蹿上台，他站在乐池前将手中的菜刀向小浑蛋掷出，锋利的菜刀在空中翻滚着划出一道闪光的抛物线，直冲小浑蛋的脑袋而去，李奎勇手疾眼快地把小浑蛋一拉，菜刀砍在幕布上……两人向后台跑去。

剧院后台的化妆室里，一群穿着红军军装的女演员正在说笑着换装，突然，化妆室的门被撞开，小浑蛋和李奎勇持刀冲了进来，正在化装的女演员们吓得大声尖叫起来。他们从演员们中间跑过，两个女演员被撞倒，桌子也被撞翻，化妆品撒了一地。女演员们还没弄明白是怎么回事，钟跃民、张海洋、李援朝、地雷等人也举刀追进化妆室，室内又是一阵大乱。

钟跃民等人穿过休息室向外追去。女演员们惊魂未定，刚刚扶起桌子，正在收拾散落在地上的化妆品，几个身穿藏蓝色警服的警察冲进来，女演员们又发出一阵尖叫，警察们穿过休息室向外追去。

钟跃民等人气喘吁吁追到剧场的大门口，小浑蛋和李奎勇已不知去向。

张海洋恨恨地骂道：“妈的，又让他们跑了。”

李援朝等人从后面跑来，边跑边喊：“跃民，快跑，雷子来啦。”

钟跃民回头看看：“操，咱们后半场还没看呢。”

李援朝的脚步没停：“那么你就接着看去，我可不陪啦。”

钟跃民突然想起什么：“坏啦，周晓白和罗芸还在里面呢。”

袁军边跑边说：“还管这么多？你他妈倒是什么时候都忘不了妞儿，快跑……”

随着一阵零乱的脚步声，他们的背影消失在夜色中。钟跃民仅仅迟疑了几秒钟，然后也拔腿而逃。

几个警察追出来，剧场的门口已空无一人了。随后追来的一个剧场工作人员道：“还有两个女的和那帮流氓是一伙的，她们还在剧场里。”

为首的一个警察说：“这就好办了，抓住那两个女流氓就一个也跑不了，走，回去看看。”

周晓白和罗芸也没看成后半场舞剧，她们被带进了派出所。

在剧场里，周晓白面对警察的询问表现得很不耐烦，居然告诉警察：“有什么事等散场再说。”这下把警察们惹火了，一个高个子女警察一把就将周晓白从座位上拎起来，不顾她大吵大闹把她和罗芸揪出剧场。

在派出所的值班室里，周晓白和罗芸坐在椅子上，正在审问她们的是一个男警察和一个女警察。

周晓白爱答不理地说：“我已经和你们说了好几遍了，我们不认识那些人。”

男警察显得很有耐心：“你们的票是怎么来的？总不会是自己排队买的吧？”

罗芸和颜悦色地解释：“我们是等退票等来的，那伙人中间好像有两个没来，就把票退给了我们。”

女警察绷着脸道：“你们放老实点儿，知道这是什么地方吗？”

周晓白笑了：“哟，不就是个派出所吗，又不是公安部，吓唬谁呢？”

“一个女孩子，应该自重点儿，和那些小流氓混在一起，你不脸红吗？”女警察用手里的笔敲着桌子教训着。

罗芸翻了脸：“你说话客气点儿，别张嘴闭嘴的流氓，不然我去你们分局军代表那儿告你。”

男警察连忙打圆场：“如果我们有违反政策的地方，你们当然可以向上级机关反映，但是你们今天必须说清楚，刚才在剧院打架行凶的人是谁？在哪儿住？”

周晓白不耐烦地说：“不知道，不知道。”

男警察道：“我们公安机关是不会冤枉好人的，我们有足够的证据证明你们和刚才打架的那伙流氓是一起的。”

“那么就拿出证据来。”罗芸大声说。

男警察的态度还是很和气：“剧场的工作人员看见你们坐在一起，还有说有笑的，这就是人证。其实，只要你们说出那伙流氓的姓名、地址，我就马上放你们走，也不会和你们家长说。”

周晓白懒得再解释了：“我们真的不认识那些人，想怎么样你就看着办吧。”

女警察合上记录本：“既然你们不说，那我只好送你们去分局拘留所了，由预审科的同志来问你们吧。”她站起来准备打电话。

周晓白没想到警察会拘留她们，她无奈地使出最后一招：“我要给我爸爸打个电话。”

男警察很惊讶：“你爸爸是谁……”

周晓白平时很鄙视干部子女动不动就炫耀父母的地位，她认为这很庸俗，可是今天她也只好使用这一招了。她看出来了，警察们还真不是吓唬她们。周晓白有些害怕了，她把父亲的秘书刘全的电话号码告诉了警察。

刘秘书跟随周镇南很多年了，几乎是看着周晓白长大的，以他的办事能力处理这类小事自然是游刃有余。没过多久，一辆黑色的吉姆轿车就停在了派出所门前，身穿军装的刘秘书和派出所所长交谈了一会儿，事情就解决了。周晓白和罗芸昂着头坐进轿车，派出所所长一个劲儿向刘秘书道歉，殷勤地将他们送出大门。汽车已经开出很远了，周晓白回头望去，见那几个警察还站在那里。

最使周晓白愤怒的是，她为钟跃民蒙受了这么多不白之冤，钟跃民不但连句客气话都没有，而且连面都不露了，这个人似乎失踪了。

钟跃民正忙着呢，小浑蛋和李奎勇在天桥剧场成功地突出重围，这件事第二天就传遍了京城，而且添加了很多演义的色彩。总之，小浑蛋成了百万军中取上将首级的赵子龙，京城的“老兵”面子栽大了。钟跃民和张海洋咽不下这口气，他俩分别绞尽脑汁地准备独自收拾小浑蛋。

钟跃民自从上次在玉渊潭公园和李奎勇闹翻后，便把李奎勇也当成了仇人，早把以前的哥们儿义气抛在脑后，他多次向张海洋说，再碰见李奎勇，非插了他不可。

而张海洋早就明白李奎勇的价值，他知道小浑蛋这类人是不会回家住的，他肯定有自己的秘密落脚处，只要发现这个地方，事情就可以结束了。李奎勇肯定知道小浑蛋的住处，所以，当他得知钟跃民约李奎勇在玉渊潭公园见面时，就预先安排了两个人在附近守候，当钟跃民和李奎勇谈崩了，两人不欢而散时，李奎勇已经被盯上了。

张海洋没费什么事就发现了小浑蛋的藏身之处，按照计划，他和钟跃民该行动了。

李奎勇住在宣武区南横街一带的一个很破烂的院子里，这个大杂院里住着十几户人家，李奎勇一家7口住着两间东房。北京的平房面积很小，这两间房子其实总共只有14平方米，屋子里没地方摆放家具，只能把有限的面积用于睡觉，所以他家的一切活动都是在床上进行的。当然，说床还不太准确，他家根本买不起床，只是用木板和红砖支起的大通铺，全家的换洗衣服都放在几个木箱里，木箱放在铺板上靠墙的一侧，3个箱子就能摞到天花板。吃饭时用炕桌，他家老爷子活着的时候，坐在炕桌前盘腿吃饭，李奎勇是长子，被允许坐在炕桌前，他妈和一群弟弟妹妹只有蹲在地上吃饭的份儿——李奎勇就是在这样的生活环境中长大的。

李奎勇的父亲李顺发早年从沧州逃荒来到京城，一个逃荒的农民没什么手艺，除了一身力气一无所有，因此拉黄包车成了首选的职业。不过一踏进这行再想改行就难了，这种职业的人本来是娶不起老婆的，他们是真正的无产者，家无隔夜粮。这话绝不是夸张，干这行的人每天的饭食全凭当天挣，一天不干活就非饿肚子不可。要不是解放，李顺发这辈子也就打光棍了，要真是这样，也就轮不上李奎勇来到这个世界上拔份儿了。1949年对于李顺发来说可是个重要的分水岭，李顺发1951年回家乡领来个乡下丫头成了亲，1952年就有了李奎勇。从此这个家庭每年都添一个孩子，每增加一个孩子，李家的生活水平就下降一截。这似乎是个规律，人越穷越生孩子，而越生孩子越穷，一旦进入这个怪圈，就再也没有好日子过了。李顺发夫妇一共生了9胎，活下来6个，所以李奎勇有3个弟弟和两个妹妹。

新中国成立以后，李顺发不用再拉黄包车了，他参加了三轮车联社，蹬上了平板三轮车。北京人戏称这行为“板儿爷”，大概就是从平板三轮车上的那块木板得的名，三轮车的俗称就叫“板儿车”。李顺发在20世纪50年代中期被定了56元的工资，当时他还挺知足，20世纪50年代的物价很便宜，一个人养一大家子不算太难。可是后来日子就越过越紧了，尤其是三年困难时期，大学教授都吃不饱，何况是李顺发家了，李顺发的身体就是那时垮下来的。蹬板儿车这行需要体力，当时的汽车很少，货运主要靠三轮车，蹬板儿车的人除了要远距离蹬车，还要负责装卸货物，体力消耗极大。困难时期，李顺发一家的日子真有点儿过不下去了，李顺发眼看着没有工作的老婆和一大群嗷嗷待哺的孩子，简直束手无策，他唯一能做的，只有勒紧腰带。等三年困难时期过去了，李顺发的身体也垮了。老天爷一点儿也不怜悯这个多灾多难的家庭，1965年春节刚过，李顺发就撒手西去，死于肾衰竭和心脏病等多种并发症。

父亲一死，李奎勇成了这个家庭的主心骨，幸亏是社会主义国家，李顺发的单位按规定承担抚恤金的发放。穷人家的孩子的确是早当家，李奎勇虽然还没有工作，却承担起了管理全家经济来源的责任，连他的母亲买菜也得向长子要钱，在这个家里，弟弟妹妹们可以不听母亲的话，却不敢不听大哥的话，大哥的话是一言九鼎。

穷人家的孩子在性格上很容易走两个极端，要么极其自尊，要么就是极其自卑，李奎勇属于前者。他从小就好勇斗狠，打起架来不要命，他练摔跤、打拳的目的只有一个，就是不受别人欺负。在和别人打交道时，他只要求平等，要求受到尊重，如果别人不给他平等，他就会用拳头说话。他之所以能和钟跃民成为朋友，就是因为钟跃民能和他平等相处。而现在，他和钟跃民翻了脸，也同样是因为“老兵”这个圈子和他们这些平民子弟的天然对立，既然钟跃民和他们站在一起，那么他和钟跃民的交情就算是走到头了。

这些日子，李奎勇没在家里住，他和小浑蛋住在陶然亭附近的一座简易楼里。这是小浑蛋的一个手下的房子，这种楼房的结构极为简单，造价也很低，是一种特殊时期的产物。这类楼房一般为3层，每层都有公用厕所和水房，楼道两侧是住户的房间，条件很简陋，这类房子里的住户都是底层的市民。小浑蛋的名声虽响，但这对他的实际生活却帮助不大，出身底层的人彼此之间能够提供的帮助是极为有限的，能借你一间房子已经是天大的帮助了。李奎勇和小浑蛋“刷夜”可不像大院里的那些“老兵”那样容易，他们的生存空间实在太狭窄了。从这点上说，他们和“老兵”的角逐简直毫无取胜的可能。

小浑蛋是个负案在身的人，不光“老兵”在找他，公安局也在找他，无论谁找到他，都意味着完蛋。小浑蛋完全知道自己的结局，但他不大在乎，他每天照样和李奎勇一起出去，他们的生活来源主要靠“吃佛”。“吃佛”是一句行话，北京的扒手们自称“佛爷”，他们除了会偷钱包，对打架玩命倒不是很在行，也缺乏胆量，他们希望有份儿大的流氓做他们的靠山，向他们提供某种保护，而他们则从偷来的钱中拿出一部分进贡给流氓作为回报，流氓理所当然地享受这份贡品，名曰“吃佛”。

以小浑蛋的名声，自愿向他进贡的“佛爷”自然很多，因此，李奎勇和小浑蛋倒不缺钱花。他们最缺的是秘密落脚点，按照狡兔三窟的原则，他们应该多安排几个藏身之处，以备不时之需，但从他们所处的生活环境来看，做到这点很难。新中国成立十几年来，北京只建了很少的住宅房，而人口倒是增长了若干倍，在底层老百姓看来，房子比老婆还难找。李奎勇和小浑蛋心里都明白，和李援朝相比，他们实在是处于劣势。

钟跃民和张海洋决定偷袭小浑蛋，按钟跃民的计划，时间选在一个刮大风的夜晚，他派几个人去砸李奎勇家的玻璃，他推算李奎勇得知自己家被砸后肯定要回家看看。调开了李奎勇，他们就少了一个强硬的对手，凭他们两个人收拾一个小浑蛋绰绰有余。

很多年以后，钟跃民和李奎勇还共同回忆起那个夜晚发生的事，不过，两人的感觉不太一样。钟跃民只记得他与张海洋在那个夜晚以二对一的阵容和小浑蛋展开了一场殊死搏斗，这和以往打架斗殴截然不同，这是一场真正的以命相搏的格斗。

李奎勇记得那天晚上他和小浑蛋在那间屋子里相对而坐，桌子中间摆着一瓶二锅头酒，两人喝得满脸通红。那间屋子里没什么家具，他们睡的是地铺，地铺上零乱地扔着很多衣物，都是他们抢来的将校呢大衣、上衣、帽子等。两人正聊着，李奎勇的三弟李奎元来了，说家里的窗玻璃让人给砸了，西北风直往屋里灌，根本没法睡觉。李奎勇一听就火了，谁他妈的这么大胆儿？他没什么仇人，仔细一琢磨就明白了，这事儿除了钟跃民就没别人了，这小子从小就一肚子坏水，只有他能想出这损招儿来。李奎勇当时发誓，再见了钟跃民非给这小子放点儿血不可。但今天晚上他必须回家想办法堵窗户，不然全家人无法睡觉，他骂不绝口地跟三弟回了家。

那天晚上他把棉被挂在窗户上堵住了西北风，折腾了半天，等他赶回那座简易楼时，发现房门大开，屋子里一片狼藉，像是发生过激烈的打斗，小浑蛋已不知去向。李奎勇这才如梦初醒，他上了钟跃民的当。

钟跃民和张海洋在楼对面的一个门洞里看着李奎勇和弟弟走远了，他们相对一笑，从袖子里掣出短棍。这是一截锯短的铁管，他们知道，对付短刀最有效的兵器就是短棍。两人悄悄进了楼道，无声地走上楼梯。在二层的一个房门前，张海洋悄悄做了个手势，闪在一边，钟跃民猛地一脚踹开房门，两人一先一后冲了进去。

房间内已经躺下睡觉的小浑蛋，随着门被踹开的响声敏捷地从枕头下抽出把三棱刮刀，穿着短裤背心跳起来，摆出格斗的架势。

钟跃民和张海洋手持短棍一步步逼近，双方成对峙状。

钟跃民冷冷道："小浑蛋，把你那刀子放下，不然我打断你的胳膊。"

小浑蛋赞道："真是行家，用短棍对付我的刀子，看来你们惦记我不是一天两天啦。你就是钟跃民吧？常听奎勇提起你。这位怎么称呼？咱们都见过吗？"

张海洋晃晃手里的短棍："小浑蛋，废话少说，你不是号称'京城第一杀手'吗，有什么本事你就使出来。"

小浑蛋笑笑："哥们儿，这不太公平吧？两个对一个还不让我穿衣服，这事儿要是传出去，对两位的面子可是有影响的。"

"少来这套，你还是光着吧，反正我们都是无名之辈，没什么面子不面子的。"钟跃民才不上当。

"钟跃民，你敢杀我吗？"小浑蛋挑衅道。

"我犯不上杀你，弄你个残废就够了。"

"可我敢杀你们，要是不敢换命就让开。"

"去你妈的……"钟跃民扑过去就是一棍子，小浑蛋一把掀翻了桌子挡住钟跃民，张海洋的短棍从侧面打来，小浑蛋闪开，三人从房门里打到楼道里。

简易楼里的居民们被打斗声所惊动，纷纷拥到楼道里看究竟。

小浑蛋的动作很敏捷，灵巧地躲开钟跃民、张海洋的短棍，用手中的刮刀进行反击，张海洋差点儿被刺中。楼道里人很多，但谁也不敢上前制止，他们打到哪里，哪里的人群就纷纷躲开。

钟跃民暗暗称奇，他看出小浑蛋不像是受过格斗训练，但此人反应极快，出手果断，抓住机会就痛下杀手，刀刀不离对方要害，从主观意识上要将对手一刀毙命。怪不得那么多人吃了他的亏，他的确是个很厉害的角色。幸亏他没受过什么训练，否则钟跃民和张海洋两人合起来也不是他的对手。

钟跃民终于抓住小浑蛋的破绽，一棍砸向他的天灵盖，小浑蛋侧头躲过致命的一击，铁管划破了耳朵砸在肩膀上，小浑蛋疼得叫了一声，脸色变得煞白。他转身顺着楼梯逃上3楼，钟跃民和张海洋也冲上楼梯……

住在3楼的一个老太太听见打斗声，刚把房门打开想看看究竟，小浑蛋猛地撞倒老人，冲进房门，又把房门撞上，钟跃民用脚猛踹房门……他连续几下才踹开房门，见小浑蛋已跃上窗台，纵身跳下3楼……

钟跃民和张海洋恨恨地扑在窗台上，眼看着小浑蛋逃远了。

钟跃民和张海洋的偷袭行动虽然没有成功，但总算给“老兵”找回点儿面子。因为小浑蛋几乎是光着身子跑的，显得很狼狈，凭他的名声，栽了这样的跟头，份儿算是跌到家了。他败走麦城的消息第二天就传遍了京城。

钟跃民和张海洋在“老兵”圈子里简直成了英雄，在那段日子里，他们成了新侨、老莫的常客，经常有人请他们吃饭，钟跃民和张海洋有些晕了头。

钟跃民就有这种本事，他本来已经把周晓白得罪苦了，可等他想起周晓白的时候，便赔着笑脸去找她，好像他和周晓白之间什么也没发生过，按郑桐的说法就是：从来就拿自己不当外人。面对周晓白狂风暴雨般的数落和质问，他只是带着一脸的无辜，静静地、温柔地注视着周晓白，弄得周晓白都不好意思再骂他了。

周晓白从小到大都是个乖孩子，从小学到中学一直是班干部，是品学兼优的好学生，也听惯了夸奖和赞美，谁知自从认识了钟跃民，她就麻烦不断，最后竟然被送进了派出所。要不是刘秘书出手相助，周晓白的脸就丢大了。幸亏刘秘书是个口风极严的人，他绝不会和任何人说，包括周晓白的父母。

周晓白一见钟跃民，气就不打一处来，这个不安分的浑蛋惹出天大的乱子，害得她和罗芸背黑锅。这也罢了，要是钟跃民事后能安慰她几句，她也不会再耿耿于怀，谁知这个浑蛋东西连面也不见了，好像什么事也没发生过一样，这太过分了。周晓白决定再见到钟跃民时一定把他痛骂一顿，从此和他一刀两断。

周晓白终于发现自己是个极没出息的人，她一见到钟跃民，满腔的怒火就消了一半，等她数落了几句以后，气就完全消了。仔细想起来，她真有些恨自己。总之，周晓白原谅了钟跃民，两人又和好如初。

周晓白永远忘不了她和钟跃民相处的那段日子，那真是段美好的时光，她的初恋，她的激情，都永久地留在那段青春的回忆中。

钟跃民和周晓白在颐和园的西堤上漫步。周晓白是第一次跟男孩子单独约会，所以难免有些紧张。

钟跃民见周晓白一个劲地四处张望，便善解人意地问："怎么了，是不是怕碰见熟人？"

周晓白不好意思地说："我爸要是知道我和一个男孩子来逛颐和园，非打死我不可。"

"这么说，你是第一次和男孩子约会？"

周晓白生气地说："那么你以为这是第几次？"

钟跃民忙说："你看，你看，又生气了？我告诉你，我也是第一次，心里正发毛呢，你没发现我一进大门就往西堤上走？我也怕碰见熟人。"

"你也是第一次？算了吧，你骗谁呢？我看你肯定是个老手，见着女孩子就嬉皮笑脸地凑上去。那次在商店门口拦住我和罗芸，死皮赖脸地一口咬定我是你表妹，还装出一副久别重逢的兴奋样子，看你当时那无赖相儿！"周晓白认定钟跃民是个情场老手。

钟跃民说："我的天，你还记得呢？我以为你早忘了，我说你记性怎么这么好？按理说，像你这么漂亮的女孩子，只要一出门就会有成群的男孩子围上来献殷勤，这种事你该见得多了吧？那么结论只有一个，我当时肯定给你留下了深刻的印象，使你难以忘怀。"

周晓白笑着捶了钟跃民一拳："别臭美了，当天，我回家就和我爸说，我们碰见流氓了。"

"看来咱俩还是有缘，要不然就不会第二次在冰场上遇见。当时我一见到你，脑袋轰的一下就晕了，真是千言万语涌上心头呀，这种感觉我一生中只有两次。"

周晓白一愣，心里倏地冷了一下："还有一次在哪儿？"

钟跃民鬼笑着说："1966年'八一八'那天在天安门广场上。"

周晓白松了口气，笑弯了腰："你真反动……"

"当我满怀激情冲过去时，有个漂亮的女孩子亲切地叫了我一句：'臭流氓。'"

"你当时嬉皮笑脸地说，'哟，你怎么知道我的名字？'我说'你浑蛋'，你说，'那是我小名儿'，气得我们当时不知该说什么好，钟跃民，你太坏了。"

钟跃民笑了："我有这等口才，怎么一点儿印象都没有了？"

“哼，一般来说，干了坏事的人都挺健忘的。”

钟跃民做严肃状：“其实，说我们是流氓，还真是抬举我们了，我们这些人根本就没有当流氓的胆儿。”顿了顿，他又笑了，“只不过是闲的，有时无聊了，觉得招女孩子生气倒也是件挺开心的事。那天袁军将我，说你敢去拍这两个妞儿吗？我说我要是去了你输我什么？他说那我请去新侨饭店吃饭，话都说到这儿了，郑桐他们再一起哄，说我色大胆小，当时我要是不敢去，也太丢份儿了。”

周晓白狠狠地照钟跃民背上捶了一拳：“你们缺德不缺德呀？”

“后来是张海洋多管闲事，他一见有人拍你们大院的女孩子就像老母鸡护小鸡一样，一种责任感油然而生，那天要不是警察来了，我们非收拾了他不可。”

“他爸爸是司令部的参谋长，和我爸是老战友，我们两家很熟，我和他还是小学同学呢。”

“明白了，大概这就叫青梅竹马吧？”

周晓白嗔怒道：“去你的，少胡说八道，我们只不过是同学而已。”

钟跃民做出痛心疾首的表情：“别解释，就算是青梅竹马又怎么啦？你用不着回避，老战友之间指腹为婚的事也是常有的，我就是嫉妒也是干吃醋，你别管我，我还扛得住。”

周晓白气得追上去要打钟跃民，钟跃民笑着逃跑，两人拉拉扯扯闹作一团。突然，两人都静下来，因为他们同时意识到，两人挨得竟是如此之近，他们默默凝视着，渐渐贴近。两人猛地拥抱在一起。

周晓白红得发烫的面颊紧紧贴在钟跃民胸前，她轻轻地合上眼。

钟跃民有些不知所措，尽管他自称是情场老手，其实也只会和女孩子逗贫，并没有什么目的。在一个禁欲的时代，钟跃民似乎要比别人前卫一些，他抚摸着周晓白的头发欲言又止。终于，他壮起胆试探地问：“晓白，咱们……下一步该干什么了？”

周晓白害羞地把脸埋在钟跃民的衣服里：“我不知道。”

“我觉得……下一步该接吻了。”钟跃民厚着脸皮建议。

“你真不要脸……”

钟跃民若有所思地说：“也不知道接吻是个什么感觉，晓白，咱们试试？只当是在做试验。”

周晓白把脸埋在钟跃民的胸前不吭声。

“你要不敢就算了，说实话，我心里也有点儿发毛。”

周晓白猛地抬起头：“谁说不敢？试试就试试，你还敢把我吃了？”

两人的嘴唇终于碰在一起，周晓白一阵头晕目眩，心头一股强烈的旋风席卷而来，她的大脑出现一片空白，身子一下子软了……

钟跃民的脑子也晕乎乎的，他没想到女人的嘴唇竟如此柔嫩，一触便一发而不可收，那种异样的感觉，在一瞬间充斥全身，引来一阵阵战栗……

多少年后，周晓白仍然清楚地记得那一天的每一句话、每一个细节。这是她一生中的第一次，也是唯一一次感受到了爱的旋风，而且是如此强烈，如此甜蜜，令人难以忘怀。

钟跃民的一句话使周晓白一下子清醒过来，他吞吞吐吐、话里有话地问："晓白，咱们下一步该做点儿什么了？"

周晓白的脸红了，她猛地扬起头："跃民，你是不是想得寸进尺啊？"

钟跃民马上缩了回去："周晓白，这就是你的不对了，干吗总把人往歪处想？"

周晓白义正词严地警告钟跃民："咱们的关系只能到这一步，除此之外，你想都别想，明白吗？"

钟跃民言不由衷地说："当然，我觉得咱俩今天的举动都有点儿过了，'男女授受不亲'，这是古训，周晓白同学，咱们今后互勉吧。"

在钟跃民的记忆中，1968年是个挺热闹的年头儿，那个中央"文革"小组不知犯了什么病，生怕人们闲着，总想方设法地找出点儿事来，使人们保持在心潮澎湃的临界点上。比如说中央要开什么会，总是头两个月就先告诉老百姓。于是各单位就开始忙乎，准备好锣鼓家伙和标语牌，有些财大气粗的单位开始自行设计制造毛泽东像章。起初像章的尺寸还算符合规格，后来就不行了，攀比之风骤然兴起，像章的直径越做越大，最后大至12厘米，如此沉重的像章已经无法用别针别在衣服上了，只好用红绸子挂在脖子上，那两年中国生产的铝锭有一大半都消耗在像章上了。一些文教事业单位是清水衙门，这类单位也要向毛主席表忠心，便动员职工们凑钱买塑料窗纱和彩线，绣成各种领袖像，一时商店里的塑料窗纱成了俏货而脱销。这时中央那个会还没开呢，人们已经忙乎成这样了。等会开完了，人们的情绪已经达到了狂热的顶点，至少还要庆祝一个月才算完事。往往是人们正为某一场会而心潮澎湃时，广播里又传来领袖的某段最新指示，于是又是一轮高潮。用钟跃民的话说，就是：反正不让你闲着。

夜幕降临，北京城的大街小巷上，群众的游行队伍川流不息，喧闹声、口号声此起彼伏，到处是举着红旗和毛泽东画像的游行队伍，人们胸前佩戴着硕大的毛泽东像章，激动的脸上热泪纵横。

路灯柱上的喇叭里传来女播音员兴奋的、充满激情的声音："革命同志们、革命战友们，报告大家一个特大喜讯，伟大领袖毛主席又发表了最新指示……”

雄壮激昂的“文革”歌曲被不知疲倦地，甚至有些像吵架似的高唱着：

无产阶级文化大革命，
嘿，就是好，
就是好啊就是好……

人们的激情将这座城市变成了不夜城……

钟跃民、袁军一伙人百无聊赖地在大街上闲逛，以一种过来人的心态静静地注视着喧闹的人群。他们认为自己是解甲归田的老战士，以前的革命活动已经成了光荣的历史。1966年他们战斗过、激情澎湃过，现在该轮到下一代人接过他们手中的枪去战斗了。他们要做的是闲暇时给刚参加革命的后生们上上革命传统课，让他们保持革命的激情。

喇叭里一遍遍传来女播音员的声音：“最新指示，最新指示，你们要关心国家大事，要把无产阶级文化大革命进行到底……”

钟跃民模仿女播音员的口气对着游行的队伍吟道：“江山代有才人出，各领风骚三两年……革命的战友们，请踏着我们的足迹，前进吧！”

袁军把烟头一扔：“国家大事轮得上咱们关心吗？一关心准他妈出麻烦，‘八一八’那会儿咱够关心的吧，我他妈当时就跟个傻逼似的，扎一破武装带，戴一破箍儿，事儿事儿的，又是‘破四旧’又是抄家的，跟上了发条的机器人似的，干起革命来那真是一溜儿小跑，唯恐耽误了革命工作，你说那会儿咱是不是有病？”

郑桐点点头：“我他妈更是有病，那次抄一个资本家的家，哥们儿屁颠屁颠地去看热闹，又是喊口号又是朝那老家伙扔砖头的，人家红卫兵抬抄家物资，我也上去搭把手，溜溜儿地干了一上午，饿了人家也不管饭。哥们儿心说，该回家吃饭了，吃完饭再回来革命。等我中午一回家，当时傻眼了，不知哪儿来的一帮哥们儿把我家也抄了，我爸正撅着腚挨斗呢。”

袁军大笑起来：“你丫活该，谁让你假积极。”

钟跃民发着牢骚：“我算是想明白了，政治这东西可不好玩儿，玩着玩着就把自己玩进去了，1966年那会儿咱革命小将名声多响？捧得咱们自己都找不着北了，可咱那热乎劲还没过去，操，风头又变了，‘现在是小将们犯错误的时候’。得，咱又稀里糊涂成了犯错误的人，还没醒过味儿来呢，我爸又被揪出来了，我又成了‘可以教育好的子女’。”

“跃民，你丫知足吧，你爸虽说被隔离了，可好歹没抄你们家，你还大爷似的住在家里；郑桐他爸虽说被隔离了，可他妈没事，好歹还有份工资；就咱哥们儿惨，我爹妈全进去了不说，家也给封了，我这儿跟谁说理去？”袁军也越想越生气。

“现在又是什么运动？”钟跃民漫不经心地问。

“说是清理阶级队伍，还他妈清呢，够干净的啦，阶级敌人早被清光了，走资派也被清进去了，再清就剩下搞破鞋的啦。”

这时，张海洋带着一伙人匆匆赶来：“跃民，你们这边有动静吗？”

“没有，小浑蛋只要露面，我一眼就能认出来。”

袁军提出建议：“咱们这么多人也别闲着呀，飞几顶帽子，顺手再闹几个像章。”

张海洋笑道：“你小子真是贼不走空。”

钟跃民一伙干坏事的时候喜欢起着哄地干，他们不大在乎抢了什么，他们喜欢这种抢劫的过程。既然有人提议，大家便没有否决的道理，于是一窝蜂地转入一条僻静的小街，这里是理想的设伏地点。

这时群众的游行队伍已经解散，几个中学生正有说有笑地结伴回家，他们胸前佩戴着直径10厘米的硕大像章，十分醒目。

袁军迎着中学生们走来，他故意猛撞一个中学生，中学生被撞得后退了两步。

袁军骂道：“你他妈眼瞎啦，往哪儿撞？”

中学生们愤怒起来，纷纷围住袁军讲理。

钟跃民、张海洋一伙一拥而上，起着哄地说：“干吗，干吗，欺负人是怎么着？”他们推推搡搡，连踢带打，中学生们被弄得不知所措，混乱中几个中学生的帽子不翼而飞，胸前的像章也被拽走。钟跃民等人得手后，顷刻间消失得无影无踪。

几个被洗劫的中学生在无助地痛哭，他们后悔走了这条小街，这回真碰上流氓了……

钟跃民一伙人得手后，还没来得及得意，郑桐突然拔腿狂奔，剩下的人反应都不差，他们没有片刻的犹豫，立刻作鸟兽散，至于为什么跑，大家谁也不知道，既然郑桐先跑了，那肯定是有危险，不跑还等什么？

这一跑，这个团伙就散了，结果两边都出了事。

郑桐和袁军气喘吁吁地跑到另一条街道的十字路口，他们坐在一座楼前的台阶上喘着粗气，袁军已经喘不上气来：“刚才你跑什么？”

“我看见两个穿藏蓝衣服的人，好像是警察。”郑桐回答。

袁军不满地质问：“你他妈看清楚了吗？”

“废话，等看清楚了就晚啦。”

“我刚看上了一个妞儿，还没来得及搭话，只见你丫突然像野驴一样狂奔起来，我连想也没想，就跟你跑起来。”袁军惋惜地说。

郑桐回骂：“去你大爷的，你丫才是野驴呢，我那叫机警，你学着点儿吧。多少次了，只要跟着我，总是化险为夷。”

袁军突然像发现了新大陆，眼睛睁得大大的：“哟，那妞儿过来啦。”

“什么妞儿？”

“就是我刚才瞄上的那个妞儿，还没搭话呢，就让你丫给搅了。”袁军紧紧盯着马路对面。

郑桐这才发现一个女中学生正从路口横过马路，两人连忙追过去。

袁军边跑边叫：“喂，女同学，你等一下。”

女中学生停下脚步。

“跟你打听一下路，去市府大楼怎么走？”袁军笑容满面地问。

女中学生耐心地告诉袁军应走的路线。

袁军做感激状：“谢谢，谢谢，真是遇上好人了，刚才我问谁谁都说不知道，如今的社会风气怎么这样？”

“别客气。”

“咦？我怎么看你挺眼熟的，咱们好像见过。”

女中学生笑笑：“不可能吧？”

“肯定是见过，你小时候在哪个幼儿园？”

“我？我在育红路幼儿园。”

袁军喜道：“这就对了吧？我也是那个幼儿园的，我说怎么看你眼熟。你还记得吗？那时你上小班，我在大班，咱们还一起玩过老鹰抓小鸡呢。哎呀，一晃多少年过去啦，光阴似箭啊，真令人感慨。”

“可我好像没有见过你。”

“那你可能是记不清了，那时你还太小，我已经开始懂事了，所以我的印象很深，咱们那张园长你还有印象吗？”袁军耐心地启发着。

“我不记得有什么张园长，当时的园长姓黄。”

“那是后来调去的，黄园长来时我正好该上小学了。对啦，你叫什么名字？”

“你……有必要知道我的名字吗？”女中学生警惕起来。

袁军感慨道：“咱们好歹也算是同学吧？青梅竹马一场，这就是缘分。我这个人喜欢随缘，要是我今天不向你问路，咱俩可能就失之交臂了，可我偏偏就遇到了你，怎么会这样巧呢？这不是缘分是什么？”

“你要是没什么事，我该走了。”女中学生拔腿就走。

郑桐在一边肆无忌惮地大笑起来。

袁军追着她："别走啊同学，好不容易见了面，也该好好叙叙旧，回忆一下幸福的童年。唉，如今这年月，人与人之间的关系怎么这样冷漠，这样戒备重重？"

"你不要缠着我，再这样我要喊人了。"女孩子终于忍不住了。

郑桐笑嘻嘻地劝道："算了吧袁军，咱走吧，这傻妞儿有点儿缺心眼儿，你理她干什么？"

"郑桐，这就是你的不对了，怎么能这样说人家呢？也太没礼貌了，告诉你郑桐，你要再用这种无礼的腔调说我童年的伙伴，我可跟你急啊。"

郑桐摇着头叹道："得啦，你丫没戏，歇会儿好不好，怎么跟真的似的？"

也该袁军和郑桐倒霉，正说着，前边就来了两个警察。那两个警察推着自行车走过路口，一眼就发现情况，因为袁军和郑桐的样子绝对不像好人。袁军没发现警察，他还在锲而不舍地追逐着女中学生，嘴里不停地说着什么，郑桐一脸坏笑地跟在后面。

警察们马上心知肚明地走了过来。等郑桐发现警察时，已经晚了，他已来不及通知袁军了。

袁军还在浑然不觉地说着："哎，同学，你家住在哪儿？我送送你，一个女孩子深夜在大街上一个人走，实在是太危险。这年头儿坏人太多，一不留神就让他们占了便宜，你别怕，这儿有我呢。"

"我怕的就是你，你别跟着我好吗？"

"你千万别客气，我反正也没事，这深更半夜的，你一个人，我实在不放心……"说着，他突然僵住了。

两个警察站在他前面，正带着嘲讽的表情看着他。

"说呀，怎么不说啦？你这小嘴儿挺能白话的。我听了一会儿了。"一个高个子警察似笑非笑地望着他说。

袁军勉强笑笑："你好，警察同志，这么晚还在值勤？真辛苦，我就不打扰了，再见。"

矮个子警察拦住袁军："哪儿去呀，我让你走了吗？你这是怎么回事啊？"

袁军若无其事道："没事儿，碰上个同学，好多年没见了，我送送她，夜里街上挺不安全的。"

"这么说你是在学雷锋呢，是不是？"

女中学生叫了起来："警察同志，我不认识这两个人，他们一直在纠缠我。"

"听见没有？人家根本不认识你，你就别废话了，跟我们走一趟吧。"

郑桐见势不好，忙装好人："袁军，到那儿跟警察同志好好解释一下，态度要好点儿，可别跟人家吵啊，完了事就早点儿回家。”他扭身要走。

高个子警察吼了起来：“你往哪儿走？给我站住，跟我们走。”

郑桐连忙解释：“哎哟，警察同志，这有我什么事？我不过是在一旁看看热闹，看热闹也犯错误吗？”

“少废话，深更半夜的在大街上看什么热闹？你们是一伙的，看你们就不像好人，走……”

钟跃民和张海洋也没有想到，这回该小浑蛋伏击他们了，他就藏在离他们不远的一个胡同里，一直注视着他们的行动。今天是该了结的时候了，不过，他要各个击破。

刚才大家一阵乱跑，把钟跃民等人冲散，郑桐和袁军不见了踪影。钟跃民不住地四处张望着：“嗯？这帮孙子，怎么一个都找不着啦？”

张海洋打了个哈欠：“算啦，肯定都回家了，咱们也走吧，我有点儿困了。”

于是两个人分了手，钟跃民向前直行，张海洋拐向另外一条街。

张海洋想起自己的自行车还放在长安街的礼士路口，于是他快步向礼士路口走去。此时游行的队伍已经散去，街上静悄悄的，迎面走来一个中等个子的青年，他戴着一顶放下护耳的皮帽，脸上严严实实蒙着口罩，双手插在裤兜里，似乎是在散步。这个人没有引起张海洋的注意。就在两个人擦肩而过的时候，那人突然一扬手，张海洋霎时感到腹部像是插进了一根烧红的铁条，火烧火燎的，他痛楚地叫了一声，下意识地用双手捂住小腹，冷汗从额头上慢慢浸出……

那人慢慢摘下口罩冷笑道：“还认识吗？”

张海洋认出了小浑蛋，他捂住腹部靠在一棵树上，鲜血从指缝里渗出，伤口的剧痛使他一时说不出话来。

“张海洋，你服不服？”小浑蛋晃着刀子冷冷地问。

“去你妈的，不服。”张海洋忍住疼痛咬牙骂道。

“你倒算条汉子，知道为什么今天我不杀你吗？告诉你，那天你和钟跃民去找我，没有带警察，就为了这个，我不杀你。”

“小浑蛋，你我的事没完……”

“好啊，我等着你。”小浑蛋转身走了。

张海洋的身体顺着树干慢慢滑落到地上。

袁军和郑桐被两个警察押进派出所，他们被分别带进两间屋子受审讯。

郑桐向警察耐心地做着解释，他和袁军是小学和中学的同班同学，那个女的是袁军幼儿园的小朋友，好多年没见了，他当时挺激动的，要和那女的叙叙旧，就是这么回事。

高个子警察说："胡说八道，人家根本不认识他。"

郑桐很诚恳地说："警察同志，我觉得这件事有两种可能。一个可能是那女的已经不记得他了，还有一种可能是袁军认错了人。但无论如何，这两种可能都不是我们进来的理由，尤其是我，我招谁惹谁了？其实当时袁军提出要送送那女的，我就不同意，这年头儿谁管谁呀？大老远的，我们送了她，谁送我们回家？万一碰上坏人怎么办？"

高个子警察不耐烦地说："行了行了，瞧你把自己夸的，你们还怕碰上坏人？我看连坏人都得躲着你们走，你先说说你的姓名、学校、住址……"

袁军在另一间屋里被勒令蹲在地上，他还不大习惯这种有损尊严的方式，刚叫了一声"警察叔叔"，还没来得及解释，就被矮个子警察撅回来："你先打住，这儿没你叔叔，我也有不起你这种侄子，你就老实交代刚才要流氓的问题吧。"

"刚才我可能是认错人了，那女的特像我幼儿园时的小朋友，这我得承认，当年我是和那小朋友挺好的，也算是早恋吧，我知道早恋不对……"

"嗯，编，你就编吧，我看看你还要编出点儿什么故事？照你的意思，你6岁之前在幼儿园里就和小朋友谈上恋爱了？还在幼儿园里出演了一场梁山伯与祝英台的故事？下面呢？接着编，反正我今天值夜班，闲着也是闲着，听听故事也不错。"

"您要不信我就不说了，我认为今天的事是个误会，那女的也挺没劲的，就算我认错了人，也不能因此就认定我是坏人。我也是出于好心，怕她走夜路不安全，要送送她，可她反过来竟认为我是坏人，这真使我寒心，我真不知道以后我还该不该去学雷锋做好事。您说，当年雷锋同志冒雨走了二十多里地，把老大娘送回家，等到了家，老大娘翻了脸，硬说雷锋同志是坏人，那雷锋同志心里会怎么想？肯定挺寒心的，您说是不是？"

"你少往一块儿扯，人家雷锋是送七十多岁的老大娘，你呢？专门往人家大姑娘那儿凑，你是什么动机？"

"您这话说得就不对了，我得给您提点儿意见，伟大领袖毛主席教导我们，我们都是来自五湖四海……"

"住嘴！你少给我背毛主席语录，你就给我好好交代一下，这类事你干过多少次，你还干过些什么违法的事？"

郑桐在另一间屋子里侃侃而谈："袁军这个人，基本上还算是个不错的同志，他的缺点就是不大爱学习，为这点我没少帮助过他。我曾苦口婆心地对他说：'袁军呀，你可千万不能放松政治学习啊，资产阶级思想是无孔不入的，你一不留神它就要出来作怪，长此以往，你就要犯错误……'"

高个子警察似乎懒得说废话，他只是一声不吭地拉开抽屉，拿出手铐拍在桌上。

郑桐知趣地住了嘴。

"你要是再跟我胡扯，我就拘留你……"高个子警察吼道。

·第五章·

钟跃民得知张海洋受重伤的消息时，已经是半夜了，他放下电话，连忙赶到医院。张海洋的手术正在进行，手术室外，李援朝、杜卫东、地雷等十几个人在焦急地等候。大家在咬牙切齿地议论着。

手术室的门终于开了，主刀医生疲惫地走出手术室，李援朝等人围上去，紧张地询问张海洋的伤情。

主刀医生五十多岁，看样子像是个主任医师，他摘下口罩说："现在没有危险了，刚送来时伤势很严重，膀胱都被刺穿了，失血过多，人已经休克，幸亏抢救及时，要是再晚来半个小时就危险了。"

李援朝等人算是放下心来。

医生打量着他们："我有话要问你们，你们都是学生吗？"

钟跃民回答："就算是吧。"

医生叹了口气："这个星期我已经做过两个这样的手术了，都是打架斗殴造成的外伤，星期一送来的那个孩子才16岁，竟然被人用斧子砍断了胳膊。我不明白，这年月究竟是怎么啦？你们这些半大的孩子怎么都像疯了一样？打起架来一个比一个心毒手狠，动刀子还不算，一出手就往要害处扎。我当医生二十多年了，以前可从来没见过这样的事，请告诉我，是什么人这样下得去手？"

李援朝玩世不恭地笑道："这个嘛，当然是阶级敌人了，报纸上不是常说，阶级敌人不甘心自己失败，会疯狂地向革命人民反扑吗？"

钟跃民一脸正色："大夫，您放心，革命者是吓不倒的。我们从地上爬起来，擦干净身上的血迹，掩埋好同伴的尸体，就又继续前进了。"

"对，要奋斗就会有牺牲呀，大夫。"

医生努力控制着情绪："好了好了，年轻人，不要这么油嘴滑舌，我看你们也不是什么好学生，你们的书包里放的是什么，不会是课本吧？我听说现在的年轻人出门都带着菜刀，是不是这样，你们可以打开书包让我看看吗？"

钟跃民油滑地耍着贫嘴："大夫，我们是战士，战士怎么能没有武器呢，没有武器怎能保卫无产阶级的红色江山千秋万代永不变色？"

李援朝又变了一副面孔严肃地说："医生同志，您刚才说您当医生已经二十多年了，是这样吗？"

"当然，我是1947年开始当住院医生的，到现在已经21年了。"

李援朝嘲讽道："哟，1947年还是旧社会呢，您那时候就为国民党反动派工作了，资格可够老的。"

医生愤怒了："什么意思？"

李援朝语重心长地说："一个从旧社会过来的中年知识分子，怎么能理解毛泽东时代的青年呢？你已经落在时代的后面了，要加强政治学习呀。既然是从旧社会过来的，身上难免要带有一些资产阶级的污泥浊水，一旦放松了思想改造，就会滑入资产阶级的泥坑里去……"

"医生同志，你要猛醒，你要三思啊。"杜卫东在一边添油加醋。

钟跃民也跟着起哄："你的面前有两条路，何去何从，由你选择。"

地雷带着一脸坏笑道："我们要在你的背上猛击一掌，大喝一声：'同志啊，快回到毛主席的革命路线上来吧，我们张开双臂欢迎你……'"

医生被气得浑身哆嗦："我……我看你们不是学生，简直是一群……小流氓。"

钟跃民等人像是受到什么夸奖，得意地大笑起来。

钟跃民向医生做了个邀请的姿势："多么崇高的称号啊，我们接受你的申请，从此以后，你就是我们的同志啦。"

医生破口大骂："滚……滚……"

郑桐和袁军在派出所里写了一夜的检查，第二天早晨才被放回来。两人一夜没睡觉，打着哈欠来找钟跃民，正巧碰见周晓白和罗芸坐在钟跃民家的客厅里聊天，她们正在听钟跃民讲张海洋受伤的事。

郑桐把昨天晚上被抓进派出所的事和大家一讲，钟跃民、周晓白和罗芸都大笑起来，大家终于找到话题，开始奚落起袁军，袁军显得臊眉耷眼的。

钟跃民拍拍袁军的肩膀："袁军，其实我特理解你当时的心情，也就是一时眼花了，把那傻妞儿当成了心中的女神，你当时肯定怀着一种特纯情、特神圣的感情，是不是？"

袁军一脸的无辜："哥们儿不是闲得慌，逗逗闷子嘛。"

郑桐嘲笑道："袁军当时真是走了眼了，其实那傻妞儿长得不怎么样，长脖子、小短腿儿，跟恐龙似的，也不知怎么回事，到了袁军眼里就成仙女了。我看不过去劝了他两句，这孙子就像中了邪似的，还要跟我翻脸。"

周晓白道："活该！是该让公安局好好收拾一下你这种人，见着女孩子就像疯狗一样追上去，什么毛病？”

袁军不爱听了：“晓白，你这就不对了，我这手儿都是跟钟跃民学的，你怎么不说他？这分明是一种袒护，不能因为你和钟跃民好，钟跃民就因此成了好人。如果说我们这是个流氓团伙，那钟跃民就是流氓头子。你看，连你这样纯洁的女孩子都被他拉下了水。”

周晓白一仰头：“钟跃民当然不是好东西，可他还是有自己的优点，比如他追女孩子就比你有策略，哪像你，一见了女孩子就两眼发直，一脸坏笑地凑上去。”

郑桐一拍大腿，积极检举揭发：“你说得太对了，他当时就这模样，把我都吓着了，人家妞儿能不害怕吗？他还口口声声说：‘别怕，有我呢。’你猜人家妞儿说什么？她说：‘我怕的就是你。’”

众人大笑起来。

郑桐总结道：“主要是他的方法太拙劣，缺乏创造性，关于认幼儿园小朋友的借口不过是拾钟跃民的牙慧，而且这是招儿险棋，不能轻易用的。袁军可好，真敢往上撞，一口咬定和人家玩过老鹰抓小鸡，说他现在像老鹰还差不多，一见了小妞儿两眼就放绿光，可当时他还不到6岁，顶多就是个秃尾巴鹌鹑，连毛还没长出来。”

周晓白一把拉过钟跃民：“跃民，郑桐无意中揭发了你以前的劣迹，这种和幼儿园小朋友久别重逢的故事你曾经上演过几场？”

钟跃民连忙笑着岔开话题：“怎么说着说着就说到我这儿来啦？周晓白同志，你不要转移斗争大方向，咱们现在在过组织生活，主要议题是帮助袁军同志认识错误。袁军，你这次犯的错误很严重，你要端正态度，深刻反省自己。”

“我他妈犯什么错误了，不就是学雷锋做好事了吗？之所以闹出这种误会，完全是因为现在的社会风气太坏，人与人之间缺乏信任和关爱。”袁军狡辩着。

周晓白依然不依不饶地追问钟跃民的劣迹：“现在不说袁军的问题，我对钟跃民编故事的才能很有兴趣，也很想知道这个故事有多少种版本，在我之前他用这种故事蒙骗了多少女孩子。”

大家一听来了精神，你一言我一语地开始揭发批判。郑桐首先发言：“尽管我和跃民是朋友，但我也是个有正义感和良知的人，这是原则，我决不拿原则做交易。对不起了，跃民，我得实话实说，在认识周晓白之前，跃民曾多次利用这种手段欺骗女性。”

“光我看见的就达十几次之多，而我又不是天天跟着他，没看见的我也不能瞎说。”袁军揭发道。

罗芸笑着说：“跃民，你是得好好交代一下历史问题，我们不怕你历史上有污点，只要求讲清楚。”

周晓白启发着："大家没有冤枉你吧？当然，你也可以对自己的问题提出申诉，但一定要诚实。"

钟跃民摸着脑门，连连叹气："真是墙倒众人推，鼓破万人捶，我现在才真正明白什么叫'莫须有'，冤枉啊，我他妈平时见了母猪都不敢多看一眼……"

袁军喝道："住嘴，不许你狡辩，态度放老实点儿。"

郑桐举起右臂高呼："打倒钟跃民！钟跃民必须低头认罪！"

周晓白和罗芸笑作一团。

李奎勇和小浑蛋自从上次被钟跃民他们端了老窝以后，处境就很不妙了。他们无法再找到新的落脚点，只好在一个水泥构件厂的成品料场上暂时安身，他们晚上睡在一个直径1米的水泥管里，两人头对头躺着，身子下面铺着稻草，一有风吹草动，两人就拔出刀子紧张地环顾四周，这样的日子已经过了二十多天，实在是苦不堪言。

李奎勇真有些后悔和小浑蛋搅在一起，小浑蛋是那种干事不计后果的人，他认为自己命贱，从来不拿自己的生命当回事，而且随时准备和任何人换命，这是典型的亡命徒心理。可李奎勇的情况和小浑蛋不一样，他是家里的顶梁柱，母亲和一大群弟弟妹妹还指着他呢。他要是有个三长两短，这个家就垮了。李奎勇的心里很矛盾，他是个讲义气的人，不愿意在朋友困难的时候抛弃他，也说不出口。他本能地感到，他和小浑蛋在跟一股强大的势力抗衡，他们根本不是对手，这是命里注定的。他真有些厌倦了，这样的日子何时是头呢？

前两天李奎勇的母亲病了，他用平板三轮车送母亲去医院，刚出胡同口就被李援朝等十几个人围住，几把锋利的匕首从前后顶在李奎勇的身上。

母亲被吓得直哆嗦，她惊恐地替儿子求情："你们就饶了他吧，他可是老实孩子呀。"

李援朝哼了一声："他老实，他是从老实人里挑出来的吧？"

李奎勇苦笑一声："李援朝，这就没劲了吧？趁我带我妈看病的时候搞这种偷袭，这可有损你的名声。"

"我只问你一句话，小浑蛋在哪里？"

"这我可不能说。"

一个青年的刀子已经刺破了李奎勇脖子上的皮肤，一股鲜血流下来。

那青年露出凶相："不说我插了你。"

李奎勇无所谓地说："你随便。"

李援朝挥手制止住同伴："你是个无名之辈，还不配和我叫板，插了你，丢份儿的是我，我李援朝丢不起那个人。”

“好啊，那我走了。”李奎勇转身要走。

李援朝面无表情地说：“你转告小浑蛋，他如果是条汉子，就3天以后上午10点到北展广场和我见面。如果不敢去，以后就滚出北京躲远点儿，也别再用‘小浑蛋’这个绰号，你听清楚了？”

“他要是敢来呢？”

李援朝阴沉地笑笑：“他要是有能耐从我手里再一次跑掉，从此以后我滚出北京。”

“好吧，我会转告他的。”

李援朝向手下人挥挥手：“放他走。”

李援朝约小浑蛋决斗的事转眼就传遍了京城的各大院，“老兵”的圈子里一时议论纷纷，这是一件重大的事情，各大院的顽主们自然是各有各的想法。

钟跃民家的客厅这两天门庭若市，各路的朋友都来找他商量，其实他自己也没想好该怎么办，因为他无法预料这件事的结局，他和郑桐、袁军等人正在商量。

钟跃民认为，小浑蛋在几个月的时间里就成了名，他为了名声会在所不惜的。这小子虽然狡猾，却城府不深，基本上属于头脑简单的人，这种凭匹夫之勇一味蛮干的人，迟早会丢掉性命。

袁军不屑一顾地说：“他吃亏就吃在总是单枪匹马干事，咱们这么多人，收拾他还不容易？”

郑桐直截了当地提出：“跃民，这种事我不想参与，我觉得这次不同于以往打架，闹不好会出人命，最好咱们都不要参与。”

袁军一听也有些怵头：“要是小浑蛋去了，李援朝真敢干掉他吗？”

钟跃民想了想说：“我担心的就是这个，这么多人，就算李援朝不想杀人，一旦动起手来，他未必控制得住。”

“跃民，这件事非同小可，咱们还是别参与了。”袁军也打退堂鼓了。

钟跃民感到很为难：“你们可以不去，我却不能不去，李援朝那儿，面子上不好交代。”

这时传来敲门声，郑桐去开门，谁知进来的竟是周晓白。

周晓白可能是跑得太急了，显得上气不接下气：“袁军、郑桐，实在对不起，我有重要的事想和钟跃民单独谈谈，可以吗？”

郑桐眨眨眼睛，话里有话地说：“你的意思是不是让我们回避一下？”

袁军开玩笑：“其实我们也不会碍你们的事，你们要干什么，我们把眼睛闭上就得了，何必要把我们赶走？”

周晓白急了："我没和你们开玩笑，希望你们能尊重我。"

"好，好，我们走。袁军，你看见了吧？跃民也希望咱们走，一声都不吭，咱别在这儿碍眼啦。这回你知道什么叫重色轻友了吧？"郑桐没趣地说。

他俩走后，周晓白和钟跃民默默相对，钟跃民用目光询问着，但他始终不说话。周晓白沉默了一会儿，终于忍不住了："跃民，那件事我听说了，我希望你不要去，这次会出大事的，你要答应我。"

钟跃民沉默着。

"你说话呀，请你答应我。"

"这是我自己的事，你不要管。"钟跃民生硬地回答。

周晓白固执地说："我偏要管，你必须答应我。"

"我为什么要答应你？"

"因为……因为我……爱你。"

钟跃民浑身一震，僵住了。

周晓白从钟跃民身后轻轻抱住他，把脸贴在他的后背上。钟跃民一动不动。

"跃民，难道你不知道我对你的感情？"

"我……还以为你对我……仅仅是好感。"

周晓白温柔地说："那天在颐和园，你吻了我，我拒绝你了吗？"

"没有。"

"这就对了，因为我爱你，要是心中没有爱，我会这样吗？"

钟跃民仔细看着周晓白，疑惑地问："你怎么会爱上我这样的人？"

周晓白深深地叹息着："说不清，我也说不清啊……"

郑桐和袁军被逐出钟跃民家，两人大为不满，骂骂咧咧地边走边数落钟跃民重色轻友。他们无处可去，便无所事事地坐在大院礼堂的台阶上抽烟。

袁军突然像发现什么好事似的欢呼起来："哎哟，乐子来啦，看见没有？那儿呢，王主任他们家老三，快走，逮住丫的，别让他跑了。"

郑桐也立刻来了精神："能让他跑了吗，打丫的。"

老三是"革委会"王主任的孩子，这时正穿过礼堂后面的小树林走上小道。这孩子是个先天弱智儿，成天傻乎乎的，鼻子下面永远拖着一条绿色的鼻涕。袁军和郑桐最喜欢欺负老三，老三的存在给他们寂寞的生活带来了无穷的乐趣，因此，他俩一见了老三就喜形于色。

袁军和郑桐冲过来假装亲热地搂住老三的脖子："哎哟，老三，你可想死我们啦，这些天怎么找不着你啦？”

老三傻乎乎地说：“我爸不让我出门，怕有人欺负我。”

郑桐说：“谁敢欺负你，这不是活腻歪了吗？别怕，老三，有我们俩呢，谁和你有仇就和我们说，我们替你收拾他。”

袁军一脸坏笑地说：“我们俩要有仇人也跟你说，你替我们打丫的。”

老三又提出了一个很实际的问题：“我打不过怎么办？”

“我们给你戳着，你只管上去就打，他要敢还手，我们就捶他。”郑桐豪气冲天地拍拍瘦弱的胸膛。

老三不相信地问：“你们真给我戳着？”

袁军笑道：“这还用说？你放心，咱们哥们儿谁跟谁。”

郑桐不怀好意地问：“老三啊，你爸和你妈最近还吵架吗？”

“这些天没吵架，怎么啦？”

郑桐做出推心置腹的表情：“我告诉你，你可千万别和别人说，听见没有？打死也不能说。”

老三抹了一把鼻涕点点头：“嗯，打死我也不说。”

“知道他们为什么吵架吗？这事是你爸不对，你爸是有老婆的人，可他瞒着你妈和总务科的那个大胖子女科长好，上次还让我们碰上啦，就在这儿，你爸搂着那大胖子，手还乱摸，你说说，你妈能不急吗？”

“真的？”

袁军说：“骗你是孙子，你想啊，你爸净搂着人家大胖子，你妈怎么办？这不就闲在家了吗，这叫守活寡，你懂不懂？”

“不懂。”

郑桐骂道：“你这个傻逼，怎么跟你说什么都不明白？我告诉你，你爸可是领导干部，这样下去会犯错误的，你愿意你爸犯错误吗？”

“不愿意，你说怎么办？”

袁军怂恿道：“这好办，你再见到那个大胖子，上去就给她两个大耳刮子，告诉她，‘再勾引我爸我还抽你丫的’。”

老三犹豫着：“大胖子要是打我怎么办？”

袁军一瞪眼：“她敢，我们不是给你戳着吗。等你打完大胖子，再把这事和你妈汇报汇报，你妈准夸你。”

老三点点头，擦了一下鼻涕。

郑桐叮嘱道：“记住，打完以后才能和你妈说，你可别先说。”

“嗯，打完以后再说。”

郑桐照老三屁股上踹了一脚："你去吧，我们等你。"

老三走了。

郑桐和袁军乐得一头栽进草丛……

在钟跃民家，周晓白依偎在钟跃民身上，她歪头盯着钟跃民说："刚认识你的时候，觉得你们这些人就是流氓，还特别无赖。"

"那后来怎么转变了看法？"

"后来我发现你还不是那么坏，只不过是故意装坏，有时还坏得挺可爱的。你知道吗？那天你谈自己对音乐的感受，真把我听呆了。我想，一个对音乐这样敏感的人，肯定是个内心很丰富的人，大概从那天起，我对你就有了份牵挂。"

"晓白，你有了牵挂，我就惨了，平白无故冒出个管我的人。"

"我管你怎么啦？我就要管你，谁让你招我了？人家好好地在那儿滑冰，你非要纠缠，现在后悔了吧？"

"后悔倒没有，可是……你们女的是不是特别热衷于对别人指指点点？"

周晓白认真地说："你说错了，我没兴趣管别人，我只想阻止你去参与打架。我真不明白，一个具有艺术气质的男孩子，怎么会热衷于打架斗殴？"

钟跃民笑笑："袁军不是说我是个带着菜刀的诗人吗，没错，他说得对。"

周晓白轻轻抚摸着他的手："跃民，你答应我了？"

"答应什么？"

"那件事不要去，行吗？"

"不行，我一定要去。"钟跃民突然变得强硬起来。

周晓白央求着："算我求你还不行吗？"

钟跃民郑重其事道："晓白，我答应你这件事完了以后，我再也不打架了，但这次我必须去。"

周晓白发了脾气："我在你心里就是这种位置？现在请你选择一下，你是选择我还是选择你那些狐朋狗友？"

"你让我为难了，我承认，我喜欢你，但我也不能抛弃朋友。"

"好，钟跃民，你听好，从现在起，就当我们从来不认识，我走了。"周晓白转身欲走。

"你站住。"钟跃民低吼道。

周晓白停住脚步。

"周晓白，你也给我听好，我钟跃民从来不受人要挟，你这套小姐脾气最好别在我这儿使……"钟跃民把一个杯子狠狠摔在地上。

周晓白的眼泪滚滚而下，她头也不回，径直走了出去。

周晓白在大院门口碰到了刚刚搞完恶作剧的袁军和郑桐，她理也没理就抹着眼泪跑开了，搞得两人一头雾水。

“这妞儿受什么委屈了？是不是跃民……”袁军猜测着。

钟跃民阴沉着脸给他们开了门。

袁军笑嘻嘻地说：“我看见周晓白抹着眼泪走的，怎么回事，是不是你图谋不轨把人家得罪了？”

郑桐也坏笑着问：“跟人家动手动脚来着，得手了吗？”

袁军语重心长地说：“哥们儿，你太性急啦。”

钟跃民很烦躁：“我告诉你们，以后谁再和我开这种玩笑，可别怪我翻脸啊。”

“你看，你看，说着说着就急了，真没劲。”

钟跃民脸色阴沉得吓人：“袁军、郑桐，我有点儿不好的预感，这次恐怕要出大事，你们都别去了。”

“那你也别去，咱们都不去。”

“我得去，不然李援朝那儿没法交代。还有，我最不放心的是李奎勇，虽然我和他已经翻了脸，可一想到他可能要为此送命，我无论如何都不能不管。”钟跃民义无反顾地下了决心。

“跃民，你可千万要留神，但愿别出什么事。”郑桐忧心忡忡地说。

李奎勇怎么也忘不了他和小浑蛋度过的最后一夜。那天晚上，小浑蛋神态自若地一支接一支地吸烟，李奎勇和他争论了很长时间，最后谁也没有说服谁。李奎勇认为这次和李援朝会面肯定凶多吉少，他建议小浑蛋不要去赴约。而小浑蛋却固执地坚持自己的看法，他认为“老兵”没有几个敢玩命的，从来都是咋呼得响，一到动真格的时候，一个个跑得比兔子还快，李援朝也是个练嘴的，就他那个熊样儿，还真不信他敢杀人。

小浑蛋说：“奎勇，我和李援朝的事该有个了断了，这么拖下去咱们拖不起，害得你连家也不敢回。我希望能和李援朝单练一场，不管是谁输了，就说和算了，世上的事再大也有个完的时候。”

李奎勇不以为然地哼了一声：“你怎么知道李援朝不敢杀你？再说了，他也不会和你单练，他靠的是人多势众，犯得上他亲自出手吗？这些‘老兵’还没吃过这么大的亏，他们就算不敢杀你也要弄残了你，何况公安局也在通缉你，‘老兵’放过你，公安局也饶不了你，我看你还是到外地躲一阵吧。”

小浑蛋摇摇头："事情到了这个份儿上，我和李援朝都没有退路了，我们谁也栽不起这个面子，早晚要正面交手一场，明天是死是活，我只有奉陪到底了。奎勇，你要是怕事，明天就别去。"

李奎勇最怕别人说他胆小怕事，他暴怒起来："你别说了，明天我陪你就是了，不就是个李援朝吗，他又不是三头六臂，谁怕谁呀？"

李奎勇只记得，那天夜里四周静得出奇，连往常喧闹的蛙鸣声也听不见了，小浑蛋似乎睡得并不好，李奎勇半夜一觉醒来，还发现小浑蛋在不停地翻身……

那天晚上，郑桐和袁军对即将发生的血案毫无预感，他俩一心一意地要把白天的恶作剧玩完，此时他们正伏在一个亮着灯的窗户下，捂着嘴乐得上气不接下气。

窗户里传来瓷器破碎的声音，王主任的声音有些气急败坏："你这个浑蛋东西，你说，你为什么打胖阿姨？"

屋子里传来啪啪打耳光的声音，老三大声地哭起来。

一个音调极高的女声嚷道："你打孩子干什么？是丑事败露了气急败坏吧？"

"你胡说八道，我身正不怕影子斜，我是清白的……"

"算了吧，说的比唱的还好听。这么多年了，我还不了解你？从来就是吃着碗里瞅着锅里，你说你，找个谁不行，非找那个猪八戒，是个女人就比她苗条，你倒是不择食，什么猪不叼狗不啃的东西你都要沾上一把……"

王主任勃然大怒："你他妈放屁……"

屋里传来打耳光的声音。

"姓王的，你敢打我？还反了你啦！你打，你打，今天老娘豁出这条老命跟你拼了……"

屋子里打作一团。

郑桐和袁军捂着嘴，跌跌撞撞地消失在黑暗中。

那天夜里，钟跃民也没有睡好，他先是做噩梦，梦见李奎勇浑身是血地站在他面前，两人相顾无言，突然，李奎勇一头栽倒在地上……他的母亲和一大群弟弟妹妹无助地围着他的尸体痛哭……钟跃民从噩梦中惊醒，他的心狂跳不已，浑身都被冷汗浸湿，他感到一种前所未有的恐怖，嘴里喃喃自语道："奎勇，我求你了行不行？明天千万别去呀……"

李援朝带着两个人孤零零地站在广场上，他今天特地穿了一身白色的柞蚕丝军装，显得风度翩翩。他神态自若地点燃一支香烟，漫不经心地向四周巡视。广场附近的几条街道上显得很平静，行人匆匆走过，看不出丝毫异常，一辆15路公共汽车从广场前开过，向西拐进了动物园总站。两个佩戴北京卫戍区值勤袖章的武装士兵从广场前走过，他们在执行正常的巡逻任务，谁能料到，一场震动京城的血案马上就要发生了……

钟跃民昨天夜里没睡好，早晨醒时已经是上午9点40分了，他火烧火燎地骑上自行车飞驰而去，谁知刚骑到百万庄路口，斜刺里冲过一辆自行车径直向他撞过来，钟跃民没提防，被撞倒在地上。他不禁大怒："谁他妈这么不长眼，活得不耐烦啦?"他怒骂着从地上爬起来，正准备一记耳光扇过去，突然愣住了，原来是周晓白正笑吟吟地看着他。钟跃民明白了周晓白的用意，他恼怒地推起自行车要走，周晓白一把抓住钟跃民的自行车不松手，两人僵持不下。

钟跃民爆发了："周晓白，你松手，你是我什么人？非要管我的事。"

周晓白毫不示弱地说："我是你女朋友，我就要管。"

"你管不着，滚开……"

周晓白哀求道："除非你打死我，否则我死也不松手，跃民，我求你了。"

钟跃民拿起挂在车把上的弹簧锁，威胁着："你再不松开，我要砸了。"

"你打，你打，你要下得了手就打吧。"周晓白耍起赖。

钟跃民举起弹簧锁做威胁状，周晓白却轻轻闭上眼睛。钟跃民无可奈何地放下车锁……

此时小浑蛋和李奎勇正并排一步一步地走进北展广场。

李援朝毫无表情地注视着小浑蛋，用打火机点燃了嘴上的香烟。

小浑蛋和李援朝相隔几米远站住，两人静静地对视着。气氛越来越紧张，空气也仿佛停止了流动。广场附近的几条街道上，突然出现了很多穿军装的身影，这些身影正在无声地向这里聚拢过来，慢慢形成一个包围圈。

小浑蛋平静地说："李援朝，我来了，你我今天来个了断吧。"

李援朝把烟头一扔："我还以为你会带着帮手来，怎么，就你们两个?"

"本来我想一个人来会会你，可我这朋友非要陪我来，这样也好，让奎勇当个证人吧，你我的恩怨不关他的事。"

李援朝轻声说道："既然来了，恐怕就谁也走不了啦。"

小浑蛋面无惧色："李援朝，你要是条汉子，就和我一对一地单练，让别的人都让开。"

李援朝冷笑着摇了摇头："我们这些人不太喜欢逞匹夫之勇，那是头脑简单的人干的事。小浑蛋，你害怕了？”

“我要是怕就不来了。告诉你，要是你今天把我杀了，也就算了，要是给我留口气儿，下次我杀你。”

李援朝脸色骤变，地雷在人群中大喊：“援朝，别和他废话，大家上啊……”“老兵”早已红了眼，纷纷亮出刀子，围了上来。

小浑蛋拔出刀子向李援朝扑过去，李援朝后退几步，身旁的同伴们护住他。

小浑蛋和李奎勇背靠背持刀向外，摆出拼命的架势，地雷等人将他们团团围住，持刀一步步向前逼近。

此时，在离这里约两条街的百万庄路口，钟跃民和周晓白还在僵持。

钟跃民无可奈何，又心急如焚。他口气缓和下来：“晓白，你松手，别耽误了我的大事。”

周晓白急得快要哭了：“跃民，我求你别去，就算是为了我，行吗？”

钟跃民气急败坏地使劲掰周晓白紧抓自行车的手，周晓白低头在钟跃民的手上咬了一口，他疼得缩回了手。钟跃民真急了，他顾不了许多了，拿起弹簧锁在周晓白的手上不轻不重地敲了一下。周晓白疼得叫了起来，她下意识地缩回了手。钟跃民骑上车就跑，周晓白一把没抓住，钟跃民跑远了。

周晓白绝望地大哭起来：“钟跃民，你这个浑蛋……”

广场上，血腥的格斗已进入白热化状态。小浑蛋和李奎勇挥舞着刀子企图夺路而走，李援朝等人哪里肯放过，他们一窝蜂追过马路。

小浑蛋和李奎勇刚刚冲过马路又被一伙人迎头截住，两人左突右冲，做困兽之斗。

身中数刀的小浑蛋还在用手中的刀子进行反击，他浑身是血，步履踉跄，渐渐体力不支……

李奎勇的腹部也挨了一刀，他捂住腹部流出来的肠子跌跌撞撞地企图杀开一条血路，刀光一闪，他的肩部又被砍了一刀，鲜血涌了出来……

小浑蛋不断被刺中，他徒劳地挥舞着手中的刀。

李奎勇的视野中天旋地转，展览馆塔尖的天幕背景变成了一片血红色……失去气力的小浑蛋不断被刺中，追杀者一刀一刀凶狠地刺向小浑蛋，他的身体在刀光中剧烈地痉挛着，最终颓然倒下。

李奎勇还在跌跌撞撞地跑，几个追杀者紧追不舍。这时钟跃民骑着自行车赶到，他声嘶力竭地喊：“奎勇，我是钟跃民，快往我车上跳……”

李奎勇用尽最后一点力气蹿上钟跃民的自行车后架，脑袋无力地伏在钟跃民背上。钟跃民拼命蹬着自行车逃避着追杀者，一个追杀者将手中的菜刀向钟跃民掷去，菜刀在空中翻滚着，从钟跃民头上掠过……他终于载着李奎勇逃远了。

李援朝手下的人杀红了眼，纷纷推起自行车要追，李援朝挥手制止住他们："你们看清了，那是钟跃民……"

钟跃民在手术室外的走廊里找到了一部电话，他的手哆嗦得厉害，手指半天也插不进拨号盘的孔里，电话里终于传来周晓白的声音："喂，哪一位？"

"晓白，是我，你听我说……"钟跃民语无伦次地说。电话被挂断了，话筒里传来蜂鸣音。

钟跃民固执地重新拨动电话号盘。

"晓白，你千万别挂，我有急事要请你帮忙……"

话筒里没有声音，周晓白在沉默。

"晓白，你在听吗？"

周晓白平静地说："你说吧。"

"我在医院里，我的朋友受了重伤，正在抢救，我需要钱，你能借我点儿钱吗？我一定会还你的，求你帮帮我，求你了。"

周晓白长长地叹了一口气："我马上去。"

钟跃民如释重负地坐下。

1968年6月在北京发生的这场血案，震动了京城所有的顽主。以往顽主们都把打架斗殴当作一项时髦的活动，很少打出人命来，即使偶尔出现死亡事件也属于失手造成的，顽主们的主观意识中没有杀人的动机，而李援朝策划的这场血案，却是个名副其实的杀人案。事后经法医检查，小浑蛋身中几十刀，当场毙命。李奎勇受重伤，胸部中刀造成血气胸，腹部被刺穿，肠子等内脏流出体外，如果不是抢救及时，也难逃一死。尽管小浑蛋恶贯满盈，血债累累，但毕竟是人命关天，于是公安局迅速行动起来，李援朝等数十人被捕。别看这些"老兵"平时狂妄骄横，但没几个人有进监狱的经验，一旦面对经验丰富的预审员，没有几个能扛住的，于是纷纷互相揭发，越咬事情越多，又导致了很多人被捕。京城的"老兵"一时噤若寒蝉，有的人逃往外地躲难，有的干脆金盆洗手重新当起乖孩子。

钟跃民和郑桐、袁军等人也受到公安局的注意，血案发生后的第三天，钟跃民和郑桐、袁军等人正在客厅里交谈，这时两个警察上门了。

警察仔细询问了他们的名字和住址后，又迅速地翻看了一下手中的笔记本说，听钟跃民和郑桐、袁军等人的名字一点儿也不陌生，虽然没见过他们，却早已如雷贯耳了，今天可是个机会，得好好谈谈。

郑桐和袁军一见警察进门本想借故逃走，没想到这两个警察很热情地挽留他们，两人无可奈何地坐下。郑桐的嘴甜，张嘴就叫“警察叔叔”，一个警察听得浑身不自在，连忙制止：“别，别叫我叔叔，叫得我浑身不自在，咱们还是拉开点距离好。”

郑桐一副老实孩子的表情：“行，那我可就没大没小、不讲礼貌了。警察同志，我们可都是老实孩子，从来没跟你们打过交道。对了，我好像上小学一年级的时候和你们打过一次交道。”

警察注意地问：“嗯？一年级时，你犯什么事了？”

“是这样，我在马路边捡到一分钱，正巧碰见一个交通警察，我二话没说就把钱交给警察了，当时那个警察把我夸得直脸红，说我拾金不昧，真是毛主席的好孩子……”

警察知道上了当：“行了行了，你不用再说了，咱们说正事吧。大概你们也听说了，这次北展广场上发生的杀人案已经牵扯了不少人。据有人揭发，你们都参与了这件事，我们今天来，就是为了核实这件事。”

袁军说：“警察同志，你可真高抬我了，我天生就胆儿小。不瞒您说，平时我见我爸和我妈打架都躲得远远的，我爸特别喜欢摔茶壶，我妈喜欢抄笤帚疙瘩，一开打我们家就鸡飞狗跳，真他妈的瘆得慌……”

钟跃民只要没什么把柄让人抓住，他向来是喜欢和警察耍贫嘴的，他神秘兮兮地说：“你们肯定是搞错了，我们几个都是这一带出了名的好孩子。这些日子我们在等待分配，实在没有事情做，闲着也是闲着，于是我们一商量，便成立了一个组织……”

一个警察马上注意起来：“嗯，成立了组织？好，就说说这件事，你们成立了什么组织？谁是头儿？”

钟跃民故作谦虚：“不好意思，他们选我当头儿，我也没有推辞，我们的组织叫‘扶老携幼志愿队’，专门站在大街上帮助老人和孩子过马路。我们的组织成立两个月来，大家都干得挺起劲，除了袁军同志有时发些牢骚，认为自己吃亏了，别的人表现还是不错的。当然，我们对袁军同志的错误思想也进行了批评教育……”

警察打断他的话：“钟跃民，你的意思我明白了，你们每天都在学雷锋做好事，是这样吧？这就怪了，据我了解，你们几个在这一带都是出了名的小流氓，打架斗殴、抢帽子、扒衣服，什么都干，不然，我找你们干吗，我总不至于是吃饱撑的吧？！”

郑桐插嘴道：“警察同志，你不能光听街道居委会那帮小脚儿侦缉队胡说八道，这些老娘们儿成天张家长李家短，纯粹是闲的，我们也不能堵住她们的嘴，只好由她们去说吧。”

一个警察仔细看看郑桐，说：“我看这里就你能说，小嘴儿挺好使嘛，那我问你，5日那天中午11点前后，你在干什么？请你详细地回忆一下。”

“那天我在家帮我妈做饭，后来我妈让我去买酱油，我买完酱油回来看见两个老头儿在墙根儿那儿下棋。也赖我嘴欠，给一个老头儿支招儿，一下就赢了，另一个老头儿不干了，非拽着我要跟我下一盘。我没办法，只好跟他下，后来我给老头儿来了个马后炮，老头儿的老将动不了窝儿了，老头儿就想悔棋。这时我不干了，和老头儿吵了起来，我说：‘您这么大岁数悔棋，好意思吗？就这样给我们年轻人做榜样……’”

警察不耐烦地说：“行了，行了，你简单点儿，你是说那天中午你在和老头儿下棋，是不是？”

“对，第一局我赢了，那老头儿输急了眼，死活不让我走，我又连赢了他两局才回家，刚到家我妈就抄起锅铲要打我，说等我酱油等了两个多钟头……”

警察真烦了：“我说你怎么这么贫？你不用再说了，我问你，谁能证明你当时在下棋？”

“那老头儿啊，他能证明。”

“那老头儿住哪儿，叫什么？”

“哎哟，这我就不知道了，谁下棋之前还问问对方的姓名和住址？这不是有病吗？反正那老头儿经常在墙根儿那儿晒太阳，你要到那儿去等，也许能碰上。”

警察说：“行啦，你签字吧，我可警告你，你要是不说实话，一切后果自负。”

郑桐仔细看着谈话记录：“哟，您怎么净是错别字呀？‘支招儿’的‘招’字应该有个提手旁，您这是‘召唤’的‘召’，还有……您这字也太帅了点儿，我怎么不认识？跟阿拉伯文似的。”

警察火了：“你哪儿这么多废话？我警告你，再臭贫我就告你妨碍公务！”

钟跃民凑过来：“是不是该我说了？”

一个警察翻了翻笔记本说：“你的事情我们已经大致掌握了，据李援朝等人交代，那天你去晚了，等你到时，李奎勇已经受了重伤，他是蹿上你的自行车才免于一死，是这样吗？”

“这基本是事实，不过那天我可不是去打架的，我听说北展广场有人要打群架，我想去制止一下，结果碰上李奎勇，他往我车上一蹿，紧接着一把菜刀就擦着我头皮飞过去了，吓得我差点儿尿裤子。不过，这也算是救人一命吧，同志，这应该算见义勇为吧？你们公安局能送我一面锦旗吗？上面写八个字就行了——临危不惧，英雄本色……”

“你想什么呢，我们公安局送你锦旗？你倒真拿自己不当外人。告诉你，我们今天是来找你核实情况，你要是有所隐瞒，我倒有可能送你一副手铐。在我们的调查结束之前，你们哪儿也不许去，要保证随叫随到，我们随时有可能找你们，听见没有？”

钟跃民点头哈腰道：“我愿意接受组织的审查，党的政策我懂，决不冤枉一个好人，也决不放过一个坏人，是不是？”

两个警察站起来，合上笔记本。

袁军忽然觉得受了冷落，怎么没人理他？也太不拿他当回事了。

他殷勤地站起来说：“警察同志，你们怎么没问我呢？我正想和你们汇报一下那天我在干什么。”

“那天你确实没去，这我们清楚。不过，袁军，你也不是只好鸟儿，我在审讯中多次听到你的名字，虽然你当天不在现场，但这件事与你也有牵连，你的问题，咱们以后再谈。总之，你们要保证随叫随到，要是找不到你们，就以畏罪潜逃论处，后果你们都清楚。”

郑桐问：“那我们的‘扶老携幼志愿队’怎么办？还让不让我们学雷锋了？这样很容易造成误会，明明是出去做好事，却落个畏罪潜逃的恶名，你真让我们为难。”

“郑桐，你又臭贫是不是？你不要以为我们拿你没办法，实话告诉你们，你们这几块料早在派出所挂上号了，什么坏事都少不了你们。我可把丑话说在前边，下次要是让我抓住什么证据，我可就没这么客气了。”

那个年龄大一些的警察教训道：“你们不要满不在乎，这次的杀人案可是震惊全城了。李援朝的胆子也太大了，小浑蛋就算该杀，那也是政府的事。如果当时把他扭送到公安局，李援朝他们还会受奖励，可他们竟把小浑蛋杀了，这下性质就变了，你们好好想想，要从这件案子上吸取教训。”

钟跃民等人把两个警察送到门口，殷勤地告别：“真是人民的好警察啊，眼看着我们都到悬崖边上了，还不顾个人安危地探出身子要拉我们一把。多悬哪，弄不好没救成我们自己也掉下去了，真该好好感谢你们。你不知道，平时我爸说我都梗脖子，可今天你们这一席话，噌的一下，就说到我心里去啦，语重心长啊，我心里暖融融的。我知道，党和人民是不会抛弃我们的。二位走好，我不送了，再见！再见……去你妈的，玩去吧。”

钟跃民关上门，三个人得意地大笑起来。

李奎勇整整昏迷了一天一夜才醒过来，他睁开双眼，第一个看见的就是钟跃民，周晓白、袁军、郑桐站在病床边。

钟跃民握住他的手："奎勇，你终于醒了。吓死我了，你昏迷整整一天一夜了，我真怕你醒不过来，你别说话，听我说。"

李奎勇微微点点头。

钟跃民轻声说："你看，郑桐和袁军你都见过，这是周晓白，我的女朋友。"

周晓白向李奎勇点点头："你好，请安心养伤，跃民的朋友就是我的朋友，我们会帮助你的。"

李奎勇点点头。

钟跃民见李奎勇脱离了危险，总算是放下心来，于是又开起了玩笑："这次多亏了晓白，要不是她偷了她爸的钱，我们一时半会儿还真凑不够这么多钱交你的手术费。晓白真是高手，一出手就把她爸钱包给偷出来了。"

周晓白娇嗔道："去你的，那是我爸放在抽屉里的钱，你说谁偷钱包？"

郑桐插嘴："当然不能说是偷，多难听呀，应该叫'顺'，这就顺耳多了。"

这几天，钟跃民想了很多，他想起他和李奎勇童年时的友谊，想自己为什么要整天打来打去的，像中了邪。他已经答应了周晓白，从此再也不参与这样的斗殴了，因为他突然觉得很没意思，没意思透了。

钟跃民握住李奎勇的手，他只说了句："奎勇，咱们还是朋友，对不对？"

李奎勇点点头，用力握了握钟跃民的手，他的眼中闪出泪光……

·第六章·

1968年年底，应该在1966年、1967年和1968年毕业的高中、初中学生全部毕业，这也就是后来著名的“老三届”。

对当时的毕业生来说，毕业以后的分配是个犯不上考虑的问题，因为党已经替你考虑好了，除了少数人应征入伍外，还有极少数人由于身体原因或家庭有特殊困难被照顾留城分配工作，其余95%以上的人作为“知青”被送到边疆的军垦农场或边远山区去插队。

1968年的征兵开始了，各学校的征兵体检处门前都排了长队。在中华人民共和国的征兵历史上，这一年的情况是很特殊的，因为前一年，也就是1967年，是中华人民共和国历史上唯一没有征兵的年头儿。到了1968年，由于国际形势急剧变化，中国领导人感到战争的威胁，对国防工作做了一系列调整，其中扩充武装部队是一项重要措施。因此，1968年年底，军队补充了大批新兵，从此中国军队的兵员总数达到了500万人，现役军人的总数为世界第一。

钟跃民、袁军和郑桐都没有接到体检通知，因为他们所在学校的政工部门认为他们都属于“可以教育好的子女”，不可能通过入伍政审，既然如此就不必参加体检了，反正去插队是不需要检查身体的。

出身于高级知识分子家庭的郑桐倒是无所谓，他本来也没做此打算。

郑桐的父亲郑天宇早年留学美国，美国人都很缺乏组织纪律性，不关自己的事也要跳出来发表意见，生怕别人忘了他。郑天宇也受了这种影响，回国后又不知道改改，所以总是不招领导待见，一来运动就把他拎出来受受教育，得写几份检查才能过关。好在知识分子写检查不费劲。不过，1957年的反右运动倒没碰到郑天宇，这不是因为郑天宇长了记性，而是老天保佑他，本来他已经精心准备了发言稿，打算在第二天的会上向党提点儿意见，谁知当天晚上多喝了二两酒，造成胃穿孔被送进医院抢救，等他病好了出院时，右派们已经自杀的自杀，劳改的劳改了。郑天宇吓出了一身冷汗，连忙偷偷把发言稿烧了，从此夹起尾巴做人。

郑桐常常想，幸亏当年他老爸被酒精烧穿了胃，不然郑桐现在也许正在北大荒某个劳改农场帮他老爸打土坯呢。老天爷既然这么照顾他一家，那么就不该再有非分之想了，当兵梦可不是他这种家庭出身的人能做的。他对这种政治歧视已经习惯了，别说是穿军装的正规军，就是当个民兵土八路也没戏。他能琢磨的是到哪里去插队的问题，郑桐常常怀着比较阴暗的心理对钟跃民、袁军等人的处境幸灾乐祸，既然这些干部子弟都当不成兵，那他这“臭老九”出身的人还有什么心理不平衡的？

钟跃民和袁军却大为恼火，他们对这种政治歧视还不大习惯，从心里还认为自己是革命干部出身。他俩骂骂咧咧地找到学校政工组要求解释，为什么连入伍体检的机会都不给他们？

一个办事员解释说：“你们应该知道，入伍的政审很严格。据我所知，你们的父母在政治上都有些问题，有些是历史问题，有些是现行问题。总之，现在还没有正式的组织结论，退一步说，就算学校同意你们参加体检，你们也过不了政审关。”

钟跃民说：“党的政策不是不唯成分论吗？再说我们都是革命干部出身，又不是‘黑五类’。”

办事员嘲讽道：“革命干部，现在揪出来的‘黑帮走资派’有几个以前不是革命干部？刘少奇以前也是革命干部呢。”

袁军大怒：“妈的，我爸爸1938年参加八路军，打了半辈子仗，我他妈倒成了出身不好的人了？我问你，你们那个‘革委会’主任，1938年他在哪儿？”

钟跃民出言不逊：“大概正穿开裆裤呢。”

“穿开裆裤？你太抬举他了，他那会儿还在他爹腿肚子里转筋呢。”袁军肆无忌惮地骂起来。

办事员猛地站起：“袁军，你骂谁？”

袁军一拍桌子：“去你妈的，骂你，我还想抽你丫的呢，你他妈的也就是条狗，人五人六地坐这儿假充真神。”

钟跃民拉起袁军道：“别理他，这是个傻逼，咱们走，不就是当兵吗，大爷我还不稀罕呢。”

办事员被气得直哆嗦：“太不像话了，流氓，一群流氓……”

钟跃民、袁军和郑桐已经报了名去陕北插队，周晓白和罗芸被批准入伍，马上就要走了，大家决定进行一次郊游。

钟跃民以前和几个同学结伴去过房山云水洞，那时北京几乎无人知道云水洞，也没有什么直达的汽车路线，只能骑自行车去，还得带上野营的炊具和装备，因为那里是穷乡僻壤，不具备接待旅游者的条件。钟跃民这一说，大家都来了兴趣，这很有点像一次探险活动，听着怪刺激的，尤其是那个神秘的云水洞，经钟跃民添油加醋，周晓白几乎听傻了。按钟跃民的意思，这个洞的另一个出口在山西太行山的某一处峭壁上，洞里有很多地下河流，钟跃民一口咬定他曾经在洞里横渡过一条河，这条河水流湍急，河面宽阔如长江，他差点就淹死在里面。郑桐对目瞪口呆的周晓白和罗芸说，那是钟跃民在梦里横渡了那条大河，于是就给当成了真的。郑桐认为，梦境和现实存在着很大的差别，不能太当真，譬如钟跃民梦见他在抗旱浇麦子，等醒来以后也许会发现是自己在尿炕。

尽管大家对钟跃民的话表示了极大的怀疑，但还是决定去一次，只不过周晓白打消了带游泳衣去横渡那条大河的打算。

天刚蒙蒙亮，他们就骑着自行车出发了。几个年轻人像撒了欢的鸟儿，一路上追逐着、说笑着、吵闹着，尽情挥洒着青春的激情。郊区公路两旁排列着高大的钻天杨，阳光从杨树枝叶的缝隙中照射下来，犹如他们令人炫目的青春。

不过，到底是太年轻，才刚走了一半的路程，他们的体力就挥洒得差不多了。

袁军身子趴在自行车上，吃力地骑着，气喘吁吁地问："跃民，还有多远？"

"早着呢，这才到哪儿呀，再照着100里地蹬吧。"

罗芸惊呼上当："晓白，跃民把咱们都骗了，那天他是怎么说的？他说云水洞离北京不远，骑车一个小时就到了，现在咱们已经骑了一个半小时了，怎么还有一百多里？"

钟跃民一猫腰，加速冲到前面："我是说过一个小时能到，可那是坐汽车，谁告诉你是骑车了？"

罗芸已经累得喘不上气了，她从来没跑过这么远的路，于是抱怨道："钟跃民，你这骗子，我以后再也不相信你了，我累得腿都要断了，我不去了。"

钟跃民却一脸坏笑："悉听尊便，你现在就可以回去，不过我警告你，这一带的农民兄弟比较贫困，四十大几的娶不上媳妇的人很多，你可要当心。"

袁军和郑桐也随声附和道："你要是失踪了，我们肯定会到处找你，只怕等我们找到你时，已经生米做成熟饭了。"

"找到了也不好办，农民兄弟多不容易呀，这好比一个人饿了好几天，好不容易弄了半个窝头，刚吃了一口就让我们给抢走了，我们也实在不忍心。"

罗芸生气了，索性停下车不走了："晓白，你走不走？你要不走我一个人回去，反正我是不去了。"

钟跃民等人都停下车，赔着笑脸劝解："哟，急啦？真不识逗，罗芸，别跟我们一般见识。"

周晓白笑道："罗芸，你还不知道这些家伙？你想想，狗嘴里能长出什么来？"

钟跃民说："走吧，罗芸同志，我们大家都需要你，没有你大家会很痛苦的，就像航海者看不到灯塔，向日葵找不到阳光，干革命离开红宝书一样。”

罗芸被逗笑了：“钟跃民，你可真够反动的。”

郑桐鼓掌道：“行了，行了，列兵罗芸同志经过激烈的思想斗争，终于放弃了开小差的打算，又重新回到革命队伍中来。放心吧，罗芸同志，我们不会歧视你，你千万别背什么包袱。”

罗芸骑上车，恨恨地向周晓白抱怨：“晓白，我算是跟你上贼船了，他们欺负我，你也不管，你什么时候和他们穿一条裤子了？”

“周晓白并没有和我们合穿一条裤子，她顶多是和钟跃民合穿一条裤子，这可是原则问题。”郑桐纠正着。

周晓白笑吟吟地说：“你们这些浑蛋爱说什么就说什么，我就是要和钟跃民合穿一条裤子，还要穿一辈子，气死你们。”

钟跃民把胳膊搭在周晓白的肩膀上：“那好，我要做一条能装两个人的裤子，裤腰留1.5米够吗？”

罗芸啐道：“越说越不要脸。晓白，你怎么总帮钟跃民说话？”

郑桐骑到罗芸身边，嘴上开始找便宜：“罗芸，我要是也做条裤腰1.5米的裤子，你愿意和我合穿吗？”

“滚，一边待着去……”

大家大笑起来，青山翠谷间留下他们青春的欢笑声……

房山云水洞是典型的石灰岩溶洞，属于喀斯特地貌，在北方地区比较罕见。洞内很安静，时时能听到滴水的声音，千奇百怪的钟乳岩和石笋构成各种奇异的造型，每一个造型都能让人浮想联翩。其实这类石灰岩溶洞算不上什么奇观，只要有石灰岩的地区都会出现这类溶洞，仅在中国就数不胜数。不过，当年的钟跃民、周晓白等人都没见过什么世面，这个溶洞就已经足够引起他们惊叹了。

几支手电筒的光柱在洞顶来回扫动，大家看得啧啧称奇。

周晓白紧紧抓住钟跃民的手，身子依偎在他的身上：“跃民，我有点儿害怕，你可千万别离开我。”

罗芸摸着一根晶莹剔透的石笋问：“钟跃民，你的大河呢？指给我们看看。”

钟跃民脸不红地回答：“大概是塌方把通道都堵死了，你要看河得另打一条隧道。”

“你就蒙人吧。”

袁军敏捷地攀上一块像莲花座一样的巨石，郑桐举起相机，闪光灯在闪烁。

周晓白问：“这些钟乳岩和石笋大概要上万年才能形成吧？”

“大约要几十万年吧。”钟跃民回答。

周晓白喃喃道：“在时间面前，生命真脆弱。跃民，我们要抓紧时间。”

“干什么？”

“享受你我相处的每一天，不然咱们很快就会老的。”

郑桐端着相机喊：“跃民、晓白，你们站好，我给你们照张相。”

钟跃民和周晓白仰起头。

“别这么严肃，跃民，你不要装得像正人君子似的，露出点儿微笑。晓白，对跃民亲热点儿，都合穿一条裤子了，还有什么不好意思的？”郑桐挑剔着。

“郑桐，闭上你的臭嘴。”周晓白喊。

钟跃民小声道：“他是嫉妒咱们啦。郑桐，你别这么恶声恶语，我们又没招你，你不就是惦记上罗芸了吗，没关系，赶明儿让周晓白给你说说媒。”

周晓白故意大喊：“罗芸，郑桐好像是看上你啦，你要他吗？”

罗芸哼了一声：“不要，我不要戴眼镜的。”

“那我不戴眼镜，你看怎么样？”袁军凑过来说。

“你？我又不是你的幼儿园小朋友。”

罗芸向周晓白喊：“晓白，你知道我看上谁了吗？告诉你，我看上了钟跃民，你把他让给我得了。”

“这可不行，你还不如杀了我。”

钟跃民大喜道：“我看你俩都不错，要是都和我好，我倒也没什么意见。”

周晓白跺脚做痛苦状：“好啊，钟跃民，你总算把心里话说出来了，我和你拼了。”

罗芸大笑：“钟跃民，你休了她，我嫁给你。”

“跃民，你也太黑心了，一个占着两个。这世上的事也太不公平了，我和袁军快旱死了，你小子倒涝出灾来啦。”郑桐不满地说。

周晓白闹累了：“好了，好了，都别闹了。郑桐，你还没给我们照相呢。”

周晓白双手搂住钟跃民的脖子，把脸贴在他的肩膀上，闪光灯一闪，两人的形象留在一张底片上。

这是他们一生中最好的年华，精力多得无处发泄，吵啊，闹啊，耍贫嘴啊，折腾起没完，一直闹到晚上还不觉得累。

夜幕降临，他们在洞口点起篝火烧饭，篝火在熊熊燃烧，他们围坐在篝火旁继续说笑着，一阵西北风袭来，周晓白打了个寒战：“真冷，跃民，抱着我。”

钟跃民抱住周晓白对罗芸嬉皮笑脸道：“罗芸，你冷吗？要不你也过来。”

罗芸啐了一口："去你的，想得美。"

周晓白大笑："碰钉子了吧？活该。"

郑桐说："真受刺激，袁军，你呢？"

"我没事儿，我是视天下美女如粪土。"

"你才是粪土呢，酸葡萄。"周晓白说。

罗芸裹紧大衣说："冷死了，唱个歌儿吧？"

钟跃民问："唱什么歌？"

"《山楂树》怎么样？"郑桐提议。

袁军说："《小路》多浪漫，跟着我的爱人上战场……"

周晓白一撇嘴："没劲，俗了，唱个离别的歌儿。"

钟跃民站起来问："谁看过苏联电影《青年时代》？那里面的插曲很好。"

周晓白兴奋地说："我看过，那首歌真好，据说是那个演男主角的演员拍电影时即兴创作的，竟然一举成名。跃民，你唱嘛。"

钟跃民装模作样地做深呼吸："别忙，我得酝酿一下感情，唱这类歌得有意境。"

郑桐附和："没错，'今宵酒醒何处？杨柳岸，晓风残月'，就是这种意境。"

大家都沉默了。

寂静的山谷，北风在呼啸。清冷的月光洒在连绵的山峦上，给人一种既朦胧又遥远的感觉。他们突然都变得有些伤感，也许是离别在即，舍不得这份难得的友情。熊熊燃烧的篝火映红了每一个人的脸，钟跃民的歌声在山谷中回荡……

当年我的母亲，
通夜没合上眼睛，
伴我走遍家乡，
辞别父老相邻，
当时天色方黎明，
她送我踏上遥远的路程，
给了我一条手巾，
她祝我顺风。
…………

周晓白紧紧依偎着钟跃民，跟他一起哼唱起来。周晓白唱着唱着，忽然觉得鼻子发酸，她努力想控制住情绪，但没有成功，她在一瞬间就泪流满面了。

罗芸的眼中噙满了泪水……

郑桐也摘下眼镜，轻轻地拭了拭眼睛。

袁军扭过头去，凝视着洒满清辉的山谷，两行泪水顺着脸颊滴落下来……

钟跃民近来很忙，他要在下乡之前把所有应该做的事安排好。周晓白和罗芸下个星期就要走了，周晓白希望他能多抽出些时间陪自己。钟跃民想起自己还有两个朋友住在医院里，他无论如何要在走之前去医院和他们告别一下。

张海洋住在铁路医院，他的伤已经好多了，只是心情很沮丧。他觉得这次栽在小浑蛋手里，简直窝囊透了，以前他打架打过无数次，连根汗毛都没伤着过，偏偏这次被小浑蛋捅了一刀，真够丢份儿的。

钟跃民安慰他："这不怨你，是你不想杀他，所以就手下留情了，可小浑蛋却没有这种顾忌，这件事换了我，也照样要吃亏。"

张海洋恨恨地说："关键是输得太窝囊，丢份儿不说，连这次征兵都错过了，肚子上带个刀口，体检都通不过。"

钟跃民给他掖掖被子："没关系，还有明年呢，你爸是参谋长，你当兵还不是一句话的事。海洋，下一步你有什么打算？"

"今年当兵是不可能了，先去插队吧。我们学校是去云南，我正想呢，要是边境管得不太严的话，我想偷越国境去越南找咱们援越的部队。那里打得挺热闹，我爸的一个老部下在那里当高炮师的师长，听说他们师已经打下3架'鬼怪式'了，我说什么得去看看。你想啊，要是我弄一门双管三七炮，照着美国飞机一通狂扫，肯定挺过瘾的，这比拿弹弓子打鸟儿来劲多了。"

钟跃民一听也神往起来："去缅甸也行，听说缅共的部队特喜欢中国知青，混个三年五载的就能混个师长旅长干干。我们学校有个哥们儿大串联的时候过去转了一圈，这哥们儿其实是玩去了，可见了人家缅共部队的领导，一口咬定是参加人民军的。人家还真信了，当天就发军装发枪，我操，一个新兵就发了一长一短两大件：五六式冲锋枪和五四式手枪，子弹随便打，真他妈过瘾。这哥们儿在那儿玩了一个月，过够了枪瘾又开小差跑回来了。"

两人大笑起来，钟跃民开着玩笑："我是没这个机会偷越国境了，我们学校是去陕北插队，那地方穷山恶水的，和哪儿都不接壤，跑都没地方跑，我算是认命了，以后娶个米脂的柴火妞儿过日子算啦。"

张海洋笑道："你他妈能娶上米脂的妞儿就不错了，'米脂的婆姨，绥德的汉'，听说米脂的女孩子特别漂亮。"

钟跃民说："还是云南好，整个一民族大团结，赶上泼水节，你拎个桶，瞧哪个妞儿漂亮，兜头就是一桶水浇过去，把她浇舒服了，闹不好就跟你走了。不像我们陕北，这手还没摸一下呢，张嘴就要彩礼。”

张海洋笑得刀口都疼了：“你丫这张嘴真是金不换，将来你在陕北娶不上婆姨，就来云南找我，我发你个傣族妞儿……”

“等你探亲回来时，给我带个金丝猴儿吧，我准备训练它偷钱包，当个‘佛爷’，哥们儿以后就靠‘吃佛’为生了，即使它偷钱包被抓住，也不会进派出所，谁能跟猴儿一般见识？我顶多落个管教不严而已。”钟跃民在信口开河。

“跃民，你丫到这儿来是看我还是害我呢？我他妈刀口快被撑开了，你别招我乐了行不行？”张海洋按着伤口忍着笑。

钟跃民叹了口气：“穷欢乐呗，要不然还不愁死？你去云南转一圈儿，明年征兵又回来了，你爸在台上，你可以撒着欢儿地折腾。不像我，我爸现在还被关着呢，能不能被解放还很难说，我这辈子当兵恐怕是没指望了。”

这又轮到张海洋来安慰钟跃民了：“跃民，你别说丧气话，人生什么时候都可能出现转机。告诉你一个好消息，你可千万别乱说。听我爸说，最近中央准备解放一大批老干部，听说这是毛主席的意思，我看你爸这次有希望。”

“哦，这倒是件好事，不知道我爸有没有可能被解放。”

“绝对有戏，你等着吧。”

钟跃民有些疑惑地问：“这消息可靠吗？现在不是正清理阶级队伍吗？抓人还抓不完呢，怎么会解放老干部呢？”

张海洋显得胸有成竹：“这你就不懂了，清理阶级队伍是为了清除混入党内的阶级异己分子，你爸又不是异己分子，现在的形势是各级‘革委会’要成立老中青三结合领导班子，什么是老？就是老干部，可老干部现在在台上的很少，很多都被关着呢，怎么办？我看没别的办法，只能放人。”

钟跃民兴奋地站起来：“我得申请去见见我爸，把这好消息告诉他。”

张海洋嘱咐道：“哥们儿，要保密啊。”

钟跃民走到病房门口，张海洋突然低声叫了一句：“跃民……”

钟跃民回过头来。

张海洋恋恋不舍地说：“哥们儿，这辈子能认识你，实在是一件幸事，咱们常通信吧，如果你有什么变动，一定要告诉我，多保重……”

钟跃民和袁军、郑桐一起去买下乡用的物品，他们骑车路过西单十字路口时碰见了杜卫东，他一身标准的顽主打扮，身上穿着一件将校呢大衣，头上戴着羊剪绒皮帽，脚上穿着一双白色的回力牌球鞋。

杜卫东一见钟跃民就兴奋地喊道："跃民，好久没见了，你丫最近干吗呢？"

钟跃民停住自行车向杜卫东打招呼，他突然发现杜卫东身旁有个金发碧眼的洋妞儿，便奇怪地问："卫东，从哪儿蹦出个洋妞儿来，是你带来的？"

杜卫东扭头用英语和洋妞儿嘀咕了几句，那洋妞儿很大方地向钟跃民伸出手，很生硬地用汉语说："你好。我是爱玛。"

钟跃民和洋妞儿握握手，回头对杜卫东说："她还会说中国话？"

杜卫东笑道："就会这一句，还是我教她的。爱玛是从巴黎来的，她姨妈也是外文编译局聘请的专家，和我爸是同事，我们是在一次聚会上认识的。她对我说法语，听得我一头雾水，不知道这妞儿要干什么。我说我会几句英语，咱们用英语交谈好不好，她说自己的英语不太好，我说没关系，咱们连说带比画，知道个大概意思就行，就这么着，我们交了朋友。"

袁军怀疑地问："卫东，你丫蒙谁呢？这妞儿撑死了也就是个阿尔巴尼亚妞儿，闹不好还是地拉那郊区的农民。"

杜卫东不爱听了："哥们儿，你挤对谁呢？爱玛可是正宗的雅利安人种，你仔细瞧瞧她那两只眼睛，一会儿是蓝的，一会儿又变绿了，阿尔巴尼亚妞儿的眼睛能变色儿吗？"

郑桐插嘴道："扯淡，哪国妞儿眼睛也不会变色儿，眼睛会变色儿是波斯猫。"

钟跃民等人哄笑起来。

大家说话时，爱玛站在一边看看这个，再看看那个，看样子她很想闹明白这些中国人在谈论什么。

杜卫东对钟跃民说："你听说了吗？巴黎那边也闹腾起来了，学生们建起了街垒，警察来了就用大板砖拍他们，法国警察一点儿脾气也没有，哪像咱们，一听说警察来了，一个个溜得比兔子还快。人家巴黎的学生就是浪漫，街垒上插面红旗，你猜旗子上写着什么？'要做爱，不要作战。'街垒里乱套啦，不论是男是女，大家都是战士，绝对平等，看谁顺眼就跟谁睡，打着滚儿地睡，真他妈来劲，这才是革命。跃民，你爸可是老革命了，他参加革命的时候有这么浪漫吗？"

"没有，那会儿恐怕素得厉害。"

"就是，本来我还想学学格瓦拉，到丛林里去革命，后来听爱玛一说，敢情还有这么革命的，哥们儿立马改戏啦，既然都是革命，我干吗不挑挑，选一种适合我的革命？"

钟跃民问："这洋妞儿到中国干吗来了？"

"巴黎那边完事了呗，学生们都回学校上学了，街垒也被拆除了，爱玛对革命的失败感到痛心疾首，她还没玩够呢。后来听说世界革命的心脏已经挪到中国了，中国的学生根本不用上学，不用做功课，每天都在干革命，连警察也不敢来找麻烦，有毛主席给戳着呢，谁敢犯葛？爱玛别提多羡慕了，正好她姨妈在中国工作，就这么着，爱玛终于来到中国。她刚一下飞机，就见机场上红旗招展，喇叭里叽里咣当全是革命歌曲，毛主席的巨幅画像有几层楼高。你还记得《红色娘子军》里那个吴清华吗？这妞儿经历千辛万苦终于来到根据地，头一眼就看见红旗了，吴清华一下子就把脸贴在红旗上了，热泪盈眶啊，爱玛当时就是这样。我非常理解她当时的心情，可算到家啦，见着亲人了，这是世界革命的心脏啊，是红太阳升起的地方。爱玛想起在街垒里并肩作战的战友们，他们还在暗无天日的资本主义社会里受苦受难，她当时哭得昏天黑地，鼻涕眼泪滚滚而下。谁知机场上的警察看她有点儿不对劲，心说，这洋妞儿有病是怎么着，刚下飞机就这么一惊一乍的？看来得好好审查一下，得，这一审就审了一个多月，越审疑点越多，怎么看怎么像是国际间谍，后来要不是她姨妈作保，法国使馆进行交涉，爱玛现在还在号儿里待着呢。”

钟跃民等人幸灾乐祸地大笑。

郑桐说：“这叫热脸蛋贴到冷屁股上，看丫还革命不革命了。”

钟跃民笑道：“爱玛没教教你怎么革命？”

“不好意思，她还真是我老师，第一次见面她就问我，‘我可以住在你家吗？’正好那几天我爸回国了，家里就我一个人。我心说，这法国妞儿怎么自己往我枪口上撞？既然人家开口了，我拒绝就不合适了。跃民，天地良心啊，那天晚上哥们儿别提多绅士了，我把她安排在我妈的卧室里，我睡自己的卧室。我心说，第一天可不能轻举妄动，慢慢地才能水到渠成，这种事儿可不能急，欲速则不达嘛。谁知我睡到半夜，爱玛窜进我的卧室，二话没说，呼的一下先把我被子掀了，哥们儿正睡得迷迷糊糊，身上只穿条裤衩，我这人比较怕羞，连忙坐起来抓过衣服盖住羞处，嘴里还说着‘爱玛，你不要这样，你能不能先出去？等我穿好衣服’。哎哟，没用，人家根本不搭话，一个饿虎扑食把我扑个仰面朝天，我挣扎了几下才发现身上仅有的裤衩不翼而飞，当时我把眼一闭，停止了挣扎，心说，爱怎么着就怎么着吧，哥们儿认命啦……”

钟跃民一伙大笑起来，袁军笑道：“卫东，我们都很同情你，硬是让人家给糟蹋了，你可千万要想开点儿。”

郑桐说：“饿死事小，失节事大，不能忍气吞声，告丫的，告丫强奸了你，党和人民会替你做主。”

“算啦，我还是认倒霉吧，我知道早晚会有这么一天，紧躲慢躲还是没躲过去，想想都他妈堵心，挺清白的一条身子……”

钟跃民见时间不早了，便对杜卫东说：“行啦，别侃了，就算失了身也不要紧，慢慢再找机会从良吧。卫东，我们马上要去陕北插队了，你有什么打算？"

杜卫东说："我也快回国了，下个月就走，我爸在东京给我联系了预科班，我想准备两年考大学。"

钟跃民叹道："到底是外国人，折腾够了，拍拍屁股就走，还有大学可上。人比人该死，货比货该扔，我们只能去修理地球了，再见吧，卫东，咱们后会有期。"

杜卫东握着钟跃民的手说："你们多保重吧，早晚有一天我会回来，中国是我的第二祖国呀，我还真舍不得离开这里，再见，跃民。再见，袁军、郑桐。"

周晓白就要走了，随着离别的日子一天天临近，周晓白恨不得抓紧一切时间和钟跃民待在一起。离别的前一天，钟跃民提出为她饯行，周晓白感动得眼圈都红了，钟跃民对她每一点细小的关怀，都能使她感动不已，甚至有些受宠若惊。她常常奇怪，自己什么时候变得这样没出息？连起码的自尊都顾不上了。

钟跃民家的客厅里静悄悄的，留声机的音箱里传来柴可夫斯基的《忧郁小夜曲》，两个人的心中都有种淡淡的忧伤在流淌。

钟跃民和周晓白每人手里拿着一杯红葡萄酒，他们默默地对视着。

钟跃民举杯道："晓白，明天你就要走了，我为你饯行，干了这杯。"

周晓白目光迷离："别干，喝一口，好吗？"

"为什么？"

"杯子里的酒没了，宴会就要结束了，可我不想让它结束。"

两人各自饮了一口。

钟跃民叹了口气说："天下没有不散的筵席。"

周晓白固执地反驳："有，就有不散的筵席，我的筵席永远不散。"

"晓白，随缘吧。"

周晓白流下泪来："干吗要随缘？世上的事要靠努力得来，而不是靠随缘。"

"我想当兵，靠努力行吗？"钟跃民轻声问。

"肯定行，一旦你爸的问题解决了，我会求我爸把你送进部队。"

"我爸的问题要是解决不了呢？"

周晓白沉默。

钟跃民轻轻笑了："还是要顺其自然吧？"

周晓白抬起头来凝视着钟跃民，久久没有说话。

周晓白和罗芸走的那天，钟跃民没去送，因为这批新兵很可能会被分在一个大单位，彼此之间早晚会熟悉，女兵们对这类事更敏感，特别是像周晓白这种出身将门、长得又漂亮的女兵，她的一举一动，总是受人关注。钟跃民怕自己露面会影响周晓白的前途，部队有纪律，士兵是不允许谈恋爱的。

钟跃民和袁军、郑桐到学校赴陕北插队落户报名处报了名，倒挺顺利，也用不着政审，袁军还跟报名处的人说便宜话："老师啊，像去陕北插队这么光荣的事，是不是也有个批准的问题？我们哥儿几个出身都不大好，组织要是不批准我们去陕北，我们绝不会背思想包袱，保证不给组织添麻烦，我们就在城里自谋生路了。"

这几位都是学校里有名的刺儿头，报名处的人都懒得理他们，巴不得把他们弄得远远的，最好一辈子别回来。

钟跃民想起该去看看李奎勇了，他和李奎勇不是一个学校的，甚至也不是一个区的，按李奎勇家的状况，他绝无留城的可能，下乡插队是他的必由之路，也不知他们学校的毕业生去哪里插队。

李奎勇的伤已经好多了，他也能够下地走路了，钟跃民搀扶着他在医院住院部的疗养区散步。他们对以前发生的矛盾都闭口不提，只是谈童年，谈将来。李奎勇最大的心愿是将来能到重工业企业当一个技术工人，能养家，能给母亲养老送终，能顺利地把弟弟妹妹拉扯大。他问钟跃民以后打算干什么，钟跃民说他倒没有明确的打算，小时候还有点儿理想，有一阵子他爸老揍他，他便认为"爸爸"这个职业挺有权威的，看儿子不顺眼可以随时揪过来捶一顿，于是决定将来长大一定要当"爸爸"。后来长大了点儿，他发现"爸爸"不是个职业，似乎谁想当都可以，而且也不需要什么专业技能，于是他放弃了这个理想，转而羡慕起海盗船长。不知为什么，他对小人书上的海盗形象很着迷，那些海盗耳朵上戴着硕大的耳环，胸口上长着浓密的胸毛，腰上插着短刀，还总有美女陪着，日子过得似乎很快活，钟跃民幻想着将来长大能成为他们中的一员。再后来，钟跃民干脆就没有理想了。

李奎勇大惑不解，怎么会没有理想了？小时候想当海盗，也算是有点儿雄心壮志，怎么越大越没出息了？简直是罐儿里养王八——越养越抽抽儿。

钟跃民也想不明白，自己怎么会没理想呢，报名参军算不算？长大当一名光荣的解放军战士，这是很多男孩子的梦想，可钟跃民小时候从来没产生过这种念头，前些日子他是想当兵，可那是出于一种很现实的目的，当兵总比插队强，那跟理想搭不上边儿。

钟跃民对李奎勇说，他虽然不知道将来要干点儿什么，但他肯定知道将来不打算干什么。譬如守着老婆孩子过一种日出而作、日落而息的安稳日子，他觉得挺没劲的，与其这样，还真不如当海盗去。

若干年后，钟跃民看了美国凯鲁亚克的小说《在路上》，他脑子忽然开了窍，原来他喜欢的是这种“在路上”的感觉。可惜的是，钟跃民那时已经是军队中的一名营级军官了，无论如何也没法“在路上”了。

钟跃民把周晓白临走时留给他的100块钱留给了李奎勇，他知道李奎勇的家境，这次受伤住院对这个家庭来说无异于雪上加霜。李奎勇没有推辞，只是淡淡地道了声谢，来自男人的感激涕零是很丢份儿的。

李奎勇听说他所在的中学有去山西和云南插队的，去陕北的好像不多。不过等他伤好了，他也想报名去陕北，因为钟跃民都去了，他也应该去。钟跃民说陕北地方太大，去了也不见得能碰上。李奎勇说碰不上也无所谓，反正都在一个省里。

临分手的时候，李奎勇有些激动，他紧握着钟跃民的手说：“跃民，保重，你千万要保重，下乡以后别再折腾惹事了，做个安分守己的老实人吧。”

钟跃民半真半假地开玩笑：“打架的事是不干了，拍婆子的毛病可一时改不了，我是下定决心在陕北娶妻生子过日子了，不然怎么建设社会主义新农村呀。”

等待出发的日子是漫长而无聊的，钟跃民和郑桐闲得难受，真盼着赶快下乡，在北京待得有些烦了。倒是袁军因为父亲官复原职，好久没有露面了。

钟跃民和郑桐来到袁军家楼下，郑桐捡起一块石头，准备通知他一下，但被钟跃民制止了：“别扔，他爸要是在家就麻烦了，这老头子无缘无故被关了一年多，火儿正大着呢，再找咱们撒气。”

郑桐大声喊：“袁军。”

楼上传来袁军的声音：“谁呀？”

郑桐：“派出所的，找你有事。”

袁军的脑袋露出窗户：“我操，是你们呀，我说这派出所警察怎么一副流氓腔儿？你们等着。”

不一会儿，袁军穿着一身崭新的草绿色军装，精神抖擞地走出楼道。

郑桐推了推眼镜：“哎哟，你丫从哪儿扒这么一身国防绿，还是两个兜的大兵服？”

袁军得意地说：“发的，哥们儿当兵啦。”

钟跃民点点头：“不像是扒来的衣服，这小子还真当兵了。”

郑桐一脸不忿：“我操，你爸刚官复原职，你丫就当兵啦，这也太快了，几天以前你丫还是‘可以教育好的子女’呢，就这么一眨眼工夫，你丫就成了‘不可以教育好的子女’啦。”

袁军有些不好意思：“本来今年征兵都结束了，嘿，时来运转，我爸被从号儿里放出来了，一打听，这批兵是去A军的，这个军可是我爸的老窝儿，我爸从1938年起就在这支部队，从军长到师长都是老熟人，这还了得？A军招兵敢不招他儿子，这不是反了吗？我爸二话没说，一个电话过去找军长，事就成了。军长发话了，让我晚几天去，在家多陪陪老头儿，反正新兵连集训3个月呢，晚几天报到怕什么。”

郑桐把手一背：“有这好事也不通知一下哥儿几个，这可是严重违反组织原则的错误，我们经过讨论觉得还是应该给你一次改正错误的机会，下面的事你就看着办吧。”

袁军知道对不起哥们儿，忙说：“我请客，我请客，向哥儿几个赔罪，你们说，去哪儿？”

“当然是老莫啦，我们马上回家磨刀去，照死了宰你。”

“跃民，不是我不想通知哥儿几个，我是怕弟兄们受刺激，本来我都报了名，和你们一起去陕北插队，日子再苦哥儿几个好歹在一起，还能互相照应，可我突然变了卦，是有点儿不仗义。”

钟跃民笑着说：“袁军，这是好事呀，咱们这些哥们儿，有一个混出来也好啊，将来你要是混个师长旅长的可别忘了弟兄们。”

“将来我们哥儿俩没饭吃了，找上门去要饭，你不会轰我们吧？”

袁军的眼圈有点红了，他紧紧抓住钟跃民和郑桐的手：“对不起……这事儿怨我，是我不仗义。”

钟跃民一推袁军：“这是什么话，谁不想去当兵？有了机会当然要去，哥儿几个为你高兴啊，你怎么抹开眼泪啦？这可真不像条汉子。”

郑桐这时候也不忘挤对一下老对头：“你丫怎么跟娘们儿似的？真没劲，请我们吃饭心疼了吧？”

袁军立刻回骂：“你丫才是娘们儿呢，找抽呢是不是……”

钟跃民觉得该办的事差不多都办了，最后一件事应该是看看父亲去，张海洋的消息果然很准，的确是有一批老干部被放出来了，可钟山岳却不在此列。据说，他的问题很复杂，一时还搞不清楚。

钟跃民好久没来这里了，这个隔离审查学习班似乎比以前正规多了，变得越来越像监狱了。钟跃民和父亲相对而坐，父子俩中间隔着一张桌子，两个穿便衣的看守站在一旁监视谈话。

钟跃民告诉父亲，他要去陕北插队了，问父亲有什么要交代。

钟山岳一听倒是很高兴，他在陕北待过，对那里很有感情。他抽着儿子带来的香烟说："哦，去陕北，那可是个好地方，虽然贫困，可那儿的人好，善良、淳朴，交朋友能掏出心来。1942年我们部队休整，就在陕北驻防，我了解那里的老百姓。"

钟跃民不大关心这个，他关心的是父亲的案子，他试探地问："爸，袁军他爸被解放了，官复原职了。"

钟山岳回答："这我知道，他本来也没什么事，1938年的干部，从参军起就没脱离过队伍，就算是想叛变也没有机会呀，说他是叛徒，纯粹是瞎胡闹。"

"可您的问题怎么总是搞不清楚？"

"我的情况不一样，当年在河西走廊，部队被打散了，战友们大部分战死，一部分被俘，我是少数突围成功的人。我在一个老乡家里养了半年伤，后来回到延安，1942年延安整风我被审查，新中国成立后'肃反'我又被审查，这是第三次了。"

钟跃民问："为什么不找到那个老乡做证呢，一问不就清楚了吗？"

"组织不比你傻，人家还不知道去调查？可那家老乡早就找不到了，抗战时，那个村子都被烧光了，人恐怕早没了。"

钟跃民大声道："问题搞不清楚，就这么不明不白地把人关着，这也太不讲理啦！"

钟山岳一拍桌子，制止道："跃民，不许你这样说话，组织有组织的考虑，怎么能用这种口气议论组织呢？要相信人民，相信党，我的问题会搞清楚的。"

钟跃民大叫："爸，您别傻了，他们这是故意整人，没有这件事，他们也会想出别的办法来。"

钟山岳大怒："住嘴！你给我滚……"

"爸……"

"你别叫我爸，滚……"

看守把钟跃民推出会见室。

钟跃民伤心地喊着："爸，我明天就走了，我要再看你一眼，你别轰我走啊，爸……"

钟山岳狠狠地关上门，他的脸上充满愤怒。

这次会见，总共不到10分钟。

出发的日子终于到了，永定门火车站人头攒动，锣鼓喧天。一条红色的横幅标语悬挂在月台上方，上面写着"热烈欢送北京知识青年赴陕北插队落户"。喇叭里传来用《毛主席语录》谱写的歌曲，歌声激昂。插队知青们个个胸前佩戴着大红花，一群有组织的中小学生在工宣队员的带领下高呼着口号：

坚决响应毛主席的伟大号召！

热烈欢送知识青年上山下乡！

…………

送行的家长们拥挤在列车的窗口前向孩子们含泪告别。

钟跃民和郑桐坐在窗口，身穿新军装的袁军站在月台上为他们送行。他双手紧紧抓住两人的手："跃民、郑桐，你们要保重，有什么需要的一定要写信给我。"

郑桐说："扯淡吧，就你那6块钱津贴能干什么？我们哥儿俩要是没饭吃了，你能给我们寄饼干吗？你丫就吹吧。"

袁军争辩道："我他妈总不能永远是6块钱津贴吧？万一哥们儿提了干，52块钱的工资总够买饼干吧？"

钟跃民拍拍袁军的肩膀，他知道这个家伙最好冲动，也最不让人放心："回去吧，袁军，以后常通信，到部队可不能惹事了。"

月台上响起了铃声，列车要发车了，送行的人群突然爆发出惊天动地的哭声。列车上的知青们哭着从车窗中伸出手，向亲人们告别，离别的悲痛瞬时笼罩了整个月台。

袁军和郑桐泪流满面地握手告别。

钟跃民微笑着凝视哭泣的人群，他点燃一支香烟，从挎包里掏出一支双响爆竹。

列车徐徐向前滑动了。

人群中的哭声更响了，很多送行的人在跟着滑行的列车跑动。

砰！啪！双响爆竹被钟跃民点燃。

人群被惊呆了，哭声戛然而止。

钟跃民仰天长笑："小家子气，又不是上刑场，哭什么？大丈夫横行天下，这才刚有那么点儿意思，好玩的事还没开始呢……"

人群中的袁军双手抱拳喊道："好样的，跃民，你是条汉子……"他的话音没落，泪水已涌出眼眶……

·第七章·

天是铅灰色的，地是黄澄澄的，远沟近壑积留着斑斑驳驳的残雪，凛冽的寒风从北边的毛乌素大沙漠吹来，卷着草叶和细细的尘土，在广袤的原野上打着旋，发出尖利的呼啸声，不一会儿，人们的身上便落上厚厚一层黄土面儿。

陕北的冬季，不是黄尘蔽日，就是阴霾漫天，四野一片苍茫，风如刀剑，侵入肌骨。

钟跃民、郑桐一行10个知青被分配到石川村落户，这里地处绥德和靖边两地的中间，无定河和大理河的一条支流在此交汇，顺着山峁拐了个90度弯向东流去。石川村离靖边县城有几十里地，这是毛乌素沙漠边缘的一个小县。安边、定边、靖边，统称三边，又都在边墙沿线，从“安”“定”“靖”这些字眼看，这些地方是古代朝廷绥靖的边境地区。靖边的地层都是由黄沙堆砌的，这里没有窑洞，几乎全是平顶泥屋。离靖边25公里的石川村坐落在大理河支流南岸的黄土峁上，这里却是典型的秦晋高原地貌，黄土层被雨水切割得沟壑纵横，千山万壑犹如凝固的波涛，一道河流的分隔使两岸的地貌泾渭分明。

钟跃民他们7男3女共10个知青坐上石川村派来的大车，一路顶着漫天的黄尘奔石川村而去。赶车人是个姓杜的老汉，一身典型的陕北农民打扮，身穿光板山羊皮袄，头上扎着白羊肚手巾，不过所谓的白羊肚手巾已经脏得看不出曾经是白色的，变成了一种深灰色。杜老汉不大爱说话，知青们问一句他答一句，显得很拘谨，他实在闹不清这些知青娃好好儿的京城不待，到石川村干吗来了。

这10个知青都不是来自同一个学校的，彼此之间还不认识，钟跃民对那几个男生没兴趣，因为一看就知道这些男生下乡之前都是安分守己的学生，不是顽主，钟跃民和郑桐跟他们没有共同语言。不过，钟跃民倒是仔细看了看那3个女生，发现其中有两个长得还不错，他挺满意，扭头对郑桐说：“县知青办的干部对咱石川村的哥们儿还不赖，没给咱分来几个猪不叼狗不啃的女生，要不然可惨透了。这儿本来就穷山恶水，咱再成天守着几个丑妞儿，出来进去老在你眼前晃悠，想不看都不成，这日子怎么过？”

大车上的男生都哄笑起来，那3个女生则绷着脸不吭声。

钟跃民躺在行李包儿上继续发牢骚："这鬼地方真他妈没劲，走了半天连棵树都没见着。哟，前边那条河是黄河吗？水怎么这么黄？"

郑桐拿出地图册看了一下："你丫整个一地理盲，黄河在晋陕交界处，离这儿远着呢，这条河可能是无定河。"

钟跃民猛地支起身子："无定河？'可怜无定河边骨，犹是春闺梦里人。'这就是唐诗里说的那条河？我操，我说怎么不对劲呢，闹了半天这地方在古代就是充军发配之地。得，把哥儿几个发配到这儿来了，闹不好就成了无定河边骨了。"

郑桐笑道："你好歹还是春闺梦里人，我呢？无人认领的遗骨。"

前边路上一阵铃铛响，一个青年农民牵着一头毛驴，毛驴背上坐着个青年女子，像是对回娘家的小夫妻。知青们觉得新鲜，都伸长了脖子盯着小夫妻。

赶车的杜老汉突然张开缺了门牙的嘴，扯着嗓子唱起了酸曲儿：

正月里来哟是新年，
我给公公来拜年。
手提一壶四两酒，
我给公公磕一头。
…………

杜老汉这冷不丁一声吼，可真把钟跃民听傻了，这可是真正的、原汁原味的陕北民歌，从土生土长的老农民嘴里唱出来，那股味道是任何歌舞团的专业歌手也模仿不了的。

…………
二月里来龙抬头，
公公拉住媳妇的手。
拉拉扯扯吃个口，
人家娃娃的好绵手。
…………

钟跃民乐得栽倒在行李包上："这老公公爬灰呢，也不怕儿子跟他拼命……"

…………
三月里桃杏花开，
媳妇又穿枣红鞋，

走起路来随风摆，

爱得公公东倒又西歪。

…………

回娘家的小夫妻走远了，驴头上挂的铃铛发出的叮当声还隐隐可闻，杜老汉也歇嘴不唱了。

郑桐小声说："这老头儿勾搭人家新媳妇呢。咦？跃民，你怎么啦，傻啦？"

钟跃民两眼发呆地盯着杜老汉，他还没从这首酸曲儿中醒过来……

石川村的打谷场上，正在召开全体社员大会，一块破烂的红色横幅上歪歪扭扭地写着一行字：热烈欢迎北京知青到石川村插队落户。

衣衫褴褛的村民目光呆滞、表情麻木，他们散乱地坐在打谷场上，妇女们纳着鞋底，男人们吸着旱烟，他们不大关心开会的内容，只是在毫无顾忌地大声说笑，一群孩子在谷草堆中追逐着、打闹着。

钟跃民、郑桐和七八个男女知青坐在地上正交头接耳地说着什么。

石川村党支书常贵正在讲话。他五十多岁，脸上皱纹纵横交错，一双小眼睛闪着狡黠的光芒，和他周围目光呆滞的村民比起来，这样的人在农村就理应混上个村干部。常贵头上也同样扎块脏得看不出颜色的白羊肚手巾，身上披一件光板老羊皮袄，看打扮和赶车的杜老汉差不多，所不同的是，他手里拿着两尺多长的烟袋。

常贵用烟袋敲敲面前的破桌子，清了清嗓子，"噗"地将一口浓痰吐出两米开外，这才开始讲话："乡亲们，现在开会了，大家静一静，莫说话。今天，咱村来了10个北京知青，我代表石川村党支部……咦？狗娃，我日你娘，你个驴日的咋还说话？拿领导说话当放屁是不是？小心我开你个驴日的批判会。"

陕北穷，交通工具主要是驴，因为驴好养，所以陕北驴多，人们对驴也比较喜爱，因此民间张嘴闭嘴都是"驴日的"，有时这未必是骂人，很可能是一种表示亲热的语气助词。

村民似乎早已见怪不怪了，会场上仍然是闹闹嚷嚷。

知青们听到支书骂人，忍不住哄笑起来。

常贵见知青们笑，连忙解释："娃们莫笑，日子长了你们就知道了，咱村有些愣种是属驴的，轰着不走赶着走，你得拿酸枣棵子老抽着才行。咱接着说，嗯，说啥来着？"

村民和知青们又哄笑起来。

郑桐说："常支书，你说有个叫狗娃的是驴日的？"

笑声更响了。

常贵点上一锅烟："不是这，噢，今天是欢迎北京知青来咱村，知青来农村落户是毛主席他老人家的主意，既然毛主席说了，咱石川村没二话，收也得收，不收也得收。咱石川村没别的，就是人多地少，粮食不够吃，如今又添了10张嘴，咋办？我也没办法，毛主席他老人家让这10个娃到咱村落户，咱就是粮食再紧也得给毛主席这个面子，咱村男女老少一共是417口，再添上10口是多少？张会计，是多少？"

一个剃着锅盖头的中年男人站起来回答："427口。"

常贵说："对，427口……这是谁呀？"

一头觅食的老母猪正用嘴拱常贵的裤裆，村民和知青们又爆发出一阵大笑。

常贵狠狠踢了老母猪一脚，老母猪号叫着逃走了。他继续讲话："咱村的人口实在是太多啦，倒退20年，咱村的粮食还没这么紧，那时没这么多人口嘛。现在可好，地没见多，人倒多了二百多口。咋回事？这得怨婆姨们，生娃生上了瘾，像老母猪抱窝，一生还就收不住啦。就说狗娃的婆姨吧，手里抱的还吃奶呢，肚里又怀上啦，这是第七个了，你还有完没完？"

看样子这个狗娃是常贵的出气筒，动不动就给拎出来骂一顿，知青们伸长脖子往人群里看，也不知哪个是狗娃，却见一个四十多岁的婆姨站起来回骂道："常老贵，放你娘的屁，生娃是一个人的事吗？你们男人哪个不是偷嘴的馋猫，闻着腥味儿就往上凑？这会儿又往婆姨身上推啦？"

看样子这是狗娃的媳妇，村民和男知青们哄笑起来，女知青们都臊得低下头去。

常贵一副大人不记小人过的样子，只是揪住狗娃不放："好男不和女斗，我不和你说。狗娃，你个驴日的，咋不说话？你婆姨顶撞领导，你是咋管教的婆姨，还没王法啦？"

一个个子矮矮的四十多岁的男人从人群里站起来："常支书，我家婆姨当家，我说话不作数。"

村民和知青们又是一阵哄笑……

常贵恨铁不成钢地说："你个驴日的，咋就让婆姨夺了权呢，你就捶她一顿还能咋的，晚上还能不让你上炕？不说啦，咱说正事，乡亲们，我常老贵求求你们，别生啦……"

哄笑……

"咱石川村就这点地，养不活这么多人口呀，这不，又添了10张嘴，明年开春青黄不接时，我还得带乡亲们外出讨饭。嗯，知青来了也好，都识文断字、能说会道的，要饭都比咱村里人强。去年栓柱带人去米脂讨饭，吭吭哧哧连句整话都说不出来，丢人哪。这下可好啦，明年让知青娃带队，咱也让人看看，咱石川村不是没能人……”

钟跃民站起来：“常支书，明年开春我带队去讨饭怎么样？”

常贵喜道：“好小子，有种，就是你啦。”

钟跃民恭敬地说：“感谢领导信任，我一定努力讨饭，决不辜负村领导的信任。”

常贵问：“你这娃叫啥？是党员吗？”

“钟跃民，不是党员。”

“嗯，好好干，明年让你入党。”

“谢支书栽培。”

常贵大吼一声：“散会！”

石川村的知青点设在两个已经废弃的破窑洞里，这两口窑洞以前是村里一个老光棍的家产，他死了以后这窑洞就渐渐废弃了，这次支书常贵得到公社通知，要他解决10个知青的住处问题，还按国家规定发下了知青的安家费，以常贵的精明，当然不会用这笔钱给知青打新窑洞，他叫人修整了这两口破窑洞，就算是完成了上面交代的任务。按他的理解，这些知青娃待不长，他们以为农民就这么好当？要是没点儿扛饿的本事，就趁早卷铺盖卷儿。

知青们来的头一天晚上，村里的会计张金锁来敲常贵家的窗户请示，问县知青办分给知青的粮食咋办。

常贵说：“不是和你说了吗？发给他们一半。”

张会计踌躇道：“这……怕顶不到麦收。”

常贵不以为然地回答：“咱村谁家能顶到麦收？没吃的了就去要饭，往年不是都这么过的？”

张会计有些胆小：“我怕上面怪罪下来，说咱克扣知青的粮食……”

常贵一言九鼎：“上面还管这么多？咱村的事，我说了算，就这么办。”

常贵在石川村已当了十几年支书，他已经习惯于这种思维方式了，出了石川村他屁事不顶，可在石川村这一亩三分地里，他的话就是圣旨。

知青们到石川村的第一个晚上，情绪都不大好，尽管他们在下乡之前就有了心理准备，陕北是贫困地区，他们是知道的，但他们进了村才发现，情况比他们想象的还要糟糕。首先这两口破窑洞就让他们大吃一惊，其中一口窑洞的顶部竟裂开了一道1厘米宽的缝隙，破烂的门窗根本挡不住风，窑洞里的温度和露天差不多。钟跃民抱了一捆高粱秸想烧烧炕，谁知烟道向回倒烟，把大家熏到了露天地，知青们只好作罢。

知青中只有钟跃民和郑桐两人心情还不错，因为他们早已学会了苦中作乐，心里明白发愁也是白搭，不如自己找点儿开心的事。当然，能拿别人开心就更好了。

钟跃民建议知青们先开个会，商量一下今后的生活，其实谁也没选他当负责人，只不过他觉得自己有这份责任。

男女知青们都盘腿坐在土炕上，一开始谁也不说话，情绪都很低落。

钟跃民情绪饱满地首先发言："我说同学们，今后咱们可就在一个锅里抡勺子啦，大家还都不熟悉呢，都不是一个学校的。这样吧，都自我介绍一下，我叫钟跃民，这位是郑桐，我们都是育英学校的。我看看，咱们是10个人，7男3女，唉，狼多肉少呀，3个女同学先自我介绍一下怎么样？"

女生们只好自我介绍。

"我叫李萍，翠微路中学的。"

"我叫王虹，人大附中的。"

"我叫蒋碧云，师院附中的。钟跃民，你刚才说狼多肉少是什么意思？"一个眉眼清秀的女生显然对钟跃民的话感到刺耳。

钟跃民一本正经地解释道："这是明摆着的嘛，既然让咱们一辈子扎根农村，就得男女比例搭配合理，比如咱们知青点，就该5男配5女，这样不容易打架。你看，像这样7男3女，就得有4个男的打光棍，这不是狼多肉少是什么？"

蒋碧云愤怒地瞪着他："钟跃民，你说话怎么这样流氓？"

"哟，你还真有眼力，怎么一眼就看出我是流氓来了？真不好意思。"

郑桐笑道："你这人挂相儿，怎么装好人也装不像，这才一天就露馅了吧？同学们，这是我们学校有名的流氓，曾因打架斗殴、调戏妇女，多次被公安机关拘留，请大家以后提高警惕，特别是女同学们。"

男知青们都笑了起来，蒋碧云鄙夷地扭过脸去。

郑桐指着几个男生道："跃民，刚才我和这哥儿几个聊过了，我来介绍一下，这是钱志民，海淀中学的；这是张广志，这是曹刚，石油附中的；这是赵大勇，这是郭洁，他俩是北安河中学的。"

大家这才一一握手。

曹刚打量着钟跃民说："我见过你，那次有人和我们学校刘利华打架，你也去了吧？"

钟跃民说："我去你们学校打过架，我怎么想不起来了？"

曹刚肯定地说："没错，就是你，那天你穿一身将校呢，拎把菜刀，口口声声说要剁了刘利华。"

钟跃民想起好像是有这么回事，他摆摆手说："不提了，不提了，那都是没参加革命之前的事，贺龙还玩过菜刀呢。”

郑桐问：“跃民，县知青办发给咱们的粮食不多，我算了一下，怎么省也吃不到麦收。”

“这好办，有就吃个饱，没了咱再想办法。”钟跃民才不想操这个心。

郭洁认真地说：“能想什么办法，总不能真去要饭吧？”

钟跃民一听就喜上眉梢：“怎么不能？听我爸说，这一带农民有个传统，青黄不接时就成群地外出要饭，我早就想尝尝要饭的滋味，要是在北京，咱到哪儿去找这机会？”

蒋碧云似乎最烦钟跃民，她马上表示：“这是谁在出馊主意？谁愿意去讨饭谁自己去，我反正不去。”

钟跃民不想和她计较：“这好办，咱们把粮食分了，自愿搭伙。蒋同学，你能分六十多斤粮食，你要是一天能吃2两粮的话，那顶到麦收应该没问题。”

钱志民说：“我建议，咱们男女分灶开伙，省得她们女的说咱们占便宜。”

曹刚也表示赞同：“这倒是个办法，我同意。”

男知青们纷纷表示同意。

蒋碧云哼了一声：“分开就分开，有什么了不起的。”

钟跃民嬉皮笑脸地说：“我跟你们搭伙吧？要是你们同意，我马上和他们男同学决裂，咱4个搭伙怎么样？”

郑桐不放过任何攻击钟跃民的机会：“跃民，你丫最好搬到女宿舍去住，我们这儿也宽松些。”

男知青们哄堂大笑。

钟跃民面不改色：“这我没意见，但要看女同学们同意不同意。”

蒋碧云气白了脸：“流氓……”

郑桐说：“那是钟跃民的小名儿……”

男知青们大笑。

蒋碧云气得流下眼泪……

周晓白和罗芸入伍时，袁军还在社会上闲逛，没想到她们走后一个星期，袁军就作为“后门兵”入伍了，这批新兵都属于一个野战军的，只不过他们彼此都不知道罢了。

周晓白遇见袁军时，已经是新兵连集训结束后的两个月了。周晓白和罗芸被分到医院，周晓白在内科当卫生员，罗芸被分到药剂室。而袁军被分配到坦克团当装填手。在北京时，他们虽然很熟，但谁也没有谈论过家庭情况，其实他们3个人的父亲都和这个军有着很深的渊源。周晓白的父亲周镇南在抗战时期指挥过的一支部队在解放战争时并入这个军，成了这个军的一个主力师，因此，这支部队的军、师、团干部中有不少周镇南的老部下。罗芸的父亲和这个军的邵副政委是老战友，两人在解放战争后期曾在一个团做搭档。罗芸的父亲是团长，现在的邵副政委是当年的团政委，这可是生死交情，现在老战友的女儿到这个军来当兵，邵副政委自然要格外关照。袁军的父亲袁北光简直就是这个军的老伙计，他从1938年入伍就在这支部队，二十多年根本没挪地方，到1959年转业时，已经是大校师长了。这支部队是袁北光的娘家，现任军长李震云曾当过袁北光的排长，那还是1938年在冀中的事，现在袁军到他父亲的老部队来当兵，可是了不得了，从军部到各师团几乎到处是他的叔叔、伯伯，这跟回老家差不多。许多叔叔、伯伯见了袁军还提起他童年时的劣迹，说军部礼堂的舞台幕布就是袁军纵火烧毁的，那次袁北光气得几乎发了疯，把袁军绑在板凳上用皮带抽了20来下，致使他在床上趴了半个月。

那天袁军去军部机关看父亲的老战友姚副军长，中午又在姚副军长家蹭了一顿饭，吃饭时姚副军长拿出一瓶五粮液给袁军倒了一杯。袁军有些踌躇，他怕回连队不好交代。

姚副军长眼一瞪："让你喝就喝，你们连长有话就让他来找我，我和你爸是什么交情？过命的交情！1941年反扫荡是我把他从死人堆里背出来的，他也没欠我的情，1942年他替我挨了一颗子弹，我们俩才算扯平。老伙计好几年没见了，老子想和他好好喝一顿酒，没机会呀，现在好了，这叫父债子还，老子不在，你当儿子的替他喝。"

于是袁军马上把心放进了肚子，三两下就替他父亲把姚副军长放倒了。其实姚副军长没多大酒量，三两酒下肚就已经找不着卧室门了。袁军在酒精的作用下也有些飘飘然了，这时在他的感觉里，任何人都不在话下了，要是这会儿能碰见他的连长，他兴许就一个耳刮子扇过去了，敢管我？还反了你啦，这不是找捶吗？大爷我喝酒了又怎么样？

袁军晃晃悠悠走进军部大院的军人服务社，想去买些信纸和信封。他发现有个新兵也在柜台前买东西。那个新兵回头看到袁军，无理地上下打量着他。

袁军看了他一眼，话就横着出来了："有病是怎么着，你丫犯什么照？"

新兵也操着北京口音："你是北京兵？"

"怎么啦？"

"还认识我吗，去年在什刹海冰场你丫挤对谁呢？"

袁军傲慢地说："在冰场上我打的人多了，早记不清你是谁了。你是谁呀？"

“我是装司的小明，想起来没有？”那新兵挽起了袖子。

袁军轻蔑地笑了：“没听说过，你想干吗？有话说，有屁放。”

“咱们还有笔账没算呢，上次在冰场上让你们跑了，真是山不转水转，在这儿碰上啦！”

袁军微笑着：“怎么着？看这意思，你是想和我单练一把？咱们找个地方吧。”

新兵一把揪住袁军的衣领：“走吧，咱可说好了，要是见了血，可得说是自己不留神磕的。”

袁军一拧他的手腕：“没问题，牙掉了咽肚子里，谁说谁是孙子，走……”

周晓白那天也正好去军人服务社，她刚一进去就看见两个新兵在拉拉扯扯地往外走，嘴里还不干不净地说着什么。周晓白一愣，这声音怎么这么熟？她马上反应过来，这不是袁军吗，这家伙怎么跑到这儿来了？她脱口叫出来：“袁军。”

袁军这时酒正往上涌，五粮液酒的后劲很大，他刚才还没觉得怎样，现在可有点儿不行了。他回头看了一眼，只觉得这个女兵有些眼熟，他的脑子有些糊涂了，一时想不起是谁，便以为这个女兵是来劝架的，他醉眼蒙眬地说：“谁也别管，谁管我跟谁急。”

周晓白见他一嘴酒气，心里便明白了。她大声喊：“袁军，我是周晓白，你看清楚了。”

袁军仍然糊涂着：“什么……白？不认识。”

周晓白又好气又好笑，这浑小子是糊涂了，连她都不认识了，她晃晃袁军的肩膀喊：“钟跃民你总记得吧？”

谢天谢地，袁军总算还没忘了钟跃民，他努力控制住渐渐模糊的思维，从钟跃民那里才想起周晓白：“噢……想起来了，好像是有这么个人……叫周……什么来着？”

那个北京来的新兵不耐烦了：“嗨，你去不去，在这儿扯什么淡？”

周晓白一把拽住袁军对那新兵说：“你是不是看他醉了就想趁火打劫？你是哪个单位的，敢告诉我吗？”

那新兵也不想把事情闹大，便自己找台阶下：“好吧，让他记着，他还欠我一笔债呢，以后我随时找他讨还。”说完便扭头走了。

周晓白不由分说地扯着袁军往医院走，她知道袁军要是这样醉醺醺地回连队，麻烦可就大了，她得给这家伙醒醒酒。

在路上，袁军还糊里糊涂地问：“跃民也来啦，他分在哪个单位？”

周晓白没好气地说：“他分在司令部，当军长啦。”

“不对吧，钟跃民能当军长？军长不是李震云吗……你别蒙我……钟跃民那孙子……顶多当个副政委……”

周晓白给气乐了：“你可真抬举他，钟跃民也就是当当你们这伙人的政委，在北京闹事还不够，又闹到部队来了，让我怎么说你？”

那天周晓白把袁军弄到医院内科的一个空病房里躺了两个小时，袁军才清醒过来。幸亏值班的护士是她的好朋友，不然连周晓白都不好解释这个醉鬼是从哪儿来的。

幸亏是遇见周晓白，不然袁军回到连队还真不好交代。他入伍才几个月，就已经成了坦克团的落后典型，从团里到连队，领导们都对他很关注。平时没事，领导们都不动声色，就等他犯事呢，一旦抓住他犯纪律，连里就要拿他做个典型。这是由于基层干部对后门兵的成见所致，因为在他们眼里，参军入伍是件很光荣的事，多少优秀青年争都争不到这个机会，而这些干部子弟却轻而易举地来到部队，而且都被分配到最好的部门，这使他们心理很不平衡。出身下层的人，往往有一种强烈要求平等的心态，而现实生活中，却不可能做到完全平等。因此，像袁军这类后门兵是注定要受人关注的。

袁军是个名副其实的后门兵，他是新兵连开始集训后的一个月才自己从北京坐火车来的，来的时候他直接找到军司令部，开口就要见军长。正巧那天军里的几个首长都不在，是军务处一个姓赵的处长接待他的。赵处长是前几年从军区调来的，所以不知道袁北光的大名，他最近接待了好几个类似的后门兵，使他很烦。有些领导干部的孩子往往是仅凭一封给军首长的亲笔信就从北京跑来要求当兵，他们才不管部队是否征兵，是否有合法的入伍手续，来了就大模大样地要求见一号或二号首长，谱儿大得很，对此，军长和政委不胜其烦，又实在无法拒绝，便经常把赵处长推出来接待和安排，偏偏这位赵处长是作战参谋出身，没怎么在部队带过兵，和同级干部比起来，他缺少的是军队中盘根错节的人事关系，而且对此也缺乏必要的宽容。他对这种走后门儿当兵的风气极为厌恶，这些干部子弟简直把军队当成了大车店，想来就来，想走就走，根本没打算办什么入伍手续。

前些日子赵处长接待了两个北京来的青年，在安排他们的工作时他还客气了一下，问他们自己有什么想法，那两个青年直言不讳地告诉他，他们只想留在军部机关，不想下连队。赵处长忍住气问他们，留在机关做什么，那两个青年想了想说，去通信站吧，那儿还不像连队那样苦，还能学点儿技术，但不能去有线连，因为有线连得经常爬电线杆子，还是无线连好一些。赵处长几乎被气疯了，但他没敢发作，他知道这两个家伙既然敢这么目空一切，就说明他们的后台很硬，得罪他们是很不明智的。他最后还是把他们分到了无线连去学电台维修，但他心里像吃了只苍蝇，难受了好几天，还没缓过劲来，袁军又到了。

袁军哪知道赵处长对他这类人的看法，他只记得这支部队是他的老家，他生在军营里，在军部的幼儿园里长到6岁多才跟父亲转业到北京，他没有参军入伍的感觉，只有回老家的感觉。因此当他听说一号、二号首长都不在时，便大模大样地问："三号、四号、五号在吗？他们中间谁都可以。"其口气之大，使赵处长对他顿生恶感。特别是袁军那天很不合时宜地在士兵服的里面穿了一件黄呢子军装，带垫肩的呢子军装把套在外边的士兵服撑得笔挺，赵处长一见他这身打扮就气不打一处来，他知道这种军装是1955年授衔时发给将校级军官的，而赵处长当年只是个中尉，没资格享受穿呢料军装的待遇，眼前这个新兵居然敢穿着这身军装来入伍，这分明是一种向基层干部叫板的行为。

赵处长决定不露声色地难为一下这个不知天高地厚的浑小子。他听完袁军的自我介绍，便客气地说："军长和政委今天都不在，我是军务处长，这是我分内的工作，请出示一下你的入伍手续。"

袁军一愣，在他的意识里似乎没有入伍手续这个概念，他记得父亲袁北光只给军长李震云打了个长途电话，李军长说"欢迎你儿子来当兵，我和接兵的同志打个招呼就行了"，至于接兵的干部怎么办的手续，袁军才犯不上去操心呢。这会儿这个军务处长居然向他要手续，这使袁军很不痛快，他随口道："我本来就是这里的人，在军部幼儿园上到大班才走的。"

赵处长不卑不亢地说："你总不能上幼儿园时就有军籍了吧？我问的是你的入伍通知书。"

袁军大大咧咧地说："没人给我通知书，李军长让我来的，我的全部入伍手续应该在你们军务处。"

赵处长显得很有耐心："小伙子，我这里没有你的入伍手续。"

袁军无所谓地耸耸肩膀："那你就去问问军长吧，当然，政委也可以，既然他们都不在，那我就住下来等等，反正新兵连集训还有两个月才结束，我不着急。赵处长，你忙你的去吧。"

他话说得很狂妄，但自己竟毫无察觉，这一句话就把赵处长得罪了，一个新兵敢用这样的口气和一个团职干部说话，在这个军的历史上也算是破天荒了。不过，赵处长的怒火并没有表现出来，他只是点点头，叫袁军去招待所。他犯不上得罪这些干部子弟，军队中盘根错节的关系他太了解了，一个新兵蛋子本不足为虑，但你闹不清他家老爷子和首长的关系，万一他家老爷子当年曾和首长在一口锅里搅过勺子，或是在战场上救过首长的命，你得罪了他，就等于得罪了首长。这种傻事，赵处长才不会干，他决定对袁军实行冷处理，既不得罪他，也不帮助他，让他在招待所等着吧。

满怀怨气的赵处长还真把袁军扔在招待所里住了3天，幸亏3天以后姚副军长回来，袁军才被安排去了新兵连。新兵连集训结束后，袁军被分到坦克团，赵处长私下把他的表现告诉了团里的干部。因此，袁军人还没到坦克团，他的事在团里就已经尽人皆知了。

袁军有些后悔来当兵，他觉得军队生活枯燥得令人难以忍受，关键是这里没有一伙和他彼此处得来的朋友，他觉得连队里所有的人都在监视着他，他的一举一动都受到关注，从连长季长河、指导员吴运国到袁军所在的二班班长段铁柱，他们对袁军的态度都不冷不热的。他们都知道袁军的家庭背景，尤其是他父亲和军长的关系，但基层干部没人吃这一套，而且还越发看他不顺眼，这似乎是一种天生的成见，也是部队里的一种普遍现象。从农村入伍的战士和从城市入伍的战士有着天然的隔阂，这种隔阂在和平环境中很难消除。

袁军从小生活在军营里，熟悉军队生活，他知道自己非过新兵生活这一关不可，等熬过一年，下一批新兵进了军营，他才能熬出头来。军队就是这样，就算军长是你父亲的老战友，他也不能事事护着你，班长这个官儿，你是无论如何迈不过去的。袁军懂得这些，他认为自己当兵以后，已经很收敛了，他甚至希望和班长段铁柱搞好关系，改善一下自己目前的处境，可段铁柱对袁军伸过去的橄榄枝不屑一顾，照样对他很严厉。袁军从此恨上了班长。

二班长段铁柱长得和他的名字很相像，1.7米的个子，粗壮得像颗炮弹，脾气也很火暴，他和连长季长河、指导员吴运国都是山东人，而且都是一个县的，既然是老乡，平时他们之间的走动就多一些，这样便有些拉帮结派之嫌。袁军认为，这个连队已经被山东帮所把持，非山东籍的战士在这个连队就别想出头。关于班长段铁柱的脾气，袁军是这样看的，这个一脑袋高粱花子的土老冒儿在入伍之前肯定是个好脾气的人，到了部队当上班长以后才变成了现在这样，结论只有一个，这小子让新兵们给惯坏了，以致一见着人就搂不住火。袁军决定等到时机成熟后再找机会收拾他一顿，让他明白明白马王爷究竟是几只眼。

这几天袁军和班长的关系已达到水火不相容的地步。袁军在103号坦克上当装填手，在59式坦克的4个乘员中，这是个最吃力不讨好的活儿。车长自不必说了，那是全车的指挥员，大家只有服从的份儿。驾驶员和炮长都是技术活儿，自然也比较受尊重，特别是驾驶员，农村入伍的战士都愿意干，因为复员以后可以开履带式拖拉机，这在农村是个受人尊重的职业。算来算去，就数装填手的差事不怎么样，从名义上说，他是预备炮手，可要想真摸到炮，除非炮长阵亡。换句话说，要是炮长活得好好的，袁军就只有撅着屁股装炮弹的份儿。他以前从来没注意过，看起来威风凛凛的坦克，座舱里竟如此狭窄，在这样狭窄的空间里，装填手要用臂力将30公斤重的炮弹推入炮膛，袁军认为，这活儿简直不是人干的。他心里明白，就冲他是这个连队中唯一的后门兵，这个装填手他是干定了。

袁军在座舱里一遍一遍地练习装炮弹，浑身已经被汗水湿透了，一颗30公斤重的教练弹被反复推进炮膛又退出，实在是苦不堪言。他觉得座舱盖被打开了，一缕阳光照进座舱，他没有抬头，继续装填。

“袁军，有你这样装炮弹的吗？炮长是怎么教你的？”段铁柱在座舱口说。

袁军连头也没抬：“班长，有话就说，用不着做铺垫，你到底想说什么？”

“和你说过多少次了，你的大拇指要护住炮弹引信，尤其是推弹入膛时，摘下保险帽的炮弹引信，几公斤的碰撞力就可以引起爆炸。”段铁柱教训道。

“我说班长，这不是颗教练弹吗，它好像炸不了吧？”

段铁柱的声音严厉起来：“指导员是怎么说的？平时多流汗，战时少流血。要从思想上把每一次练习都当成实战，你就这样把连首长的话当耳旁风？”

“嗬，还连首长，我听这话怎么这么别扭呀？叫声连长、指导员就行了，还首长，你不觉得有点儿肉麻吗？要不赶明儿我也叫你班首长得了。”袁军刻薄地挖苦道。

“袁军，你一个新兵口气可不小，不要以为你爸爸官儿大你就可以不把基层领导放在眼里，你这样下去恐怕没什么好处。”

“行啦，你找个凉快地方待会儿去好不好？找什么碴儿呀，也就是现在，我脾气好多了，要放在以前，我非让你满地找牙不可。”

“你说什么？你敢再说一遍吗？”

袁军摸起一个大号扳手，慢慢向座舱口爬：“咱们到外面说话。”

“怎么着，你还想打人？你等着，我去找指导员，这个兵我带不了……”

座舱盖砰的一声被关上，段铁柱到连部告状去了。

袁军无力地坐下，恨恨地说：“真他妈的虎落平阳遭犬欺……”

周晓白终于收到钟跃民的来信，她兴奋得直哆嗦，抓住信封就一通猛跑，一直跑到休养区的花园。她坐在长椅上手忙脚乱地撕开信封，以至于把信纸都撕破了。钟跃民的信很简单，干巴巴的，不具有任何感情色彩。

晓白：

你好！

我和郑桐已在陕北安下家来，这里离毛乌素沙漠很近，因此风沙很大。陕北的山地，都是土质很松散的黄土堆，由于干旱少雨，每座山包都是一个大灰堆，人走上去，就像走进了散包水泥堆，尘土飞扬，遮天蔽日。

我们知青点共有10个人，都是来自海淀区不同的学校的，大家以前不认识，现在也没什么好聊的，只有郑桐还能和我交谈。

这里的农民生活很苦，基本上是靠天吃饭。这里没有灌溉渠道，甚至没有像样的平地，就更别提梯田了。春天把谷种撒在黄土坡上，剩下的事就是等着下雨，要是20天内没有下雨，种子就会旱死，这一年就会颗粒无收，即使是最好的丰收年景，粮食也只够吃八九个月的。每年青黄不接时，全村人就集体外出讨饭，这已经成了石川村的传统。我们知青目前的粮食还够吃一两个星期，等粮食吃完，大家就该外出讨饭了。我和郑桐正在商量，是不是准备些节目，比如样板戏什么的，讨饭时还可以兼卖艺。郑桐这小子现在成天琢磨蒙人的招儿，一会儿说要练练吞铁球，一会儿又想弄点儿汽油练嘴里喷火，反正是想把当年天桥练把式的歪招儿全拿到陕北来糊弄老乡。我曾提议表演硬气功，弄几块糟一点儿的砖头码在他头上练开砖，但被郑桐坚决拒绝了，直到现在还没想出什么更富创造力的主意来。

我现在正和村里的杜老汉学唱信天游，这老头儿肚子里简直是个杂货铺，一段同样的歌词他能唱出七八个不同曲调的版本。老头儿平时烟袋不离手，抽烟抽得肺气肿，一喘气就能听见肺部呼噜作响，嗓音如同漏气的风箱。可他那破锣嗓子唱陕北民歌简直是一绝，好几次听得我眼泪差点儿流下来，那种特有的韵味真是令人难忘，我是迷上信天游了。

我们现在已经开始春播了，看样子这几天不会下雨，播下的谷种很有可能被旱死，村里的常支书正在暗中准备祈雨仪式，因为他是党员，不能公开参加这类活动。

总之，生活虽然苦一些，但我很快乐，尤其是每天临睡时和郑桐斗嘴，其乐无穷，这家伙近来嘴皮子越来越好使了。

困了，油灯里也快没油了，下次再写。

祝

一切顺利。

钟跃民

1969-04-15

就这一封干巴巴的信，没有一句问候，也没有任何感情流露，若是不相干的人看了，会以为这是两个男人之间的通信。不过，周晓白已经很知足了，她看得如醉如痴，时而捧腹大笑，时而潸然泪下。陕北农村的贫困程度使她感到震惊，这已经超出她的想象。她无法想象，要是自己处在那种环境里会怎么样。钟跃民的信中只有平淡的叙述，丝毫没有表现出人在苦难中忍受煎熬的心理状态，她仿佛能看见钟跃民和郑桐这两个活宝苦中作乐的情景。周晓白很想知道他们的居住环境，他们的主食吃什么，有没有菜吃，干活累不累，可这些细节，信上一点儿没提。周晓白突然发现，她真是很喜欢钟跃民，这个家伙身上有种很特殊的气质，既浪漫又现实，甚至还有几分无赖，几分玩世不恭，几分游戏人生的生活态度。这家伙简直是个奇妙的混合物，和他相处，你会感到很快乐。他无论走到哪里都能找到好玩的事，而且马上就兴致勃勃地玩起来，还玩得一本正经，玩得很像那么回事儿。一个曾经迷恋柴可夫斯基音乐的人，居然又在穷乡僻壤迷上了陕北民歌，而他下个月的口粮还不知怎么解决呢。周晓白认为，讨饭是一件让人既痛苦又无奈的事，一个正常人的尊严和自信心都将被屈辱所代替，而钟跃民和郑桐竟然把讨饭当成了狂欢的节日，还煞有介事地准备街头卖艺，他们玩得可真开心，真不愧是顽主，这就是钟跃民。

周晓白心中突然涌出一股柔情，她把信仔细装进贴身衬衫的口袋里，心里在想，一定要抽时间给他写一封长信，但愿他别玩得忘乎所以，把自己给忘了。

此时，在陕北的石川村知青点，钟跃民正盘腿坐在土炕上和曹刚下象棋。这是一场赌局，每盘棋的赌注是一个窝头，钟跃民已经连输了两盘，这第三盘看来也悬了。他一不留神，被曹刚来了个马后炮，曹刚大喜过望地蹦下土炕："哈，你哪儿跑？马后炮，你完了。"

钟跃民连忙悔棋："哎哟，你的马在这儿？我没看见，不行不行，我不走这一步了。"

"又悔棋是不是？不行，咱这可是挂了赌的，你已经欠我3个窝头了，想赖账是怎么着？"

钟跃民道："好好好，不赖账，咱接着来，不就3个窝头吗。"

曹刚伸出手："嘿嘿，本店概不赊欠，先把账清了再说。"

钟跃民急赤白脸地说："一会儿开饭就给你，你急什么？来，再接着来，我先走了，当头炮。"

曹刚摇摇头道："不下了，吃完饭再说，要是你这盘再输了，连晚饭都没你什么事了，让你看着我吃，我也不忍心，到时候心一软，得，又退你一个窝头，我不是白赢了？"

“我饿着我乐意，你也别心软，不就扛两顿吗？小意思，来，接着来。”

郑桐走进窑洞说：“跃民，昨天是你做的饭吧？粮食没了你也不提前打个招呼？”

钟跃民一拍脑门：“粮食没啦？哎哟，我想起来了，我给忘了，对不起，对不起，一点儿都没剩下？还能凑合一顿吗？”

郑桐没好气地说：“连他妈一点儿渣儿都没剩下。”

曹刚恍然大悟：“我操，我说你小子连输了3个窝头怎么一点儿不着急，闹了半天是蒙我呢。”

钟跃民连忙解释：“谁蒙你谁是孙子，我还真给忘了。”

郑桐笑道：“你小子不是要带队要饭吗？走吧，跟村里老乡借几件破棉袄穿上，一人再弄一根打狗棍，要饭归要饭，这身行头可不能含糊。”

钟跃民搔搔头皮：“就算去要饭也得明天去呀，今天怎么过？还有一顿晚饭呢。嗯？这味儿真香，谁家做饭呢？”

曹刚说：“那3个女生呗。”

在知青点的伙房里，蒋碧云刚打开热气腾腾的蒸锅，钟跃民闲逛般溜进来搭讪道：“嗬，真香啊，做什么呢？”

蒋碧云眼皮都没抬：“还能做什么？窝头呗。”

钟跃民觍着脸道：“能尝尝吗？”

“不能。”

“别那么小气，好歹都是北京海淀的，又是坐一趟火车来的。俗话说得好，老乡见老乡，两眼泪汪汪，你看我这眼泪都快流下来啦……”

“少套磁，有事儿说事儿。”蒋碧云干脆地回答。

钟跃民不屈不挠地说：“得，不说老乡，咱们总算是邻居吧？两个宿舍挨着，中间不就隔着一堵墙吗？《红灯记》里李奶奶那句台词是怎么说的？拆了墙咱就是一家人了，铁梅那句话说得更绝，你猜她怎么说？她说不拆墙咱也是一家子……”

“钟跃民，你油嘴滑舌说了半天，就是想蹭饭吧？”

“别说得那么难听，我只是想借点儿粮食，你看，一个是蹭，一个是借，这两者之间有本质的区别……”钟跃民嘟囔着。

蒋碧云直截了当地拒绝：“不借。”

“要不，算是高利贷吧，借一斤还两斤，怎么样？”

“我不稀罕。”

钟跃民想发作又忍住，悻悻地走了。蒋碧云望着钟跃民的背影，脸上充满了轻蔑的表情。

村支书常贵正坐在自家炕桌前吃饭，桌上摆着几个窝头，他和老婆孩子每人都端着一个大碗在呼噜呼噜地喝着野菜糊糊。

钟跃民在外面喊："常支书在家吗？"

常贵紧张地小声说："快收起来。"

婆姨飞快地把剩饭收走，常贵这才披着老羊皮袄走出门："是跃民呀，窑里坐。"

钟跃民走进窑洞，常贵按照村里的习惯用语寒暄道："吃了吗？"

"没有。常支书，你吃了吗？"

常贵显出一副无奈的样子："吃啥吗？我家断顿啦。"

钟跃民似乎没有料到，他愣了一下，欲言又止，他仔细地审视着常贵，常贵也若无其事地眯起小眼睛和钟跃民对视。

钟跃民忽然笑了："既是这样，那我就什么也别说啦。常支书，明天我们去讨饭，村里还有谁一起去？"

常贵蹲在炕前，装满一烟锅烟叶点上火说："把老弱病残都带上，这是规矩。"

钟跃民用哀求的口吻说："常支书，我们今天就有点儿过不去了，村里能先借我们点儿粮食吗？让我们把今天先过去。"

常贵不为所动："哪里还有粮食？咱村的人饿上一两天是常事，这不算啥，习惯了就好啦。"

钟跃民只好站起来告辞，他走到门口又站住，转过身来："支书，咱村没来过日本鬼子吧？抗日战争时，日本人没过黄河嘛，咱村到哪儿学的这套'坚壁清野'的功夫？"

常贵装糊涂："你这娃说啥？"

"没说啥，支书，你歇着，我走了。"

钟跃民没想到粮荒来得这样快，也没想到粮食没了，后果会如此严重。自从中午发现口粮已经用光，一直到晚上睡觉，男知青四处借粮，竟没有借到一粒粮食，大伙生生饿了两顿。钟跃民明白，这里的农民已经被饿怕了，他们把粮食看得比命还重要，你朝他借老婆也比借粮好开口。再说有些农民家里肯定也是早已断顿了，既然钟跃民曾经大包大揽地答应过支书，要带队去讨饭，那村民就老老实实地等着。钟跃民以前一直认为凡事都一样，车到山前必有路，却没想到现在居然所有的路都被堵死了，就是想偷都没地方偷去。

傍晚的时候，钟跃民和郑桐走了十几里地，到相邻的许家围子去偷鸡，谁知在贫困地区鸡比凤凰还金贵，家家都看得很紧，他们一进村就被村民盯住，走到哪儿都有人监视，根本没机会下手。再溜达一会儿，他们就发现许多村民手里都拿着扁担、镰刀之类的家伙望着他们，钟跃民知道今天偷鸡是没戏了，闹不好再让人家暴打一顿，他们便识趣地打道回府了。谁知走到半路上两人就没劲了，只好走一会儿歇一会儿，用了两个小时才走回村。

在知青点的男宿舍里，男知青们躺在炕上翻来覆去睡不着。

郑桐有气无力地说："跃民，我浑身没劲，头也有点儿晕。"

钟跃民道："这是低血糖症状，睡着了就不觉得了，睡吧。"

"扯淡，我睡得着吗？胃里火烧火燎的，这叫什么事啊，咱们招谁惹谁了？把咱们送到这鬼地方挨饿。"郑桐大发牢骚。

钟跃民不满地说："郑桐，你烦不烦呀，才两顿饭没吃就扛不住了，要不你把我吃了得了。"

郑桐从被窝里坐了起来："嘿，你还别馋我，有能耐你把屁股上的肉给我割一块，谁不吃谁是孙子。"

钱志民也睡不着，便索性坐起来："操，早知道到这儿来挨饿，我他妈打死也不来。我们学校的孙洪就是不报名，老师、同学、居委会的老娘们儿，走马灯似的到他家动员，这孙子真沉得住气，你说破大天，他就是一声不吭。到了晚上，这哥们儿就开始脱衣服上床，嘴上还说着'女同志请回避一下，我里面可没穿裤衩'。"

男知青们大笑起来。

曹刚说："就咱们这帮人是傻逼，一动员就屁颠儿屁颠儿地来了，听说不来的最后也在北京分配工作了。"

郭洁问道："跃民、郑桐，你们育英学校的人下乡的不多，多数都当兵去了，你们怎么没当兵？"

钟跃民反问："你们不是也没去吗？"

郭洁说："我们是平民子弟，本来就应该来插队。"

郑桐插嘴道："我们还不如平民子弟，是'可以教育好的子女'，连他妈的征兵体检都不让参加。"

郭洁感叹着："我算明白了，人比人该死，货比货该扔，世上哪有什么平等？人的地位有很多层，好比我住在一楼，跃民住在二楼，有一天二楼的楼板上破了一个窟窿，跃民一不留神掉下来，这才刚刚和我拉平。要是我的楼板也破了个窟窿，得，我该掉到地下室里去了。"

钱志民也加入了讨论："没错，要是跃民一挣巴，又顺着窟窿钻回二楼了，你小子肯定还在地下室里听蛐蛐儿叫呢。人哪，争不过命，因为不在一条起跑线上。"

钟跃民觉得这类话题很无聊，忙岔开话："我说哥儿几个，都不饿是怎么着？

少说两句，节省点体力，明天到县城还有四十多里地呢。”

钱志民灰溜溜地说：“去他妈的，走不动了我就当‘路倒儿’啦，反正活着也没劲。”

郭洁好像突然想起来什么：“那3个女的真不仗义，眼看着咱们挨饿也不借粮，女的就是抠。”

钟跃民无所谓地说：“是咱们提出分伙的，现在就是饿死，也不能说软话，丢份儿的事可不能干。”

其实他们误会这3个女知青了，此时她们正在知青点的伙房里做饭。王虹和李萍在贴饼子，她们已经把所有的粮食都拿出来了。蒋碧云坐在灶旁拉风箱，熊熊的火光映红了她忧郁的脸。她很后悔自己今天中午对钟跃民的态度，她不是小气的人，也知道这点粮食无论怎么省也撑不了几天，他们早晚要去讨饭，她是对钟跃民有气，有意要难为他。

蒋碧云的父亲是大学教生物学的教授，母亲是和父亲同系的讲师，她从小在学校里是品学兼优的好学生，这类好学生对钟跃民这样的坏孩子向来有成见，更何况出身高级知识分子家庭的孩子一向看不上出身干部家庭的孩子。他们从小就被父母灌输了一套观念：咱们这样的家庭无权无势，父母帮不了你们，你们的将来只能靠自我奋斗。蒋碧云是在这种教育下长大的，她对干部子女有着一种很极端的看法，八旗子弟、衙内，喜欢吹嘘父母的地位，目中无人，不学无术，虚荣浅薄，很多干部子女还缺乏教养，继承了他们土包子父母的禀性，以无知为荣耀。

1966年8月，红卫兵运动兴起，蒋碧云的父母被揪斗，当时她还在学校跟着红卫兵们“破四旧”，像她这种非“红五类”出身的人，是没有资格参加红卫兵的，她只能参加“红外围”。她很感谢红卫兵能给她这个参加革命的机会，于是几乎每天都住在学校里，很少回家。直到有一天，父母的单位通知她去处理他们的后事，蒋碧云才知道父母已经双双服毒自杀，尸体已经被火化了。听到这个消息后，蒋碧云一下子就垮了，她疯了一样回到家，在家里翻了整整一天，她什么也没有找到，父母就这么不声不响地走了，连一封遗书都没留下。从此，蒋碧云再也没有笑过。

蒋碧云从那时起，就开始对红卫兵产生了一种极强的仇视心理，继而扩大到干部子弟这个群体。刚来的第一天，她就开始讨厌钟跃民，把他当成了无赖，而钟跃民似乎也有意做出一副流氓相来招她烦，仇就是这么结下的。

李萍和王虹知道钟跃民借粮的事后，都埋怨蒋碧云做得太过分，王虹很不满地说：“碧云，你不该这样，咱们是个集体，眼看着他们挨饿，咱们吃得下吗？”

李萍叹了口气说：“这些男生真可怜，两顿没吃饭了。钟跃民是个好面子的人，他在借粮之前肯定是左右为难，鼓足很大勇气才开的口，你一下子就把他顶到南墙上，他饿死也不会求咱们了。”

蒋碧云突然觉得自己很孤立，原来李萍和王虹对钟跃民的印象不错，她们可能真的认为蒋碧云是舍不得借粮，把她当成了小气鬼，蒋碧云委屈得捂住脸哭了。

在男知青宿舍里，大家都聊得没劲了，郑桐不停地翻身，唉声叹气。

钟跃民踹了他一脚：“郑桐，你他妈安静点儿行不行，老挤我干什么？”

郑桐有气无力地说：“我想起那次和袁军买冰激凌的事，当时吃得哥儿几个直拉肚子，我当时还发誓，以后再不吃冰激凌了，现在一想，要是有冰激凌，哥们儿能吃一桶。”

钟跃民坐了起来说：“郑桐，我知道你饿，但你得学会忍耐，忍不住也得忍，不但要忍过今夜，明天还要忍到县城。到了县城能不能要到吃的还不一定，就算要到一点儿吃的，咱还不能吃，因为还有村里的老人和孩子，咱们还得忍。不为别的，因为咱们是男人，你明白吗？”

“明白啦，这辈子我忍了，下辈子打死我也不当男人了。跃民，有什么法子不让我当男人？”

钟跃民笑了：“这倒有办法，曹刚，你那镰刀还在吗？拿过来，我要阉了这小子。”

男知青们起哄：“对，阉了丫的。”

大家正闹着，郑桐听见有人在敲门，门外传来蒋碧云的声音：“是我，蒋碧云。”

钟跃民吼了一声：“有事明天再说，我们都没穿衣服，别招我们犯错误啊。”

蒋碧云也不示弱，她大声喊道：“钟跃民，你浑蛋，把门打开。”

郑桐把头伸出被窝起哄道：“蒋碧云同志，我们已经不行啦，永别了，我身上还有两毛钱，就算我这个月的党费吧，你千万不要太悲伤，掩埋好我们的尸体，继续前进吧，等到全人类都得到解放那一天，别忘了在我们墓前献一束鲜花……”

王虹在门外笑骂道：“都饿得爬不起来了，还臭贫呢，我们这儿还有点儿吃的，你们要不开门，我们可走了。”

男知青们像火烧屁股一样蹦了起来，手忙脚乱地穿衣服。

门开了，3个女生端着一些玉米面饼子走进来。李萍笑道：“都饿了吧？我们特意晚点儿来，让你们多饿一会儿，省得你们不珍惜。都起来吃饭吧，我们也把粮食都用光了，明天咱们一起去要饭。”

男知青们欢呼着女生万岁，纷纷抓起饼子狼吞虎咽起来，只有钟跃民用被子蒙住头在装睡。蒋碧云过去推了他一下说：“钟跃民，你装什么蒜？起来吃饭。”

钟跃民翻了一个身，脸朝里道：“不饿，君子不食嗟来之食。”

“那白天是谁去我那里想蹭饭?”

“此一时彼一时也。”

“这话怎么讲?”

钟跃民无奈地坐起来说:“那时我拿你当革命战友,向你借粮,现在性质不一样了,好比地主向穷人施舍,咱人穷志不穷。”

蒋碧云小声道:“你是不是想让我求你?”

“别,我不饿,才一天不吃饭,哪至于就扛不住了,我是想体会一下红军长征时的感觉。”

蒋碧云细声细语地说:“钟跃民,我知道我今天伤了你,我向你道歉。你先吃饭,别的事咱们以后再谈好不好?”

“哪儿的话?你的粮食你有权不借,这是天经地义,用不着道歉。”

蒋碧云的声音里带着明显的哀求:“跃民,吃饭吧,我求你了。”

“我真不饿,谢谢你啊。”

蒋碧云突然爆发了:“钟跃民,收起你那套自尊吧,你以为就你有自尊?为什么就不关心一下别人的感受?我最看不上的就是你的傲慢劲儿,那种浸到骨子里的傲慢。”

钟跃民疑惑地看着蒋碧云:“你没犯病吧,干吗一副苦大仇深的样子?”

“是我看不惯你,我对你们干部子弟有成见,1966年的‘红八月’,你们抄家、打人,不可一世,当灾难触及你们自己的家庭时,你们就摆出一副玩世不恭的样子,甚至以流氓自居,嘲笑一切,以示自己与众不同。”

“你可以有自己的看法,可你干吗又给我们送吃的,是想嘲笑我吗?”

“你错了,我没这么狭隘,我是突然想明白了,觉得这样下去挺没意思的,我们10个人是个集体,既然社会把咱们抛到这种穷乡僻壤,我们还能指望谁呢?我们自己再钩心斗角,就太让人看不起了。”

钟跃民似乎受到震动,他沉默了片刻,拿起一个饼子轻轻咬了一口。

蒋碧云的眼圈红了:“跃民,谢谢你,你原谅我了?”

钟跃民艰难地点点头,他眼睛有些湿润了。

蒋碧云在一瞬间就泪流满面了:“跃民,对不起……”

知青们都流泪了,他们仿佛突然成熟了,生活似乎不是一件轻松的事。

窑洞外面起风了。

·第八章·

县城唯一的一条大街上，走来一支奇形怪状的讨饭队伍，这支奇怪的队伍引起了县城居民的好奇，旁边围了不少看热闹的人。其实，这一带属于贫困地区，每年青黄不接的季节，农民集体外出讨饭早已“蔚然成风”，县城的居民也已司空见惯，本来没什么可奇怪的，但这支讨饭队伍却很引人注目，因为这里面居然有北京知青，特别是还有女知青，这倒是件新鲜事。还有，往年讨饭的农民都很安静，他们在乞讨的时候都是小声哀求，绝不喧哗，可今天这支讨饭队伍却闹闹嚷嚷，很是热闹。县城的居民们都闹不明白，讨饭吃怎么可以如此气壮如牛，就像谁该他们的。

钟跃民和郑桐穿着借来的四处露棉花的破棉袄，腰里扎着草绳，一手端着破碗，一手拿着打狗棍。他们的身后是由石川村的老人和孩子组成的讨饭队伍，曹刚、钱志民、蒋碧云等知青们夹杂在其间。

郑桐眼镜后面的一双眼睛滴溜溜乱转，哪里人多就往哪里挤，他举着一个边缘已成锯齿状的粗瓷破碗拼命向人群里凑，嘴里还大声念叨着：“大爷大娘们，大叔大婶们，大哥大姐们，革命战友们，可怜可怜我们吧，我们已经3天没吃饭啦，快扛不住啦，给口吃的吧……”

人群像躲避瘟疫一样四散躲开，郑桐举着破碗穷追不舍，连曹刚和钱志民等人都看不下去了，这简直是起哄架秧子，哪里是讨饭？

曹刚批评道：“郑桐，你他妈穷追人家大姑娘干什么？瞧把人家吓的，你是要饭还是抢人呢？”

郑桐坏笑着：“这你就不懂了，一般大姑娘都心眼儿好，看哥们儿可怜，保不齐就把钱包掏出来了。”

钱志民笑骂道：“你丫悠着点儿，闹不好饭没要着，倒把咱们当流氓抓了。”

钟跃民对围观的人群双手抱拳：“父老乡亲们，大爷大娘们，我钟跃民初到此地，讨饭谋生，请乡亲们多多包涵，有钱您就捧个钱场，没钱您就捧个人场……”

郑桐笑道：“跃民，你这路子不对，这他妈哪儿是要饭的？这是天桥卖大力丸的。”

钟跃民刚酝酿好情绪就被郑桐搅了，于是他便烦了："去去去，一边要饭去，你要你的，看我干什么？各人有各人的路数，甭管白猫黑猫，要着饭就是好猫。哎哟，我操，我怎么浑身痒痒？坏啦，坏啦，这件棉袄上有虱子，郑桐，快帮我挠挠背。"

郑桐幸灾乐祸地笑道："你才发现？我刚一穿上就明白啦，这哪儿是棉袄？整个儿一动物园，这虱子也太孙子了，你就在背上溜达溜达得了，'老二'那儿也去，害得我都不敢挠。"

郑桐把手伸进钟跃民的后背挠痒。

钟跃民舒服得半合着眼对大家说："大家都散散，分头行动，别在一起聚着。蒋碧云，你扶着张大娘，单走一路，知青们都各自找一个老人或孩子带着。曹刚，你别一副大爷相儿，这像是讨饭的吗？比人家施主还牛。郑桐，把你那破眼镜摘了，你这也不是要饭的形象，整个儿一摘帽右派。"

大家都默认了钟跃民的权威，真把他当成了负责人，讨饭队伍分散走开了。

钟跃民叫住郑桐："郑桐，你别走，我背上还痒呢，再给我挠挠。"

郑桐急着要走："跃民，咱这可是干正事呢，你别耽误我要饭。"

"耽误不了，你就跟我走吧，把口袋准备好，省得一会儿装不下。"

郑桐半信半疑："跃民，你爸参加革命之前，是不是当过丐帮帮主，你丫要饭怎么这么轻车熟路？"

蒋碧云扶着石川村七十多岁的张大娘在一处临街人家的门口乞讨，临街门里走出一个中年妇女，奇怪地望着她们。蒋碧云嘴张了张，却什么也没说出来，她实在开不了口。

中年妇女问道："姑娘，你们是干什么的？"

蒋碧云涨红了脸，艰难地说："我们……是讨饭的。"话没说完，她的眼泪便滴落到胸前。

中年妇女的眼圈儿也红了，她同情地问："是插队知青吧？"

蒋碧云点点头。

张大娘颤巍巍地伸出手："她大婶，可怜可怜我老婆子吧，村里断顿啦。"

中年妇女叹了口气，进门拿出一个馍："唉，作孽呀。姑娘，拿着。"

蒋碧云接过馍，流着泪连连鞠躬："谢谢大婶，谢谢大婶。"

她把馍掰成两半，递给张大娘一半，白发苍苍的张大娘接过馍，迫不及待地啃起来。蒋碧云轻轻咬了一口，眼泪又涌了出来，她再也忍不住了，终于呜呜地哭起来。她感到一种从未有过的屈辱，一个堂堂正正的人为什么会沦落到讨饭的地步，难道这就是接受贫下中农再教育？

张大娘可没有蒋碧云的感受，她边啃馍边劝道："姑娘，有馍吃还哭啥？你是不习惯哩，往后习惯了就好了。我刚嫁到石川村时也不习惯去讨饭，那年我刚生了娃，家里就断了粮，我死活不去讨饭，我男人就打我，不去也得去，咱农民就是这命。我男人打人可狠呢，可真把我打怕了，我抱着娃就去了，后来就习惯了，五十多年了，年年都讨饭，只记得有两年庄稼收成好，没讨饭，咱石川村世世代代都是这么过来的。"

蒋碧云吃了一惊："五十多年里只有两年没讨饭？"

"可不是吗，我记得很清楚，那都是雨水好的年景，不旱不涝，这样的年景太少了。"张大娘说话时已经把半个馍啃光了。

蒋碧云感到一种强烈的震撼，嘴上却什么也说不出来，她无法表达自己的感受，只是呆呆地望着张大娘。她在想老人的话，习惯了就好了，这就是我的命吗？

钟跃民和郑桐可没有蒋碧云这种屈辱感，他俩都善于把生活当成游戏来玩，而且总能在游戏中发现新的乐趣，这会儿他俩正玩得高兴。

钟跃民站在一处临街的高台阶上，甩动破棉袄，双手擎破碗，摆出京剧《红灯记》里李玉和的造型大吼一声：

谢——谢——妈。
临行喝妈一碗酒，
浑身是胆雄赳赳，
鸠山设宴和我交朋友，
千杯万盏会应酬。
…………

"好！"看热闹的人群中传来起哄叫好声。

"再来一段。"

钟跃民拱拱手道："哪位先给点儿吃的，肚里没食，唱不动啦。"

一个小伙子扔过两个烧饼："接着。"

"谢谢。"钟跃民接住烧饼，分给郑桐一个，两人狼吞虎咽地吃起来。

有人喊："快点儿吃。"

钟跃民被噎得直翻白眼："就……完……"

郑桐边啃烧饼边撑着口袋向人群乞讨，人群纷纷散开。他愤怒地追逐着人群，嘴里不干不净地骂着："才他妈听完戏就想跑，你们这些人怎么老想不劳而获，想白蹭戏是怎么着？都他妈给我站住，一群没良心的东西。”

小县城的居民还没见过这么横的要饭的，看他这意思，不给就要揍人，当年的丐帮也没这么不讲理。况且郑桐的打狗棍也很醒目，这不是一般乞丐使用的那种细细的枣木棍，而是一根头粗尾细的镐把，看着就很吓人。居民们纷纷躲避，郑桐撑着口袋紧紧跟着一个穿中山装的中年人，那中年人最后竟撒开腿跑起来。郑桐越想越气，他认定这人是个舍命不舍财的小气鬼，真想用镐把敲他一下，他一鼓作气地把中年人追出几百米远才拎着空口袋回来。

郑桐骂骂咧咧地返回原处，见钟跃民正嬉皮笑脸地向一个青年妇女凑过去，那妇女大惊，连忙躲开，钟跃民锲而不舍地追逐着。

那妇女跑进一座院子，钟跃民追到院子门口，向里张望。

一个男人拎着擀面杖气势汹汹地从院子里迎出来，钟跃民立刻转身逃窜，那男人掐着腰，破口大骂。

郑桐乐得一屁股坐在台阶上。

钟跃民臊眉耷眼地返回来，解释道：“那哥们儿大概以为我在拍婆子，我他妈有病是怎么着，跑到这兔子不拉屎的地方干这个？那女的龇着一对黄澄澄的大板牙，看着跟象牙似的。我心说，模样不好心眼儿总该好点儿吧，谁知心眼儿也不好，一点儿同情心也没有，见了咱要饭的，不给也就算了，还指使男人抄擀面杖，有这么欺负穷人的吗？”

郑桐乐得直不起腰来：“谁知道你是要饭还是调戏妇女呢，连我都看不出来，难怪人家丈夫跟你急了。”

钟跃民长叹一声：“看来这小县城里的人也不好糊弄，得想点儿别的辙。”

郑桐抖抖空口袋嘲笑道：“你还真事儿似的，拿个口袋来。你大概是想吃饱了肚子，再扛回去一口袋，做什么梦呢？”

钟跃民搔搔头皮说：“看来要饭也得学点技巧，得把人的同情心调动起来，咱俩身强力壮的，不是弱者形象，穿得再破烂也没用，人家把咱们当成了农村二流子了。”

郑桐一拍脑门：“有啦，咱从村里带出了不少孩子，穿得都像叫花子似的，咱找个孩子来个卖儿卖女怎么样？我找张纸，上面写‘生活所迫，忍痛卖儿’，给孩子脑袋上插个草标，当街拍卖，咱俩只需往墙根儿下一坐，装出一副饥寒交迫的样子就行了。”

钟跃民摇摇头：“馊主意，闹不好让警察把咱们当人贩子抓了，就你这右派形象很容易让人往政治上扯，不说你是向党猖狂进攻，至少也是成心给社会主义抹黑，你见过几个叫花子戴着眼镜要饭？我说怎么要不着吃的呢，都是你这形象给闹砸了。”

“我操，你不说你要饭的手艺太潮，倒赖我形象不好。你丫往那儿一站，两眼就滴溜溜乱转，一副老奸巨猾的模样，很容易让人怀疑你是化了装的台湾特务。”

钟跃民抄起打狗棍要揍郑桐，郑桐忙用打狗棍招架，两人似乎忘了饥饿，在大街上打闹起来。

曹刚匆匆跑来，他离着老远就喊上了：“跃民，不好啦，郭洁和钱志民他们出事了。”

钟跃民惊问：“怎么回事？”

“郭洁顺了人家一块腊肉，钱志民掩护，结果让人家抓住了，正挨揍呢。”

钟跃民抄起镐把说：“快叫咱们的人，都带上棍子，把郭洁他们抢回来。”

曹刚心急如焚，扭头就跑。

钟跃民紧了紧腰上的麻绳，对郑桐说道：“好久没打架了，今天该练练啦，你行吗？”

“没问题，哥们儿手正痒痒呢，抄家伙，走！”

钱志民和郭洁站在路旁，街对面是个肉店，一个肉案板摆在店门口，上方挂着几块腊肉。那腊肉很诱人，瘦肉部分是紫红色的，肥肉部分是蜡黄色的，还往下滴着油。两个扎油布围裙的售货员站在肉案后面聊天。

钱志民和郭洁看着腊肉便两眼发了直，他们刚才什么也没要着，早已饿得两眼发花，这才知道要饭也不是那么容易。他们去了一个饭馆，想捡点儿顾客吃剩下的食物，谁知这小县城的人都节省惯了，根本没有剩东西的习惯，临走时连面汤也喝掉。这样的饭馆，本地乞丐从来不去，因为去了也是白搭。钱志民和郭洁在饭馆门口观察了1个小时，发现食客们走后，他们的碗干干净净的，简直用不着洗了，两人失望地走开。

此时，钱志民和郭洁望着那块腊肉便产生了幻觉，他们似乎看见那块腊肉上长出了一只小手，那小手越来越长，竟探过了马路，轻轻抚摸着他们空空的胃囊。钱志民和郭洁感到那只小手很温柔，不但抚摸着他们的胃，甚至还勾着他们的魂儿，于是他俩便对那块腊肉产生了某种依恋。

钱志民目不转睛地凝视着腊肉，嘴里喃喃道：“中间那块腊肉最大，得有七八斤，你弹跳没问题吧？”

郭洁目测着助跑的角度和距离说：“没问题，打篮球时的篮板也就这么高，哥们儿可是我们学校篮球队的主力。”

钱志民下了决心：“你摘下来就跑，我给你断后。”

“看我的。”郭洁开始助跑，他斜着穿过马路，速度越来越快，转眼就冲到肉案前，纵身蹿起，一个标准的灌篮动作，那块最大的腊肉被摘到手，郭洁提着腊肉拼命地跑。

肉案后的两个售货员愣了片刻，便大叫着追了出来。

钱志民适时地掀翻了路边一张卖吃食的桌子，两个售货员被绊倒，钱志民转身就跑，两个售货员大骂着从地上爬起来继续追。

钱志民犯了个很严重的错误，他为了阻滞售货员追赶，便不断地给追赶者制造障碍，在一个杂货店门前，钱志民掩护郭洁提着腊肉跑过。两个售货员边跑边喊地追来。

钱志民掀翻一摞荆条筐，无数个荆条筐在地上滚动。追赶者用脚踢开荆条筐，愤怒地继续追赶。此举惹怒了杂货店的售货员，他们也加入了追赶者的行列。

钱志民和郭洁跑过一个小吃店门口，店门前摆着几张桌子，几个当地居民正在捧着大碗吃面。小吃店的伙计在案板上熟练地拉面，将拉好的面条扔进锅里。郭洁提着肉，兔子般地窜过人群，钱志民随后接连掀翻了3张桌了。桌子上的碗碟、食物纷纷落地，碎片飞溅，汤汁四溅……

小吃店的伙计们大怒，也纷纷抄起家伙追上去。

钱志民的阻滞战术作用不大，反而激起了公愤。县城里的居民还没见过这样猖狂的贼，按照他们以往的经验，偷了东西的贼一般都自知理亏，只会没命地逃窜，哪有这样的贼，偷完东西还这么轰轰烈烈。

郭洁提着肉慌不择路地钻进一条小巷，钱志民随后跟了进去。他们根本没注意巷口挂着“此巷不通”的牌子。

乱哄哄的人群追到巷口纷纷停下，不慌不忙地向小巷里走去。

郭洁和钱志民在小巷尽头的一堵墙前绝望地回过身来。

一群追赶者虎视眈眈地一步一步逼近了，他们的脸被愤怒扭曲着……

郭洁和钱志民被五花大绑地押回肉店门口，几个当地青年正在殴打他们，他俩脸上被打得青一块紫一块。

一群围观者在起劲地喊着：“打，打死这些贼娃子！”

“给他们挂牌子游街！”

突然，围观的人群大乱，纷纷逃散躲避……原来是钟跃民带着几个男知青，每人手持一根棍子扑上来，不问青红皂白，照人群横抡过去。正在殴打郭洁、钱志民的几个当地青年被一阵乱棒打得抱头鼠窜。

钟跃民割断郭洁、钱志民身上的绳子，他俩红着眼抄起肉案上的切肉刀武装起来，知青们互相掩护着夺路而逃。

四处逃散的当地人又重新聚拢到一起，纷纷抄起家伙向知青们追去。

这是钟跃民下乡以来最兴奋的一天，此时他身上洋溢着一股破坏的欲望，巴不得把这个县城闹个底儿朝天，出一口多日郁闷在心头的鸟气。如果这时他手里有个炸药包，他也敢点燃了扔出去。

知青们逃到县城唯一的十字街口都停住了，他们发现不同的方向都有黑压压的人群涌来。这次事情可闹大了，县城的居民都红了眼，这会儿就是乖乖地投降也晚了，他们会被愤怒的人群活活打死，退路是没有了。

钟跃民带头闯进路口的一个饭馆，知青们紧随其后退进饭馆，他们用桌子、板凳等杂物堵塞了大门。

追赶的人群怒火中烧地动手拆除障碍物，企图冲进饭馆。知青们抱出厨房里的碗碟，向进攻者雨点般地打去。

进攻一方终于拆除了门口的障碍物，冲进饭馆，知青们边打边退，沿着楼梯退到了二楼。几个当地的小伙子冲上楼梯，被钟跃民和郑桐一阵乱棒打得沿着楼梯滚了下去。进攻者前仆后继地冲上来，钟跃民和郑桐有些手忙脚乱，眼看就要抵挡不住了。这时曹刚拎着一个泡沫灭火器向进攻者迎头喷去。进攻者被喷得满头白沫儿，不得已而退下。郑桐大喜，忙拖出消防水龙带，打开阀门，水枪喷出强大的水柱，劈头向进攻者喷去。楼梯上的几个当地人被强劲的水柱喷下楼梯。进攻一方将碎砖、石头雨点儿般地向楼上扔去……

在县城的另一条街上，李奎勇和七八个知青正在闲逛。

李奎勇是第二批来陕北插队的知青，和钟跃民他们在时间上相差了1个月。他一来就到处打听钟跃民，但在陕北插队的北京知青有数千人，他一直没有打听到。今天是个赶集的日子，李奎勇和几个知青也是第一次到县城来。

两个男知青迎面跑来："奎勇，一伙北京知青和当地人打起来了，咱们管不管？"

李奎勇一挥手："走，去看看。"

知青们纷纷向出事地点跑去。

这时钟跃民等知青已经退到饭馆的房顶上了，当地人搬来两架梯子，正在往房顶上爬，钟跃民和郑桐合力用棍子顶翻梯子，梯子倒下，爬到一半的两个当地人仰面摔下。

房顶上的知青们掀起瓦片向下砸去，满街的围观者纷纷躲避。进攻一方也用石块、砖块回敬房顶上的知青。一时间十字路口砖头瓦片满天飞，连相邻的商店和民居也遭了殃，窗户上的玻璃被打得粉碎。

这时李奎勇带人匆匆赶到，他一眼就发现站在房顶上忙乎的钟跃民，顿时吃了一惊，他意识到钟跃民一伙今天把乱子闹大了，没有官方介入，今天恐怕是收不了场。

李奎勇对身边一个知青喊道："快去找县知青办的人，让他们赶快来人，不然要出大事。"

那个知青点点头刚要走，李奎勇又想起了什么："回来，今天来县城的北京知青不少，你只要碰见他们，就叫他们到这儿来，人越多越好。"

报信的知青跑远了。

李奎勇双手做喇叭状大喊："钟跃民，我是李奎勇。"

房顶上的钟跃民发现了李奎勇，他高兴地大叫："奎勇，你被分在哪个公社？"

李奎勇喊："红卫公社白店村，你呢？"

"我在土城公社石川村，有空儿到我那儿去玩。"

"跃民，再坚持一会儿，县知青办的人马上就来。"

钟跃民满不在乎地说："没事，哥们儿坚持到天黑没问题，他们有能耐就点火烧房。"

李奎勇同村的一个知青向房顶上喊："哥们儿，是北京知青吗？哪个学校的？"

郑桐回答："育英的、海淀的，还有石油附中的，你们呢？"

"我们是师院附中的，咱不是外人呀，都是海淀区的，哥们儿，别着急，我们帮你。"

郑桐一边扔瓦片一边喊："你们来了多少人？"

"放心吧，有的是人，今天各公社来的北京知青有好几百，都往这儿赶呢。"

钟跃民站在房顶上四处张望，果然发现路口的不同方向都有知青向这里涌来。北京知青越聚越多。

李奎勇从一个当地人手里抢了一根扁担大吼道："北京知青，都抄家伙，跟我上啊！"他一马当先向当地人冲去，北京知青纷纷捡起砖头，一窝蜂地向前冲去……围攻饭馆的当地人胆怯了，纷纷后退，双方形成对峙状……

一个知青高喊着："县知青办马主任来了。"人群纷纷让开一条路。

县知青安置办公室马主任带着几个警察挤进人群。

这是个五十多岁的中年人，个子不高，但显得很精干，他扬起手臂高喊道："同志们、乡亲们，我是县知青办的马贵平，今天发生的事，县委非常重视，派我来处理此事，请同志们相信县委一定会把此事妥善处理好。"

一个当地人喊："不行，北京知青偷东西，还打人，不能饶了他们，要让他们挂牌子游街。”

当地人喧哗起来，群情激愤。

李奎勇大怒：“去你妈的，北京知青偷了东西，还挂牌子游街？想欺负我们北京知青，你动一下试试？非踩平了你们县城不可。”

那人举起一把斧子：“你骂人，你敢再骂一句？”

李奎勇举起扁担：“骂你是轻的，我还打你丫的呢。”他身后上百号北京知青骚动起来，纷纷向前逼近……

马主任见局势难以控制，便果断命令身边的警察：“张所长，鸣枪警告。”

“砰！砰！”警察朝天鸣枪。人群静了下来。

马主任厉声喊道：“我代表县委再说一遍，今天的事，县委一定会妥善解决的，谁敢煽动闹事，谁再动手，一切后果自负。”

一阵掌声传来。房顶上钟跃民一伙起着哄地振臂高呼：“坚决拥护县委的正确决定……”

马主任抬头看见房顶上的知青们，怒火突然爆发出来：“你们，都给我下来……”

钟跃民等几个肇事知青坐在县知青办的会议室里。马主任和两个工作人员坐在他们对面。

马主任的目光来回扫视着几个肇事知青，知青们的脸上竟毫无愧色，甚至显得得意扬扬，他的目光最后落在郭洁身上，他声色俱厉地问：“说，为什么偷东西？”

郭洁满不在乎地回答：“因为饿呗。”

“饿，就是这个理由？我要是也饿了，是不是也该去偷东西？”

“那是您自己的事，也可能您比我们有觉悟，不会去偷，可我们不是觉悟低吗，只有偷东西的手艺。”

马主任正欲发作，钟跃民说话了：“马主任，您消消气，别跟我们一般见识，论年龄您是我们的长辈，应该是我们的叔叔，对不对？哥儿几个，咱们一块叫声‘马叔叔’。”

知青们乱哄哄地喊道：“马叔叔。”

“马大叔。”

“马大爷。”

马主任被气乐了：“我要有你们这些惹是生非的侄子，非得少活几年。”

钟跃民和颜悦色地说：“要论身份，您是官，我们是草民，您为什么是官儿呢？因为您比我们有觉悟，我们没觉悟的就该当草民，我们要是有您这觉悟，不就都当官了吗。再说，我们本来就不是什么好人，要不我们上这儿干吗来啦？”

马主任听着不是味儿：“我说你们不是好人了吗？照你的意思，咱陕北这块地方，只有坏人才配来，是不是？你给我说清楚。”

钟跃民：“马叔叔，您别误会，我说我们这些人来这里，不是因为出身不好，就是因为本人表现不好，总之，在北京人家都管我们叫流氓，那些出身好的人都当兵去了，被挑剩下的才发配到陕北。您要非说陕北好，来陕北光荣，那就该让那些出身好、表现好的人来陕北，让我们去当兵。这么光荣的事都让我们给占了，我们心里也实在过意不去，是不是，哥儿几个？”

知青们纷纷附和：“就是，就是。”

马主任盯着钟跃民道：“嗯，我看出来了，刚才一进门我就发现你那两只眼睛在滴溜溜乱转，鬼主意很多，看样子这里你是头儿，你叫什么？”

钟跃民的眼珠转了转道：“我嘛，叫……郑桐。”

郑桐噌地蹦了起来：“我操，我算是看出来了，一有什么顶雷的事，你他妈肯定就叫郑桐。马主任，我揭发，我要反戈一击，这小子叫钟跃民，您可千万别放过他，这小子坏透了，在北京时就不是只好鸟儿。”

知青们哄笑起来。

马主任眯起眼睛凝视着钟跃民……

钟跃民也微笑着和他对视，目光中充满挑衅意味……

郑桐又开始打岔：“马叔叔，今天知青办是不是打算给我们办学习班？咱学习班管饭吗？”

钱志民附和道：“要管饭我们就不走了。”

曹刚也跟着起哄：“马叔叔，咱这儿几点开饭？”

郭洁问：“今天咱家吃什么？”

马主任站起来：“钟跃民，你跟我来一下，其余人都坐在这儿反省。”

钟跃民跟马主任走进办公室，他嬉皮笑脸道：“马主任，您把我叫到这儿来，是给我开小灶吗？您千万别太客气，我和大伙一起吃大灶就知足了。”

马主任盯着他说：“你算是说对了，我就是来给你开小灶的。”他从抽屉里拿出一包糕点推到钟跃民面前，又起身倒了一杯开水，“慢点儿吃，不够还有。”

钟跃民愣了，满脸狐疑地盯着马主任。

马主任望着钟跃民，脸上露出慈祥的笑容。

钟跃民马上又恢复了常态，露出玩世不恭的表情：“马主任，您还是有事儿说事儿吧，我长这么大还没让人这么抬举过，这事儿再多来几次，我非得心脏病不可。”

马主任笑道："小子，你别和我贫嘴，要是惹烦了我，我就揍你，因为我有权力揍你，你知道我是谁？"

钟跃民油嘴滑舌地说："您是我马叔叔呀。"

马主任点点头："小子，你算说对了，你叫我叔叔一点儿也没吃亏，你才几个月大的时候我就抱过你。我问你，你老家是湖南的吧？"

"没错。"

"长沙？"

"对。"

"你爸爸叫钟山岳？"

"您认识我爸？"

"何止认识，我们认识时还没你呢。辽沈战役时，我是你爸的警卫员。孩子，你和你爸长得太像了，我刚才一听你姓钟，马上就明白了。"

钟跃民站起来，激动地抓住他的手："您是马贵平叔叔？我听我爸说起过您，您救过他的命。"

马主任慈爱地抱住钟跃民，钟跃民突然有了种见到亲人的感觉。

这个世界真小，没想到在这偏僻的陕北会遇见父亲的老警卫员。马贵平这个人，钟跃民从小就听父亲讲过不止一次。当年在辽西平原上围歼廖耀湘兵团，国共双方几十万军队在狭窄的辽西平原上绞在了一起，打成了一锅粥。双方的建制全乱了，整整打了一夜，连双方的高级将领都亲自端着枪投入了战斗。在那次战斗中，马贵平替师长钟山岳用身子挡住两发机枪子弹而负了重伤。新中国成立以后，钟山岳怕耽误了马贵平的前途，把他送进集训队，集训结束后，马贵平当了连长，后来马贵平随部队去了朝鲜。1953年，马贵平从朝鲜回国学习，他还专程探望了老首长钟山岳，那时钟跃民还不到1岁，正在保姆的怀里大哭大闹。马贵平学习结束后，又返回了朝鲜，后来就和钟山岳失去了联系。钟跃民记得父亲对这个老部下很有感情，曾多次提到他，说这个马贵平是个有情有义的汉子，这样的人现在可不多了。

马主任抚摸着钟跃民的肩膀问："孩子，你爸还好吗？"

钟跃民低声说："还在隔离审查，都一年多了。"

马主任神色黯然道："别说了，这不是你一家的事，我相信我的老首长，他早晚会复出的。"

钟跃民问："马叔叔，您怎么到陕北来了？"

"1953年年底我在朝鲜负了伤，伤好了就转业到这里。孩子，我问你，今天的事到底是怎么发生的？"

"我们来县城讨饭，那两个知青讨了半天没讨到吃的，就抢了人家的腊肉。"

马贵平惊讶地问："你们断粮了，不对呀？县知青办发了你们每人半年的口粮，不至于现在就吃完了？"

钟跃民说："我们10个人才给了800斤粮食，省着吃也只够吃3个月。"

马贵平拍案而起："太不像话了，你们的粮食被克扣了，我要调查这件事。"

钟跃民无所谓地说："算了，村里的老乡也是没办法，太穷了，现在正是青黄不接时，我们还是讨饭吧，反正这一带也有这个传统。"

"跃民呀，今天的事我来解决，也算事出有因吧，你回去不要对外人说咱们的关系，也不要再惹事了，关于粮食的问题，我会替你们想办法的，你记住了？"

"记住了，谢谢马叔叔。"

马主任慈爱地捶了钟跃民一拳："你小子嘴里怎么一套一套的？你爸可没你能说。不过嘛，他像你这个年纪时已经是副团长了，你小子现在还上房揭瓦呢，坏小子……"

郑桐等人还在会议室里和工作人员耍贫嘴："叔叔，我们饿了。"

一个工作人员说："你别叫我叔叔，我比你们大不了几岁，可承受不起。"

郑桐做出真诚状："您那是谦虚，我们自己可不能不懂事，那也太没大没小啦，我们到陕北来，举目无亲，就像没爹没娘的孩子一样，谁逮住我们都想欺负一下。知青办就是我们的娘家，您就是我们的亲叔叔，我们受了欺负，只能向亲人流泪，我们有了困难，只能向亲人倾诉，叔叔，我再叫您一声，我们饿啦。"

知青们异口同声地说："我们饿啦。"

那个工作人员摊开双手说："这我可没办法，要是全县的知青都来知青办要饭吃，就是把我们吃了也没办法。"

郑桐启发道："那您总该有点儿存货吧？比如抽屉里存包饼干，饭盒里还剩下半个窝头什么的，先拿出来垫巴一下，至于正餐嘛，我们会等马主任安排。"

"对不起，我什么也没有。"

"叔叔，您忍心看着我们挨饿，这不太合适吧？鲁迅先生曾经说过，'救救孩子们'。叔叔，我们求您了，救救我们吧。"

那个工作人员无奈地说："等一会儿马主任来了再说，请大家安静一下。"

钱志民说："马主任正审讯钟跃民呢，怎么审讯这么长时间？"

郭洁调侃道："钟跃民同志恐怕正在经受严刑拷打呢。"

郑桐不放过一切诋毁钟跃民的机会："这孙子，弄不好就是个叛徒甫志高，没抽两鞭子就把咱们党组织全出卖了。叔叔，您进去告诉马主任一下，对钟跃民这孙子，千万别手软，先灌他两壶辣椒水，再给他坐个老虎凳，一下就上8块砖，就是千万别上美人计，那孙子肯定将计就计……"

“行了行了，你们这些北京学生的嘴一个赛一个好使，都老实坐一会儿行不行？”

郑桐向里屋大喊：“钟跃民，你可要咬紧牙关，扛住呀，人民的嘱托、党的机密都在你的嘴上……”

里屋办公室的门开了，钟跃民和马主任走出来，大家都安静下来，等着钟跃民说点儿什么。

钟跃民只说了句：“走吧，现在没事了。”

郑桐等人大为扫兴：“完啦，这就算完啦？我们还等着被拘留呢，这下咱到哪儿吃饭去……”

医院的候诊走廊里坐满等候看病的军人，周晓白穿着白色护理服从内科诊室出来。她拿着挂号条开始念名字：“徐广利。”

一个战士站起来：“到。”

“你去一号诊室。下一个，袁军。”

袁军从走廊尽头的椅子上站起来：“这儿呢。”

周晓白笑道：“还真是你，我还以为是重名的呢，你怎么啦？”

袁军捧着一个水缸子有气无力地回答：“头疼，浑身没劲儿，晓白，能给我点儿热水吗？”

周晓白把袁军领进值班室，从暖瓶里倒出开水递给袁军。

周晓白摸摸他的额头道：“袁军，你先喝水，我去把病号分一下，一会儿我带你去看病。”

袁军虚弱地哼着：“你忙你的，我先坐会儿。”

周晓白刚一出门，袁军立刻显得精神抖擞，他窜到门口望望，然后回身把水缸子拿到水龙头下，放了一些凉水晃了晃，又从上衣兜里掏出一样东西——一只空眼药瓶。袁军飞快地将眼药瓶里灌满水，扣好瓶帽，将眼药瓶夹到腋下，又做出一副弱不禁风的样子坐下。

周晓白分完号回来要搀扶他：“袁军，你能走吗？我扶你吧？”

“不用，还能凑合。”他弯着腰慢慢走出值班室。

周晓白带袁军走进二号诊室，袁军虚弱地坐下垂下头，显得很痛苦。

今天的二号诊室是内科的蒋主任坐诊，蒋主任是个资深的老军医了，也是全院最有经验的内科医生，周晓白特意把袁军安排给蒋主任，完全是出于给熟人行方便。

蒋主任用听诊器听听袁军的心脏，只觉得他的心跳响若擂鼓，没有任何杂音，心率也很正常，他摘下听诊器问道：“你哪儿不舒服？”

“头疼，浑身没劲儿，两顿饭没吃了。”

蒋主任吩咐道：“小周，你先给他量量体温。”

周晓白甩甩体温表要往袁军腋下放。

袁军连忙接过体温表放进腋下：“谢谢，我自己来，两个月没洗澡了，身上挺脏的，别弄脏了您的手。”

周晓白诧异地瞪了他一眼。

袁军站起来：“大夫，您这儿挺忙的，我到走廊里等。”

蒋主任点点头。

在医院走廊里，袁军垂着头坐在长椅上，仿佛忍受着很大的痛苦。周晓白从诊室里出来：“来，我看看你体温。”

袁军从腋下拿出体温表递给周晓白。周晓白对着光线仔细看体温表，突然，她惊讶地张大嘴巴，迅速扭身盯着袁军小声说：“你在装什么鬼？水银柱都顶到头了。”

袁军蹦了起来：“哎哟，穿帮啦，我……”

蒋主任在诊室里喊：“小周，他的体温是多少？”

周晓白慌乱地回答：“6……不，他体温正常，不发烧。”

“让他进来。”

袁军恼怒地盯了周晓白一眼，走进诊室。

蒋主任给袁军量完血压后说：“你的心脏、血压都很正常，又不发烧，你真的很难受吗？”

袁军有气无力地说：“大夫，照您的意思，我是在装病？”

“我没这么说，我是说我没发现有什么病症。这样吧，我给你开点儿药，你吃了以后要是还不好，可以再来。”

周晓白在医生身后捂住嘴偷偷地乐了。

袁军不大甘心就这么走了，他没话找话地磨蹭着：“大夫，我得的恐怕是一种怪病，我们团卫生队根本检查不出来，就把我往这儿推。您看，这儿也查不出来，可我确实很难受，您看怎么办？”

蒋主任审视着袁军：“你觉得怎么办才好？”

“要不您给我开几天假得了，我养几天没准儿就好了。”

蒋主任摘下眼镜，仔细端详着袁军：“你是哪个单位的？”

“坦克团的。”

蒋主任笑了：“我和你们团长挺熟的，要不要我给他打个电话，替你请几天假呀？”

袁军站起来：“哎哟，这太麻烦啦，这点儿小事就别打扰团长了，他挺忙的。

得，我自己克服克服，‘轻伤不下火线，重伤不进医院’，这是我们团的老传统啦。麻烦您了，大夫，再见！再见！”袁军边扣军装边溜了。

蒋主任望着袁军的背影，摇摇头笑了，他自言自语地说：“这号兵，真够呛……”

周晓白和袁军并排走在医院休养区的花园里。袁军显得有些垂头丧气，周晓白取笑道：“真是高招儿，谁教你的？用眼药瓶装热水，你倒是多兑点儿凉水呀，你见过谁体温六十多摄氏度？”

袁军捶胸顿足道：“唉，我怕兑多了凉水，成了二十多摄氏度，你见过体温二十多摄氏度的人吗？那不成了北冰洋来的？唉，这温度太难掌握了。”

周晓白越想越好笑，她乐得弯下腰：“看你刚才坐在走廊里的样子，把我都唬住了，就像得了不治之症似的，眼看没几天活头了，怎么一眨眼又这么精神抖擞的？”

袁军恨恨地发牢骚：“你们科那个大夫真他妈没劲，一点儿小事，你不给开假条也就算了，动不动要给团长打电话，这不明摆着给我扎针儿吗，够孙子的，吓唬谁呀？”

“那你跑什么？怎么着也得善始善终啊，来的时候病容满面，一看假条骗不成了，窜得比兔子还快。”

袁军埋怨道：“你这人也不够意思，体温表在你手里，你就报个39、40摄氏度什么的怕什么，那大夫还能亲自检查？”

“呸！我才不跟你弄虚作假呢，再说了，我当时没揭穿你，已经是给你台阶下了，你该感谢我才对。”

袁军愁眉不展地说：“我们团快拉练了，我一看地图就晕了，全是山路，一千多里，这不是要我老人家命吗？”

“行啦，多走点儿路累不死你，至于吗？告诉你，我早听说了，坦克团有那么几个刺儿头兵，都是软硬不吃的滚刀肉，为首的就叫袁军。”

“谁这么抬举我，我有这么大名气，连你们都听说了？说实在的，我知道这是部队，不能由着性子折腾，所以入伍后处处跟小媳妇似的，低眉顺眼地过日子。我们班长是个农村土老冒儿，土得掉渣儿，连这小子也敢在我面前指手画脚，要依我以前的脾气，早让他满地找牙了。”

周晓白细声劝道：“袁军，你可不能惹事啊，咱们现在不是学生了，你别把北京的那股流氓气带到部队里来。”

袁军不爱听了：“哟，这会儿嫌我们是流氓了，那你别跟流氓谈恋爱呀。”

周晓白吓得把手指放在嘴上："嘘！小声点儿，该死的袁军，你嚷嚷什么？"

袁军威胁道："怕啦？那好，你周晓白面子大，去和那个狗屁医生说说，给我开一周病假，我可以考虑把这事烂在肚子里。"

"去你的，人家医生能听我这小兵的？别做梦了。"

"我怎么看他隔三岔五地就用眼睛瞟你一下，这大夫结婚了没有，八成是图谋不轨吧？"

"别胡说八道，人家孩子都上中学了。"

一个漂亮女兵从前面走过，袁军毫不掩饰地用眼光追随着女兵的背影。周晓白揶揄道："嗨，嗨，怎么眼睛都直了？小心点儿，口水也下来啦。"

袁军问道："这小妞儿长得不错呀，是北京兵吗？"

"别打听，是不是又想和人家认幼儿园小朋友？这招儿太俗了，你换个新招儿行不行？"

"真的，晓白，这女兵是哪个科的？"

"我要是告诉你是哪个科的，不出3天，你肯定又装病上门了，是不是？那我告诉你，她是神经科的，你要装病得装精神病。"

袁军叹道："装这种病难度好像大了点儿。"

周晓白大笑："好好干吧，袁军，什么时候这身军装换成四个兜儿的，你才有资格考虑这个问题。"

"这不一定，钟跃民连两个兜儿都没混上呢，不是也有人惦记？"

周晓白突然翻了脸："袁军，你要是再和我开这种玩笑，你就给我滚……"

袁军赔笑道："哟，急啦？没劲，没劲。"

周晓白扔下袁军，头也不回地走了。

袁军望着她的背影自言自语："嘿，真他妈的大小姐脾气，说翻脸就翻脸，将来够钟跃民喝一壶的。"

周晓白丢下袁军回到宿舍，气已消了一半儿。她有些后悔和袁军发了脾气，她知道自己近来心情不好，经常发些无名火，她也想克制，可有时就是控制不住。其实，还能有什么原因，还不是因为钟跃民？这个没良心的家伙，自从他来过一封信以后，就再无下文了，这期间周晓白已经连续给他写过3封信了。周晓白百思不解，这个钟跃民到底在想什么？他为什么对她这样冷淡？周晓白无数次想过，这个钟跃民有什么了不起，干脆下定决心只当从来不认识他，周晓白已经多次下过这种决心了，可每次都没坚持过一天，最后她终于放弃了这种尝试，心里完全明白了，她实在不愿意放弃钟跃民，宁可这样无休止地等下去。周晓白就是这样固执。

每天晚上熄灯号响过以后，周晓白就躺在床上仔细回想她和钟跃民相处的日子，每一句话、每一个细节都不放过。每当想起这些，她就不得不心灰意冷地承认，钟跃民的确没有向她承诺过什么，既然没有承诺过什么，那就是周晓白自己在单相思，怨不得钟跃民。想到这里周晓白便有了种强烈的耻辱感，自己从小到大没受过这种气，什么时候变得这样逆来顺受？周晓白盯着黑暗中的天花板，抑制不住地想大叫一声：钟跃民，你这浑蛋。

骂完以后，周晓白翻身下床，披上衣服，拧亮台灯给钟跃民写信，她一边写一边在心里暗暗骂自己：周晓白，你这贱骨头。

还有件事，改日把袁军找来，向他道个歉，这家伙现在的处境不大好，他也怪不容易的。

袁军现在的确处境不大好，部队马上要去拉练了，上午团里开了动员大会，团政委做了动员报告，现在袁军所在的一排正在开讨论会。新兵都规规矩矩坐在马扎上，腰板挺得笔直，双手放在膝上。老兵就相对随便多了，这是老兵的特权。由于一排长回家探亲去了，排里的工作暂时由二班长段铁柱负责。袁军认为这简直是场灾难，这小子当个班长就已经找不着北了，经常拿着鸡毛当令箭，现在让他代理排长，这还能有好日子过？

段铁柱正在发言：“今天，团政委给全团做了关于野营拉练的政治动员，我觉得此次动员意义非常重大，给我们全团每个干部战士都上了一堂生动的政治课。刚才我去连部，看见二排长和三排长都在代表全排表决心，我一看，心说，坏啦，别的排都赶在咱们前面，咱一排落后了，让他们抢了先。我和几个班长商量了一下，咱一排要迎头赶上，怎么赶？写血书，向党表决心。”

袁军朝代理排长翻起白眼，脸上露出鄙夷的表情。

段铁柱继续说道：“这次野营拉练的政治意义，政委已经讲得很清楚了，我就不再重复了，我只想谈谈我个人对野营拉练的认识，同志们也可以和我一起讨论。袁军，你坐好，告诉你多少次了，军人，要站有站样儿，坐有坐样儿，松松垮垮的像什么样子？”

袁军斜了他一眼，极不情愿地挺直了腰板。

段铁柱不依不饶地说：“你斜眼看我干什么？不服气？你们新兵刚进军营，得好好把以前的坏毛病改一改，部队是什么？是大熔炉，别管你以前是干什么的，进了军营，是龙你得盘着，是虎你得卧着，要多听听老同志的指点，不要不服气，你听见没有？”

“班长，我什么都没说，怎么招出你这么多话？我服了，我怕你了还不成。”

“我有什么好怕的？我也就是比你多穿破几身军装，你要行得正，就不用怕我。”

袁军半合着眼不吭声。

“咱们接着说，徒步行军，是我军的光荣传统。听老同志们讲，我军制胜的法宝，除了小米加步枪，靠的就是两只铁脚板儿。长征、抗日战争、解放战争、抗美援朝，我军都是靠铁脚板儿走过来的，而且每战必胜。在未来消灭‘帝修反’的战争中，我们还要靠老传统，和敌人赛一赛脚板儿。我就不信那些少爷兵有这个能耐，让他们昼夜行军180里试试，累不趴下他们我就不姓段……”

袁军忍不住说话了：“班长，那些‘帝修反’不跟咱们赛脚板儿怎么办？他们的坦克、装甲车肯定比咱们的脚板儿快。”

“那有什么了不起，他们的坦克装甲车能爬山吗？还不是离不开公路，咱们往山沟里一钻，他就没主意。”

“他们有直升机战斗群和空降部队，最适合打山地战。”

段铁柱不屑一顾地说：“狗屁，我就信一条，他的坦克大炮再多，最后解决战斗还要靠200米内的硬功夫，就像林副统帅说的，要靠刺刀见红，靠手榴弹……”

“班长，要是刺刀能对付坦克，咱都改步兵得了。”

“你什么意思？”

“听你的口气，你好像没拿自己当坦克兵，把自己当步兵了。赶明儿你要当了团长，干脆把咱们团的坦克都送炼钢厂去回炉，咱们成立个陆战团，用步枪、手榴弹，实在不行就拿铁脚板儿踹‘帝修反’的坦克。”

段铁柱吼道：“袁军，怎么就你怪话多？我看你是立场有问题，专替‘帝修反’说话，你这样下去很危险。”

袁军站了起来：“班长，这就是你的不对了，你让大家参加讨论，我有不明白的地方，当然要向你请教了，你不能乱扣帽子，照你的意思，我是‘帝修反’派来的特务？”

“你是不是特务我不知道，反正咱们连这些城市兵里，就你怪话多，说起话来一套一套的，功夫全用在嘴上啦。当初分你来二班，我就不同意要你，像你这样的城市兵，只能拖二班的后腿。”

袁军火了：“谁稀罕来二班，你他妈找指导员把我退回去呀！”

“袁军，你骂人？你敢再骂一句……”

“骂你？你听好，你这一脑袋高粱花子的土老冒儿，我骂你是客气，惹急了我还抽你呢！”

段铁柱猛地站起来：“你……你还反啦？走，跟我去连部，让指导员评评理。”

袁军抄起马扎高高举起欲砸段铁柱，战友们将他抱住……

袁军站在连部的屋子中央，一副满不在乎的样子，连长季长河气哼哼地背着手来回踱步。指导员吴运国在一边和段铁柱小声说着什么。

连长转了几个圈儿，回过身来：“好你个袁军，你可是创了纪录啦，咱们连从建连那天起，就没见过新兵敢打班长的事，今天算是让我开了眼啦。打呀，怎么不打啦？谁也别拦他，二班长，你把脑袋伸过去，让他打，我倒想看看他有多大胆子。”

袁军冷冷地说：“连长，你还别将我，他要真敢把脑袋伸过来，我就真敢砸。”

连长暴跳如雷地冲过去，被指导员拦住。

指导员心平气和地说：“袁军，你可够出圈儿的了，又是打班长，又是顶撞连长，到了连部，气焰还这么嚣张。这不是你在北京当学生，这是部队，你是一名解放军战士，你这样做，考虑过后果没有？”

袁军冷笑：“后果？我没考虑过，我只想揍段铁柱这王八蛋，至于怎么处理，是你们的事，我犯不上去想，大不了就是上趟军事法庭呗。”

连长火冒三丈地吼道：“袁军，你还死猪不怕开水烫啦，我今天要是整不了你这刺儿头兵，我就不姓季。”

“连长，你别这么大声叫唤行不行？人都说会叫的狗不咬人，我又不是3岁的孩子，这吓不了我。”

连长冲动地解开衣扣，脱下上衣：“指导员、段铁柱，你们给我做证，这小子骂人，老子豁出去不当这个连长了，今天我非整他不可。”

指导员连忙拦住连长。

袁军火上浇油地说：“连长，我发现你这人挺没劲的，你要真想和我单练，就别咋呼，咱俩偷偷地找个没人的地方练一把，谁的牙掉了，就自己偷偷咽到肚子里，见了别人得说是自己不小心磕的，这才是汉子。你这叫什么？仗着自己是连长，别人不敢打你，就撸胳膊挽袖子地欺负新兵，这有损你连长的身份。”

连长气得说不出话来。

指导员不温不火地说：“袁军，你的行为必须要严肃处理，在处理你之前，我还想听听你自己的解释，你说说，你为什么要打你们班长？”

“段铁柱侮辱我的人格。”

“就算你们班长侮辱了你的人格，你可以向连里反映，难道这也是你打人的理由？”

“反映管个屁用？你们都是山东老乡，我听说连长家和段铁柱家是一个公社的，相隔不到30里，你指导员也是山东的，你们来个官官相护，我找谁去反映？”

指导员也火了："你这个人怎么胡搅蛮缠呀？连里山东人有二十多个，你有什么根据说我们官官相护？"

"反正你们农村兵对城市兵天生就有成见。"

连长指着袁军道："指导员，你听见啦，你说一句他顶一句，我看今天得禁闭他。"

袁军笑了："随便！住禁闭室里挺舒服的，有吃有喝的，还不用出操，跟疗养差不多，你最好多禁闭我几天。"

指导员大怒："好，我成全你。通信员，送他去禁闭室，给我好好反省反省，我就不信治不了你这刺儿头……"

周晓白正坐在值班室里写信，罗芸走进来问："晓白，写什么呢？"

周晓白连忙把信藏起来："给家里写信呢。"

"你蒙谁呢？看你那鬼鬼祟祟的样子，不就是给钟跃民写信吗，你藏什么？"

"你别给我瞎嚷嚷，生怕别人不知道是怎么着，你有什么事？快说。"

罗芸正色道："你听说了吗？袁军被关禁闭了。"

周晓白一惊："他又惹什么事了？我一点儿都不知道。"

罗芸说："下午有个坦克团的战士来拿药，我问他认识袁军不，他说他和袁军是一个连的，袁军和班长吵架，还要打班长，被连里关了禁闭。"

周晓白摇摇头："这个袁军，真是无法无天，胆子太大了，这次他的问题严重吗？"

"据说他们连队已经上报团里，准备给他记过处分。那个战士说，袁军现在态度非常恶劣，在禁闭室里还说风凉话，说他给自己放了疗养假，以后什么时候想休息了，找个看着不顺眼的人打一顿就行了。"

周晓白笑出了声："也就是袁军能说出这种混账话来。"

罗芸想了想，突然笑出了声："我刚才还想呢，幸亏钟跃民和郑桐这两个坏小子没来，要是这3个活宝都凑在一个连里，非反了天不可。钟跃民老谋深算，郑桐一肚子坏水，袁军整个一混世魔王，这3个坏小子能把一个连拆散了。"

周晓白大笑："还真是，这3个活宝要凑在一起，就该有人倒霉了。"

罗芸道："你还别说，袁军这家伙挺有性格，有点儿特立独行的劲头。我敢说，这种天不怕地不怕的家伙，咱们军也找不出第二个来。"

周晓白斜了她一眼："哎，罗芸，听你的口气，像是挺欣赏袁军的。你坦白，你是不是对袁军有点儿那个意思？"

"去你的，谁看得上他？一副粗野相儿，比钟跃民也好不到哪儿去。"

周晓白马上板起了脸："罗芸，你少说钟跃民，我不爱听。"

“好好好，不说，那是你心肝儿，动不得。晓白，咱们是不是去看看袁军？我倒想见见他被关禁闭的倒霉相儿。”

周晓白不冷不热地说：“什么叫‘咱们’？我可没说要去看他，要去你去，干吗拉上我？”

“大家不都是朋友吗，他现在是困难的时候，需要帮助呀，哪怕是精神上的，咱们凑点儿钱，给他买点吃的。”

周晓白摇摇头：“我可没钱，我的津贴费还攒着给钟跃民寄去呢。”

“你看，就记着你的钟跃民，袁军也是钟跃民的朋友，你就算替钟跃民去看看又怎么啦？”

“不去，不去，就不去。”

罗芸无可奈何地说：“你这个人怎么这么不讲交情？哼，要是钟跃民被关了禁闭，你肯定哭着喊着就窜去啦。”

周晓白的脸色骤变，咬住嘴唇。

罗芸没注意周晓白，只顾自己说下去：“晓白，我可跟你说好了，你要是敢不去，我就再也不理你了。哟，晓白，你怎么啦？晓白……”

周晓白突然泪流满面，她抽泣着小声说：“罗芸，我想钟跃民了，罗芸……不知他现在怎么样。”

·第九章·

当知青们得知他们的口粮被村支书常贵私下截留时，都气炸了，大伙都嚷着要收拾他，钱志民干脆地说："打这老丫挺的一顿算了。"蒋碧云主张去县委告状，让县委派工作组来调查。钟跃民却不同意，他认为常贵此举虽然很可气，但石川村的现状就摆在这里，老乡们都穷怕了，人一穷就难免想点儿邪门歪道，俗话说"穷生奸计"。上次挨饿时，他和郑桐到邻村去偷鸡，就属于这种情况。虽然没偷着，但毕竟是动了邪念，要是为这点儿事就把常贵送进去，就显得过分了。何况常贵家还有6个孩子呢，常贵要是进去了，这6个孩子谁养？更重要的是，要是全村的老少爷们儿都知道是知青们把常贵送进大狱的，知青们就成了告密的小人，以后在村里还怎么混呢？

郭洁愤愤地说："那就便宜他啦？"

钟跃民说："当然得警告他一下，吓唬吓唬就算了，这件事由我和郑桐来办。"

钟跃民和郑桐专挑吃晚饭时去找常贵，他们鬼鬼祟祟地走到常贵家的窑洞外，郑桐把耳朵贴在门上听了听，对钟跃民耳语道："正吃饭呢，呼噜呼噜的喝粥声，不知道的还以为是猪圈呢。"

钟跃民做了个手势，高喊着："常支书……"趁常贵还来不及回答，钟跃民和郑桐已推门闯了进去。

常贵一家正围着炕桌吃饭，炕桌上的瓦盆里堆着不少玉米面贴饼子，常贵和家人每人手捧个大海碗，里面盛着野菜糊糊。

钟跃民和郑桐闯进来使常贵猝不及防，来不及把食物藏起来。

常贵有些惊慌，他应付着："跃民、郑桐，吃了吗？"

两人齐声道："没呢。"

常贵言不由衷地说："一起吃嘛。"

"哎，谢谢支书了。"两人脱鞋上炕，拿起贴饼子就吃。

常贵婆姨盛了一碗野菜糊糊递给钟跃民，钟跃民摆摆手："我们喜欢吃干的，不喝稀的。"常贵心疼地眨着小眼睛，盯着两人狼吞虎咽。

两人风卷残云，盆里的玉米面贴饼子转眼就被吃光。

郑桐撑得松开腰带，揉着肚子说：“常支书，我们来这么多日子了，今天才吃上一顿饱饭。支书啊，你对我们知青太好了，我们怎么才能报答你呢？”

常贵嘀咕着：“莫事，莫事。”

钟跃民抹抹嘴，又顺手拿起常贵的烟袋装烟叶，点燃后吸了一口才说话：“支书啊，你几个娃？”

“6个，养不活啊。”

钟跃民关切地问：“你要是不在了，婆姨和娃有人管吗？”

常贵紧张起来，两只小眼睛紧紧盯着钟跃民问：“咋回事？”

钟跃民喷出一口烟道：“你收拾一下东西，有被子吗？带上被子，对了，把你那件光板老羊皮袄也带上，那里面冷，多带点儿衣服没坏处。”

常贵紧张地说：“跃民，你在说啥啊？”

“支书，你的案子犯啦，县公安局马上要来咱村抓人了。支书，你长这么大没坐过小汽车吧？得，这回你可露脸啦，小车一坐，屁股一冒烟，全村的老少爷们儿给你送行，咱村谁那么风光过？”

常贵呆了。

郑桐插话道：“支书，你没进过局子吧？我在北京进去过，哎哟，现在一想起来我就心里哆嗦。一进去，人家二话不说，小绳儿一捆，噌的一下，把我吊房梁上了，当时我就哭爹喊娘啦，受不了哇。谁承想，这还是最轻的，老虎凳你听说过吗？8块砖一垫，你那腿就跟面条儿似的弯过来……”

钟跃民推心置腹地说：“常支书，咱爷们儿平时混得不错，这事要是搁旁人身上，我们才不管呢。你听说了吧？这次我们去县里讨饭，把事情闹大啦，县里正准备查处利用职权克扣知青口粮的村干部，县委书记还点了你的名，说石川村的常老贵最坏，克扣得最多，除了经济上的问题，好像还有生活作风方面的问题，是不是，郑桐？”

“没错，常支书，有人反映你经常利用职权调戏村里的婆姨，还和村东头儿的张寡妇有一腿。你糊涂啊，支书，这年头儿哪儿犯错误都不要紧，就是裤裆里那东西不能犯错误。这次县里要严肃处理你，我们哥儿俩冒着生命危险来通风报信是为了什么？还不是因为咱爷们儿平时混得不错吗。”

钟跃民接过话来：“支书啊，趁公安局的人还没来，你有什么后事要交代？你得快点儿说，你放心，你的娃就是我们的娃，我们吃干的，就决不能让他们喝稀的。”

郑桐附和道：“对，你的婆姨就是我们的……”

“郑桐，你他妈辈分乱啦，支书的婆姨是咱婶子，咱们拿她当婶子养。实在不行，咱就给婶子再找个主儿，就算娃们姓了别人的姓，也比饿死强。”

乡下人经不住这么吓唬，常贵吓得鼻涕、眼泪都出来了，他结结巴巴地哀求道：“跃民啊，郑桐啊，我……我是扣了你们的口粮，是……是扣得狠了些，可咱村不是穷吗，乡亲们饿怕啦，我觉着，你们都是毛主席的娃，还能饿着你们？公家不能不管……”

郑桐显得很同情：“支书，你这次祸闯大啦，你明明知道我们是毛主席的娃，还敢饿着我们，这不是和毛主席他老人家叫板吗？按你这罪过，是公然对抗毛主席关于上山下乡的号召，不枪毙也是无期徒刑。别说啦，你快准备准备吧，下辈子可得好好活呀。”

常贵抹了一把泪：“大侄子，叔错啦，你们都识文断字的，主意多，帮叔想想办法嘛。粮食我是扣了，可……我没对村里婆姨们不规矩，冤枉呀。”

钟跃民哼了一声：“得，这会儿又成我们叔了，天下有这种叔吗？自己吃得饱饱儿的，让侄子们要饭去。”

郑桐追问道：“你说你没调戏婆姨，这可说不清楚，你以为怎么才算调戏？非把人家按在炕上才算？上次你在二黑家婆姨的屁股上捏了一把，这没冤枉你吧？这就叫调戏。”

常贵鼻涕一把泪一把：“大侄子，帮帮叔嘛。”

郑桐继续施加压力：“哎哟，支书，这可不是小事，是枪毙的罪过啊，你当是过家家呢？说不玩就不玩啦。虽说我们是毛主席的娃，可毛主席他老人家娃多啦，也不能什么事都管。”

钟跃民突然一拍脑门：“郑桐，你不是有个亲戚在县里工作吗？”

“噢，那是我一个表兄，在县委当个主任什么的，怎么啦？”

钟跃民沉吟道：“咱找你表兄说说，让他做做工作，把咱支书的案子给抹了行不行？”

郑桐做为难状：“这……”

常贵像抓到了救命稻草：“大侄子，大侄子，你可不能不管啊。”

郑桐像是下了决心：“行，咱们去试试吧。支书，这件事恐怕得跑几天，我们的工分……”

“照记，照记，记满分。”

钟跃民问：“我们的口粮……”

“全给，全给。”

钟跃民叹了口气，语重心长地说：“常支书啊，以后可要好好做人哩……”

钟跃民和郑桐找常贵谈过话以后，常贵果然对知青们热情多了。前两天县知青办的马主任从石川村路过，他特地来看望钟跃民。马主任坐着一辆破旧的苏制嘎斯69型吉普车，直接开到知青点的窑洞前，还给钟跃民带来不少食品。这消息马上传遍了全村，农民们一见到坐小车的干部就觉得来了大官儿，这在村里可是件了不得的大事。等惊慌失措的常贵赶到知青点时，马主任已经走了，这下可把常贵吓得够呛，他以为这是县里来调查他的干部。钟跃民继续吓唬他，说他已经和县委打了招呼，说常老贵的案子是否可以先压一压再说。但县委表示，这件事还没完，县委当前的工作是要抓一两件破坏上山下乡政策的坏典型，石川村的常老贵问题很严重。不过这两天郑桐正在县里找他表兄上下活动，已经很有进展了，估计这件事还是可以摆平的。

常贵眼见小车都进了村，他不再怀疑钟跃民的话的真实性，于是真有大祸临头的感觉。他对钟跃民和郑桐千恩万谢，还买了酒、割了肉请他们到家里吃饭，两人坐在常贵家炕上已经大模大样地吃了两顿了，曹刚他们简直嫉妒死了。

郑桐的一个表兄在罗川公社插队，他这几天干脆到表兄那里串门去了，而常贵以为郑桐正在县里为他的案子奔走，每天给他按全劳力记满分，把郑桐惯得简直不想回村了。

钟跃民也得到了一个美差，常贵派他和村里的老羊倌杜老汉一起放羊，这可算是个轻松活儿。钟跃民很满意，因为他正在和杜老汉学唱陕北民歌，这等于给他送来一个机会。

钟跃民和杜老汉坐在石川村外的山坡上，钟跃民头上扎着白羊肚手巾，腰间扎着一根草绳，上面插着烟袋荷包，显得不伦不类，显然是在出洋相。

杜老汉的孙子憨娃在一旁扔石头轰羊，憨娃有七八岁，穿得衣衫褴褛，头发被剃成锅盖形。杜老汉的儿子栓栓前几年得了一种怪病，症状是能吃不能干，吃起饭来能顶两个棒小伙儿，却没劲儿干活，再后来干脆连路都走不动了，只能在炕头上吃饭。一个贫困地区的农民若是得了重病，其结局无疑是等死。栓栓在炕上躺了两年，最后连碗都端不动了，吃饭要靠人喂。家里的日子过得一塌糊涂，栓栓的媳妇终于过够了，她在某一天晚上突然失踪了。杜老汉带着孙子憨娃找遍了方圆几十里，也没找到栓栓媳妇的踪迹。有人告诉杜老汉，栓栓媳妇跟一个走村串巷的小木匠跑了。杜老汉这才模模糊糊想起来，村里是来过一个小木匠，他的手艺不错，除了会打柜子、炕桌，还会在箱子上画画儿，画个喜鹊登梅什么的。那小子长得很壮实，又有张巧八哥嘴，再加上他长年走江湖见多识广，所以很讨女人喜欢，村里的大姑娘小媳妇有事没事都爱往他住的那口破窑里跑。至于小木匠和村里的婆姨们之间都发生过什么故事，没人说得清，反正他走后栓栓媳妇不见了。奇怪的是，栓栓媳妇失踪后不到3天，栓栓就咽了最后一口气，这个家转眼就只剩下祖孙俩了。

杜老汉年轻时因家贫娶不起媳妇，在他48岁时的一天晚上，一个外乡逃荒的女人饿昏在他窑洞前。这个三十多岁、来路不明的女人正撞在光棍儿杜老汉的枪口上，杜老汉自然是来者不拒，他把女人背进窑洞，喂了几口吃的，然后就势钻进了女人的被窝……至于栓栓到底是不是他的种，他闹不清，反正从他第一次和那女人睡觉到生下栓栓，只有8个月。杜老汉不大在乎这些，他认定这女人是老天爷看他可怜，给他送上门来的，他再挑三拣四就不像话了。这一辈子过得很快，杜老汉觉得像一场梦，先是打光棍儿熬到快50岁，这将近50年的时间几乎没给他留下什么记忆，脑子里是一片空白，既没有欢乐，也想不起来有什么太痛苦的事，唯一能记起来的，还不是什么灾年饿肚子的事，反正从他记事起就没放开肚子吃过饱饭，多年来他已经习惯了。他只记得一个生理正常的男人是如何地渴望女人，年轻时炽热的情欲如同地层下的岩浆，汹涌澎湃地寻找着发泄口。他曾一夜夜地在炕上辗转反侧，有时突然从炕上蹿起来冲到井台上，将一桶冰冷的井水兜头浇下，以此来熄灭心头燃烧的烈焰。那时他最喜欢的事就是赶集，其实集市上没有什么他需要的东西，他只为看一看女人，这是他对生活唯一的要求。在集市上，他毫不掩饰自己的欲火，两眼死死地盯着女人看，有如饿狼盯着羊羔的眼神。

如今回过头来想一想，杜老汉觉得这辈子也没有白过，毕竟他有过女人，有过儿子，现在还有个孙子。虽然女人和儿子都早早地去了，但他却很知足了，村里有些和他同辈的老人，如今也七十多岁了，他们不是打了一辈子光棍儿吗？这辈子连女人都没沾过，真是白活了。

钟跃民发现一个有趣的现象，陕北地区有很多打了一辈子光棍儿的老汉竟是民歌高手。杜老汉虽然不算真正的光棍儿，但他这一生几乎都是在性压抑中度过的，那个来路不明的婆姨只和杜老汉生活了一年多就病故了。如此算来，杜老汉这辈子除了这一年多的时间，基本上还算是个光棍儿。钟跃民似乎有点儿明白了，这是人类的一种习性，你缺少什么就向往什么。物质生活的极端匮乏需要精神力量的支撑，人类在面对恶劣的自然环境、面对自身的痛苦时，常常表现出一种无奈的求变通的情绪，这就是苦中作乐，借以稀释现实的苦难。对杜老汉这类老光棍儿来说，他们关心的问题是很直截了当的，他们要的是女人，或者是女人的肉体，是否美丽温柔并不重要。他们对生活没有多高的要求，能吃饱肚子，炕上再有个婆姨就已经是神仙过的日子了。可是就这点儿希望他们也得不到，于是，酸曲儿就产生了。

钟跃民惊讶地发现，陕北民歌简直是个富矿，流传在民间的歌词至少有数千首，其中大部分歌词都是表现男欢女爱的，在那种热辣辣、赤裸裸的语言面前，中国上千年封建礼教的浸染竟荡然无存，这就是真正的酸曲儿。

杜老汉扯着嗓子唱起来：

沙梁梁招手沙湾湾来，
死黑门的裤带解不开，
车车推在路畔畔，
把朋友引在沙湾湾。
梁梁上柳梢湾湾上柴，
咱那达达碰见那达达来，
一把搂住细腰腰，
好像老山羊疼羔羔。
脚步抬高把气憋定，
怀揣上馍馍把狗哄定。
白脸脸雀长翅膀，
吃你的口口比肉香。
白布衫衫怀敞开，
白格生生的奶奶露出来。
哎哟哟，我两个手手揣奶奶呀哎嗨哟，
红格当当嘴唇白格生生牙，
亲口口说下些疼人话。

杜老汉的两颗门牙早掉了，因此唱歌也有些漏风，但他唱得很动情，很投入，眼睛半合着，似乎已经看见那“红格当当嘴唇白格生生牙”。

钟跃民忍俊不禁，开怀大笑：“杜爷爷，再唱一首，太有味儿了。”

杜老汉唱得兴起，又换了一首歌：

一更子里叮当响，
情郎哥站在奴家门上，
娘问女孩什么响，
东北风刮得门闩闩响。
二更子里叮当响，
情郎哥进了奴家绣房，
娘问女孩什么响，

人家的娃娃早上香。
三更子里叮当响，
情郎哥上了奴家的炕，
娘问女孩什么响，
垛骨石狸猫撞米汤。
四更子里叮当响，
情郎哥脱下奴家的衣裳，
娘问女孩什么响，
脚把把碰得尿盆子响。
…………

钟跃民笑道：“这是首偷情的歌，太生动了，那女孩子蒙她娘，话来得真快，情郎哥更实际，只管办事，一声不吭，有什么娄子有女方顶着。杜爷爷，这信天游里咋这么多酸曲儿？”

杜老汉点起一袋烟嘟囔了一句：“心里苦哩，瞎唱。”

钟跃民问：“为什么心里苦？”

“日子过得没滋味，唱唱心里好过哩。”

钟跃民拉过正用石头轰羊的憨娃说：“憨娃，你放羊为了啥？”

憨娃连想都不想脱口说：“攒钱。”

“攒钱为啥？”

“长大娶媳妇。”

钟跃民笑道：“嘿，你小子才多大，就惦记娶媳妇了？我还没娶呢。憨娃，娶媳妇为了啥？”

“生娃。”

“生完娃呢？”

“再攒钱，给娃娶媳妇。”

“娃娶了媳妇再生娃，再攒钱，再生娃，对不对？”

憨娃点点头。

钟跃民长叹一声：“那他妈活个什么劲儿？攒钱，生娃，再攒钱给娃娶媳妇，再生娃，一世一世生生不已。杜爷爷，咱农民这辈子图个啥？”

杜老汉奇怪地看着他，仿佛钟跃民问出一句废话，他反问道：“有地种，有饱饭吃，有娃续香火，咱还要个啥？”

钟跃民也茫然了，是呀，还想要啥，他自己也说不清楚。作为农民，好像不再需要啥了，可是自己呢，他似乎不大喜欢这种日子。他又问道：“杜爷爷，您眼下最盼着啥？”

杜老汉茫然地看着钟跃民。

“我是说，如果您能选择的话，您最想要啥？”

杜老汉肯定地说：“吃白面馍。”

“就这些？”

“那么还要啥？”

钟跃民默默无语。

杜老汉从怀里掏出干粮：“憨娃，吃饭。”

钟跃民探过脑袋仔细看了看，见杜老汉捧着几个黑乎乎的野菜团子，祖孙俩大口大口地吞咽着野菜团子。钟跃民的眼圈红了，他扭过头去，陕北农民啊，苦成这样，他的心灵深处有种被强烈震撼的感觉……

憨娃眨眼之间就吃完了野菜团子，他眼巴巴地望着爷爷：“爷爷，我没吃饱。”

杜老汉无奈地拍拍憨娃的脑袋说：“憨娃，爷爷也没吃饱，可咱就这些。”

钟跃民连忙拿出自己带的窝头说：“憨娃，你吃。”

杜老汉拼命用手挡着：“可不敢，你这全是好粮食，金贵哩。”

钟跃民终于忍不住流泪了，他把窝头硬塞进憨娃手里，背过脸去擦泪。

杜老汉塞了满满一烟锅烟叶递给钟跃民，问：“娃想家了？”

“嗯。”钟跃民哽咽着说不出话来。

“唱个酸曲儿就好哩，庄户人心里苦，全靠唱酸曲儿解愁哩。”

钟跃民擦擦眼泪说：“杜爷爷，再唱一个吧。”

杜老汉的一曲信天游吼得高亢入云，唱得婉转悲凉：

骑上毛驴狗咬腿，
半夜里来了你这勾命鬼。
搂住亲人亲上个嘴，
肚子里的疙瘩化成了水。
…………

周晓白和罗芸每人拎着一个装满食物的提包走了5公里才来到坦克团的二连连部。

指导员吴运国接待的她们。吴运国当兵十来年了，还从来没和女兵打过交道。在他的印象里，军队里的女兵都像姑奶奶似的，没一个是好惹的。他刚当指导员时，还打算在军队医院里找个护士做老婆，他认为自己以一个青年军官的身份，是有资格追求她们的。后来他发现满不是那么回事，医院里那些女兵的眼睛都长在头顶上，对他这样的基层干部连看都懒得看一眼。平时在连队里，吴运国的感觉还是不错的，他好歹是一个连队的政治主官，谁敢不把指导员放在眼里。可有一次他去医院看病，在走廊里随便吐了口痰，碰巧被一个小女兵看见了，那丫头顶多是个卫生员，连护士的级别还没混上，可她训起人来还真不含糊，劈头盖脸地把吴运国批评了一顿还不算，居然还命令他把痰迹擦干净，惹得一伙看病的战士哄笑起来。吴运国当时恨不能找个地缝儿钻进去，他自知理亏，只得硬着头皮服从了命令。从那以后，吴运国就打消了娶个护士当老婆的想法。

指导员吴运国此时正满腹狐疑地审视着两个女兵问道："你们要见袁军？这可不行。"

罗芸和颜悦色地说："听说他犯了错误被关禁闭了，我们想劝劝他，帮助他早日改正错误。"

吴运国问道："你们和袁军是什么关系？"

罗芸说："我们在北京是朋友。"

"噢，那就是女朋友了。"

周晓白忍不住了："指导员，你这话是什么意思？"

"我是说，你们是女同志，又和袁军是朋友，那就是女朋友了，可袁军怎么能有两个女朋友呢？再说，部队的纪律你们应该知道，战士在服役期间不许交女朋友。"

周晓白和罗芸一听便气得满脸通红。

周晓白嚷道："你这个指导员怎么这样没水平？部队的纪律是战士在服役期间不许谈恋爱。"

"一回事嘛，交女朋友和谈恋爱不就是一码事吗？"

罗芸耐心地解释着："我们只是一般的朋友，不是你说的那种女朋友。"

"你们的意思是，女朋友还可以有很多种，那你们和袁军是属于哪种呢？"

周晓白来了脾气："这位指导员，你是从农村入伍的吧，你上过学吗？我想告诉你，你的文化水平不适合当一个政治工作者，因为你连起码的概念都分不清。"

吴运国也火了："你这个女同志怎么这样说话？看样子，你们都是高干子弟吧？不然说话不会这么横，我们从农村入伍的同志是没你们城市兵有文化，我告诉你们，我只上过小学，我家三代雇农，家里穷，没机会上学受教育……"

罗芸一下子抓住他话里的漏洞说："指导员同志，看你这岁数，也是长在新社会吧？当雇农也是上一辈的事，你可千万别闹混了，共产党分给你们农民土地，你们早翻身做主了，你到哪儿去当雇农？你的意思是不是说，你在新社会共产党的领导下仍然给地主当雇农？这可是严重的政治问题。”

“我不是这个意思……”

“你就是这个意思，诬蔑新社会还存在着人剥削人的现象，一个指导员、连党支部书记、共产党员，怎么能说出这种话来？”

吴运国镇定下来：“你们要是这样胡搅蛮缠，我只好拒绝和你们谈话。看样子，你们是为袁军鸣不平来了，告诉你们，被关禁闭的军人是不能会见客人的，这是规定，你们请回吧。我会把你们刚才的表现通知你们单位，由你们的领导对你们进行教育。”

周晓白不屑地说：“你爱到哪儿反映到哪儿反映，吓唬谁呢？一个芝麻大的官儿，给你根鸡毛就当令箭举着。”

罗芸也尖刻地说：“晓白，别理他，瞧他那臭德行，土得浑身掉渣儿，个子比武大郎也高不了多少，一身二号军装就穿得像大褂儿似的，要是有身一号军装就能像面口袋一样把他装进去。”

周晓白盯了吴运国一眼，突然忍俊不禁：“罗芸，你那张嘴可真损，别拿人家的生理缺陷开玩笑……”

两个女兵笑着走了，吴运国被气得嘴唇直哆嗦。

远处是纵横起伏的黄土峁，被雨水切割出的千沟万壑密布其间，缺少植被的黄土坡上是星星点点鱼鳞状的小块耕地，天空灰蒙蒙的，山川景物仿佛都被蒙上了一层若有若无的灰雾。

钟跃民坐在地头，正在读周晓白的信，蒋碧云坐在他身旁用土块轰着牛。

钟跃民收起信沉思着，蒋碧云静静地注视着他。

远处传来常贵的喊声：“干活儿啦，干活儿啦。”

两人站起来，蒋碧云牵牛，钟跃民扶着一具古老的木犁，在黄土地上开出一条深深的犁沟，老牛在慢吞吞地走着，钟跃民用身体的重量拼命压住木犁。天气很热，似火的骄阳直射下来，人就像被架在火上烤一样，他脸上豆粒大的汗珠滚滚而下，浑身湿透，就像刚从水里捞出来的一样。

蒋碧云看了钟跃民一眼，不忍地摘下毛巾递给他。

钟跃民客气地说：“谢谢，我有毛巾。”

“别提你那毛巾了，都馊了，你大概从来不洗吧？”

“今天回去一定洗。”

蒋碧云把毛巾强塞给他说：“你们这些男生真够懒的，昨天钱志民从我身边过，一股馊味儿熏得我差点儿吐了，至于这样吗，每天洗洗能费什么事？你要真这么懒，回去我给你洗。”

钟跃民一听马上就顺坡下驴：“我听说女人都有洗衣服的嗜好，把洗涤当成一种娱乐，要真是这样，我想我还是应该成全你。”

“钟跃民，你真是个无赖，那张嘴简直是翻云覆雨，最大的本事是能把你求人的事变成别人求你，占了便宜还落个做好事。”

“我还真听不出来，你是夸我呢，还是损我呢？”

“你就当我是夸你吧。跃民，你女朋友给你来信了吧？”

钟跃民叹了口气说：“准是郑桐这小子告诉你的，他满世界给我宣传，你知道是为什么吗？”

“为什么？”

“他在告诉别人，我钟跃民有女朋友了，就别惦记咱这儿的女生了，咱这儿不是狼多肉少吗，多踢出一条狼是一条。”

蒋碧云笑弯了腰：“你这嘴可真损……”

钟跃民笑着说：“他的阴谋不会得逞，他大概忘了，是狼就得吃肉，我这条狼能闲着吗？不行，抢，谁抢着算谁的。”

“得了啊，你别吃着碗里瞅着锅里的。”

“问题是，碗里的暂时吃不着，锅里呢，才3块肉，动手晚了就到了别人嘴里，等我回过味儿来，碗里的又飞了，两边都没我什么事了。”

蒋碧云责备道：“你看你，流氓劲儿又来了。你女朋友要知道你这么胡说八道，非气死不可。”

钟跃民笑道：“你没听说这样的故事？浪迹天涯的游子回到家乡，第一眼看见的都是自己的恋人变成了别人的老婆。”

“照你这么说，这个世界上就没有真情了？”

钟跃民指着黄土地说：“咱们脚下这坡地能种玫瑰花吗？我看不能，只能种高粱、玉米。这环境太恶劣了，漂亮的花朵需要有合适的温度和水分，感情也是如此，需要有个好环境。别人不忘旧情，那是人家有觉悟，咱自己就不能太当真了。”

蒋碧云吃惊地说：“跃民，你简直冷静得可怕，你的血也是凉的吧？”

钟跃民显然不愿进行这类谈话，他脱掉了破背心，赤膊站在山坡上，扯着嗓子唱起信天游：

只要和妹妹搭对对，

铡刀剁头也不后悔。

…………

蒋碧云赞赏地说："你的陕北民歌唱得真地道，跟谁学的？"

"杜老汉，这老头儿肚子里没肠子，全是民歌。"

郑桐从坡下爬上来喊道："跃民，对面山梁上有一群人，像是知青，还向咱们招手呢，离得挺近。"

钟跃民向对面山梁望了一眼，果然看见一群知青打扮的年轻人，他们站的那座山梁和这里只隔着一条深沟。这是陕北的地貌特点，隔着一条沟可以聊天，要想绕过去，起码要走几十里。现在两群知青相距不到100米，从地域上就已经分属于两个公社了。

钟跃民被阳光晃得睁不开眼，他揉着眼睛略带轻薄地问："让我看看，有妞儿吗？"

郑桐说："有，你看，好几个呢。"

蒋碧云批评道："你们怎么这么流氓啊。"

对面山梁上的几个男女知青正向这边招手，钟跃民终于看清了，一个面容俊秀、体态苗条的姑娘手里举着一把锄头正向这边致意。

钟跃民一愣，他的目光凝视着那个姑娘不动了。

郑桐用手做喇叭状喊道："嗨，哥们儿，是北京知青吗？"

一个男知青回答："没错，哥们儿，我们是红卫公社白店村的，你们村有几个知青？"

郑桐喊："10个，7男3女，狼多肉少啊，你们呢？"

男知青回答："也是10个，7女3男，肉多狼少。"

郑桐大喜道："太好啦，赶明儿咱两个村互相匀匀，省得旱的旱死，涝的涝死。"

蒋碧云笑骂："郑桐，一上午都没听见你说话，怎么一说起这个就来了精神？"

钟跃民突然想起什么，也喊道："哥们儿，李奎勇是你们村的吧？"

那边回答："没错，是我们村的，他今天拉肥去了。"

钟跃民喊："我叫钟跃民，替我向他问个好，改日我去找他。"

那边回答："没问题，保证带到。"

钟跃民扭头对郑桐说："那个站在高处的小妞儿长得不错，气质也好。"

"你丫眼睛怎么像雷达似的？随便一扫就能锁定目标，我怎么什么也看不清？"

钟跃民向对面喊："嗨，那位站在高处的女同学，我见过你。"

姑娘清脆的嗓音远远飘来："可我肯定没见过你，男同学，你能不能来点新鲜的？这话太俗。"

钟跃民喊道："对，是俗了点儿，那咱换种说法，你去什刹海冰场滑过冰吗？听说过钟跃民没有？"

姑娘回答："我不会滑冰，钟跃民是谁？是个流氓吗？"

钟跃民语塞，郑桐和蒋碧云笑起来。

那姑娘又在喊："喂，怎么不说话了？刚才是你唱歌吗？"

"是我，唱得怎么样？"

"一般，业余水平。"

钟跃民扭头对郑桐小声说："快给哥们儿捧捧场。"

郑桐马上心领神会喊道："喂，女同学，我们这哥们儿可是文艺界老人了，两岁就演过电影，正经的童星。"

对面传来姑娘极富感染力的笑声："我看过你演的电影，演得真不错。"

钟跃民对郑桐小声说："这妞儿大概认错人了，还真把我当童星啦。"

郑桐笑道："趁热打铁，你就抡开了吹吧。"

钟跃民喊："我演过好几部电影，你看的是哪一部？"

"你是不是演动画片里那个穿着屁帘儿的人参娃娃？"

两边的知青都哄堂大笑。

钟跃民倒吸一口凉气："哟，这妞儿的嘴可够厉害的。"

蒋碧云笑道："这下碰到对手了吧？"

钟跃民站起身来："喂，北京老乡，到了陕北就按陕北规矩，对歌怎么样？"

姑娘的声音从对面传来："好啊，你先来。"

钟跃民挑逗地唱起来：

> 要吃砂糖化成水，
> 要吃冰糖嘴对嘴。

知青们大笑。

姑娘毫不做作地接上：

> 一碗凉水一张纸，
> 谁坏良心谁先死。

姑娘的歌声一出口，石川村这边的知青们大吃一惊，这嗓子绝对是专业级的。
钟跃民不肯示弱，又唱道：

半夜里想起干妹妹，
狼吃了哥哥不后悔。

姑娘的歌声马上就接过来：

天上的星星数上北斗明，
妹妹心上只有你一个人。

钟跃民唱：

井子里绞水桶桶里倒，
妹妹的心事我知道。

姑娘回唱：

墙头上跑马还嫌低，
面对面站着还想你。

钟跃民唱：

阳世上跟你交朋友，
阴曹地府咱俩配夫妻。

郑桐嚷道："跃民，你这也太快啦，一会儿工夫就成夫妻了。"
姑娘的歌声突然高了八度：

一碗谷子两碗米，
面对面睡觉还想你。

那边的男知青哄起来："得，都睡上啦……"

钟跃民喊："喂，女同学，你叫什么名字？"

"秦岭。"

"好名字，祖籍是陕西吧？"

"关中人。"

钟跃民喊："秦岭，我能去你们村找你吗？"

秦岭开玩笑道："可以，不过要自带干粮。再见，人参娃娃。"她的身影一闪，消失在山梁后面。

郑桐回味无穷地说："这妞儿，真他妈是个小妖精。"

钟跃民一动不动地注视着秦岭消失的山梁。

蒋碧云不知何时走了。

一辆炮塔上涂着103号码的坦克孤零零地停在坦克训练场上，坦克的炮塔在缓缓转动，袁军坐在炮长的座位上，他的眼睛紧贴瞄准镜，手在摇动方向机，坦克的炮管由高向低在调整角度。

袁军自言自语地喊道："前方500米，发现两辆T-62坦克，延发引信穿甲弹，装填炮弹，是，炮弹装填，直瞄目标，是，目标直瞄。"

他将瞄准镜里的十字线在一棵小树上锁定，嘴里喊道："预备——放！轰！嗯，干掉了。"

同班的王大明爬上坦克把头探进座舱口说："袁军，没的玩了是不是？我老远就看见炮塔在转，一猜就是你在玩呢。"

袁军发着牢骚："咱们的坦克干吗不装上双向稳定系统，那样锁定目标就容易多了，人家苏联的T-62上都有了。还有，这100毫米口径的线膛炮也该淘汰了，应该装上125毫米口径的滑膛炮……"

王大明笑道："袁军，你禁闭室还没住够吧？又开始发牢骚了，小心指导员听见，你小子就是这张嘴惹事，本来昨天的实弹射击你上去两发两中，打得不错，这一说怪话，又完了，连个表扬都没你的，你小子值不值呀？"

袁军说："扯淡，在我听来，表扬和放屁是一码事儿，无所谓。你以为我想在部队干一辈子？告诉你吧，哥们儿只要服满3年兵役就立马儿走人，回去找份工作，再娶个媳妇、生个孩子什么的，小日子就过上啦。我跟这破坦克较什么劲，到时候你们在坦克里打炮，耳朵被震得嗡嗡响，我在炕头儿上打炮，隔三岔五地生孩子，为咱部队将来多增加点儿兵源，这多有意义，这么说吧，到时候谁叫我提干我跟谁急。"

王大明四处看看说："我操，你还真够猖狂的，人家做梦都惦着提干，就你小子惦着回家生孩子，我看你是站着说话不腰疼，你们北京兵怎么都跟大爷似的？”

袁军钻出坦克说：“我先预祝你将来提干顺利，部队太需要你们这样的人了，都哭着喊着不愿意回去，看来革命事业后继有人了，这我也就放心了。”

王大明不理会袁军的挖苦，说：“对了，我差点忘了，昨天我去医院看病，碰见一个女兵，她问我认不认识你，我说我们是一个排的，她问你最近表现怎么样，我说这你得问我们指导员，你猜她说什么？”

“肯定没好话。”

“没错，她说，你别跟我提你们那个王八蛋指导员，长得还没3块豆腐干高呢，只配当坦克兵。”

袁军不解地问：“为什么只配当坦克兵？”

“她的意思是个子小钻坦克方便，这女的嘴真损，还问我：‘你们坦克团都是这种半残废？’我说高个子的确不多，可也不至于都像指导员那么高，大部分都是中等个子。她嘴一撇，说：‘我给你们团起个名吧，叫武大郎坦克团。’”

袁军大笑：“好名字，这是谁呀，嘴这么损？”

王大明说：“她说和你是老朋友啦，你居然不知道是谁？”

“医院我有两个朋友，她说她叫什么了吗？”

“没说，只说让你去一趟，她有事找你。袁军，你可悠着点儿，两个女朋友，你忙得过来吗？”

袁军笑道：“两个算什么，10个我都忙得过来。”

“你这身子骨儿成吗？”

袁军星期天下午向连队请了假，他所在的连队驻地离医院有5公里，这段路不通车，袁军只好走5公里去医院。

周晓白这天在内科病房值班，她刚给一个病号摘下吊瓶从病房里出来，一眼就发现袁军在走廊里等她。

周晓白奇怪地问：“哟，袁军，你怎么来了？怎么不进去找我？”

袁军一愣：“不是你找我？”

“我找你干什么，我至于这么闲吗？”

袁军说：“我们连一个战友说医院有个女的找我有事，我想除了你还能有谁？”

周晓白疑惑地说：“难道是罗芸找你？”她像突然明白了什么，“哦，肯定是她，你快去吧，她在药剂室值班呢。”

袁军问道：“她能有什么事，这么一惊一乍的？”

周晓白笑着说：“你问我呢？我怎么知道，你去了不就知道了。”

罗芸穿着白色工作服正在药剂室的药品柜前忙着，袁军连门也忘了敲，冒冒失失地推门闯了进来："罗芸，你找我？"

罗芸笑着反问道："我找你干什么？"

袁军一听就骂了起来："怪啦，这不是撞见鬼了吗？医院除了你和周晓白我谁也不认识啊，谁他妈这么溜我？"

罗芸息事宁人地劝道："得啦，得啦，可能是有人搞错了，既然来了，就坐下聊会儿。"

袁军愤愤地说："八成是我们连王大明耍我，害得我白走了5公里，回去我就抽这孙子。"

罗芸脸一沉："什么叫白走了5公里？就是我们不叫你，你就不能来看看我们？袁军，你好没良心呀，上次你蹲禁闭，我和晓白不是也跑了5公里去看你，后来还在全院大会上挨了批评，你难道就不该来看看我们？"

"是呀是呀，上次的事害得你们受连累，真不好意思，今后有什么牵马坠镫、肝脑涂地的事，你们只管吩咐，袁某万死不辞。"

"得啦，别净练嘴，下次来给我们买点儿吃的就行了。"

"小事一桩，我不怕别人说闲话，你知道我们连里有人说什么？"

罗芸很感兴趣地问："说什么？"

"不太好听。"

"别卖关子了，你就说吧。"

袁军说："他们说我到医院看了一次病，顺手还勾走了两个妞儿，你说冤不冤？"

罗芸笑道："你冤什么？"

"还不冤？晓白是跃民的女朋友，跟我可八竿子打不着，跃民是我哥们儿，我替他顶个名受点儿委屈也就认了，可咱俩招谁惹谁了？多清白呀，我就是有贼心也没贼胆儿啊。"

罗芸盯着他说："你装什么正经？我又不是没见过你们这伙人在冰场上的表现，见了女孩子两眼就炯炯放光，你忘了咱们是怎么认识的？"

"嗨，那会儿一时糊涂，跟钟跃民误入歧途当了流氓，可我这会儿改邪归正成了解放军战士，过去的事就别提了。"

罗芸挖苦道："别净往脸上贴金了，你们那伙人有当流氓的资格吗？我看顶多是羡慕流氓，崇拜流氓，争取了半天还没当上流氓，心里还特失落，是不是？"

"是，是，还是你了解我们。得，我该走了，还得顶着太阳走5公里，晚饭前归队。”袁军站起身来。

罗芸坐着没动，她怒视着袁军说：“你给我坐下，谁让你走了，怎么一点儿礼貌不懂？想来就来，想走就走？”

袁军只得又坐下：“罗芸，你今天怎么啦？刚才还有说有笑，一会儿工夫，又翻了。”

罗芸小声说：“没什么，这几天我心烦，你别走，陪陪我好吗？”

“行，豁出去了，大不了再蹲次禁闭。”

罗芸笑了：“别这么悲壮，没那么严重，一会儿就让你走。”

袁军恍然大悟：“我明白了，我那战友遇见的肯定是你，你别不承认，诬蔑我们团是武大郎坦克团的，除了你没别人，周晓白的嘴没这么损。”

罗芸笑着：“是我又怎么样？你看看你们团，从团长到你们指导员，有身高超过1.75米的没有？”

袁军争辩道：“我就1.75米，怎么啦？”

罗芸斜了他一眼说：“你还算稍微高点儿，刚刚摘了半残废的帽子，别的人……哼，好像是一群小耗子在开坦克，那座舱里肯定显得挺宽敞的。”

“太恶毒了，我代表坦克团向你提出严重抗议。”

罗芸正色道：“行了，别斗嘴了。袁军，我早就想问你一句话，你要如实回答，行吗？”

“行。”

罗芸问：“我算你的朋友吗？”

“当然，连我们连长指导员都知道我有两个女朋友，你当然算一个。”

罗芸追问一句：“真的，你真这么认为？”

“当然，别说是两个，10个我都不嫌多。”

罗芸严肃起来：“别臭贫，你只能有一个，那就是我。”

袁军终于有点儿明白了：“你说的女朋友是……那种比较专业的？”

罗芸怒道：“废话，你以为是业余的，你把我当什么人了？”

“那……还允许我有几个业余的吗？”

“袁军，你还有没有正经？人家和你说心里话呢。”

袁军严肃起来，默默地注视着罗芸，一缕阳光照在罗芸脸上，她眼波一闪，露出灿烂的笑容……

周晓白穿过医院的长长走廊，来到药剂室的窗口前，她把头探进窗口刚要说话，忽然呆住了，她看到罗芸眼中闪烁着奇异的光彩，脸上洋溢着似水的柔情，她什么都明白了。

周晓白捂住嘴，悄悄地走了。

钟跃民和郑桐正在知青点的院子里下象棋。知青们近来赌风很盛，赌博的形式多种多样，象棋、扑克牌，都算一般的赌具了，还有更简便的赌博方法，比如扔硬币、猜火柴棍儿等，赌资一律是粮食，别的东西知青们没兴趣。

郑桐一脸的懊丧，盯着棋盘一声不吭；钟跃民的脸上则喜气洋洋，看样子，他已经占了上风。

钟跃民敲敲棋盘说："你没戏了，再怎么看也是输了，重摆吧。"

郑桐连头也不抬，说："别忙，万一我看出一招儿柳暗花明呢？"

"你翻翻棋谱去，这叫'二车平仕'，破了你那两个仕，双车一错，你小子就完啦。"

郑桐掀了棋盘："不下啦，今天我手背，让你捡了便宜。"

钟跃民一副亲兄弟明算账的架势："那么咱们算算账吧，你输我几个窝头了？"

"不就3个吗，我以后还。"

钟跃民一听就蹦了起来："以后还，我他妈活得到以后吗？马上兑现，别废话。"

郑桐耍赖道："打赌的时候咱可没说当场兑现，我承认欠了你3个窝头，可没说什么时候还啊。"

"嘿，你小子想赖账是不是？"

"你就是打死我，今天也还不了这3个窝头，这么说吧，我决心不惜以鲜血和生命捍卫这3个窝头，要我的命可以，要窝头？没门儿！"

钟跃民说："我还真没发现，你小子是个舍命不舍财的主儿。行，这3个窝头可以免了，不过你明天得陪我去趟白店村。"

郑桐一脸坏笑："明白了，动作够麻利的，你觉得有戏吗？"

"你小子就是心术不正，净往歪处想。那妞儿的歌唱得绝对够专业水平，我去切磋切磋，没别的意思。"

"别解释，你就是有什么意思也没关系，这我懂，咱认识也不是一年两年了，我了解你，干一件事开始总要有个借口。"

"你懂什么？艺术是需要交流的，好歹我们也是同行。"

"我知道，你就是碰上个女要饭的，也能套上同行。要去你去，我可不陪你拉练，白店村要走半天工夫，你想累死我？"郑桐干脆地拒绝了。

钟跃民继续做工作："咱可是哥们儿，你就忍心让我一个人跑这么远的路？荒山野岭的，万一碰上劫道的，咱俩也好有个照应。"

“算了吧，你不劫别人就不错啦，谁会劫你，你是有财还是有色？”

“哥们儿，我这可是为你好，你没听他们说，白店村的知青是7女3男，肉多狼少？你陪我去，就等于是帮着我吃肉。”

“不去，我不稀罕吃肉，反正当和尚也当惯了，我还是素着点儿好。”

钟跃民终于凶相毕露：“那你他妈把欠我的窝头还我，今天就给。”

“没有，要窝头没有，要命有一条。”

钟跃民抓住郑桐的胳膊一拧，威胁道：“你他妈去不去？不去我抽你丫的……”

“哎哟，你轻点儿，哎哟，好好好，我去还不成，你松手……”

两人正闹着，见杜老汉的孙子憨娃在院门口探头探脑，似乎在犹豫是否进来。钟跃民说：“憨娃，你在干什么？”

憨娃小声说：“跃民哥……”

钟跃民佯怒道：“憨娃，你个小兔崽子，咋把辈分都搞乱啦，叫叔，听见没有？”

憨娃说：“我爷爷说咱俩是平辈儿，要不你为啥也叫他爷爷？”

钟跃民笑了：“憨娃，你有事？”

憨娃点点头，钟跃民跟他走出院子。

憨娃神秘兮兮地把钟跃民带到僻静处说：“跃民哥，我给你送吃的来啦。”他从怀里掏出个黑乎乎的东西递过来。钟跃民仔细一看，险些吐了出来，原来是一只烧熟了的老鼠。

憨娃兴高采烈地说：“我挖了一个田鼠洞，逮住两只田鼠，我把它烧熟了，可好吃了，这只是给你留的。”

钟跃民在一瞬间仿佛被雷电击中，他僵在那里，眼圈儿也红了，他心中涌出一股难言的酸楚。这没爹没娘的孩子心思太重了，他牢记着自己吃过钟跃民的窝头，竟用这种方法来报答他。

钟跃民不愿伤害这孩子，他强忍着恶心吃了一口老鼠肉，拍拍憨娃的脑袋说：“好兄弟，有啥好事都想着哥，这肉真香……”

蒋碧云正在知青点的伙房往灶洞里塞柴火，一股浓烟回灌进来，她被呛得又咳嗽又擦眼泪。

钟跃民走进来说：“碧云，给我准备点儿干粮行吗？”

蒋碧云眼皮都没抬：“这好像不是我的事吧？”

钟跃民赔着笑说：“我这不是请你帮忙吗，谁叫咱们是哥们儿呢。”

“不管。”

钟跃民诧异道：“我好像没得罪你吧，这是怎么啦？说翻脸就翻脸，真没劲。”

“钟跃民，我就这样，你看谁好就找谁去呀。”

钟跃民火了：“莫名其妙，你有病是怎么着？”

“你才有病呢，贪病，贪多了也不怕撑着！”

“我贪什么啦？你说清楚。”

蒋碧云气呼呼地说：“那天谁给你来的信，是不是你女朋友？你要是不想要人家，就该说清楚，别吊着一个又追另一个。哼，看看你今天这德行，来这儿快一年了，没见你这么精神焕发过。”

钟跃民不吭声了。

“理亏了吧？见一个爱一个，这就是你们男人。你那女朋友在部队当兵，人家可没嫌弃你，一封接一封地给你来信。你倒好，刚对了几首歌，歪主意就来了，你好好想想吧。”

钟跃民想了想：“嗯？不对呀，你怎么知道我要去白店村？噢，明白啦，肯定是郑桐这孙子和你说的，对不对？这孙子，怎么胳膊肘向外拐？没一会儿就把我给卖了，这个叛徒，等会儿我要找他算账。”

蒋碧云口气缓和下来：“跃民，别去胡闹了，好吗？”

“蒋碧云，这关你什么事？咱们知青点好像还没成立党支部吧？你这么关心这件事，是何居心？”

蒋碧云不吭声了。

郑桐挑着水桶哼着小调儿来井台上打水，他一眼发现村里的狗娃也挑着水桶等着打水。郑桐眼珠一转，便拿狗娃开起心来。

“狗娃，你这驴日的，最近你家婆姨又生娃没有？”

狗娃不好意思地笑笑：“莫有，莫有。”

郑桐语重心长地说：“不许再生了啊，你家炕头儿快摆不下啦，别净顾着晚上痛快，那是闹着玩的吗？你这一痛快，咱村又添丁进口，粮食老不够吃。”

狗娃嘟囔着：“我有什么法子。”

“你怎么没法子？晚上睡觉什么也别想，只当你婆姨是块木头，理都不理她，看她有什么办法？关键是你自己，得扛住了，听见没有？”

钟跃民匆匆走来，怒骂道：“郑桐，你他妈给我下来。”

郑桐走下井台：“怎么啦？”

“怎么啦？”他照着郑桐的屁股就是一脚。

“我操，你丫踹我干什么？”

“你小子这臭嘴就欠抽，你说，你跑蒋碧云那儿都说什么了？”

郑桐一听就乐了："就这事啊，这怎么啦？实话实说呗，我说咱们要去白店村找那个会唱歌的妞儿切磋艺术去。"

"那么她哪儿来这么大的火？还把周晓白端出来，这他妈关她什么事？都是你这臭嘴，成天给我四处散！"

"跃民，你这就不对了，这又不是什么秘密，你也没说要保密呀，干吗怕人知道你有女朋友啊，是不是想多吃多占啊？"

钟跃民怒气冲冲地说："去你大爷的，以后我的事你少到处胡说八道，这蒋碧云也是，刚才骂我一顿，义正词严的，就好像我掘了谁家的祖坟，她管得着吗？"

郑桐怔住了。

"跃民，这事儿不太正常，她哪儿来这么大火，是不是她也琢磨上你啦？"

钟跃民略感意外地说："有这可能吗？我觉得她好像看谁都不顺眼。"

"这妞儿清高得要命，她爸爸是个教授，从小家境不错，1966年家也被抄了，跟咱们一样，是'可以教育好的子女'。"

钟跃民看了他一眼说："你怎么像个特务？什么都知道。"

郑桐推心置腹地说："哥们儿，我没你那么好高骛远。你的心思不在这儿，早晚得飞了，我家情况不一样，我爹恐怕起不来了，我得老老实实在这儿务农，咱村知青不是狼多肉少吗？我得早下手，踏踏实实地从眼前做起，动手晚了连汤都喝不上啦。"

钟跃民大笑道："你瞄上谁了？"

"不瞒你说，蒋碧云是我的首选目标，可现在形势很严峻，她开始注意你了。我算是明白了，只要你小子在这儿，我就没戏，实话告诉你，哥们儿现在谋杀你的心都有。"

钟跃民笑着："别别别，为这点儿事不值当的，我让给你了，千万别这样。"

两人面对面坏笑起来。

·第十章·

白店村知青点也实行炊事员轮换制，每个知青都要轮上10天。不知这个制度是谁发明的，几乎所有的知青点都采用这个办法，这也表达了一种要求平等的愿望，当火头军总比下大田要轻松，这种好事当然要人人有份儿。

这几天轮上秦岭做饭，她很无奈地接受了这个差事。其实她宁可下大田劳动，也不愿当炊事员，因为她实在是怕去井台打水。白店村属于干旱区，自古以来就缺水，外人一看井台上的辘轳就明白了，那提水的井绳足有百十米长，井水的水位随着季节的变化有规律地升降，水位最低时距地面将近100米，水位高时距地面也有四五十米。秦岭是个身材苗条的女孩儿，体形颀长，长颈，削肩，细腰，长腿，走起路来好似弱柳扶风。这种美人儿应该生活在城市里，过着宝马香车的富贵日子，可秦岭却没这个命，也没赶上好时代。像她这种人来到陕北农村，就好比橘子被移植到淮南，成了废物。农村可不需要这种美人儿，这里需要的是粗手大脚的婆姨，能上锅台能下田，还要能一个接一个地生娃。秦岭第一次打水时，一桶水还没摇上一半儿就没劲儿了，她一松手，险些被辘轳把打进井里。从此秦岭一见井台上的辘轳心里就哆嗦，她实在是被吓怕了。

今天她必须去井台打水，不然就没法做饭，就是再害怕也得硬着头皮去。秦岭挑着桶来到井台上，她向井口里看了看，里面黑乎乎的，深不见底。她扔进一块小石头，半天才听见石头进水里的声响。秦岭知道这会儿发愁也没用，为今天打水，她昨天晚上想了很久，终于想出个办法，她拿出一卷行李绳系在腰上，又把绳子的另一端系在井台旁的一棵老槐树上，这是为防止她万一被辘轳把打进井里的保险措施。

秦岭做了一个深呼吸，毅然把水桶吊进井里。尽管她为这次打水做了充足的心理准备，可她还是过高地估计了自己的能力。当一桶水被摇到一半儿时，她的力气已经用尽，她拼命抓住摇把不敢松手，因为这时松手更危险，沉重的摇把很有可能打断她的肋骨。她慌了起来，明知道此时不会有人来帮助她，但她还是本能地喊起来："谁来帮帮我，救命啊……"秦岭已经绝望地打算松手了，这时奇迹终于发生了，一只有力的手伸过来抓住摇把，秦岭像虚脱了一样一下子坐在井台上……

她看见钟跃民和郑桐站在面前。

钟跃民接过了摇把，只几下就把水桶摇上来提到井沿上。

秦岭认出了钟跃民，她感激地一笑："哟，人参娃娃来啦？"

钟跃民真的很愤怒："你们知青点的男同学也太不像话了，怎么能让女同学干这种活儿呢？他们怎么好意思？刚才要不是我看见，非让桶把你摇进井里去不可。"

秦岭喘着气，无力地解释着："今天轮到我做饭，这是我分内的活儿嘛。"

"那也应该找个男同学先把水缸挑满嘛。"

秦岭不好意思地承认："这怨我自己，我真是太没用了。"

郑桐忽然看见秦岭绑在腰上的行李绳，不由大笑起来："这是你想出来的主意？"

秦岭垂下眼皮："我怕掉进井里……"

郑桐抻了抻行李绳道："这绳子留得太长了，你知道会有什么后果吗？如果你掉进井里，就会整个身子吊在半空中，这么细的绳子勒在腰上再加上你的体重，有一个小时就能要了你的命。"

秦岭红了脸，她真的觉得自己很无能，怎么别的女同学就不像自己这么笨。

钟跃民已经提满了两桶水，喊道："郑桐，还不接过扁担，怎么没眼力见儿？"

郑桐大为不满："你他妈怎么支使上我啦？"

"帮帮忙，哥们儿，我和秦岭要谈谈艺术。"

郑桐不情愿地接过扁担："还谈艺术？你还真拿自己当艺术家啦？"

钟跃民和秦岭并肩往回走，郑桐挑水跟着。

钟跃民说："我和你们村的李奎勇是朋友，早就想来看看，没想到来早了点儿，他们还没收工呢。这样吧，我们先帮你做饭，你放心，我们自己带着干粮呢。"

秦岭笑道："你们还当真了？都是北京知青，到我们这儿来能不管饭？"

"都不容易，你们的粮食肯定也不够，不瞒你说，我们还去县城要过饭呢。"

秦岭恍然大悟："噢，上次在县城闹事的就是你们？我们都听说了，老乡们都说从北京来了一群土匪。"

他们走回知青点开始做饭，钟跃民和秦岭一起捏窝头，郑桐坐在灶旁往灶洞里塞柴火。

钟跃民问："秦岭，你为什么叫秦岭？"

秦岭说："这有什么奇怪的？我老家在关中地区，我爸又姓秦，我刚生下来时，我爸一时想不起该给我起什么名字，我妈说干脆就叫秦岭吧。"

钟跃民说："那天你一唱歌，可真把我震了，够专业的，你在哪儿学的？"

"和我妈妈学的，她是民族歌舞团的民歌演员，就是唱陕北民歌的，我从小听也听会了，可你怎么也会唱呢？唱得也很不错嘛。"

“我爸在延安待过，他喜欢陕北民歌，我小时候也经常听他唱，到这儿插队以后，我和我们村放羊的杜老汉学了不少。”

秦岭看了他一眼，淡淡地说：“你是干部子弟，肯定是家里受冲击了吧？”

“你怎么知道？”

“干部子弟来陕北插队的大致有两种情况：一类是理想主义者；还有一类是父母在政治上失势，株连到子女，又没有别的门路，所以只好来了。”

“那我也许就是个理想主义者吧。”

“你肯定不是，也许你曾经有过理想，但至少是现在没有了。我很熟悉你们这类人，我们学校也有一些，从气质上看，你们都差不多。”

钟跃民严肃起来，他很想听听别人是怎样评价自己这类人的，他问道：“秦岭，你说说，我们是什么样的人？”

秦岭笑笑说：“真想听？我说了可别不高兴啊。简单地说，第一，这类人首先是好勇斗狠，有暴力倾向，一句话不合便拔刀相向。第二，这类人反感一切正统的说教，在别人看来很神圣的东西，到了他们嘴里便成了笑料。第三，这类人有一定的文化品位，也喜欢看书学习，其主要动力是不愿把自己和芸芸众生混同起来，他们喜欢表现自己与众不同，因此也具备了一定的独立思考能力。”

钟跃民说：“按你的意思，这种人大概属于有点儿文化的流氓，你很反感这种人吗？”

秦岭淡淡地说：“谈不上反感，这不过是人群中的一类人罢了，既算不上流氓也无所谓好人，毕竟在世界上好人和坏人都不太多，大部分人属于中间状态。就像《在路上》里的狄恩、《麦田里的守望者》中的霍尔顿，他们不过是厌恶平庸的生活，喜欢选择一种适合于自己的生活方式，这本身没什么错。”

郑桐有些吃惊地问：“这些书你都看过？”

“不但看过，我还挺喜欢呢，还有《向上爬》《带星星的火车票》，都是我喜欢的书。”

钟跃民也惊讶地看了秦岭一眼，他有种找到知音的感觉，看来刚才的几十里地山路没有白走。秦岭提到的这些书都不是公开出版的书籍，只有供高级干部出入的内部书店才有，据说是供高干们“学习批判”用的，书的封面是灰色或黄色的，没有任何装潢，俗称“黄皮书”“灰皮书”。这些书在北京的干部子弟圈子里很时髦，钟跃民和郑桐都看过。

“你说得没错，不是所有人都喜欢当乖孩子，在这个世界上，谁也没有资格去教训别人，哪怕是长辈也不行。咱们先是被告知要解放全人类，后来又要接受再教育，我就纳闷，凭什么就老得有人教育咱们，还给你指好了一条路，让你别无选择，必须走别人希望你走的路。这实在太不讲理了。我羡慕狄恩，喜欢那种‘在路上’的感觉，那无非是要体验一种自由自在的生活方式。”钟跃民说。

秦岭表示赞同：“人总要有些梦想，人生最重要的是体验，是过程。去年有支外国登山队在攀登珠穆朗玛峰时遇到雪崩，登山队员全部遇难了。有人认为他们的死是毫无意义的，因为无论你是否登上顶峰，都不会给人类的实际生活带来任何改变。可我却为这些运动员哭了，我相信他们是因为心灵深处的呼唤而踏上征途的，我也相信他们在迈出第一步的时候已料到这可能就是一条不归路。但没有什么可以阻止雪山对他们的召唤，因为那就是他们心中的终极精神世界。他们是为梦想而死的，他们一定拥有许许多多美好和纯粹的体验，他们不该有遗憾。泰戈尔说，过于功利的人生就像把无柄的刀子，也许很有用，可是太不可爱了。在我们的生命中，是需要一些纯粹的本质的体验、最初的体验的。”

钟跃民说：“凯鲁亚克的那句话说得真好，‘我还年轻，我渴望上路。带着最初的激情，追寻着最初的梦想，感受着最初的体验，我们上路吧’。”

郑桐问道：“秦岭，你属于哪类人呢，怎么也来陕北了？”

秦岭笑笑说：“我就应该来陕北，不来倒怪了。”

钟跃民说：“不说这些了，我今天来就是想听你唱歌的。我喜欢陕北民歌，小时候听我爸唱信天游，听得我眼泪都流出来了。其实我爸是个破锣嗓子，唱得不怎么样，甚至还跑调儿。当时我就想，就这么个破锣嗓子怎么能把我给唱哭了？后来我才明白，还是歌儿好，陕北民歌里有种很悲凉的东西，听起来让人心里酸酸的。”

秦岭惊讶地注视着钟跃民：“你的感觉很好，抓住了陕北民歌的魂。”

钟跃民想了想又说：“陕北这块地方很奇特，从表面上看，这是块很贫瘠的土地，可你仔细观察就会发现，这种表象后面隐藏着一种很深奥的东西。”

秦岭表示赞同：“这是一种文化的厚重感，是几千年的文化积淀。现在的陕北方言里保存着很多古语，比如老乡们把‘喊一声’，叫‘呐喊一声’，听着文绉绉的，而实际上说话的人可能目不识丁。为什么大部分地区的方言中都没有留下古文化的痕迹，唯独陕北方言里却保存下来了，这大概也是由于陕北地域上的特点所致，民歌好像也是这样。”

钟跃民把捏好的窝头码在笼屉上，说：“我想，陕北民歌中的悲凉感是一种人对苦难的无奈，是从心灵中自然流淌出来的。还有个问题，没来陕北之前我还不知道，陕北民歌里大部分是民间所说的酸曲儿，这倒是个很有意思的现象。这些酸曲儿的语言很直截了当，又是老公公爬灰，又是大姑娘偷情。民间似乎并不关注它的道德内容，也丝毫没有谴责的意思，这就引出了另外一个问题，中国上千年的封建礼教是否能影响到所有的汉族人居住的地区，在一些穷乡僻壤会不会有所遗漏，就像你刚才谈到的陕西方言中还保存着很多古语，大概也是因为这个原因。当然，这些想法都是我下乡以后才有的。”

秦岭注视着钟跃民，目光柔和，她沉吟良久才轻轻吐出几个字：“圣人布道此处偏遗漏……”

钟跃民一愣：“什么意思？”

秦岭笑笑说：“这是清朝光绪年间翰林院大学士王培棻的一句话，当时光绪皇帝派这位老夫子当特使，到陕西来考察，他考察完就写了一份折子送给皇帝，这篇文章叫《七笔勾》，从山川地貌到衣食住行，把陕西说得一无是处。很多陕西人认为这是对他们的侮辱，这也可以理解，谁愿意别人骂自己的家乡呢。不过我倒觉得他说的有很多是事实，就算心里不舒服，也不能不承认。”

钟跃民很感兴趣地问：“你手里有这篇文章吗？”

秦岭点点头说：“我爸爸有本线装书，上面有这篇文章，我把它抄下来了，我现在就去拿。”

秦岭回宿舍拿来一个笔记本递给钟跃民。钟跃民翻开笔记本仔细看起来，郑桐也觉得好奇，连忙凑过来一起看——

七笔勾

万里遨游，百日山河无尽头，山秃穷而陡，水恶虎狼吼，四月柳絮稠，山花无锦绣，狂风骤起哪辨昏与昼，因此上把万紫千红一笔勾。

窑洞茅屋，省上砖木措上土，夏日晒难透，阴雨更肯露，土块砌墙头，灯油壁上流，掩藏臭气马粪与牛溲，因此上把雕梁画栋一笔勾。

没面皮裘，四季常穿不肯丢，纱葛不需求，褐衫耐久留，裤腿宽而厚，破烂亦将就，毡片遮体被褥全没有，因此上把绫罗绸缎一笔勾。

客到久留，奶子熬茶敬一瓯，面饼葱汤醋，锅盔蒜盐韭，牛蹄与羊首，连毛吞入口，风卷残云吃罢方撒手，因此上把山珍海味一笔勾。

堪叹儒流，一领蓝衫便罢休，才入了黉门，文章便丢手，匾额挂门楼，不向长安走，飘风浪荡荣华坐享够，因此上把金榜题名一笔勾。

可笑女流，鬓发蓬松灰满头，腥膻乎乎口，面皮晒铁锈，黑漆钢叉手，驴蹄宽而厚，云雨巫山哪辨秋波流，因此上把粉黛佳人一笔勾。

塞外荒丘，土鞑回番族类稠，形容如猪狗，性心似马牛，嘻嘻推个球，哈哈拍会手，圣人布道此处偏遗漏，因此上把礼义廉耻一笔勾。

钟跃民和郑桐看得笑了起来。

郑桐说："这位大学士肯定是在陕北走了一圈儿，他笔下描写的景物都符合陕北的特征，不过他把这些特征扩大到陕西全省就有点儿以偏概全了，难怪陕西人有意见。"

钟跃民评价道："你看，'奶子熬茶敬一瓯，面饼葱汤醋，锅盔蒜盐韭，牛蹄与羊首……'这位大学士山珍海味吃油了嘴，谈论起陕北饮食才不屑一顾，可我看着口水都快流出来了。老实说，现在谁要是给我几个牛蹄和羊头，别说'连毛吞入口'，我他妈连骨头都给它嚼了。你看，又是奶茶，又是面饼锅盔的，咱要有这些东西吃还不乐死？"

秦岭说："这位大学士生活的年代离现在不过七八十年，看来陕北人的生存状态在继续恶化。"

郑桐说："我早看出来了，农民们并不欢迎插队知青，咱们抢了人家的口粮，土地又没有增产的可能，只能两个人的饭3个人吃，这不是给人家添乱吗？一边是不欢迎插队知青，一边是根本不想来却硬逼着你来，这事怎么显得这么荒唐？算了，不说这些，唱首歌儿吧，秦岭，要不是想听你唱歌儿，我才不陪钟跃民来呢，你知道吗，我们整整走了3个多小时的路。"

钟跃民也说："在路上我还在想，等见到你要好好交流一下，可见到你以后，我又觉得什么都不用说了，听听你的歌就足够了。"

秦岭坐在灶前，边向灶洞里添柴边轻轻唱起来：

我为你备好钱粮的搭兜，
我为你牵来灵性的牲口，
我为你打开吱呀的后门，
我为你点燃了满天的星斗，
满天的星斗。
我让你亲亲把嘴儿努起，
我向你笑笑把泪儿流，
不嫌丢脸不害羞，
叫声哥哥你带我走。
…………

郑桐和钟跃民竟听得发痴……

李奎勇收工回来听说有人找，他一猜就是钟跃民，他很兴奋地跑来，刚进了院子，钟跃民就出现在窑洞门口，李奎勇扑过去，两人很亲热地握手。

李奎勇扳着钟跃民的肩膀上下打量着："跃民，我的印象里你总是一身将校呢，今天一见你，差点儿没认出来，怎么一身陕北老农打扮？"

"干什么得像什么，咱不是当农民了吗？！"

李奎勇说："哥们儿，我还欠着你一个大人情呢，要不是你及时出手，我这条命早完了。"

钟跃民捶了他一拳说："上次在县城要不是你帮忙，我们的麻烦就大了。奎勇，咱们扯平了，以后不要再提了。想想那会儿打架，觉得咱们都傻乎乎的，好像中了邪，出门之前忘了什么也忘不了带菜刀，这不是有病吗？"

"那会儿是闲的，不打架不拔份儿干什么去？这会儿就不一样了，一天不干活儿就少一天的工分儿，没工分儿你就得饿肚子。"

钟跃民问："你们知青点粮食够吃吗？"

"够个屁，全靠偷鸡摸狗了。"

"你有什么打算吗？"

李奎勇摇摇头说："没有，想也没用，混一天是一天吧。我算想明白了，人不能跟命斗，我就是这命，和你们干部子弟没法比。李援朝他们惹出天大的事，结果怎么样？还不是都出来当兵去了。我们这些平民子弟不服气也没有用，该插队还得插队，这才是我们的命。"

"奎勇，我不是也来插队了吗？"

"你是一时走了背运，早晚你得远走高飞。"

"你这么肯定？"

"不信走着瞧。"

钟跃民很苦恼地说："奎勇，我就不明白，咱们从小学到现在相处一直挺好的，怎么一说起家庭出身就总是谈不拢？你总是用一个旧社会穷人家孩子的眼光看我，好像我是地主家的少爷。"

李奎勇说："从小老师就告诉我，在咱们这个社会里人人是平等的，只有分工不同，地位都是相同的，我还真相信了。后来我才明白，人和人根本没法比，老师的话水分太大，信不得，咱们不提这些了……"他突然看见坐在灶前烧火的秦岭，诧异地问，"你们认识？"

钟跃民说："刚认识没几天。"

李奎勇把钟跃民拉到院子里笑道："我说你小子怎么会想起来看我，闹了半天是另有所图，哥们儿，你怎么到了陕北还不闲着？"

钟跃民马上承认道："我是对她感兴趣，你能介绍一下她的情况吗？"

李奎勇搔搔头道："秦岭好像从来不和别人争什么，这小娘们儿很怪，和谁也不特别接近，对谁都客客气气的，在我们这儿人缘一般。她带来很多书，没事就坐在后崖上看书，听说她出身不太好，爷爷是国民党的什么官儿，她妈是民族歌舞团的演员，唱民歌的。我就知道这些，你还有什么要问的？"

钟跃民说："你们村的后崖是不是和我们村的坡地隔着一条深沟？"

"就是那儿，最窄的地方只有三十多米，隔着沟聊天都行。"

钟跃民拍拍他的肩膀说："奎勇，我得马上赶回去，还有三十多里路要赶呢，走晚了就要赶夜路了。"

李奎勇动了感情，他抓住钟跃民的手说："跃民，过几天我们村要派壮劳力去公社的水库工地干活，我也报了名。听说工地上管饭，还发点儿钱，你知道我家的情况，我妈的病最近又重了，我挣点儿是点儿。这一去恐怕要干几个月，我怕你哪天突然走了，再见面就不知哪年了。谢谢你来看我，如果你哪天有了好事要离开这里，咱们今天就算告别了。"

钟跃民握住他的手说："奎勇，无论怎么样，咱们都是朋友，过去是，将来还是。就算这个社会还存在着不平等的现象，可你我之间永远是平等的，你记住我的话。"

"哥们儿，你多保重，咱们后会有期。"

"奎勇，你也要保重。"

蒋碧云从窑洞里走出来，一眼就发现郑桐正坐在一棵树下看书。她觉得这是件怪事，在她的印象里，这些家伙很少看书，他们成天骂骂咧咧，打打闹闹，没一会儿安生，尤其是郑桐，很擅长搞恶作剧。

蒋碧云问："郑桐，看什么书呢？"

郑桐把书的封面翻过来："米涅的《法国革命史》。"

蒋碧云很意外地拿过书看了一眼封面，说："你也看这类书？我还以为你们这些人成天就知道胡打胡闹呢。"

"那是你的偏见，上学的时候，我可是品学兼优的好学生，功课总是名列前茅，当流氓那是后来的事。"

蒋碧云呵斥道："别总自称是流氓，这称呼好听是怎么的？我还没见过流氓看《法国革命史》呢。"

"我们恰恰就是一群有点儿文化的流氓，我认为读书是种享受，虽然知识现在有些贬值，可将来一定会用上，即使当流氓也要有文化。"

"你这人说话怎么一点儿正形都没有？明明是好话，到了你嘴里就变了味儿。

我问你，你对法国大革命有什么看法？”

郑桐说：“总的感觉是似曾相识，有点儿像咱们的‘文化大革命’，旧贵族被送上断头台，新贵族的处境也不怎么样，往往是屁股没坐稳又被别人送上断头台，乱哄哄你方唱罢我登场。我本以为拿破仑是最大的赢家，后来才发现，他轰轰烈烈地把欧洲折腾个天翻地覆，到头来也是折戟沉沙，败得很惨。”

蒋碧云惊奇地说：“你说得不错，我发现你很有头脑嘛，你和钟跃民都不是等闲之辈，干吗老故意装出一副流氓相儿？”

“嗨，‘文革’以前，我们当好孩子当烦了，在家听父母的，在学校听老师的，没意思透了。可是，当好孩子也没当出好来，最后倒当上了‘狗崽子’，我们哥儿几个一琢磨，不对呀，当好孩子太吃亏了，不如当流氓去。就这样，哥儿几个一怒之下投奔了流氓团伙。”

蒋碧云笑了。

郑桐合上书说：“不看了，咱们聊聊天，蒋碧云，现在你是不是对我们流氓有了新的认识，觉得流氓还是挺可爱的？”

蒋碧云笑着说：“别臭美了，你们算什么流氓？不过是群一肚子坏水的浑小子罢了。”

“我看得出来，你在学校时肯定是个好学生，对不对？”

“那当然，我还是少先队的大队长呢，功课门门都是优。”

“那么你当大队长时，对班里落后的同学是怎么帮助的？”

“我们班干部都做了分工，一人负责一个落后的同学，一包到底，帮助他进步。”

郑桐觍着脸道：“那太好了，我误入歧途当了流氓，现在痛定思痛，想浪子回头了，可实在是没有决心学好，你也帮助帮助我吧，也来个一包到底，怎么样？”

蒋碧云警惕地问：“你是什么意思？”

“现在不是讲究一帮一一对红吗，咱俩配一对，红他一辈子怎么样？”

蒋碧云怒道：“郑桐，怎么说着说着你那流氓劲儿又上来了？不要脸。”

“蒋碧云同志，你不要往歪处想，就算我一时糊涂当了流氓，可党和人民也不能抛弃我呀，总应该给我改邪归正的机会吧？你这个少先队大队长不能见死不救，眼看着我身陷流氓团伙难以自拔，你为什么就不能伸出友爱的双手，拉我一把呢？就算把自己搭进去了，那也是为革命做出的牺牲嘛。”

蒋碧云沉下脸，扭头就走。

郑桐在她身后喊：“蒋碧云同志，你别走，救救我吧，我需要你的帮助……”

钟跃民爬上村后的断崖，目不转睛地盯着对面的山坡，他的脚下是一条深深的沟谷，对面的山坡近在咫尺。这个地点还是李奎勇告诉他的，这个断崖距离对面山坡只有三十多米，是这条沟的最窄处。

钟跃民的脸上忽然露出兴奋的表情，他猛地站起来向对面看，对面山坡上空无一人。

一阵歌声隐隐传来，若有若无，余音袅袅，由远及近，围着一条红围巾的秦岭出现在对面的山坡上。

钟跃民高喊道："秦岭，你迟到了半个小时。"

秦岭笑道："观众就得等演员，要不你来当演员？"

钟跃民说："喂，咱们开始吧，我在听你唱。"

秦岭的歌声飞过沟壑——

三十里的名山呀，
二十里的那个水，
单想住这那个娘家，
我不想回。
住一回这娘家呀，
我上一回天。
回一回这婆家呀，
我坐一回监。
…………

秦岭唱得忘情，钟跃民也听得发呆。

秦岭的声音远远传来："钟跃民，你在想什么？"

"我在想你，秦岭，究竟什么样的男人才能消受你？"

秦岭开玩笑："能经天纬地，又富甲一方。"

钟跃民拍拍头上的帽子说："我什么也没有，只是……你看见这顶帽子了吗？"

"看见了，不过是一顶破帽子。"

"可这破帽子底下是一颗装满智慧的头颅。"

秦岭大笑："谁敢保证里面装的不是稻草。"

"秦岭，你应该是个识货的人，我绝不会低估你的智力。"

"你的意思是，谁要是对你的存在视而不见，谁就是个蠢货？"

"当然，没有人能对突然发现的宝藏还保持一种平和心态，要发财了，谁不激动呢？"

"呸！不害臊，真没看出来，你还挺无赖的。"

"别不好意思，其实你心里挺愿意的，我知道。"

"何以见得？"

"高山流水，知音难觅。还有，请你回去查一查成语词典……"

"查什么？"

"查一查'失之交臂'……"

"我听不懂。"

"秦岭，我想告诉你一句话。"

"我听着呢。"

"我喜欢你，你呢，喜欢我吗？"

秦岭回答："跃民，我不讨厌你。"

钟跃民说："你没回答我的问题。"

"这个问题不好回答，因为我也不知道。"

"那好，我有足够的耐心等着你喜欢我。"

"这么自信，我要是喜欢上别人了呢？"

钟跃民笑笑说："那么我就等等，等你烦他了，再来喜欢我。我向你保证，你早晚是我的。"

"那么就走着看吧，反正我什么也没有答应你。"

钟跃民说："秦岭，在你之前，我有个女朋友，她在部队当兵，我已经和她断了……"

秦岭把一根指头放在嘴唇上："嘘……不要说你以前的事，我没有兴趣，因为这不关我的事。"

"你好像什么都不关心，比如前途、命运和爱情，你究竟关心什么？"

"我妈妈对我说过，生活中过程永远比结果重要。"

"可我却很看重结果。"

秦岭嫣然一笑，说："你可能并不了解自己，也许你是个游戏人生的人，既然玩游戏，又何必在乎结果，游戏的乐趣不都在过程中吗？"

钟跃民说："秦岭，你怎么像个哲学家？女孩子别把自己搞得太深奥，这样可嫁不出去。"

秦岭反问道："跃民，你是不是很寂寞？"

"是的，在这穷乡僻壤，难道你不寂寞？"

"这就对了，因为你寂寞，所以才喜欢我，喜欢难道不是一种过程？如果你看重结果，就该娶我，过日子，生孩子，这才是结果，你觉得有意思吗？"

钟跃民想了想说："我没想这么远，如果现在就让我娶妻生子，我恐怕不会觉得有意思。"

"那么你承认过程比结果重要了？"

"你说得有道理。"

秦岭正色道："跃民，你听好，我愿意做你的女朋友，因为你寂寞，我也寂寞。如果将来有一天，你我的生活发生了变化，有了更精彩的内容，我会为你祝福，然后说声再见。希望你也能像我一样，让咱们都保持着'在路上'的感觉。"

"这……我很难回答。说实话，我从来没见过像你这样的女孩子，很奇特，也很理智。但我要问你，如果若干年后，你我又重逢了呢？"

秦岭笑了："到那时，如果我的身边没有更精彩的男人，那么你仍然是个合适的人选。当然，这只是我的想法。"

钟跃民仰天大笑道："秦岭，这场游戏肯定很有意思。"

秦岭幽幽地说："也可能是个很伤感的故事。"

钟跃民建议道："那么咱们就一起往下编，闹不好能编出一部名著来，好不好？"

秦岭静静地望着对面山梁上的钟跃民，沉默了……

钟跃民坐在男宿舍的土炕上，拿着一条破裤子仔细数着上面的窟窿，他把手指从屁股部位的两个洞探出，正抓耳挠腮地想办法。

郑桐推门进来。

钟跃民说："哎，郑桐，把你的伤湿止疼膏拿出来，我要用。"

郑桐马上明白了他的企图："你想补裤子？不行，挺好的东西不能让你糟蹋了，再说我也没几贴啦。"

"我这裤子都露屁股啦，就剩这一条了，总不能让我露着屁股出门吧？"

"你就露着吧，没人注意你的屁股。"

"别废话，快拿出来。"

郑桐无可奈何地说："我拿出来也不够用，你那裤子上有多少窟窿？干脆把我那件上衣铰了做补丁吧。"

"那不是还得缝吗？不如粘上去省事。"

郑桐说："有了，蒋碧云那儿有胶水，咱把补丁粘上不就行了。"

"好主意，你去蒋碧云那儿借胶水。"

"你别什么事都支使我，要去你自己去。"

钟跃民一瞪眼道："你没看见我坐在炕上吗？我只穿着条裤衩，我要还有裤子用得着这么急吗？"

郑桐无奈地去女宿舍找蒋碧云，蒋碧云正在看书，她听说钟跃民要用胶水粘补丁感到匪夷所思。郑桐解释说钟跃民唯一的一条裤子露了腚，坐在炕上不敢出门。

蒋碧云奇怪地问："他怎么搞的，怎么只有一条裤子？"

郑桐说："他原先有3条裤子，后来用两条裤子和村里的张宝财换了一条狗，我们把狗吃了。"

"真是胡闹，为了口吃的，连裤子都没的穿了。你的裤子呢，怎么不给钟跃民一条？"

郑桐很不好意思："我的裤子也就这一条了，上次和村里的二喜用3条裤子换了一只鸡，钟跃民还骂了我一顿，说我不会做买卖，他两条裤子就换了一条狗，狗比鸡禁吃得多……"

蒋碧云叹了口气说："你把钟跃民的裤子拿来吧，我来补，你们谁想出的馊主意，拿胶水粘补丁？"

郑桐跑回男宿舍来告诉钟跃民："把裤子给我，蒋碧云要给你补。"

钟跃民迟疑地说："这不合适吧？蒋碧云是你的主攻目标，我插这么一杠子多不仗义。"

郑桐无精打采地说："算了吧，我试过几次，没戏，碰了一鼻子灰，这妞儿整个儿是油盐不进。"

"那恐怕是你又跟人家耍贫嘴了吧？你这方法不行，得拿出点真诚来，光练嘴哪里成。"

郑桐说："我他妈累啦，从此以后不动邪念了。"

"别灰心，我帮你想想办法。"

"你……你能想出什么招儿来？"

"这你就别管了，现在，把裤子送过去，下面的事看我的。"

这两天又轮到蒋碧云做饭，她把笼屉放在蒸锅上，然后坐在灶前往灶洞里塞柴火。

钟跃民穿着补好的裤子走进伙房："蒋碧云，我是来向你道谢的，幸亏你帮忙，不然我就没法出门了。"

蒋碧云说："别客气，互相帮点儿忙算什么，你们以后少干点荒唐事就行了，别为了两口吃的弄得连裤子都没有。"

钟跃民诚恳地说："是啊，这些天我们深刻地反省了自己，都觉得这么混下去不是办法，那叫颓废。年轻人还是得有点儿抱负，要抓紧时间学点东西，将来干一番事业。"

蒋碧云惊奇地看着钟跃民说："哟，这话可不像是从你嘴里说出来的，什么时候学得这么正经了，你们不想当流氓了？"

钟跃民显得很羞涩："改邪归正了，从此洗心革面，做个对社会有用的人。我向你透露一个秘密，你可要保密啊。"

"你说吧，我保密。"

"我们成立了一个学习小组，大伙拜郑桐为师，每天给我们讲段历史。"

蒋碧云不相信地问："郑桐，他能讲历史？不会吧？他除了瞎贫，还能干什么？"

"这是你不了解他，他可是知识分子出身，从小学习就是尖子，学问大啦，他一给我们讲课，我们就都听傻了。"

蒋碧云笑了："你就替他吹吧，我就不相信郑桐有什么学问。"

"你要不信，可以去听听，不过这家伙有点深藏不露，不大喜欢卖弄，你要在一旁听，他可能就不讲。这样吧，晚上等我们熄了灯，你可以在门外听听，我们的学习小组都是睡觉前开课，你可千万别告诉别人，把我给卖了。"

蒋碧云半信半疑："好，我去听听，看看这家伙能讲出什么来。"

郑桐挑着水桶从井台上回来。钟跃民把他堵在知青点的院门口："过来，我有事要和你说。"

郑桐说："你找我没好事，快说，今天轮到我挑水，还差两趟呢。"

"赶快回去，把咱那本《中国通史》看一章，我那天和你定的计划，今晚开始实行。"

"我操，你还真打算让我冒充老师？我还以为说说就算了，那本《中国通史》我根本没看，讲什么呀？"

"咱们不是聊过'文景之治'吗？今天就讲西汉，你先回去复习一下，到时候我配合你，总之，我们的问题提得越无知，越显出你有学问。"

"那么我回去看看书，你帮我把水缸挑满。"

钟跃民不情愿地接过水桶骂道："你小子还真拿起老师架子来啦？我他妈管出主意，还得管挑水？"

蒋碧云听了钟跃民的一番忏悔，实在是弄不清他是真的还是假的，到了晚上，她决定去听听郑桐讲课。

蒋碧云悄悄走到男宿舍门外，仔细倾听着里面的谈话。

郑桐的声音很大："刚才我给你们讲的这段历史叫'文景之治'，按照史学家的观点，‘文景之治’是中国封建社会出现的第一个太平盛世，由于皇帝采用了休养生息、减轻徭赋的国策，所以国力迅速强盛……”

钟跃民问：“老师，我可以提个问题吗？”

郑桐谦虚地说：“别叫我老师，咱们共同探讨问题嘛。”

“老师，大伙不是早商量好了吗，上课的时候必须称老师，咱们既然学文化，就得讲点师道尊严。”

男知青们附和着：“郑老师，你就别谦虚了。”

“谁有知识谁就是老师。”

钟跃民说：“老师，我的问题是，到底是唐朝在先还是汉朝在先？”

“哎呀，钟跃民，你简直太无知了，西汉刘邦建朝在公元前202年，唐朝建朝是公元618年，这中间差着800多年，你说哪个在先哪个在后？”

“老师，那三国呢，三国总该在汉朝之前吧？刘备姓刘，刘邦也姓刘，他俩是什么关系？刘邦是刘备的儿子吗？”

郑桐恨铁不成钢地教训道：“钟跃民呀，你除了会打架、拍婆子还会什么？怎么历史知识这样贫乏？提的问题简直可笑，三国时期是东汉以后，和刘邦建西汉差着将近400年，你怎么整个一文盲的水平？”

钟跃民惭愧地说：“是呀，自从1966年开始，我就再也没看过书，字都忘得差不多了，就更别说历史了，真他妈丢份儿。”

郑桐语重心长地说：“我早就看清这路子了，文化知识到什么时候都有用，人不能糊里糊涂地活着，你们看看钟跃民，小伙子往那儿一站，也算是仪表堂堂吧，可相貌好有什么用？还不是一脑袋糨糊？说句不好听的，照这么下去，将来连个老婆都找不着，谁要你这个文盲？”

蒋碧云捂住嘴偷偷地笑了，她转身离去。

曹刚是负责对外观察的，他马上报告：“跃民，她走了。”

钟跃民如释重负：“走啦？下课，下课。郑桐，你小子还真端起老师的架子来啦，还真把我们当文盲啦，你他妈找抽呢是不是？”

郑桐说：“哥儿几个，我还真讲上瘾了，肚子里的货还没倒空呢，我给你们讲完好不好？”

钟跃民不耐烦地说：“去去去，找个凉快地儿待会儿去，哥儿几个要睡觉了，没工夫听你闲扯淡。”

陕北的农村基本没有时间概念，人们的一切作息都根据天色安排，真正是日出而作，日落而息。村子里每天最热闹的时候是晚饭前后，劳作了一天的村民都端着碗走出自家窑洞，三三两两地蹲在一起，一边喝粥一边扯着家长里短。

钟跃民也经常端着碗和村民蹲在一起闲扯，他发现自己和农民之间根本找不到共同的话题。农民们喜欢谈论村里的新闻，在钟跃民看来，这些新闻很乏味，无非是李家的汉子睡了张家的婆姨，王家的两兄弟和一个常家的寡妇明铺暗盖，而那寡妇的孩子长得又像村里一个姓赵的光棍儿。

村民大多是文盲，村里学历最高的是现任会计张金锁，他是高小毕业，几年前是村里民办小学的校长兼教师，村里略识几个字的人都曾经是他的学生。后来学校终于办不下去了，因为村里无力再供养民办教师。一个壮劳力的工分每天才合5分钱，哪养得起闲人，村民坚持认为民办教师是闲人，娃们认识锄把子就行了，认字有什么用？村支书常贵认为，张金锁既然是“知识分子”，就该给他出路，学校不办了，于是让他改行当了会计，这体现了党的知识分子政策。

钟跃民惊讶地发现，在如此贫困恶劣的生存状态下，村民却很少愁眉苦脸，他们始终很乐观，他们最喜欢谈论的话题是饮食、男女。在饮食方面，由于他们没见过更好的食品，所以坚持认为酸汤饺子和油泼辣子是天下最鲜美的食品。如果有人提出世上还有很多更好吃的东西，那大家会一致认为此人太没见过世面，这驴日的八成是没吃过酸汤饺子，所以才在这儿胡咧咧。

除了谈论吃，余下的话题自然是男女之事了。谈论这类话题时，大家往往很兴奋，气氛也很热烈，真正是畅所欲言，很有民主意味。有一次村里的常守财从县城走亲戚回来，带回一张宣传画，上面是毛主席身穿绿军装在招手，老人家站在一圈儿类似佛光的光环里，光环下面是一群穿着各种稀奇古怪服装、不同肤色的外国人，他们人手一本红宝书在欢呼着什么，光环上面是一行字：毛主席是世界人民心中的红太阳。

村民第一次知道了世上还有黑人和白人，这大大超出了他们的想象。大家展开了热烈的讨论，题目是“白人和黑人交配，生出的娃应该是什么色儿”。这个问题讨论了几天，最后支书常贵一锤定音：“是黑白花的。”其理论根据是黑猪和白猪交配，生出的猪娃子就是花花的。村民都说，到底是支书，见多识广有学问。

只有前民办教师张金锁嗤之以鼻，他说：“你拿一桶白灰浆和一桶墨汁兑在一起搅匀了，就是那种色儿。”

村民对此半信半疑。有人特地去问郑桐，因为他戴着眼镜，显得很有学问，郑桐却极不负责任地信口蒙人：“脑袋和身子是黑的，手脚是白的。”村民认为这个结论很有道理，因为有一种马就是这样，浑身都是黑的，唯独四个蹄子是雪白的，这叫“四蹄踏雪”。

知青来了以后，村民都对知青有了一种固定的看法。他们认为知青们在北京都住在皇上的金銮殿里，每顿饭都吃饺子，钱多得花不完，以致箱子里的钞票都长了毛，还经常劝钟跃民趁农闲时回去看看，顺便把长了毛的票子摊开晒一晒。钟跃民解释说，自己连见也没见过这么多票子，在北京也是吃了上顿没下顿。村民根本不信，反而认为他不实在，是怕人向他借钱。村里唯一出过远门的人是张金锁，他在很多年以前去过省城西安。据他说，省城的人每天吃的不是酸汤饺子就是羊肉泡馍，省城尚且如此，更何况是北京了。钟跃民有口难辩，只好默认了自己有一箱长了毛的票子。

村民的时间表很准，只要天一黑，马上上炕睡觉。村里没有通电，又没几户人买得起煤油点灯，再说点灯也毫无意义，庄稼人不读书看报，点灯干什么？这时的石川村变得静悄悄的，除了几声狗叫，几乎听不到任何声音。

精力旺盛的汉子们睡不着觉，便和婆姨们没完没了地折腾，不折腾个筋疲力尽不算完。村里的出生率一直居高不下，便是这个原因。很多孩子都是因为父母无聊才来到这个世界上的。

知青们也同样点不起油灯，郑桐的手电筒只剩下两节电池了，平时轻易不敢用，天一黑知青们就只好躺在炕上聊天，时间长了，该聊的都聊完了，谁也想不出什么新鲜的话题，大家只好睁着眼睛想心事，经常是两三个小时都没人吭一声。往往到了半夜，某个人起来解手，这时所有人都爬起来了，大家才发现谁也没有睡着。

从白店村回来以后，钟跃民也有了心事，他躺在炕上，两眼直直地望着黑暗中的窑顶。秦岭的影子总在他眼前晃，简直挥之不去，他有一种感觉，这个女孩子和他之间早晚会发生点儿故事。秦岭的身上有某种东西在吸引他，不仅仅因为她有一副唱民歌的好嗓子，也不仅仅是因为秦岭漂亮的容貌，总之，钟跃民喜欢这个女孩子。

钟跃民对女人的相貌是很挑剔的，他的母亲就很漂亮，难怪他老爹在母亲去世后鳏居多年。钟跃民认为父亲是找不到合适的人选，母亲年轻时的风采把老爹的品位给吊高了。当然，周晓白也很漂亮，要不是因为她漂亮，钟跃民才懒得在冰场上向她献殷勤。平心而论，那不过是钟跃民的一种虚荣心，因为在冰场上带个漂亮的女朋友还是挺露脸的，可要是正经八百地谈恋爱，就有点儿可笑了，钟跃民还没玩够呢，他可不想让哪个妞儿把自己拴住。老人家说得好，世界上怕就怕“认真”二字。周晓白一认真，钟跃民就有点儿怕了。他愤愤地想，如今的小妞儿们怎么都这样，要不就把你当成流氓不搭理你，要不就不由分说哭着喊着非把这辈子交给你，太极端了，弄得男人们简直没有安全感。

此时周晓白的面容在黑暗中浮现，真有点儿雾里看花的感觉，她的身影在雾中时隐时现。钟跃民承认自己还是挺喜欢她的，问题是周晓白离他实在太远了，他根本够不着，既然命运把他抛在这穷乡僻壤，他就该认命。

钟跃民琢磨，要是他写信告诉周晓白，装作很高尚地提出分手，理由是两人的地位太悬殊，他不愿耽误对方的前途，这样恐怕显得太虚伪，肯定会招骂，人家都没嫌你，你自己装什么孙子？不如老老实实承认自己爱上了别人，如此一来，性质便发生了变化，不是怕钟跃民耽误了周晓白的前途，而是怕周晓白耽误了钟跃民的前途。钟跃民深知恋爱中的女人往往都有些献身精神，譬如你得了绝症，于是很高尚地向恋人提出分手，理由是不愿意耽误了她，那你放心，她非哭着喊着和你终身相伴不可，你等于给她提供了一个表现高尚情操的机会。与其如此，不如反其道而行之，钟跃民要明白地告诉周晓白，希望她不要耽误了钟跃民的美好前途，这样效果可能会好一些。至于周晓白会怎么想，钟跃民认为不是什么问题。这好比中国古典小说里富家小姐爱上穷书生一样，穷书生拒绝了富家小姐的爱情，形象会更高大，这叫富贵不能淫，人穷志不穷。

钟跃民突然想起前几天收到周晓白寄来的20元汇款，不禁有些恐慌起来，他决定还是早些向周晓白讲明了好，时间拖得越长越麻烦，吃人的嘴短，他搭不起这份人情，再有那么几次汇款，他就被套住了，不然就有骗子之嫌。其实那笔钱被郑桐买了猪肉，知青们改善了几天伙食，大伙吃了喝了，这人情债却要钟跃民一个人来还，凭什么？他就是再有献身精神也不干，没这么个献身法儿。

钟跃民翻身起来找出纸笔，准备给周晓白写信。郑桐也没睡着，见钟跃民又在使他的手电筒，便不满地嘲讽道："又准备给哪个妞儿写信啊？可别把信放错了信封。"

钟跃民踹了他一脚说："都怨你这孙子……"他话没说完，就听见有人在砸门，钟跃民没好气地喊，"谁呀，轻点儿砸行不行？"

门外传来羊倌杜老汉的声音："跃民，跃民，快救救憨娃，憨娃病啦……"

钟跃民和郑桐一听就蹦了起来，两人穿上衣服冲出窑洞，见杜老汉站在院子里浑身哆嗦，说话也语无伦次："跃民，憨娃在炕上疼得打滚，说是肚子疼，这可咋办呢？你们知青有学问，帮我拿拿主意。"

钟跃民让郑桐去通知常贵，自己跟杜老汉去看憨娃，他一进杜家窑洞就看见憨娃哀号着在土炕上打滚，孩子的脸色煞白，脸上全是汗。钟跃民慌得抱住憨娃连声喊："憨娃，你睁眼看看，我是你跃民哥。"

憨娃睁开眼，声音很微弱："跃民哥，我肚子疼，疼死我了……"

钟跃民给他擦着汗说："憨娃，你再忍一会儿，我马上送你去医院。"

郑桐带着常贵和村里的赤脚医生常发匆匆赶来。常发是常贵的本家侄子，曾在县里办的医疗短训班学习过两个月，回村就成了赤脚医生。据说他的医疗箱里只有3种药品：碘酒、红汞药水和止痛片。他只会摆弄这3样东西，别的什么也不会。有一次村里的母猪生崽，常发也真事儿似的背着药箱赶去了，当时母猪已经生完了猪崽正在休息，常发愣说怕母猪感染，硬是用碘酒对付母猪的屁股，母猪没命地嚎叫起来，村民都以为是在杀猪，常发用完了碘酒还意犹未尽，临走又用红汞药水把母猪的屁股染得红艳艳的。

常发进了窑洞先给憨娃吃了两片止痛片，然后就搓着手不知该干点儿什么了。

钟跃民怒道："常发，你倒是看看这孩子得的是什么病啊。"

常发蹲在地上说："我也不知道，可能是受了凉吧。"

钟跃民破口大骂："放屁，受凉会疼成这样？你是他妈什么狗屁医生？"

常贵忙打圆场："跃民，村里的大车昨天到县里拉肥去了，要去看病只能找人抬了，公社卫生院离咱村有30多里，现在黑灯瞎火的没法走，要不明早再去？让憨娃再忍一宿。"

钟跃民气急败坏地站起来说："人命关天的事，还等得到明天早上？现在就走，背也要把孩子背到卫生院，常支书，我和郑桐先走，你再找几个人去追我们。"

钟跃民顾不上回去穿衣服，背起憨娃就走，郑桐打着手电筒追了上去。

钟跃民和郑桐算是领教了在漆黑一团的旷野里走夜路的滋味，郑桐手电筒里的电池已经快耗尽了，手电筒的光线越来越微弱，两人轮换着背憨娃，都累得上气不接下气。郑桐一不留神，一头栽进了路旁的土沟，眼镜也摔掉了，他摸索了半天才摸到眼镜，骂骂咧咧地追上钟跃民。

憨娃的脑袋搭在钟跃民的肩上，随着他的身体无力地晃动着。钟跃民安慰着："憨娃，你觉得咋样？再忍会儿，咱到了公社就好了。"

憨娃的声音断断续续："跃民哥，我告诉你一件事……你可千万别告诉别人……我又找着两个老鼠洞……在咱村的后沟里，等我病好了……就去挖……要是抓住老鼠……我还给你烧肉吃……"

钟跃民听得心酸不已："憨娃，等你病好了，我和你一起去，上次你烧的肉真好吃……"

郑桐在一边听得也受不了了，他破口大骂起来："我操他妈的，这是什么鬼地方？看个病还得连夜走几十里，这不是耽误事儿吗，农民的命就这么贱？我操……"

憨娃似乎在说梦话："跃民哥，你吃过酸汤饺子吗？"

"没吃过，北京好像没有。"

憨娃说："我也没吃过，我爷爷吃过，他说可好吃了，比烧肉还好吃……"

钟跃民努力忍住泪说："憨娃，哥向你保证，等你病好了，哥带你到县城去吃酸汤饺子，咱敞开肚子吃。"

憨娃的声音越来越微弱："我尝一口就行，咱没钱呀……"

钟跃民说："谁说咱没钱？咱有的是钱，你放心，哥保证让你吃够了。"

憨娃说："跃民哥，我肚子不疼了，就是困，我要睡觉了……"

钟跃民说："你睡吧，等到了公社，哥再叫你。"

这时杜老汉和村里的几个小伙子追了上来，有人替换了钟跃民。

钟跃民安慰杜老汉说："憨娃说他好多了，肚子也不疼了，现在让他睡一会儿。"

杜老汉说："娃的肚子要是不疼了，那么咱就回去吧，去公社卫生院看病要花钱哩。"

郑桐怒道："你这老头儿真够呛，这孩子是不是你孙子，是捡来的？你以为肚子不疼了就没事了，都走到这儿了，你又怕花钱，我真怀疑这孩子是你拐来的。"

杜老汉小声说："咱不是没钱吗？"

钟跃民说："没钱也得看病，卫生院要敢不给咱治，我就带人砸了它。"

30多里的夜路，他们走了4个多小时，等赶到公社卫生院时，东方已经出现了鱼肚白。

钟跃民疲惫不堪地把憨娃抱进急诊室，值班医生还在值班室里睡觉，大家上去敲门，医生披着衣服出来没好气地呵斥道："有这样砸门的吗？就像抄家似的。"

钟跃民一瞪眼："哪儿这么多废话？赶快给孩子检查。"

医生一听口音就知道碰见插队知青了，他知道这些人不好惹，马上闭了嘴开始做检查。他刚把听诊器放在憨娃的胸口上，突然像被火烫了一样缩回手，他抬头问道："这孩子已经死了，你们怎么才送来？"

钟跃民顿时如遭雷击，他没有心理准备，怎么也不能相信，一条鲜活的生命就这样突然消失了。两个小时之前，憨娃还告诉他老鼠洞的秘密，这孩子生怕别人知道捷足先登，他只把秘密告诉了他最信任的人。可就一转眼，这孩子就永远地走了，生命竟是如此脆弱，和死亡只是咫尺之遥。

杜老汉神色木然地蹲在地上，脸上竟没有一滴眼泪，也许他对生活中的苦难已经习惯了。

可钟跃民却受不了了，他无法想象，生活竟然还有如此残酷的一面，他一把抱起憨娃的尸体禁不住号啕大哭……

憨娃死于急性阑尾炎，如果治疗及时，他本不该死。钟跃民忘不了这个孩子，也忘不了那被烧得黑乎乎的老鼠肉。

周晓白很长时间没有收到钟跃民的信了，她心里不时地感到一阵烦躁，什么都干不下去。前几天她看护一个重病号，吊瓶里的药液已经滴光了，病人出现了回血，她盯着吊瓶却视而不见，要不是别人发现了情况，那天非出事故不可。她很想找人倾诉一下，不然自己会发疯的。在这个医院里，能和她交流内心秘密的只有罗芸一个，她打算去药剂室找罗芸聊聊天。可当她看到罗芸时，马上就打消了这个念头，因为罗芸这些日子突然变得容光焕发，似乎沉浸在幸福之中。

罗芸伏在桌上写着什么，见周晓白推门进来，她慌乱地把信纸藏到抽屉里。

周晓白伸出手："干吗鬼鬼祟祟的，你心里有鬼，老老实实给我拿出来，我要检查检查。"

罗芸不好意思地说："别看，我写思想汇报呢。"

"撒谎，写思想汇报你藏什么，我发现你最近一到星期天就请假，行踪诡秘。你给我坦白交代，党的政策你是知道的。"

罗芸向门外看看说："嘘，小声点儿，你想要我命呀，让教导员知道了还了得。我坦白，我写情书呢，行了吧。"

"这不就得了，你不用说，我知道是谁了。"

罗芸笑了："我知道瞒不过你，你这个人鬼精鬼精的。"

周晓白说："上次有人把袁军诓来我就明白了，真没看出来，你还真是诡计多端，谁教你的？"

罗芸马上倒打一耙："你呀，要不是你先和钟跃民这些坏小子混到一起，我怎么会被拉下水，都是和你学的。"

"你接着往下交代，你们到什么程度了？"

"一般接触呗。"

"我不信，我问你，接吻了没有，谁先主动的？"

罗芸的脸红了："晓白，你胡说什么呢。"

周晓白不依不饶地追问："哟，还知道害臊呢，做都做了，还有什么不敢承认的？"

"我做什么了？你少诈我，你和钟跃民接过吻吗？"

周晓白大大方方地说："想知道吗？我告诉你，我认识他不到一个月就接吻了，为我爱的人，我什么都愿意做。我才不像某些人似的，做都做了，还不敢承认，哼，假正经。"

罗芸跳起来向周晓白冲去："你给我闭嘴，不知害臊的家伙……"

袁军对自己的魅力从不抱任何幻想，他长这么大还没和哪个女孩子交过朋友，虽然在街头追逐过女孩子，但多半儿是出于起哄，也从来没成功过，上次甚至被抓进了派出所，现在想起来都觉得寃得慌。钟跃民曾经刻薄地评论过袁军：“如果哪天事情倒过来了，那肯定有热闹看。譬如袁军在大街上碰见一个妞儿嬉皮笑脸地凑上来调戏他，你们猜袁军会怎么样？这小子八成是当场被吓得尿裤子，他哪受过这种刺激？”此话虽刻薄，但基本上是事实，袁军的确不擅此道。那天罗芸委婉地向他表达了爱意，他一时没反应过来，等他闹明白了是怎么回事以后，还真有点儿天上掉馅饼的感觉。他弄不清罗芸为什么会看上自己，他把自己身上的全部优点都拿出来分析了一番，还是感到缺乏底气。

袁军认为罗芸的相貌虽然比不上周晓白，但也属于中等偏上水平，既然是自己撞上门来的，他便没有理由拒绝。军营生活如此枯燥，有个女朋友当然也不错，至于以后会怎么样，他连想都不去想，未来的事太遥远了。

袁军和罗芸相处的时候，总是很被动，他不知不觉地受到罗芸的控制。连队的训练任务很重，有时还要参加助民劳动，根本不能保证每个星期天都能放假。但罗芸在医院里的空余时间却很充足，她要求袁军最好每个星期天都来和她见上一面，当袁军感到为难时，她又不失时机地点拨他打着父亲老战友的旗号，以各种理由向连里请假，反正军部司政后机关里到处是袁北光的老战友。袁军每次去军部大院都要拜见一位首长，说是父亲来信要他登门问候一下叔叔阿姨，首长和夫人自然很高兴，拉住袁军问寒问暖，很是亲热，这时袁军就开始提要求了，说连队里总是不太相信他的话，请假时指导员要再三盘问，为了使连里放心，还要麻烦叔叔给他们指导员打个电话证实一下。军里的首长哪里认识一个连队指导员，他们往往一个电话就打到坦克团的团长或政委那里，说你们团的袁军在我家里，我替他请个假。团长和政委哪敢说半个不字，只有唯唯诺诺的份儿。袁军见目的已达到，便起身告辞，声称还要去看别的叔叔阿姨，等他出了门就一溜烟儿地窜到了公共汽车站，那是他和罗芸约好的地点。他们每次约会都选在城里的电影院，那里遇见熟人的概率不大。

周晓白终于盼到了钟跃民的来信，她兴奋得难以自抑，揣起信就跑，一直跑到医院疗养区的花园里，才坐在长椅上拆开钟跃民的信。

钟跃民的信不长，只有薄薄的一页信纸，周晓白还没来得及看就已经很不满了，这个人也太惜墨如金了，好不容易写封信，就这么一张纸。不过尽管信很短，周晓白也很知足了，这证明钟跃民还想着她。

谁知她刚看了两行，笑容就僵在了脸上……

晓白：

实在对不起，我只想告诉你，不要再等我了。其实，从你入伍的那天起，你我的命运就发生了变化。我知道，我们早晚会有分手的那一天，我想，长痛不如短痛，好在时间还不长。我不想瞒你，我爱上了别人。你知道，陕北的生活很苦，我们粮食很少，整天都在为吃饭而操心，严酷的现实使我变成了一个现实主义者，我希望有人能和我相依为命，在精神上互相支撑……

周晓白的眼泪一滴滴地落在信纸上，她感到太突然了，自己根本没有一点儿心理准备。

我不想说什么怕耽误你的话，因为那是很虚伪的，实际上，我是怕你耽误了我。在这贫瘠的黄土高原上，人们似乎看不到什么前途，对于未来我从不做什么设想，能吃饱肚子，才是我眼前最大的心愿。一个没有未来的人，你很难想象他会忠实于爱情，这是我给你的最后一封信，请忘了我吧，对不起，再一次向你说对不起。

周晓白猛地仰起脸，泪流满面地大叫一声："钟跃民，你这个浑蛋……"她用双手捂住脸，毫无顾忌地号啕大哭起来。

罗芸知道这件事的时候，周晓白正在女兵宿舍里收拾衣物，她把一些物品胡乱地塞进手提箱里，拼命地往下按箱子盖。明明是东西太多，箱子盖不上，她却视而不见，狠狠地和手提箱较劲。

罗芸匆匆推门进来："晓白，你要干什么？"

周晓白狠命地压着箱子说："我要去陕北，我要当面去问问他，他不能这样不负责任。"

罗芸说："你疯了？领导不会批你假。"

周晓白任性地说："不批假我也要走。"

"你这是开小差，是逃兵，你考虑到后果了吗？"

周晓白猛地把一身军装扔到墙角喊道："我要求复员总可以吧，这兵我不当了还不行？"

罗芸急了，她不顾一切地抢过衣箱大喊："晓白，你冷静点儿，为一个钟跃民不值得，你会毁了自己，千万别这样，我求你啦。"

周晓白呆呆地望着罗芸，突然身子软下来，罗芸一把抱住她。

周晓白凄厉地叫着："罗芸，他为什么这样对我？我第一次爱上一个人，就是这个结果，我受不了，我受不了啊……"她顷刻间泪飞如雨，失声痛哭。

罗芸把钟跃民的恶劣行径告诉袁军时，袁军却一声不吭，罗芸大为恼火。

那是在一条小河边，河两岸林木掩映，坡岸上绿草如茵，浓荫蔽日，这也是他们经常幽会的地方。

袁军和罗芸身穿便衣斜躺在坡岸上，袁军头枕双手，眼睛望着天空。

罗芸把头倚在袁军的肘弯里说："你该给钟跃民这浑蛋写封信，好好骂他一顿，太坑人了。"

"我凭什么骂他，我们是哥们儿。"

罗芸坐了起来："哼，你看看你的哥们儿都是些什么人？你们男人就没一个好东西。"

"是呀，天下的女人都瞎了眼，明知山有虎，偏向虎山行。你们女人应该联合起来，谁也别搭理男人，这样就没这么多悲欢离合的故事了。"

罗芸怒气冲冲地看着袁军："出了这么大的事，你怎么好像无所谓似的？"

袁军若无其事地说："这算什么大事？天又没塌下来，钟跃民又不是世界上唯一的男人，让周晓白缓缓气儿，过些日子再找一个就是了。"

罗芸一听这话便气得要命："你说得轻巧，感情是能随便伤害的吗？一个女人要是感情上受到伤害，恐怕一辈子都缓不过来。"

"没那么严重吧，我听说初恋的成功率还不到5%，这很正常，人总不能在一棵树上吊死。"

"袁军，我看你也不是什么好东西，这是你的心里话吧？"

"你看，你看，我说你哪儿来这么大的义愤呀，物伤其类，把自己也搁进去了。要是看电影，你看着看着动了感情，把自己也投入了，这就麻烦了。比如说，看见黄世仁侮辱喜儿，于是你就把自己当成了喜儿……"

罗芸狠狠拧了袁军一把："少跟我臭贫，以后你要是敢对不起我，看我不杀了你。"

袁军看了罗芸一眼，大发感慨道："你们女人一到这会儿就露出了狰狞面目，让人不寒而栗。"

"你知道就好。"

袁军问："周晓白最近怎么样？"

罗芸说："大病了一场，发烧到40摄氏度，要不是因为病倒了，她真敢开小差跑到陕北去，她心里还是放不下钟跃民。”

袁军由衷地叹道：“谈恋爱真是件累活儿，我算明白了，女人是不能轻易招惹的。”

罗芸说：“你能有这种认识，说明你的头脑还算清醒，世上没有占了便宜就走的事。”

袁军沉默了。

石川村村口的老槐树上挂着一截旧铁轨，每天出工的时候村支书常贵就敲打铁轨，算是吹出工哨。

随着敲打铁轨的声音，村民和知青们慢吞吞地陆续来到村口。

郑桐边走边兴奋地告诉钟跃民：“跃民，你那主意真是高招儿，蒋碧云这些天一见了我，眼神儿都不对了。”

钟跃民问：“什么眼神儿？”

“温柔啊，绝对温柔。哥们儿，实在对不起，为了巩固战果，我只好拿你当牺牲品，在蒋碧云那儿把你数落了一顿。”

钟跃民警惕地问：“你他妈又说我坏话了吧，是不是把我形容成恶贯满盈的流氓？”

“倒没那么严重，不过是说你这个人责任心差了点儿，见一个爱一个，就像狗熊掰棒子，掰一个扔一个，在你不长的掰棒子生涯中，已经扔了七八个了。”

“我操，你诽谤得有点儿过头儿了，我有这本事吗？”

郑桐推心置腹地说：“为了哥们儿的终身大事，你就担点儿恶名吧，我总不能把你夸成一朵花儿似的，那还有我什么事呀？”

钟跃民点点头说：“得，我不下地狱谁下地狱？这流氓的恶名我担了，收工回来你把我的脏衣服洗洗，我明天还等着穿呢。”

郑桐抗议道：“凭什么让我洗？我还要备课呢。”

“狗屁，谁还听你的课，你倒讲上瘾了。我为你担了这么大恶名，你替我洗件衣服算什么？你要是不洗，可要注意后果。”

郑桐立刻软了：“真是赤裸裸的威胁，行，我洗。你还别说，这些天我看《中国通史》还真看上了瘾，我打算再找点儿其他历史书，好好攻读一下，我计划用两年时间通读《二十四史》。”

“我的天，你哪来这么大动力？”

郑桐严肃地说：“爱情呀。”

钟跃民大笑：“哎哟，还跟真的似的，你可别吓着我。”

常贵在村口已经等候多时了，他训斥着众人："人都来齐了没有？怎么还缺人？一到给队里干活就磨磨蹭蹭，过去给自家自留地干活，不用人催，屁股上像安了马达，停都停不住。跃民来了没有？"

钟跃民答道："支书，我来了。"

常贵派起活儿来："小钟，今天我派你个美差，县城里咱村包的那几个厕所该掏了，你带蒋碧云去把粪掏回来，千万别洒了，咱村的菜园子全靠它啦，这可是宝贝。"

钟跃民泄气地说："支书，我当是什么美差，闹了半天是淘粪，这算什么美差？"

"你这娃真不知好歹，那点儿粪一会儿就淘完，你们还能逛逛县城，这活儿可是记满分，你要是不想去我可换人了。"

钟跃民立刻改变了主意："那我去，不就是淘粪吗，这脏活儿让别人去多不合适。蒋碧云，你要嫌脏就让郑桐去，别不好意思，谁让我们是男的呢。"

蒋碧云说："既然你们觉悟都这么高，也别显着我落后，我也去吧。"

郑桐摇摇头说："看看，这些人里没傻子，一听说能逛县城，比当年在北京逛王府井还高兴，别说掏粪，吃粪都干啦。"

蒋碧云把一个土筐扣在郑桐头上："郑桐，闭上你的臭嘴。"

钟跃民似乎想起了什么："支书，让郑桐也去吧，蒋碧云干活儿不行，到时候活儿都让我一人干，我不就亏了吗？"

蒋碧云瞪着他不满地说："钟跃民，谁干活儿不行？你怎么净跟我们女的斤斤计较。"

钟跃民显得很自私："这年头儿，谁顾谁呀？支书，让郑桐去吧。"

常贵无奈地说："你们这些学生娃呀，干点儿活儿也这么多事。郑桐，你也去。"

郑桐就等这句话呢，他马上大声道："是，支书，保证完成任务。"

蒋碧云哪里知道这两个家伙在算计她，她不依不饶地冲着钟跃民发火："钟跃民，我算认识你了，你可真够自私的。"

钟跃民不为所动："那当然，人不为己，天诛地灭。"

村里仅有的两头骡子拉着粪车在乡村土路上跑着，郑桐和蒋碧云分坐在两边的车辕上，钟跃民坐在侧面，车轮在土道上卷起漫天黄尘，粪车冲上山峁，四处望去，黄土高原的山川地貌尽收眼底。

钟跃民扯着嗓子吼出信天游：

羊肚肚手巾哟，

三道道蓝。
咱们见个面容易，
拉话话难。
一个在那山上哟，
一个在那沟，
咱们拉不上话话，
就招一招手。
…………

郑桐没话找话地说：“蒋碧云，你听跃民唱得挺够味儿吧？”

蒋碧云一撇嘴道：“一般，一听就是城里人唱的，缺点儿黄土味儿。跃民，你是不是跟秦岭学的？”

钟跃民说：“秦岭是谁呀？不认识，我这是跟羊倌杜老汉学的。”

“哟，为了秦岭，把女朋友都甩了，这会儿又装不认识了？”

“我说蒋碧云同志，你不要太关心别人的私生活好不好？今天大家难得出来逛逛，聊点高兴的事成吗？”

蒋碧云说：“鬼才管你的私事，我不过是随便问问。郑桐，你的历史课还在讲吗？”

“嗯，刚讲到两晋南北朝，给他们讲课太费劲，都嫌历史课太枯燥，我只好加一些历史典故活跃一下气氛。比方说到两晋，我就给他们讲讲石崇斗富、绿珠坠楼的故事，平心而论，钟跃民学得还是挺认真的。”

钟跃民附和道：“是啊，我觉得多学点儿知识没坏处，还是郑桐有心眼儿，我们这些人胡打胡闹时，他在家偷偷看书学习，还要和我们划清界限。当时我真想揍他，现在想起来，还是他对。”

郑桐说：“人要有远见，这世道不能总是这样，知识早晚能派上用场。”

钟跃民恭敬地说：“是，你说得有理，我觉得你真能当我老师了。”

郑桐显得很谦虚：“什么老师不老师的，我不过是比你们多看了几本书罢了，咱们还是共同探讨吧。”

蒋碧云疑惑地看着他俩：“我总觉得钟跃民最近有点儿不对头，就凭他会老老实实认别人当老师？他服过谁呀？别是憋什么坏主意呢。”

钟跃民做出真诚状：“你这么说就不对了，古人云：‘三人行，必有我师。’郑桐当我老师我可没觉着丢份儿，他父母都是知识分子，也算是家学渊源，我当当学生怎么啦？郑桐，我不怕别人讽刺挖苦，给你当学生我当定了。”

蒋碧云盯着他说："钟跃民，你这都是真的假的？我怎么老觉得你老谋深算地在攒坏水呢。"

"那是你缺乏真诚，总把生活看得漆黑一团，觉得这个世界上没有好人，这是你的偏见。"

郑桐说："跃民这个人我还是了解的，浑是浑了一些，但基本还是懂道理的，为人也比较真诚，至少在学习这方面还是挺认真的。"

钟跃民咬牙切齿地说："郑桐啊，这么多日子了，你总算说了我点儿好话，真他妈感动死我啦。"

蒋碧云批评道："你看，说着说着嘴里又不干不净了。"

郑桐从不放过诋毁钟跃民的机会："他就这样，一高兴就爱骂人，都是他爸教的。"

钟跃民欲发作又忍住："得，是我爸教的，他就没教过我好的。"

郑桐说："不说他了，咱们唱歌，蒋碧云，你看过电影《花儿朵朵》吗？会唱那首插曲吗？"

"当然会。"

郑桐和蒋碧云大声唱起来：

> 你看那万里东风浩浩荡荡，
> 你看那漫山遍野处处春光，
> 群山点头河水笑，
> 万紫千红百花齐放。
> …………

钟跃民掏出烟袋点燃一锅烟恶狠狠地望着郑桐，心里琢磨着到了晚上回宿舍该怎么收拾他。这狗东西，他在心里骂道。他深信，这会儿要是蒋碧云和他同时挂在悬崖边儿上，郑桐这小子肯定会毫不犹豫地先把蒋碧云拽上来，万一这会儿钟跃民松了手掉下去，那也只好活该了，哥们儿义气一到了这会儿就不灵了。

钟跃民等人在县城里掏完厕所，郑桐这小子连声招呼都没打，就带着蒋碧云逛市场去了。钟跃民想起该去县委知青办看看马贵平，自从上次马贵平去村里看过他以后，钟跃民还没来过县城。

他这样想着就走进了县委大院。

马贵平正在办公室伏在桌上写东西，钟跃民亲热地叫了声"马叔叔"。

马贵平抬头惊喜地说："是跃民呀。"

钟跃民说："队里派我来县城干活儿，我顺便来看看您。"

马贵平拍拍钟跃民的肩膀："好小子，还记得你马叔叔，还算有良心，你来得正好，我正准备派人找你去呢。"

钟跃民问："有事吗？"

马贵平说："好事，天大的好事……"

马贵平把钟跃民按坐下，又忙着拿暖瓶倒开水："没吃饭吧？等一会儿食堂才开门，你先坐一会儿。"

"马叔叔，到底是什么事？"

马贵平说："今年的征兵工作又开始了，碰巧部队来接兵的副团长是我的老战友，他刚当兵时我是他的班长，多少年没见了，这家伙如今都是副团长了。我把你的事和他说了，他二话没说，一拍胸脯说：'这事我包了，老师长的儿子要当兵，咱还能不管？'你说，这不是天大的喜事吗？"

"可我爸的问题还没有结论呢，部队政审怎么办？"

马贵平说："这你不用管，我们自有办法，这是你马叔叔第一次走后门儿。不过，为了我老首长的儿子，这个后门儿我还非走不可。"

钟跃民感到很突然，他根本没有想到好事会从天上掉下来，他猛然想起秦岭，她怎么办？钟跃民感到很踌躇，他试探地问："可是……马叔叔，我还有个女朋友呢，她能和我一起走吗？"

马贵平说："嗯，你小子才多大，就交女朋友了？告诉你，你就是碰上个仙女，这会儿也顾不上了，我只能管你一个。"

"那么我也得回去和她商量一下啊。"

"不行，你哪儿也不能去，就住在我家里。你以为这件事就这么好办？这是走后门儿，是违反原则的事，何况这次是C军招兵，赫赫有名的王牌部队，多少人想去都去不成，机会难得呀。"

钟跃民站了起来："马叔叔，谢谢您为我的事操心，可我不想当兵了，我还是当农民算了。"

马贵平一掌拍在桌子上怒吼起来："你敢！你爸爸英雄了一辈子，怎么养出你这么个熊儿子来，为个女人就放弃前程？你听着，你是个男子汉，不是个娘们儿，军队里是男人建功立业的地方，你应该去当兵，不管你将来要做什么，当几年兵绝对没有坏处。钟山岳的儿子就该是条汉子，就不能给他丢脸，要是为了儿女情长就自毁前程，你就不是钟山岳的儿子，我也没你这个侄子！"

钟跃民浑身一震，慢慢地坐下。

"你给我好好想想，想明白了没有？"

钟跃民低声说："明白了，我去，可我一定要向她告个别，您一定要答应我。"

马贵平叹了口气："没想到你小子还是个情种，好吧，快去快回。记住，对别人说你父亲得了重病，你要赶回北京看望父亲，记住啦。"

钟跃民站起来："记住啦，我走了，马叔叔。"

钟跃民爬上石川村的后山梁，眼巴巴地望着对面的山梁。

秦岭准时出现在对面的山梁上，她向钟跃民招招手："跃民，我今天可没有迟到啊。"

钟跃民呆呆地望着秦岭，他不知该怎么开口，嘴唇动动却什么话也没说出来。

秦岭关切地问："跃民，你怎么啦？"

钟跃民还是没有说话。

秦岭平静地看着他说："你有心事？和我说说好吗？你不是拿我当朋友吗？"

钟跃民艰难地说："秦岭，我是来向你告别的，我要走了。"

秦岭平静地回答："我知道你早晚会走，我该向你祝贺呀。"

"我会回来找你的。"

"别这样，跃民，你有你的路要走。"

钟跃民说："我会给你写信的，你呢，会给我回信吗？"

秦岭沉默了。

钟跃民固执地追问："秦岭，我在等你回答，你会回信吗？"

秦岭的歌声远远飘来，是那首陕北家喻户晓的《走西口》。钟跃民心中一震，竟有些发痴了……

天下黄河，唯富一套。以银川为中心的河套、宁夏地区，自古富庶，因为盛产大米，是陕北人心中的淘金宝地，因其地处陕北西部，故称去此地为走西口。走西口是陕北影响深远的一个历史现象，反映到陕北民歌中，就是诞生了各种不同版本的凄婉悱恻的《走西口》，它被称为陕北民歌的"离情之王"，在陕北人心中有着永恒的魅力。

哥哥你走西口，
小妹妹实在难留。
提起你走西口呀，
小妹妹我泪花流。
…………

秦岭的歌声真使钟跃民柔肠百转，歌声在苍凉的黄土沟壑间飘散……钟跃民觉得一阵恍惚，一时竟不知身在何处，他感到一种撕心裂肺般的痛苦，他要失去这个姑娘了。

秦岭向钟跃民做了个手势："跃民，你坐下好吗？今天我想和你好好聊聊。"

钟跃民平静下来："好，要分别了，咱们聊点儿什么？"

秦岭说："还是谈谈音乐吧，跃民，我和你谈过，我父母都是地地道道的陕西人，我姥姥是我们家乡有名的歌手，我虽然从小在北京长大，但我是听着信天游长大的。我以前并不是很喜欢陕北民歌，我喜欢古典音乐，喜欢歌剧，尤其是威尔第和瓦格纳的歌剧。在我来到陕北以后，有一天我爬上一座高高的山梁，放眼望去，灰蒙蒙的天空下是黄土凝固成的波浪，寒风卷着漫天的黄尘迎面扑来，使人感到窒息，我突然有了一种苍凉感。我脚下是个破碎的黄土高原，千百年的雨水就像一把锋利的刀子，把这个黄土高原切割得支离破碎，让人觉得它已经垂垂老矣，风烛残年。我想，这片破碎的山川大地一定承载了太多的苦难，它心里明白，却说不出来，但是生活在这里的人们，他们是知道的，他们很想表达自己的感受，怎么表达呢？于是信天游就出现了。我突然发现，同样是一首信天游，在舞台上唱出来，我没有什么感觉，可要是站在陕北的山峁上，面对着毛乌素大沙漠吹来的凛冽寒风，这时你唱出的信天游仿佛就有了灵魂，有了神韵，你的歌声和泪水仿佛从心灵深处自然地喷涌出来，这时我才明白，任何艺术都是在特定的情境下才能最大限度地表现出永恒的魅力。"

钟跃民沉默不语，他的情绪很低落。

秦岭说："跃民，能在这穷乡僻壤和你相识，还能和你谈谈音乐，谈谈人生，我挺知足的。我得承认，我还是不够洒脱，尽管我们以前谈论过分别，我也表明过自己对分别的态度，可是我没想到分别会来得这样快。当这一刻真正来临的时候，我还真舍不得你了，这说明我还没有真正成熟起来，我们还是太年轻，还是有些儿女情长。其实咱们心里都清楚，你我早晚会分手的。"

钟跃民终于开口了："是啊，尽管你我都不看重结果，可是我们连过程都没开始呢，我总觉得咱们还有很多事没做呢。"

"跃民，你是个男人，你要去做男人应该做的事，你不是喜欢玩吗？那么我告诉你，你应该去开辟一个新的天地了，也许你会遇到很多好玩的事，人生不过是一连串的游戏所构成的。从某种意义上说，只要你不妨害社会和他人，游戏人生也是一种不错的生活方式。从这点上看，我们是有共同语言的，因为我们都不喜欢平庸的生活。"

钟跃民苦笑一声："秦岭，如果能让我选择的话，你猜我现在最想过什么样的生活？”

秦岭善解人意地说：“我知道，你想把我们交往的过程再延长一些，是吗？”

“是的，你我住在一个破窑洞里，过一段男耕女织的日子，没饭吃了，我们就唱着信天游去讨饭。”

秦岭大笑：“这主意听着挺不错，可惜来不及了，要是你真在乎这个过程，你今天就可以过来，不过我们连个破窑洞都没有。”

钟跃民惊讶地睁大眼睛：“秦岭，你说的是真的吗？”

“是的，跃民，你想要我吗？”

“想……”

“那么你还等什么？”

钟跃民冲动地站了起来：“秦岭，我现在就去找你，你在村口等我，你一定要等到我……”

他转身狂奔而去……

多年以后，钟跃民还忘不了那次他夜路狂奔的情景。那天夜里，他举着手电筒，跌跌撞撞地跑着。他一次次地跌倒，又一次次爬起来继续狂奔。黑暗中他脚下一绊，一头栽进一条深沟，整个身体翻滚着下落，一直滚到沟底，他又挣扎着爬上来。钟跃民的大脑处在一片空白中，他不知道今夜会发生什么，也不知道明天会怎么样，他只有一个目的，就是赶快见到秦岭，这是他们最后的一点时间，从此他们将天各一方。

秦岭静静地站在村口打谷场的一棵大槐树下。

钟跃民在大路上出现了，他脸上被划出道道血痕，衣服被扯得稀烂，他一瘸一拐地跑到秦岭面前，两人默默地对视。

钟跃民张嘴想说点什么，秦岭伸出手轻轻捂住他的嘴：“跃民，什么也别说……”

两人张开双臂紧紧地拥抱在一起，恍惚中钟跃民觉得秦岭滚烫的嘴唇已经贴了上来，他迅速地将嘴唇迎上去，两人的舌头缠绕在一起……在这一刹那，钟跃民和秦岭年轻的躯体都剧烈地颤抖起来，仿佛被强大的电流击中，躯体内被压抑的情欲犹如岩浆般地喷涌出来，两人在晕眩中拥抱着跌倒在谷草堆中……

钟跃民注视着秦岭的眼睛，秦岭发出深深的叹息，轻轻闭上眼睛。

钟跃民的手解开秦岭的衣扣……

秦岭闭着眼睛喃喃道：“你不是想体验过程吗？我就是你一生中的某一段过程……”

钟跃民顾不上说话，他急于将自己和秦岭融为一体，黑暗中秦岭雪白的身体呈现在他眼前，钟跃民似乎感到自己的情欲在一瞬间砰然爆炸，他勇猛地进入了秦岭的身体……秦岭发出一声痛楚的尖叫，双臂猛地抱住钟跃民，手指的指甲深深地掐进钟跃民的后背……

钟跃民没有想到，他的第一次性爱竟是在这种毫无准备的情况下发生了。

·第十一章·

周晓白坐在疗养区花园池塘边的长椅上，她手里拿着一张照片，在仔细端详，这是她和钟跃民在北京房山云水洞前的合影，照片上周晓白亲热地挽着钟跃民的胳膊，两人脸上都洋溢着青春的笑容。

周晓白的视线又模糊起来，她掏出手绢擦着眼泪……她把照片仔细夹进一个笔记本里，抬起头来。

袁军正站在她面前："晓白，有人给我带信儿，说你找我。"

周晓白露出笑容："真不好意思，又让你走了5公里，请坐吧，我没什么大事，只想找你聊聊，你可别嫌我烦啊。"

"哪儿的话？咱们不是朋友吗，别这么客气。"

周晓白问："你最近收到钟跃民的信了吗？"

袁军戒备地说："你问这些干吗？晓白，你听我说，事情已经过去了，你就别再想这些不愉快的事了。"

"袁军，请你回答我，他现在怎么样？"

"挺好的……"

周晓白加重了语气："你要还拿我当朋友，就告诉我实话，要不然，我就没你这个朋友，你看着办吧。"

"你别急好不好？我又没说不告诉你，我是刚刚收到钟跃民的信，他已经离开陕北到C军当兵了，我是怕你伤心，所以跟罗芸也没说。"

周晓白自言自语地说："他还真离开陕北了，看来我的感觉没错。"

袁军小心翼翼地说："是啊，你还真神了，我前天才收到的信，昨天我们连二排长就和我说：'小袁，医院里有个姓周的女兵叫你呢'，当时我就愣了，心说，这个周晓白简直是个特务，怎么我刚收到信，她就知道了。"

"这大概是一种心灵感应。"

"晓白，事情过去了就算了，别再想他了，何必自寻烦恼呢？"

周晓白得意地说："算了？没那么容易，我要他亲口对我说，'周晓白，我不爱你了'，哼，我看他好意思不好意思，钟跃民，我看你能躲到哪儿去。"

袁军大惊："怎么，你还打算去找他。"

周晓白哼了一声："找他还不容易，他去的那支部队，从军长到师长都是我爸的老部下。"

袁军顿时捶胸顿足："哎哟，完啦，完啦，我怎么把部队番号告诉你了？这下可把跃民给坑啦。晓白，你可不能报复他，我是拿你当朋友才告诉你的，我求你了成不成？"

周晓白露出胜利者的神情："那么你告诉他，他伤害了我，必须向我道歉。哼，我给他个机会，就看他乖不乖了。"

"你这不是让我挨骂吗？他肯定认为是我出卖了他，这不是跳到黄河里……"

"这我可管不着，难道不是你告诉我的？"

"晓白，你不能过河拆桥，这让我没法做人呀。"

"活该，谁让你们是哥们儿呢，谁让你们在冰场上干坏事呢，当初是谁死皮赖脸追我，这会儿想不认账？门儿也没有。"

袁军低三下四地恳求道："咱再商量商量……"

周晓白一口回绝："没商量，反正1个月之内，我要是收不到他的信，我就给他们军长写信，告他始乱终弃，把这个浑蛋退回陕北去。"

袁军站起来气急败坏地走了。

周晓白望着袁军的背影，忽然用手捂住嘴笑了。

钟跃民在新兵连度过了难熬的3个月训练期，他被分到军侦察营一连。

到一连报到的那天，他正和两个新兵在整理内务，这时又有两个背着背包的新兵走进门。

一个新兵问："请问，这是五班吗？"

钟跃民头也没抬："是五班。"

新兵愣住了，脱口道："跃民？"

钟跃民猛地抬起头来："哎呀，是你，张海洋。"

张海洋把背包一扔，张开双臂："真的是你？太巧了，你他妈还活着？"

两人热烈拥抱。

钟跃民问："你在哪儿入的伍？"

"北京，我在云南插了一年队，一算计，快到征兵期了，我买了张车票就回北京了。我爸问我，'你想去哪个部队？'我说当然是C军了，王牌部队。"

钟跃民说："新兵集训时你在哪儿，我怎么没见到你？"

"咱们军今年有三千多新兵，分好几个集训区，我在南营区，我到时，新兵连已经集训一个月了。你呢，从哪儿入的伍？”

“我在陕北入的伍。”

张海洋兴奋地说：“哥们儿，这回咱们可得一起混几年了。”

和张海洋一起来的新兵打来一盆洗脸水，殷勤地说：“老张，洗把脸吧。”

钟跃民仔细看了这新兵一眼，他是个矮个子，其貌不扬，似乎总是哈着腰，一看就是从农村入伍的。

张海洋用毛巾擦了一把脸：“满囤，这还有个哥们儿呢。”

新兵点头哈腰地说：“我马上去，你们等一会儿。”他拿起钟跃民的脸盆走出去。

钟跃民奇怪地望着他的背影：“这人挺勤快呀。”

“他叫吴满囤，从沂蒙山来的，傻乎乎的，就喜欢干活儿。”

“这名字挺怪，本来是满囤，一姓吴就完了，吴满囤就成了不满囤。”

张海洋笑道：“这小子是在深山里长大的，头一次出山，看什么都新鲜，新兵连上次吃包子，这小子长这么大愣没见过包子，舍不得吃，把包子藏起来，说是要给他爹娘捎去，最后给捂馊了。”

钟跃民乐得一屁股坐在床上。

“可乐的事多着呢，刚到新兵连时，这小子提着裤子满营房乱窜，我问他找什么，他说找土坷垃。我说找土坷垃干吗？你猜他怎么说？他说，擦屁股呀。”

钟跃民和几个新兵大笑起来。

张海洋来了精神：“我给你学学他在第一次班务会上的发言：‘托毛主席的福，俺也干上八路啦，临出门儿俺娘说啦，不打死几个日本鬼子就别回来见俺。’当时我都听傻了，心说，这孙子有病吧？抗日战争都结束二十多年了，哪儿来的八路和日本鬼子，这是哪儿跟哪儿啊？”

钟跃民等人乐得直不起腰来。

满囤端着脸盆进来放在钟跃民面前：“兄弟，水来了，洗洗吧。”

张海洋开始拿满囤寻开心：“满囤，你们村打鬼子都使什么家伙？”

满囤小声说：“听老辈人说使土地雷。”

“那么你怎么没带俩地雷来，你不知道当八路得自带家伙？你拿什么打鬼子？”

满囤憨笑着：“你别逗俺啦，指导员说鬼子早给打跑啦。”

新兵们哄笑起来。

凌晨，全班战士都在熟睡，满囤坐起来，轻轻地穿衣服。

钟跃民醒了，他看看手表，手表的指针指着5点。

满囤已经出门了。

钟跃民向窗外望去，见满囤正在朦胧的晨光中卖力地打扫院子，钟跃民疑惑地摇摇头，又倒头睡去。

吃早餐时，钟跃民捅捅张海洋，小声说："满囤每天都早起扫院子？"

张海洋说："别说扫院子，淘厕所他也包了，休息日还到炊事班帮厨呢。"

"这小子还真有病？"

"你可别小看他，他心眼儿多着呢，打算争取个好表现，将来能提干，留在部队。"

钟跃民一口稀饭喷出来："靠这个提干？"

"他还能靠什么？训练了3个月，这哥们儿连向左转向右转还反应不过来。上次打靶别说环数，子弹都脱靶了。要说文化程度，只上了一年小学，几乎是文盲。"

钟跃民不解地问："你成天满囤长满囤短的，好像挺亲热，你搭理这土老冒儿干什么？"

张海洋眨眨眼说："这你就不懂了，他不是爱干活儿吗，以后洗个衣服、拆个被子什么的，他是最佳人选。"

钟跃民恍然大悟："哟，我怎么没想起来，这还真是个培养对象。"

"咱哥们儿是什么脑子？早想到这儿啦。"

钟跃民说："看来我也得找他好好谈谈了，想提干就不能光给张海洋洗衣服，钟跃民的衣服也得管，他不能把同志们分为三六九等呀，这样怎么能进步呢？对了，他知道雷锋吗？我是不是该给他讲讲雷锋同志的故事？"

"哥们儿，这种思想教育课我能放松吗？告诉你，我给他开的第一课就是雷锋的故事，我说，雷锋同志当战士时，全班人的衣服他都包了。"

钟跃民笑道："你丫真够孙子的。"

钟跃民和张海洋决定对吴满囤开展交心活动，因为他们急需吴满囤的友谊。

钟跃民、张海洋、吴满囤在军营的操场上散步，张海洋亲热地把手搭在满囤的肩上说："满囤，咱们3个人，就数你年龄大，我们打算认你当大哥，我们俩当兄弟。说实话，咱们这批新兵里，除了你们俩我看谁都不顺眼，你们二位要是看得起我，咱们今后就是兄弟了。"

钟跃民也做出真诚状："海洋，咱们算是想到一块啦，我看得出来，你这个人特别仗义，满囤这个人也很实在，一看就是个靠得住的人，没说的，以后咱们就是兄弟。"

满囤有些受宠若惊："两位兄弟这么看得起俺，从今往后要是有啥要哥哥办的事，弟兄们尽管说话，俺要不干，就操俺十八辈祖宗。"

钟跃民说：“以后我们当兄弟的有什么事，还得请大哥多照应。”

满囤激动得浑身乱摸。

钟跃民问：“大哥，你找什么？”

满囤说：“俺这还有两块钱，两位兄弟等一会儿，哥哥去买瓶酒。”

张海洋问：“买酒干什么？”

“按俺老家的规矩，拜把子得烧香割腕子喝血酒，不喝血酒不作数，血酒一喝，帖子一换，弟兄们不求同年同月同日生，只愿同年同月同日死……”

钟跃民没想到满囤这么当真，他连忙劝道：“大哥，大哥，你听我说，咱们意思到了就行了，喝血酒就免了。咱这儿一烧香，再割腕子，非把指导员招来不可。”

张海洋拼命忍住笑说：“大哥啊，部队可不许拜把子，我们认你当大哥的事可千万不能和别人说，一旦传出去，你那些努力就白费了，你不是还想提干吗？”

满囤拼命点头：“俺懂，俺懂，这事俺烂在肚里也不说。两位兄弟，哥哥先走一步，连队的厕所还没扫呢。”满囤急急忙忙走了。

钟跃民和张海洋相视大笑。

凌晨，尖利的哨音划破了营区的宁静。值星排长在院里吼道：“全连紧急集合。”

战士们从床上一跃而起，以极快的速度穿衣服、打背包、披挂武器……这种紧急集合是全训连队的例行科目，每个战士要在5分钟之内从床上蹿起来，打好背包，披挂好枪支弹药、水壶、挎包，然后冲进操场站好队列。

早已起床的满囤帮助手忙脚乱的钟跃民、张海洋打背包，将武器递给他们，钟跃民没戴军帽就蹿出屋子，满囤拿起帽子追出去。

这是侦察营的例行训练科目，5公里武装越野。连队成四路纵队跑出营房到了公路上，连队跑步的速度在逐渐加快，新兵们已经累得喘不过气来，队形渐乱。

连长吼道：“各班注意队形，跟上。”

队列中的钟跃民大口地喘着气，挣扎着向前跑。张海洋上气不接下气地掉队了。从小在大山里长大的吴满囤体力比他们都强，他大口喘着气，拿过张海洋的冲锋枪背在自己背上，一个老兵抢过钟跃民的枪，两个老兵一左一右架住张海洋向前跑去。

训练结束后，钟跃民听班长说，像这种5公里武装越野科目，他当了3年兵，每天如此，除了探亲和休息日，还没见过有例外的。钟跃民吃了一惊，天哪，这几年怎么过呀？

周晓白正在病房值班室里做值班记录。

罗芸气呼呼地推门进来。

周晓白招呼道："罗芸，你坐，我马上就好。"

罗芸没好气地问："我的大小姐，你干的什么事？把事情完全搞糟了。"

周晓白紧张起来："他……他有消息了？"

"嗯，他给袁军来信了，话说得很不好听。"

周晓白连声问："他说什么？罗芸，你快告诉我。"

"钟跃民说，他从来不怕威胁，别说是个小小的军长，就是军区司令他也没放在眼里，有能耐就把他退回陕北去，道歉？门儿也没有。"

周晓白无力地坐下："罗芸，你知道，我不过是想吓唬他一下，想让他回心转意，我还爱他，这下可弄假成真了，他肯定恨上我了，你说，我怎么会害他呢。"

周晓白绝望地哭起来。

罗芸训道："不是我说你，有你这么吓唬人的吗？你应该了解他，他的自尊心这么强，能让你吓唬住？你呀，这大小姐脾气得好好改改。"

周晓白抽泣着说："罗芸，怎么办，真没挽回的余地了？"

罗芸叹了口气："难呀，你这傻丫头，把袁军都得罪了，袁军甚至还迁怒于我，说和咱们这些女的没法交往。"

周晓白小声说："那么我向他道歉还不行吗？明天我就去。"

"还是我和袁军说吧，他倒好办，只是钟跃民……"

周晓白忍不住哭出了声："是我自作自受，我……我认了……"

满囤正在连队的水房里洗衣服，钟跃民和张海洋端着脸盆进来，假惺惺地要洗衣服，张海洋还像真事儿似的请满囤帮他挽挽袖子，满囤二话没说就将他们脸盆中的脏衣服抢过来扔进自己的脸盆，钟跃民和张海洋假意推让着……

满囤把他们推出水房。

钟跃民和张海洋认为自己该客气也客气过了，似乎已经尽到了责任，于是心安理得地冲进篮球场，和一群战士打起了篮球。

满囤洗完了衣服，又回到了五班宿舍，他把一床刚拆洗好的棉被平铺在床上，认真地缝起来，这是钟跃民的被子，张海洋的被子要放在下个休息日洗了。

炊事班长方洪推门进来："满囤，今天怎么没去炊事班帮厨？我还等你呢。"

满囤赔笑着说："方班长，俺把被子缝好就去，一会儿就完。"

方洪一听气就不打一处来："又是钟跃民和张海洋的吧，他俩哪儿去啦？"

"打篮球呢。"

"我说满囤，你怎么像他俩的老妈子？他们打篮球，你给他们缝被子，你该他们的吗？这不是欺负人吗？”

满囤憨笑着说：“方班长，你可不能这么说，俺3个是一起来的，都是好战友嘛，俺年纪最大，是当哥的，他们年纪小，是俺兄弟，哥给兄弟们干点活儿咋啦？”

方洪说：“好好好，我他妈多嘴，有钱买不来乐意，你小子接着干。哼，今天是缝被子，明天你该喂这两个小子吃饭吧？”

方洪也不是个省油的灯，他使满囤这个无偿劳动力已经使顺了手，一到休息日不见满囤来帮厨，就感到不太正常了，因为他已经把满囤这个编外劳动力算进了炊事班的编制，今天满囤居然去帮别人干活儿，方洪顿时觉得自己受到了冒犯。他想了想，扭头就去连部找指导员告状。

到了晚上，全连战士列队例行晚点名，连长点名后又讲了几件训练方面的小事。这时指导员就接过话来：“该讲的事刚才连长都讲了，我想补充一点，最近，我听到一些反映，想在这里和大家讲一下。有个别新兵在连队里搞一些很庸俗的活动，彼此称兄道弟，又是大哥又是兄弟的，从来不称同志，这是什么地方？这是解放军的连队，不是旧社会的青洪帮，也不是坐山雕的土匪窝。还有，有个别人在生活方面也很成问题，是谁我就不点名了，反正是一个字，懒。懒到什么程度？懒得流油……”

队列里发出笑声。钟跃民和张海洋相视一笑。

指导员继续说道：“自己的衣服自己不洗，全推给别人。对于这种人，我倒要问问，你是什么出身？要不是地主、资本家出身，怎么会有这种臭毛病？拿别的战友当佣人，这像话吗？有这种行为的人，我希望他能主动找我谈谈，我倒想听听他的解释，我就说到这里，解散。”

队列解散后，钟跃民、张海洋、吴满囤在操场上碰了头，他们打算商量一下对策。

满囤说：“别管他们，爱说啥就说啥，咱还能堵住人家的嘴？咱弟兄们过得着，咋啦？俺当大哥的不照顾弟兄们谁照顾？咱以后该咋还咋。”

张海洋开始指点满囤：“大哥，指导员已经点了咱们了，也得给指导员留点儿面子不是？以后咱这么办，我们把脏衣服扔在床底下，你拿的时候得看看旁边有没有人，要是有人你就别动。”

钟跃民补充道：“指导员要是再问你，你就说自己闲得难受，偷了我们的衣服洗，我们死活不同意，你还跟我们急了。”

满囤拍着胸脯道：“放心吧，兄弟，哥哥不会卖你们。”

钟跃民和张海洋搞定了满囤便来到连部，见指导员正等着他们，两人便按照事先统一好的口径进行解释。

钟跃民显得很委屈："指导员，满囤是给我们洗过衣服，我们3个人都是一起来的，平时相处得也不错。满囤这个人有个毛病，就是不能闲着，一闲着就难受，非得找点儿活儿干不可。我们不愿意让他洗衣服，我和张海洋都是挺爱干净的人，满囤又洗不干净，闹不好我们还得再洗一遍，这不是劳民伤财吗？我们把脏衣服藏起来，可别管怎么藏，他都能翻出来，还跟我们急了。"

张海洋补充道："就是，上次他把我衣服拿走了，我当时直求他，我说：'满囤你的心意我领了，可这影响太不好，知道的人明白你闲得难受，不知道的还以为我懒，成心让你洗衣服，我求求你啦。'可您猜他怎么说？他和我瞪眼，说：'你这人怎么这么招人烦啊，不就几件破衣服吗？我闲得难受，我乐意洗，别人管不着。'指导员，您说，我还能说什么？"

指导员审视着两人说："照你们这么说，满囤是有点儿贱骨头，是不是？不能闲着，闲着就难受，你们看他难受不忍心，才很不情愿地让他洗衣服，是这样吧？"

钟跃民面不改色地说："这是真的，不瞒您说，我们的衣服藏都没地方藏，藏在哪儿他都能翻出来。有一次我的衣服刚穿了一天，还干干净净呢，我一不留神上了趟厕所，等我回来，得，人家都洗完了晾上了。"

指导员冷笑一声："看样子你们还挺委屈，像是受了满囤的欺负。嗯，到底是有文化的北京兵，嘴就是好使，我还真佩服你们的嘴，好嘴呀，死的都能说成活的。"

钟跃民话里有话地说："指导员，您还别不信，满囤就是这么个人，他一到休息日就去炊事班帮厨，愣把炊事班那帮人给惯坏了。上次我亲眼所见，方班长一见满囤去了，立马儿不干活儿啦，搬把椅子往凉快地一坐，跷着二郎腿，叼着根儿烟，嘴里还哼上小曲儿了。我都看不下去了，有这么使唤人的吗？您真该好好批评一下炊事班……"

指导员严肃起来："你们俩先歇一会儿，先说自己的事，别往炊事班扯，这是两码事。帮厨是为连队干活儿，是为公，给你们洗衣服是为私，是因为你们懒。你们俩在这胡扯了半天，还把炊事班的方洪拉来垫背，我看你们快成精了，把我这个指导员当成吃干饭的啦？我郑重提醒你们，要注意，我要看你们以后的表现，听见没有？"

"听见啦。"钟跃民和张海洋立正答道。

钟跃民和张海洋在营房后的小山上发现一群鸡在找食，钟跃民紧盯着那些鸡，眼睛竟有些发直。最近连队里的伙食很糟糕，已经连吃了两个月的清水熬白菜了。

张海洋见他眼睛发直便奇怪地问："看什么呢？"

钟跃民指着鸡群说："这是什么？"

"鸡呗，没见过是怎么着？"

"你说错了，这是烤鸡。"

"你的意思是……"

钟跃民出手如电，一把抓住一只母鸡的脖子，母鸡还没来得及叫一声就被拧断了脖子。

张海洋没想到他会来这一手，有些瞠目结舌。

钟跃民一边拔毛一边吩咐道："你去告诉满囤，让他弄些调料来。"

钟跃民和张海洋在营房后的小山上点起一堆篝火，钟跃民用稀泥巴把鸡糊了起来，架在火堆上不停地翻动，做这种叫花鸡很简单，不一会儿诱人的香味儿就飘出来了。

满囤拎着酱油瓶子从下面爬上来，他从裤兜里掏出一包调料递给钟跃民，嘱咐道："兄弟，千万烤熟点儿，别吃坏了肚子，俺还得去炊事班帮厨，你们吃完早点儿回去。"

张海洋虚情假意地让着："大哥，你可不能走，一会儿就熟，吃完了再走。"

满囤说："一只鸡算啥？你们吃吧，俺在炊事班吃，哥哥要图个好表现不是？"

钟跃民应和道："这倒也是，大哥，你每天扫院子、帮厨已经这么长时间了，这可不能半途而废，咱得坚持下去。"

"兄弟说得是，俺走啦。"

满囤走后，钟跃民和张海洋大笑起来。

钟跃民把烤鸡从火堆里扒出来，说："你丫真够孙子的，请人家吃鸡，透着一股假劲儿，人家要是实心眼儿真不走了，你丫准急了。"

张海洋笑道："这倒是真的，我怎么觉着你留在这儿也多余，你是不是也去炊事班帮帮厨？"

"去你大爷的，你想什么呢？"

两人迫不及待地剥掉泥巴，撕下鸡大腿，蘸着调料狼吞虎咽起来。

钟跃民和张海洋没想到一只鸡能惹出这么大的事，在他们看来，一群鸡里偶尔少一只，根本不会引起主人的注意，谁家没事天天在鸡群里点数？再说了，就算少了一只，也是很正常的，主人也许会认为是被黄鼠狼叼走的。无论如何，为一只鸡绝对犯不上大动干戈。

他们可想错了，这是犯了以己度人的毛病，要是他俩养鸡，很有可能丢几只也不知道，可这鸡是政治部于副主任的老婆养的，人家可是天天过数。这是一只正下蛋的母鸡，于副主任的老婆是从农村来随军的，一只母鸡在她的眼里，其分量比磨盘还重。更重要的是，于副主任惧内是出了名的，家里大事小事都是老婆做主。他的老婆发现丢了鸡便极快地做出反应，这点儿小事竟报到了保卫部门。军保卫处的干事在营房后面的小山上发现了鸡毛和鸡骨头，还有烧火的痕迹。保卫处初步断定，这件事是侦察营的人干的。侦察营的孙教导员召集了下面3个连队的指导员摸情况，这时一连指导员董明猛地想起昨天炊事班有人向他反映吴满囤曾去炊事班拿过调料，于是他心里便明白了八九分。

董明带兵也七八年了，他太了解吴满囤这类从农村入伍的战士了，他们的全部希望就是能在部队提干，从而跳出贫困的环境，这类战士胆子很小，处事谨小慎微，在服役期间战战兢兢，生怕因得罪领导而耽误了前程。董明想，就凭吴满囤那点儿胆儿，打死他也不敢偷鸡，问题的关键是吴满囤身边那两个坏小子。平心而论，钟跃民和张海洋平时在军事训练方面表现还是不错的，就是浑身的少爷做派，在处理内务方面懒得流油，全连人谁都能看出来，他俩和吴满囤的友谊充满了功利色彩。据有人反映，这三人还私下里拜了把兄弟，平时彼此还称兄道弟的，钟跃民和张海洋的目的很明确，就是想在军营里找个仆人，虽然他们自以为做得很诡秘，尤其是钟跃民，一见了吴满囤嘴上就像是抹了蜜，夸起满囤来旁人听得都肉麻，但是这些事都瞒不过董明的眼睛。他本想找个机会好好解决一下这个问题，没想到这次就出了事。董明百分之百地认定，这件事是钟跃民和张海洋干的。

晚点名后，董明把这件事向全连挑明了，他讲话的时候态度是很平和的："同志们，这几天训练很艰苦，大家都很疲劳，我也不想多占用大家的时间。现在我只说一件事，昨天，政治部于副主任家丢了一只正下蛋的母鸡，今天上午有人在咱们营房后面的小山上发现了鸡毛和鸡骨头，还有烧火的痕迹。现在我们已经初步断定，这件事是咱们连的个别人干的，是谁我就不点名了，我给他留点儿面子。我希望，干这件事的人，能主动来找我或连长，把事情谈清楚，我和连长随时在连部恭候。我们要看看他承认错误的态度，态度好，可以从轻处理，如果他不主动来找我们，对不起，我就该找你了，到那时候，这件事一定要严肃处理。好，我就说到这里，解散！"

战士们议论纷纷散去，钟跃民对张海洋使了个眼色，两人一前一后向操场边走去。

在操场边的双杠旁，张海洋小声说："是不是走漏风声了？指导员好像有所指。"

钟跃民说："要真是走漏了风声，也是满囤这小子，就怕这小子经不住指导员诈。"

张海洋有些担心："与其让他把咱俩撂出来，还不如咱自己自首去，反正不就是一只鸡吗？顶多挨顿批评，赔钱了事。"

钟跃民不同意："要是指导员根本就不知道是谁，不过是诈一下，咱们不是把自己给撂出来了吗？要我说，爱怎么着就怎么着，只要满囤不开口，咱俩打死也不承认。"

"要是满囤承认了怎么办？"

钟跃民冷冷地说："那么咱就饶不了他。"

董明讲完话以后就回到一连连部翻开了报纸，连长刘永华闲得没事便把手枪拆卸开，仔细地擦拭着，他们在等待着肇事者主动前来投案自首，董明甚至在考虑如何从轻发落他们。

半个小时过去了，董明把报纸的几个版面通通浏览了一遍，连长刘永华的手枪也擦得锃亮放进了枪套儿，投案自首的人居然没来，这大大地出乎董明的预料。他看看表，突然把报纸往桌上一拍，怒气冲冲地骂道："妈的，居然没人来承认？咱们已经等了半个小时了，太不像话了。"

刘永华吼道："通信员。"

连部通信员走进来。

连长刘永华命令道："你去五班看看，钟跃民和张海洋睡了没有。"

通信员去了不到3分钟就回来了："报告，钟跃民和张海洋已经睡着了，钟跃民还打呼噜呢。"

董明和刘永华顿时大怒，这两个浑蛋太可气了，他们白白等了半个小时，谁知他俩早睡着了，人家只当你说话是放屁，根本不在意。

刘永华命令通信员道："你去把五班吴满囤叫来。"

董明说："你先别这么大火气，等他来了，我先问问，这是个老实人，你别吓着他。"

不一会儿满囤怯生生地走了进来："指导员、连长，您找俺？"

董明语气平和地说："嗯，你坐吧。"

满囤点头哈腰地不肯坐："指导员，您坐，俺站着就行。"

董明说："满囤呀，自从你到一连以后，一直表现不错，我和连长大会小会可没少表扬你。"

满囤忙不迭地回答："这俺知道，您和连长是栽培俺，俺心里有数，俺知恩。"

董明实在不忍吓唬他，便索性把话挑明了："好，我也不和你兜圈子了，就直说吧，于副主任家丢的那只鸡，你知道是谁干的吗？"

满囤的脸立刻变得发白："这…… 指导员，俺不知道。"

董明和颜悦色地开导道："满囤，你是个老实人，我们既不想诈你，也不想吓唬你，只想让你实话实说，我向你保证，只要你说实话，我和连长决不会为难你。"

满囤强撑着说："指导员，俺真的不知道。"

连长火了，一巴掌拍在桌子上，桌上的水缸子都被震得跳起来，满囤吓得一哆嗦，他惊慌地望着指导员和连长。

连长怒道："好哇，你这个老实人也学会撒谎了是不是？学坏学得还真快，我问你，你到炊事班要调料干什么用？"

"这……"

连长刘永华亮出了撒手锏，这对于满囤来说，是最具杀伤力的，他冷冷地吐出一句话："这些你可以不说，我只问你一句话，你给我听好，你还想不想在部队干了？"

满囤一下子哭出了声："连长、指导员，俺说，俺全说，求求你们，千万别让俺离开部队……"

对钟跃民和张海洋的处理决定很快就批下来了，每人一个警告处分。当指导员董明站在队列前宣读处理决定时，站在队列里的钟跃民脸上毫无表情。张海洋则恶狠狠地斜视着吴满囤。

吴满囤偷偷地看了一眼钟跃民，满脸惊慌。

队列解散以后，钟跃民和张海洋一前一后地来到操场边的双杠旁，张海洋咬牙切齿地骂道："妈的，就因为满囤，咱俩每人闹个警告处分，这王八蛋，我非收拾他不可。"

钟跃民若无其事地抽着烟："不就是个警告处分吗，这有什么大不了的？你也太拿这当回事了。"

张海洋还是怒气难消："我他妈生气，这叫玩了一辈子鹰，叫鹰啄了眼睛，咱俩这么精，怎么栽到一个土包子手里？这事儿不能就这么完了。"

吴满囤怯生生地找到这里，他很想向这两位兄弟解释一下。

钟跃民和张海洋虎视眈眈地盯着他，一声不吭。

满囤迟疑地停住脚步："兄…… 兄弟，你们听俺说……"

钟跃民和颜悦色地说："满囤，你别说了，你揭发得对，我们真该好好感谢你呀，要不是你，我们会在错误的道路上越滑越远，以后你得多帮助我们呀。"

张海洋攥紧拳头，咬着牙跨上一步。

满囤吓得后退一步，钟跃民按住张海洋的肩膀问满囤："你还有事吗？"

满囤哑口无言，默默地走开了。

钟跃民盯着满囤的背影突然笑了："海洋，下星期的训练科目是什么？"

"散打呗，最累人的科目。"

钟跃民冷冷一笑说："散打对练时和满囤凑个对儿怎么样？"

张海洋一拍后脑勺，惊喜地喊道："好主意，这小子那熊样儿，我一拳就能把他收拾了。跃民，你可够阴的。"

钟跃民淡淡一笑："哥们儿，怎么能这样说，这是训练嘛，上级不是常说，平时多流汗战时少流血，要是平时也流点血呢，对训练不是更有好处吗？"

徒手格斗训练是侦察部队的主要训练科目，一个新兵在经过捕俘拳、擒敌拳等套路训练后，就开始进入散打训练了。服役两年以上的老侦察兵们都认为捕俘拳和擒敌拳是些小儿科的玩意儿，那一套动作打起来令人眼花缭乱，能把外行唬得一愣一愣的，其实实战效果却不怎么样。而真正的功夫都在散打中，这好比武林人物打擂台，拳脚上见功夫，技不如人就得被打下擂台。

训练场上吼声震天，尘土飞扬。侦察兵们都在一对一地进行散打对练，战士们腾挪闪展，打作一团。

张海洋和满囤面对面地站着准备对练，满囤不知所措地看着张海洋，他已经感到了一种恐惧。

张海洋很诚恳地说："吴满囤同志，我的军事技术和你比起来，还差得很远，你要好好帮助我呀。"

这些言不由衷的话显然是说给旁人听的，满囤似乎感到有些不妙，他迟疑地四处看看。

钟跃民在一旁和一个战士对练，他一个背挎动作将对练的战士摔出去，然后转过身来，双手叉腰盯着满囤。

他的目光和满囤求助的目光相遇了，钟跃民的嘴角漾出一丝冷笑……

张海洋半蹲下身子做出格斗架势，满囤端起双拳做出防护姿态。张海洋突然飞起一脚向满囤的腹部踢去，满囤连忙躲闪，谁知张海洋用的是虚招，他猛地收腿，左臂出手如电，一个漂亮的左勾拳击中满囤的鼻子，一声闷响，满囤仰面跌倒…… 正在一边观看的钟跃民一愣，连忙扑过去扶起满囤的头，满囤鼻腔中喷出的鲜血溅了钟跃民一脸。

钟跃民对张海洋吼了一声："快，帮我一下，快送医院。"

钟跃民背起满囤冲出训练场。

在医院的急诊室里，钟跃民和张海洋站在一边，看着几个医务人员围着受伤的满囤忙碌着。

连长刘永华和指导员董明匆匆赶来。

刘永华狠狠瞪了两人一眼，转过头问医生："大夫，他的伤严重吗？"

一个中年医生说："鼻骨骨折，要是击打的力量再大一些就危险了，碎骨很容易伤及运动神经，不过，现在问题不大了。"

董明审视着钟跃民和张海洋。

张海洋低声说："指导员，这件事怨我，是我失手了，我请求处分。"

董明话里有话地说："怎么又是你们俩？真巧啊。"

刘永华也盯着张海洋说："处分，处分谁啊？这么苦练军事技术，照理说我该表扬才是，不过嘛……这里面是不是有点儿别的原因啊？"

钟跃民显得很委屈："连长，您要这么说，我们可就冤了，练散打失手是常有的事，要是追究原因，我们以后可就没法练了。"

满囤从病床上撑起身子做证道："连长、指导员，张海洋的确是失手，他出拳时还喊过，要俺注意，俺的动作慢了些，没躲开。"

董明挥挥手："这件事以后再说，你们先回去，满囤最近不要参加训练了，先把伤养好了。"

傍晚，钟跃民和张海洋神情沮丧地坐在操场的双杠旁，两人默默地吸着烟，谁也不说话。

张海洋长吁了一口气："跃民，我是不是太过分了？我心里……很别扭。"

钟跃民也叹了口气："海洋，别自责了，这件事儿怨我，主意是我出的。唉，这事儿干得有点儿过了。"

张海洋的声音有点儿颤抖："仔细想想，满囤这个人还是挺不错的，我真不该下黑手。"

两个人又沉默了。

第二天傍晚，一连的战士们浑身沾满泥土，筋疲力尽地从训练场回来，钟跃民和张海洋最后走进营区的院子。

两人刚进院子突然僵住了，像是受到极大的震撼……

他们看见脸上缠着纱布的吴满囤正在把一件件湿淋淋的军衣往绳子上晾……

钟跃民和张海洋认出来了，这是他们昨天换下的军装，两人的眼里霎时竟贮满了泪水……

这天晚上，钟跃民、张海洋、吴满囤又一起坐到了操场上，在熄灯号吹响之前，他们和好了。

满囤应约来到操场上，他一见到钟跃民和张海洋就哭了，他觉得自己对不起弟兄们，连长刚一拍桌子，他就把两位兄弟给卖了，实在是没脸见人。

他这一哭，钟跃民和张海洋的鼻子也酸了。

张海洋抓着满囤的手惭愧地说："满囤，我对不起你，那天我下了黑手，你……你别记恨我，我他妈太不够意思了。"

钟跃民也低声说："满囤，是我出的主意，我向你道歉，你能原谅兄弟吗？"

满囤双手捂住脸失声痛哭："是俺对不起弟兄们，连长说俺要不说实话就让俺退伍回老家。兄弟，俺不能回去啊。你们没尝过穷的滋味，俺长这么大，连棒子面都没敢大口吃过，俺下面还有6个弟妹，为俺当兵，俺爹硬是给支书家白干了3年活儿，砍柴、挑水、煮猪食，3年呀，一天都不敢耽误。支书还算有良心，到公社武装部替俺求了个名额，拿到入伍通知书那天，俺爹跪在支书院里把脑门儿都磕出血了……"

钟跃民沉痛地抱住满囤："满囤，你别说了……这些事你怎么不早说啊……"

"到了部队，俺像是进了天堂呀，有衣穿，有饱饭吃。俺不怕你们笑话，俺吃野菜糊糊真吃怕了，就指望着在部队好好干，混个一官半职，爹娘和弟妹们日后也有个盼头。俺没门子、没文化，可俺有力气，能干活儿，雷锋不就这么干出来的吗……兄弟啊，俺忘不了离村的那天，全村的乡亲们都在村口给俺送行，俺走一程就回身磕3个头，再走一程再磕……"

满囤哭得说不下去了。

张海洋也忍不住哭了。

钟跃民没有哭，但他平生第一次有做了亏心事的感觉，也是第一次学会了忏悔。

1969年年初，中苏边境战争在东北边境的珍宝岛地区爆发，整个世界的目光都投向这个位于黑龙江虎林县，在乌苏里江主航道中心线中国一侧，面积仅为0.74平方公里的小岛。两个曾经亲密无间的社会主义国家的军队在这一地区进行了一场有限的边境战争，双方的军人在战斗中都表现出高度的爱国主义精神和不畏牺牲的决死姿态。尽管双方军队的装备悬殊，但中国军人不要命的作战姿态着实使苏联军人吃了一惊。战后，一个参加过珍宝岛战斗的苏军少校惊魂未定地说，他亲眼看见一个中国的火箭筒手竟然在距离苏军坦克七八米的位置上开火，这完全是一种和对方同归于尽的作战方式。在总兵力超过500万的中国军队里，这种不要命的军人哪怕只有1/10，也是个可怕的数字。

这场有限的边境战争虽然暂时结束了，但在两国漫长的国境线上，苏军的55个摩托化步兵师、12个战役火箭师、10个坦克师、4个空军军团，总兵力100万，正虎视眈眈地陈兵边境，战争的阴影笼罩着国境线。

1969年，中国已变成了一座庞大的兵营，这一年的军费开支猛增了38%，中国无可奈何地转入了战时经济体制。总兵力500万的中国军队，完全进入临战状态。现役军人一律取消了休假，各级部队的一、二号首长都进入了作战值班室，弹药按准备基数运送到位。战略导弹部队按命令与苏军进入对等准备，为控制导弹飞行方向建立的地面引导站也全部开通。

这一年，全军几乎所有的军兵种都展开了战备施工，60%的部队成了“工程兵”。原因很简单，专业的工程兵部队实在忙不过来了，因为各部队都需要有自己的防空掩体和集结工事，当年在朝鲜上甘岭战役中发挥巨大作用的坑道战术，令中国军人们记忆犹新，于是打坑道成了这一年中国军人的主要工作。

一条正在施工的坑道通向山体深处，坑道中央铺着铁轨。一些头戴安全帽的战士从坑道深处推出装满碎石的翻斗车，一车车的碎石被倾倒在山谷里。这是某野战军的一个战备施工工地，袁军所在的坦克团就在这里施工。

在坑道里的掘进面上，袁军头戴安全帽，浑身泥水，正抱着风镐从掘进面上往下撤，他身后是一排打好的炮眼，两个战士把一筒筒炸药塞进去，正在安装雷管和导线……安全员吹响哨子，战士们纷纷从坑道深处跑出来，撤往安全地带。

袁军和几个刚撤出坑道的战士坐在坑道口附近休息，他掏出烟分给大家，边点烟边发牢骚：“妈的，咱不是坦克兵吗，怎么改工程兵啦？成天跟这破坑道较劲，快3个月了吧？”

和他同一个排的王大明说：“早着呢，再有3个月也完不了，听说这是咱们团的工事，一旦打起仗来，全团连人带装备都能撤进去。”

一个叫王宝成的河南兵说：“你以为就咱们团打坑道？告诉你，全军都在打坑道，这叫‘深挖洞，广积粮’，我哥在东北当兵，他来信说他们也在打坑道。”

袁军说：“全军都改行吧，也别叫解放军了，叫工程军得了。”

班长段铁柱说：“袁军，你又来了？不说上几句怪话就浑身难受是不是？”

“我说班长，你怎么老找我碴儿？你要老看我不顺眼，就让指导员给我调调班。”

指导员吴运国刚好走过来：“袁军，你要往哪儿调呀？”

“指导员，您还是给我换个地方吧，我们班长是横竖看我不顺眼。”

段铁柱瞪起了眼：“袁军，你不要没事找事，我怎么看你不顺眼了？”

吴运国问道：“袁军，你觉得调到哪儿更适合你？你说说嘛。”

“干脆您让我养猪去得了，咱们连养的那几头猪怎么越养越瘦呀？上次跑了一头猪，好家伙，1.5米高的圈墙，那猪一蹿就过去了，身手绝对敏捷，可那叫猪吗？叫黄鼠狼还差不多。您要让我去养猪，我保证两个月之内把那几头猪养得跟大象似的。”

吴运国笑了：“我问你，你这么坚决要求养猪，有什么目的呀？”

“看您说的，我能有什么目的？我从小就喜欢动物，我觉得猪也是一种比较可爱的动物。”

吴运国笑着说：“嗬，咱们连还有个动物爱好者，据说喜欢动物的人一般都挺善良的，你的意思是不是觉得自己很善良？”

“指导员，还是您了解我。”

“我当然了解你，你觉得养猪这活儿不错，用不着打坑道，连早上出操都不用参加，是不是？袁军呀，你那花花肠子我太清楚了，我看你还是老老实实打坑道吧。”

正说着，坑道深处传来持续不断的爆炸声，军人们都在默数着爆炸的次数。

爆炸声停了。袁军站起来：“坏了，有两个炮眼没响。”

段铁柱戴上安全帽说：“你们都在这儿等着，我进去排除哑炮。”

袁军拦住班长：“安装炸药时我也在场，我了解情况，应该我去。”

段铁柱说：“听你的还是听我的？你躲开。”

袁军固执地挡住他说：“这不是谁官儿大官儿小的问题，谁了解情况谁去。”

段铁柱又瞪起了眼：“袁军，你还反啦，敢不服从命令？你给我让开……”

“我说班长，还是让我去吧，反正你也看我不顺眼，万一把我炸死了，你不是也省心了？再说，我要是当了烈士，咱们班闹不好就能混个‘袁军班’的称号。你身为‘袁军班’的班长，这回就有事干了，比如到全国各地做做报告，讲讲你是怎样培养出一个英雄的。到那时，肯定会有很多女青年向你献花，向你表白心中的爱慕，你就打着滚儿地挑吧……”

段铁柱哭笑不得，袁军的刻薄话可是够损的，他把这么严肃、这么生死攸关的事也当成笑话讲，什么时候都忘不了拿班长开心。不过……袁军这小子到关键时刻还是很有勇气的，也许自己以前小瞧了他，段铁柱狠狠道：“袁军，你小子等着，今晚的班务会上再找你算账……”

指导员吴运国站了起来：“二班长，我看可以让袁军去，装药时他在场，熟悉情况。还有一点，这一点很重要，刚才袁军的表现，使我改变了对他的一贯看法，他能在关键时刻表现出一种英勇无畏的精神，是条汉子，值得我们每一个人尊重。”

所有在场的军官和士兵都静下来，神情肃穆。

段铁柱轻轻抱住袁军，他动了感情：“好兄弟，千万要小心，以前的磕磕绊绊，你可别往心里去。”

战友们一拥而上，和袁军逐个拥抱，反复叮嘱着，袁军向战友们一一告别，一步步走进坑道……

指导员紧张地看着手表，战士们也都目不转睛地盯着坑道口。

突然，坑道深处传来一声沉闷的爆炸声，一股浓烟和尘土涌出坑道口。

二班长段铁柱撕心裂肺地喊了一声："袁军……"他带着战士们冒着浓烟冲进坑道。

周晓白那天刚把一个住院的病号推到了住院区，她推着轮椅返回医院的主楼时，就看见一辆解放牌卡车高速驶进医院，在主楼前刹住车，发出刺耳的响声，一群浑身泥水的战士抬着一副担架向急诊室冲去。

周晓白看见担架上流下的滴滴鲜血洒落在走廊上……

在医院里工作的人对这类重伤员已经司空见惯了，周晓白并未在意，她推着车返回了内科门诊。

注射室里有几个病号在等着周晓白挂吊瓶，她顾不上喘口气，就忙着给病号消毒注射。

这时罗芸冲进了注射室："晓白，袁军出事了！"

周晓白心里一震，手中的注射器掉在地上，她一把抓住罗芸："出什么事了？你快说。"

罗芸的脸色苍白："听说是施工时排除哑炮，负了重伤，现在正在手术室抢救，外科的张大夫主刀。晓白，你说他会死吗？"

周晓白安慰道："你别急，张大夫是咱们院最好的外科医生。"

"晓白，他会残废吗？"

周晓白急了："哎呀，你现在问这些干吗？先得把命保住，你怎么想这么远？快走，咱们去看看。"

罗芸跟周晓白走到门口又停下。

周晓白奇怪地问："你又怎么啦？"

罗芸犹豫起来："不行，我不能去，我怕控制不住自己，要是别人知道我和袁军的关系，我入党的事就完了。"

周晓白气得一跺脚："罗芸，都什么时候了，你还管这些？你不去我去，我不怕别人说。"她摔门走了。

周晓白心急火燎地来到手术室门外，她看见袁军连队里的战友们都静静地站在走廊里，默默地望着手术室的门。

手术室的门开了，一个护士走出来，战士们围上去询问。

护士高喊道："备用血浆用完了，伤员失血太多，急需输血，谁是O型血？请跟我来。”

周晓白脱口喊道：“我是O型血。”

二班长段铁柱也举起了手：“我也是O型血。”

护士大声问：“就这两个？还有吗？”

战士们面面相觑，都焦急地摇头。

指导员吴运国急得直跺脚：“快，开车回团里，把所有O型血的人都带来。”

一个战士飞快地跑了。

护士无奈地说：“两个人太少了，先救救急吧。”

周晓白躺在采血室的床上，眼看着粗大的针头刺入自己的血管，鲜红的血液被抽进针管……

一个手术室护士满脸焦急地推门进来：“快一点儿，伤员的血压快测不到了，快……快……”

周晓白问道：“小张，就这400毫升血够吗？”

“差远了，还得想办法，院长已经派人去地方医院求援了，就怕来不及了。”

周晓白又问段铁柱：“二班长，你还行吗？”

段铁柱干脆地回答：“没问题，再抽我400毫升。”

周晓白又伸出胳膊：“快，再抽我400毫升。”

小张睁大眼睛说：“晓白，你不要命啦？一下子抽600毫升血，会有危险的。”

“没事，快抽吧，我死不了。”

二班长段铁柱心有不忍，犹豫地对周晓白说：“要不，全抽我一个人的，照800毫升抽，我能顶住。”

“再抽800毫升？亏你想得出。加上刚才的200毫升，就是1000毫升，非出人命不可。”

护士小张不敢下手：“晓白，我不能这么干，我得去请示一下。”

周晓白一跺脚大喊：“你快呀，伤员快不行了，你要耽误人命的，快抽……”

小张下了决心，一咬牙又把针头刺入周晓白的血管……又是400毫升的鲜血被抽进了采血瓶，采血瓶渐渐满了。

周晓白感到一阵晕眩，周围的景物渐渐旋转起来、模糊起来……

窗外，一辆满载着战士的卡车停在主楼前，献血的战士们纷纷跳下卡车。

周晓白的视野更加模糊了……

此时远在陕北的石川村知青点里，郑桐正坐在树下看书，现在是农闲，他有了很多时间看书。

村子里的农活儿并不多，因为这里有靠天吃饭的习惯，只要把种子种下去，村民就不管了。如果今年的雨水多，到了秋天就可以收获了，至于怎么才能提高农作物的产量，村民才懒得考虑，想了也白想，他们既没钱买化肥，也无法把黄土坡改成水浇地，反正粮食不够吃还有外出讨饭这条路可走。

蒋碧云从窑洞里出来，她发现郑桐在看书，便打招呼道："郑桐，你还在看《中国通史》吗？"

郑桐抬起头来说："《中国通史》我早看完了，现在正看《明通鉴》呢，我发现明史很有意思，一点儿也不枯燥。"

蒋碧云说："我发现自从钟跃民走了以后，你像变了一个人，把业余时间都用在了读书上，我就不明白了，你什么时候开始学好的？"

郑桐显出一种少有的严肃："你不知道，钟跃民走后我有很长一段时间情绪低落，这是一种孤独感，时间越长孤独感越重，我没有办法排解，只有读书。后来，我发现，我真喜欢上读书了，读书成了一种生活需要。"

"你没想过将来去上大学吗？"

"想过，不过想也白想，目前这种推荐工农兵学员上大学的制度，实际上把所有没有门路的人都推出去了，而有门路被推荐上去的往往是草包。真不知是什么人想出的这个办法，这在全世界也是独一份儿。"

蒋碧云鼓动道："我看还是得想想办法，机会总不会从天上掉下来，咱们都需要试一试。"

"你也想上大学？"

"谁不想？这恐怕也是咱们唯一的机会，不然这辈子就要永远待在这里。郑桐，从今天起，咱们一起学习，好不好？"

郑桐却一口回绝："不行，我不和你搭伙学习。"

蒋碧云大感意外："为什么？"

郑桐坏笑一声："我怕受诱惑，你老在我眼前晃悠，我难免心猿意马，到时候学习耽误了，还招我犯了错误。"

蒋碧云笑道："你看，你这流氓本性又露出来了，刚学好才几天呀，老毛病又犯了。"

"那么我提个建议行不行？"

"你先说说看。"

郑桐来了精神，他合上书，挪了挪板凳凑近蒋碧云说："光搭伙学习未免太单调，咱们不妨来个全方位搭伙，连日子都放在一起过，怎么样？"

“你的意思是一起学习，一起吃饭，还有吗？”

“这太表面化了，咱们的合作还可以再深入、再广泛一些，生活好像不光是学习和吃饭吧？”

蒋碧云不动声色地说：“你不用再启发我的智力，就明说吧，还有什么更具体的合作？”

“村东头不是还有个废弃的破窑洞吗？咱们把它收拾一下，你我搬进去，体会一下男耕女织的生活怎么样？”

蒋碧云和颜悦色地说：“你绕了半天，总算是把心里话说出来了，这个设想挺不错，憧憬起来怪温馨的。郑桐，你是个富有想象力的家伙，甚至还有点儿诗人的浪漫，你想听听我对这个建议的看法吗？你来，我告诉你。”

郑桐把脑袋凑过去，蒋碧云一记耳光扇在郑桐脸上，转身走了。

郑桐捂住脸发起愣来。

昏迷中的袁军浑身缠满绷带躺在特护病房的床上。罗芸和周晓白坐在一边看着袁军，周晓白脸色苍白，显得很虚弱。

罗芸小声说：“张医生说，袁军的命是保住了，但会不会残废，还要取决于他恢复的情况。”

周晓白声音很微弱：“罗芸，他要是残废了，你还和他好吗？你有这个心理准备吗？”

罗芸低声说：“没有，只能走一步看一步。”

“那么你该考虑这个问题了，但不管你们将来如何，在他养伤期间你都该好好照顾他。”

罗芸望着周晓白迟疑地说：“晓白，我正想和你商量呢，我的入党问题刚刚解决，可还有一年的预备期，在这期间绝对不能出一点儿问题，不然转正的时候会出麻烦的。”

“你是什么意思？”

“我不能让别人知道我和袁军的关系，你能帮我吗？”

周晓白惊讶地问：“你的意思是，让我代替你照顾他，你要装得像普通朋友一样？”

罗芸的脸红了：“我不能经常过来，不然别人会怀疑的。”

“可我要是出面照顾他，别人同样也会怀疑我的，这点你考虑过吗？”

“当然考虑过，但你和我比起来，有很多优势，凭你爸爸在军队的地位，你的前途是永远有保障的，无论你干好干坏，无论你努力表现还是无所谓混日子，结果反正一样，入党，提干，保送上大学，这些都用不着你操心。而我的情况不一样，一切都要凭自己去努力，就因为我爸爸只是个师级干部，这种级别的干部在军队里多如牛毛。”

“罗芸呀，你可真有心眼儿，和你认识这么多年，我才发现这一点，让我怎么说你呀……好吧，我答应你，我会常来照顾他的。”

“谢谢你，我知道你会帮我的。”

“可是，袁军醒了以后总见不到你，他会怎么想？他现在最需要你呀。”

罗芸说：“你向他解释一下嘛。他会理解的。”

周晓白站了起来：“我可以帮你，但我不喜欢你这种处世方式，弄得鬼鬼祟祟的。你呀，什么都要占着，什么都不肯放弃，哼，说你什么好。”

“行了行了，我的大小姐，你已经答应了，何必还说这些？你这个人就是这样，好事已经做了还不落好。”

周晓白突然惊喜地喊：“罗芸，他醒了。”

袁军睁开了眼，正望着天花板，似乎在思索着这是什么地方。

罗芸摸着他的脸说：“袁军，谢天谢地，你终于醒了，你已经昏迷了整整三天三夜了。”

周晓白给袁军掖掖被角轻声说：“袁军，罗芸的入党申请刚刚被通过，现在正是考验期，她不便常来照顾你，以后我来照顾你，好吗？”

袁军不置可否，又疲惫地闭上眼睛。

支书常贵盘腿坐在炕上，嘴里叼着烟袋正在盘算着什么。

外面传来郑桐的声音：“常支书在家吗？”郑桐拎着一个提包进来。

常贵显得很热情：“郑桐啊，来，炕上坐，你吃了吗？”

“吃啦，你歇着呢？”

常贵问：“有事吗？你们这些知青娃，没事才不找我。”

“常支书，看你说的，今天我就没事，不是也来看你了吗？”

“你小子有事就说事，别和我扯淡，我还不知道你，知青娃里就数你花花肠子多。”

郑桐打开提包，拿出两瓶二锅头和一条大前门香烟放在炕桌上，顺嘴胡吹道：“这是我家里刚寄来的，这二锅头可是名酒，中国有八大名酒，陕西的西凤算一个，北京的二锅头算一个，这种酒在北京也买不到，得有关系才行，常支书，你尝尝。”

常贵斜了郑桐一眼，心里便盘算开了，自从上次钟跃民和郑桐威胁过他以后，常贵发现这些知青娃里就数这两个小子坏，尤其是钟跃民，简直坏得流油，眼珠一转坏主意就跟着往上冒。钟跃民走后，常贵心里算是一块石头落了地，只剩下一个郑桐，谅他也翻不起大浪来。他吸着旱烟，不冷不热地说：“嗯，你这娃又有事要我办哩，要不平白无故送我名酒干啥？你说，办啥事？”

郑桐开门见山地说：“支书，你倒是直来直去，我本想绕会儿弯子再说，既然你这么痛快，那么我也就明说吧，常支书，我想上大学，希望你能帮忙。”

常贵一时没反应过来：“上大学干啥？”

“学点儿知识呀。”

常贵磕磕烟袋说：“我看你们知识够多的啦，还不是一样来陕北种地，地还种得不咋样，我看都是知识给闹的，上啥学呀？”

郑桐急了：“嗨，我和你说也说不清楚，反正我想上学，你得向公社推荐我。”

“我和公社咋说？”

“就说我下乡以后，努力接受贫下中农的再教育，积极改造世界观，劳动积极肯干，吃苦耐劳，断粮时带领乡亲们开展生产自救，不向国家伸手，还在村里办了识字班，帮助广大贫下中农扫盲……”

常贵哼了一声：“你表现这么好，我咋不知道，还带领乡亲们搞生产自救？好事都让你干了，我这支书干啥去？”

郑桐开导道：“那么你就在前面加上一条，‘在村党支部的领导下’。我说支书，这又不是立功授奖大会，怕我抢了你的功？这是上学。”

常贵嘟囔着：“反正是好事，要不你拎着酒找我干啥？”

“哎哟，你怎么听不明白？这么和你说吧，我去上学，不会对你和村里造成任何损害，相反还有好处，你只要向公社把我推荐上去就行了。”

“这事我得好好想想，你小子花花肠子太多，36个心眼儿，72个转轴儿，绕来绕去怕是要把我绕进去。”

郑桐耐心地帮常贵分析：“这么简单的事你还想不明白？咱们来算笔账，咱村不是人多地少吗，原先有417口人，加上我们10个知青，成了427口人，钟跃民走了，现在是426口人，对不对？可粮食的产量增加没有？没有。也就是说，原先417人的口粮，现在由426人吃，这么一算，问题就出来了，这等于我们知青抢了你们的口粮，你们吃不饱，我们的良心也不安，这怎么办？咱得想辙，想法把知青踢出去，踢出一个是一个，所以，你先把我和蒋碧云踢出去上大学，这样就能每年省出几百斤粮食，再有机会，比如招工什么的，你就再把曹刚他们踢出去。总之，你每弄走一个就能省几百斤粮食，这账你总能算过来吧？”

常贵低头想了一会儿，表示同意：“这倒也是。”

“支书啊，你总算想明白了，那么这酒……”

“你放那儿吧，下次我去公社里开会给你提提。”

“谢谢常支书。”

袁军躺在特护病房的床上，他浑身缠满了绷带，护士小于正在用汤匙喂他吃饭。

周晓白拎着一些水果和食品进来，她对小于说：“小于，你休息一会儿，我来喂他。”

小于说：“晓白，还是我来吧，昨天政治处张主任还问我，周晓白和这个伤员是什么关系？”

“他爱问不问，我不怕，你把勺子给我。”周晓白接过汤匙继续喂袁军。

袁军抱歉地小声说：“晓白，你别来了，这就够麻烦你的了，再造成什么误会就更不好了。”

周晓白没好气地说：“袁军，你给我闭嘴，我喂你饭就吃，别招我烦啊。”

袁军的脾气也上来了：“你还招我烦呢，谁让你来的，我请你了吗？”

周晓白大声说：“你还烦了，我自作多情是不是，上赶着来侍候你？要不是……算了，不说了，你给我张嘴。”

袁军闭上眼，拒绝进食。

周晓白气急败坏地说：“袁军，你还来劲了是不是，你吃不吃？你要敢说不吃，我就把碗扣在你脸上。”

袁军对护士说：“小于，麻烦你出去一下，我和周晓白有话说，对不起。”

小于点点头，走出门去。

袁军叹了口气说：“晓白，你这脾气是不是得改改？难怪钟跃民……”

周晓白立刻蹦了起来：“钟跃民怎么了？你少提他，别招我骂你啊。”

袁军苦笑着：“你要是心里烦，想骂我几句就骂吧，只要你心里能好受点儿。”

周晓白不吭声了。

袁军说：“其实我知道你不是冲着我来的，你是对钟跃民有气，对不对？你这是何苦？你们相处的时间并不长，彼此之间也没有什么承诺，事情已经过去了，就不要再想了。”

周晓白小声说：“对不起，袁军，我不该向你发火，我向你道歉，你不知道，我心里很……难过……”周晓白痛哭起来，“我试过，想把他彻底忘掉，可我做不到。”

袁军同情地望着她：“这可不像你的为人，在我眼里你可是个心高气傲的人，你得咬牙振作起来。”

周晓白泪眼婆娑地抬起头来说：“袁军，你是钟跃民的朋友，你了解他，你说，我们的关系真的完了吗？”

袁军深深地叹了口气，没有说话。

医院政治处的陈主任正坐在办公桌前翻阅文件，罗芸走进来敬礼道："陈主任，您找我？"

陈主任摘下花镜说："哦，小罗呀，你坐嘛。"

罗芸规规矩矩坐下。

陈主任说："小罗呀，你干得不错，你们这批兵你是第一个入党的，你很有前途呀。"

"陈主任，我感谢组织对我的培养，还有您对我的帮助教育。"

"主要还是你表现好，组织对每一个人的表现从来都是清清楚楚的，绝不会埋没你的成绩。对了，军里的邵副政委是你父亲的老战友吧？"

罗芸低着头说："对，邵副政委和我父亲在一个团里工作过，那还是打锦州的时候，我那时还没出生呢。"

陈主任说："邵副政委和我打过招呼，要我多在政治上关心你、培养你。邵副政委是我的老上级，他交代的事，我是无不照办的，问题是咱们医院干部子女太多，有些事情还是要谨慎些，免得别人说闲话。"

"您放心，这我懂。"

陈主任很为难地说："今年咱们医院保送工农兵学员的名额只有一个，竞争很激烈，军里、军区，甚至北京总部都有打招呼的，这里没有外人，我和你明说吧，内科的周晓白是你的主要竞争对手。"

"可是……周晓白连入党问题还没有解决，如果凭表现推荐，我应该比她有资格。"

"可你知道她父亲在军内的地位吗？别说咱们军首长，就是现任的军区首长，也有好几个当过她父亲的部下。"

罗芸紧张地站起来："陈主任，这次上大学的机会对我非常重要，周晓白以后有的是机会，而我却只有这一次。我听说邵副政委快离休了，他一走我就没有任何机会了，请您帮帮我。"

陈主任说："最近有人反映周晓白和一个住院的伤员关系有些特殊，你知道这件事吗？"

"我……知道，那是坦克团的袁军，他们在入伍之前关系就比较好。"

"他们是在谈恋爱吗？"

"这我不清楚，反正我知道周晓白每天都去照顾袁军。"

陈主任不满地说："这就有问题了，重伤员都有特护，她有什么必要每天都去，这恐怕不是一般关系吧？”

罗芸低声说：“陈主任，她的事我不知道。”

陈主任说：“战士在服役期间不准谈恋爱，这是部队明文规定的，周晓白作为领导干部的子女，更应该以身作则，而不能搞特殊化，她的问题我还要调查一下。”

罗芸说：“陈主任，我可以走了吗？”

“可以，好好干吧，小罗，你很有希望，这段时间要谨慎，可千万别出什么问题。”

“是，陈主任，我记住了。”

·第十二章·

军部大院附近有个小饭馆，饭馆的营业面积不大，只能摆放七八张桌子。每到星期天，这里就成了军人的天下，军部各直属单位的士兵把这里挤得满满的，来得稍晚一些就没有座位了。当然，来这里改善生活的军人，几乎都是从城市入伍的士兵，从农村入伍的士兵从不上这儿来。

钟跃民、张海洋、吴满囤正在喝酒。他们穿着洗得发白的军装，风纪扣系得很严，一副老兵风范。

尽管已经是老兵了，可钟跃民和张海洋的生活习惯还没什么变化，只要谁兜儿里有了钱，照例是拿出来请客。吴满囤对他们这种恶习颇有微词，但拘于面子却不得不来。3个人在一个班里共同生活了两年多，彼此都太了解了。满囤已经明白了一个道理：好朋友之间要互相宽容，自己习惯的生活方式不能强加给别人。这两位兄弟虽说一身少爷习气，可他们对朋友却很真诚。别的不说，这两年多来，钟跃民和张海洋就没穿过新军装，每到换装时，他俩总是把新发的军装扔给满囤，让他寄回家里给弟弟妹妹们穿。满囤要是不好意思要，他俩就瞪起了眼，大有要翻脸的意思，每次都是满囤含着眼泪默默地收下。他是个口拙的人，心里的感激不知道怎样才能表达出来。连队里有人开玩笑说，全连穿得最破烂的就是他们3个。满囤听到这种议论时总像做了亏心事，心里很不是滋味。

平心而论，满囤实在不愿意和他俩出来吃饭，在他看来，连队的伙食已经很好了，这两位少爷简直是在糟蹋钱，他俩要是真有钱也行，其实他俩的津贴费还不够买烟抽的，唯一的本事就是向家里要。去年钟跃民的父亲被“解放”后，补发了一大笔钱，钟跃民觉得这笔钱是他和父亲省吃俭用攒出来的，当年他每月只有15元生活费，吃了上顿没下顿，如今父亲发了财，这笔钱他理所当然要支取一部分。满囤怎么也闹不明白钟跃民的理论，他认为那是钟跃民父亲的工资，无论如何，钟跃民不该这么理直气壮地花父亲的钱。钟跃民只好这样解释，他本来没打算要来世上走一遭，是他爹妈非要生他，他不来都不行，因此他是出于无奈才来到这个世界上的，既然来了，那爹妈就得负责把他养到18岁，少一天也不行，不然就是摧残了祖国的花朵。满囤说：“可你现在早过18岁了。”钟跃民振振有词：“问题是我从十五六岁起就受到摧残了，那时我成天吃不饱肚子，好好的一朵花儿还没来得及开呢，就已经谢了，成了残花败柳，我老爹总得给我追几次肥吧，不然他这个爹当得也太轻松了，一个月才15块钱就把儿子养大了，那我要这个爹干吗？”

张海洋一开始还没想起向家里要钱，后来觉得老吃钟跃民的不好意思，于是也给家里写信，以各种名目要钱，结果成了惯例，一到星期天，不出来吃顿饭就像少了点儿什么。

钟跃民注意到一个瘦瘦的战士，穿着崭新的军装，没戴领章、帽徽，独自一人坐在角落的一张桌子前自斟自饮。他注视着那个战士说：“那是个今年的新兵吧？怎么一个人出来喝酒？新兵集训期间批假挺不容易的。”

满囤回答：“他们一到星期天允许10％的人请假，前几天连长派我去新兵连辅导新兵投弹训练，我见过这个新兵。”

张海洋望着门口说：“那几个小子又来了。”

几个穿着半旧军装的士兵走进饭馆，正在东张西望地找座位。

钟跃民问：“他们是哪个单位的？”

张海洋说：“通信营的，你忘了？上次他们在这儿喝醉了闹事，把人家柜台都砸了，这几个小子都是省军区的子弟，从小在这儿土生土长，跋扈惯了。”

那几个通信营的士兵走到屋子角落的那张桌子前，盯着那个独自喝酒的新兵，似乎希望新兵能识趣些主动站起来。

那新兵旁若无人地喝着酒，好像没看见面前这几个老兵。

一个老兵终于忍不住说话了：“喂，新兵蛋子，那边有空位子，你到那边坐。”

新兵像是没听见，他无动于衷地一口一口抿着酒，甚至连头也不抬。

老兵火了：“嗨，说你哪，耳朵里塞驴毛啦？”

张海洋看不过想站起来，却被钟跃民一把按住。

新兵仍然不吭声。

那老兵说：“妈的，如今怎么聋子也来当兵了？”

他抓起新兵放在桌上的挎包一把甩到墙角，用挑衅的目光盯着新兵。

新兵面无表情地抓起酒瓶，给自己杯里斟满酒，端起来一饮而尽，再斟酒，又是一饮而尽，酒瓶终于空了。

钟跃民和张海洋注视着他。

新兵懒洋洋地站起身来，握酒瓶的左手闪电般挥出，酒瓶在空中画了道弧形，砰的一声砸在老兵的头上……酒瓶被砸得粉碎，碎片飞溅出很远，老兵血流满面地栽倒了……

在场的人都惊呆了。

新兵手握露出锋利碴口的瓶颈朝老兵晃了晃，几个老兵被吓得连连后退。

钟跃民拍了几下巴掌叹道："行，出手够利索的，心理素质也不错，天生的杀手。"

他走过去，拍拍新兵的肩膀："哥们儿，你是哪儿来的？"

新兵的眼睛一亮："北京。我听出来了，你也是北京的？"

"我叫钟跃民，北京人，侦察营的，你叫什么？"

"宁伟。"

张海洋走过来对几个老兵说："快带这哥们儿去医院包扎一下，这事儿就算了吧。"

一个老兵涨红了脸："算了，人就白打了？还是新兵蛋子打的。不行，这件事没完。"

钟跃民说："不就是挨了一酒瓶子吗？来，你们给我脑袋来一下，我替他挨了。"

一个老兵颇不服气："你们不就是侦察营的吗，有什么了不起？想替这新兵蛋子出头儿是怎么的？"

张海洋漫不经心地抓起一个空酒瓶，朝自己天灵盖砸去，瓶子被砸得粉碎，他的脑袋却毫发无损。他向几个老兵递过一个酒瓶："来，你们也试试。"

几个老兵没人敢接。

钟跃民劝道："行啦，你们赶快走吧，一会儿值勤哨来了就谁也别走了。"

几个老兵把受伤的同伴扶走。

宁伟感激地说："大哥，谢谢你们。"

钟跃民拍拍他的肩膀说："你也快走吧，这件事要是让你们新兵连知道了，你恐怕要背个记过处分，要有这个心理准备。"

宁伟满不在乎地说："没事，我已经背了一个警告处分了，一个是抱着，两个是挑着。"

钟跃民说："我们是侦察营一连的，以后有空来找我们玩儿。"

"谢谢大哥，我会去找你们的。"

周晓白正在内科值班室做值班记录，内科的张教导员推门进来。

周晓白站起来："张教导员，您有事吗？"

"小周呀，没什么大事，你坐嘛，随便聊聊。"

"教导员，您平时好像没有聊天的习惯，给人做思想工作之前，都说随便聊聊，先扯上几句家长里短才转入正题。您这套工作方法，咱们科里的人都知道，我看您就把开场白免了吧，要说什么，直奔主题就行了。"

张教导员有些尴尬："小周啊，你的嘴可真够厉害的，脑子也转得很快。好吧，听你的，咱们就直来直去。我事先声明，今天要谈的问题，是政治处陈主任交代的，具体情况我也没做调查。"

"好，请进入主题吧，我洗耳恭听。"

"据有人反映，你最近和一个叫袁军的伤员关系比较密切，有这事吗？"

"有，我每天都去看他，我们入伍之前就是朋友，这有什么不对吗？"

张教导员说："小周啊，你入伍后表现还是不错的，你是领导干部的子女，要处处以身作则啊。"

周晓白问："这是什么意思？这和领导干部的子女有什么关系？"

"你已经是老兵，应该知道战士在服役期间不允许谈恋爱的规定吧？"

"您认为我在和袁军谈恋爱？那我就向您解释一下，我们之间没有恋爱关系，我们只是一般的朋友。"

张教导员委婉地说："恐怕没有这么简单吧？有人反映你每天都去外科照顾袁军，而且取代了特护，这好像已经超越了一般同志的关系。小周，你可要注意影响啊。"

周晓白刚要说话，又克制住自己，索性不做解释了。她坐下继续写值班记录，不再理睬张教导员了。

张教导员严肃起来："周晓白同志，我是代表组织和你谈话，请你端正态度，配合组织把事情谈清楚。"

周晓白终于忍不住了："张教导员，我已经向你解释过了，我想我用不着再继续解释了，如果组织不相信，非要我承认才算是配合组织，才算是端正了态度，那好，我就来个假戏真做，真和袁军去谈恋爱，这你满意了吧？"

张教导员发火了："你这是什么态度？你要为自己的前途想一想，这样下去后果是很严重的……"

周晓白狠狠一摔门，扬长而去，张教导员被气得直哆嗦。

去年年底入伍的新兵已经进行了3个月的集训，该进行分配了。侦察营大批老兵也在去年年底复员了，一连也走了几个班长，钟跃民、张海洋、吴满囤都当上了班长，钟跃民任五班班长，张海洋任四班班长，吴满囤为一班班长。

当指导员董明宣布完任命时，钟跃民和张海洋马上嬉皮笑脸地表示感谢。

钟跃民说："多谢指导员栽培，给我个官儿干干。指导员，您和连长是不是也该转业了？"

董明说："什么意思？"

“老兵一复员我们就升任了班长，要是指导员和连长再一转业，我们就该升排长了。指导员，求求你了，给我们腾腾地方吧。”

张海洋也说：“真该好好感谢指导员，这样吧，您批我们半个月探亲假，要带点儿什么尽管说话，您千万别客气，我们是真心实意地想贿赂您。”

董明说：“又要贫嘴是不是？想探家好说，服役满3年再说。钟跃民，我给你带来个新兵，就放在你们五班，宁伟！”

门外有人吼：“到！”

宁伟背着包走进五班。

钟跃民一见他就笑了，他向宁伟伸出手说：“是你呀，欢迎，欢迎。”

宁伟敬礼：“请班长、副班长多帮助。”

董明说：“这是个刺儿头，没出新兵连就背上两个处分，你们要严格管理。”

钟跃民说：“放心吧，指导员，我们五班可是个红色染缸，别说一个宁伟，就是蒋介石来了，也能给他改造了。”

指导员笑了：“钟跃民，你就吹吧。咱们言归正传，下星期就要演习了，你们班可要特别注意，千万不能出事故。”

指导员刚一出门，钟跃民就忙不迭地召开了班务会，他的就职演说是这样开场的：“大家都知道了吧？从今天起我就是五班班长了，班里的一切工作由我负责，有两件事咱们今天必须说清楚：第一，我当班长下面有没有不服气的？谁要是不服气就站出来，和我拳脚上过过招儿，我要是输了这个班长你当，要是你输了就老老实实当战士，别乍刺儿。怎么着，有不服的没有？”

五班的战士谁也没吭声。

“嗯，都不吭声，那就是没有，这个问题就算过去了。第二，以后班里无论发生什么事，要尽量在班里解决，别动不动就越级报到连长、指导员那里，这叫打小报告，我他妈最烦这个，所以把丑话说在前面，要是让我发现了可别怨我翻脸。我就说这么多，有不同意见没有？嗯，没有，那就散会。”

最近钟跃民有些烦躁，他当兵已经3年了，这3年里发生了很多事，父亲虽说还没被安排工作，但毕竟算是被“解放”了，家里的事他没什么可惦记的。唯一使他牵肠挂肚的是秦岭，当兵以后他至少给秦岭写过十几封信，秦岭却从不回信。这个女孩子可真够绝的，钟跃民怎么也想不通，世界上怎么会有这样清醒理智的姑娘，她简直是个谜。如果秦岭仅仅是不回信，钟跃民倒还能沉住气，反正知道她还在白店村，李奎勇每隔半年时间都会给他来封信，顺便也谈谈秦岭的情况。但是最近李奎勇在信中告诉他，秦岭自从回北京探亲以后，就再也没回过村，谁也不知道她的去向，秦岭竟这样不声不响地消失了。钟跃民听到这个消息后，居然头一次失眠了，有好几天时间，他干什么都无精打采，连话都少了，他终于体会到了，这种精神状态叫忧郁。钟跃民不得不承认，他真的很喜欢秦岭，这个女孩子很让他牵肠挂肚。3年了，他不但没忘了秦岭，反而越来越想念她。真是见了鬼，他不知道自己从什么时候起对女人的心态发生了这样大的变化。一个游戏人生的人，应该把这一生的每个时间段都看成是一个单独的游戏，怎能一个游戏就收不了场呢？

袁军坐在轮椅上，由护士小于推着，在花园里走动，罗芸迎面走来，向袁军不冷不热地打招呼："袁军，你的伤好得挺快呀，祝贺你。"

袁军也不冷不热地说："谢谢，你很忙吗？"

罗芸对小于说："小于，你休息一会儿，我来推轮椅，我们在北京就是老熟人了。"

小于说："好，你们聊吧，我一会儿再来。"

罗芸推起轮椅，在花园里缓缓地走动。

罗芸向四周看看，见没人注意自己，才压低声音对袁军说："我有好消息告诉你。"

袁军淡淡地回答："我知道，去军医大上学。"

罗芸奇怪地问："你也听说了？"

"医院里都传开了。"

"你还听说什么了？"

袁军说："还听说周晓白为了我的事和内科张教导员吵了一架，被取消了推荐资格。"

罗芸叹了口气说："晓白的脾气太大了，其实这事她完全可以心平气和地解释一下，可她连解释都懒得解释，居然一摔门走了，这件事把政治处的陈主任都惹火了。"

袁军面无表情地问："罗芸，在这件事上，你有没有对不起朋友的地方？"

"没有，推荐名单是院领导定的，我不可能参与。袁军，你是不是听到什么议论了？"

"议论我倒没听见，不过这件事是因为我引起的，我当然要想一想，我觉得你在这件事上挺不够意思的。"

罗芸不满地睁大了眼睛："我怎么啦？我倒想听听我怎么不够意思了。"

袁军冷冷地问："你明明知道周晓白和我不是恋爱关系，而且，周晓白是出于友谊应你之托来照顾我，在她受冤枉的时候，你为什么不站出来澄清一下事实？"

"那除非我承认我和你的关系，可要是这样，不但我上军医大的资格会被取消，就连我的预备党员的资格也会被取消，那我就完了。”

“所以你就牺牲了周晓白？”

“你怎么这样说话？怎么是我牺牲了周晓白？”

袁军长叹一声：“罗芸，上个军医大就这么重要？连友谊和良心都不要了？”

罗芸急了：“袁军，你少用这种口气和我说话，周晓白被取消推荐资格，完全是因为她的态度。群众早就有反映，说周晓白倚仗自己父亲的地位飞扬跋扈，把谁都不放在眼里，和周围的战友关系搞得很僵，院里早就有这种议论，这又不是我造成的。”

袁军疲惫地挥挥手：“你把小于叫来，我要回病房了。”

罗芸的眼圈儿红了：“你怎么这样对我，我明天就要走了，你怎么连句好话都没有？”

“走吧，祝你好运。”

“你浑蛋！”

袁军闭上眼睛，不说话了。

郑桐今天从可靠的渠道得知，这次公社推荐的工农兵学员已经出发了，石川村的党支部竟没有推荐任何人。这可把郑桐气得七窍生烟，他马上意识到这是常贵捣的鬼，这老东西太阴险了，收了礼还不办事，郑桐决定找常贵好好理论一番。

郑桐一脸怒气地闯进常贵的窑洞，常贵正坐在炕上捧着个大海碗喝粥。他强压着怒火说：“常支书，我有事要问你。”

常贵眨着小眼睛看看郑桐：“我知道，是为上学的事吧？”

“咱上次不是说好了吗？你为什么没推荐我？”

常贵带着一脸的无辜说：“你这娃咋这么说话？你咋知道我没推荐你？名额有限嘛，也不能是个人就去。”

“我有可靠的消息，这次公社的推荐会上，你叼着烟袋蹲在那儿一言不发，是不是？”

“谁说的？”

“你别管谁说的，有没有这回事？”

“没有，你要不信，就把公社的王书记叫来，我和他当面锣对面鼓说说，我是和他说了。”

郑桐终于忍不住翻了脸：“你他妈少来这套，你明明知道王书记不可能来对质。常老贵，你这人够阴的，当面是人背后是鬼，就因为你克扣知青口粮的事，我和钟跃民得罪了你。这事都好几年了，你还怀恨在心，背后给我下绊子，你他妈真不是个东西。”

常贵软中带硬地说：“郑桐，你要这么说，咱就没话了，上学的事我也管不了啦，你咋上来就骂人呢？论岁数，你也是侄子辈，咋这么说话？”

郑桐大怒：“骂你？我还想打你个老东西呢。”他怒火中烧地抄起炕桌上的大海碗要砸常贵，蒋碧云冲进来抱住郑桐，郑桐挣扎着想朝常贵扑过去，蒋碧云拼命把郑桐拉走。

郑桐和蒋碧云并肩坐在村口打谷场上的一个石头碾子上，两人久久地沉默着，突然，郑桐开始抽泣起来。

蒋碧云大惊，这是她第一次看见郑桐流泪，她惊慌地把手放在他的肩上：“郑桐，你怎么啦？”

“这日子……真没盼头。”

“大家不是都这么过吗？”

“人……就怕没有希望，这么活着有什么意思？”

“郑桐，你从来都是乐观的人，今天怎么变得这么消沉？这可不像你。”

“你不知道，我想上大学，连做梦都想，可今天我去公社一问，被选上的工农兵学员都出发了，当时我就觉得眼前一片漆黑，心里所有的希望都破灭了。”

蒋碧云说：“可你不能放弃希望，我就不信，咱们会永远待在这小山村里，机会总会有的。”

郑桐心灰意冷地说：“机会见了我，恐怕也会绕着走，我这个人运气不太好。”

“要是有一天，机会到了你眼前，你却无法抓住它，因为你不具备抓住机会的本领，到那时候，你将无话可说。”

郑桐沉默。

“我知道，你的精神状态很糟糕，生活艰难，前途无望，还有……你很孤独。”

郑桐低声道：“是的，是一种灵魂的孤独，漫漫长夜，我在独自行走，何处是归程……”

蒋碧云轻声说：“如果心中有了爱情，也许情况会好得多，那时你会觉得温暖，觉得有了依靠，觉得灵魂不再孤独，觉得生活从此充满了色彩。”

“可我眼前是个没有色彩的世界，只有缺少植被的黄土。”

“郑桐，你不想对我说点儿什么？”

“我万念俱灰，实在提不起兴趣说话。”

蒋碧云扳过郑桐的肩膀，注视着他的眼睛说：“那我说，你听好，我想向你提个建议。”

“你说。”

“一个人走夜路实在太孤单，两个人结伴而行不是更好吗？”

郑桐睁大了眼睛：“你的意思是，你和我一起走？”

“是的，咱们一起走夜路，一起抵御孤独，一起寻找光明，你愿意吗？”

郑桐背过身去，不吭声了。蒋碧云温柔地从后面轻轻抱住他。

两行热泪从郑桐的眼中流出……

操场上，侦察营一连全连列队站立，今天晚上，营教导员要宣布被选入军教导队学习人员的名单。

1966年以后，全军几乎所有的军事院校都停办了，军官的选拔全部出自现役中的老兵。各军、师级，甚至团一级单位都成立了干部教导队，这是变相的军官学校，被选中的老兵在教导队里受几个月或一年的速成军官培训，然后再作为军官回到本部队带兵。1966年以前的军官学校，它的录取条件是首先要通过统一的文化考试，仅此一条，就让很多只有小学文化的农家子弟望而却步。“文化大革命”运动的兴起，使很多旧的规章制度被废除，这样就给吴满囤这类身处底层的农家子弟带来了希望。当时，偌大一个中国，所有晋升的大门都向你关上，唯有在军队里还能看见一线曙光，对于身处底层的人们来说，这的确是一个令人振奋的消息。

况且，用几个月或一年的时间速成一个军官，这在中国历史上并非没有先例，当年闻名遐迩的黄埔军校，不也是个速成班吗？这并不妨碍它培养了大批名将，仅第一期600名学员中就出了300多名将军，他们从入学到毕业只用了不到10个月。

钟跃民、张海洋、吴满囤等人早就知道了提干人员的名单，他们三人都是连队中的战斗骨干，提干早已板上钉钉，教导员也分别找他们三人谈过话。

钟跃民得知自己将提干的消息时，还犹豫了几天。他根本没打算在部队长干，按他的想法，什么事都是玩一把即可，既然已经当了几年兵，那么就该换一种玩法了，老玩一种游戏多没意思。要是提了干，你就身不由己了，不在部队干个十年八年就别想走。有种老掉牙的说法，叫不想当元帅的士兵不是好士兵，钟跃民认为这纯属扯淡，不过是种俗人的想法，就像人人都想发财一样，事实上发财的人永远是少数。世界上有各种各样的活法，关键在于自己的感觉，他从来也不认为当元帅这种活法有什么值得羡慕的。现在钟跃民已站在了人生的十字路口上，如果选择再在军队干个十年八年，非要了他的老命，这是闹着玩的吗？就冲这每天例行的5公里越野，他就有点儿烦了，这意味着他还要再跑十年八年，等你跑不动了再让你转业，到那时他还有心思再玩别的吗？

但钟跃民最后还是决定进教导队，不为别的，主要是因为张海洋和吴满囤，他经不住这两个家伙死缠硬磨，尤其是张海洋，他父亲来信告诉他：‘这辈子不要想干别的，这身军装你就穿到死吧。张家的后代除了当兵，什么也不能干，什么时候你穿上了军官制服，什么时候你才可以回家，不然就别再踏进这个家门。’张海洋被断了后路，只好死心塌地地准备在部队长期干下去，但用他的话说，临死也要拉个垫背的，他认准了钟跃民就是垫背的，死活也要把他拉下水，于是张海洋和吴满囤采取了死缠烂打的战术，每天纠缠着钟跃民，甚至使用了极为无赖的办法。

前些天，张海洋和吴满囤约钟跃民去游泳，钟跃民一去就上了当。他们把钟跃民带到一处僻静的河岸上，说这里可以光着屁股游泳，两人先光着屁股下了水。当兵的都没有游泳裤，游泳时一律穿部队发的绿色大裤衩，这种裤衩在水里阻力很大，也很不舒服。钟跃民一见他俩下了水，于是也光着屁股跳进水里，等他游了一个来回后，发现这两个家伙早已穿好衣服坐在河岸上，正不怀好意地冲着他微笑，钟跃民这才知道自己上了当。张海洋提出了两个条件供钟跃民选择，要么进教导队，要么光着屁股回部队。张海洋还特地警告他说，现在没人和他开玩笑，不要抱有幻想，在选择之前一定要考虑好后果。钟跃民考虑了一会儿便妥协了，他知道张海洋绝对会说到做到。在穿裤衩的时候，钟跃民想，这条裤衩一穿，自己就算搁在部队了。

公布完提干名单的那天晚上，在熄灯号吹响之前，钟跃民被张海洋叫到操场上的双杠前，从当新兵时起，这里就是他们三人聚会的地方。

钟跃民问道：“你叫我到这儿干吗？”

张海洋说：“这是满囤的意思，他要请客。”

“这小子平时一分钱都想碾成末儿花，不想过啦？”

“我也这么说，又不是什么生离死别，不就是提干吗？他家穷成那样，充他妈什么大头？结果这小子跟我急了，居然敢和我瞪眼，说‘你要不去就滚蛋，以后少理我’。我操，这要放在刚入伍那会儿，我非打丫一满地找牙不可。”

满囤抱着一包东西匆匆赶来，他蹲下身，把包里的东西一样样拿出来：罐头、香烟，还有两瓶白酒。

钟跃民和张海洋默默地看着他开罐头。

满囤打开罐头，又打开酒瓶斟满3个杯子，他望着钟跃民和张海洋说：“还站着干吗？坐下吧。”

两个人默默地坐下。

满囤举起杯子郑重地说：“都端起来，干了。”

三人把酒一饮而尽。

满囤又重新斟满："再干。"

三人连干三杯酒。

满囤突然变得很激动："两位兄弟不是外人，别笑话哥哥……"他突然朝一个方向跪下，连连磕了3个头，声泪俱下地说，"爹、娘，儿子给您二老磕头啦，儿子没给爹娘丢脸，儿子在部队提干啦，咱们家有盼头啦，俺能养家了呀……"

满囤号啕大哭起来，多年的委屈和压抑在一瞬间都释放出来。

钟跃民和张海洋被满囤哭愣了。

钟跃民抱着满囤的肩膀劝道："以后就好了，排级工资52块，你能养家了，这是好事啊，你该高兴，弟兄们也为你高兴啊。"

满囤擦着眼泪哽咽道："两位兄弟，照理说，和你们认兄弟，俺是高攀了。你们够意思，从没嫌弃俺，这几年你们连件新军装都没穿过，全寄给俺家了。俺一个穷小子，真拖累弟兄们了，俺代表全家给你们磕头啦……"

满囤又要跪，钟跃民和张海洋慌忙扶住他："哥们儿，你这就没意思了，咱们不是哥们儿吗？"

满囤又抓起酒瓶子："好吧，我什么也不说了，该怎么报答弟兄们，俺姓吴的心里有数。喝，这两瓶酒今天要喝完，谁也别装熊。"

钟跃民一口干掉杯中的酒大声道："喝！为告别咱们的士兵生活，一醉方休，只要明天早晨能爬起来就行。"

张海洋牛哄哄地说："起不来也没关系，叫人给教导队带个信儿，就说大爷喝多了，晚一天去，怎么啦？"

钟跃民笑道："看把你牛的，不就是个小排长吗？"

钟山岳自从被解除隔离审查以后一直没有分配工作，已经在家赋闲好几年了。他在被审查期间，部里又提升了几个副部长，因此在职的副部长已经达到七八个了，实在没有位置可以安插。尽管钟山岳心急如焚，可是像他这类情况的干部实在太多了，组织部门也毫无办法。钟山岳和大多数在"文革"初期受到冲击的老干部一样，公开的说法都是自己还年轻，身体条件也不错，还想为党为人民多做几年工作。其实谁都明白，这些理由过于冠冕堂皇。

钟跃民这次探亲回家可没少听父亲发牢骚，老头子又添了个不良嗜好：每顿饭必喝酒，一喝酒话就多，话一多就骂人。每次酒至半酣时，钟山岳都把所有不满意的人和事挨个儿骂遍，钟跃民根本不能搭茬儿，一搭茬儿准把他也捎上。

父子俩有五六年没见了，钟跃民刚回来时，父亲很兴奋，先是给他各地的老战友打电话，说"我老钟的儿子在部队当了排长"，然后便一刻不停地追着钟跃民问这问那。钟跃民到客厅，老头子追到客厅，钟跃民进了自己的卧室，老头子又追到卧室，弄得钟跃民都快烦了。他记得父亲以前可不是这样，那时父亲在他眼里是个顶天立地的汉子，就连打起人来也颇具大丈夫气概。他决不像一般父母打孩子那样，不温不火地往孩子屁股上拍几下，钟山岳可没这么温文尔雅，他总是出手快如电，钟跃民还来不及反应，一记清脆的耳光就已经结结实实地扇在脸上，其力度足以让钟跃民原地转360度，眼里一片金光灿烂。

钟跃民百思不解，眼前这个唠里唠叨的老头子是他父亲吗，怎么人一老就变成这样，辽沈战役时那个打仗和追女人都同样风风火火的年轻师长如今哪里去了？

当然，这都是钟跃民刚回家时的情景。他和父亲相处没几天，就发现父亲其实没多大变化，只不过是没事干闲的。他心里装满了无名火，你千万别招他，一旦招他发了火，他顿时就露出了狰狞面目。

钟跃民想起了儿时的理想，为了不挨爸爸揍就得自己当爸爸，这种想法太缺乏周密性，忽略了最根本的一条：即使你当了爸爸也不能保证你自己的爸爸不揍你，这是一条铁的规律，任你有多大本事也甭想翻过来。

钟山岳坐在客厅里的沙发上，钟跃民正在给父亲按摩肩膀，他讨好地问：“爸，您这算是官复原职了吧？”

“恢复了原级别待遇，就是没事干，中组部可能是把我忘了。”

钟跃民说：“您还是好好休养一阵吧。爸，我妈去世后，您为什么不再找个老伴儿？”

“有合适的吗？你小子给我介绍一个？”

“真抱歉，没有。”

“那你小子废什么话，过问起老子的私生活来了？”

“我是觉得您需要有人照顾。”

父亲说：“结婚不是为了要人照顾，要是那样，我不如请个保姆。儿子，明天咱们去八宝山看看你妈。咱家如今只剩下咱们两个啦，人丁不旺啊，我这辈子最大的遗憾就是没多生几个儿子，你妈生你以后就动了手术。”

“我知道，您还想着我妈。”

父亲说：“我问你，你有女朋友吗？”

“交过两个，时间都不太长。”

“笨蛋，连个女朋友都看不住。人家看不上你？”

钟跃民惭愧地承认：“就算是吧，我没本事，比您年轻时差远了。”

钟山岳得意地吹嘘起来：“这倒是，老子年轻的时候可比你这会儿风光，全纵队最年轻的师长，那些女同志见了我就两眼放光，轰都轰不走。”

“您最后还是看上我妈了？”

“你妈当时是我们东野机关里最漂亮的。唔，当时不少师团级干部都打她的主意，可她谁也看不上，只有我心里明白，她是在等我呢。那是在总攻锦州之前，我正准备打大仗，顾不上找她谈，等打完了仗我才找的你妈，你猜你妈的第一句话怎么说？她说：‘你怎么才来？’”

钟跃民大笑：“老爸，您真是情场高手，儿子可自愧不如。”

一提起过去，钟山岳的脸色立刻阴沉起来，他又不由自主地发起了牢骚：“唉，以前的风光日子是不能提了，一想到现在心里就堵得慌，这叫他妈的什么事？身体好好的，一顿饭能吃两大碗，倒没工作了，就这么混吃等死啊。”

钟跃民劝道：“爸，您的级别、工资和住房不是都有吗，不安排工作更好，您钓钓鱼，找老战友喝喝酒，不是挺好吗？我要有您那个级别待遇，巴不得躺倒不干了，当官儿有什么好，成天提心吊胆的。”

“什么话？这是为人民服务，怎么叫当官儿？我还年轻，身体又好好的，现在没别的想头，就是想为党为人民多做几年工作。”

钟跃民不禁笑出了声：“爸，其实谁都明白，这些理由太冠冕堂皇了。若真是想为党为人民多做几年工作，可以去扫楼道、烧开水，实在不行可以到居委会和那些小脚儿侦缉队去站岗放哨。总之，方法有很多，并不一定非要当官儿。”

钟山岳不爱听了：“放屁，老子一个堂堂副部长去居委会站岗放哨？亏你想得出来。”

钟跃民说：“问题就出在这儿，别说是去居委会，就是让一个副部级干部去当个处长，他也非蹦起来不可。所以，这些‘想为党为人民多做几年工作’的干部，他们对工作的要求是有条件的，那就是必须要保证自己的原级别，只有在这个前提下，才能‘为党为人民多做几年工作’。”

“老子本来就是副部长，我又没向组织要官，升上一级，我不过是要求组织根据我的能力考虑一下，给我分配个能发挥作用的岗位，这个要求不算高吧？”

“那如果组织就认为您去居委会工作才能发挥作用呢？”

“你放屁……”钟山岳气得不知说什么好。

钟跃民还不识趣地继续说：“问题是，中国的官场历来不缺人，所有的官位都被占得满满的。您上趟厕所的工夫，回来一看，您那位子也许就被别人占了，谁不想‘为党为人民多做几年工作’啊？也够难为中组部的，就连我也是刚当个小排长就惦记着连长赶快转业，好给我腾腾位子，我也想‘为党为人民多挑点儿重担’。老实说，给我个师长、军长的担子我都不嫌沉……”

钟山岳听着钟跃民说话，一声不吭，他起身去了厨房，钟跃民警惕地注意着父亲的举动……

钟山岳在厨房里边翻弄了一会儿就出来了，钟跃民一见便兔子般地窜出客厅，他清清楚楚地看见，父亲的手里竟拎着一根擀面杖……

袁军、周晓白、郑桐、蒋碧云正坐在莫斯科餐厅里交谈，他们在等待钟跃民，袁军和周晓白已经穿上4个兜的军官服。

周晓白心神不定地看看表说："跃民会不会不来了？"

袁军说："不会，他昨天在电话里答应得好好的，大家都好几年没见了，也该叙叙旧了。"

郑桐恨恨道："这孙子，真不仗义，我平均给他发3封信，他才回一封，老说忙，好像全世界就他忙。"

蒋碧云注视着周晓白，这是她第一次见到周晓白，对于钟跃民的前女友，她是久闻其名，她正以女人特有的挑剔眼光审视着周晓白。

周晓白发现蒋碧云在注视自己，便半开玩笑地说："你把我看得有点儿毛了，我的脸上是不是布满沧桑？"

蒋碧云不好意思地笑了笑："我是好奇，刚到陕北的时候，我就听说过你，有几次你的来信还是我交给钟跃民的。你的字很漂亮，当时我还想，这个周晓白一定和她的字一样漂亮，今天见到你，果然和我想象的一样。"

周晓白灰溜溜地说："谢谢，不过漂亮又有什么用，还不是被钟跃民甩了。"

袁军安慰道："你别这么说，那时大家还都是学生，都很幼稚嘛。"

蒋碧云说："袁军说得对，少年时的爱情恐怕是靠不住的，变数太大。我当时对钟跃民的印象也不错，他是个不错的大男孩，性格挺可爱，一肚子坏水，可即使是冒坏水的时候，也不招人讨厌。说实话，那时我也有些动心，不过我很快就打消了这个念头。"

周晓白很注意地问："为什么？"

蒋碧云一笑："这是个很容易让女人受伤的男人，就像狗熊掰棒子，随掰随扔，这对女人来说，太不公平。"

郑桐说："依你的意思，怎么才叫公平？"

"要是你不想要这个棒子，最好别掰它，让它好好长着，等愿意要它的人来掰。"

郑桐坏笑了一声："真是典型的女人式思维，可还有这么种情况，狗熊本来不在意，因为对狗熊而言，掰棒子本是一种嗜好，并不一定要吃，就算是掰着玩吧，可有的棒子却当了真，主动把脑袋伸过去，狗熊当然来者不拒，于是棒子就进一步提出要求，要狗熊停止掰棒子的嗜好，一辈子只吃这一根棒子。狗熊当然做不到。”

周晓白笑骂道：“郑桐，你这是在拐着弯儿地挖苦我吧？几年没见了，你还这么坏。”

钟跃民骑着自行车来到莫斯科餐厅的大门前，他穿着一身洗得发白的破旧士兵军装，军裤的膝盖上还补着很醒目的补丁，脚上穿着一双破旧的解放鞋。

他把自行车停在存车处，存车人马上让他先交存车费，钟跃民浑身乱摸，也没翻出一分钱，他只好抱歉地说：“对不起，我没带钱，请等一下，我让我的朋友来交钱。”

存车人怀疑地看了他一眼说：“那你快点儿。”

钟跃民走进玻璃转门进入大厅，袁军和郑桐激动地迎上去，袁军夸张地张开双臂要拥抱钟跃民。

钟跃民笑道：“袁军，先别忙着寒暄，赶快去门口替我交一下存车钱。”

袁军诧异地说：“操，你他妈至于连两分钱都没有吗？又成心出洋相吧？”

钟跃民和郑桐握手，两人亲热地寒暄着什么，周晓白和蒋碧云站在餐桌边默默地看着他们交谈。

钟跃民快步走过去，向她们伸出手：“晓白、蒋碧云，你们好吗？”

蒋碧云微笑着：“我还可以。”

周晓白幽幽地说：“我不好。”

钟跃民装没听见，对走进大厅的袁军说：“今天是谁做东呀？”

袁军说：“我做东，大家坐啊。”

郑桐笑道：“你们猜袁军刚才去干什么了？是去替钟跃民交两分钱存车费。”

袁军上下打量着钟跃民说：“跃民又在成心出洋相呢，看看他这身破军装，还补着两块崭新的国防绿补丁，这大概是专为探亲准备的礼服。”

钟跃民解释道：“谁有闲心出洋相？我真的只有这一身军装，连替换的都没有，一洗衣服就盼着它快点干。”

郑桐问：“你是不是拿军装和驻地老乡换酒喝了？”

钟跃民解释道：“我有个战友，家里穷，他下面还有几个弟弟妹妹，每人都合不上一身衣服，我们几个战友就帮他凑军装寄回家，结果寄完了才发现忘了留换洗衣服了，每人只剩下穿在身上的军装。张海洋更倒霉，他把仅有的一身军装洗了晾在院子里，那会儿正赶上老兵复员，不知是谁把他的军装给顺走了。这小子也绝，愣是一声不吭，第二天早上我们例行5公里越野，他穿身破烂的绒衣绒裤，背着枪和子弹袋没事儿人似的窜到队列里，把连长差点儿气疯了……”

大家都大笑起来，只有周晓白没笑，她在低头看钟跃民的脚，她发现钟跃民竟是光着脚穿鞋，没穿袜子。

周晓白的眼圈红了："你怎么连袜子也给人了？"

"我那战友家人口实在太多了，这还不够呢，上次他家寄来一张全家福照片，我们一看全乐了，整个一步兵班，一片绿，他爹妈都穿着两个兜的士兵服，像正副班长，弟弟妹妹清一色新军装，像刚出新兵连的新兵。"

大家大笑。

"我对我那战友说，你别着急，等咱们都提干了，就给你们全家换装，换4个兜的干部服，让你们全家都提干。到那时再照张全家福，就不是步兵班合影了，而是教导队合影。"

众人又是一阵笑。

蒋碧云说："你一点儿没变，还是那个钟跃民，走到哪儿都这么乐观。"

钟跃民恭维道："你可是越来越漂亮了，气质也和以前大不一样。你知道吗？郑桐很早就对你心怀不轨，今天我一见你就明白了，肯定是郑桐已经得手了。"

郑桐得意地吹嘘道："那当然，有我郑桐干不成的事吗？"

钟跃民说："你用的什么招儿？介绍介绍经验嘛。"

"欲擒故纵。"

蒋碧云捶了郑桐一拳说："得啦，别吹了，郑桐有段时间特别灰心，简直连寻死的心都有，我能见死不救吗？结果把自己也搭进去了。"

钟跃民问："罗芸怎么没来？"

袁军说："被保送上大学了，和我们也没联系，这个人……怎么说呢，反正心眼儿挺多的。"

周晓白斜了袁军一眼："袁军，你这么说就不对了，当初是谁和她谈恋爱的？不能人一走了，就这么没情义呀。"

"当时我不是一时糊涂嘛，就算中了糖衣炮弹吧。"

钟跃民问："你们说什么呢？"

袁军说："说来话长，找个时间再说吧。"

周晓白心不在焉地扯着闲话，却时时注视着钟跃民。她本以为事情已经过去好几年了，她的心境应该平静了。她甚至想过，再见到钟跃民，她应该做出一副极冷淡的表情，表示对钟跃民已经无所谓了。可她一见到钟跃民，以前的种种设想就立即化为乌有，几年来积蓄的怨气又变成了一腔柔情。她明白自己算是彻底完了，无论钟跃民怎么对她，她都恨不起来，真可能是前世欠了他的债，这个冤家。周晓白在盘算着时间，她只有两个星期的探亲假，现在已经过去一个星期了，能不能找个机会单独和钟跃民见个面。想到这里，她感到有些胆怯，这家伙坐在那里不是狼吞虎咽，就是谈笑风生。他大概以为他和周晓白的恋情早已经过去了，他倒是轻松得很，如果约他见个面，说不定他会装得像个绅士似的婉言拒绝，满脸透着被无端骚扰的无奈，这个浑蛋。

周晓白忽然感到情绪很低落，她猛地站起来冒出一句话："今天就到这儿吧，我先走了……"说完她头也不回地走出大厅。

蒋碧云对周晓白的小姐脾气缺乏心理准备，她惊讶地问："她是怎么了，是谁说了什么话把她得罪了？"

郑桐和袁军默默无语，只有钟跃民在专心致志地往面包片上抹黄油，对周晓白的举动似乎视而不见，他殷勤地把抹好黄油的面包递给蒋碧云："我说蒋碧云，你这朵鲜花怎么插在郑桐这摊牛粪上啦？太可惜了，就算是拉他一把，也不至于把自己搭进去啊？"

蒋碧云严肃地说："你少和我耍贫嘴，我问你话呢，周晓白怎么啦？"

钟跃民用一种很宽容的口吻说："你们女人的思维是跳跃式的，联想力特别强，周晓白同志可能突然想起了一些不愉快的往事……比如一朵鲜花认准了一摊牛粪，刚要插上去，可是牛粪突然跑了……"

钟跃民、袁军、郑桐坐在大院礼堂的台阶上，这里是他们当年经常碰头的地方，很多坏主意都是在这里产生的。袁军严肃地说："跃民，有件事我必须要向你讲明。"

"说吧。"

袁军迟疑了一下说："……我想再问你一句，你和周晓白的关系还有可能恢复吗？"

"没有，这件事已经过去了。"

袁军问："要是我和周晓白好，你不会反对吧？"

"那是你们自己的事，我当然不反对，晓白也有这意思吗？"

"我还没有和她说过，我知道她还在想着你。"

钟跃民说："要我帮什么忙吗？要不我去给晓白做做工作？"

袁军苦笑一声："算了，谁去做工作都比你合适，你一出场准坏事，这事还是我自己办吧。"

钟跃民又问："郑桐呢，你也没闲着吧？你和蒋碧云的关系进展得不错啊，那天在老莫就眉来眼去的。"

郑桐说："不好意思，早明铺暗盖了，不过，我想这用不着征得你同意，你钟跃民又不是娘子军连的党代表。”

钟跃民问：“郑桐，秦岭有消息吗？”

“没有，她早离开白店村了，谁也不知道她的消息。她父母都是陕北人，陕北的关系很多，想躲开你还是很容易的。”

钟跃民沉默了。

郑桐幸灾乐祸地说：“你小子也有今天？”

袁军有些伤感：“跃民，我下星期就要回部队了，晓白和我一起走。咱们分别好几年了，好不容易见一面，什么话都来不及说，又要分手了，再见面又不知哪年了。”

钟跃民张开双臂搂住袁军和郑桐说：“多保重吧，弟兄们，咱们常联系……”

电话铃响了，钟跃民从床上爬起来拿起电话：“喂，是哪一位？”

话筒里没有声音。

“喂，是谁？请说话。”

话筒里还是没有声音。

钟跃民愤怒了：“喂，是谁？不说话我可挂啦，有病是怎么着？这大半夜的。”

话筒里传来一个姑娘怯生生的声音：“别挂，跃民，是我，你听得出来吗？”

“……周晓白？是你吗？”

“是我，跃民，昨天在餐厅我心情不好，对不起，我失礼了。我想见你，可以吗？”

“这……袁军知道吗？”

周晓白发火了：“我要见谁用得着向他汇报吗？跃民，我不是老虎，吃不了你，你总不至于就这点儿胆子吧？”

钟跃民口气强硬起来：“我能怕谁？不就是个袁军吗？再说你也没嫁给他，我有什么不敢见你的？”

“这就对了，这才是我印象中的钟跃民，请你明天晚上在新侨饭店门口等我，好吗？”

“好，不见不散。”

北京的新侨饭店西餐厅这些年似乎变化不大，在钟跃民看来，桌布还是当年的桌布，连椅子的式样都没变，还是那种蒙着米黄色卡其布面的软椅，钟跃民还记得当年他趁着停电扛走人家一把椅子的事。

钟跃民和周晓白相对而坐，两人都穿着军装，坐在餐厅里很引人注目，毕竟来这里用餐的军人不多。周晓白毫不掩饰地注视着钟跃民，目光里很复杂，钟跃民很不自在地避开她的目光。

钟跃民没话找话地问："晓白，这些年你还好吧？"

"我不太好，心里总想着你，能好吗？其实我心里很清楚，我这是单相思，甚至有点儿贱，可我骗不了我自己。"

"晓白，你是不是恨我？没关系，要是恨我你就直说。"

"说不清，爱和恨的界限本来就很模糊，更何况我想恨你也恨不起来。"

"你今天找我来，不是为说这些吧？"

周晓白凝视着钟跃民："跃民，你怎么这么冷漠？难道连和我叙叙旧的心情都没有了？你以前可不是这样，相比之下，我倒更喜欢当年在冰场上那个嬉皮笑脸追女孩子的钟跃民，而不是眼前这个一本正经的解放军营长。"

钟跃民笑了："对不起，当兵都当傻了，见了女孩子不知该说什么。你别介意，我会慢慢适应的，请给我点儿时间，我正努力找回当年那嬉皮笑脸的感觉。"

周晓白也笑了："这就好了，还是我熟悉的那个钟跃民。"

钟跃民忙不迭地摆弄起刀叉狼吞虎咽起来，周晓白没动刀叉，只是静静地看着钟跃民吃。

"跃民，你慢点儿吃，这儿不是野战军，没人和你抢，你就不能斯文点儿？"

钟跃民嘴里塞满了食物，边使劲下咽边回答："我刚当兵时，比你还斯文呢，后来我发现，部队不需要绅士，也容不得你细嚼慢咽，动作稍微慢点儿，菜就没了。我才斯文了一天就明白过来，什么绅士，顾不了这么多啦，抢，脸皮厚，吃个够，脸皮薄，吃不着。你没在基层连队待过，没见过我们吃饭的阵势。比如有一天连队吃面条，你离着食堂20米就能听见一片呼噜声，和猪吃泔水的声音差不多，不知道的人还以为里面是猪圈呢。"

周晓白大笑起来："你的嘴还这么损。"

"晓白，你和袁军的关系进展得怎么样了？"

周晓白马上收敛了笑容："我今天找你，就是想和你谈谈袁军的事，他是你的好朋友，人也很好，可我一直没答应他，总想找个机会问问你。你知道，你我见个面并不容易。"

钟跃民无所谓地说："这好像不关我的事，你没有必要征求我的意见。"

周晓白突然来了气，她把手中的刀叉摔在桌上："钟跃民，你是个浑蛋，你忘了咱们是怎么认识的了？当初你就不该嬉皮笑脸地来招我，等我爱上了你，你又漫不经心地把我甩掉，你知道这些年我是怎么过来的吗？"

钟跃民自知理亏地小声说："晓白，你小声点儿行不行？你看，还说给我接风洗尘呢，吃你一顿饭还得挨骂。别这样，女孩子应该温柔些，要不可嫁不出去了。"

周晓白余怒未消地瞪了他一眼："我给你的温柔还少吗？你珍惜吗？嫁不出去也是我的事，你管得着吗？"

"是，是我不好，我该死，我有罪，我欺骗了你纯洁的感情，我向你道歉……"

"你就接着忏悔吧，还有什么？都说出来。"

钟跃民有点儿烦了："晓白，你还没完没了了是不是？我钟跃民什么时候向人道过歉，你还不依不饶了。"

"看吧，本性终于露出来了，什么道歉？都是假的，就最后那句话才是真的。算了，咱们别互相指责了，跃民，以前的事不提了，我希望今后咱们还是好朋友，行吗？"周晓白无可奈何地说。

"那当然，咱们永远是朋友。不过，你得和袁军打个招呼，他可不能吃我的醋，要不是我高风亮节，能有他小子今天？他可不能吃水忘了挖井人。"

周晓白盯着他一字一句地说："又要贫嘴是不是？实话告诉你，我会一直看着你，我倒要看看你将来的妻子是什么人，她能比我强到哪儿，要是还不如我，就别怪我当第三者。"

钟跃民又露出了玩世不恭的本色："别吓唬我，我这个人还是挺有贞操观的，美人计对我不起作用……"

"呸！服务员，结账！"

钟跃民和周晓白出了新侨饭店的大门，沿着崇文门大街并肩而行。

周晓白突然问道："跃民，你和我说实话，当年你提出和我分手，你的真实想法是什么？"

"我不是在信上和你说了吗？"

"不对，我不相信那是你的真实想法，我也不太相信那个叫秦岭的女人有这么大的魅力，能使你不顾一切。事实上你们也只是相处了很短暂的一段时间，然后她连影子都不见了。"

钟跃民骂道："这都是郑桐和你说的？这个重色轻友的浑蛋。"

"你别冤枉郑桐，我问过他，他一个字都不向我透露，是蒋碧云说的。"

"嗯，这还差不多。现在我来回答你的问题，你这个人太轴，知道什么叫'轴'吗？这是北京人形容爱钻牛角尖的人常用的一个词。我告诉你，就是因为你这种轴法儿我才和你分手的。你把我吓着了，我还没向你承诺过什么，你就已经要死要活了，咱们要是接着走下去，我敢说，你早晚会因为我的原因把命搭上。晓白，你是个对爱情很执着的女人，也许在很多男人眼里，这是天大的优点，但我敢说，你对我并不合适，我不是个守着老婆孩子过小日子就能心满意足的男人，我也不是个安分守己的人，我要按照自己的想法生活，如果一种生活方式过腻了，那我会马上再换一种生活方式。在我看来，当年插队时要饭和现在当兵只是两种不同的生活方式而已，无所谓哪种好哪种不好，这两种生活我都会高高兴兴地投入进去，我把它当成游戏。如果这两种游戏都玩烦了，我会再换一种游戏玩，总之，要玩得高兴。晓白，如果我和你生活在一起，你能理解我这种玩法吗？你能和我一起玩吗？”

周晓白老老实实地回答：“我不能，尽管我很爱你，但我只能过一种正常人的生活。”

“我知道，结婚，生孩子，教育孩子将来考大学，大学毕业后再帮助孩子找个好工作，孩子有了孩子你再帮着带孩子……你可真行，幸亏没和你结婚，不然我早烦你了。”

“照你这么说，你把我甩了是为了拯救我，我还应该感谢你是不是？”

“当然了，你以为呢？除非你也和我一样，自愿选择过一种‘在路上’的生活，你行吗？我的周大夫，你是那种还没出生就已经被父母安排好一生的人，就像案板上的小面团儿，父母想怎么捏就怎么捏，想把你做成馒头或烤成面包，要不再加点儿棒子面做成混合面饽饽，这些都由父母说了算……”

“去你的……”周晓白给他一拳，笑了。

“晓白，你知道将来和我过日子的女人应该是什么样子吗？我告诉你，如果我去要饭，她会兴高采烈地和我一起去，我们还会坐在草堆上边晒太阳边互相捉虱子，就像动物园猴儿山上的猴子一样。如果哪天我突然觉得安稳日子过烦了，突发奇想，打算去神农架找野人，去尼斯湖抓怪兽，她都会高高兴兴和我一起玩……”

“呸！你找去吧，这样的女人恐怕还没生出来呢。”

“那我就再等等，现在出世还来得及，我五十多岁时娶个二十多岁的小妞儿，老牛吃嫩草，这多露脸。”

周晓白放声大笑，多年来压在她心头的忧郁在这一瞬间都消失了。钟跃民还是当年的钟跃民，总能给她带来欢乐，他刚才的解释也不能说没有道理，按照自己的想法去生活并没有什么错误，不过，她还是有些伤感，有些剪不断理还乱的愁绪。她不愿意再想这些，难得和钟跃民在一起，这些年她从来没这么笑过。

两人已经顺着崇文门大街走到了前门，周晓白在地铁站口停住脚步，静静地望着钟跃民，钟跃民发现她还是那么美，只不过眼睛里多了几分忧郁。

“跃民，求你一件事。”周晓白低声说。

“哦，你说吧。”

“再抱抱我好吗？”

“这……合适吗？”

“我还没答应袁军呢，到目前为止我还是自由的，求你了。”

钟跃民轻轻揽过周晓白的身子，她的身体像触了电一样剧烈地颤抖起来，她猛地抬起头迎着钟跃民送上滚烫的嘴唇……

“晓白，咱们都穿着军装呢……”

“我不管，你吻我，最后一次……”

钟跃民迎住她的嘴唇，深深地吻了一下。

“对不起，晓白，真的对不起。”

周晓白突然泪流满面：“你用不着说对不起，这是我的命……”她推开钟跃民头也不回地跑进地铁站里。

·第十三章·

钟跃民和张海洋自从第一次看见宁伟起，就认定这个家伙是个不同凡响的兵。没有人比宁伟更适合当兵了，当时他用酒瓶袭击那个侮辱他的老兵，出手之快，气势之凶狠，给钟跃民和张海洋留下极深刻的印象。特别是他的心理素质，绝对是超一流的，在出手前毫无征兆，神态安详地喝着酒，浑身都处于松弛状态，突然动作如闪电一击，顿时风云变色，简直是天生的杀手。要知道当时他只是个没有受过任何专业训练的新兵。钟跃民和张海洋认为，具有这种素质的士兵，如果给予严格训练，掌握了各种军事技能，将来一旦上了战场，绝对是个令人胆寒的勇士。

宁伟的外形毫不起眼，中等身材，身子瘦瘦的，显得有些单薄。他的话不多，嘴也有些拙，开班务会的时候很少发言。他的学历是高中毕业，但那几年正是乱糟糟的时候，高中教育形同虚设，宁伟的实际文化程度连初中都不到。但就是这个不起眼的家伙，在刚开始进行训练的时候，竟让全连的干部大吃一惊。他第一次参加5公里越野训练，竟跑得很轻松，除了背着自己的装备，还接过了同班新兵的两支冲锋枪背在背上。5公里全程跑完后，别的新兵都累得瘫倒在地上，宁伟却脸不红气不喘，谁也闹不清他的体能潜力到底有多大。

连里的第一号大力士是一个叫张大柱的山东籍战士，他身高1.85米，体重83公斤，肌肉发达，伸出手掌像个蒲扇。助民劳动时扛大米，老兵互相叫板，要比一比全连谁的力气最大，张大柱力压群雄，100公斤的麻包竟扛起了4包，整整400公斤。就是这个张大柱有一天和宁伟掰腕子，两人竟足足对峙了5分钟不分胜负。当时钟跃民观看了这场比赛，他心里暗暗吃惊，这个貌不惊人的宁伟竟如此臂力过人，以前他还真看走了眼。

宁伟天生是个当兵的料，他对各项军事技术有着异乎寻常的痴迷，训练的时候根本不用班长督促，他甚至主动给自己加码。侦察分队的训练科目中有一项徒手碎砖的训练，宁伟初练时急于求成，一掌下去砖没碎手倒骨折了，一时成了全连的笑柄。宁伟伤愈以后，不声不响地偷偷练习，谁也不知道他是怎么练成的，3个月以后考核时，宁伟一掌竟击碎了整整8块砖，全连的干部战士这才发现，宁伟绝对是个不可轻视的家伙。

最近宁伟缠上了钟跃民和张海洋，他要求这两位排长在训练方面给他开小灶。

宁伟站在靶场的射击线上，两腿微微叉开，腰上系着快枪套。

张海洋在做示范动作，他以极快的手法拔出手枪，左手顺势向后一抹，打开手枪机头上的保险，枪声几乎同时爆响起来，25米外的两个瓶子被打得粉碎……他的动作如行云流水，一气呵成，宛如西部片里的牛仔。

宁伟学着张海洋的手法反复练习拔枪动作……

张海洋说："拔枪的速度一定要快，而且绝对不能有无效动作，你握枪的右手向前伸，左手掠过手枪的准星和缺口，将机头从保险挡位轻轻拨向后部的待击发挡位，手法要轻，落点要准确，不然就要影响射击精度。当你的左手拨开保险时，右手食指应该果断击发。记住，左手拨开保险后，应该远离枪身后部，不然在手枪复进机的作用下，后坐力将套管后撞会伤了你的手，这仅仅是54式手枪的射击手法，因为它的保险设计在机头上，使用别的型号手枪手法和这不同。"

宁伟喃喃自语道："速度第一，除了速度，还是速度……"

"对，与敌人突然遭遇，短兵相接，你不能有丝毫犹豫，拔出枪的同时，子弹就要出膛，要一枪毙命，子弹要打进敌人的眉心。然后迅速捕捉第二个目标，间隔不能超过1秒钟，直到弹匣里的8发子弹全部打光。你的出枪速度越快，越能立于不败之地。"

张海洋做出各种示范动作，他双手插在裤兜里，似乎在悠闲地散步，然后突然拔枪，转身射击……枪声不间歇地响着，靶位上摆放的一排瓶子一个个被击碎……

钟跃民禁不住宁伟的纠缠，也只好认下这个徒弟，在散打训练开始之前，钟跃民和宁伟在训练场上有一番对话。

钟跃民问道："宁伟，你的各项军事技术已经是全优了，为什么对徒手格斗和射击有这样浓厚的兴趣？我得先闹清楚你在想什么。"

宁伟说："钟排长，我喜欢这两项技术，尤其是格斗。我小时候和别人打架时就发现，我和别人不一样，别的孩子一见血就吓坏了，可我一见了血就兴奋。上中学时，我们那一带有个有名的顽主，有一天他站在我们学校门口，我正好放学从学校里出来，他硬说我和他犯照，伸手给了我两个嘴巴，我们俩就厮打起来。后来他掏出了刀子，我连想都没想，一把就攥住了他的刀刃，我的血一下子就冒了出来，像泉水一样。他一见血就软了，居然松了手，可我见了血倒是胆壮了，抢过刀子就给了他一下，从此这个顽主再也没敢在那一带露面。"

钟跃民眯起眼睛凝视着宁伟："看来你小子是个危险人物，性格中有种嗜血的东西，暴力倾向很重。说实话，我还真有些拿不定主意是不是认你这个徒弟。"

宁伟央求道："钟排长，我又不是天生的强盗，哪次打架不是别人先招我？我从来不主动攻击别人。再说，咱们是特殊兵种，你总不希望自己手下的兵都是熊包吧？"

钟跃民想了想："这倒也是，军人上了战场就是职业杀手，理论上是这样。不过宁伟呀，我发现你小子身上的杀气太重，出手太黑，这很危险。"

"是！钟排长，我记住你的话。"

"宁伟，我当然希望自己手下的兵个个是高手，将来上了战场都是超一流的杀手。可你得明白，战场是个特殊环境，一出手就要制敌于死命，那是个以命相搏的地方。而在战场以外的环境，你要明白，自卫和杀人是两个概念，当你自卫时，你可以使用擒拿技术制伏对方，要是你一出手就扭断对方的颈椎，那你也该活到头了。"

"是！"

"还有，你的文化基础太差，要抽时间多看看书。一个人最怕的就是头脑简单、四肢发达，如果头脑简单，就算你的功夫再强，也是个末流角色。咱们早晚都要离开军队，靠打打杀杀是养不活自己的，你要学些谋生的本事。"

"是！我记住了。"

钟跃民和宁伟身戴护具在对练散打，宁伟被一拳打倒，他满脸血迹，气喘吁吁地躺在地上起不来了。

钟跃民凶恶地踢了他一脚，喝令他爬起来。

宁伟挣扎着站起来，摆出格斗的架势，钟跃民转身一个侧踢，踹中宁伟的胸口，宁伟被踹出3米多远，仰面摔倒……宁伟抹了把鼻血，咬牙爬起来扑上去。

钟跃民凶狠地盯着宁伟，他左挪右闪，频频出拳："宁伟，你不是见了血就兴奋吗？我就让你见见血，有多大能耐你就使出来，把我打倒你才算出师……"

宁伟凶狠地扑上去，鼻子又中了一记重拳，他的视野渐渐模糊……

周晓白终于被推荐去第四军医大上学，她临行的那天，袁军执意要去送她。

在部队驻地附近的一个小火车站里，简陋的站台上空荡荡的，几乎没有人，周晓白背着背包，一副要远行的样子，袁军替她提着旅行包。

袁军叮嘱道："晓白，到了军医大别忘了给我写信。"

周晓白神色忧郁地说："我会给你写信的，你要保重自己，毕竟是受过重伤的人，比不得从前了。”

袁军恋恋不舍道：“晓白，咱们认识有好几年了吧？这其中发生了很多事，想起来像做梦一样。”

“你又想起罗芸了吧，你们还通信吗？”

“她来过几封信，我没有回信。”

周晓白说：“你是不是有种失落感？”

“没有，我和她相处时间很短，还没找到感觉就结束了。我好像一开始就丧失了主动权，无论是合是散，主动权都在罗芸手里，不过我还是应该感谢她。”

“为什么？”

“她无意中把你推到我身边，你知道吗？我早就喜欢你，那时碍于你和跃民的关系，我根本不能流露出来，现在我想咱们之间不该再有障碍了。”

“袁军，你要我说真话吗？”

“当然。”

“你是我最好的朋友，也是我最信任的朋友，可是要叫我爱你，恐怕还得再等等。我不想瞒你，钟跃民即使把我伤成这样，我心里还是有他，忘不了他。不过你放心，我也不会等他来可怜我，我有我的自尊，不属于我的东西，我不要。”

袁军说：“这我理解，我希望你能按照自己的想法去生活，不愿意做的事就别勉强。”

周晓白叹了一口气：“这次休假回北京，我本想找钟跃民单独谈谈，可一见了他，我又什么也说不出来了，他又很忙，我实在是找不到机会和他谈。袁军，再给我些时间，行吗？”

“没问题，我可以等。”

汽笛响起，一列客车进站了。

周晓白伸出了手：“袁军，再见吧，我会想你的。”

袁军握住她的手：“再见，多保重。”

列车开动了，周晓白从车窗里探出身子向袁军挥手告别。

袁军站在月台上，望着远去的列车若有所思……

熟悉袁军的人都说，自从那年他排除哑炮负伤后，他整个像换了一个人，仿佛突然就成熟起来。从连长季长河、指导员吴运国到班长段铁柱都觉得袁军不太正常，他们甚至怀疑袁军这次负伤留下了后遗症，怎么一个成天发牢骚、老实个三五天就要惹事的袁军突然变成了好兵，他的表现简直可以报到政治部树典型了，这是真的假的？别是这小子在憋什么坏吧？他们密切观察了袁军很长时间，没发现什么异常，这才放了心。

其实袁军还是袁军，没有太大的变化，他不过是恋爱了，他爱上了周晓白。他认为和罗芸那段短暂的相处不过是瞎起哄，反正他当时就没有太多的感觉。罗芸上学以后他也没有想念过她，罗芸给他来过几封信，袁军连看都没看就撕了，袁军不想再和她来往了，从这个女人的行为来看，他和她连做普通朋友都不可能，袁军交朋友的原则是要讲义气，这个罗芸显然还不知道义气为何物。

至于周晓白，袁军的感觉就不一样了，他在整个养伤期间都是周晓白在照顾他，袁军心里早就生出了很多想法，但碍于钟跃民的关系，他只好保持沉默。其实在钟跃民和周晓白刚开始交往时，他就料到他们迟早会分手。他和钟跃民从小一起长大，太了解他了，这是个始乱终弃的家伙，至于结婚成家，他大概连想都没想过，要是哪天有人强迫他娶个老婆回家过小日子，那你还不如杀了他。袁军对钟跃民的生活方式持宽容态度，站在男人的立场上，他不觉得钟跃民有什么值得指责的地方，所以当他得知钟跃民和周晓白分手的消息时，袁军颇感欣慰。他庆幸的是钟跃民这家伙终于转移了兴趣，他大概又想起玩新的游戏了。这就对了，你钟跃民愿意游戏人生，那是你的事，但你别占着位子瞎起哄，让别人也惦记不成。不管从哪方面看，周晓白都是个不错的姑娘，你钟跃民若是不想要就早说话，袁军认为自己是个很容易满足的人，他愿意娶周晓白为妻，安安稳稳地过小日子。

袁军认为，一个人真正进入恋爱状态时，就应该是个成熟的人了，如果你再三天两头惹事，那么你爱的那个人就会缺少安全感，哪个女人不喜欢有让自己有安全感的男人呢？

应该说是女人使袁军成熟起来的。他从班长干起，又提干当了排长，两年以后他又成了副连长，当年的指导员吴运国成了坦克团的副政委，连长季长河调到了军司令部主管作训工作，当年的班长段铁柱是现任的连长，仍和袁军搭档。袁军对自己这一辈子不再有别的想法了，除了在军队，他不知道自己还能干点儿什么。

袁军身穿工作服，正和几个战士一起在坦克库里检修坦克履带。

一个战士匆匆跑来：“副连长，有人找你。”

袁军用棉丝擦着沾满油污的手问：“什么人找我？”

战士说：“一个女的，在你宿舍等着呢。”

“女的？”袁军怎么也想不起来会有哪个女的来找他。

战士们一块儿起哄道：“副连长的女朋友来了吧？”

“副连长，你该请客了。”

袁军笑道：“去去，起什么哄？我女朋友多了，一天来一个，我天天请客？都给我闭嘴。”

战士们哄笑起来。

袁军推门走进宿舍大声问：“谁找我？”说完他突然愣了。

罗芸站在屋子里，正向他微笑。几年没见，罗芸的身材比以前丰满了些，她穿着一身新换发的女式裙服，波浪般的长发从无檐军帽下披散到肩上，她微笑着说：“袁军，没想到是我吧？”

袁军愣了片刻说：“是没想到，你怎么来了？”

“毕业了，当然得回来了。”

“你找我有事吗？”

“袁军，你这是什么话，你没忘了咱们的关系吧？”

袁军冷淡地说：“对不起，我还真忘了咱们是什么关系了，你能提醒一下吗？”

罗芸走过来抚摸着袁军的脸轻声说：“你别这样，我知道你生我气了，可你知道吗？当时我确有难处，何况我也托周晓白把我的意思转告了你，我相信你会理解的。你看，我现在已经毕业了，这不是又来找你了吗？真的，袁军，我没有变心。”

袁军沉默不语。

“我给你写过信，可你从来不回信。袁军，你不该这样对我，我并没有做对不起你的事。”

袁军看着罗芸轻轻摇摇头：“罗芸，咱们恐怕不太合适，我不是心胸狭隘的人，不会为这点小事计较，我只是觉得你太工于心计，我不是你的对手。和一个女人打交道时，总要防着一手，这感觉太糟糕了。”

罗芸惊讶地说：“你竟这样看我，我做什么对不起你的事了吗？”

“以前的事何必再提，尽管都是些小事，但给了我一个感觉，一到关键时刻，你的友谊是靠不住的。”

罗芸被激怒了：“这些看法大概是周晓白灌输给你的吧？袁军，我来找你，并不是想向你祈求什么，我罗芸也不是找不着男朋友，非要在你这棵树上吊死，你别自我感觉太好了。”

袁军摆出一副无赖的嘴脸：“别这么激动，要是为我可不值得，我是什么人你该知道，当年在什刹海冰场要是没碰见你们，我和钟跃民也得去拍别的小妞儿，关键是过程，至于拍上谁并不重要，反正上当的小妞儿有的是。”

罗芸冷笑：“袁军，你还是当年那副流氓相。”

“那你该庆幸才是，和我相处了这么长时间，没让我占了什么便宜。老实说，我一直有这个企图，不过是没找着机会罢了，今天你自己送上门来，这倒是个机会。”

袁军向罗芸步步逼近。

罗芸惊慌地站起来："你要干什么？我要喊人了。"

袁军笑笑："全连人都知道我女朋友来了，这儿又是我的宿舍，我怕什么？顶多是笑话我急了点儿……"

罗芸猛地拉开门，跳出门外："袁军，你要流氓，我要找你们政委告你。"

袁军做出要追赶的姿态："咱们先把事儿办了，你爱到哪儿告到哪儿告……"

罗芸吓得跑起来。

袁军大声喊："通信员，抓住她，别让她跑了……"

连部通信员匆匆跑来："副连长，有事吗？"

袁军笑着摆摆手："没事儿，你回去吧。"

连长段铁柱推门进来："袁副连长，我刚才看见你女朋友跑得挺急，就像后面有鬼追她似的，你小子八成是和人家动手动脚了吧？"

袁军大笑："何止动手动脚？我邀请她陪我睡一会儿，她就吓跑了。"

段铁柱说："什么，陪你睡，这像话吗？你给我说清楚，你小子是不是已经得手啦？你他妈领证了没有？竟敢这么色胆包天地干……"

此时在陕北石川村的知青点，知青们都喜气洋洋地聚在院子里，大家都围着刚从县里回来的曹刚。他们早就听到传言，国家要在知青中大规模招工，知青们都很兴奋。这些年来，知青们几乎没有任何收入，每年无论怎样苦干，到年终时都要倒欠村里的口粮钱，日子过得苦不堪言，所以一听到国家要招工的消息，知青们兴奋得简直难以言表。

曹刚大声喊道："哥儿几个，好消息，我刚从县里回来。据可靠情报，这次招工的范围是下乡3年以上的知青。也就是说，咱们知青点的人应该是百分之百有戏。"

蒋碧云问："都有些什么单位？"

曹刚说："最好的单位是从内地迁到三线的军工企业，都是全民所有制企业，咱们的首选目标当然是国营企业。还有就是县属企业和商业系统。对了，郑桐呢？"

蒋碧云说："他在窑洞里看书呢。"

"快把他叫出来，这小子怎么对招工无动于衷？"

蒋碧云喊："郑桐，快出来，有好消息。"

郑桐拿着一本书懒洋洋地走出窑洞，无所谓地说："不就是招工吗，我早听说了。"

曹刚奇怪地问："哥们儿，你好像没什么兴趣。"

"是兴趣不大，反正是干活儿，在哪儿干不一样。"

“太不一样了，在村里干一年，弄不好还要欠队里的口粮，一个壮劳力的工值合不到5分钱，要是成了国营企业职工，每月三四十元工资，那可是富得流油儿啦。”

郑桐无动于衷地说：“我无所谓，在村里当知青也没饿死我，到工厂去挣几十元工资也富不到哪儿去。我随便，分到哪儿都无所谓。”

郭洁说：“郑桐，你丫是看书看傻了吧？看书可当不了饭吃，招工是咱们知青一辈子的大事，要是耽误了，你得后悔一辈子。”

郑桐边翻书边回答：“我不和你们争，有好单位你们尽管去，我扫大街都成。”

曹刚说：“蒋碧云，郑桐最近是怎么啦，像傻了一样，是不是得了精神病了？你好像一点儿也不着急。”

郑桐抬起头来：“你丫才有病呢，我只不过懒得当俗人罢了。”

蒋碧云笑道：“别看你们平时睡在一个土炕上，其实你们谁也不了解他。”

曹刚说：“我看你也未必了解他，你知道他成天在想什么？”

“我当然了解他，要不然我能看上他吗？郑桐，还有个好消息，也许你比较感兴趣，县教育局在招聘中小学教师，插队3年以上的知青都可以报名，不过要经过统一考试和面试才能录取。”

郑桐的眼睛里突然放出光来：“真的？这倒是个好消息。”

蒋碧云得意地对知青们说：“你们看，这是有病的人吗？还是我了解他，他是个有自己想法的人，和你们这些俗人不一样。”

郭洁不以为然地说：“我操，我们是俗人，他是什么？是圣人？”

蒋碧云大声说：“离圣人恐怕还有段距离，不过，他肯定是个不同凡响的人……”

黄昏时，郑桐和蒋碧云并肩坐在石川村后的山梁上，这是当年钟跃民和秦岭见面的地方，钟跃民走后，这里成了郑桐和蒋碧云幽会的地方。

暮霭中的黄土高原显得凝重、苍凉，如血的残阳斜照在纵横起伏的山峁上，放眼望去，天地浑然一体。不远处的山坡上，放羊的杜老汉扯着嗓子唱起信天游《山丹丹花开红艳艳》：

山丹丹那个开花哟，
红艳艳。
咱们那个哥哥回家走，
哥哥回家走。
…………

郑桐和蒋碧云每次幽会话都不太多，两人相处的大部分时间都是默默无言地坐着。这些年郑桐在疯狂地读书，在外人看来，郑桐已经成了名副其实的书呆子，这类书呆子有个共同的特点，就是对身边发生的事不闻不问，似乎进入一种痴呆状态，很容易被人当成精神不正常的人。有一次过年，知青们包饺子，郑桐却坐在院子里看书，曹刚等人想捉弄一下这个书呆子，就把饺子全部吃掉，根本没给他留。郑桐看书一直看到天黑，忽然觉得饿了，于是走进伙房找饭吃，曹刚说："你不是刚吃完饺子吗？"郑桐一愣，马上说："哦，对不起，我忘了。"说完就上炕睡觉去了。这件事在知青点成了经典笑话。当时蒋碧云去公社办事不在知青点，回来后听说了此事，她和曹刚大闹了一场。

蒋碧云感觉到，这些年郑桐的书没有白看，他在思索着什么，他的思想正在发生一种深刻的、近乎涅槃式的蜕变，他的脑海中时时闪现着思想的火花，对人生和命运产生了一种深邃的感悟。面对郑桐的这种变化，蒋碧云既欣慰又惶恐，她不知道这对郑桐来说，是好事还是坏事。

郑桐终于打破了沉默："碧云，我想去县教育局试试，你同意吗？"

蒋碧云温柔地替他整理着衣领说："我和你一起去，我想我当个小学教师还是可以胜任的。"

郑桐说："我想教中学，语文、历史、地理，教这些课我都没问题。"

"你自学了这么多年，终于有了用武之地，我真为你高兴。"

郑桐的眼睛望着远方，沉思道："知识……真是个好东西，它能使人清醒，使人大彻大悟，就像漫漫长夜中的火把，给你光明，给你温暖；在你进入一种境界以后，世俗的东西就不太重要了，你无暇去考虑物质生活的富足与贫困，你获取知识，是为了进行一种思考、一种自我完善。"

"那么你在思考什么、完善什么？总之，你想做个什么样的人？你的终极目标是什么？"

"当年陈寅恪在悼念王国维先生的悼文中提到独立之精神、自由之思想，这真是一种极高的境界，令人高山仰止啊。"

"郑桐，难怪他们说你怪，连我都快不认识你了，你思考的问题中有什么具体的东西？"

郑桐闭上眼睛喃喃自语道："以史为鉴，历史是一面镜子，现实中的一切都能在历史中找到参照。我在想，人类大概是最不长记性的一种动物。那天傍晚，我就坐在这里看书，我看的是《第三帝国的兴亡》，我看着看着突然猛地抬起头来，发现太阳正在下山，西边的山峁上洒满了落日的余晖，天地都是金灿灿的，像是在燃烧。面对如此辉煌的落照，我竟然感到周身寒彻，就像掉进了冰水中。历史的画面何其相似，我想起了1966年的‘红八月’，那个记忆中的8月，给我留下最深刻印象的是一种鲜红的色调，它不是红旗、红袖章、红语录本的颜色，而是受难者的鲜血……那个骄阳似火的8月，映入眼帘的，到处是鲜血啊。为什么会这样，这发生的一切都有些什么理由呢？难道我们这个民族天生就以杀戮为乐事？在这短短的1个月时间里，整个民族的理性都到哪里去了，一个人疯狂了可以原谅，但一个民族疯狂了，失去理性了，这个民族就是不可原谅的……”

蒋碧云震惊地搂住郑桐：“天哪，你想得太出圈儿了，不要再想了，你的胡思乱想太危险，你该不是想故意表达一种深奥吧？”

郑桐仿佛沉浸在一种意境中，他目光迷离地凝视着远方，嘴里在喃喃自语：

…………
我是肉体的诗人，
也是灵魂的诗人。
我占有天堂的愉快，
也占有地狱的苦痛。
前者我把它嫁接在自己身上使它增殖，
后者我把它翻译成一种新的语言。
…………

蒋碧云听出来了，这是惠特曼的诗。郑桐曾说过，他最烦的就是徐志摩、戴望舒这类的诗人，他们的诗句甜腻腻、哼哼唧唧的，很容易使男人阳痿。他喜欢惠特曼的《草叶集》，那才是饱含着理性的诗，是男子汉的诗。

郑桐似乎是在说梦话：

…………
啊，我的灵魂，
我们在破晓的宁静的清凉中找到了我们自己的归宿。
我的声音追踪着我目力所不及的地方，
我的舌头一卷就接纳了大千世界。
…………

郑桐凝视着暮色沉沉的黄土高原，宝蓝色的苍穹上，一钩残月已经升起，信天游的歌声飘零处，衰草凄迷……

蒋碧云迷茫地望着远方起伏的山峦，耳边传来郑桐低沉的声音：

…………

我把自己交给秽土，
让它在我心爱的草丛中成长，
如果你又需要我，
请在你的靴子底下寻找我。

…………

·第十四章·

关于张海洋的调动，钟跃民和吴满囤都心知肚明，这肯定是由于他父亲的关系，听说军部里有个首长是他父亲的老部下，张海洋被调往机关工作是一种不言而喻的善意安排。据说有个规定，凡是调入北京各总部机关工作的军官，必须要有在军一级机关工作过的经历。如此看来，张海洋已经走出了曲线调动的第一步，下一步就该往北京总部机关挪了。由于大家都是哥们儿，有些话根本用不着点破，谁有路子谁走，这不算不仗义。再说，朋友有了更好的前途，大家应该高兴才对。

那天张海洋和吴满囤都喝得酩酊大醉，张海洋那天喝了8两五粮液，早已醉得满嘴跑舌头，他大包大揽地拍胸脯保证，他就是侦察一连派往军部卧底的探子，军部那儿有点儿风吹草动，他立马儿会和弟兄们通通气。还有，他到了军机关以后，第一件事就是和政治部干部处的人“套磁”，干部处有朋友吃不了亏，将来弟兄们也得往上面挪挪。

钟跃民那天没醉，他对张海洋的许愿不感兴趣，因为他从来就没想在部队长干，他倒巴不得让自己转业，他打算再过两年就找个理由转业，因为刚刚提到正连职就提出转业要求上级绝不会同意，尤其是侦察分队的军官，培养一个很不容易，不会轻易批准你转业。看来只能再熬两年了，那时大批的军校毕业生会涌进部队接替他们这茬儿军官，到那时钟跃民就可以拍拍屁股走人了。

钟跃民的如意算盘却打错了，他刚当了一年连长，还没来得及向上级打转业报告，却迎来了战争……

1979年年初，西南边境战云密布。这时别说是军人，就是个普通老百姓也能嗅到战争的气息了，边境地区不断升级的摩擦事件，使空气中弥漫着浓郁的火药味，钟跃民清醒地感觉到战争已迫近。

1月初，大军云集西南边陲，边境地区的公路上，排成长阵的坦克纵队卷起滚滚尘土在疾驶，满载全副武装的士兵的卡车、装甲运输车，由卡车牵引的榴弹炮、加农炮、大口径加榴炮在公路上紧急向指定地域集结。

钟跃民所在的部队也被紧急调往边境地区，战前各部队展开了丛林战训练。

钟跃民整天带着战士们在丛林里进行战术训练，吴满囤则忙着对连队进行战前动员。

一天傍晚，钟跃民带着战士们训练完正沿着公路返回驻地，正好碰见坦克团的坦克从公路上开过，坦克的履带卷起了漫天的尘土，发动机的轰鸣声震耳欲聋。钟跃民不愿意吃尘土，忙命令部队躲开公路。身子探出座舱口的坦克手们大声嘲笑着步兵们，而步兵们也回骂着，有的战士还捡起土块扔向坦克手。

钟跃民发现自己在新兵连时的战友柳建国从坦克里露出了半个身子正向他招手。柳建国也是北京兵，是和钟跃民同年入伍的，现在是坦克团二连连长。柳建国跳下车向钟跃民跑过来，两人很亲热地握手。柳建国大声说："跃民，咱当了10年兵净搞演习了，这回该玩真的了，得好好过过瘾。"

钟跃民笑道："你是唯恐打不起来，还真没看出来，你小子是个战争狂。"

柳建国说："军人嘛，有仗打才有价值，要不然国家养军队干什么？跃民，我估计这回咱们两个单位要配合作战了。"

"你怎么知道？你个小连长就管好你那几辆坦克吧，你又不是前指制订作战计划的。"

柳建国压低声音说："我一个哥们儿在前指当作战参谋，消息绝对可靠。我军的战斗方针是：有限时间，有限纵深，集中优势兵力，迂回包围，速战速决，歼敌速回。我们团的突击方向是G城，我研究了地图，发现我们的攻击路线上有几座大桥和隘口，我估计这该是你们侦察营的活儿。按我军传统的打法，你们侦察分队会提前穿插到位，夺取大桥和隘口，为坦克集群打通道路。"

钟跃民说："活儿都让我们干了，你们干吗去？有能耐自己打过去，演习的时候你们坦克兵不是牛得很吗？没有我们步兵掩护，你们一样能打过去。"

"哥们儿，你去看看地图，地形太复杂了，典型的亚热带山岳丛林地区，碰上这种地形，坦克就玩不转了，连战斗队形都无法展开，没有步兵掩护，我们就死定了。"

钟跃民幸灾乐祸地笑道："你们也有今天？这回傻了吧？要不这样吧，战前你请我的弟兄们喝顿酒，我们就把这活儿干好，要不然，你就自己打到G城去吧。"

"好说，要是战后咱俩都活着，我请你喝酒。要是我的坦克挨了一发穿甲弹，我就他妈的化成一股烟儿，不知飘到哪儿去啦。跃民，我得走了，咱们战场上见。"

柳建国跳上坦克走了。

钟跃民望着一辆辆驶过的坦克，琢磨着柳建国说过的话，他心里突然有了一种冲动，以前他做梦也没想到自己会赶上战争，谁知战争一下子就逼到了眼前。你不是喜欢玩吗？这回可有的玩啦。

侦察分队的任务终于下达了，是曹军长亲自点的将，指名要钟跃民带队。因为钟跃民在C军颇有名气，连军区情报部都知道他这个小连长。这次行动事关重大，为了加强侦察分队的力量，军侦察处参谋张海洋也被派到钟跃民所在的侦察分队担任副职。

张海洋背着背包来报到那天，钟跃民和吴满囤表示幸灾乐祸。因为自从这小子被调进军机关后，自我感觉不错，一举一动总带点儿首长的派头，钟跃民和吴满囤认为他是有些欠揍了。吴满囤命令通信员倒水沏茶，一口一个欢迎军机关首长来一连视察工作。

钟跃民接过张海洋的背包开玩笑说："下面是不是请军机关派来的张参谋给我们下达作战任务？"

张海洋当胸给了钟跃民一拳："装什么孙子？你们一个是特遣队长，一个是指导员，我这个副队长也就是个听喝儿的。"

吴满囤说："海洋，你小子到了军机关以后就没回过连里，是不是把弟兄们忘啦？"

钟跃民也跟着说："海洋，你他妈的是不是觉得自己是首长了，懒得和我们基层连队打交道？这回好了，老天爷开眼，把你小子又派回来，你要服从命令听指挥，少摆上级机关的架子。"

张海洋苦笑道："我说哥们儿，这是干吗？见我是外来户，欺负人是怎么着？"

"没错，我们就是欺负外来户，凡是从上级机关派来的，到了一连这一亩三分地，都得当几天孙子，不听话我就发动全连修理他，是不是，满囤？"钟跃民威胁道。

吴满囤说："行啦，别闲扯了，快说正事吧。"

张海洋严肃起来，他打开军用地图说："好，咱们先说正事。情况是这样，我们的任务是在开战前组成一支特遣队深入敌后，具体任务是占领203高地附近的4号大桥。请看地图，4号大桥在这里……"张海洋指着地图上的一个点。

钟跃民看看地图，测算了一下："嗯，穿插的纵深有40公里，这还是直线距离，实际上100公里也不止。你看这里，等高线密密麻麻的，山岳、丛林、峭壁、河流都齐了，够咱们喝一壶的。海洋，特遣队的编制有多大？"

张海洋说："根据任务，这次临时组建的特遣队编制为24人，由侦察一连技战术水平较高的骨干组成，具体名单由咱们共同拟定。"

吴满囤说："你把任务再说得详细点儿。"

"先以突袭的方式占领4号大桥，然后控制203高地，以防敌人反扑夺回大桥。这是我军攻击G城的必经之路，大量的坦克部队要从桥上经过。有一点我想提请大家注意，敌人肯定会在桥下安放炸药，如果发现咱们夺桥的企图，会立即炸毁大桥，这样我们将前功尽弃。”

钟跃民看着地图说：“海洋，情报准吗？我觉得这里有点儿问题。”

“你说说看。”

“以突袭的方式占领大桥没问题，关键是穿插速度，咱们要走的路线从地图上看已经够要命的了，实际穿插时，恐怕还会遇到很多想象不到的问题，谁能保证时间呢？很有可能咱们还没赶到大桥，坦克部队已经到了。要是敌人提前把桥炸了，那坦克部队可就进退两难了，他们会成为对方炮兵的活靶子。还有，即使咱们成功占领了大桥，也未必能保证大桥的安全，因为咱们处在对方炮火的射程内，这么重要的目标，对方肯定早已标定好火力打击诸元，一旦炮火覆盖下来，大桥仍然保不住。”

张海洋说：“行啊，跃民，你这脑子是好使，有道理，有道理。我一定把你的想法向前指汇报，但我估计用处不大，因为咱们不过是整个战役格局中的一枚小棋子，顶多算个拱过界河的小卒吧，人家的注意力都在车马炮上。”

钟跃民急了：“那是愚蠢，他们根本不了解特种作战的精髓，有时整个战役的成败就在一座桥上，你想听战例吗？我给你讲讲……”

“行啦，哥们儿，你别给我开课，有能耐跟军长说去，不过军长已经去军区开会了，咱们还是准备执行任务吧。”

由侦察一连组成的特遣队在战前已经脱离了侦察营的建制，由前指直接指挥，在特遣队的帐篷里，特遣队员们正在紧张地收拾行装，检查装备。

一个战士在磨刀石上磨匕首，时不时用拇指试试刀刃的锋利程度，两个战士在往56式冲锋枪的弹夹里压子弹。

一排的代理排长宁伟在收拾背囊，把绳索、搭钩一类的器材装进背囊。

钟跃民、张海洋、吴满囤在逐个检查战士们的装备。

钟跃民对宁伟说：“一排长，你好像已经超期服役两年了吧？”

宁伟说：“连长，你应该叫代理一排长，我已经超期服役3年了。”

吴满囤说：“宁伟呀，你运气不太好，前几年提干报上去就批，可现在越来越难了，连里已经给你报了3次，估计这次打完仗就能把你这‘代理’二字去掉，要是你能立个功就更好了。”

“放心吧，指导员，我一定好好干。”

张海洋说：“吴指导员，你打算什么时候作战前动员呀？这可是你分内的活儿。”

“今天晚上，我已经准备好了。”

钟跃民说：“满囤，今天晚上给弟兄们放放假怎么样？咱们几个也该去喝顿壮行酒。”

“那这战前动员——”

钟跃民说：“这还不好办，我现在就帮你把这活儿干了。”他大吼一声，“特遣队，全体集合！”

特遣队员们迅速站好队，听候队长的战前动员。

钟跃民从左到右巡视了全体队员一遍说：“弟兄们，我不用说你们也知道，咱们马上要打仗了，在出发之前，我想问问大家，有怕死的没有？”

队员们吼道：“没有！”

“哼，说是这么说，我还不大相信，咱们谁也没上过战场，我怎么知道你们是不是怕死，所以我得把话说在前面，谁要是怕死，现在说还不晚，我顶多是把你送进军事法庭，但你的命能保下来。要是你现在不说，上了战场你又后悔了，那我可就对不起了。所以，我今天越俎代庖替指导员做个战前动员，中心议题是：对死亡的认识和心理准备。我的问题是，如果你被一颗7.62毫米口径的子弹击中会产生什么样的后果？”

宁伟笑道：“连长，这是小儿科的问题，我来回答，子弹头会在我身上钻个眼儿……”

“嗯，说得对，不过太轻描淡写。有一门学科叫创伤弹道学，专门研究子弹击中人体时会出现什么情况，我来给大家描述一下，首先弹头会以每秒850米的速度在正面射入点的皮肤上留下一个直径不到1厘米的小口，而弹头穿过身体时形成的巨大震波会震伤脏器，然后以每秒570米的速度穿出人体，震波形成的出弹创口会达到12厘米以上的直径，如果是击中头部，创口会更可怕，它将掀飞你1/3的头骨……”

战士们静静地听着，但没有人露出恐惧的神态，吴满囤倒有些慌了，这是什么战前动员呀，不但不能鼓舞士气，反而会给战士们造成恐惧感，他想制止钟跃民再讲下去，忙说道：“连长，咱们是不是晚上再正式动员？”

张海洋悄悄拉拉吴满囤的衣袖示意他听下去，吴满囤不吭声了。

钟跃民继续说着：“如果这颗子弹恰好击中你的动脉，那么在心脏泵血每秒83.3毫升的强大压力下，血液可以喷射到10米以外的地方，在短短几秒钟里，出血量会达到1000毫升，一个几秒钟前还活蹦乱跳的人，立即就会濒临死亡。这时你的皮肤呈青黄色，浑身肌肉松弛，也包括括约肌——你的大小便会失禁，体表迅速变凉，原本健康富有弹性的人体这时摸上去就像案板上的肉类食品……”

五班长赵冬生听着有些烦，他觉得连长这是在吓唬孩子，可他搞错了，这里不是幼儿园，弟兄们也不是学龄前儿童，你吓唬谁？这个特遣队可是你钟跃民亲自挑出来的，要是信不过我们你就另找人。他觉得有必要提醒一下连长，他是在和一群汉子打交道，而不是在和学龄前儿童或者娘们儿打交道。赵冬生不耐烦地咳嗽了一声："连长，我有句话不知该不该说。"

"讲！"

"你好像不是幼儿园的保育员，也不是娘子军连的党代表，而我们既不是学龄前儿童，也不是娘们儿，你是不是搞错了对象？连长，我想提醒你注意，你是在和一群爷们儿打交道，你应该用对爷们儿说话的口气跟弟兄们讲话。"

"噢，我是和一群爷们儿打交道？谢谢你提醒，我还真没想起来……"

"什么话嘛……"五班长赵冬生不满地嘀咕着。

宁伟笑道："不就是7.62毫米口径吗？连长要吓唬人还不如换个大口径玩意儿，比如说12.7毫米口径的高机子弹，光子弹进口就得大于3厘米，出口要大于20厘米。战场上什么事都能赶上，也许一颗152毫米口径的加榴炮弹直接落到你的屁股上，那你就不是案板上的肉类食品了，而是有可能变成包饺子的肉馅，这叫你赶上了，就好比中了头彩。连长，你有事儿说事儿，别吓唬我们，想看我们尿裤子是不是？"

钟跃民也笑了："好啊，都明白死是怎么回事了，我就不再打预防针了。我想告诉大家的是，我们都是军人，当我们穿上这身军装时，就应该做好将来有一天死在战场上的心理准备。我的战前动员不讲大道理，我只想从另外一个角度提醒大家，这就是契约精神。当我们穿上军装时，就等于和国家签订了契约。这就是说，如果天下太平，国家就养着你；如果有了战争，你就要理所当然地去流血牺牲，这是你的责任和义务，也是你必须要履行的契约。逃避契约的人不管是出于什么原因，即使不是骗子，也是个缺乏信誉的人。一个人可以有很多方法谋生，但决不能把当兵当作谋生的手段，军人不是混饭吃的职业，大家明白吗？"

"明白！"特遣队员们吼道。

钟跃民笑了，他话锋一转道："这倒让我想起了另外一个话题，人到底有没有灵魂，要是有，这灵魂会不会真像书上写的，去找阎王爷报到。好，咱们就把它当成是真的，要是我中了头彩，我还要成立个特遣队，有愿报名的一会儿跟我说，我带着弟兄们去阎罗殿逛逛，咱们用冲锋枪、手榴弹端了他阎罗殿……"

特遣队员们"嗷"地叫了起来，狂热地鼓掌："连长，没问题，咱们一连怕过谁？端了他……"

"连长，你的战前动员真他妈的提气，我要是中了彩，我跟你去，我带尖兵组……"

张海洋也鼓掌道："算我一个，再带上火箭筒、82无，闹不好阎王爷还有坦克呢，还有，别忘了带上你的压缩饼干，这一定很好玩。”

宁伟由衷地喊道：“连长，我佩服你，你才是天下第一号亡命徒。”

吴满囤连忙制止道：“宁伟，这是什么话？什么亡命徒？咱们是革命军人……”

特遣队于午夜时分进入丛林，全队共24人，按三三制原则，分为8个战斗小组，人数虽然不多，可都是选拔出的高手，每个人都能独当一面，身为队长的钟跃民绝对相信自己手下的每一个队员。

黑暗中的丛林很难走，特遣队几乎是在摸索中行进，钟跃民不时用指北针修正着方向，他盼着天能快一点亮，只有天亮以后才能加快行军速度。使他感到庆幸的是，特遣队员们每人除了按规定携带300发子弹、4颗手榴弹的弹药基数外，还背了一枚40毫米火箭弹。他们在如此复杂的山岳丛林地区背负着沉重的装备连续行军几个小时还能保持良好的体力，这不能不归功于多年来连队每天雷打不动的5公里越野，是它发挥了效用，大家都练出了超常体能。

清晨终于来了，视野内的景物渐渐清晰起来，丛林中迷漫着淡淡的晨雾，队伍行走在一片蒿草和灌木丛中，绿草中点缀着红色、黄色的小花，它的花瓣展开如托盘，中间露出嫩黄的花蕊。钟跃民还发现这里到处生长着纤细的桫椤，他是从《野外生存教材》上认识这种蕨类植物的，“桫椤，木本，茎高而直，叶片大，羽状分裂，茎含淀粉，可供食用”。

钟跃民举起望远镜观察着对面的山峰，这座山呈驼峰状，两峰间有个鞍部，郁郁葱葱的山体上偶尔露出灰白色的岩石。钟跃民久久地注视着，不知为什么，他心里突然有了一种怪怪的感觉。

担任尖兵的宁伟靠近钟跃民压低声音说：“连长，刚才我看见对面山上有个亮点闪了一下，再仔细看又没了，那边正处在迎光的一面，我估计是望远镜的反光。”

钟跃民立刻警觉起来：“哦，你看清楚了？”

“没错，就闪了一下，丛林里还有什么能反光的物体？”

钟跃民下了命令：“全队做好战斗准备，尖兵组一旦发现情况，立刻先敌开火。记住，不要恋战，冲过去即可。”

宁伟拨开冲锋枪的保险，带领尖兵组隐入了丛林。

张海洋收起望远镜对钟跃民说：“如果宁伟看见的光点是望远镜的反光，那么只有一个结论，咱们被人远距离跟踪了。”

钟跃民说：“有意思，和咱们玩上了。一排长，在咱们的来路上设几颗绊雷，咱们和他玩玩。”

一排长答应着带领两个战士去布雷了。

特遣队展开了战斗队形搜索前进，钟跃民和张海洋走在队伍的中间，吴满囤带着殿后的掩护组走在最后。

带领尖兵组的宁伟发现周围的丛林渐渐变成了原始次生林，灌木丛越来越少，头顶上是高大的树木，脚下的葛藤荆榛死死地纠缠在一起，每走一步，都会被带钩刺的野藤绊住腿。林子又浓又密，明灿灿的阳光竟然穿不透繁枝茂叶，只是偶尔从枝叶组成的网眼里透下几点光斑。树下多年淤积的树叶软绵绵的，一脚踩上去便溅起一摊发出腐烂气息的黢黑臭水。眼前的一棵大树上悬挂着网状的气根，气根在微微摇荡着，像一排排的绞索，前面似乎不是丛林，而是一条绿得发黑的、没有尽头的隧道。

宁伟贴近二班长孔小平的耳朵耳语道："我敢和你打赌，敌人要是打算给咱们做套儿的话，这里是最合适的地方。"

孙小平怀疑地说："你觉得这里有人埋伏？"

尖兵组的另一个战士刘忠明说："排长，我怎么觉得这里从古到今就没人来过……"他的话音没落，脚下便踩中了一个机关，刘忠明的身子腾空而起，被倒挂在树上……

宁伟几乎是在同时扣动了扳机，冲锋枪吐着火舌呈扇面扫过，几米外两个持枪的人影被弹雨拦腰扫倒，他们在倒下之前已经扣动了扳机，一串子弹哒哒哒打向半空……孔小平的反应也极快，枪声一响，他马上隐身树后，持枪待发，等宁伟的枪声一停，他立即开火吸引对方的火力，宁伟则以极快的手法换上弹夹，两人用点射交替掩护着向前扑去，默契得就像一个人，丛林中顷刻间枪声大作。

走在后面的钟跃民和张海洋听到枪声立刻散开队形，队员们灵巧地窜入丛林，从两翼迂回包抄过去……钟跃民从对方枪声中判断出对方的人数不太多，他们使用的是苏制AK-47冲锋枪，而且不是经验老到的射手，他们的还击往往是连发扫射，这样既消耗弹药又暴露目标，在训练有素的特遣队面前，这样的对手不足为虑。

丛林里的战斗只用了3分钟就结束了，特遣队的两翼包抄战术使对方8个人无一漏网，全部被击毙。

张海洋仔细翻看了尸体兜里的证件，他笑道："这几个家伙都是附近公安屯的地方部队军人，情报上说这个公安屯代号408哨所，他们的证件上也写着408番号，这几个小子好大的胆，凭这么几条枪就敢和咱特遣队叫板。"

这次小规模交火，特遣队阵亡一人，被倒挂在树上的刘忠明被对方的子弹打得稀烂。当时他的脚腕被套住，一棵事先被压倒的极有弹性的树枝把他弹到了半空中，暴露在对方的弹雨之下。这种机关是丛林地区居民捕兽时常用的一种方法，令人防不胜防，即使是经过丛林战训练的特遣队，也难免要吃亏。

吴满囤带领殿后的战斗小组赶上来，他们设置的绊雷在他们走出1公里后就响了。如此说来，钟跃民和张海洋刚才的判断是正确的，这伙敌人恐怕是早就算计上他们了。

钟跃民赞许地拍拍宁伟的肩膀："好样的，反应快，出手也快，一下子就干倒两个，回去我给你请功。"

宁伟不屑地说："连长，这不过是几个民团、保安团一类的东西，打他们都丢份儿。"

特遣队刚登上双峰山，就听见北方边境线上的炮声响了。这里居高临下，视野开阔，只见天空中布满橘红色的弹道。大家都认得，发出橘红色尾迹的是152毫米口径的加榴炮弹，发出白炽光的是130毫米口径的火箭炮弹，密密麻麻的炮弹掠过天空，落入纵深地区，炸成一片火海，滚滚的浓烟遮天蔽日，一阵阵炮声就像雷声滚过。

张海洋停住脚步看了看手表说："总攻开始了。"

一个战士说："好家伙，这得多少门大炮呀，炮声密得都听不出点儿了。"

钟跃民回头看了一下，脚步没停，他催促道："抓紧时间赶路，咱们有自己该干的活儿，要下山了，各小组要注意安全。"

张海洋迅速在地图上找到特遣队所在的位置，他计算了一下说："快了，还有10公里，不过这是直线距离。"

钟跃民说："废话……"

坦克的发动机震耳欲聋地轰鸣着，车身在剧烈地颠簸，迷漫的晨雾给潜望镜的玻璃罩上了一层水汽，对外难以观察。袁军下令让全连所有的车长都把身子探出炮塔调度坦克，混乱的队形才得以控制好。他知道此举实在很冒险，因为每个车长都有可能成为对方狙击手的活靶子，但不这样做就更危险。坦克群行进在陡峭曲折的山路上，有些地方路宽不到两米，已经出现了几次险情，有的坦克差点滑进山涧。

山路两侧的林木越来越茂密，树枝扫在坦克的炮塔上，搭乘坦克的步兵们苦不堪言，他们要用一只手死死抓住炮塔上的扶手，不然就会被甩下车碾死，另一只手要举着冲锋枪，食指时刻扣在扳机上，准备向一切可疑目标开火。粗大的树枝像锋利的刀子一样划过步兵们的脸，每个人的脸上都是血淋淋的。袁军的坦克上搭载了4个步兵，一个步兵班长下令用背包带将战士们绑在炮塔扶手上，以便腾出双手挡住不断扫来的树枝。

袁军心里一动，隐隐觉得这样有些不妥，但他看到步兵们的狼狈样子便没有吭声，再说这些步兵也不归他指挥。

袁军所在的坦克团是一个月以前到达战区的，当时他已经接到命令去装甲兵指挥学院学习，行装都准备好了，连里的工作也交接了。这时团里接到开往战区的命令，全团上下立刻进行战前准备，袁军觉得如果现在走就有损他的脸面了，别人会认为他怕死，此时就算他再想去学习也得放一放了，不然以后回来就没法带兵了。

袁军用望远镜不停地向四周观察，其实看也是白看，到处都是林木和一人多高的山茅草。他担心地想，对方要是在这里布下伏兵，哪怕是一个排，也够麻烦的。坦克集群在平原上纵横驰骋，如入无人之境，可是遇到这种地形就算是虎落平阳了，两只火箭筒就能干掉你一个连的坦克，你还只能干挨打。袁军愤愤地想，司令部那些参谋怎么制订的作战计划？从总攻开始就是乱糟糟的，部队平时缺少训练，这时毛病全暴露了，步坦配合得毫无章法，坦克成了搭载步兵的工具，那还不如用卡车呢。按照步坦配合的战术要求，此时步兵应该在道路两侧和前方搜索前进，以确保坦克纵队的安全。袁军知道现在发牢骚也没用，谁让自己才是个小小的连长呢。

山路开始转弯，坦克纵队随着山势转向一条峭壁上的窄路，耳机里传来营长的声音："2013，前面就是山口，全速冲过去。"

袁军对着话筒喊："营长，是不是先派步兵搜索一下再通过？"

营长的声音很不耐烦："来不及了，咱们的时间有限。袁连长，你是不是怕了？"

"营长，我有什么好怕的？这次是我主动要求参战的，你又不是不知道。"

"那你还等什么？给我冲……"

坦克一连加大马力冲向山口，引擎声和履带咔咔的撞击声响成一片。袁军把眼睛紧贴在潜望镜上，警惕地观察着前方的动静。突然，他的眼前闪过一道炫目的光，一声猛烈的爆炸，山路左侧的峭壁轰然倒塌，数十吨岩石倾泻而下，塞住去路……

"坏了，咱们中埋伏了……"袁军的话音没落，走在最前面的1号车已经同时被两发反坦克炮弹击中，坦克的炮塔瞬间被掀翻，搭乘步兵的残缺肢体被高高抛向半空，浓烟和烈焰腾空而起。在爆炸的同时，路左侧密集的机枪火力狂风般扫了过来，打在袁军的坦克装甲上，发出叮当的响声，搭乘坦克的4个步兵还没来得及还击就被打得血肉横飞……

袁军大吼道："各车注意，向路左侧开火，4号车，给我撞开1号车和岩石，冲过去！"

各车的炮手纷纷摇动方向机转动炮塔，这时他们才发现，路两侧的岩石和树木挡住了炮管，敌人早想到这儿了，他们是有计划地选择了这个伏击点。这时又是一声爆炸，走在最后的6号车也被击中起火了……袁军此时觉得火撞脑门，嘴里日爹操娘地骂着，把身子探出炮塔，一把拽过高射机枪向对方火力点扫去，一串12.7毫米口径的高射机枪子弹夹杂着由曳光弹组成银亮的弹道在空中狂舞，各车的高射机枪和并列机枪都打响了，凶猛的火力一下子压住了对方的火力。残存的步兵也跳下车用冲锋枪开火了，袁军大喊道："你们是干什么吃的？给我冲上去，消灭敌人的火力点！"

一个步兵战士边还击边喊："连长同志，我们排长阵亡了。"

袁军马上意识到，这些步兵在经受了最初的火力打击后，已经群龙无首了。情况万分紧急，坦克纵队多受阻一分钟就增加十分的危险，这里是坦克的死地，对方的反坦克炮手会从容地将坦克一辆一辆地当靶子打，袁军的头上冒出了冷汗，他顾不得多想便对着话筒喊道："各车车长用机枪掩护，其余乘员持武器下车，跟我上，消灭敌人的火力点！"他抄起冲锋枪跳出坦克，率先向山上冲去，各车的坦克手们也抓起冲锋枪和手榴弹纷纷跳下坦克，步兵们见有军官指挥，也抖起精神呐喊着向山上冲去……

在战争开始之前，袁军还有过建功立业的想法，可就在刚才，他目睹了自己连里的坦克被击毁、步兵们血肉横飞的惨状，在见识了这些血与火之后，他平时很注重的功名早已被满腔的怒火所代替，少年时代好勇斗狠的习性在沉寂多年后猛然迸发出来，他要冲上去撕碎那些浑蛋。

全连剩余7辆坦克顶部的高射机枪在猛烈地集火射击，大口径机枪的枪声震耳欲聋，枪口喷出大团青白色的口焰，敌人的阵地在密集的弹雨中被打得烟尘四起。5号车车长于德明打得兴起，他推开机枪，握着一颗手雷跳下坦克，炸倒了挡住炮管的树，又窜回座舱摇动方向机将炮口对准敌人的阵地，火光一闪，一发爆破弹出膛，敌军的一门75毫米反坦克炮在爆炸声中飞上了天。

袁军率领步兵和坦克手冒着乱如飞蝗的弹雨杀入敌人的反坦克阵地，冲锋枪抵近速射，手榴弹横飞，双方都打红了眼，战斗进入白热化状态。袁军扔掉了手里打红了枪管的冲锋枪，一脚踢开已经死去的敌军机枪手，抄起轻机枪狂叫着向残余的敌军士兵猛扫……战斗持续了5分钟，敌人的一个反坦克混编排被全部消灭。

战士们在打扫战场时，看见袁连长两眼通红，平端着机枪像狼一样来回转悠，似乎还在寻找着什么……

中午12点，钟跃民的特遣队历尽千辛万苦，终于到达了4号桥附近的一座小高地上。钟跃民、吴满囤、张海洋都举起了望远镜仔细观察4号桥的建筑结构。他们失望地发现，这是一座毫不起眼的钢架结构的小桥，桥长不过100米，宽不过6

米，中部最高的桥墩不过8米，桥面距水面约10米。这座桥虽然不起眼，可它是通往G城的唯一的通道，一旦被切断，大批的机械化部队和重型装备将无法开往G城。

钟跃民的视点停在桥南的一座混凝土碉堡上，这座碉堡很大，射击孔向着北岸，从结构上看，可能还建有地下部分，驻一个加强排绰绰有余。情报表明，4号桥的守备部队是一个加强排，而且桥下已经安装好炸药，一旦情况紧急，敌人便会立刻炸桥。钟跃民估计，他们之所以现在还没有炸桥，是因为北岸还有部队和重型装备没撤过来。

吴满囤和张海洋的视点停留在中部的桥墩上，从望远镜中能清晰地看到成摞的草绿色TNT炸药箱，看来炸药的起爆装置应该在南岸的碉堡里。张海洋认为，如果绕到南岸秘密接近碉堡，以突袭的方式干掉碉堡里的守军，这座桥便唾手可得。

钟跃民却不同意这种打法，他认为特遣队的目标是桥，而不是碉堡，如果在突袭碉堡时干得不利索，任何一个敌军士兵都有可能按动起爆装置，桥毁了，你拿下碉堡又有什么用？

吴满囤也认为钟跃民说得有道理，他插话道："一定要先剪断起爆器的电线，之后才能打碉堡。"

张海洋说："那两边同时动手怎么样？"

钟跃民说："不，一定要先剪断电线后南岸才能打响，按动起爆器只需1秒就够了，咱们可赌不起。"

吴满囤自告奋勇地说："俺带一个组从北岸下水，爬上桥下的钢梁，从钢梁上接近炸药箱，剪断电线后马上开枪干掉北岸桥头的哨兵，之后你们这边立刻动手。"

钟跃民看看表说："就这样定了，现在离预定的时间还有1个小时，如果坦克团推进顺利，还可能早到，咱们1分钟也不能耽误了，马上行动。"

特遣队兵分两路，钟跃民带队在河上游几百米处泅渡过河，利用灌木丛掩护迅速接近了碉堡背面的入口处，宁伟用背包带捆起4颗手榴弹，全部拧开了盖子，拽出了导火索……

吴满囤带领两个战士从北岸上游100米处下水，在北岸哨兵的眼皮底下潜游到桥下，吴满囤命令两个战士在桥下掩护，他灵巧地攀上钢梁，无声地在梁架上一点点挪动。干这种活儿是他的强项，50米的距离他只用了2分钟。他接近炸药箱后仔细观察了一下，发现炸药安放得很专业，炸药量显然经过严格计算，为了预防万一，竟安放了两组电雷管，电线也分为两组，分别通往桥南、桥北。看来不仅是南岸的碉堡里安放了起爆装置，北岸的敌人哨位上也有。吴满囤用匕首割断了两组电线，为了慎重起见，他又把两组雷管从炸药箱中拔出来，然后才向担任掩护的战士发出得手的信号。二班长孙志平以仰泳的姿势顺流离开桥墩，他的手枪枪口朝天，处于待发状态，站在北岸桥头的两个敌军哨兵并没有发现河里有人。孙志平亲切地喊了一声："嗨，哥们儿……"两个哨兵倏地转过身子，孙志平啪啪两枪，两发子弹准确地从两个哨兵的眉心打进去，两个哨兵应声栽倒。

守在南岸碉堡后面的宁伟听见枪声几乎是同步做出反应，他从灌木丛里闪电般窜出，穿过一片十几米的开阔地向碉堡入口处冲去，敌人的反应速度也不慢，他们立刻朝着北岸的射击孔射出了猛烈的机枪弹雨，弹雨顷刻间覆盖了桥面，两个端着冲锋枪的敌军士兵刚刚钻出碉堡，奔跑中的宁伟单手持冲锋枪打出一个点射，两个敌军士兵仰面跌倒。宁伟左手一扬，在离碉堡入口5米处像掷铅球一样把集束手榴弹甩进碉堡，他随即扑倒横着滚开，只见火光一闪，一声猛烈的爆炸，碉堡的入口处随着浓烟和烈焰飞出一些人体的残肢，几个战士冲进碉堡，碉堡内部惨不忍睹，一个班的守敌全部被炸死，四壁和天花板上到处沾满被炸碎的肉块。

宁伟摊着双手对钟跃民说："连长，这就算完啦？也太不过瘾啦。"

钟跃民和张海洋也觉得这场战斗太顺了，没有损失一个人，这座桥就易手了，他们总觉得有点儿不对头。情报上说，这座桥应该有一个加强排的守备部队，可现在只有十来具尸体，充其量是一个班，那么其余的人到哪儿去了？这个念头在两人的脑子里闪了一下，但他们顾不上多想，因为要干的事还很多。

张海洋忙着和前指通话，把这里的情况做了汇报，前指的首长们都很兴奋，一再说要给特遣队请功。

吴满囤在布置桥两岸的警戒，又派出两个战斗小组占领了桥南岸的203高地，经过搜索，他发现敌人竟然没有在203高地上设防，这太不正常了。

钟跃民接到报告后半天没有吭声，按理说，到目前为止，特遣队的任务已经全部完成，可他心里却隐隐感到不安，总觉得这一切似乎太顺利了。他再一次举起望远镜向四周仔细观察，他的视点停在桥东侧的一座小高地上。这座高地在地图上标明为海拔210米，被称为210高地。根据掌握的情报，210高地上没有敌军设防，湍急的河流在210高地前拐了个90度的弯，如果站在210高地上观察，4号桥的角度应该是横向的，一根根桥墩在210高地前一览无余。钟跃民的心里突然动了一下，一个念头如电光石火般闪过，情报会不会有误？如果我是对方的指挥员，我会怎样布置防御？我难道不会在210高地上做做文章？钟跃民突然扔掉望远镜声嘶力竭地喊了一声："第一、第二战斗小组负责警戒桥面，其余人跟我来，占领210高地……"

然而钟跃民还是晚了一步，此时我方的坦克集群出现在北岸，担任先锋的几辆坦克已经加大马力冲上了桥。钟跃民突然听到空气中响起一阵怪怪的嘶鸣声，他马上意识到，这是大口径炮弹划破空气的声音，他大吼一声："卧倒……"随即扑倒，一瞬间十几发152毫米的加榴炮弹从天而降，落在了桥面上，一阵地动山摇的爆炸声，桥面上硝烟弥漫，弹片横飞，4号桥的中部出现了一个巨大的缺口，两辆正在全速疾驶的坦克被炮火击中，燃起了冲天大火，一头栽下10米高的桥面，坦克内部的弹药被引燃，引起连锁爆炸……

钟跃民明白了，对方的炮兵早已标定了火力打击诸元，210高地上应该有个炮兵观察所，只要观察员报出方位，对方的炮群用不着试射校正，只需按照事先测定的射击诸元调整标尺便可准确击中目标。对方的指挥员很聪明，他专等坦克集群开上桥才下令开火，这叫半渡击之。更糟糕的是，击毁4号桥以后，我方的工兵一定会重新架桥，那么炮火会再一次覆盖桥面，让你屡建屡毁，从而达到滞阻我方南集团坦克集群合围G城的战略目的。看来如果拿不下210高地，打掉那个该死的炮兵观察所，别说架桥，就连停在渡口的坦克部队也很危险，因为这里无时不处于对方炮火的覆盖下。

钟跃民用报话机向前指首长汇报了情况，并提出组织另一次突击行动的建议。曹军长破天荒地亲自拿起送话器和钟跃民通话：“钟跃民，你的特遣队干得很漂亮，现在出现的新情况不是你的责任。我同意你的请求，你可以行动了，有什么要求尽管提，前指会尽力满足。”

钟跃民说：“谢谢首长，我只有一个要求，我需要炮火支援，一定要压制住敌人的炮群。”

“同意你的要求，一个自行火炮团和一个步兵团正在赶往4号桥渡口，马上就到，祝你们成功！”

先头到达的坦克团只有两辆坦克冲过了4号桥，其余的都被隔在河北岸，退到对方炮火的射程以外。特遣队的战士引导着两辆过河的坦克隐藏在一块巨大的岩石后面，这里是敌人炮火的射击死角。两辆坦克停下后，座舱盖被砰砰地打开，第一个钻出坦克的竟是柳建国，他脸色铁青，骂骂咧咧地跳下坦克。钟跃民和他打招呼：“建国，算你命大，后面中弹的两辆坦克是你们连的吗？”

柳建国的眼睛红得像兔子眼，面部肌肉也在抽搐，面相显得很凶恶。他张嘴便恶声恶气地问：“你们是他妈怎么搞的，连个渡口都不能保证安全？”

钟跃民也火了：“你他妈睁眼看看，我的任务就是夺取大桥，现在大桥就在我手里。”

柳建国毫不客气地质问道：“这样占领大桥和没占有什么区别？一下子就报销了我两辆坦克，结果桥还是被炸了。”

钟跃民说：“那你他妈去问前指，少跟我发牢骚，这场战役又不是我指挥的。我和你一样，都是个小连长。”

张海洋耐心地向柳建国解释了刚才发生的情况，柳建国的火气渐渐平息了，他走过来拍拍钟跃民的肩膀说："哥们儿，别生我气，一下子阵亡了8个弟兄，两辆坦克报废，我他妈的心里窝火。这一路过来真不容易，正式战斗倒不多，到处是敌人的伏击点，搭载的步兵可惨了，我们是冲过来了，步兵团被扔在后面，恐怕还要1个小时才能赶到。"

钟跃民说："没事，仗打得不顺，大家的火气都大，咱们就都别计较了。现在我们得把210高地上的炮兵观察所打掉，你带上你的弟兄们暂时接替一下渡口的防务。"

柳建国担心地说："就你们这十几个人？而且是仰攻，恐怕胜算不大，还是等步兵团上来再打吧。"

"来不及了，事情明摆着呢，不早一点打掉炮兵观察所，咱们就老得挨揍。"

柳建国点点头转身喊道："3号车、5号车，全体乘员集合，准备接替防务。"

钟跃民紧握他的手说："拜托了，等我们的好消息吧。"

"跃民，你要当心，我什么也不说了，战斗结束以后，我请你喝酒。"

钟跃民拎起冲锋枪高喊道："特遣队，准备战斗，各小组跟我来……"

·第十五章·

1号车是袁军的搭档、一连的指导员金正宇的座车，金正宇是从三营调来的，和袁军共事不到一年，两人虽然没什么深交，但平时工作上还是很配合的。金正宇阵亡使袁军感到很难过，毕竟两人在一间屋子里住了近一年时间，彼此还算投缘。战前金正宇在一次聊天时还说过，他从来没去过北京，最大的心愿是将来带着老婆孩子逛一回北京。袁军当时还答应他，将来他去北京时可以住在自己家。那天的谈话言犹在耳，可金正宇已经不在了，甚至连尸体都找不到，他被炸得粉身碎骨了。

袁军仔细观察了被击毁的1号车，损毁的状况确实惨不忍睹，75毫米反坦克炮在不足100米的距离内发射的穿甲弹正好击中炮塔和车体的结合部，炮塔被掀飞出十几米，大火又引起坦克内部的炮弹连锁爆炸，4个乘员都被炸得尸骨无存，车身也几乎解体。走在最后的6号车基本也是如此，4个乘员也全部阵亡。袁军先摘掉坦克帽，低下了头，坦克手们也纷纷摘下帽子向阵亡的战友们志哀。

袁军下令将被击毁的1号车撞下山涧，为后面的坦克纵队打通道路。4号车的驾驶员泪流满面地将1号车的残骸撞下山涧，然后又一次次地将坦克撞向拦路的岩石，一连撞了十几次才把岩石撞开，拥挤在山路上的坦克长阵终于又开动起来。

这一战，除了最先阵亡的8个乘员外，坦克手又伤亡了4人。4号车的车长、5号车的炮手在突击敌人反坦克阵地时阵亡，7号车的驾驶员负重伤，搭载的步兵加强排也伤亡过半，失去了战斗力。袁军调整了一下各车的人员配置，下令攻击前进。

当坦克群轰鸣着冲出山口时，已经没有任何步兵掩护了，袁军知道，在亚热带山岳丛林地区，没有步兵掩护的坦克是很危险的，但他此时已顾不上这些了。由于在不同的地段上遭到敌军多支反坦克混合部队的攻击，全团在狭窄的山路上被截成数段，各连只能各自为战了。袁军从电台上得知，营长的座车在刚才的战斗中遭到重点攻击，营长身负重伤，现在副营长接替了营长的指挥权，他在电台里命令一连不要停留，继续攻击前进，按计划占领公路交叉点上的D镇，全营会马上跟进。

此时的一连还有7辆坦克，这7辆坦克在袁军的指挥下全速开动起来，发动机在轰鸣，履带卷起了漫天的尘土，坦克内的乘员感到如同在波涛汹涌的大海上行船，车身剧烈地颠簸着，袁军感到一阵恶心，身旁的装填手忍不住呕吐起来。

坦克群进入平缓的丘陵地带，地势渐渐平坦，袁军不由得兴奋起来，这才是天然的坦克场，在这里，坦克可以纵横驰骋了。

潜望镜里出现了公路，公路上居然还有公共汽车在行驶，炮手摇动着火炮方向机，把公共汽车套进了瞄准镜的十字标，他请示道："连长，打不打？"

袁军说："打老百姓干什么？不许打！"

炮手不甘心地说："问题是咱们闹不清谁是军人谁是老百姓，看着都像老百姓，不定什么时候就像变戏法似的变出个火箭筒来。"

袁军说："这没办法，咱们只能等人家亮出火箭筒才能打，你看这些乘客还向咱们招手呢，大概是把咱们当成自己人了，这些老百姓对战争怎么这样迟钝？"

一辆满载敌军士兵的卡车高速越过坦克纵队向前驶去，居然还是解放牌卡车。这些敌军士兵也没发现这是何方的坦克，可能是因为坦克炮塔上蒙的尼龙伪装网遮住了醒目的八一红星。这回可是全副武装的军队，驾驶员没等袁军下令就打响了航向机枪，一串子弹打进了卡车的车身，轮胎也被打爆，卡车的速度慢了下来。车厢里的士兵仓促间用冲锋枪向坦克做徒劳的射击，坦克的装甲板被打得叮当乱响。驾驶员大怒，猛踩油门撵上去，坦克贴近卡车轻轻一蹭，解放牌卡车轰然翻倒，坦克径直从卡车上碾过。袁军把潜望镜转向后面，见他身后的6辆坦克也毫不客气地一一从已被压扁的卡车上碾过……耳机里传来坦克手们兴奋的喊声，喊声中带着复仇的快感。

潜望镜里终于出现D镇，看上去这还是个不小的镇子，镇子上炊烟袅袅，身穿草绿色军服的敌军士兵正在用麻包构筑掩体。地图上显示，这里是3条公路的交叉点，重要的公路枢纽。开战前，袁军就已经明确了任务，坦克一连作为全团的先锋，主要任务就是攻取D镇，并且要守住它，等候后面的大部队。根据战前掌握的情报，敌人在这里驻有一个营的守备部队，配备有反坦克武器。

袁军略微踌躇了一下，以没有步兵掩护的7辆坦克攻击一个配有反坦克武器的步兵营，实在是很冒险，但他马上就下了决心：打！没什么可犹豫的，总不能停在这里等步兵来吧，那还不让人笑掉大牙。

袁军对着话筒下达了攻击命令："各车注意，双号车在左，单号车在右，展开战斗队形，注意两翼掩护，目标，D镇，全速前进！"

7辆坦克展开了楔形战斗队形，风驰电掣地迎着D镇冲去。

袁军后来的回忆有些模糊，他只记得坦克群在距离镇口800米处突然遭到敌人反坦克火力的攻击，几道白光闪过，袁军的坦克首当其冲地挨了两发炮弹，好像是82无后坐力炮发射的。一想起这些，袁军就恨得咬牙，这种炮是中国生产的，军人们嫌它的名字太绕口，干脆给简化成“82无”。这种炮曾经大量无偿地援助给敌军，袁军算是尝到了被自己国家生产的武器攻击的滋味。第一发炮弹打在驾驶员前面的45度斜面装甲板上，紧接着又是一发炮弹打在半圆形炮塔上。由于角度关系，这两发炮弹没有击穿装甲，被弹飞了，但是巨大的动能带来的强烈震动却非同小可。袁军被震得从椅子上摔下来，驾驶员竟被震得昏迷了几秒钟，差点儿把坦克开进沟里，炮手忍不住呕吐起来。袁军强忍着恶心和晕眩转动潜望镜，他马上搜索到敌人火力点的位置：“快！瞄准打，正前方偏左的那所房子，发射点就在那里，装爆破弹……”

轰的一声，炮弹出膛，几个敌军士兵连人带炮被炸向天空。

耳机里传来5号车车长孙勇的声音：“报告连长，7号车被击毁，4号车中弹受损……”

袁军冷冷地说：“知道了，继续攻击，冲进D镇去！”

一连仅存的5辆坦克终于冲进小镇，袁军通过潜望镜发现，这个镇子上的老百姓好像已经转移了，满街都是乱跑的军人，有的端着冲锋枪向坦克扫射，有的举着手雷和炸药包向坦克扑来。坦克上的航向机枪和并列机枪猛烈地射击，将敌军士兵一片片扫倒……袁军的坦克炮塔上又挨了一发火箭弹，幸好射入角偏了，火箭弹斜着划过去，驾驶员发现对面的一座二层小楼上有个戴盔形帽的家伙正在往火箭筒里装弹，他猛踩油门，坦克吼叫着向小楼撞过去，小楼像倒塌的积木一样轰然成了一片废墟。坦克继续向前撞去，竟然在密集的房屋中开辟出一条新路，所到之处，房子像多米诺骨牌一样哗哗地倒塌，尘土飞扬。

5号车和8号车已在小镇口将敌人的反坦克阵地碾平，几门75毫米反坦克加农炮被压得稀烂，两辆坦克掉转炮塔，炮管一律朝后，像推土机作业一样将一片片房子撞倒。

9号车在镇口触发了一颗反坦克雷，剧烈的爆炸将坦克抛起又掀翻在路旁，4个乘员全部阵亡。3号车在冲进D镇时遇上了一个不要命的家伙，他抱着一个炸药包一头钻入车底，在履带轧到他身上之前拉响了炸药包，3号车被炸得歪在一边燃起了大火，浑身着火的车长和驾驶员在跳出座舱时被敌人的机枪打倒……

袁军在潜望镜里看到9号车和3号车被击毁的惨状，不由痛楚地合上眼，这种结局他早就料到了，没有步兵掩护的坦克就好比丛林中被白蚁包围的野兽，不管多么凶猛，最终仍会被成千上万只白蚁吞噬。袁军现在要做的无非是困兽之斗罢了，他早已横下一条心，一边操纵并列机枪扫射，一边对着话筒喊：“5号车、8号车，我是连长，现在只剩咱们3辆车了，再坚持一下援兵就会赶到，咱们来个土工作业，把房屋推平，敌人就会失去隐蔽物。”

“5号车明白！”

“8号车明白！”

袁军的判断是正确的，10分钟以后，3辆坦克几乎把小镇推平，残余的敌人丧失了建筑物的掩护，被迫退出了镇子。袁军向副营长汇报：“坦克一连占领了D镇，正在防守待援。”

副营长说：“一连长，请报告一下损失情况。”

“我们只剩3辆坦克，油料和弹药也快消耗完了。”

“一连长，再坚持一会儿，我们离你还有10公里，马上就到，敌人可能还要反扑，你一定要坚持住。”

“是！请营长放心！”

袁军钻出炮塔，用望远镜向四周观察了一下地形，心里便明白了八九分。别看这个镇子不大，但地理位置很重要，这里是我东线兵团的主要突击方向——L城的外围屏障，在整个战役布局上，D镇能起到防御支撑点的作用。难怪敌我双方都玩了命，因为D镇一旦被攻占，通往L城的道路便一马平川，无险可守。

袁军抽着烟思考着怎样才能利用3辆坦克组织起有效防御，一支烟吸完主意便有了。他下令将3辆坦克在小镇的南口一字排开，每辆坦克上留一个人操纵高射机枪和火炮，其余的乘员下车构筑掩体，使用轻武器进行防守。好在敌人丢弃的武器很多，找几挺机枪并不费事，战士们忙碌起来。

5号车的孙勇正在炮塔上检查高射机枪，他突然叫了起来：“连长，敌人出动坦克了，有3辆，距离三千多米，是冲咱们这个方向来的。”

袁军几步蹿上炮塔举起望远镜，映入视野的3辆坦克摆出一个楔形战斗队形，这是坦克最常见的战斗队形，没什么好奇怪的。有意思的是，这竟是两种不同型号的坦克混合编队，最前边的是苏制T62型坦克，这种坦克是20世纪70年代最先进的主战坦克之一，无论是战术性能，还是装甲的防弹能力、火炮的口径都优于袁军驾驶的国产59式坦克。袁军看了先是心头一紧，再看后边两辆坦克，不禁又哑然失笑了，那竟是两辆苏联第二次世界大战时期的T34型坦克。说它老掉牙了一点儿不为过，这种坦克是苏联1941年装备部队的，到现在已经38年了，苏军的现役装备已经换了好几茬了。这种坦克在苏联国内早成了古董，唯一的用处就是拍表现“二战”题材的电影。

袁军笑道：“真是个穷国，连武器都是好坏搭配着用，简直像个菜贩子，卖个萝卜要搭一把小白菜。”他怎么也想不通，敌方的指挥员为什么把这两种性能如此悬殊的坦克混合编队投入作战。

袁军计算了一下，自己的3辆坦克油料已不足了，要是把坦克开动起来和对方打一场运动中的坦克战，这显然要吃亏。看来最好的方式就是以逸待劳，从正面和T62型坦克来一场古典式的决斗。从数量上看，是三对三，从质量上看，那两辆T34几乎可以忽略不计，它上面的85毫米线膛炮在1000米外别想击穿59式坦克的正面装甲，但令人担心的是那辆T62，它的火炮安装了双向稳定系统，可以在高速行驶中准确开火，令人生畏的是它的115毫米滑膛炮，没有膛线的束缚，炮弹加大了初速，其杀伤力非同小可。

对方的坦克越来越近，已经接近2000米的距离，袁军估计对方打算进入1000米距离才开火，那是直瞄火炮最有把握的射击距离。袁军感到浑身燥热，流出的汗已湿透了工作服，1000米……这可是个生死距离，他要好好计算一下，首先要在1000米距离上击毁两辆T34，必须是1000米距离，如果它驶近了就会对自己的坦克造成威胁。那么T62呢，人家不是傻子，也同样会在1000米距离上开火，就算你击毁了两辆T34，但它的首发命中率很高，第一炮就有可能干掉你一辆坦克……

袁军脑子里突然闪过一个念头，他跳下坦克大喊道："8号车、5号车，驾驶员上车，听我调度。"

两个驾驶员发动起坦克，袁军命令5号车紧贴自己的坦克，并排正对前方，8号车将车身横过来挡在并排的两辆坦克前方，3辆车呈"品"字形排列。这无疑是个聪明的主意，8号车成了后面两辆坦克的掩体，护住了两辆坦克的正面装甲，而暴露出的侧面则是半圆形炮塔的倾斜面，低于90度的射入角，完全可以将炮弹弹飞。如果能以牺牲一辆坦克的代价换取对方3辆坦克，这买卖就不赔本。

果然，对方的坦克在驶入1000米距离时，最前面的T62首发一炮，准确地击中了充当掩体的8号车侧面装甲，8号车顿时烈焰熊熊。5号车的孙勇抓住机会按动炮钮，"轰"的一声，一发碎甲弹出膛，将左侧的一辆T34炮塔掀飞，T34立刻燃起了大火。袁军早已把另一辆T34套入瞄准镜的十字标，他猛地按动炮钮，谁知炮却没响，袁军的冷汗一下子流了下来。他发现火炮的电击发器在刚才的战斗中被打坏了，连忙改用手动击发，却没想到手动击发器也坏了。就这么稍一耽误，对面的T62又发一炮，打在袁军坦克的炮塔侧面，半圆形炮塔将炮弹弹飞出去。坦克虽然无恙，却又把袁军震了个七荤八素，他的头撞在甲板上，眼前出现很多金灿灿的星星，鲜血顺着脑门像小溪一样流进了脖子。他顾不上擦一把血，又把眼睛贴近瞄准镜，调整方向机，瞄准了T62坦克炮塔和平台的结合部。他看见瞄准镜中对方的炮管也在调整角度，对方的炮手大概烦透了挡在前面的8号车，它使他的射入角受到极大的影响。这是一场名副其实的决斗，谁的手快谁就是胜利者。这时5号车前火光一闪，孙勇又开了一炮，炮弹打在T62坦克的正面装甲的45度斜面上，炮弹也被弹飞。袁军幸灾乐祸地想，对方的坦克手这会儿八成也被震得晕头转向，他乘此机会抓起一把大号扳手照着炮闩狠命一敲，“轰”的一声，一发碎甲弹飞了出去，瞄准镜中T62坦克的炮塔在火光中像飞碟一样旋转着飞出七八米，他放声大笑起来……

袁军太全神贯注了，竟没有发现那辆残存的T34已经绕到他侧面200米处，5号车孙勇也瞄准了这辆坦克，还没来得及按动炮钮，T34坦克的炮先打响了——一发85毫米的穿甲弹击穿了袁军坦克的侧甲板，爆炸声中，袁军的笑声戛然而止，他觉得自己仿佛变成了一根羽毛，轻轻地飘了起来，他深深地发出一声叹息：“唉，这种感觉真好……”

这场战争对袁军来说，已经提前结束了。

在钟跃民带领特遣队向210高地发起攻击之前，后续部队的一个自行火炮团赶到了渡口，前指下令向敌纵深的炮群开火，于是大规模炮战拉开了序幕。随着隆隆的炮声，一群群炮弹在空中画出密密麻麻的弹道，掠过210高地向敌纵深飞去。敌方的炮群也不示弱，立刻开始对等还击。一群群炮弹又掠过高地向渡口飞来。我方的一个舟桥营冒着敌人的炮火在紧急架桥，从敌纵深飞来的炮弹在河里炸起了无数水柱，舟桥营不时有战士被弹片击中，栽进河里。

钟跃民站在203高地上用望远镜向四周观察，他发现围绕着4号大桥方圆几十公里范围内，炮战打成了一锅粥。先是越军的炮火对我方的穿插路线进行轰击，紧接着就是我军的炮火对穿插路线上的各高地进行反击。到后来，是双方的炮火在所有地段和高地上轮番轰击。整条穿插路线和诸高地转眼间变成了光与火的世界。阵地上到处都是弹片撕破空气的尖叫声，到处是震耳欲聋的爆炸声。在这令人胆寒的爆炸声中，还有一个更令人毛骨悚然的情况——漫山遍野的原始次生林和高大的毛竹在空中就将各种弹药引爆，这大大提高了弹片在空中的覆盖面和杀伤范围。敌我双方的士兵在这排山倒海般的呼啸声中一片片地倒下去……

特遣队的队员们对激烈的炮战视若无睹，他们有自己的活儿要干，队员们借助灌木丛的掩护，三人一组展开了散兵线，交替掩护着向前跃进。到底是训练有素的侦察兵，他们的动作就像无声电影里的镜头，没有丝毫声响。按钟跃民、张海洋和吴满囤商量好的方案，对付210高地的守敌最好采取突袭的方式。他们断定这伙敌人不愿暴露自己。刚才特遣队偷袭4号桥时，210高地上的守敌竟然毫无动静。他们知道炮兵观察所的重要，一旦暴露马上会被打掉，所以他们干脆不动声色，眼睁睁看着守桥的部队被歼也不发一枪，也许他们认为我方还没有发现这个炮兵观察所。如果是这样，特遣队索性也装聋作哑，以隐蔽的动作接近敌人的工事，然后跃进敌人的工事，短兵相接地解决战斗，只有这样才能最大限度地减少伤亡。特遣队的人数太少，本钱有限，和守敌拼不起消耗。如果在半山腰被敌人发现，特遣队只能被迫采取强攻手段，这样伤亡会大得多。

210高地不算高，特遣队不到15分钟便接近了山顶，看来特遣队的运气不错。钟跃民在灌木丛中发现不少被丢弃的空水泥包装袋，上面赫然写着“中国制造”的汉字，他断定守敌在山顶上修筑了永久工事，而且是仓促间构筑的，因为水泥袋还很新。

宁伟带领的尖兵小组已经跃进到离敌人工事30米的距离内，再有两三分钟就可以跳进敌人的工事了。宁伟打开了冲锋枪的刺刀，他在心里默默念叨着：“谢天谢地，马上就要大功告成了，可千万别节外生枝……”可偏偏就在他念叨的时候，身旁的童铁林触响了一颗防步兵雷，童铁林的身体在一团火光中被抛了起来，一只脚被炸得无影无踪。这一声爆炸等于给敌人报了警，工事里的一挺高射机枪立刻打响了，战士们敏捷地扑倒在山坡上，子弹雨点般落在他们的周围。紧接着守敌的两挺重机枪也打响了，战士们被死死地压在地上。

宁伟的位置在最前面，他已经跃进到离敌人工事只有十几米的地方，此时他被弹雨压在地上一动不能动。他骂着从腰间摸出一颗手榴弹，把小拇指套进了拉火环。他盼望着敌人的火力能出现短暂的间歇，只要给他几秒钟，他就能以卧姿将手榴弹投进敌人的工事。

守敌像是知道宁伟的想法，那挺高射机枪的火力渐渐后移，压住了钟跃民带领的小组，一挺重机枪马上接替了位置，一刻不停地压着宁伟打。他头前的一块岩石被子弹打得碎片飞溅，他死死地伏在岩石后面，他知道这会儿要是扬起手臂投弹，肯定会被弹雨打断了胳膊。

走在后面的钟跃民等人也被守敌的火力压制住，敌人的火网十分凶猛，特遣队进退不得，处于十分不利的形势。伏在钟跃民身旁的五班长于根柱以卧姿装好了火箭弹，冒着弹雨一跃而起，以跪姿肩扛起40毫米火箭筒向守敌工事瞄准，他还没来得及扣动扳机，胸前就中了3发高机子弹，于根柱被子弹强大的冲击力打出两米远，仰面跌倒，火箭筒和已摘掉保险帽的火箭弹滚落到钟跃民的腿旁。

钟跃民滚到于根柱的尸体旁，观察了他的创口，12.7毫米的子弹形成的贯通伤让人惨不忍睹，子弹的射入口都如酒盅大小，背部的肌肉组织和脊椎骨被全部打飞，他的尸体还是温热的，而生命已经在一瞬间冲出躯体，消逝在空气中。钟跃民用发红的眼睛看了一眼天空，仿佛是在寻找于根柱逝去的灵魂。伏在不远处的吴满囤忍不住哭出了声，他曾经当过于根柱的排长，两人还是老乡，平时关系很好。

钟跃民默默地摘下冲锋枪，抓起火箭筒，准备再一次跃起。张海洋急了，他大喊道：“跃民，不要动，敌人的火力太猛……”钟跃民充耳不闻，他检查了一下火箭筒，猛地翻身跃起，以跪姿举起了火箭筒……

此时伏在最前沿的宁伟仍被火力压制在山坡上无法动弹，他握着手榴弹急得满头是汗。这时被炸掉一只脚的童铁林突然支撑起身子，他单手持冲锋枪向守敌的工事开火了。由于失血过多，他已经处于半昏迷状态，但即便如此，他打出的一个长点射仍然极准确，七八发子弹都打在守敌的重机枪防弹盾板上，敌人的机枪手立刻把子弹扫向童铁林，身中十几发子弹的童铁林不甘心地扑倒了。

宁伟抓住这个短暂的时机，以卧姿投出手榴弹，手榴弹在空中翻着跟头画出优美的弧线准确地落入敌人的堑壕……

这一稍纵即逝的机会也同样救了钟跃民，在他冒死跃起的一瞬间，守敌的火力都被引向童铁林。钟跃民意识到，死神已经和他擦身而过，扑向了童铁林。他狠狠地扣动了火箭筒的扳机，一声震耳的巨响，火箭筒的前后两端喷出耀眼的火柱，一个火团拖着尾迹呼啸而出，击中了敌人的高射机枪掩体……

两声爆炸几乎是同时传来，宁伟的手榴弹将守敌的重机枪炸飞，钟跃民的火箭弹摧毁了守敌的高射机枪掩体。宁伟随着爆炸声闪电般跃起，几步就蹿进了守敌的堑壕，他的脚还没落地，手里的冲锋枪就打响了，几米以外的3个敌军士兵被猛烈的抵近射击打得手舞足蹈地跌出去……

特遣队员们抓住时机，纷纷跃入堑壕，阵地上出现混战局面，双方在堑壕里展开了厮杀。阵地上到处是冲锋枪短促的点射声，手榴弹在空中乱飞，双方在堑壕里相互追逐着，短兵相接的格斗声、枪械和刺刀的碰撞声、受伤者的惨叫声混成了一片。

张海洋跳入堑壕后立足未稳，胸前就挨了一发子弹，是胸前的弹夹救了他的命，挡住了致命的一击。他反手一个点射撂倒了两个近在咫尺的敌人，剩下的一个敌军少尉撒腿就跑，张海洋拔腿便追，那少尉三拐两拐就没了踪影。张海洋认为他可能钻进了坑道，他脚步没停，顺着堑壕继续向前冲，谁知他刚拐过一个弯就撞在那少尉的枪口上，那黑洞洞的手枪口已经快顶上张海洋的脑门了。他听天由命地闭上眼睛，少尉狠狠地扣动了扳机，张海洋听见“咔嚓”一声，枪却没有响。这个少尉运气不大好，他的手枪偏偏在这时卡壳了，不过他的反应极快，顺手将手枪向张海洋劈面砸来，张海洋头一歪，躲过一击，身子却被少尉扑倒，两人在堑壕里滚打起来。张海洋的枪是用背带挂在脖子上的，此时胸前的冲锋枪妨碍了他的动作。那少尉手里不知什么时候多了把匕首，他显然是个玩刀子的高手，一点儿没有多余的动作，一出刀就直奔主题，刀尖冲着张海洋的左胸刺过来。张海洋在狭窄的堑壕里根本没有躲闪的余地，他情急之中用手掌猛磕对方的手腕，但这一掌只磕歪了对方的刀锋，匕首深深地插入张海洋的肩窝，他感到一阵剧痛，肩膀上就像插进了一根烧红的铁条，火烧火燎的，他的整个身子都瘫软了。那少尉一着得手便毫不迟疑地向张海洋的心脏部位捅来第二刀，而张海洋已无力躲开了，他抱着鱼死网破的决心闪电般伸出右手，以中指和食指猛插对方的双眼……他居然成功了，两指像插子一样戳进对方的眼窝，而对方的匕首却没刺入他的心脏，他发现那少尉身子在瘫软下去，宁伟出现在他面前，手里握着滴血的匕首——他的匕首准确地从少尉后背肩胛骨下的软组织刺入，洞穿了心脏。

宁伟扶起张海洋，掏出急救包按住他的伤口："张参谋，你负伤了。"

张海洋无力地靠在胸墙上问："你怎么不开枪？"

"你们纠缠得太紧了，这么近的距离，子弹会贯通这小子伤到你，好在我出刀速度比较快。"

张海洋的军装已经被鲜血浸透了，这一刀几乎刺穿了他的肩膀，鲜血像泉水一样不断涌出来，大量的失血使他感到一阵眩昏，他拉住宁伟的手说："宁伟，谢谢你，我这条命是你救的……"他说完就失去了知觉。

吴满囤带领一个战斗小组跳进堑壕，和几个敌军士兵迎头相遇，双方的枪几乎同时打响。这很像是决斗，双方相距七八米，彼此都无遮无拦地抱着冲锋枪对射。这场遭遇战不到10秒钟就结束了，对方倒下5个士兵，吴满囤身边3个战士也中弹倒下。吴满囤左臂中弹，子弹打断了臂骨，胳膊耷拉下来随着身体晃动着，鲜血喷溅在胸墙上。吴满囤顾不上包扎伤口，他单手持枪，顺着堑壕向残敌追过去。他从小生长在大山里，小时候甚至没穿过鞋，赤脚走山路如履平地，早已练就了一双铁脚板和超常的体能，再加上十来年的军事训练，使他在山岳地区的行动速度异于常人。熟悉地形的几个敌军士兵沿着弧形的环状工事拼命地跑，吴满囤每次举枪射击时，他们都能适时地拐入射击死角，子弹打在胸墙上溅起呛人的尘土，却始终打不中他们。吴满囤索性不开枪了，他使出全力奔跑起来。那几个敌军士兵没想到他奔跑的速度竟这样快，仅仅拐了几个弯就被他咬住，他抬手一个点射，两个敌人在奔跑中被击中，身子向前飞出三四米才扑倒。剩下的两个敌人慌了，他们在奔跑中实在腾不出手回身射击，只得拎着枪拼命向前跑。吴满囤眼见那两个敌人又拐弯了，他也追上去拐过一个90度的弯，他突然发现迎面是一个黑黢黢的坑道口，跑在最后的一个敌人背影一闪就消失在坑道里。吴满囤没有犹豫，一个箭步蹿上去，紧跟着那个士兵冲进坑道，他的眼睛还来不及适应黑暗，手里的冲锋枪就打响了，黑暗中有人惨叫着跌倒，子弹头打在混凝土墙面上形成了跳弹，在坑道内来回碰撞着，溅起点点火星。他打空了弹匣，左手习惯性地去拔弹匣，谁知被打断的左臂根本不听使唤，他连忙换了右手去拔弹匣，就耽误了这么几秒钟时间，他就被几个敌人扑倒。吴满囤拼命挣扎着想翻过身来，但负伤的左臂使他疼得几乎昏过去，他感到几双手在死死按着他，使他动弹不得。吴满囤的脑子里倏地闪过一个念头：这几个敌人想生俘他。他突然感到一种强烈的恐惧，他决不能被俘，即使拼个鱼死网破也比被俘强……

吴满囤有个远房的表叔，曾在朝鲜战场上受伤被俘，后来在双方交换战俘时回国，从此这个表叔的噩运便开始了。他被送到西北的一个煤矿进行劳改，他的子女和亲属都受到牵连，连当兵、入党、上大学的资格都没有。幸亏吴满囤和这个表叔的血缘关系早已出了五服，不然也会被牵连上。他的表婶曾千里迢迢去西北看望在劳改煤矿里服刑的表叔，会见的两个小时里，表叔翻来覆去地只说了一句话："早知道会连累家里，我真该在巨济岛的战俘营里一头撞死。"表婶回来以后就带着孩子改嫁了。表叔后来死于一场井下事故，他在排除哑炮的时候被炸得尸骨无存。吴满囤从小就听村里的长辈们议论过表叔的事，这件事给他留下的印象实在是太深了。他始终认为，表叔是故意弄响的哑炮，当一个人的全部希望都破灭时，再继续活着就显得多余了。

吴满囤不敢再想下去了，他还有一大群弟弟妹妹，他们的生活才刚刚开始，不能因为一个在战场上被俘的哥哥而毁了一生。想到这里，吴满囤突然有了一股力量，他猛地把头一甩，一口咬住一个敌人的手，对方一声惨叫，被咬下了一根手指，他"呸"的一声吐掉嘴里的断指，右手闪电般伸向腰间，他清楚地记得在发起攻击之前，大家都把手榴弹的盖子拧开，拽出了拉火线，拉火环就垂在木柄上。吴满囤在黑暗中摸到了一根拉火线，他的手又向旁边摸去，这时敌人的手又掐住了他的脖子，使他难以动弹。在这一刹那，他的手终于摸到了另一根拉火线，两个圆圆的拉火环都稳稳地攥在了手心里，他感到一阵欣慰，手一使劲，毫不犹豫地拉动了火线……

"轰"的一声巨响，坑道里血肉横飞……

钟跃民带着几个战士跳进堑壕时，双方的混战已经开始了，他们连连开枪打倒几个冲过来的敌人，几颗手榴弹同时脱手飞向堑壕的死角处，随着几声爆炸，敌人的残肢断臂被高高抛起，落在钟跃民的周围。

钟跃民顾不上追歼残敌，他还有更重要的事要办。他一步蹿上胸墙，举起望远镜向敌军的纵深观察，几个战士持枪把他护卫在中间。在望远镜里，敌我双方的炮战正酣，我军炮群的数量占有压倒性优势，但由于缺乏炮兵观察员校正落弹点，炮火的准确性大打折扣。指示炮击方位这套活儿，是侦察分队的专业科目之一，钟跃民早已玩得烂熟，他略一观察就发现了敌人的炮阵地，便一把拿过报话机的送话器，大声报出一连串的数据。两分钟以后，我方的炮火就渐渐地向敌炮阵地移动，钟跃民在望远镜里看到敌人的两门122毫米榴弹炮被我方的炮火炸翻，不由兴奋地喊了起来："打得好！基准炮再向东偏20个密位，集火射击……"

我方炮群的炮弹成群地掠过210高地，落在敌人的炮阵地上，对方的炮群阵地顷刻间被烟火所笼罩……

宁伟跑过来向钟跃民报告："连长，210高地已全部占领，敌人一个炮兵观察所、两个步兵班共31人被全部击毙。"

钟跃民仍然举着望远镜问："嗯，知道了，报一下我方的损失情况。"

"特遣队阵亡8人，重伤3人，轻伤5人，其中张参谋重伤，吴指导员阵亡……"

钟跃民被惊呆了，他粗暴地揪住宁伟的衣领："怎么回事？吴指导员他怎么啦？"

宁伟垂下眼皮小声说："指导员冲进坑道时被几个敌人抱住了，指导员拉响了手榴弹。"

钟跃民把手里的望远镜狠命向山下摔去，他颓然坐在胸墙上，双手捂住了脸……

宁伟在一边静静地注视着他，孙小平匆匆跑来，刚要开口报告，被宁伟用手势制止。

钟跃民猛地抬起头来喝道："什么事？快说！"宁伟注意到他的双眼通红，但没有眼泪。

孙小平说："报告队长，张参谋的伤势很危险，血怎么也止不住。我们的急救包都被用光了，担架队一时也上不来，再这么失血人恐怕就不行了。"

钟跃民似乎从恍惚中猛醒，他跳下胸墙向张海洋跑过去。

张海洋的伤本来不致命，但由于担架队上不来，他伤口的血一时止不住，一连5个急救包都被鲜血浸透了。由于失血过多，张海洋已经昏迷了，再拖下去就有生命危险。钟跃民急红了眼，他在报话机里对前指首长指名道姓地大骂担架队，并威胁说张海洋要是死了，他非枪毙了担架队的队长。骂归骂，担架队一时还是上不来，钟跃民一咬牙，不得不使出恶招儿。他命令战士们燃起一堆火，把匕首烧红，他拎起烧红的匕首向战士们做了个手势。战士们面面相觑，谁也不敢动手，钟跃民一瞪眼，眼睛里寒光四射，战士们的眼神慌乱起来，他们咬着牙扑过去，死死地按住张海洋。钟跃民一把撕开张海洋的绷带，将烧得通红的匕首按在伤口上，只见张海洋的肩膀上冒起一股青烟，空气里弥漫着人肉被烧焦的煳味儿，已经昏迷的张海洋发出一声惨叫，倒给疼醒了。他拼命挣扎着，却被战士们死死按住手脚，动弹不得。

钟跃民扔掉匕首冷冷地说："海洋，你忍着点儿，别像个娘们儿似的穷叫唤，血已经止住了，你可以活下来了。"

张海洋疼得冷汗直流，他无力地骂道："跃民，这种事也就是你才干得出来，你小子可真是心毒手狠……"

袁军完全清醒以后才从护士的口中知道，这场边境战争才打了16天。这十几天以来，他大部分时间都处于昏迷状态。护士告诉他，他身上中了5块弹片，有两根肋骨被打断，幸亏没有伤到主要脏器，但当时的情况很危险，因为他失血过多，送到临时包扎所时已经快不行了，连血压都测不出来了，一连输了2400毫升血才脱离了危险。

战争结束以后，孙勇等战友来医院看他，向他讲述了他负伤以后发生的事。那天袁军的坦克被击中后不到5秒钟，孙勇的炮也打响了，在不到200米的距离内击毁了那辆T34型坦克，由于距离太近，那辆T34被打得很惨，它先是燃烧起来，随后车内的炮弹被引爆了，在一连串的爆炸后，那辆坦克完全解体，变成了一堆碎铁。这场战斗刚刚结束，后继部队的坦克就冲进了D镇。

袁军自嘲地说："这场战争我只参加了一天就被淘汰出局了。"

孙勇说："连长，说实话，以前我还真小瞧了你。我早听别人说过，你是走后门儿参军的，我对后门儿兵还真有点儿成见，没想到上了战场，你打得还真猛。遭伏击时，要不是你带头冲上去，咱们非成了活靶子不可。没说的，我孙勇佩服你，在你手下当兵真痛快。"

孙勇告诉他，团里已经给他报了一等功，马上就要批下来了。军人们都知道一等功的分量，即使是在战场上做出了比较突出的贡献，也未必能获得一等功的荣誉。因为多数的一等功臣都是阵亡以后得到的追授，像袁军这样还活在世上的一等功臣不是很多。

要是在以前，袁军听了这些话肯定会很得意，作为一个连长，能得到自己连队的战士的敬佩，这应该是件很荣耀的事，尤其是在和平时期，不是每个当连长的军官都能使手下的士兵佩服，只有上了战场才能检验一个军官的综合素质。其实，早在孙勇来之前，军里一些首长来看袁军时，就已经向他透露了坦克团党委向军里给他报请一等功的事，而军里也把他的名字报到了军区政治部。据说整个A军的连级干部中，他是唯一的报一等功的人。但是今天，这些事对袁军已经不重要了，这是他一生中第二次和死神擦肩而过，从战争的血与火中走过来的他，对生命好像有了一种新的认识，把一切都看淡了。

袁军只盼着伤能快一点好，等出了院他要做的第一件事就是把连队里阵亡弟兄们的家挨个儿看望一遍。第二件事是回北京探亲，因为周晓白已经在一年前调到北京的总部医院去工作了。袁军还想给钟跃民写封信，如果钟跃民方便，最好也能回京探亲。他很想念周晓白和钟跃民，至于郑桐倒用不着他操心。1977年第一次高考招生，郑桐和蒋碧云都毫不费力地考上了大学，现在都在北京上学呢。袁军不知道钟跃民这次是否参战，但他丝毫不为钟跃民担心，因为钟跃民那家伙鬼精鬼精的，当年打架就很少吃亏，除了脑袋上蹭破点儿皮外，他身上连个疤都没有，这不能不说是个奇迹。袁军绝对相信，钟跃民即使上了战场，也照样会神气活现地回来，连根汗毛也伤不着。世界上就有这么一种人，出奇地幸运，同样的境遇，别人死了10次，钟跃民也死不了。

钟跃民向营教导员请了假，他到医院陪了张海洋两天。张海洋被送到医院后，经过输血抢救已经没有危险了，但是人还很虚弱。他见了钟跃民很兴奋，第一句话就是可怜巴巴地问："跃民，你能陪我几天？"

钟跃民不客气地说："这是什么话，是爷们儿说的话吗？可怜兮兮的，你又不是我老婆，怎么老惦着让我陪？"

张海洋的自尊心大受伤害："你他妈的不愿陪就滚，老子有那工夫还不如跟女护士套磁呢。"

"哎，这话说得还像条汉子。我说呢，咱们张参谋总不能负了点儿伤就没有男人气概了，伤口不是在肩膀上吗，又不是'老二'被打掉了。"

张海洋笑了："你这孙子，嘴里就没好话。满囤怎么样，他怎么没来看我？"

钟跃民沉默了，他不知该不该把吴满囤阵亡的消息告诉张海洋，本想等他的伤好一些再告诉他，可张海洋却主动提起，让他一时不知该怎么回答。钟跃民削了个苹果递给张海洋："哥们儿，先吃个苹果。"

张海洋接过苹果咬了一口："说呀，满囤呢？"

钟跃民咽了一口唾沫，很困难地说："海洋，我说了你不要难过，其实在你负伤的时候，满囤就牺牲了……"

张海洋"噗"的一声吐出苹果放声大哭起来。钟跃民默默地看着他，用手巾帮他擦掉身上的苹果渣。

张海洋哭得喘不过气来："怎么搞的？那时候战斗已经快结束了……我看见他跳进堑壕了……你说，谁死也不该他死呀……他是家里的顶梁柱呀……这一大家子，以后怎么过呀……10年了，整整在一起10年了，就这么一下子，人就没了……这么好的一个人，就这么没了……"

钟跃民吼了一声："别哭啦，打仗能不死人吗，你不是也刚捡了一条命吗？我也一样，要不是童铁林吸引了敌人的火力，我也早躺在210高地上了。你他妈别哭了，哭得我……"他的话没说完，眼圈也红了。

宁伟准备休探亲假回北京，这天是休息日，他向连长钟跃民请了假，他要上街看看，顺便给老母亲买点儿土特产。钟跃民当即批了他的假，通过这次突袭行动，钟跃民对宁伟赏识有加，怎么看怎么顺眼。宁伟在战场上的表现证明他是个优秀的军人，他的反应速度、心理素质、技战术水平都是一流的。钟跃民认为，要是他手下的几个排长都是宁伟这种水平的军官，那这个连队就太好带了。这次战后总结，宁伟被评为二等功，他是连队里唯一一个没有争议的二等功臣，全连的干部、战士都认为宁伟的二等功是货真价实的，钟跃民甚至认为评二等功都委屈了他。他为宁伟提干的事专门找了政治部，政治部的李主任已经向钟跃民透露，宁伟提干的任命马上就会下来。

钟跃民觉得有必要先和宁伟透透风："宁伟，我先给你透个信儿，你可别把我卖了，政治部的李主任说了，你的提干报告已经报上去了，估计没什么大问题，等你探家回来，差不多也该宣布了。"

宁伟说："谢谢连长，你放心，我会好好干的。我觉得这辈子只有当军人最适合我，要是离开部队，我还真不知道该干什么。"

钟跃民说："别谢我，我也是不图利不早起，提干命令下来后，你就给我带一排，我也好省点儿心，将来你接了我的位子，我也好放心转业了。"

宁伟不爱听了："连长，你说这话我可真不爱听。俗话说，水大漫不过桥去，就算有一天我当了连长，那你没准儿都当了团长，我永远是你手下的兵。"

宁伟的运气实在是很糟糕，当年钟跃民等人提干时根本没费什么事，那时的军官只能从老兵中选拔。谁知到了宁伟变成老兵的时候，提干的标准变了，原则上不再从士兵中选拔军官。要不是这次对参战部队有了特殊政策，宁伟就只有卷铺盖回家了，他总算等上了末班车。

宁伟自己也发现，命运是个很奇妙的东西，有时往往一件小事就能使你的命运走向发生逆转。他常常奇怪自己不知得罪了哪位真神，命运总在关键时刻和他开个残酷的玩笑。要是早知道他今天上街的结果，打死他也不会请假，要是今天在营房里和战友们玩扑克，他这辈子也许还能混个师长、旅长的干干，至少不会被撵出部队。

那天宁伟背着挎包在大街上边走边看，他发现了一个卖红枣的摊位，便想给母亲买些红枣。他正在和摊贩讨价还价时，就听见一阵女人凄厉的哭喊声，宁伟警觉地站起来。

一个披头散发的女人满脸是血，跌跌撞撞地跑着，一个身材魁梧、面相凶恶的男人拿着棍子追上来，满脸是血的女人被那男人一棍打倒，那男人继续凶狠地用棍子毒打女人，女人被打得在地上乱滚，连连发出惨叫……

宁伟冲上去，一把抓住那男人的棍子低吼道："住手！为什么打人？"

那男人拽了几下棍子，棍子牢牢地被宁伟攥着，纹丝不动。男人气急败坏地挥起一拳，打中宁伟的鼻子。宁伟的鼻子流血了，他立刻大怒，飞起一脚踢在那男人的软肋上，男人惨叫一声，飞出3米多远，狠狠地摔在地上。

宁伟扶起挨打的女人，那女人却突然一头撞向宁伟，嘴里大骂着："当兵的，你凭什么打我男人？我挨打我乐意，你管什么闲事？我和你拼了……"

宁伟没提防，被女人一头撞在腹部跌倒……

宁伟这次的祸惹大了，那个打老婆的丈夫被他一脚踢断了3根肋骨，内脏也受了伤。这件事是牵扯到军民关系的重大问题，地方政府和军政治部都很头疼，因为那个挨惯了丈夫毒打的女人不依不饶，非要部队领导给个说法不可。钟跃民和营里的孙教导员这几天就像孙子，每天提着水果去医院看望伤员，任凭那女人没完没了地数落。他和孙教导员赔着笑脸，已经把好话说尽，却仍然得不到谅解。钟跃民没受过这种鸟气，他私下对孙教导员说："我终于明白她为什么挨揍了，这娘们儿是欠揍，连我都想揍她。"

孙教导员说："行啦，钟连长，本来这事就够棘手的了，你就别跟着添乱了。从明天起，你就别跟我去医院了，我早就看出来了，你赔着笑脸和那女人说好话时，拳头都攥紧了，我真担心你控制不住。哼，宁伟可真是你带出来的好兵。"

在经过一轮艰苦的谈判后，事情终于解决了，由地方政府斡旋，部队赔偿了一大笔钱，那女人还提出两个额外的条件：一是要把住房翻新一下，二是要部队给宁伟判刑。第一个条件倒好解决，让钟跃民带着一连的战士去盖房就是了。第二个条件就难办了，按理说，宁伟的行为是见义勇为，从法律角度看，即使是打老婆也是违法行为，宁伟作为一个军人，在他人的生命受到威胁时，理应站出来制止，部队也应该提倡和鼓励这种行为，关键在于宁伟那一脚太厉害，竟把人踢成了重伤，这样就使问题复杂化了，要是仅凭这一点把宁伟判了刑，部队干部战士的工作就很难做了，今后谁还敢见义勇为？总不能要求军人们在制止不法侵害的时候，还要求对方出示结婚证吧。

最后政治部的李主任亲自出马调解，双方都做出让步才把此事摆平。部队的承诺是将宁伟做复员处理。受害人一方表示可以勉强接受，不再追究了。

宁伟的命运就这样被改变了。

处理决定下来的那天，钟跃民拒绝由他来宣布，否则他也要求转业。一连的指导员吴满囤阵亡后，新的指导员还没有派来，指导员的工作一直由钟跃民兼任。孙教导员百般无奈，只好自己来一连向宁伟宣布处理决定。

对宁伟的处理决定还没宣布完，一连的战士们就炸了窝。他们轰的一下全站了起来，把孙教导员吓了一跳。这些刚从战场上回来的士兵脾气暴躁得很，威信稍差些的干部根本约束不了他们，孙教导员求救似的看着钟跃民，钟跃民只好吼了一嗓子，这才压住阵脚。

在一连连部，宁伟双手抱头，沮丧地坐在桌子前，一声不吭。

钟跃民和连里的几个排长站在一旁。

孙教导员怒气冲冲地说："宁伟，我知道你委屈，可你也不想想，就算你是见义勇为，你也得问清楚再管呀。这下可好，一脚把人家3根肋骨都踢断了，人家不依不饶的，政治部李主任亲自去做工作，嘴皮子都磨破了，人家还是不干。你这个宁伟，怎么一点儿脑子都没有？一出手就这么狠，你那一脚能踢断一棵小树，能随随便便踢人吗？你这祸可闯大啦。"

钟跃民话里有话地说："那娘们儿就是挨揍挨惯了，不挨揍都不舒服，你非要去管闲事，这下管出麻烦了吧？"

二排长说："教导员，这事儿我也想不通，要是让我碰上了我也得管，那家伙拿棍子把人打得满地乱滚，简直就是行凶杀人，稍微有点儿正义感的人都会管的，谁知道人家是两口子呀？"

孙教导员说："行啦，二排长，你就别跟着添乱了，上级要是听咱的，不就没事了吗？问题是这件事咱们谁说了也不算，是政治部决定的。"

宁伟突然伤心地哭了："连长、教导员，我求求你们，替我向上级说说，别让我复员，我实在舍不得离开部队，哪怕不提干，继续当兵我也愿意。"

钟跃民不忍地说："教导员，咱们一起去政治部找李主任求求情行不？宁伟是我们连最好的代理排长，各项军事技术都过硬，这次作战又立了二等功，提干的命令也快下来了，不能就这么把前程给毁了呀。"

孙教导员神色黯然："宁伟，我何尝不想留你，该说的我都说了，我甚至拿党籍、军籍担保，求政治部放你一马，我保证宁伟会吸取教训。可这没用，政治部的决定是不可能更改的，李主任还把我批了一顿。"

钟跃民情绪激动地嚷道："那就这么完啦？好好的一个兵，犯了这点儿事，就把人家轰出部队了？"

二排长小声骂道："这个李主任真他妈的……"

孙教导员喝道："住嘴！二排长，我看你嘴上也缺个把门儿的。"

钟跃民难过地说："宁伟，这件事怨我，我要是不批你假，就不会有这事了，我对不住你呀……"

宁伟擦干眼泪站了起来，神色平静地说："连长，是我命不好，赶上这件倒霉事了，我没什么可抱怨的，复员就复员吧，我认命了，谢谢各位。"

大家都不说话了，所有的人都表情复杂地望着宁伟。

这年年底，宁伟等一大批老兵都复员了，随之又是一批新兵拥进军营。此时钟跃民也向上级递交了转业报告，谁知被上级驳回，还捎带着一顿批评，这使他很恼火。

有一次，他去司令部大楼找张海洋，结果在楼道里碰见政治部的李主任，李主任和钟跃民很熟，他见到钟跃民很高兴，还热情地邀请钟跃民去他办公室坐坐。钟跃民一见李主任情绪不错，便以为有机可乘，于是旧调重弹："李主任，我还想和您谈谈关于转业的问题。"

李主任一听就收敛了笑容："谁想转业？"

"我想转业。"

李主任火了："胡闹，这会儿和我谈转业的事，亏你想得出来。当兵不是逛公园，想来就来，想走就走。转业不转业不是你说了算，是组织说了算，想在部队长期干的，组织未必让你干，不想干的，组织未必同意你走。钟跃民，我现在就可以代表组织向你明确表态，想走？没门儿，你就给我老老实实在部队干吧。"

李主任转身走了，钟跃民站在那里发愣。

张海洋在一旁幸灾乐祸地说："得，捅了马蜂窝吧，这身军装就这么好脱？李主任的意思你明白吗？想走的，部队偏不让你走，等你不想走了，部队就该轰你走啦。"

钟跃民在李主任那儿碰了一鼻子灰，自然没好气："你幸灾乐祸什么，你不是也要调到北京总部机关去吗？"

张海洋说："没戏了，自从去年我父亲去世以后，调北京总部的事就黄了，人一走茶就凉，以前答应帮忙的人现在连电话都不接了。算了吧，我也不想调了，凑合着混吧。"

钟跃民一听便兴奋起来："不调了？那好，明年跟我一起打报告，咱俩一起转业，这回你得听我的，当初要不是你和满囤藏起了老子的裤衩，我何至于现在求爷爷告奶奶……"

一提起吴满囤，两个人都沉默了。满囤阵亡后，钟跃民和张海洋费了不少周折，他们把满囤的大弟弟满仓弄到部队当兵，不过满仓可没有哥哥幸运，他只能当几年兵就复员，永远没有提干的可能。本来钟跃民打算把他安排在自己的连队，也好照顾一下，但满仓只上过一年学，基本上是个文盲，要不是沾了烈士亲属可以破格入伍政策的光，他连兵都当不成。侦察分队对士兵的要求比较高，满仓实在不适合留在一连，于是被分到工兵营。钟跃民和张海洋还定期地给满囤的父母寄些钱和军装，他们能做的也只有这些了。

情绪归情绪，但工作是不能不干的，而且还要干好，钟跃民不会因为闹情绪就把连队的工作扔在一边不管。结果是他干得还不错，侦察营的3个连队里，一连的各项工作总是第一。上级认为，钟跃民带兵还是有一套的，虽然这个连长毛病很多。

在上级主官的眼里，这家伙是个典型的另类人物，他很少对士兵进行传统教育，有时还嘲笑指导员的工作方法。如果战士们对上级领导有什么不满的话，钟跃民不但不制止，还会和战士们一起大发牢骚。1979年的战争结束后，钟跃民被前指首长指定授予二等功。谁知过了些日子，政治部听到有人反映，钟跃民竟把军功章给一个来队家属的孩子玩，那孩子玩着玩着居然把军功章给玩丢了。指导员当时就急了，要发动全连战士去找，钟跃民却轻飘飘地说："丢就丢了，谁戴不是戴？'文革'那会儿的纪念章都是抢来抢去的，我就没少抢人家的纪念章。"

指导员说："这是纪念章吗？这是荣誉，而且是最高的荣誉。"

钟跃民说："扯淡，就是纪念章，你要喜欢，找着了你就留下，我送你了。"

政治部李主任听到这些事的时候气得浑身哆嗦，把钟跃民叫到政治部大骂了一顿。钟跃民一脸无辜："李主任，这好比我丢了钱包，结果警察没抓着小偷倒把我抓了，要我承担责任，这不是不讲理吗，我招谁惹谁了？"

钟跃民也觉得奇怪，命运总和人开玩笑，那个倒霉的宁伟如此热爱军人这个职业，可到头来军队却不能留他，而自己数次要求转业，偏偏军队却不放，不但不放，职务还不断地变动，先是当了副营长，后来又扶了正，成了侦察营的营长。在这期间，钟跃民还数次带领侦察分队去边境地区参加轮战。

钟跃民的职务最后一次调整是因为军侦察营的建制撤销，他指挥的原军侦察营改为军区直属特种侦察大队，钟跃民被任命为大队长。虽然他的职务还是正营职，但他所指挥的部队性质已经发生了深刻的变化，它不是以前的普通侦察分队了，而是一支地地道道的特种部队了。

特种侦察大队成立后，特种兵的装备及训练科目也有了很大变化，以前的侦察营连钟跃民都算上，谁也没受过伞降和机降训练，而现在这些训练项目是每一个成员都必须掌握的。不只这些，部队还装备了火箭式单兵飞行器和动力翼伞，这些新式装备是老侦察兵们以前听都没听说过的。身为大队长的钟跃民不光要训练部队，连他自己也需要重新接受训练，转业的事只好先放下了。

1977年年底，郑桐以绝对的高分考入了北京大学历史系。蒋碧云的成绩也不错，她如愿考上了北京师范大学中文系。

到了1981年，郑桐和蒋碧云经过4年的大学生活顺利地毕了业，郑桐被分配到社会科学院历史所，蒋碧云被分配到一所中学当语文教师。

郑桐到单位报到后，人事部门按惯例告诉他，新分配来的大学生报到后有一个星期的假期，可以处理一下个人的私事。郑桐打算利用这段假期和蒋碧云好好亲热一下，这几年两人离多聚少，又不在一个学校，很难有时间在一起。郑桐觉得实在难熬，他曾和钟跃民通过长途电话，郑桐在电话里发牢骚，说自己简直成了和尚，过着晨钟暮鼓、清心寡欲的生活。电话那边的钟跃民一听就火了："你还是和尚，那我他妈成什么啦？我他妈的快变成中性人了，军营里连母猪都看不见，就别提女人了。孙子，你知足吧。"

郑桐告诉妹妹："咱们都对对表，现在是上午9点，从现在起，直到22点之前，家里就是出了人命也不许回来，听见没有？"

妹妹郑岚挖苦道："哥，我看你眼里都发绿光了，就像一只饿了很久的老狼一样。"

郑桐坦然道："没错，你哥我饿了十几年了，眼睛当然绿了。"

郑桐为今天的幽会做了大量的准备工作，可到底也没能如愿。蒋碧云打来电话："郑桐，有兴趣看看画展吗？"

"那要看看是什么级别的画展，要是年画、剪纸什么的就算了。"

"告诉你，这可是千载难逢的机会，法国罗浮宫藏画展，再有两天就结束了，你去不去？"

"去！"郑桐立刻从沙发上蹦了起来，"本来我打算今天和你好好亲热一下，没想到赶上了罗浮宫的藏画展。罢了，罢了，还是去看画展吧，那种事以后还可以补，要是错过了罗浮宫的藏画展，可是没地方补去。"

罗浮宫的藏画展不知什么原因没有办在美术馆，而是办在北京展览馆，看画展的人在售票窗口前排成长队。郑桐和蒋碧云到的时候，长队排出足有500米，两人排上队以后，郑桐就想起了1968年他们排队买芭蕾舞票的往事，回忆起当年的情景，郑桐真有恍如隔世之感。

展览厅里人很多，看来都是些比较懂行的人，他们知道罗浮宫藏画的艺术价值，也知道机会难得，也许这辈子只有这一次机会，毕竟能去巴黎参观罗浮宫的人不多。郑桐和蒋碧云看得很仔细，郑桐看着看着竟骂起人来，他认为罗浮宫的管理机构在糊弄中国老百姓，最有名的画都没拿来，只展出了一些二三类作品，比如最有名的《蒙娜丽莎》居然是复制品，还展出了一座米开朗琪罗《大卫》的复制品雕塑，说是复制品都高抬它，原作是用花岗石雕成的，你哪怕是用花岗石照原样再雕一个，也让咱没话说，可这件复制品竟然是用石膏浇铸的。郑桐大为恼火，这座雕塑的真迹在意大利佛罗伦萨的一个广场上竖着呢，又不是你罗浮宫的藏品，你跑到这儿充什么大尾巴鹰？你哪怕是把路易十六的马桶拎来，只要是真迹，也好歹是个文物，有这么糊弄人的吗？

这次画展中，只有法国新古典主义画家大卫的名作《马拉之死》是最有名的油画，是不是真迹不好说，但至少没有标明是复制品。画面上的马拉赤身躺在浴盆里，鲜血从创口中涌出，已经死去的马拉脸上带着一种绝望的表情。

一个穿西装的中年男人带着几个年轻人站在油画前评头论足，听他的口气，好像是美术学院的老师在给学生讲解。于是郑桐和蒋碧云也成了他的学生，两人老老实实地站在一旁听这位老师讲解。

“我认为画面上马拉的形象是作者按照马拉真实的相貌创作的，因为大卫和马拉是同时代的人。大卫生于1748年，到1793年马拉遇刺时已经45岁了。注意，他只比马拉小5岁，而马拉当时是巴黎的名人，经常在群众集会上讲演，巴黎的市民几乎都见过他，画家大卫显然也熟悉马拉的相貌，也幸亏是大卫把他画下来了，不然我们今天怎么会知道马拉到底长的是什么样子呢？那时还没有发明照相机嘛。大卫是法国新古典主义的代表，皇家学院院士，早期作品还带有洛可可风格，后来转为古典主义，这是他最重要的作品。同学们请看，这幅油画以极为简洁的古典手法成功地将肖像的描绘、历史的精确性和崇高的悲剧性结合在一起，有力地突现了这位‘人民之友’的英雄主义特征，成为纪念碑式的现实主义历史画名作……”

郑桐突然小声说了一句：“误人子弟……”

那位老师和几个学生都把目光投向郑桐，从他们的眼光中可以看出，他们对这位戴着眼镜、文质彬彬的人出口不逊表示出一种无声的愤怒。

郑桐若无其事地对蒋碧云说：“走吧，这儿的空气令人窒息。”

两人刚走出几步，后面那位老师说话了：“那位先生，请留步。”

郑桐和蒋碧云停住脚步转过身来。

“这位先生，请您对刚才的话做出解释，我不知道自己在什么地方冒犯了您，使您做出如此粗鲁的反应。”

郑桐扶扶眼镜：“您真想知道？”

“当然。”

“那好，首先我得向您道歉，请原谅我出口不逊，对不起。不过您刚才对您的学生讲到的对马拉的评价很不入耳，坦率地说，您在误人子弟。”

“哦，愿闻其详。”

“您凭什么认为马拉是个英雄？我看他不过是个嗜血者，除了被法国大革命时期的暴民所爱戴，稍有理性的人都认为马拉是个刽子手。说到英雄，我认为恰恰应该是刺杀马拉的人——夏洛蒂·科黛，她才是英雄。”

一个女大学生说：“先生，我对法国大革命不太了解，教科书上说它是最彻底的一次资产阶级革命，而马拉是当时雅各宾派的领袖之一，是被称为‘人民之友’的英雄。如果您有不同的看法，可以和我们探讨一下。”

“可以，首先我要讲明的是，‘人民之友’并不是马拉的称号，而是马拉在1789年创办的一份报纸。不错，《人民之友》是为底层民众说话的，但是由于它的非理性，也将底层民众的破坏欲煽动起来，最后演变成暴民政治。1790年以后，马拉开始抛弃自己原先标榜的自由平等理念而倡导独裁，并且鼓吹革命恐怖，此时杀戮成了主要目的。1793年是法国大革命的一道分水岭，雅各宾派的领袖罗伯斯庇尔、马拉、丹东等人开始着手清洗反对派，推翻吉伦特派，由马拉自任主席，成立了公安委员会，开始了血腥的恐怖统治时期。在这一时期，大约有40万人被处死，没有正常的审判程序，任何人的一句诬告都可以将一个无辜的公民送上断头台。诸位应该感到庆幸自己没有生活在那个时代，不然凭诸位先生小姐的气质、谈吐、衣着及所关注的问题和谈话方式，就可能会被当作贵族送上断头台。如果仅从底层民众对事物的好恶来决定一个人的生死，那就太可怕了。我们可以做一个荒唐的假设，假如马拉先生复活了，而且嗜血的恶习未改，他现在正藏身于北京某个胡同里为《人民之友》撰写文章。马拉先生固执地认为，今天来参观画展的人都是人民的敌人，因为他们的这种爱好和底层民众的思想感情格格不入，并且出身可疑，即使不是贵族，也不会来自底层民众。如果杀掉这些倒霉蛋就可以使人类获得幸福的话，那何乐而不为呢？不知各位是否愿意为了人类的幸福做那被献上祭坛的羔羊。”

那个老师不以为然地反驳道：“对待历史，要看它产生的后果，您不觉得马拉和罗伯斯庇尔给世界带来民主和自由的声音，促进了未来整个欧洲民主化的进程？”

郑桐说：“对不起，您混淆了概念，是法国大革命促进了欧洲民主化进程，而不是马拉等人，他们不过是法国大革命时期一段血腥暴政的代表人物而已。雅各宾派的暴政统治只维持了一年多，马拉等人已经成为一个血腥的集体犯罪集团。他们号召人们起来屠杀，点燃人们的仇恨之火，煽动人们的极端无政府主义狂热，他们以自由的名义剥夺无辜公民的自由，以平等的名义屠杀贵族，以国家安全的名义践踏法律，践踏人类的尊严，践踏人类至高无上的生命权。至于对法国大革命的评价，我同意一位历史学家的观点，他认为：就当时的法国而言，它是反人权的暴政。我们评价一个历史事件不应看它是否给未来和旁观者带来福音，而应看它是否给当时本地域和当时代的人们带来福祉，因为人权是指当时当地的人权，而不是指未来的人权，也不是旁观者的人权。”

那位老师说："可是……先生，从我接触到的关于法国大革命的历史资料来看，它丝毫没有表现出您所说的血腥气，只是说到群众把国王路易十六和王后送上了断头台……"

郑桐不客气地打断他的话："所以我觉得您在误人子弟，您要明白，教科书只能代表一种观点，而未必是历史的真实。您为什么不多看一些资料？像米涅的《法国革命史》、霍布斯的《利维坦》、博洛尔的《政治的罪恶》这些书，国内都有译本呀。"

"等等，请允许我把书名记下来，我要读过以后再得出自己的观点，因此您刚才说的也只能是您的一家之言。"

"我欣赏您此时的治学态度。顺便问一句，看您的岁数，'文革'初期您已经当教师了吧？"

"那时我刚参加工作两年。"

"您是否被运动触及了灵魂？遭到过暴力攻击吗？"

"当然，那时候当教师的大都在劫难逃，挨斗和挨打是免不了的。"

"那我提醒您注意，如果您还认为暴民政治的鼓吹者和嗜血者是英雄的话，并且继续把这种观点灌输给学生，那么您将来免不了还要挨揍。一个健全的社会应该是一个法治社会，一个重视人的尊严和生命的社会。对不起，我的话有点儿尖刻，请您不要介意。"

郑桐和蒋碧云走开了。

正当钟跃民忙着闹转业的时候，袁军却意外地发现，有时天上也会掉下馅饼。

坦克三营营部的电话突然在夜里两点的时候响了，袁军猛地从床上坐起来，这么晚的电话肯定是有大事。他抓起电话："喂，我是三营营长袁军。"

电话里传来周晓白低低的声音："袁军，我是周晓白。"

袁军惊讶地问："你在哪儿？"

"我在医院值班室，袁军，我想问你一句话。"

"你说吧。"

"以前你对我说过，想把咱们之间关系再向前发展一下，这句话现在还有效吗？"

袁军严肃起来："当然，永远有效。"

"那好，现在我同意，袁军，咱们结婚吧。"

袁军惊讶地张开嘴："结婚？马上？是不是太急了些？"

"你不愿意吗？不愿意就明说。"

“不是这个意思，我当然求之不得，问题是我一点儿心理准备也没有，因为在几分钟之前你我的关系还是一般朋友，而你突然提出要做我的未婚妻，连让我适应一下的时间都不给，我怎么有点儿做梦的感觉？”

周晓白轻声说：“咱们认识多少年了，还用再了解吗？以前你向我提出过，我说要好好考虑一下，现在我考虑成熟了，你又觉得突然了，要不咱们就假装刚刚认识，再接触它几年？”

袁军忙不迭地说：“我又没说不愿意，你怎么又不高兴了？总得让我请假吧？我是一营之长啊，能说走就走？我马上去找团长请假，应该没问题，我今年的探亲假还没休呢。”

“那好，你马上请假，我等你。”

袁军放下电话，一阵发愣。

刚被吵醒的营教导员揉着眼睛问：“怎么了？家里出事了？”

袁军若有所思地回答：“是出事了，出他妈大事了。”

蒋碧云走出很远后回头看看，发现那位老师和几个学生还在望着他们。

“郑桐，刚才我怕露怯，没好意思问。我也看过《法国革命史》，怎么对刺杀马拉的那个夏洛蒂·科黛一点儿印象也没有？”

“那是个24岁的姑娘，她受的是传统教育，熟读伏尔泰和卢梭的经典著作，她认为共和制是改造法国的唯一途径，而雅各宾派制造的血腥恐怖正在破坏革命，所以她决定干掉马拉。当她来到马拉的寓所时，马拉正坐在浴盆里洗药浴，这哥们儿也不像话，赤条条地就让人家一个大姑娘进了门，是不是还有点儿别的想法，史书上没说，科黛可是个美丽的女人。结果科黛一刀就干掉了马拉，最后自己也被送上了断头台。”

蒋碧云沉思道：“关键是科黛的刺杀行动对历史本身的作用有多大。”

郑桐说：“确实作用不大，她认为刺杀了马拉就可以拯救共和国，其实于事无补，因为暴政不是系于一个人，而是系于一个党派和共和国的暴乱形势。但科黛的初衷和行动无疑是一种舍生取义的英雄壮举。”

“这姑娘很漂亮吗？”

“据说很漂亮，当科黛站在将她载往刑场的马车上时，在沿途观看的人群中有个叫皮埃尔·诺特莱特的男子目睹了这一幕，科黛的形象在他脑海中萦绕了很久都没有消失。他后来回忆道：‘科黛美丽的脸庞平静得像一尊雕像，我已经爱上她了。’你看，是不是很浪漫？在一片腥风血雨中，一种可望而不可即的浪漫爱情。”

蒋碧云喃喃道：“血色浪漫，很令人震撼啊。”

“是啊，血色浪漫，我们好像都经历过那个时代。”郑桐耳语般地轻声回答，他的身体有些颤抖。

“郑桐……”蒋碧云轻轻叫了一声。

“嗯，怎么了？”郑桐回过头来问。

“我们结婚吧。”蒋碧云的眼中泪光闪闪。

郑桐的眼睛也湿润了，他张开双臂搂住蒋碧云低声道：“亲爱的，我早盼着这一天呢。”

·第十六章·

钟跃民的转业问题一直拖到1984年，这一年中国政府宣布裁军100万，使他看到了希望的曙光。

春天，钟跃民接到了去军事学院进修的通知，他发现张海洋的名字也列在正营职进修人员的名单上，这已经表明了上级的意图，尽管要有大批的军官转业，但钟跃民和张海洋还是要留的人员，不然不会送他们进院校深造。钟跃民认为他的命运已经到了一个转折点上，如果自己去军事学院进修，那么回来后只能死心塌地在部队干一辈子，再想转业，恐怕不会有机会了。钟跃民决定抓住这个机会，转业回北京。因为营职军官想走的并不多，政治部正头疼转业干部的工作不好做呢，这会儿要求转业还显得钟跃民的姿态很高，有点儿主动为国家分忧的意思。

在军司令部大楼前，张海洋从大楼里走出来，两个哨兵向他敬礼，他匆匆还礼，沿着军部大院的水泥路向宿舍走去，时时向迎面而来的军官和士兵还礼。钟跃民开着一辆敞篷吉普车从后面追上来，他猛拐方向盘，吉普车横在张海洋面前。

张海洋惊喜地问："跃民，你好久没来了，今天怎么想起找我了？"

钟跃民说："我到军务处办事，顺便来看看张参谋。"

"骂我呢是不是？司令部参谋一大把，咱不过是个听喝儿的，比不了你钟大队长，特种侦察大队你说了算。"

钟跃民单刀直入地说："听说了吧？这次要裁军100万。"

"当然，这谁不知道，你小子肯定又有想法了。"

"旧事重提，还是转业的事，这次裁军可是个机会。"

张海洋沉吟道："你知不知道，这次去军事学院进修人员里有咱俩？"

"我知道，正因为这一点，我才决定转业。对你我来讲，现在是咱们人生的一个分水岭，一旦去进修，就意味着从此一辈子做个职业军人，再回头是不可能了。要是现在就转业，很多事还可以重新开始。"

张海洋说："跃民，这个问题我考虑考虑，行吗？"

钟跃民嘲讽道："你还真想当将军？以后没有仗打了，部队已经没得玩啦。"

张海洋想了想说："嗯，有道理，你这一说我的心思也活动了。这次裁军倒是个机会，要不然部队也不会放人，你决定了吗？”

“我的决心已定。”

“跃民，你容我再想想。”

“那你就想吧，我已经把转业报告交上去了……”钟跃民一踩油门，吉普车箭一样窜出去。

张海洋愣了一下，突然大喊：“跃民。”

钟跃民猛地刹住车，汽车轮胎发出刺耳的摩擦声。

张海洋说：“你走了，我也没意思，不如一起走，我马上写转业报告。”

“你可想好了，没人逼你，别到时候后悔。”

“我已经想好了，转业，回北京。”

钟跃民和张海洋的转业报告很快就被批准了，干部处的人正为这么多不愿转业的军官忙得焦头烂额，尤其是一些来自农村的军官，尽管转业后可以在县城安置工作，但他们仍然不愿意转业，这部分人的工作很难做。钟跃民和张海洋都是内定不予转业的军官，他们在这时交上了转业报告，干部处的人松了一口气。不管怎么样，这下又多出了两个能留下的名额，他们的工作也好做一些。干部处的王处长分别找钟跃民和张海洋谈过话，也象征性地挽留了一下，钟跃民一口咬定他要求转业的动机是考虑到国家的困难，自己在部队也受了十几年教育，理应为国家分忧才是。王处长才不相信他的鬼话，钟跃民闹转业也不是一年两年了，政治部谁不知道？不过王处长还是挺感谢钟跃民和张海洋的，他们主动要求转业毕竟减轻了干部处的压力。

在北京的复转军人安置办公室，钟跃民、张海洋穿着摘去领章的军装站在接待厅里，他们正和一些从各军兵种转业复员的军人交谈。

钟跃民看看表，不耐烦地说：“等了40分钟了吧，怎么还不叫咱们？”

一个穿海军军装的转业军官说：“你才等40分钟就不耐烦了？我都等1个多小时了。没辙，到了这儿咱归人家管，你还别有脾气。”

张海洋说：“跃民，咱们这兵种几乎没什么专业能和咱对口，也就是公安局刑警队能搭上点儿边，要分咱们去公安局，你去不去？”

“不去，我要做个自由自在的公民，不能刚脱了军装又换上警服，那我转业干吗？”

张海洋说：“我倒想去，当警察也不错。哥们儿，以后你要犯了事，我来捞你。”

“操，你他妈盼我点儿好成不成？要去你去，反正我不去。现在改革开放了，能干的事多了，复转办要是没有合适的工作，我就摆摊儿当个体户去。”

“别扯淡，你一个正营级干部去当个体户？”

办公室里的工作人员在喊：“钟跃民、张海洋来了没有？”

两人答应着走进办公室，一个工作人员过来和两人握手：“恭喜二位，公安局看了你们的材料，很感兴趣，说欢迎你们这些老侦察兵去刑警队工作。怎么样，二位对这个工作满意吗？”

张海洋说：“我愿意去。”

钟跃民问道：“还有别的工作吗？”

“暂时没有，这个工作你要是都不满意，就只好再等了。当然，你也可以自己去联系单位，如果有单位愿意接收你，我马上给你办手续。”那个工作人员说。

钟跃民说：“算了，你们别麻烦了，刚才我看见你们门口有个煎饼摊儿，生意还挺红火，这手艺我也会，不成我就摆个煎饼摊儿。”

一个正在旁边填表的姑娘抬头看了钟跃民一眼，又低下头去。

工作人员说：“钟大队长，你要摆煎饼摊儿也别到我们门口来，到时候领导说我们工作没做好，让一个正营级军官去摆摊，我们可负不了这责任。”

“行，不在你们门口摆，我去他们公安局门口摆。”

张海洋说：“跃民，你不去是孙子，以后我还有免费早点了呢。”

工作人员递过一份表格：“张海洋同志，请你填一下表。”

张海洋开始填表。

钟跃民说：“海洋，我先回去了，咱们再联系吧。”

“跃民，你小子别想起一出是一出，有事儿和哥们儿商量着点儿，我会给你打电话的。”

钟跃民正在复转办的大门外取自行车，忽然发现刚才在办公室里填表的姑娘也在取车，钟跃民礼貌地向她点点头，姑娘嫣然一笑。

钟跃民奇怪地问：“你笑什么？”

姑娘笑着说：“你真逗，一个正营级军官要去摆摊儿卖煎饼，你是说着玩的吧？”

“我干吗说着玩？哪天我一高兴还真去摆摊儿，靠劳动吃饭，这不丢脸，谁规定营级干部就不能当个体户？”

姑娘说：“你真不是开玩笑吗？”

“得，看来你也有兴趣，那我欢迎你入伙，咱们成立个煎饼托拉斯怎么样？将来做大了，咱再增加出口业务，让煎饼走向全世界。”

姑娘笑弯了腰：“你可真能侃……”

“自我介绍一下，我叫钟跃民，你叫什么？”

“我叫高玥，南海舰队通信总站的，刚复员。”

钟跃民问：“怎么样，分到工作啦？”

高玥回答：“哪儿呀？连你们转业军官都没什么合适的工作，就别提我们这些当兵的啦。对了，公安局不是挺好的吗，你干吗不去？”

“你知道我为什么要转业吗？理由很简单，让别人管够了，想过一种自由自在的生活。也就是说，除了要遵守国家的法律法规，别的我就不想受人管了。”

高玥笑了：“你倒是很洒脱，我还没见过你这样的军官。”

钟跃民故作严肃地说：“当了十几年兵，也该让我过过老百姓的日子了。既然国家安置工作有困难，咱就体谅一下，自谋职业。”

“觉悟还真高，不愧是受党教育多年的干部。”

“不好意思，离党和人民的要求还差得很远。”

高玥捂着嘴笑：“还跟真的似的。”

钟跃民说：“现在没有什么转业干部和复员战士之分了，咱们都算待业青年吧，你我同病相怜啊，我决定收你入伙啦。”

高玥反问道：“我说过我要入伙吗？”

“反正你也没分到合适的工作，可以先入伙干着，等有了好工作再走呗。”

高玥想了想说：“你这想法倒是挺好玩的，有点儿惊世骇俗的味道，我倒真想试试，可我有条件。”

“瞧瞧，这还没入伙呢，就先提条件，你当兵时也这么和领导讲价钱？好，你先说说看。”

“我的条件是，不许欺负人。”

“这没问题，还有吗？”

高玥说：“既是合伙人，你我的地位就是平等的，别在我面前自称是领导。”

“官兵平等，这是咱们军队的优良传统，这也没问题。”

高玥一下子抓住他话的毛病：“不都是待业青年吗，哪来的官和兵？你不要总想着你的军官身份，现在你只是一个普通老百姓，别和我摆军官架子。”

“行，咱就来个坟头儿改菜园子——拉平啦，关于合伙的具体问题，咱们找个时间再谈，我给你留个电话号码。”

钟跃民转业回北京的消息使袁军和郑桐很兴奋，大家十几年没在一起了，每年休探亲假也很难凑在一起，往往是这个刚走，那个才回来。现在大家终于可以在一个城市里生活了。

袁军已经和周晓白结了婚，周晓白从军医大毕业后被分配到北京某部医院，袁军也于1年前被调入北京的总部机关工作，比起在野战军，他现在的工作轻闲多了。

郑桐和蒋碧云已经结婚好几年了，孩子都3岁了，夫妻俩的工作也很稳定，日子过得心满意足。

相比之下，钟跃民的生活就显得有些落魄，三十几岁了，还独身一人，多年来他的工资一部分寄给了吴满囤的父母，剩下的就糊里糊涂地花掉了。当了十几年军官却没有一分钱积蓄，幸亏转业时发了几千元的转业费，不然可真是穷光蛋了。

袁军和郑桐在一家餐馆为钟跃民接风，大家围坐在餐桌前，都很兴奋。袁军和周晓白穿着新式军官制服；郑桐戴着白框眼镜，西服革履，一副儒雅学者的派头；蒋碧云穿着西服套裙，是典型的职业妇女形象；只有钟跃民穿着一身洗白的老式军装，显得很寒酸。

袁军举杯提议道："跃民刚转业回来，咱们为他即将开始新生活干一杯。"

大家干杯。

钟跃民笑道："行呀，哥儿几个都混出来了，袁军也调到总部了，在家门口当兵，这要放在以前连想都不敢想，周晓白是总院的主治医生，郑桐两口子都成了知识分子，混得都比我强，我现在连个工作都没有呢。"

周晓白安慰他："你别这么说，这不是刚转业吗，新生活还没开始呢，有什么需要帮忙的，大家都会尽力的。我就不信，咱们中间最优秀的人会找不到工作。"

郑桐开玩笑道："袁军，听听你老婆把跃民夸的，你心里这会儿是不是酸溜溜的？"

蒋碧云制止道："你瞎说什么，有这么开玩笑的吗？"

袁军说："没事儿，我们哥儿几个开玩笑惯了。再说了，要不是跃民当年发扬风格，哪还有我什么事儿？这个周晓白，我看只有跃民能治她，要是跃民当她丈夫，每天让她打洗脚水她都干，哪像我，在家没地位，什么事都是她说了算，连烟都不让抽。"

周晓白用筷子打了袁军一下："住嘴，又胡说八道，你再说我就真和跃民重温旧梦去，反正他还没结婚呢，喂，跃民，你说呢？"

钟跃民说："没问题，他要敢欺负你，你就来找我，我家大门永远敞着，只要是年轻女性，我一律欢迎。"

蒋碧云笑道："钟跃民还这么流氓。"

周晓白指着钟跃民说："你以为他们是谁？当年在冰场上都是有名的流氓，尤其是钟跃民，见女孩子就追，嘴还特贫。”

郑桐说：“跃民，我们单位新分来一批大学生，其中有几个妞儿长得还行，要不要我给你介绍一个？”

蒋碧云说：“郑桐，你可别把好端端的女孩子往虎口里送，谁跟他谁倒霉。”

钟跃民表示同意：“还是蒋碧云了解我。”

郑桐说：“即使是老虎，不是也得喂食吗？我不能眼睁睁看着老虎饿死。是老虎就得吃肉，你总不能弄点儿窝头拌白菜帮子糊弄老虎吧？”

钟跃民说：“没关系，我这只老虎反正是素惯了，白菜帮子也将就了。”

袁军喝了一口酒，仔细品味着：“跃民，你没觉得这酒的味道有点不对吗？”

钟跃民也尝了一口：“这不是五粮液的味儿，是假酒。”

袁军怒气冲冲地对服务员喊：“去，把你们老板找来。”

郑桐把筷子摔在桌上：“这假酒卖得比真酒价儿都高，真他妈黑了心了。”

钟跃民冲服务员喊：“你们老板要是没工夫来，我们就不等了，这顿饭的账就由他付了。”

一个西装革履的男人从后面走出来：“各位先生们、女士们，有事好商量……”

老板的话突然停住，钟跃民抬头刚要说话，突然也愣住了：“宁伟……”

宁伟喊了一声：“连长，钟大哥。”他一把抱住钟跃民。

钟跃民扶住宁伟的肩膀仔细端详着：“嗯，还是当年在侦察一连的模样，变化不大，你小子怎么当老板了？”

宁伟向服务员喊了一声：“把这桌菜撤了，重上一桌。大哥，我复员的时候已经没什么好工作了，这些年复转军人太多，根本安排不过来。我和亲戚借了点儿钱，开了这么个饭馆，生意一直不怎么样，凑合混吧。大哥，你怎么也转业了？”

钟跃民说：“我不是和你说过吗，军队不是养人的地方，大家早晚都要走，你比我早走几年，就当了老板，我是回来晚了。”

钟跃民记得宁伟当兵的时候，是个很寡欲的人，他不喜欢和战友们聊天闲扯，也从来没见过他和别人玩扑克牌、下象棋，说不上他有什么业余爱好。这次和宁伟意外重逢，钟跃民倒是发现宁伟也有了一些变化，他居然也会玩了，有时去泡泡酒吧，有时还会去一些涉外饭店玩保龄球。钟跃民也问过宁伟有没有女朋友，宁伟老老实实地回答，交过几个女朋友，每次交往都没有超过1个月。钟跃民估计这是由于他的性格所致，女孩子可能不太喜欢这种性格的男人。

在一个涉外饭店的保龄球馆里，宁伟手拿保龄球在教钟跃民掷球，钟跃民连掷3个球，都是满分。他一点儿也不觉得保龄球有什么好玩的，洋人们总是把一件很简单的事弄复杂，不就是把球扔出去砸几个木瓶吗，干吗还非得换鞋？

宁伟称赞道："不愧是老侦察兵了，手法真准。"

钟跃民不屑地说："你们这些当老板的就玩这个，有什么意思？"

"大哥，这你就不懂了，这是上流社会的运动，你可以不喜欢，可你不能不会玩，不然会被别人笑话。"

"扯淡，我是个当兵的，又不是什么上等人，你带我来这儿干什么？"

宁伟说："你好几年没回北京了，不知道北京的情况，现在发财的人不少，有了钱总得有地方消费，所以什么时髦玩什么。听说现在正在建高尔夫球场，等建好了，有钱人就该奔那儿去了。"

钟跃民四处张望着："来这儿的都是有钱人？还真看不出来。"

宁伟指着旁边一条球道上一个正在挑选保龄球的人低声说："看见那个人了吗？浑身上下都是名牌，手上那块表至少值几万，这是真正的有钱人。"

钟跃民看着那人："就他？真他妈邪了，如今的有钱人是这模样？咦，这人我怎么看着眼熟？"

那人抬起头来，和钟跃民的目光相遇，他脸上露出了惊讶的神色，放下球匆匆走过来："你是……钟跃民？"

钟跃民也认出了他："你是李援朝？"

李援朝兴奋地说："真的是你，钟跃民。"

钟跃民笑了："我的天，你还活着？"两人热烈地握手。

李援朝搂着钟跃民的肩膀说："咱们得好好聊聊，多少年没见了？"

"从1968年分手到现在，17年了。"

李援朝把钟跃民和宁伟带进饭店的咖啡厅里，他轻车熟路地向服务员打了个响指："3杯咖啡。"

钟跃民没进过这样豪华的场所，转业之前他曾认为自己是见过世面的人，从小在北京长大，北京城里最高级的场所不过是位于养蜂夹道的高干俱乐部，钟跃民曾经随父亲去过那儿几次。谁知离开北京这些年，北京的变化竟这样大。别的不说，就是眼前这座涉外饭店的豪华程度就让钟跃民感到自惭形秽。

服务员端来咖啡和对咖啡用的鲜奶，钟跃民把咖啡杯放在一边，端起盛鲜奶的容器喝了一口。

李援朝宽容地笑了笑："跃民，看你这身衣服，是刚从部队转业吧？"

钟跃民自嘲地说："土包子一个，这些年当兵都当傻了。不说这些，援朝，当年我听说你们一伙人全进了局子？"

李援朝说："能不进去吗？毕竟人命关天，幸亏是小浑蛋恶贯满盈，不然我们谁也别想出来。不过，平心而论，我当年虽说敢折腾，但毕竟没有杀人的胆子，只是人多手杂，一动起手来就控制不住局面了。"

"后来怎么又把你们放了？"

"有几个原因：第一，我们事先和公安局联系过，公安局同意我们协助警察捉拿小浑蛋；第二，当时公检法系统都处于半瘫痪状态；第三，法不责众，几十号人都动了手，更何况当时的参与者都是干部子弟，都有盘根错节的社会关系，这难免会形成一股对司法的干预力量。即便如此，我们几个主犯还是进了一年的学习班，和拘留差不多，这件事70年代末被公安局平反了，我从学习班出来后，就去当兵了，一干也是十来年。"

钟跃民问："你现在混得不错嘛，在哪儿高就啊？"

李援朝递过一张名片："我是1980年转业的，先在机关工作，去年正荣集团公司成立，我有点儿关系，所以进了正荣集团，这是我的名片。"

钟跃民看看名片："嗬，我说你怎么这么大的排场，你是总经理？"

"我们是国有资产公司，总经理也是国家工作人员，你可别把我当成外国老板。"

宁伟对钟跃民说："大哥，我听说过正荣集团，这是一家很有实力的大公司。"

李援朝看看表站起来："跃民，我的时间很紧，一会儿还有应酬，我先失陪了。你收好我的名片，如果你没有找到更好的工作，可以到我们公司来，咱们找个时间再谈，好，再见！"

李援朝告辞走了。

宁伟望着李援朝的背影说："不愧是大老板，派头就是不一般。大哥，这种公司一般人托关系都进不去，你可别放过这个机会。"

钟跃民淡淡地说："我暂时还没这个兴趣，再说吧。"

钟跃民没和父亲商量就办了转业手续，此举使钟山岳大为恼火，钟山岳希望儿子做一辈子职业军人，这也是为了圆自己的梦。新中国成立后，地方需要大批干部充实各级部门，由于钟山岳是军队干部中少有的文化人，所以被迫脱了军装转业到地方工作，当时他已经是副军级干部了。1955年军队授衔时，钟山岳在家关起门来骂大街，要不是被组织强迫转业，他应该能授个少将军衔。本来钟山岳把希望寄托在儿子身上，他相信自己的儿子，这小子从小就胆大，鬼点子也多，是个当军官的好材料，参加、指挥过多次特种行动，还立了二等功，就凭这些资本，钟跃民将来在军队会前途无量。钟山岳万没想到这小兔崽子居然敢和他连个招呼都不打，就自己办了转业手续，等他告诉钟山岳时，已经生米煮成熟饭了。

钟山岳无奈地想，儿子大了，他真是管不了了，这浑小子根本就没把他爹放在眼里，对自己的事想怎么办就怎么办，一点儿也没有要征求父亲意见的打算。不过儿子既然已经回来了，钟山岳也只好认可了这个既成事实，他现在最担心的是儿子脑子里的怪念头。按钟山岳的想法，一个营职转业干部，去国家机关是他唯一的出路，但他觉得儿子似乎对这类工作没有多大兴趣。

钟跃民回到家刚坐在客厅里，父亲就盯上了他，老头儿反正有的是时间，只要儿子在家，他就想和儿子聊天，他太孤独了。

钟山岳问："你的工作问题解决了吗？"

"暂时没有合适的工作。"

"别急，再等等看，总得有个合适的工作，我的离休工资够咱们吃饭的，我看你还是进个国家机关吧。"

钟跃民说："爸，我不想进什么机关，我只想过一种自由自在的日子，您看我当个体户怎么样？"

钟山岳一听就火了："放屁，你是个营级干部，怎么能去当个体户？"

"得，您别发火，要不我什么都不干，就吃您那份工资，日子长了您可别嫌我吃闲饭。"

"我宁可让你吃闲饭，也不许给我丢人现眼。"

电话铃响了，钟山岳拿起话筒："喂，哪一位？"

话筒里传来一个姑娘的声音："请找一下钟跃民。"

"他在家，你稍等……"钟山岳捂住话筒，"你小子骗我，你不是说没有女朋友吗？怎么女孩子找上门啦，你给老子好好交代……"

钟跃民接过话筒："我是钟跃民，您是哪位？"

"我是高玥。"

"等等……"他捂住话筒，老爸，您是不是回避一下，要不您出去遛个弯儿？"

钟山岳不满地说："女朋友来个电话就轰老子出去？你个混账东西……"

"老爸，您行行好，您儿子脸皮薄。"

钟山岳嘟哝着出去了。

钟跃民小声说："高玥，对不起，刚才我爸在旁边呢，他要是知道我去摆煎饼摊儿，老爷子非扒了我的皮不可，你说吧。"

"我去工商局问过了，人家不给咱们办执照，说必须要有营业用房才行。"

钟跃民说："这不是废话吗，咱要有营业用房还摆摊儿干什么，早开饭馆了，不管这么多，没执照也干。"

"这样……行吗？"

“无产者失去的只是锁链，咱们怕什么？满街都是摆摊儿的，未必都有执照，咱们先干起来。”

高玥说：“那就听你的。”

钟跃民和高玥的合伙协议是在一家小饭馆里边喝啤酒边定下的。

钟跃民认为凭自己的本事，别说开个煎饼摊儿，就是开个跨国公司也不在话下。和这种小丫头片子合伙，基本上可以算是扶贫，既然是扶贫，她就不能和自己平起平坐。他大大咧咧地说：“煎饼摊儿投资不大，有辆平板三轮车，再弄个炉子、炊具什么的就行了，关键是手艺。这样吧，资金咱们各出一半，你那点儿复员费还没花完吧？我负责摊煎饼，你负责收钱，利润嘛，四六分成，我六你四。”

高玥眼里不揉沙子：“哎，凭什么你拿六成？”

钟跃民耐心地解释道：“我干的是技术工种，你干的是熟练工种，这就好比我是灶上炒菜的厨师，你是负责剥葱剥蒜的小工，你能跟我比吗？这里面还有个技术含量的问题，按劳取酬是咱们社会主义的分配原则，你也受党教育多年了，怎么连这点儿道理都不懂？”

“钟跃民，你可真是一点儿营长的风度都没有，净算计我们当兵的，幸亏不是打仗，不然我连怎么死的都不知道。你最好别来这套，不就是摊煎饼吗，你能干我也能干，利润五五分账，你要不干就拉倒。”

钟跃民想了想说：“好好好，就这么定吧，我吃点儿亏没关系。唉，唯小人与女子难养也。”

高玥愤愤地说：“合作的前提是公平，别以为你脑子好使就给人家做套儿，挖空心思地定些不平等条约。”

钟跃民笑了：“小高呀，你还真不简单，算账时眼里不揉沙子，我就喜欢你这样的合作者。好，你通过考验了，从今天起，你我就是合伙人啦。”

高玥笑吟吟地说：“你这家伙脑子转得太快了，我可要防着你点儿，省得一不留神让你给算计了。”

“不像话，真不像话，这还没干呢，就互相算计上啦。”

煎饼摊儿第一天开张的时候，钟跃民特地穿了件白色工作服，头戴回民小白帽。他把煎饼车停在一条街道的路口，车上安了个玻璃阁子，玻璃上还真事儿似的用红油漆写了几个阿拉伯文，以示这是正宗的清真食品，其实连他自己也不知道那几个阿拉伯文是什么意思。

这是早晨上班时间，街上的行人渐渐多起来。钟跃民手持铁勺敲着饼铛，显得自我感觉良好，高玥正在数鸡蛋，钟跃民吼了一声：“有吃煎饼的没有？”

街上的行人被吓了一跳，纷纷驻足观看。

高玥小声埋怨道：“你小声点儿，怎么跟强盗打劫似的？把人都吓跑了。”

钟跃民问：“小高，你吃早饭了吗？”

“吃了。”

“那我还没吃呢，现在我得练练手艺。”钟跃民仔细摊了一张煎饼，然后几口就吞进肚里，他又摊了第二张，狼吞虎咽地吃掉。他拍拍肚子，似乎意犹未尽，又拿起勺子准备摊第三张饼。

高玥不满地说：“你有完没完？还没开张呢，你倒吃了两张了。”

“你还别心疼，等结账时从我账上扣。”

来买煎饼的人越来越多，钟跃民有些手忙脚乱，摊出的煎饼总是破。他发现自己犯了估计上的错误，这种活儿看起来简单，实际上还是得有点儿技术。

排队的人不耐烦了：“哥们儿，你会不会啊？”

钟跃民争辩道：“我这是祖传的，我们家是正宗的回民，从西域过来的，只不过很多年没干了，手有点儿生。”

高玥看不下去了，她把钟跃民推到一边，自己动手干起来。她的技术很熟练，摊得又快又好，一会儿就把排队的顾客都打发走了。

钟跃民讪讪地收着钱，不吭声了。

高玥笑着用手指弹弹他的脑门：“还是跟我学徒吧，就会神侃。”

张海洋穿着警服骑车路过这里，他突然发现钟跃民这身打扮，不由大惊，立刻跳下车一把揪住钟跃民：“你他妈出什么洋相？我以为你说说也就算了，没想到你还真干起来了，你他妈有病是怎么着？”

钟跃民把一份煎饼硬塞进张海洋手里，嘴里催着：“赶快掏钱……”

张海洋说：“我吃过早饭了。”

“那就再吃一份，我告诉你，以后不许在家吃早饭，我这儿刚开张，你得来捧场。”

张海洋无奈地掏钱道：“我们分局就在前面，你怎么跑到我们单位门口摆摊来了？”

钟跃民得寸进尺说：“你和同事们说说，就说有个老战友的买卖刚开张，都过来捧捧场。”

“你小子就给我添乱吧，这是无照经营，还敢跑到公安局门口来？”

“你们公安局管不着无照经营，你吓唬谁呀？”

“那工商局总管得着你吧？不定哪天就把你这破摊儿给抄了。”

"海洋，我头一天开张，你他妈可别方我。"

钟山岳正在院子里练太极拳，这是他每天早上的必修课，已经坚持很多年了。钟跃民手里托着两份煎饼进来向父亲晃了晃，钟山岳连忙把套路匆匆走完，最后收式。

钟跃民说："爸，我给您买早点去了，您趁热吃吧。"

父亲接过煎饼："还是儿子回来好，知道给老子买早点了。"

"爸，您还是找个老伴儿吧，总得有人照顾您呀，光靠小保姆可不行。怎么样，我给您介绍一个？我有个战友他爸去世了，我看您把他妈娶了得啦。"

"跃民，你又找揍了是不是？还给老子介绍上对象了，你先把自己的事管好再说，三十多岁了，连个老婆都娶不来，还好意思说老子？"

钟跃民说："我倒用不着您操心，找个老婆还不容易。关键是您，您可是真正的困难户，高不成低不就的，您这个岁数再挑人家长相就有点儿过分了，能踏踏实实和您过日子就行了。"

钟山岳边吃边说："你就拿老子开心吧，混账话。"

小保姆听见有人在敲院门，便走过去开门，来人是隔壁的李阿姨，李阿姨也是个老干部，资历比钟山岳还老。老太太一进门就亮开大嗓门："钟老啊，我来通知你一下，下午两点去老干部活动站，说是要给咱们传达文件，你可别去晚了，要不我临去之前喊你一声？"

钟山岳忙说："不用，不用，我还没老糊涂呢，迟到不了。"

钟跃民忙向她打招呼："李阿姨来啦。"

李阿姨一见钟跃民，好像想起了什么："跃民哪，我正要找你。"

"您说，什么事儿？"

"刚才听我家纪红说，你在大街上卖煎饼，是吗？"

钟跃民看了父亲一眼，若无其事地说："哪儿的事，她看错人啦。"

钟山岳耳背："什么煎饼？"

钟跃民连忙打岔："我刚才不是给您买煎饼去了吗？"

李阿姨却不依不饶："跃民哪，你可别蒙你李阿姨，我们纪红看得清清楚楚，说你还戴着顶小白帽，一边摊饼一边吆喝，还自称是正宗西域回民。不是我说你啊，你这不是出洋相吗？一个堂堂的营职军官去干个体户，这像话吗？"

钟山岳终于听明白了："好哇，你还真干上啦。我说你小子今天怎么这么勤快，早早儿的就出去了，说是给我买煎饼，闹了半天是摆摊儿去啦。你还正宗西域回民？连他妈的祖宗都给改了，我揍你个没出息的东西……"老头儿抄起扫帚向钟跃民冲过去。

钟跃民见老头儿来势凶猛，连忙逃出了院子。

钟跃民的煎饼摊儿已经开张两个月了，他摊饼的技术已经很熟练，高玥在忙着收钱，买煎饼的人排起了队，这使钟跃民很受鼓舞。他在三轮车上还摆了一个木架子，上面摆满了各种牌子的香烟，他的业务又扩大了，还兼卖香烟。

周晓白匆匆骑着车过来停下："跃民，给我来两份。"

钟跃民赞许道："晓白，还是你够意思，来给我捧场。"

周晓白笑道："那当然，煎饼摊儿我家门口就有，要不是给你捧场，我何必跑两站到你这儿买？前些日子我参加了一个医疗队，到边远地区巡回医疗，袁军也出差刚回来。"

"还得说是老朋友，就是够意思，袁军怎么没来？"

"买个煎饼还用两个人？他在家等着吃呢。"

钟跃民不满地说："人家郑桐刚走，他家离我这儿三站地呢，人家才叫仗义。你看看你们家袁军，我这儿开张两个多月了，这小子一次也没来过。你告诉他，他要再不来，我可要打上门了。"

周晓白说："我来不就行了，以后我天天来。哟，这位小姐是谁？"

钟跃民做出一副陶醉状："明知故问，我女朋友呗。"

高玥笑道："别听他胡扯，我叫高玥，是他的合伙人。"

周晓白仔细看看高玥，说道："你可要小心，这家伙坏着呢，专骗小姑娘，他对你没什么不规矩吧？"

"暂时还没有。"

"小心点儿没坏处，你就当他是条龇着牙的老狼，随时有可能扑过来。"

高玥笑了："没关系，我爷爷是打猎的。"

周晓白说："那就好，我走了。"

钟跃民问："不再来两份吗？"

"你要撑死我啊，想打劫就明说。小心点儿，你没有执照，当心工商局的人查抄你。"

钟跃民满不在乎："没事儿，你快上班去吧。"

周晓白骑车走了。

高玥望着周晓白的背影说："这位女军官和你关系不一般吧？"

"我们是中学时的朋友，她早嫁人了。"

"看得出，她对你挺有感情的。"

"别瞎说，她丈夫和我是哥们儿。"

“那也没用，爱情可不讲理智。”

钟跃民奇怪地问：“你第一次见到她，怎么会有这种想法？”

“直觉呗。”

周晓白又匆匆赶回来：“跃民，快跑，工商局的人来了，正在查抄摊贩，马上就拐过来了。”

钟跃民连忙收拾东西：“谢谢你，我马上走。”

他和高玥蹬上三轮车就跑，两人刚刚拐过路口，工商局的人就从另一个路口赶到了。

周晓白望着他们跑远了，才松了一口气……

钟山岳在院子里打太极拳，钟跃民和高玥把三轮车推进院子，高玥动手给钟山岳摊了一张煎饼，钟山岳收了式，接过高玥递过的煎饼，坐在藤椅上吃起来。

钟跃民又开始拿老爷子开心：“小高，你看我爸，思想转变得多快，那天知道我卖煎饼，差点儿没揍我，经过我耐心细致地进行思想工作，他老人家终于有了可喜的转变。”

高玥笑道：“跃民，别净跟你爸耍贫嘴。”

老头儿边吃边瞪了钟跃民一眼。

“老爸，煎饼香吗？那天您还要揍我，这哪儿像个受党教育多年的老干部？您儿子体谅国家的困难，自谋职业，您非但不表扬我，还要打我，这是错误的。”

钟山岳吃完煎饼，又到钟跃民的香烟架上拿了一盒万宝路牌香烟。他点燃一支，自顾自地躺在藤椅上喷云吐雾，不理钟跃民。

钟跃民抗议道：“爸，自从我干了个体户，您就没买过烟，是不是逮住不要钱的烟了？还净拣进口的抽。老爸，不是我不舍得，我是怕您抽惯了万宝路，以后我转行了，您怎么办？这就好比您山珍海味吃油了嘴，忽然让您吃窝头，您到时候肯定很难受，说不定还不许我转行呢。”

钟山岳哼了一声：“我早想开了，也懒得管了，我就不信你能摊一辈子煎饼，不信你把我的话放在这儿，你小子干不了半年就该烦了。”

高玥安慰道：“钟伯伯，我们不会永远卖煎饼的，现在不是在等复转办分配工作嘛。”

钟跃民说：“爸，就算我卖一辈子煎饼又怎么啦，这不也是为人民服务吗？”

钟山岳瞪起了眼：“你少和我耍贫嘴，别看老子吃了你的煎饼，抽了你的烟，还照样揍你。”

“那是，要不怎么说您是当爹的呢，只要您不干涉我的自由，我愿意天天贿赂您。”

钟跃民正在摊煎饼，高玥把一份煎饼包好，递给一位老人。

一个农民打扮的摊贩推着一辆手推车走来，车上放着一个用汽油桶改装的烤白薯炉子，他四处看了一下，便放下车走到钟跃民的面前，操着唐山口音说：“老哥，你把车往旁边挪挪，这是俺卖烤白薯的地方。”

钟跃民也操着唐山口音回答：“老乡，这是俺卖煎饼的地方，俺每天都在这儿。”

“俺前天还在这儿呢，昨天俺媳妇来了，俺没出摊，咋就成你的地方啦？”

钟跃民说：“你卖烤白薯有执照吗？拿出来给俺瞧瞧。”

“你卖煎饼有执照吗？给俺瞧瞧。”

“咋没有？俺是国营的。”

“你国营个鬼，都是进城做小买卖的，冒充啥国营的？给俺把地方让开。”

“俺不让，你敢把俺咋的？”

高玥在一边捂住嘴笑得弯下腰。

烤白薯的终于火了：“敢咋的？俺一个电话叫几个老乡来，砸了你这煎饼摊，你信不？”

“俺兄弟是工商局局长，俺一个电话就叫他抄了你这烤白薯的炉子，你信不？”

烤白薯的急了：“你这人咋浑不讲理？占了俺的地方，还跟俺犯浑。拿工商局局长吓唬谁，你兄弟要是局长，你还用卖煎饼？你走不走？”

“不走，看你敢咋的？”

烤白薯的动手推煎饼车：“不走？不走俺请你走，俺就不信治不了你。”

钟跃民一把抓住烤白薯的推车的手，把他的四根手指向下一撅。

烤白薯的疼得大叫起来：“哎哟，你松手……”

钟跃民笑道：“俺不松手，谁让你欺负俺？俺不会打架，就会撅人指头，看你能咋的？”

高玥笑着说：“跃民，你松开人家，别把人家手指弄伤了。”

“俺不，他得向俺赔礼道歉，要不赔俺两块烤白薯，俺就不松手。”

烤白薯的开始求饶了：“哎哟，老哥，你轻点儿，俺指头快断啦，你松开俺……”

“那你给俺烤白薯……”

街对面停下一辆出租车，司机下车走到煎饼车前：“哥们儿，来份儿煎饼。”

钟跃民松开摊贩的手，转过身来，一愣：“你是……李奎勇？”

李奎勇惊喜地喊：“钟跃民？”

两人兴奋地握手。

“跃民，咱们有十几年没见了吧？”

“可不是吗，最后一次见面还是在陕北的石川村。”

李奎勇看看烤白薯的，问：“这是怎么回事？”

钟跃民笑着说：“我和他闹着玩呢，他说我占了他的地方，还要带几个老乡来砸我的摊儿，这像话吗？好好的农民兄弟，怎么一进城就学坏了？净学黑社会欺行霸市。”

李奎勇上下打量着烤白薯的，说：“就你，还黑社会呢？你先把北找着再说，去去去，该干吗干吗去，还轮得到你欺行霸市，装什么孙子？滚……”

烤白薯的揉着手指推起车低声嘀咕道：“俺还以为他也是俺河北地界的……”

钟跃民、李奎勇、高玥都笑了。

李奎勇把钟跃民拉到一个小饭馆里，要了一瓶二锅头酒、一碟花生米、一碟肉皮冻儿，他边斟酒边狐疑地问：“跃民，你是不是在部队犯事啦？”

钟跃民一口把酒干了：“没有，你怎么会这样想？”

“这不明摆着吗，我记得你是1969年年底当的兵，在部队干了十几年，怎么着也得混个连长、营长的吧？怎么退伍回来摆摊儿卖上煎饼啦，要不是犯事了怎么会混成这样？”

“没犯事，是因为复转办分配的工作不理想，我又不想在家吃闲饭，就先摆个煎饼摊儿挣点儿钱。我就不明白，怎么人们一看见我们摆摊儿的，就认定我们是从监狱里出来的？”

李奎勇说：“我记得你爸是副部长，你又是转业军官，我可没见过你这种身份的人当摊贩。”

“这没什么奇怪的，靠劳动吃饭又不丢人。”

“你可真是独一份，我还是挺佩服你的，你从小就和别人不一样。你还记得吗？那时你老去我们院和我一起练摔跤，和我们胡同里的孩子也玩得挺好。”

“记得，我还吃过你妈做的烙饼呢，你妈还好吗？”

李奎勇神色黯然：“身体越来越不行了，隔三岔五地就得跑医院，她又没公费医疗，全靠我们兄弟姐妹凑钱了。”

钟跃民问：“你成家了吧？”

“孩子都4岁了，我是1979年从陕西办回城的，为找工作跑了一年，托了不少人，最后才找了份开出租车的差事，如今是上有老下有小，日子过得挺紧。”

钟跃民安慰道：“别着急，这都是暂时的，我现在不是还不如你吗，咱们不能总是这样。”

李奎勇感叹道：“哥们儿，我这辈子是没戏了，你看我们胡同那些和我一起长大的孩子，当爹的干什么，当儿子的就接什么班，再怎么蹦跶也蹦不出这个圈儿去。”

“奎勇，咱们‘老三届’的人也有不少有出息的，你还记得郑桐吗？他和咱们一样，也是刚上到初一就赶上‘文革’了，他可是靠自己考上的大学，咱们这些人只能怨自己把时间荒废了，到现在怨谁也没用，只能老老实实从头干起。”

李奎勇问：“你打算从卖煎饼干起？”

“我也没打算永远卖煎饼，可机会总得慢慢寻找。”

李奎勇真诚地说：“哥们儿，现在我能帮你的，就是每天多带几个哥们儿来买你的煎饼，别的忙我实在帮不上。”

“这我已经感激不尽了，谢谢。”

高玥独自坐在一个咖啡厅里，手里拿着一杯红酒仔细端详着。钟跃民匆匆走进咖啡厅，他看见高玥便不满地说：“我说高小姐，我忙着呢，你一个电话就把我叫来，也不说是什么事，你是不是拿我当闲人了？”

高玥笑道：“你不就是个卖煎饼的吗？又不是什么领导干部，你忙什么？”

钟跃民坐下：“你说吧，什么事？”

高玥把一个牛皮纸信封扔到桌上：“这是你的分红，明细账也在里面，你点一点。”

钟跃民眉开眼笑：“噢，分钱了？我倒把这事给忘了，你该不会在账上做手脚吧？”

高玥柳眉倒竖：“你说什么？”

“哎哟，你别生气，我开玩笑呢。”

高玥瞪了他一眼：“我怎么也想象不出，你居然还当过营长，我真没见过你这种没正形的军官。”

钟跃民问：“复转办有消息了吗？”

“上次分配我到一家郊区的工厂，我没去，后来就再也没和我联系过。”

钟跃民显得很有经验地说：“找个合适的工作总要有点儿关系，不托托人恐怕不好办。”

“我不是没关系吗，找不到工作也理所当然。可你是怎么回事？有关系也不用，好像特别热爱卖煎饼这一行。”

“那是因为我和你想的不一样。首先你得搞明白一点，人为什么要工作？这个问题不必唱高调，你要非说是为人民服务，那我只能认为你不够真诚。我只知道人要吃饭，可饭不会从天上掉下来，你得去挣，工作的最基本目的是养家糊口，这样想就简单了。”

“太直白了，我还不大习惯这么直截了当。”

“你会习惯的，既然当高官和卖煎饼都是一种谋生手段，那我索性就选择卖煎饼，因为卖煎饼比较省脑子。如果有人认为我卖煎饼丢人，那只能说明他是个俗人。”

高玥说：“听着倒是个道理，可我不能学你，真要卖一辈子煎饼，我恐怕连嫁人都成问题。”

“这更是俗人的想法了，其实你真正想的是嫁给什么人的问题，如果仅仅是解决出嫁问题那倒好办，愿意娶你的人很多，譬如郊区的菜农娶了你，没准儿还觉得高攀了呢，所以你得更正一句：要是卖一辈子煎饼，那么嫁个有身份、有地位的人会很难。”

高玥不好意思地说：“我就那么俗？”

“别不好意思，当个俗人也不错。”

“讨厌！跃民，问你个私人问题可以吗？”

“除了工作的问题，别的最好不要问。”

高玥固执地说：“我就要问，你有女朋友吗？”

“没有，前半辈子戎马倥偬，没机会。”

“别这么谦虚，我觉得你还不招女人讨厌，有些罗曼史是很正常的。那位漂亮的女军官看你的眼神都是一往情深的，你们之间一定有故事，讲给我听听好吗？”

钟跃民皱起眉头道：“小高，今天咱们谈的是分红，不是来谈钟某的罗曼史，你跑题了。”

高玥不依不饶地说：“我就是想听。”

钟跃民绷起了脸：“我想问你个问题，你……是不是爱上我啦？”

高玥不好意思地低下头：“瞎说什么呀，咱们认识才多长时间？不过，我倒是挺喜欢你的。”

“噢，那是一码事。”

“不是一码事，爱和喜欢程度不同。”

钟跃民冷冷地盯着她：“好，就算不是一码事，我是个男人，你是个女人，咱们之间互相喜欢，这里面就有名堂啦，很多故事都是这么产生的，那咱们下一步该干点儿什么了？总不能老是喜欢来喜欢去，不干点儿正事？”

高玥脸上的笑容渐渐退去，严肃起来：“哦，你往下说，该干点儿什么？”

“很简单，你不是想听我的罗曼史吗？那是我和别人的，你听多没意思，不如咱俩现在就制造一段罗曼史，精心编个爱情故事，如果你同意，我现在就去开个房间。”

高玥脸色平静地慢慢站起来：“这主意不坏，可是…… 你行吗？”

钟跃民轻佻地说：“你试试就知道了。”

高玥冷不防将杯中的酒泼到钟跃民的脸上：“浑蛋！”她头也不回地走了。

钟跃民默默用纸巾擦擦脸，然后喊道：“埋单。”

钟跃民喜欢临睡前躺在床上边听音乐边看书，这些日子他正在看孟德斯鸠的《论法的精神》，这是郑桐借给他的。屋角的音箱中传来轻柔的古典音乐声，钟跃民觉得这样的生活还是挺令人满意的，每天早上卖3个小时的煎饼，然后一天的时间都可以供自己支配，他的前半辈子还从来没有这么悠闲过。

床头柜上的电话响了，钟跃民看了一下表，已经是夜里12点半了，谁这么不懂事，深更半夜的还打电话？他抓起电话：“哪位？请讲话。”

话筒里传来高玥的声音：“是我。”

钟跃民明知故问：“你是谁？”

“废话，你听不出来？”

“抱歉，实在想不起来，我认识的女士太多，经常闹混了，请报出姓名。”

高玥大喊道：“钟跃民，你欺负人。”

钟跃民笑了：“听出来了，是小高，有事吗？这么晚了，我还以为是骚扰电话呢。”

“钟跃民，你必须向我道歉。”

“噢，还为那件事生气？”

“气得我睡不着觉，越想越生气，特别是你当时那副嘴脸，一脸轻佻相，你拿我当什么人了？”

钟跃民说：“得，我道歉，可话又说回来了，谁让你打听我的隐私，你才多大，正是天天向上的年龄，怎么就对大人的隐私感兴趣，不批评你几句行吗？以后注意啊。”

高玥带着哭腔喊：“你这叫道歉吗？又教训我，还冒充长辈，你不就比我大10岁吗，有什么了不起的？”

“行啦，黄毛丫头，和我斗嘴没好处，说说就急了吧。快睡觉吧，做个好梦，明天还要早起呢。”

“不许挂电话，我的气还没消呢。跃民，你这人挺好的，就是嘴太损，当然，我也不该问你的私事，以后我不会再犯这种错误了。”

“哎，这就对了，多好的小姑娘，就是好奇心太强，要是把这毛病改了，嫁个好人家没问题。”

高玥笑了：“讨厌……”

“不生气啦？”

“气消了。”

“那就睡觉。”

“嗯。”

钟跃民一边摊煎饼一边和高玥神侃，两个买煎饼的中年男人在一旁很耐心地等候着。

高玥忧心忡忡地说：“跃民，今天早点收摊儿吧，我听说这两天整顿市容，工商局查抄得很紧。”

钟跃民满不在乎地说：“工商局那帮人是野狼不吃死孩子——活人惯的，我这儿是要钱没有，要命有一条。”

高玥一撇嘴：“别吹了，哪次查抄你不是像兔子一样窜了？追都追不上你。”

“看来我有必要给你讲讲军事常识，这么说吧，以前的大炮是没有动力装置的，要靠骡马或汽车牵引，后来人们想了个办法，为什么不把大炮装在车辆上呢？于是就出现了自行火炮，这种炮机动能力很强，打完就跑，等敌人还击时，它早跑远了。”

“你是说，你的煎饼车就相当于自行火炮？”

钟跃民夸奖道：“真聪明，以前卖馄饨的有个挑子就行，因为那会儿还没有工商局，现在形势不同了，咱们做小买卖的也要相应做出调整，要具备一定的机动能力，工商局怎么样？他来我走就是，哥们儿还没工夫搭理他们呢。”

两人正说着，街上突然乱了起来，商贩们惊慌地收拾东西纷纷逃走，有人在喊：“工商局查抄来啦！”

钟跃民不慌不忙地骑上三轮车说：“别急，工商局又不是老虎，还能吃了咱们？”

高玥催促着：“别贫了，快跑吧。”

两个扮成顾客的中年男人突然按住钟跃民的车把：“往哪儿跑？我们是工商局的。”

钟跃民叹了口气：“得，中了埋伏。我说同志，您堂堂的国家干部，为个摊贩这么下功夫，值当吗？”

一个高个子中年男人说：“我们早接到过举报，想抓你不是一天两天了，每次都让你跑了，今天咱们该算算总账了。”

另一个干部说：“每天我们上班你下班，净跟我们捉迷藏了，见你一次挺难的，今天我们只好提前上班来请你啦，跟我们走吧，推上你那辆‘自行火炮’。”

钟跃民和高玥被带到工商局的办公室，他们坐在靠墙的长椅上，两个穿工商制服的干部边询问边做记录。一个中年人推门进来，两个工商干部站起来：“李科长，您来了？”

李科长看看钟跃民和高玥，说：“就是他们？”

一个工商干部说：“对，无照经营达半年之久，每次查抄都让他们跑了。”

高玥站起来哀求道：“李科长，我们知道错了，以后再也不干了。”

李科长冷冷地说：“现在我宣布一下对你们的处罚决定，由于你们无照经营达半年之久，造成了极坏的影响，经我们研究决定，没收你们的三轮车、香烟及全部炊具，并处以500元罚款。如果对我们的处罚决定不服，可在10日内向我们的上级主管机关提出申诉，也可以到法院起诉。”

钟跃民望着天花板说：“没钱，你们看着办吧。”

窗外传来一阵玻璃破碎的声音，钟跃民向窗外望去，见几个工商局干部正用锤子砸碎煎饼车上的玻璃阁子。钟跃民一看就急了，扭头向门外冲去，两个工商干部抓住他，钟跃民下意识一甩肩膀，两个干部被甩倒，屋里的茶几被撞翻，高玥冲上去猛地抱住钟跃民的腰。

钟跃民暴怒地吼道：“滚开……”

高玥声泪俱下地哀求道：“跃民，算了吧，我认罚，我求你了。”

两个被摔倒的干部爬起来又抓住钟跃民：“你别想走了，这是妨碍执法人员执行公务，殴打执法人员。”

李科长指着钟跃民，气得直哆嗦：“马上给我报警，我还是头一次看见这么嚣张的无照摊贩，我劝你态度放老实点儿，等警察来了，可就没我们这么客气了。”

高玥哀求道：“李科长，我们认罚，我马上回去取钱还不行吗？”

李科长冷冷地说：“认罚也晚了，现在已经不是罚款的问题了，你们有话到公安局去说吧。”

钟跃民镇静下来，他坐下不吭声了。

工商局和公安分局离得不远，这两个机关的人也比较熟，工商局这边要是有什么事，一般都是把电话直接打到刑警队。按理说这类小事请派出所的人来处理一下就行了，但由于两个机关之间关系很好，刑警队的警员们不好意思拒绝，所以遇到工商局的人报警，一般还是给点儿面子，派两个人过来处理一下。张海洋刚上班，就听见一个同事说工商局那里有个卖煎饼的摊贩在闹事，队里正准备派两个人去处理一下。张海洋马上就想到了钟跃民，除了钟跃民，哪个无照摊贩有这么大胆儿，没有执照还这么嚣张。张海洋立刻找到队长把这件事承揽下来。在去工商局的路上，张海洋哭笑不得地想，钟跃民身上哪来的这股霸气？连无照经商都这么理直气壮。

张海洋仗着刑警的身份总算把钟跃民的事给摆平了，工商局的李科长虽然生气，但不能不给刑警队的人点儿面子。钟跃民还偏偏不识相，竟理直气壮地要求工商局把三轮车还给他。张海洋心说，没拘留你就是万幸了，还要什么车呀？

事情处理完也到了吃午饭的时间，张海洋把钟跃民和高玥带回分局，请他们在分局的食堂里吃了午饭。吃饭时，高玥一个劲儿向张海洋道谢，而钟跃民却阴沉着脸一声不吭。张海洋刑警队的同事们听说了这件事，都很好奇地涌向食堂，想看看这位当过营长的无照摊贩是什么样子。钟跃民在众人的注视下，旁若无人地吃了三个馒头和一碗红烧肉。午饭后，张海洋把钟跃民、高玥送出公安分局的大门。

张海洋边走边解释："我刚来，认识的人还不多，帮不上你什么忙，东西没收了就算了。我和工商局的人讲了你们的情况，他们表示谅解，可以不追究了。"

高玥千恩万谢："张大哥，谢谢你，今天要不是你帮忙，非把他拘留了不可。"

"谢什么，老战友了。跃民，以后你可得注意点儿，别这么大火气，你还当你是侦察营长？从部队到地方，环境变了，我知道你一时适应不了，可你不适应也得适应，社会要强迫你适应，不然你就要受到惩罚。我告诉你，我可不想将来在审讯室和你打交道。"

钟跃民不耐烦地说："行啦，以后就是有人往我嘴里撒尿，我也伸嘴接着，保证不发火，嘴里还得夸着，跟他妈的五星啤酒似的，味道好极了。"

张海洋劝道："你就别发牢骚了，还是找复转办等分配吧，千万别再卖煎饼了，缺钱了跟我说，我反正也没负担，就是别惹事。好吧，今天我值班，就不送你们了。"

高玥握住张海洋的手："再见，张大哥。"

钟跃民若有所思地看着张海洋的背影，高玥轻轻挽起钟跃民的胳膊："回去吧，明天咱们都不用早起了。"

钟跃民叹了口气："看来我还得找个合适的工作。"

高玥静静地望着他："我知道你有办法，就是不愿意求人，是吗？"

"那就求人吧，顾不得面子了……"

·第十七章·

钟跃民按约定时间准时走进李援朝的总经理办公室时，见李援朝穿着一身铁灰色西服，发型一丝不乱，很气派地坐在一张巨大的写字台前，身子埋在高背真皮转椅里，正在接电话。他见了钟跃民点点头做了个手势，示意他坐下，嘴里在继续说着："你听着，这批货一定要从文锦渡报关，那儿有我的朋友，运输问题可以向部队求援，你到省军区后勤部找何部长，就说是我说的。对，你跟着押车回来……行啦，你就辛苦点儿吧。对了，那50万吨化肥的批文你抓紧点儿，误了农时咱们连汤都喝不上，好，好，就这样，再见！"

李援朝放下电话，站起来和钟跃民握手："跃民，我料定你早晚会来找我的。"

钟跃民问："为什么？"

"你知道有多少人想进这个公司吗？刚才还有个副部长来电话，想把女儿调来，我还没答应呢。"

钟跃民说："你这儿还真是块唐僧肉呀。援朝，咱们是老朋友了，有话放明面上，你是商人，不是开救济站的，我想知道你为什么对我感兴趣，我对你真那么有用吗？"

李援朝笑了："跃民，你一点儿没变，头脑清醒，这是你的优点，我喜欢和你这类人打交道。好吧，咱们明说，据我所知，你父亲是当年四野的师级干部，对不对？"

"没错，但是和这件事有关系吗？"

"当然有关系，有人说，任何历史都是当代史，这话有道理。当年四野在渡江战役后，进军方向直取两广，一直打到海南岛才收兵。你只要看看渡江后四野的进军路线就会发现，四野就像一台大播种机，随走随撒种，新中国成立后的广东、广西党政军干部大部分是四野的南下干部。也就是说，这两个省有你父亲不少老战友、老部下，而我们公司的业务几乎都集中在两广地区，在编织当地的关系网时，你有天然的优势。"

钟跃民惊讶地说："我的天，你可真像个特务，连我的家底儿都知道，就因为我父亲是四野的，我才能进正荣集团。你是说，要是没有我父亲的资历，我根本没有来这里工作的可能。我提个问题，假如我父亲是当年二野的人，正荣集团是不是对我就没兴趣了？”

李援朝笑笑：“恐怕是这样，因为本公司在西南方面还没有什么业务，我们的重点都集中在沿海省份。你知道，当年的渡江战役是由二、三、四这三个野战军共同发起的，渡江后二野进军西南，三野直插江西、福建，四野直取两广。当年的战略格局造成了新中国成立后地方干部的势力范围，这就是中国的现状。你可以不承认它，但它是确实存在的。换句话说，如果你父亲是三野的人，你也可以进入正荣集团，负责福建方面的业务。但如果你父亲是一野或二野的人，那我就没办法了，谁让他们当年非往西北和西南打呢。”

对于李援朝的话，钟跃民感到匪夷所思，他还是第一次听说做生意还有这么多门道，以前他连想也没想到一部中国革命史能和做生意发财有如此重大的关系，但他又不得不承认，李援朝说的的确有道理。

李援朝笑道：“想明白了吗？这道理很简单嘛，你是个聪明人，应该一点就透。”

“明白了，你是说，没有特权做不成生意，这是中国的现状。”

“没错，中国有这么多人口，谁都想发财，可财富是有限的。从理论上讲，在财富总量不变的情况下，一部分人聚敛了财富，另一部分人就要与财富无缘，因此财富通常只能由少数人掌握。不错，在这个世界上，人人都希望平等，但那不过是种希望，人类从诞生那天起就从来没有平等过，古今中外都是如此。你想想，咱们小时候受的教育是这样，‘革命工作没有高低贵贱之分’，其实这是睁眼说瞎话。当年张春桥和江青这类的激进分子不是还大喊要限制资产阶级法权，批走后门儿吗，老百姓当然拥护，反正他们什么也享受不到，谁不希望平等？可是结果怎么样？特权不但没有消灭，反而越演越烈。1978年我从部队回家探亲，发现北京无论干什么都需要些特权。想看看小说，对不起，新华书店里只有《艳阳天》《金光大道》什么的，可是高干凭购书证进入内部书店却能买到很多外国翻译小说。你看，连读小说的权利都被垄断了。更可笑的是看电影也要有特权，你要有路子就可以看到内部放映的外国影片，什么《罗马之战》《宫廷爱神》……没路子就只好看老掉牙的《地雷战》《地道战》。有个哥们儿和我有10年没见了，一碰见我挺激动，一拍胸脯说‘我带你逛公园去’，我心说，这小子有病是怎么着，逛公园我用你带着？闹了半天他要带我去逛北海公园和景山公园。这两个公园是1969年关闭的，成了江青的私人花园，因为她要在里面骑马。这一关闭就是10年，江青倒台3年后才向社会开放。在此之前，你要有关系也可以进去游览，我那个朋友要招待我逛北海，这显然是件很时髦的事，而且也说明他神通广大。当时我就想，咱中国算是没治了，到处是黑色幽默，世界上搞特权的国家不少，苏联不是还有小白桦树商店吗？可没听说连看小说、看电影、逛公园都成了特权，这太过分了……”

钟跃民打断李援朝的话："听你说了半天，你好像并不赞成特权，可你现在又在运用特权，这不矛盾吗？"

"你听我说完，我的观点是承认特权的存在，但不能过分。我说过，如果一个社会连看小说和逛公园都要体现特权的话，那这个社会就太糟糕了。我主张有限度的竞争，什么叫有限度的竞争？譬如经商，你应该允许所有有志于此的人去经商，但不是每一个经商的人都能成功，因为每一个人所掌握的社会资源不同，教养、才能、气质、机遇，包括社会关系，这些都是你的资源，在这点上绝不可能有什么平等，你必须要承认这里的差别。末代皇帝溥仪从战犯管理所被释放，该是个普通公民了吧？这位老兄四体不勤、五谷不分，对社会的贡献未必比蹬板儿车的板儿爷多，国家干吗还要给个高薪养着？不为别的，就因为他曾经当过皇帝，他就不能和板儿爷一个待遇，这就是溥仪的社会资源，从他一出生时就注定了身份，亡国之君也是君，别人有气也没有用。我认为，一个社会总要有些特权阶层，我们要承认这个事实，就像英国人承认女王的特权一样，大家都心平气和地认可这个事实，把它视作一件很正常的事就行了。英国女王整天什么事儿不干，对国家没有半点儿好处，还享受着极高的俸禄，这可都是纳税人的血汗钱，就这样也没见哪个老百姓非要和女王讲平等。一个社会如果没有贵族阶层是不正常的，这是个常识，关键是你要把道理讲明白，千万不能用大话去糊弄人。老百姓其实是通情达理的，你既然享受着特权就老老实实承认，并且要证明享受特权的合法性，如果你一面享受着特权一面又自称'公仆'，高喊什么'革命工作没有高低贵贱之分，我们的社会人人平等'，这就是糊弄人，而糊弄人是要付出代价的。老百姓相信了你的话，真以为人人平等了，那么你享受特权的合法性就要受到质疑，老百姓就会认为这个社会不公平，就会有怨气，这是说谎的必然代价。比如江青这个女人，她能把两个著名的公园变成自己的私人花园，其蛮横程度不亚于慈禧。就这么个贪婪自私的女人，居然也是满嘴限制资产阶级法权，大批特权思想，这就有点儿装孙子了，更可气的是，她连装孙子都装得特别蛮横。我糊弄你，你就必须听着，我知道你不信，但你不能流露出来，如果你表示不信，我就弄死你。这种人别看已经当了领导人，其实是弱智者，你做人做到这个份儿上，自己就把自己置于一种很危险的境地。就好比当年的秦始皇，天下英雄人人想得而诛之，谁干掉你，谁就成了千古英雄，这等于用你的卑劣去成全别人的功名，这不是傻逼是什么？"

钟跃民大笑起来："援朝，你这个观点倒是很新颖。简单地说，人就得理直气壮地承认特权，别装孙子，我可以这样理解吗？正荣集团对我拥有的社会资源很感兴趣，我可以待价而沽了。"

"跃民，你应该明白我的意思，我不是慈善家，没兴趣搞救济。我认识的人多了，不可能谁的事都管，我只能从一个商人的角度去看问题。明说吧，我请你加盟正荣集团是看中了你拥有的社会资源，反过来说，我使用了你的资源也会给你丰厚的回报，你我谁也不吃亏。”

“明白了，我决定到正荣集团工作，好像用不着领谁的情，我是出卖自己的资源来了，可是……援朝，你难道不怕我黑你？”

“据我当年对你的印象，你还是个讲义气的人，对此，我比较放心。”

钟跃民直截了当地问：“你打算给我个什么职位？”

“贸易部经理怎么样？这活儿挺适合你。要是你干得好，我以后可以向董事会推荐你做公司的副总经理，关键是你要有业绩，我才好说话。”

“我可以试试。”

李援朝也很干脆：“给你3个月时间，3个月后我要向你要利润，如果指标完不成，对不起，我得炒你的鱿鱼。咱们朋友是朋友，生意是生意。”

钟跃民说：“可以，说定了，不过，我还有个小小的要求，我想带个人来。”

“不行，我这里不是皮包公司，人事方面控制很严，想进公司的人太多了，我不能都照办。”李援朝一口拒绝。

钟跃民站了起来：“那就算咱们什么也没谈，多谢了。”他转身要走。

“等一下，我想问问，是什么人让你如此上心，女人吗？”

“是，女朋友。”

李援朝叹了口气：“跃民啊，你他妈早晚会栽在女人手里。好，让她来吧，我想办法就是。”

自从钟跃民到正荣集团公司任职后，他的生活就发生了巨大的变化。生活就像个瞬息万变的万花筒，命运之手轻轻将它一转，就变幻出各种五彩缤纷充满诱惑的画面。进入正荣集团已经几个月了，他在整个集团公司的部门经理中竟然成了佼佼者，他所领导的贸易部超额完成了董事会规定的利润指标，董事们大为惊讶，连推荐他进入公司的李援朝都脸上有光，并到处吹嘘自己慧眼识英才，在引进人才方面为公司立了一大功。

钟跃民自己还算冷静，通过几个月的商业运作，他终于明白了这类大公司商业成功的秘诀。其实说起来很简单，钟跃民把它归纳为两点：一是占了双轨制的便宜，各种紧俏物资平价进，溢价出，通过人为设置的差价在极短的时间内就能获取巨大的利润，如同天上掉下了馅饼；二是进行这种掠夺式商业运作的前提是对资源分配的高度垄断。有了这两个优势，即使是个弱智者也能立于不败之地。就连钟跃民这种对商业运作一窍不通的人，也能看出这种经营方式绝非长久之事。钟跃民发现，当权力介入到商业运作的时候，往往会产生令人目瞪口呆的结果，做生意不一定需要本钱，譬如你从某主管部门拿到一张两万吨平价化工原料的批文，你根本用不着费那个事，将原料购入再加价卖出，你只需在每吨原料的价格上加上你希望得到的利润，直接把批文卖掉就是了，举手之间几十万元利润便从天而降，这种生意和明抢差不多。

一辆皇冠牌轿车停在玻璃旋转门前，门卫拉开车门，西服笔挺的钟跃民钻出汽车。他走进大厦，矜持地向迎面碰见的熟人点头示意。

他的办公室在这座大厦的8层，从电梯里出来，通往办公室的走廊上铺着厚厚的羊毛地毯，迎面而来的白领小姐微笑着向他打招呼，钟跃民做出绅士状频频向小姐们点头示意。

钟跃民走进办公室，穿着西服套裙的女秘书何眉迎过来，她接过钟跃民脱下的西服上衣挂好，又送上一杯热气腾腾的咖啡。

钟跃民啜着咖啡站在落地式玻璃窗前向窗外眺望，整个城市尽收眼底，高低错落的高楼大厦形成大都市特有的城市轮廓线，楼下的大街上，火柴盒大小的汽车川流不息。

电话铃声响了。

钟跃民随手打开免提装置，电话机里传来高玥的声音："钟经理，我是高玥，我正在拱北海关报关，咱们公司的货物已经通过检查，报关顺利，我是不是可以回北京了？"

"小高，你暂时还不能回京，明后两天还有几批货，报关手续还得你来做。"

"可我在广东已经待了好几个月了，从这个口岸赶到那个口岸，像救火队员似的，我是不是永远不能回北京了？"

钟跃民耐心地说："小高，不要发牢骚，大家都没闲着，要是完不成利润指标，咱们都得喝西北风去。"

"好吧，听你的，我不发牢骚了。跃民，好几个月没见你了，你好吗？"

"我还好，你呢？"

"别的还好，就是有点儿孤独感。"

钟跃民笑了："这我可没法帮助你，我还孤独呢。"

"得了吧，我听说你现在快成蜜蜂了，四处采蜜，我没冤枉你吧？"

钟跃民严肃起来："工作时间不要开这种无聊的玩笑，这是公司的纪律。你呀，要把心思用在工作上，听见没有？"

"哟，干吗这么严肃？真没劲，我不理你了，再见……"高玥挂断电话。

钟跃民点燃一支香烟，把身子埋进高背皮椅里，高玥的电话使他想起了这个姑娘的存在，这几个月来，他几乎把高玥忘在脑后了。

由于钟跃民的坚持，李援朝只好答应他的条件，高玥和钟跃民一起进了正荣集团，钟跃民把她打发到广州办事处做常驻代表。他没想到高玥居然是个很能干的女孩儿，她很珍惜这个机会，在广州工作得很出色，很多事情根本不用钟跃民提醒，她总是主动就把事情处理好。钟跃民对这个女孩子很满意，总是在自己的职权范围内给予高玥最高的工资和奖金。高玥是个懂事的姑娘，她在当着别人时很恭敬地称他为"钟经理"，只有和他单独说话时才叫他的名字，高玥的理由是，当初他们合伙时已经讲好了，两人的身份地位是平等的。而钟跃民心里隐隐有种感觉，这丫头人小鬼大，总想在辈分上和他拉平，不知憋着什么主意。钟跃民现在忙得很，他近来身边美女如云，根本应付不过来，对高玥这类小姑娘不感兴趣。

秘书何眉拿着文件夹进来："钟经理，请您签字。"

钟跃民连看也不看就在文件上签了字："还有事吗？"

"今天收到十几张宴会请柬，我想了一下，其中有两家恐怕是不能推辞的。"

钟跃民无所谓地说："你安排吧，去哪儿都成。"

何眉合上文件夹又似乎想起了什么："哦，对了，我听说李总昨天向董事会提出要给您奖励，说贸易部自从您来以后，工作大有起色，总是超额完成利润指标，董事会也认为您的确是个人才，决定给予物质奖励，祝贺您，钟经理。"

钟跃民喷出一口烟，自言自语道："这就叫人才？正荣集团不过是占了双轨制的便宜，平价进，溢价出，利润如同天上掉下的馅饼，这种活儿傻子都能干。"

何眉嫣然一笑，回答道："理论上是这样，但在实际运作中，可不是每个人都能操作好的，在国有公司和民营公司之间，需要有一个平衡点。从经济学角度看，商业行为要符合利益的最大化原则，一个行为，要使双方得益，这种行为才是有效的。钟经理，您现在已经做成了双赢的局面，我们公司赚到了利润，和我们打交道的客户也发了财，您的为人也有口皆碑，这不是双赢吗？要叫我看，您的才能体现在操作手段上。"

钟跃民笑笑："何眉，假如我这个位子让给你坐，你是不是会比我做得更好？"

"这种假设目前还不能成立，因为社会资源的运用是有条件的，社会阶层、家族、血统都起着至关重要的作用。这是一个庞大的社会网络，这个网络之所以接纳你，是因为你本身就是这个社会阶层中的一员，而我却不是。"

钟跃民诧异地看了何眉一眼："问句不太礼貌的话，你今年多大？"

"没关系，不问女人的年龄，这是西方社会的规矩，咱们是东方人，不必按他们的规矩行事。我今年25岁。"

钟跃民毫不掩饰地注视着何眉，目光极具侵略性，何眉则很大方地迎住他的目光，没有丝毫的怯意。她漂亮的脸庞上带着柔和的微笑，一对酒窝在面颊时隐时现。办公室里突然出现了冷场，两个人都沉默了，只是在静静地对视。何眉索性坐在钟跃民的对面，把手似乎很无意地放在写字台上。

钟跃民心领神会地向前挪挪身子，把自己的手覆盖在何眉的手上，何眉的另一只手立刻做出反应，也轻轻地握住钟跃民的手。何眉感到钟跃民的手很不老实，他在抚摸她之际，还忙里偷闲地轻轻挠几下她的手心。

钟跃民手上忙着，嘴里还没话找话地说："才25岁？你的谋略和年龄很不相称。"

何眉笑道："钟经理，我实在弄不清您是在夸我还是在挖苦我。"

"我不过是对你产生了点儿好奇心罢了。"

"你有研究女人的习惯？"

"这有什么不好吗？"

何眉抽回了手说："看来我得给您这个机会，我对学术研究向来持支持态度，可以提个建议吗？"

"当然。"

"把今晚的宴会推掉，我请我的上司吃晚饭如何？"

"这主意听起来不坏啊。"

钟跃民近来净为女人的事忙乎了，在具有中国特色的生意场上，除了盛宴就是美女了。他每天有数不清的应酬，处在他这种位置上是很容易结识女人的。自从他到了正荣集团后，他的生活就变成了一场闹剧，每日每时都充满了戏剧性，永远闹不清明天会发生什么。平时在大街上难得一见的美女，此时就仿佛是被上帝用魔法从某个角落里呼唤出来，成群地出现在他身边。钟跃民一开始还算清醒，他心里明白这些美人儿都是些现实主义者，不过是各有所图罢了。不过，时间长了钟跃民就有些迷糊了，他无法拒绝美人儿的盛情，哪怕是假的，他也愿意把它当成真的。钟跃民时常这样安慰自己，生活好比一个大舞台，每个人都可以是演员，舞台上的爱情故事不过是在做戏。大家应该都知道演戏的规则，大幕一落，演员们各自回家。他觉得自己15年的军旅生涯，犹如在庙里当了15年的和尚，现在总算还了俗，他该过一种正常男人的生活了。

钟跃民在办公室里与何眉进行了十几分钟的对话，双方就明白了各自想要的东西。钟跃民认为何眉是一只主动撞在他网上的鸟儿，他不能拒绝这只鸟儿。再换一种思路想，自己又何尝不是何眉的鸟儿呢？也许何眉的网张得比他还早呢。

那天晚上，钟跃民推掉了所有的宴请，把何眉带到他常去的一个西餐厅。这家西餐厅的老板很会营造气氛，深谙灯下看美人儿的效果，这里的灯光柔和幽暗，不经意间制造出一种梦幻般的浪漫氛围，乐台上有一支身穿黑色燕尾服的小乐队，正在专心致志地演奏着巴赫的弦乐四重奏。典雅的音乐仿佛从很远的地方轻轻飘来，雪白的桌布上摆着斟满红酒的水晶高脚杯，灯光在水晶杯上折射出五颜六色的光芒，起到一种催情的效果。一对青年男女在这种氛围中，要是不发生一点儿故事，就显得太不正常了。

钟跃民和何眉在幽暗的灯光下像一对真正的情人一样相对而坐，钟跃民在不停地说笑话，何眉专心地听着，眼中闪着水波。

钟跃民说有一个总经理对漂亮的女秘书有些非分之想，有一天女秘书提醒总经理，说今天是他的生日，女秘书想请总经理去自己家吃饭。总经理很高兴，因为他知道女秘书是个独身女人，今晚很可能有戏，于是欣然前往。第二天，总经理的朋友问他昨晚是不是度过了一个销魂的夜晚，总经理懊丧地说，他和女秘书共进晚餐，蜡烛、红酒、音乐一样不少，的确很浪漫。吃完晚餐女秘书说，请他5分钟以后进卧室，她要给总经理一个惊喜，说完就进了卧室。欲火中烧的总经理好不容易等了5分钟，就急不可耐地冲进卧室……朋友笑道："女秘书肯定在床上等你呢。"总经理说："我刚一冲进去，卧室里的灯光大亮，我公司里的几个主管经理捧着一个插满红蜡烛的大蛋糕，大家唱起了祝你生日快乐……"朋友说："那也不错呀，你的员工对你真好。"总经理低声嘟囔着："问题是……我是光着身子冲进去的……"

何眉"噗"的一口酒喷出，大笑起来，她觉得有些失态，又连忙用餐巾捂住嘴。

钟跃民在连说了几个笑话以后，便恰到好处地沉默了，这是他的撒手锏，在以往的实践中非常灵验。在典雅的音乐声中，两人互相凝视着举起斟满红酒的水晶高脚杯，他发现何眉的眼睛里充满了柔情……

钟跃民把汽车停在何眉住的公寓楼前，何眉下了车，含情脉脉地说："钟经理，谢谢你，今晚我过得非常愉快，再见！"

钟跃民望着何眉，身子却坐在车里没有动，他心里明白，今晚的铺垫已经完成，鱼饵也抛出去了，下面该做的，就是等鱼咬钩了，他只是淡淡地说了句："再见，祝你做个好梦。"

何眉走了几步，又转过身来："哦，我忘了一个必要的程序，按惯例，我是不是该说一句话？"

"什么话？"

何眉嫣然一笑："明知故问，那句话是，要不要上去喝杯咖啡？"

钟跃民笑了："电影里的俗套，不过我还是想说，非常高兴。"

何眉不是北京人，她是大学毕业后留在北京工作的，因此只能自己解决住房。她租住的公寓是个一室一厅的套间，布置得还算雅致，不过钟跃民已经顾不上参观房间的陈设，此时他浑身像是着了火，熊熊烈焰直冲脑门。

何眉看出了钟跃民的异态，但她却很沉得住气，坚持要把程序走完，既然是邀请钟跃民喝咖啡，她总要意思一下："钟经理，你先坐一会儿，我去准备咖啡。"

钟跃民笑道："算了，俗套就免了吧。"

"什么意思？"

钟跃民轻轻搂过何眉："我说小姐，深更半夜的喝哪门子咖啡，咱们有病是怎么着？你心里明白，一男一女深夜出现在一个特定场合，还能做什么？"

何眉依偎在钟跃民身上小声说："真是个当兵的，一点儿铺垫也没有，上来就直奔主题，讨厌……"她仰头将嘴唇凑过来，两人的嘴唇渐渐接近，终于粘在一起。欲火中烧的钟跃民对这种颇为浪漫的前奏曲已经感到不耐烦了，他为现在这一刻已经耐着性子铺垫了整整一个晚上，实在没兴趣继续玩小资情调了，他粗鲁地把何眉抱进卧室，一把扔上了床……

黑暗中何眉光滑的身体像蛇一样缠绕着他，钟跃民的猛烈动作很快就点燃了何眉的激情，她一反平时的淑女形象，瞬间变成了勇猛的斗士，做爱仿佛成了搏斗，两个人一阵雷鸣电闪，激情四射。如果把钟跃民比喻成一条船的话，那么何眉就是波涛汹涌的大海，她一会儿把钟跃民颠上浪尖，一会儿又把他扔进山谷之下，根本不管这条船是否经得住。恍惚间，钟跃民的思维一时错了位，他闹不清自己是在做爱还是在作战，怎么和徒手格斗似的？何眉骤然间爆发出惊天动地的呻吟声，差点儿把钟跃民吓着……

钟跃民在音乐厅的售票窗口买了一张音乐会的票，然后仔细看了看贴在一边的宣传海报，这场音乐会的名称叫"黄土之情"。

钟跃民走进音乐厅时，节目已经开始了，舞台上一个穿着陕北传统民族服装，头上扎着白羊肚手巾的男民歌手正在唱《这么好个妹妹见不上个面》。

钟跃民坐在观众席里，入神地倾听着歌声，脸上显露出沉思的神态。

这是郑桐提供的情报，消失多年的秦岭终于有消息了，此时钟跃民的心中有一种异样的冲动。

男歌手唱罢一曲，全场爆发出热烈的掌声，男歌手连连鞠躬向观众致谢。

女报幕员充满激情地报出下一个节目：女声独唱，陕北民歌《走西口》，演唱者，秦岭。

钟跃民浑身一震，目不转睛地盯着舞台，秦岭身穿红色民族服装走上舞台，台下掌声四起，秦岭向观众鞠躬致意。十几年没见了，秦岭仍然光彩照人，岁月在她脸上没有留下明显的痕迹。观众席里，钟跃民一动不动地凝视着舞台上的秦岭。

《走西口》的歌声响起，钟跃民的脑海里叠化出一幕幕陕北的山川地貌和当年的画面……千山万壑犹如凝固的波涛，黄土层被雨水切割得沟壑纵横，黄水滚滚的无定河两岸地貌泾渭分明，远沟近壑积留着斑斑驳驳的残雪，凛冽的寒风卷着草叶和细细的尘土，在广袤的原野上打着旋，发出尖利的呼啸声，四野一片苍茫，风如刀剑，侵人肌骨……他背着濒死的憨娃在漆黑的深夜狂奔在荒野中……他和秦岭隔着一条深深的沟谷在喊话……他和秦岭充满青春激情的拥抱接吻，那欲望和绝望交织的惊心动魄的野合……歌声中，钟跃民目光炯炯，动情地凝视着舞台上的秦岭。

秦岭一曲歌罢，全场响起雷鸣般的掌声，钟跃民起身退席。

在后台的演员化妆室里，秦岭在对着镜子卸妆。门外一个女演员喊："秦岭，有人找你。"

秦岭没有回头，边卸妆边喊："请进……"突然，她的身子僵住了，镜子里出现了钟跃民，他正向她一步步走来，秦岭猛地转过身来。

钟跃民默默地站在那里，秦岭的眼中闪出泪花："钟跃民，你这冤家呀，我以为这辈子不会再见到你了……"

钟跃民低声说："没办法，这是命啊。"

在一家咖啡厅里，钟跃民和秦岭相对而坐，桌上的烛光照亮了两人的脸。

钟跃民沉默了一会儿才开口："秦岭，我找了你十几年，今天才遂愿。"

秦岭微笑着问："跃民，你还是老样子，不过，成熟多了。这些年你过得好吗？"

"当了十几年兵，现在转业回来了。这些年你怎么样？"

"当年我父母托关系把我从白店村调到一个地区的歌舞团，一直当独唱演员。我结过一次婚，我丈夫是歌舞团里的编导。两年以后我们又离婚了，好在我们没有孩子。我的情况基本如此，你还想知道些什么？"

"哦，这次是到北京来演出？"

"前几年我从歌舞团辞职，到北京来发展，演过电影和电视剧，也出过唱片，像刚才这样的演唱会也偶尔参与一下，都是圈子里的人，不好推辞，有时还做点儿生意。”

钟跃民说：“自由职业者？你活得很洒脱嘛。秦岭，问句不大礼貌的话，你离婚以后又结婚了吗？对不起，你要是觉得不好回答，可以不回答。”

秦岭笑笑：“没什么，我想这句话你早晚要问，我也应该告诉你，离婚的责任完全在我，他对我很好，没有什么对不起我的，只是我自己对婚姻有些厌倦。其实我这个人不太适合给别人做妻子，大多数女人都喜欢把丈夫当作依靠，把家庭当作归宿，而我却不喜欢这种生活方式，所以……”

钟跃民接口道：“明白了，你大概属于梅里美笔下的卡门那类女人，崇尚自由，要过一种无拘无束的生活。我很理解，每个人都有权选择自己的生活方式。”

“谢谢你的理解，跃民，你的确与众不同。”

“可是……秦岭，你并没有回答我的问题。你知道，我关心的不是你的过去。”

“哦，对不起，我现在回答你，我没有再婚。”

“太好了，我也没有结婚。”

“接下来，你是不是该说，咱们能重温旧梦吗？”

“当然，这应该是顺理成章的事，你独身，我光棍儿，再加上当年一段儿旧情，咱们实在没有理由不在一起。”

秦岭目光幽幽地望着他：“跃民，你想过没有，这十几年里能发生多少事，你不觉得这样很草率吗？”

“这我有心理准备，我甚至无数次想过，等我再见到你时，你早已为人妻了，你丈夫很可能是个弱智者，他头扎白羊肚手巾，披件光板羊皮袄，冲我龇着黄板牙一个劲地傻笑，你怀里抱着个吃奶的孩子，身边还有五六个脏乎乎的孩子，个子由高到低，像台阶一样……”

秦岭笑得用纸巾捂住嘴：“天哪，我还有这种本事？你真的没变，还是当年的钟跃民，还是那张贫嘴。”

钟跃民注视着秦岭不说话了，秦岭也凝视着钟跃民。乐池中传来充满柔情的钢琴曲。

钟跃民轻声道：“秦岭，我现在坐在你的对面，请你闭上眼睛，仔细感受一下，看看能否找到当年那种感觉。”

“好，让我感觉一下。”她轻轻闭上眼睛，静思片刻，又睁开眼睛轻声道，“跃民，我得承认，当年的情景……犹如昨天。”

“这就对了，和我的感觉一样。秦岭，你还有什么要说的吗？”

秦岭低声说：“没有了，跃民，你可以做你想做的任何事。”

钟跃民探过身子耳语：“那我告诉你我想做什么，你听好，我想现在就得到你。”

秦岭顺从地站起来："咱们走吧。"

钟跃民没有想到秦岭竟然住在一个很豪华的别墅区里，这里的保安措施非常严密，钟跃民驾驶汽车行驶在小区内，每转过一个路口都能看见身穿制服的保安人员在指示方向。秦岭的房子是一座红顶的二层小楼，墙壁是奶黄色的，楼下还是双车库，一道铸铁矮栏围着不小的花园。

秦岭挽着钟跃民走进小楼，钟跃民惊奇地望着装饰得豪华的客厅："我的天，想不到你过着如此奢侈的生活，做什么买卖能这样有钱，你该不会是贩卖毒品吧？"

秦岭脱去外衣说："跃民，你又来了？你那张嘴不说点儿刻薄话就不舒服是不是？"

"那我就保持沉默吧。"

秦岭双手搭在钟跃民的肩上，温柔地注视着他："跃民，答应我，什么都别问，你不是想要我吗？好，我现在就给你。"

秦岭轻轻替钟跃民脱下西服，两人依偎着走上楼去……

钟跃民静静地躺在床上，听着从浴室里传来的水声，他突然被一种前所未有的感觉所包围，他无法用语言说清楚这种感觉，此时此刻，他从灵魂到肉体都被一种异样、温馨的氛围所笼罩……他感觉到秦岭已经来到他身边，正在用柔软的手轻轻抚摸着他的身体，犹如春风吹过湖面荡漾起层层涟漪，他的皮肤在秦岭的手下竟然敏感得战栗起来，钟跃民不知不觉地进入一种眩晕状态……秦岭的嘴唇在他胸膛上留下一个个温柔的热吻，在幽暗朦胧的灯光下，她美丽的面容时而清晰、时而模糊，钟跃民觉得他和秦岭之间似乎隔着一层淡淡的、若有若无的薄雾，两人虽然近在咫尺，但秦岭如娇似嗔、柔情似水的爱抚却如黎明前起伏的山峦，既朦胧，又遥远……秦岭温软细腻的肌肤充满着生命的张力和质感，钟跃民有生以来第一次发现，做爱竟能达到如此之境界，同为女人，竟有如此巨大的反差，一个极具魅力的女人不但能抚慰你肉体的饥渴，更重要的，是能抚慰你的心灵。他闭上眼睛，仿佛沉入温暖的海洋之中……

钟跃民坐在办公室里，他在不停地接电话，几乎所有的客户都不先谈生意，只是说请他找个地方一起"坐坐"。钟跃民很纳闷，什么时候生意场上的人都不提吃饭了，一句"坐坐"就包含了所有的应酬内容。

有个广州大公司姓王的老板想搞一批钢材，经朋友介绍认识了钟跃民，几次邀请他"坐坐"，钟跃民实在分身乏术，也就推辞了。那个朋友很不满意，刚才来电话对他发了几句牢骚，说他一富起来脾气就见长，问他是不是有些找不着北了，钟跃民连忙向朋友道歉，答应无论如何今晚和那个王总一起“坐坐”。

他刚挂上电话，电话铃又响起来，这次是秦岭的声音：“跃民，是我。”

钟跃民说：“我知道是你，有事吗？”

“没事就不能找你？快把我忘了吧？”

“哪能呢，我无时无刻不在想着你。”

“算了吧，你有两个星期没到我这儿来了。”

钟跃民笑了：“寂寞啦？”

“就算是吧。”

“那好，今晚等我。”

秦岭叮嘱道：“早点儿来好吗？咱们一起吃晚饭。”

钟跃民想也没想就答应了：“我一定去，晚上见。”他放下电话。

何眉走进来：“钟经理，有个叫宁伟的人，没有经过预约，非要马上见你。”

“噢，他人呢？”

“在会客室里，你要见他吗？”

“请他进来。”

钟跃民想起自己已经好久没见到宁伟了，最近他净顾着和女人厮混了，把这位小兄弟都忘了。

宁伟被何眉带进来，不知为什么，他每次见到钟跃民总是有一种拘束感，说话小心翼翼的，在部队时就是这样。这倒不是因为钟跃民当过他的连长，而是宁伟是个崇尚强者的人，当年钟跃民的战前动员给宁伟留下了深刻的印象。他记得钟跃民谈到死亡时的那种松弛感，他给特遣队员们一种感觉，那血肉横飞的雷场不过是个大游戏场，大家是上去玩一把，要玩就得玩得漂亮些，短短几句话，就把弟兄们的血性挑起来了。这是个敢于亡命天涯的人，他觉得钟跃民身上似乎有股霸气，一种精神上的强悍。他说不清楚这种感觉，只是觉得无论到什么时候钟跃民都永远是大哥，他的话不能不听。

钟跃民和宁伟握手：“宁伟，最近好吗？”

宁伟说：“大哥，我把饭馆卖了。”

“为什么？”

“买卖不好，净赔钱。”

钟跃民说：“看样子你有事找我，说吧，什么事？”

“我想注册一个公司，现在缺注册资金，想请大哥帮忙。”

“需要多少钱？”

“50万吧，借用时间1个月。”

钟跃民想了想："钱倒不多，我可以想办法，不过……你一定要守信誉，按时还回来，不然就麻烦了。"

"放心吧，你还信不过我吗？"

钟跃民写了张条子交给宁伟："你到财务部拿支票，记住，1个月后一定要还回来，我还有事，就不陪你了，再见。"

宁伟规规矩矩地给钟跃民鞠了一躬："谢谢大哥。"

何眉把宁伟送出门，钟跃民从抽屉里拿出一些合同文件，准备仔细研究一下。何眉又回到办公室，走过来轻轻给他按摩肩部。

钟跃民无动于衷地继续翻阅文件。

何眉轻声说："跃民，休息一会儿好吗？"

钟跃民冷淡地回答："有事你就说。"

"你最近对我很冷淡，我想问问你，我有什么地方做错了吗？"

"没有，你不要胡思乱想，我不是忙吗，人总不能一天到晚谈情说爱吧？"

何眉鼓起勇气望着他说："可你已经一个月没和我约会了，你是不是有了别的女人？"

钟跃民看了她一眼，口气温和起来："你是知道的，我最近哪有空闲时间？"

"我知道你忙，可我想，如果你愿意和我在一起，就是再忙也能抽出时间来，对不对？"

钟跃民叹了口气："今晚我有个应酬，等应酬完了我去你那里。"

何眉吻了钟跃民的脸："我等你，你尽量早点儿，别让我着急。"

钟跃民早忘了，他今晚除了要和王总一起"坐坐"，还答应了去秦岭家吃晚饭，现在又答应了何眉。其实在他与秦岭重逢之前，他并没有闲着，除了何眉，他还有几个女朋友：一个是流行歌手，歌儿唱得一般，人倒是很漂亮，钟跃民是在一次酒会上认识她的，酒会结束以后，两人就直接去饭店开了一间房，顺理成章地上了床；还有一个女人，好像是个模特……总之，女人多了也能成灾，钟跃民觉得自己有点儿扛不住了。

钟跃民去赴宴的路上遇到一个不大不小的交通事故，他的汽车在一个十字路口被一辆雪铁龙轿车蹭了一下，他的司机小赵立刻刹住车窜了下去，经过检查，发现钟跃民的皇冠汽车被划了一道长长的擦痕。正荣集团的司机都牛哄哄的，更何况是对方的车辆违章超车造成的，小赵自然不肯善罢甘休，于是和肇事司机理论起来。钟跃民觉得有些疲惫，他懒得管这些小事，便没有下车，坐在后座上合着眼打盹。谁知双方越吵越凶，对方仗着人多竟动起手来，小赵挨了几记耳光，鼻子被打出了血。这下钟跃民就不能不管了，这是哪来的一群浑蛋，撞了别人的车还打人，还没王法了？钟跃民钻出汽车吼了一声：“住手！”

一个男人正揪着小赵的衣领骂骂咧咧，钟跃民和那男人的目光对视了一下，双方都是一愣，那男人的脸上突然露出了笑容：“钟跃民？”

钟跃民也认出眼前这个人是当年C军的坦克团一连连长柳建国，他也是从北京入伍的干部子弟，在部队时和钟跃民经常来往。柳建国是1981年转业的，临走时他给钟跃民留了地址，不过钟跃民早把记地址的笔记本搞丢了，以至于和很多转业的战友失去了联系。

钟跃民大笑起来：“柳建国，是你这狗东西，你他妈还活着？”

柳建国松开小赵向钟跃民走来：“跃民，真的是你？”

钟跃民笑着和柳建国握手：“建国，我说这大嗓门怎么这么耳熟呀，原来是坦克手来啦。”

“跃民，一起坐坐吧，这么多年没见了。”

钟跃民对小赵说：“你没事吧？这是我的战友，很多年没见了，我替他向你道歉。这样吧，你给王总打个电话，就说我今晚有急事不能赴约了，请他原谅，他需要的钢材批文后天就可以拿到。”

小赵阴沉着脸把汽车开走了，钟跃民坐进柳建国的雪铁龙车里埋怨道：“建国，你这狗脾气还没改？好歹也是当过连长的人，怎么一转业又成了当年冰场上的顽主，这么多年的军官白干了？”

柳建国见了钟跃民很激动，刚才的火早已经消了：“跃民，真对不起，我哪知道是你的人，没想到在这儿碰见你。这些年我到处找你，谁也不知道你的地址。”

钟跃民笑道：“咱们找个饭店去，我做东，好好聊聊吧。”

柳建国说：“哪能让你请客，今天本来就是我做东，已经在长城饭店定好包房了，你就跟我走吧，今天咱们哥儿俩要一醉方休。”

长城饭店的包房里，柳建国把钟跃民一一介绍给在座的男女朋友们：“这是钟跃民，我们军的侦察营长，当年我们在新兵连是一个班的。”

一个穿红毛衣的姑娘很大方地伸出手：“钟跃民？我听说过你，当年什刹海冰场上你挺有名的，我哥哥还和你们打过架呢。”

钟跃民摆摆手：“不好意思，我那点儿劣迹怎么还有人记着，还让不让我重新做人了？”

柳建国笑道：“跃民，这是楚晶，你看这妞儿长得还行吧，发给你了，怎么样？”

钟跃民开玩笑道：“这可不敢当，我有老婆怎么办？”

"那就再纳个妾，这种事儿还嫌多吗？"

楚晶是个容貌很艳丽的女人，她凑近钟跃民表情夸张、半真半假地说："求求你，娶了我吧，我不要彩礼，闹不好还倒贴呢。"

众人大笑。钟跃民没见过这么富有攻击性的女人，便有些发窘，一时语塞。

众人笑得更欢了。

楚晶更放肆了，她一把搂住钟跃民的脖子娇声道："这位大哥肯定是位童男子，没接触过女人，你们看，他脸都红了。"

柳建国笑着："楚晶，你这就不对了，怎么调戏上我们哥们儿啦？"

钟跃民觉得有些栽面子，便很快镇定下来，他觍着脸一把搂过楚晶："小妞儿，你知道招惹我会有什么后果吗？我可是个床上杀手，你要是不怕死，咱们就过过招。"

楚晶斜视着钟跃民："那你还等什么？出招啊……"

钟跃民低头吻住楚晶的嘴唇，楚晶张开双臂搂住了钟跃民的脖子，柳建国等人大笑起来，包间里顿时闹翻了天。

柳建国开了一瓶茅台酒，把整瓶酒分倒在两个大玻璃杯里，他端起一杯递给钟跃民："来，老战友重逢，按规矩得喝一个。"

钟跃民接过杯子和他碰了一下，一饮而尽。

"好！"大家鼓起掌来。

"建国，你转业以后被分配到哪儿工作了？"钟跃民问。

柳建国又开了一瓶酒，继续往杯子里斟："我是1981年转业的，那时候已经没什么好工作了，把我分到一个研究所搞人事，我干了两年觉得实在没意思，干脆辞了职，和几个哥们儿开了个公司，现在干得还可以。都说钱不好挣，要我说，得看谁去挣，咱们这些人要是再挣不到钱，那就没人能挣到钱了。跃民，你好像也不错嘛，都配了专车了。"

"我在正荣公司，这是个国有公司，比不了你们，挣了钱都是自己的。"

"我操，正荣集团？这可是个响当当的大公司，改日咱们得好好聊聊，找机会合作一把。"

"没问题，以后再商量吧，来，喝酒！"

此时的钟跃民早把和女人们的幽会忘在了脑后……

钟跃民和柳建国醉醺醺地碰杯，把酒一饮而尽，他俩谁也记不清已经喝了多少杯了。

同样醉醺醺的楚晶又把酒杯斟满，和钟跃民碰杯："老公啊，咱们干杯。"

钟跃民口齿不清地说："老婆啊，你……你老公不行啦，浑身软绵绵的，一会儿……入了……洞房，我可什么也干……干不了啦。"

"浑身软绵绵的也……也没关系，只要……只要一个地方硬就行，我说你行……你就行……老公啊，一会儿咱们到哪儿睡觉？"

"当然是……他妈的总……总统套房，我要好好地……收……收拾你。"

"你他妈别吹了，谁……谁收拾谁……还不一定呢……"楚晶的手已经摸到钟跃民的裤子扣上。

钟跃民迷迷糊糊地拨开楚晶的手嘟囔道："别……别他妈瞎摸，那地方能……能随便摸吗？那是手……手榴弹的拉火绳，拽出来就……就他妈麻烦啦。"

包间里的人都醉了。

一个男人把头伏在桌子上已经不省人事。

另一个男人醉眼惺忪地用手摸摸一个醉酒者的后背嘟囔着："这小便池怎么软乎乎的？憋……憋死我啦……"

他的手哆嗦着在解裤子扣。

柳建国亲热地把胳膊搭在钟跃民肩上："哥们儿，这……这才是生活，想当年……咱当兵的时候，真……真他妈的是傻逼。我算想……想开了，今朝有酒……咦，你他妈要干什么？"柳建国冲过去把那个误把同伙后背当小便池的家伙推开，"你他妈喝高啦？这是……是厕所吗？"

那家伙嘟哝着："不是厕所？我……我说这……小便池怎……怎么和平时不一样……"

在深夜空旷的大街上，钟跃民把胳膊搭在楚晶的脖子上，两人跌跌撞撞地走着，柳建国和同伴们互相搀扶着，黑暗中传来他们口齿不清的歌声："日落西山……红霞飞……"到底都是当过兵的人，醉成这样还知道唱部队歌曲。

柳建国的家是一个四合院，他走到院门前抬脚一踹，一声巨响，院门被踹开，钟跃民等人跌跌撞撞走进院子。柳建国说："跃民，今……今晚别走了，我家老头子去从化温泉了，家里……没人，随便……折腾。"

他们进了客厅，东倒西歪地躺在沙发上。柳建国在摸索着翻抽屉："放……放盘录像看看，妈的，我……我那盘带子……怎么找不着啦？"

钟跃民躺在沙发上睡着了，楚晶也一头栽倒在他身旁睡了过去。

电视屏幕上出现裸体男女在床上翻滚的画面，伴随着阵阵呻吟声……

钟跃民睡了一会儿突然醒了，他在黑暗中睁开眼睛，发现楚晶在睡梦中紧紧地搂着自己，他吃惊地推开楚晶，探起身来，他听到一阵阵喘息声和呻吟声，黑暗中的客厅里每个角落都有一对对男女在蠕动着……

楚晶也醒了，她伸出双臂，又一次搂住钟跃民……钟跃民想了想，便坚决推开楚晶，从沙发上站起来，跌跌撞撞走出客厅……

他身后传来楚晶的骂声："装他妈什么孙子，银样镴枪头……"

一双手在使劲摇晃钟跃民，他睁开眼，阳光亮得刺眼，一切物体都在旋转，他的眼前出现一个女人模糊的面容……女人的面孔渐渐清晰了，竟是高玥。钟跃民糊里糊涂地看看四周，发现自己竟然躺在一个街心花园里，天色已大亮，街上行人已经很多了。

高玥惊慌地扶着他："跃民，你怎么了，病了？"

钟跃民摇摇头。

"我早晨跑步路过这里，发现你躺在地上，你怎么在这里？"

钟跃民苦笑着："昨天喝酒喝高了。"

"荒唐，看看你的脸上，净是口红印子，你现在越来越不像话。"

钟跃民摇摇晃晃站起来要走。

高玥连忙扶住他："你去哪儿？"

"你别管。"

高玥坚决地说："我就要管，到我家去，离这儿不远。"

钟跃民不耐烦地说："不去，你躲开。"

"不行，看你这副样子，别招人笑话了，你非跟我走不可。"

钟跃民无奈地垂下头，任高玥搀扶着向前走去。

高玥住在一座普通的旧居民楼上，她扶着钟跃民走上楼梯，钟跃民一屁股坐在楼梯的台阶上不肯再走了，高玥使劲把他拽起来，连拉带推地走上楼。

这是一套一居室的单元房，室内陈设很简朴，高玥扶钟跃民躺在床上，她忙着打开热水给钟跃民擦脸。

钟跃民四处张望着问："小高，你家怎么没有别人？"

"我父母在我当兵的时候都去世了，我哥哥抢占了父母的房子，把这间房子给了我。"

钟跃民叹道："咱们认识这么长时间了，我还从没问过你家的情况，你也真不容易。"

高玥望着他幽幽地说："我命好，遇见了你，要不是你帮我，我也进不了正荣集团，可能还在复转办等工作呢。"

钟跃民无力地说："别这么说，你是个能干的女孩子，没有我你照样也能干得不错。"

高玥端来一杯热奶，扶起钟跃民："慢点儿喝，别烫着，你好些了吗？"

"头晕，胃里很难受。"

"谁让你喝这么多酒？跃民，你比我大10岁，我一直拿你当哥哥，我可以和你说几句心里话吗？"

"当然可以。"

"你最近变得很厉害，我在公司听到不少关于你的议论，都说你生活很放荡，男女关系方面也很混乱。当然，我无权批评你，可我……为你担心。"

钟跃民听着不大入耳："你别听别人瞎说，我又没干伤天害理的事，不就是和女人接触多一点吗，这又怎么了？这是我的私生活，谁管得着？"

"你的私生活就是同时跟几个女人好，你难道就不能稍微严肃一点儿吗？"

"小孩儿别老管大人的事，听见没有？"

高玥小声嘟囔着："你口口声声说自己是大人，有这么当长辈儿的吗？成天花天酒地的，就给我们年轻人树立这种榜样？"

钟跃民不耐烦地喝道："黄毛丫头，一边儿待着去，还教训起我了，该干吗就干吗去。"

高玥知趣地住了嘴，拿起杯子走进厨房。

当她洗完杯子走进房间时，钟跃民已经睡着了，高玥拿过他的外衣，从衣兜里找到了一本通信录，她翻到写着周晓白名字的一页，连忙用笔把电话号码记下来。她看看熟睡中的钟跃民，轻轻打开门走了出去。

·第十八章·

周晓白刚刚出差回来，她这一去竟去了两个月，刚回到北京，袁军又马上要出差去西藏，这一走恐怕又要去1个月，他是作为随行人员陪总部首长到一些边防哨所视察。

周晓白和袁军结婚好几年了，就因为两人的工作性质，两人在一起生活的时间并不多。袁军一直想要个孩子，周晓白却对生孩子毫无兴趣，她是医生，平时在医院里见了太多的大肚子产妇，对这类事已经麻木了。她认为，一个女人要是打算生育，首先应该是出于一种感情需要，别的都是次要问题。中国的人口够多的了，自己就别再跟着添乱了，除非和自己心爱的人在一起，她才愿意有个爱情的结晶。

周晓白知道袁军对自己的感情，也承认像袁军这样的男人已经很难得了，但是要让周晓白投入全部的感情去爱他，恐怕一时还做不到。不为别的，只因为钟跃民那个浑蛋，她知道自己这辈子不可能再和钟跃民走到一起，可她骗不了自己的感情，即使是在和袁军做爱的时候，她脑子里想的也是钟跃民。

袁军真是个好男人，对周晓白的想法他心里很清楚，但他仍然很宽容，从来不表现出任何醋意。周晓白相信，要是有一天她又爱上了别人，袁军会很痛快地和她离婚，并祝她幸福。对这样的男人，周晓白倒不忍心伤害他了。

周晓白在和几个医生一起给病人会诊时接到高玥的电话。

放下电话后，她默默地想了很久，觉得该找钟跃民谈谈。她有些踌躇，钟跃民这个人可不是能听人劝的，闹不好再引起他的反感就得不偿失了。这家伙可真是够呛，他大概是想把自己当兵那十几年清心寡欲的日子给找补回来。作为医生，她很理解钟跃民对女人的渴望，可是这家伙有点儿过分了，他以为自己是谁，是西门庆？周晓白笑着摇摇头，这号男人，要是当年真嫁给了他，也够自己操心的……

钟跃民接到周晓白的电话时，正在参加一个酒会，周晓白冷冷地通知他晚上到自己家来一下，有重要事情相商。钟跃民正在兴头上，对周晓白的冷淡浑然不觉，他答应酒会结束后去周晓白家。

今天的酒会是日本三浦株式会社举办的，这家日本公司是经营通信器材的，总部设在名古屋，是较早进入中国的日资企业。据钟跃民猜测，三浦株式会社里肯定有了解中国现状的高级管理人员，因为这家公司进入中国后，先不忙着做生意，而是四处拉关系，大把地花钱，给人一个这家公司的主要业务就是举办没完没了的宴会、酒会和舞会的印象。在此之前，钟跃民已经两次收到这家公司的请柬，因为应酬实在太多，他一直没有去。这次酒会他本来也不想来，但李援朝认为他应该来探探虚实，因为通过查询，李援朝发现这家公司的实力并不雄厚，而且成立时间也不长。从资料上看，三浦株式会社创办于1979年，和中国宣布改革开放的政策几乎同步，这家公司的总裁叫武原正树，毕业于美国哈佛大学商学院，博士学位。这家公司在北京、上海、广州等城市都建立了办事处，如今这些办事处已经开办1年多了，除了花钱，还没有从中国赚走过一分钱。李援朝需要搞清楚，这个三浦株式会社进入中国的目的究竟是什么，只有一点是肯定的，这些日本人绝不会是来搞慈善事业的。

李援朝、钟跃民和大部分干部子弟一样，对日本人有着天生的反感，因为他们的父辈曾在战场上和日本人结下死仇，这种仇恨不是时间能够冲淡的。在李援朝和钟跃民的印象里，日本人都是典型的实用主义者，这是个不按规则出牌的民族，跟他们打交道用不着客气，反正是商场如战场，看谁能把对方算计了。

酒会的气氛很轻松，男士们都身穿深色西服、端着高脚杯在温文尔雅地交谈，女士们身穿袒肩露背的黑色晚礼服穿插在人群中，乐台上的小乐队演奏着施特劳斯的《南国玫瑰圆舞曲》，身穿白制服的侍者用托盘把斟满香槟的酒杯送到每个人的面前。

钟跃民端着酒杯和几位日本女人交谈着，这几个女人虽然打扮得珠光宝气，但相貌平平。钟跃民通过日语翻译拼命恭维女人们长得漂亮，他认为女人越是长得差就越需要鼓励，要让她们有自信心，不然她们就很容易产生破罐子破摔的想法。女人们在钟跃民的吹捧下都显得容光焕发，喜形于色。

一个身穿藏青色西服的中年日本男人端着酒杯走过来，对翻译说了几句日语。翻译对钟跃民说："这位是三浦株式会社的总裁武原正树先生，武原先生想和您认识一下。"

武原正树向钟跃民深深地鞠了一躬，钟跃民微笑着向他伸出手："总裁先生，我失礼了，还没来得及向您这位东道主致谢呢……总裁先生，我们好像在哪儿见过，您以前来过中国吗？"

武原正树又鞠了一躬，他转身向翻译说了几句日语。

翻译说："武原正树先生希望和您单独谈谈。"

钟跃民表示乐意奉陪。他和武原正树来到大厅的一角，两人坐下。

武原正树凝视着钟跃民，脸上露出了微笑，他突然说出一串纯正的北京话：“钟跃民，你仔细瞧瞧，我是谁？”

钟跃民先是一愣，随即便放声大笑：“杜卫东，你他妈还活着？”

此时的武原正树已经变成了当年的杜卫东，他笑道：“跃民，我刚才盯你半天了，看你在恭维女人，够肉麻的。你就不怕人家看出来，你在拿那些傻女人寻开心？这可容易引起外交纠纷。”

钟跃民哼了一声：“我刚才没唱‘大刀向鬼子们的头上砍去’就够客气的了。”

“这么多年没见，你倒成了个民族主义者。”

“你难道不是吗？”

“你忘啦，我可是个国际主义者，我的偶像是白求恩同志。”

“别扯淡了，你那会儿是中了邪，正抽风呢。你回国后我们还谈论过你，大家一致认为，杜卫东这小子回国以后很可能会加入黑社会组织，你们日本的黑帮团伙不是都叫这个‘组’那个‘组’吗，你是什么‘组’的？”

“我回国后读了两年预科，后来又去美国读书，毕业后一直在别人的公司里当管理人员，后来我成立了自己的公司。总的来说，这些年我过得很平淡，上学、拿学位、工作、娶妻生子，就是这样。有时候我还真挺羡慕你们，中国前些年虽说乱糟糟的，你们也失去了上大学受教育的机会，可你们活得不平庸，前半生都有些精彩的故事。作为中年男人，没有什么东西比丰富的阅历更重要了。你和李援朝都是从军队出来直接进入商界的，能经营这么大的公司是很不简单的……”武原正树突然停住了，他发现钟跃民正用嘲弄的眼光注视自己，他猛地意识到自己说得太多了。

“说呀，你继续说下去。杜卫东先生，关于我和李援朝你还知道些什么？你怎么知道我们有军队的背景？关于正荣集团你还知道些什么？据我所知，搜集情报是你们日本人的长项，我父亲对我说过，当年抗日战争爆发之前，日军的测绘部门早已经绘制出各种比例的中国地图，连某个村子的水井都标得清清楚楚，我倒是很佩服这种办事认真的态度。杜卫东，噢，武原正树先生，咱们不妨打开天窗说亮话，你和你的三浦株式会社到底想要干什么？”

“跃民，你们中国人就是这点不好，太敏感了，好吧，咱们索性直来直去。首先我要声明，我的公司进入中国完全是为了开拓市场，说得俗一点是为了利润，除此之外，绝无其他目的，我是商人，不是间谍……”

“我倒也没拿你当间谍，你干不了这个活儿，尽管你已经拿到博士学位。譬如刚才，我还没来得及套你，你自己就说漏了嘴。看来你对正荣集团的背景，对李援朝和我都做了比较深入的调查，在决定和我见面时，你的计划已经形成，还装出一副偶然相遇的样子，武原正树先生，你不该低估别人的智力。”

“跃民，你不愧是情报军官出身，对人的戒备仿佛是与生俱来的，而且反应很迅速。坦率地说，你这家伙挺难斗的。我早就发现，当年北京那些成名的顽主尽管无法无天，可是他们身上具有一种能成就大事的潜质，具体表现就是胆大包天，敢作敢为，善用逆向思维，很少按游戏规则行事。这是干部子弟比起其他阶层的子弟生来拥有一定的特权所致。所以，当我决定进入中国发展时，首先想到的就是你们这些人。这几乎不用调查，凭想象就能猜到，在一个国家经济发生转轨的时候，必然会出现重大的商机，你们这些人不会看不到这一点，况且你们干部子弟还拥有广泛的社会资源，在中国无论有什么好事，你们总能得风气之先。既然是‘摸着石头过河’，那么无论是立法还是执法都会出现很多漏洞，谁能抓住机会谁就会成功。你知道，在一个成熟的、一切按规则行事的商业社会里，一个人想迅速积累财富几乎是不可能的，法律把所有可能出现的漏洞全部堵死了，就算偶尔出现个漏洞，立法机构也会迅速做出反应，随时制定出新的法律填补法律上的空白点，我们日本和一切发达国家都是这样。对我个人来讲，只有到中国来发展才有希望，这是我来的主要原因。还有一点我必须要向你说明，我的确对正荣集团、对你和李援朝的背景做过调查，我也认为这没什么不妥，在现代商业运作中，搜集商业对手或合作者的背景资料是再正常不过的事，这没什么恶意，只是一种必要的谨慎。我想你应该理解。”

钟跃民微笑地注视着武原正树：“那么你对调查得出什么结论呢？”

“正荣集团是个国有大公司，实力雄厚，这是明摆着的事，我看中的是正荣集团背后的东西。我太了解中国了，在中国无论做什么，人事关系都是第一位的，很多外商不了解这一点，因此他们很难做成什么事。跃民，明说吧，我想和贵公司进行广泛的合作，具体方式我们可以慢慢谈，关键是双方都要有利可图，形成双赢的局面。”

钟跃民站起来向武原正树伸出了手：“你的建议我会仔细考虑，咱们以后找个时间详谈，我还有些事需要去处理，先告辞了。哦，以后我还是叫你卫东吧，你那个名字实在太拗口。”

武原正树鞠了一躬：“悉听尊便，我会等候你约见。”

在周晓白的眼里，像钟跃民这么优秀的男人，本不该犯这种低级错误，他完全可以找到很出色的女人，根本犯不上去找那些不正派的女人。她把郑桐夫妇请到家里，想和他们商量一下，大家聚在一起好好劝劝钟跃民，毕竟大家都是多年的老朋友了，不能就这样眼看着钟跃民堕落下去。当然，这只是周晓白的想法，或者说是一个女人的想法。

周晓白没想到袁军和郑桐听完她的话，都不以为然，反而嫌她小题大做。郑桐甚至轻飘飘地说："跃民不就是泡了几个妞儿吗，这有什么可大惊小怪的？素了这么多年，好容易有条件了，不泡妞儿倒不正常了，你们以为这种事劝劝就能改？唯一的办法……算了，不说了。"

周晓白问："说呀，有什么办法？"

郑桐坏笑了一声说："把钟跃民这小子阉了，我保证他不会再犯这种错误了。"

周晓白不满地说："郑桐，你好歹也是个知识分子，怎么还这么流氓？"

袁军也说："晓白，你管人家的闲事干吗？跃民是个单身汉，要找个女人结婚不是也得挑挑吗？总不能谈一个就结婚，多谈几个又不犯法。"

周晓白听得大怒："什么话？你们男人都是一路货色，看样子你们还挺羡慕钟跃民是不是，巴不得自己也去乱搞是不是？"她突然发现男人和女人的想法有时简直是南辕北辙，尤其是涉及男女关系时，都是站在各自的性别角度去考虑问题。

蒋碧云坚决站在周晓白一边："我觉得有必要找钟跃民谈谈，他也太不像话了，简直是在玩弄女性。晓白，我觉得袁军和郑桐也有问题，他们在心里的确很认同钟跃民的行为。我想，如果有机会，他们也不会闲着。"

郑桐说："袁军，你听见没有，跃民泡妞儿，咱们招谁惹谁了？周晓白和蒋碧云不问青红皂白，大搞封建株连，要是有一天这个世界被女权主义者所主宰，那就没咱爷们儿的活路了。"

周晓白说："你们的事以后再说，今天先解决钟跃民的问题。袁军，你通知张海洋了吗？"

"通知了，他和跃民在部队一起混了十几年，老战友了，他的话跃民还能听进去。"

郑桐叹了口气说："既然女同胞们认为钟跃民的问题很严重，那就按你们的意思办吧。不过大家要注意一下谈话方式，跃民这个人向来吃软不吃硬，大家的口气不要太激烈，甚至也不要太严肃，用调侃的方式把意思说到就行了。"

门铃响了，周晓白去开门。

钟跃民和张海洋走进来，袁军、郑桐和张海洋握手寒暄。

钟跃民进来以后，一见大家的表情，心里就明白了七八分，他笑着指着一张单人沙发说："这是给我留的专座吧？"

周晓白冷冷地说："对，这是你的专座，你先坐吧。"

钟跃民坐下以后看了看表，大大咧咧地说："我看出来了，今天这儿有点儿鸿门宴的意思，哥儿几个一定事先商量过，连张海洋都请来了。咱们言归正传吧，我给你们两个小时时间。"

袁军首先发言："跃民，你看看你坐的位置，有点儿什么感想？"

“好像有点儿法庭的意思，这是被告席，我有个问题，谁是原告呢？”

郑桐说：“这是公诉案件，不一定要有具体的原告。”

“那么公诉人准备以什么罪名起诉我呢？”

袁军说：“你的罪名多了，拣主要的说吧。据群众检举，自从被告钟跃民窃取了正荣集团贸易部经理的职位后，生活开始腐化堕落，糜烂不堪，酒池肉林，骄奢淫逸，特别是利用职务便利欺骗良家妇女的感情，致使多名良家妇女受到诱惑，从而走上放荡堕落的不归之路。”

周晓白说：“被告钟跃民，你的犯罪思想是有历史渊源的，广大妇女同志早就认清了你的丑恶嘴脸，于是你另辟蹊径，变换手法，欺骗一些不知道你历史的良家妇女，以满足自己的私欲。”

钟跃民表示抗议：“哎，周晓白，我怎么听你有点官报私仇的味道？按法律规定，像你这种与被告人有私人恩怨的公诉人应该回避才是。”

郑桐说：“被告钟跃民，你坐好了，不要满不在乎，更不许你搞人身攻击。党的政策你清楚，就你这种恶劣态度，本来该判你3年的罪，这下也得判你10年，因为你的恶劣态度激起我们全体办案人员的义愤，是不是，弟兄们？”

袁军附和道：“没错，一定要打击他的嚣张气焰。”

蒋碧云也严肃地说：“只许被告老老实实，不许乱说乱动。”

钟跃民笑了：“这哪是法庭呀，和‘文革’那会儿的批斗会差不多，就冲你们这些带着整人情绪的办案人员，也不可能做到司法公正，我看你们这帮人就是‘四人帮’的残渣余孽。我郑重声明，这种狗屁法庭我拒绝合作，也不承认其合法性。”

周晓白见钟跃民不买账，连忙向张海洋求助：“海洋，你怎么不说话？钟跃民公然对抗法庭，气焰极为嚣张，你身为司法人员，怎么能无动于衷呢？”

张海洋笑道：“这小子一贯要青皮，我太了解他了，当营长时老实了几年，那时得在战士们面前保持点儿形象，这一转业，又没人管他了，马上原形毕露。我说，大家都别逗了，我说几句。跃民，咱们可是老战友了，我的话要是不中听，你就多原谅吧。我也觉得你最近有点儿出圈儿，说句不好听的，你是在堕落，看看你那腰围，有二尺八了吧？成天胡吃海喝，不干正事，你像话吗？”

郑桐添油加醋道：“就是，光花天酒地也就罢了，还成天泡在女人堆儿里，说你是贾宝玉那是抬举你，说你是西门庆，你丫又没人家那专业技能。”

蒋碧云制止道：“郑桐，你又说脏话。”

钟跃民做出很诚恳的表情：“其实我觉得自己还算正派，我又没欺男霸女，不过是交了几个女朋友，虽说用情滥了些，可主要还是谈感情，总得容我挑挑是不是？你们都结了婚，是饱汉不知饿汉饥，你们知道一个三十多岁的光棍儿有多痛苦吗？”

袁军说："那也不能利用光棍儿的身份当金字招牌，见一个就收拾一个，这也太潇洒了吧？要这么当光棍儿，我们还想当呢。"

周晓白指着袁军说："你们听听，他总算是说出心里话了，这哪儿是给钟跃民做思想工作？分明是嫉妒钟跃民的生活方式。"

钟跃民立刻抓住时机大举反攻："晓白，这回你明白了吧？他们这是嫉妒我，只恨自己结婚太早，尤其是郑桐，有一次喝酒喝高了，和我说了心里话，说只恨当年一时糊涂，入了蒋碧云的道儿，招回一个河东狮，平时多看女同志一眼回去都得受罚，这是什么日子……"

蒋碧云扭头看着郑桐："喂，你是这么说的吗？"

郑桐气急败坏地说："血口喷人，绝对是血口喷人。跃民，你就挑拨我们夫妻关系吧，你他妈多行不义必自毙。"

钟跃民说："你们看，他情绪激动就是心虚的表现。郑桐，你不要激动，回家和蒋碧云好好解释一下，态度要诚恳，她会谅解你的。至于袁军，他的婚后表现比郑桐稍微好一些，但也不是白璧无瑕，他属于那种有贼心没贼胆儿的人，一见到漂亮女士就心猿意马收不住缰绳……"

周晓白说："哼，你们男人没好东西，都是一路货色。"

周晓白的打击面过大，把在座的男人们都捎上了。张海洋听着不入耳："怎么把我也捎上啦？我可是见了女士从来都目不斜视。"

钟跃民恶毒地说："那是因为你生理上有毛病，并不能因此证明你品格高尚。"

张海洋大怒："我操，钟跃民，你他妈今天怎么逮谁咬谁，我看你小子是乌龟进了铁匠铺——找捶了是不是？"

周晓白大笑起来："行了，行了，都别闹了，咱们这些人动嘴都不是钟跃民的对手，还开庭呢，他倒来个舌战群儒，到底是钟跃民。"

郑桐说："得，周晓白首先叛变投敌，还是旧情不断，你还有立场没有？哼，凡事就怕出内奸。"

周晓白笑道："我就是护着钟跃民，你们管得着吗？跃民，咱们说也说了，笑也笑了，你就听朋友们一句劝吧，我们是怕你这样下去，早晚有一天会出事。"

张海洋说："跃民，最近我审了几个案子，弄得我挺尴尬，你猜我在审讯室碰见谁了？咱们军坦克团的岳晓明。"

钟跃民一惊："他怎么了？"

张海洋叹气道："岳晓明的父母都去世了，给他留下个院子。这下可好，没人管了，他就由着性子折腾了，经常招一群男男女女在家放黄色录像，最后发展到群奸群宿，结果是一个人出了事，进去一咬，一帮人全进去了，你咬我，我咬他，越抖事情越多。我算了一下，根据他们交代的事，最轻的也得判10年以上徒刑，岳晓明是主犯，很可能是死刑。对了，我还忘了告诉你，就在昨天夜里，柳建国也被捕了，是岳晓明把他咬出来的。他们本来不属于一个团伙，只不过时有来往而已。他知道柳建国很多违法的事，像什么倒卖黄金、传播黄色录像带、群奸群宿等。岳晓明知道自己的事轻不了，就想有些立功表现，减轻对自己的处罚，凡是他知道的事都来个竹筒倒豆子，这下进去的人可就多了，光是咱们C军的人就有七八个，咱们军可是露了脸了。我们队长还和我开玩笑说，怎么这些乱搞的都是一个野战军的？我无言以对，真不知该说什么好。”

钟跃民听说柳建国也进去了，震惊得说不出话来。他想起岳晓明当兵时是和柳建国一个连的，记得1979年战争时他也是连长，还立了二等功，想不到岳晓明和柳建国这两个当过坦克连连长的人一下子全进了看守所，这太可怕了。钟跃民庆幸自己没和他们走得太近。

张海洋低声说：“你知道吗？我把案件移交给检察院后一宿没睡着觉，我知道这一送就把岳晓明送进鬼门关了。跃民，你知道我这心里的滋味吗？他是咱们的战友，是战场上的英雄啊，竟落得如此下场，早知这样，不如当初战死在战场上。”

钟跃民心情沉重地拍拍张海洋的肩：“海洋，我理解你的心情，听到这个消息，我心里也很沉重。都别说了，朋友们对我的关心，我钟跃民领情，请大家放心。”

周晓白关切地望着钟跃民：“你能接受大家的劝告，我们很高兴。跃民，你应该是个优秀的男人，可千万别糟蹋了自己。”

“我谢谢大家了。”

袁军嘲讽道：“糟蹋自己倒没什么，你要是净糟蹋良家妇女就该进局子了。”

郑桐还不依不饶：“那你刚才对我们的诽谤怎么算？这已经给我的名誉造成重大损害，总不能就黑不提白不提啦？”

钟跃民笑道：“我做东，今天请大家吃饭，就冲你们这么苦口婆心，往后我就当太监了，视女性为洪水猛兽。”

周晓白说：“别赌咒发誓了，你悠着点儿就是了，谁让你当太监啦？”

钟跃民站起来：“走啊，吃饭去，我可声明，我的保证只在一种情况下无效，要是有一群小妞儿把我绑架了，严刑拷打，逼我委身就范，我可能扛不住，闹不好就得当叛徒。”

郑桐笑道：“听听，他的毛病恐怕难改，这叫病床上摘牡丹——临死还贪花儿。钟跃民同志，我们对你没有太高的期望，既不要求你经天纬地，也不求你造福人类，不过是希望你管理好自己的生殖器，这个要求不算高嘛。”

周晓白啐了一口：“真难听，郑桐，怎么什么话一到你嘴里就这样下流？当年的流氓习气一点儿也没改，讨厌……”

钟跃民接到武原正树的电话时正在一个军队靶场上打靶，他的一个朋友是这个师的师长，于是钟跃民就把这个靶场当成了自己家开的，空闲的时候就来过过枪瘾。

武原正树在电话里说：“跃民，你怎么没动静了？”

钟跃民左手拿着手机右手举着54式手枪向25米外的胸环靶连连射击，在震耳的枪声中，他疑惑地问：“什么事？”

“什么事，你他妈装什么傻呀？上次咱们谈的合作的事呗。这是什么声音这么响，你在干什么？”

“我在射击场，你要是没事就过来，我告诉你地址。”

“好吧，我一会儿就到……”

武原正树不到半个小时就赶到了靶场，看来他对合作的事已经迫不及待了。钟跃民递过一支81式自动步枪：“玩过枪吗？打两枪试试。”

武原正树接过枪仔细看看说：“我在自卫队受过军训，还是预备役军官呢，不过我使用的是美制M16，这种枪没玩过，这种弧形弹匣是你们共产党国家的制式装备。”他端起枪立姿向100米外的胸环靶连连单发速射，灼热的弹壳一颗颗迸落在脚下。

钟跃民用100倍的单筒望远镜观察着胸环靶上的着弹点：“嗯，还不错，都在七八环上下，作为业余射手已经很不错了，我还以为你们日本人就会玩三八大盖呢。”

武原正树放下枪说：“这种枪还是没有M16好使，后坐力太大，不过精度还可以。”

钟跃民把自动步枪拨到连发位上，举枪向靶子扣动了扳机，枪口吐出了火舌，30发子弹狂风暴雨般地把胸环靶中心的白点打成了蜂窝状。

武原正树不动声色地说：“不愧是玩枪的高手，要是你们中国人都这么尚武，那么民族的整体素质也会高一些。”

“什么意思？”

“没什么，我不过是随便一说。”

“杜卫东，咱们有二十多年没见了，彼此已经很不了解了，合作的事以后再说，咱们还是先互相了解一下。在我的印象里，你当年虽然是个日本少年，但由于你在中国长大，所以你的思维方式还是很中国化的，那时我们根本没拿你当外国人。可是相隔这么多年后我再见到你，第一个感觉就是，这是个典型的日本人，做事有板有眼，在做一件事之前要经过周密的策划，还要隐藏自己的意图，表面上装得若无其事。这是你们的民族性格吗？坦率地说，我对你们日本人有些戒备，在我的印象中，日本人都是典型的实用主义者，而且还很有些让人莫名其妙的种族优越感。”

“跃民，你是不是还在翻历史的老账？就因为中日之间发生过战争，你对日本人的恶感就永远消除不了，这太狭隘了吧？”

“问题是你们的政府至今不认账，连侵略中国的事实都不认，这就有点儿装孙子了。做人不能这样，刚刚干完坏事，提上裤子就不认账，仅凭这一点就很让人怀疑你们日本人的诚信度。”

“跃民，你还记得1968年北京最时髦的衣着是什么吗？假如我记得不错的话，是将校呢军装，那时我也有一件将校呢大衣。当然，我们家可没有这类衣服，那是我扒别人的。当时穿着觉得神气极了，可是如果现在谁再穿一身将校呢军装参加某个酒会，别人会认为他有神经病，这说明什么？这说明每一个时代都有其特定的时髦规则。从世界近代史的角度看，19世纪到第二次世界大战前，世界各强国之间最时髦的游戏就是争夺海外殖民地，那是个弱肉强食的时代，这被称为丛林法则，甚至达尔文的进化论也为这种游戏奠定了理论基础。换句话说，‘物竞天择，优胜劣汰’是那个时代的主题。咱们当年打架，谁敢用刀子捅人，谁就会得到大家的尊重，觉得他份儿很大。可是现在看来，这恐怕是一种劣迹，为什么？这是因为规则变了，未必是因为咱们变好了。规则的变化体现在国际关系和地缘政治方面也是同理。“二战”结束后，随着大批的殖民地独立，世界建立了新秩序，游戏的规则变了，国家独立和维护民族尊严成了主旋律，以前的游戏已经不时髦了，该玩新的了。我认为，中日两国发生的战争也是那个时代的必然产物，没有必要耿耿于怀。”

“问题是做了坏事要认账，德国人就比你们强，人家认账，还表现出真诚的忏悔，让受害者觉得再不原谅他们就显得不宽容了。哪像你们日本人，挖空心思在字面上做文章，以为把‘侵略’改成了‘进入’就可以改变历史，这也太小儿科了，日本的青年就这么好糊弄？”

“你们中国青年难道就不好糊弄？当年的‘八一八’我可是经历过，犯病的可不止我一个，‘大串联’时我还把毛泽东像章别在肉上，以为自己最革命，后来伤口还发了炎。当时我最恨的就是我父亲，他为什么是日本人而不是中国人？他为什么不去爬雪山过草地？我为什么不是一个老红军的儿子？那时要是有人说句话，‘咱把日本灭了得啦’，我估计我他妈的会第一个报名。”

钟跃民大笑起来：“我想起来了，你当年还喊过要打到美国白宫去。”

“我声明啊，这可不是我发明的，当时不知是哪位哥们儿写了首长诗，叫《致第三次世界大战的勇士》，长诗里提到红卫兵战友们横扫了世界，最后占领了白宫，一个战友在黎明前牺牲在白宫的台阶上，这个情节可能是对苏联电影《攻克柏林》的模仿。我承认，这首长诗当时使我热血沸腾，我是跟着叫嚷过一阵子。我在美国读书时，还去白宫参观过，走上台阶时我想起了这首长诗，心想这儿可是我们当年魂牵梦绕的地方，不是打算来参观，而是来作战。所以说，无论是哪个种族，人都是有共性的，一个虚幻的东西可以使你热血沸腾，使你失去理性，甚至可以使你成为暴徒。”

钟跃民说：“你能有这种认识看来哈佛还没有白读。说实话，我对你们日本人很有看法，做生意就是对手，不了解对手就容易吃亏，何况你们日本人在历史上劣迹斑斑，干了不少挺孙子的事。远的不说，就是近些年，中国有不少企业在引进日本设备时吃了大亏，不是以次充好，就是高价卖一些过时设备，要不就是先设圈套，低价卖设备，高价卖零配件。这些把戏我听得太多了，所以不得不从历史上找原因，从民族性角度上看问题。”

“那你的结论是什么？”

“结论是，如果我必须和日本人做生意，我就要有一个清醒的认识，首先他们都是彻头彻尾的实用主义者，至于原则和道义则是服从于利益的。举例来说，“二战”结束后日本被占领期间，你们的政府为了减少美军士兵强奸日本妇女的机会，专门建立了供美军士兵消遣的妓院，以牺牲少数妇女的贞操换取大多数日本妇女的贞操，这使我很有看法。大和民族的血性都到哪里去了？在战争中，你们的神风队员可以驾着飞机撞击敌方的军舰，这是何等的勇气，可是一旦战败，大和民族的血性就消失得无影无踪，1亿多国民，五尺高的汉子伟岸得像森林一样，却要由少数妇女去承担战败的耻辱，而男人们都成了缩头乌龟，为什么会这样？因为战败了，就该听凭占领军摆布？大和民族崇尚强者，心甘情愿地在强者面前俯首帖耳，相反，对于弱者却摆出一副盛气凌人的嘴脸，还很有些让人莫名其妙的种族优越感，这就是典型的实用主义，我说得没错吧？”

武原正树先是面带微笑地听着，但越听脸色越阴沉，显然，钟跃民的刻薄话伤了他的民族自尊心。他沉默了一会儿才开口：“钟跃民，你可有点儿过分了，你别忘了，站在你面前的是个日本人。”

钟跃民冷笑一声：“我知道，和别人我还说不着呢。”他转身端起自动步枪对远处的胸环靶又是一阵速射，枪声震耳欲聋地爆响起来……当他射空了弹匣转回身子时，见武原正树正眯着眼睛注视着自己，钟跃民也微笑着和他对视起来。两人对视了一会儿，武原正树突然笑了：“跃民，你还是老样子，我想起当年在什刹海冰场上你就是这副好斗的样子。”

钟跃民微笑着说：“卫东，你倒是变多了，当年你打起架来出手果断凶狠，不计后果，很少动脑子，而现在你倒是有些谋略了，表面上和颜悦色，其实心里很想揍我一顿，是不是这样？”

武原正树淡淡一笑：“跃民，你是军人出身，我是学生出身，我今天是秀才遇见兵了。也难怪，你我毕竟二十多年没见，彼此还不是很了解，你的戒心我可以理解。你看这样好不好，关于合作的事你再考虑一下，咱们找个时间再谈。”

“好吧，我会考虑的。”

“那我先走了，再见！”武原正树走了几步又停住转身道，“哦，我忘了告诉你，我有个朋友开了个武馆，教什么空手道，我有时也去玩玩，你有兴趣吗？”

钟跃民笑道：“我说你心眼儿多吧，想过过招儿就明说，干吗这么客气？行呀，哪天咱们去玩玩。”

宁伟这些日子忙得团团转，他把饭馆低价转让给别人，又在一个写字楼里租了两间办公室，还购置了电脑和传真机等办公用品，只等着拿到公司的营业执照开张营业了。对于办公司搞商业经营，对于自己能有多大本事，宁伟还是很清醒的。他出身于工人家庭，在社会上没有任何背景，他发现眼前的社会是很让他陌生的。改革开放以后，生活变得光怪陆离，令人眼花缭乱，社会也日渐呈现出多元化的复杂性。由于个人阅历关系，宁伟除了认识几个北京籍的战友，就再没有任何社会资源了，这对于从事商业经营活动是极为不利的。他之所以打算办公司，其实还是指望靠在钟跃民这棵大树上，他深知这个老连长的活动能量，很多在宁伟看来遥不可及的事，钟跃民也许打个电话就能解决。他在钟跃民手下当了这么多年的兵，竟不了解这个连长究竟是什么样的人。

宁伟只有初中文化程度，多年来也没有养成读书学习的习惯，不具备独立思考的能力，对于李援朝和钟跃民这类人，他只是模模糊糊地感到他们属于一个特殊的圈子，这个圈子看似无形，却很严密，外人是无法融入的，即使你很有钱，也别想让他们接纳你。

宁伟对生活的要求不是很高，能过上小康的日子就可以了，像钟跃民那种大公司经理的职位，他连想都不敢想，也知道自己没那个能耐。他指望自己的公司营业以后，钟跃民随便给他几宗生意，他就能发起来。他相信老连长不会不管他这小兄弟，吴满囤就是个例子，钟跃民和张海洋这些年来不是一直给吴满囤的父母寄钱吗？他们和自己虽然不属于一个圈子，但毕竟是经过生死考验的战友，宁伟相信他们都是重感情的人。

宁伟申办营业执照的注册资金已经通过验资审核，接下来马上可以领到营业执照了，他打算今天晚上去钟跃民家，把50万元的借款还给钟跃民，虽然还不到还款日期，但早还总比晚还好，这是信誉，第一次求钟大哥，应该给他一个守信誉的印象。

宁伟从工商局的大门出来，他戴上头盔，开始发动摩托车。

一个骑铃木125型摩托车的人把车停在他身边，摘下头盔说："是宁伟吧？"

宁伟马上就想起来这人是他中学同学胡大鹏，外号"锤子"。当年胡大鹏的家境很穷困，他放学以后还要去拣煤核儿、捡烂纸。宁伟还见过他推着一辆用轴承做车轮的平板车，上面放着盛烂纸的筐，这类似今天时髦少年们玩的滑板，只不过滑动起来噪声大了些。他总是瞄着人家刚贴上的大字报，只要没人注意，就手疾眼快地把大字报撕下来去卖废纸，有时还偷几块临街人家码放在门口的蜂窝煤。当年的"文化大革命"使很多有身份的人倒了霉，但是对于锤子这类人来说，也许还是个福音。很少有人想到，那些写满废话的大字报居然还养活了不少人，至少锤子靠放学后捡烂纸就能使穷日子得到一定的改善。

宁伟笑着和他握手："哟，锤子，咱们可是有些年没见了，你还好吗？"

锤子五短身材，个子在1.65米左右，以前很瘦，这么多年没见，他明显地发福了，看样子他早已摆脱了贫困，日子过得蛮不错，只是个子矮的人发胖显得很滑稽，身体成了橄榄状。锤子大声道："还行，我活得还算结实。宁伟，你小子不是当兵了吗？"

"我早复员了。"

锤子说："真没劲，当年在学校，你们戴着大红花，穿着新军装，牛逼得不行，哥们儿当时还挺羡慕你们，觉得你们个个都是当将军的料。怎么着，当了几年大头兵，还是复员啦？"

宁伟说："扯淡，有几个人能当将军。"

锤子扬起手腕看看表，然后提议道："咱们老同学有多少年没见了？找个地方坐坐去，叙叙旧嘛。"

"行啊，坐坐就坐坐。"

锤子把宁伟带进了一家咖啡厅，两人坐下后，锤子跷起了二郎腿，唤过服务员，大模大样地打了个响指："两杯意大利黑咖啡，再来点儿甜味剂。"他打发走服务员扭过头对宁伟解释道："糖这玩意儿可不是什么好东西，一般有点儿身份的人都不吃糖，这你就不懂了吧？告诉你，穷人吃糖没关系，反正他吃不上喝不上，什么营养都缺，说句不好听的，饿狠了吃把黄土都能扛几天。可有钱人就不行了，他成天燕窝、鱼翅地嘬着，又不干活儿，营养都存在肚子里，抖落不出去，所以吃东西就得留神。你看我这肚子、这身膘儿，不注意行吗？血糖、血脂噌噌地往上蹿。

大夫说了，照这么下去就是糖尿病。当时我还不知道糖尿病是个什么玩意儿，再一打听我冷汗就下来了。这么说吧，您得什么病也别得这个病，得了糖尿病就浑身没劲儿，您那玩意儿也竖不起来了，想泡妞儿，没戏啦。别人我不知道，反正我要是不行了，我身边那些妞儿非把我吃了不可。”

宁伟乐出声来：“锤子，你的爱好还挺多嘛，就你还泡妞儿？”

“嘿，你还别拿土地爷不当神仙，我承认我当年是个穷小子，放学以后还得顶着西北风在炉渣堆上拣煤核儿，想起当年的日子，我操……一言难尽呀。咱们班马彩霞你还记得吧，就是住在三道弯儿胡同的那个妞儿，想起来了吧？当年咱哥们儿眼神儿有点儿问题，在我眼里马彩霞长得比他妈仙女差不到哪儿去，有一次我壮着胆儿给她递了张纸条，具体内容我想不起来了，反正先是吹捧，就跟现在捧歌星似的，什么肉麻的话都往上招呼，虽说免不了有些错别字，可这是我有生以来写过的最有文采的文章了。结果您猜怎么着？这小妖精居然把我的情书贴在教室的黑板上了，全班同学就跟看大字报似的看了个够，把我闹了个大窝脖儿，份儿算是跌到家了。你说有多巧，前些日子我在大街上碰见马彩霞了，我当时愣没认出来，是她把我认出来了，上赶着向我要地址。我一看，坏了，当年我眼神儿绝对是有问题，怎么把她当成仙女了？她那模样儿也就是个打工妹的水平，别说泡一下，就是自愿到我家当小保姆，哥们儿还得考虑考虑，我那儿来的客人都是有身份的，要是让人家看见我有这么个保姆，咱哥们儿的老脸往哪儿放？咱丢不起那人呀。”

宁伟听他吹牛有些不耐烦，他很忙，营业执照虽然已经拿到，但要干的事还多着呢，实在没工夫听锤子胡侃，他不好意思站起来就走，只好没话找话地问：“锤子，看来你发财啦，说话的口气很大嘛。”

“做点儿小买卖，有时帮帮朋友的忙，上次有个哥们儿从境外弄了几百辆皇冠汽车，这哥们儿胆儿也忒大，手续不全就敢往国内运，结果在海南让海关给扣了，好家伙，好几百辆车得占多大地方。当时美国的卫星每天都从咱中国人脑袋上溜达几趟，一瞅见这漫山遍野的汽车，心说，坏啦，八成是中国军队要解放台湾了——人家把这些车给当成坦克啦。美国跟中国的台湾不是哥们儿吗？咱要解放台湾，美国人也不能不管呀，当时美国太平洋舰队一下子开过来七八艘航母，一千多架飞机，瞅这阵势是打算跟咱们磕了。其实这是误会，咱中国人这会儿正忙着搂钱，哪有工夫搭理他们呀。你瞧瞧，我那哥们儿惹出多大娄子？就为这点儿汽车差点儿没打起世界大战来，这我就不能不管了，为这点儿事儿打起来值当吗？况且那几百辆车扔在野地里总不是个事儿。我只好去了趟海南，帮着把这件事儿给摆平了。我那哥们儿跟我说，这些车在海南是没法出手了，你帮我在北方想想办法吧。你瞧瞧，我帮忙帮出事儿了吧，人家还讹上你了，没办法，都是哥们儿，不管成吗？我只好弄了几艘滚装船，把这批车运到塘沽港，在北京和天津出了手，你看见满街跑的那些皇冠没有？都是我那次出手的。等我把这事儿忙完了，国防部的一个朋友给我打了个电话，说美国的航母撤了，我说撤了就算了，丫敢犯葛咱就灭了丫的，这年头儿谁怵谁呀？现在我什么都不想干了，人也懒了，也就是每天到出国人员服务部门口溜达溜达，倒腾点儿外汇，每天挣个万儿八千的，够吃、够喝、够泡妞儿的也就算了，别的钱咱还懒得挣了。”

宁伟觉得锤子最后这句话还算是靠点儿谱儿，他在出国人员服务部门口见过那些獐头鼠目的外汇贩子，看模样都和锤子差不多，他随口问道：“你在倒外汇，能挣钱吗？”

“废话，不挣钱我到那儿干吗去？我有病是怎么着。”

“看样子你是大款啦？”

锤子猛吸了一口烟，冲天花板吐出了一个大烟圈儿，慢悠悠地说：“大款过什么日子我还真不知道，反正我是每天上午11点起床，梳洗一下就吃午饭，饭后到出国人员服务部门口散散步，挣钱倒是次要的，咱得消消食呀，然后洗个桑拿，蒸一蒸，再找个妞儿按摩一下，说话就下午4点多了。我还有个毛病，不喝下午茶就浑身别扭，喝完茶也就到晚上了，一般来讲，晚上的节目比较多，夜生活嘛，台球、保龄球，舞厅、歌厅、酒吧，换着玩呗，吃完宵夜再搂个妞儿睡觉，这一天算是拿下来了。”

宁伟笑道：“你他妈真的假的？你就吹牛逼吧。”

“吹？哪天带你见识见识。”

“算了吧，我可没钱。”

锤子问：“那你刚才上工商局干吗，开什么买卖呢？”

宁伟有些不好意思：“嗨，想注册个贸易公司，这不刚验完资吗。”

“这公司的注册资金是多少？”

“50万。”

锤子笑了：“还说没钱，这年头儿有几个人能拿出50万？”

宁伟说：“我哪有这么多钱？这是和朋友借的，验完资马上得还。”

“你看，脑子进水了不是？我要是你，就晚1个月还，用这50万倒腾儿把外汇，弄不好一个月就挣二十多万。”

宁伟表示怀疑：“倒外汇有这么高利润？”

“这还是保守的数字，怎么样？咱俩联手做一笔？”

宁伟犹豫道：“这……保险吗？要是赔了可把我大哥给坑了。”

锤子严肃起来：“操！我你还信不过？你四九城打听打听，我锤子是什么人？

这样吧，咱们是哥们儿，算我拉你一把，赔了算我的，赚了咱俩对半儿分，怎么样？”

“这我得好好想想……”

武原正树一边穿白色的空手道练功服一边向钟跃民解释着空手道的竞技规则。钟跃民以前只是听说过空手道，他知道空手道是起源于日本冲绳一带的格斗技术，而且被列入了国际体育比赛项目。他今天之所以来这个武馆，主要是因为好奇，他没有兴趣和武原正树在拳脚上一争高低，都是老大不小的人了，再这么争强好胜就显得太幼稚了。

武原正树可不这么想，他是个崇尚强者的人，认为只有比自己强的人才有资格对他指手画脚。什么是强者？光说嘴没用，得在比武场上过过招儿才行。武原正树对钟跃民的看法是，此人过于狂妄傲慢，出言不逊，尤其是对日本人的成见已经浸到骨子里。武原正树认为自己的尊严受到了冒犯，既然如此，钟跃民就该拿出点儿本事来，在比武场上和他交交手。武原正树练习空手道已经超过15年了，和钟跃民交手，他自信不会落下风。

武原正树在介绍空手道的起源和规则：“空手道是由距今500年前的古老格斗术和中国传入日本的拳法糅合而成的，在发展过程中演化为体育空手道和实战空手道两种类型。两者最大的区别在于体育空手道在实战竞赛中采用‘寸止’的方式，即在被攻击部位前收力；而实战空手道在实战竞赛中采用的是全接触的方式，即在规则允许的情况下，任何部位都可以全力击打。怎么样，跃民，咱们今天怎么玩，是玩体育类还是实战类？”

钟跃民也换上了练功服，笑道：“我算看出来了，你今天不把我揍一顿吃饭都不香，咱们还是点到为止吧。”

武原正树笑笑说：“我可是一直练习实战空手道的，当然，你要是有顾虑，咱们可以采用‘寸止’的方式。”

“卫东，你小子真够阴险的，千方百计地把我往套里引，然后名正言顺地收拾我一顿，让我还说不出道不出。好吧，咱们就玩实战的，我可提醒你，你要是还想和我有商业上的合作，就下手轻点儿，不然我住进医院合作的事就吹了。”

武原正树系上了黑腰带半开玩笑地说：“要是能把你送进医院，我倒情愿放弃合作。”

钟跃民突然注意到武原正树的黑腰带，他的脸色变得冷峻起来，他知道空手道的段位是以腰带的颜色为标志，黑色为最高段位，武原正树竟是个空手道高手，这倒是他没有想到的。钟跃民有些恼怒了，他最烦别人以切磋拳脚为名达到某种目的，看来今天这个武原正树是想玩真的了，这小子表面上彬彬有礼，说话得体，其实心里正巴不得把他送进医院，这可太过分了。想到这里，钟跃民的眼里出现了一丝杀气，他若无其事地问道：“卫东，你给我介绍一下空手道的段位规则好吗？”

“哦，是这样分级别的：白带为无级初学者，然后按顺序是橙带、黄带、蓝带、绿带、棕带、黑带。黑带选手还分段位，从一段到九段。我是黑带四段。”

“真他妈的，玩什么都有等级，不就是动手打架吗？还分什么级别，要是白带把黑带赢了怎么办？”

“这不可能，你不了解空手道段位升级的规则，每一次升级都是靠本身的实力赢得的，没有十几年的训练不可能达到黑带的级别。”

钟跃民系上代表初学者的白腰带，赤脚站在场子中央问道：“卫东，你准备好了吗？”

“开始吧，请你先出招儿。”

钟跃民冷笑道：“还是你先出招儿吧，我要是先出招儿，就没你什么事儿了。”

武原正树突发一掌，向钟跃民前胸打来，钟跃民身形未动，只是出掌迎上去，两掌相撞发出一声脆响。武原正树倏然变招儿，他一个转身后摆腿，右腿在空中划出个360度圆径，钟跃民低头躲过，嘴里称赞道：“好腿法，再来一下……”武原正树一言不发，右腿闪电般飞起，以高边腿的攻击姿态向钟跃民头部踢来，钟跃民向后一闪，躲过了这一击。

钟跃民现在才发现，自己有些小瞧了对手，这家伙的腿法攻势的确凌厉，到底是黑带选手。面对武原正树凌厉的攻势，钟跃民颇感踌躇，这倒不是因为他惧怕对手，问题在于军队所训练的格斗术和空手道有着本质的区别，无论如何，空手道毕竟是竞技项目，哪怕是实战空手道，目的也不是制人于死命。而特种部队所使用的格斗术讲究一招制敌，出手就是杀招儿，譬如掌击喉骨、扭断对方的颈椎等技术，都能在一瞬间取人性命，在以命相搏的战场上，谁还有时间和对手斗上三五个回合？这就是竞技和作战的区别。

钟跃民就这么稍一分神，武原正树飞腿一个侧踹，正中他前胸，钟跃民躲闪不及，被踹出两米多远，仰面跌倒。武原正树两腿叉开，稳稳地站在那里，他用食指向自己勾了勾，示意钟跃民站起来，嘴角上还挂着一丝嘲弄的微笑。

钟跃民的眼睛里冒出了火，他站起来掸了掸衣服沉声问道：“卫东，你当真要分出个输赢？”

武原正树点点头：“当然，既然是比赛，就一定要有个输赢，我从来就不认可什么友谊第一，比赛第二。”

“那好，你看看表，现在是21点43分，我要在1分钟之内结束比赛，你信不信？”

武原正树微笑道："跃民，别太意气用事，练武的人最忌浮躁，我准备好了，你出手吧。"

钟跃民突然飞腿直奔武原正树的裆下，武原正树从容后退一步，躲过这一击，但钟跃民右脚落地的同时身子一拧，左腿闪电般从身后甩出，一个漂亮的转身后摆腿，左脚跟狠狠地扫在武原正树的左脸颊上，武原正树没料到钟跃民的腿法竟如此之快，他身子晃了晃，总算稳住了身形，还没来得及反击，钟跃民的步法一变，身子已经到位，右拳一晃，向武原正树的软肋打来，武原正树连忙曲臂护住左肋，谁知钟跃民的右拳是虚招儿，左手一个上勾拳，正中武原正树的右下颚，钟跃民似乎听到了一声轻轻的脆响，在武原正树的身子即将飞出去的一刹那，他恶毒地微笑了，好了，比武到此结束。这小子的下巴脱臼了，他回头看看挂钟，正好1分钟……

宁伟拿着日历牌在计算日子，那50万元的借款从借出之日到今天已经整整53天了。自从和锤子见面以后，宁伟考虑了两天，最后他还是决定拿这笔借款再倒腾一把。关于锤子这个人，宁伟对他有自己的看法，此人虽然好吹牛，但还不至于是骗子，他说自己到海南倒汽车的事肯定是胡吹，就凭他那副模样儿和他那贫寒的出身，即使有钱也只能在社会底层当个暴发户，稍具官方色彩的买卖，都轮不上他做。宁伟只相信锤子在倒外汇，干这行倒是合乎他的社会地位。宁伟听说过，倒外汇的利润还是很丰厚的，他希望用这50万元借款做本钱，通过买进卖出的差价挣些钱。锤子和他是同学，他也知道锤子的住处，他有一种很固执的想法，认为就算锤子坑了他，但跑了和尚跑不了庙。宁伟这些年在部队当兵，他哪里知道社会转型时期的复杂性，尤其是底层社会像锤子这类人，完全抱着过一天算一天的想法，他们做事是不计任何后果的，因为他们本来就一贫如洗，连尊严都没有，实在没什么可以失去的东西。

宁伟这两天已经有些坐不住了，自从他把50万元现金交给锤子以后，锤子就再也没露过面，因为约定还款的日期还没有到，他不好兴师动众地上门去要。但宁伟心里却隐隐有了种不祥的预感，此事恐怕凶多吉少。

宁伟的父亲在他当兵期间就去世了，家里只剩下七十多岁的老母亲，母亲一辈子没有工作，只能靠着父亲单位定期发放的抚恤金生活。他在家里是最小的孩子，他的两个哥哥和一个姐姐都早已成家搬出去单过了，他们的经济状况都不怎么样，顾自己都很勉强，就更谈不上在经济上帮助母亲了。宁伟是个孝子，他千方百计地想挣钱，主要还是想让老母亲晚年能过得好一些。

宁伟的母亲身体多病，她年轻时操劳过度，生育了6个子女，其中有两个早夭，她虽然没有参加工作，但抚养4个子女长大成人也不是一件容易事。本打算等4个子女长大了，她可以享享清福，谁知到了晚年，日子却越发艰难起来，那点抚恤金凑合吃饭尚可，但有了病就往往陷入困境，医疗费和药费越来越贵，尤其是没有公费医疗的人，简直看不起病了。这次母亲的病来得很突然，使宁伟措手不及。饭馆卖掉以后，他还了一些旧账，又置办了一些办公设备，交完租写字楼的租金，他手里的钱就用光了。他仔细盘算了一下，觉得自己手里稍微值点儿钱的就是那辆铃木100型摩托车了，卖车肯定会被人压价。此外，他还担心锤子的信誉，万一需要他去追款，没有摩托车是绝对不行的。宁伟突然觉得自己活得很艰难，眼前的烦事自不必说了，就算是往远处看，他也觉得前途渺茫，看不见任何希望，这种没有希望的生活往往使人感到活着没意思，此时的宁伟就是这种心情。

宁伟烦躁的举动惊动了母亲，她刚从昏睡中醒过来，老人内疚地望着儿子，她知道自己拖累了儿子。宁伟已经快30岁了，连个女朋友都没有，要不是这个穷家拖累，儿子何至于谈一个吹一个。老人浑浊的眼睛里流出了泪水：“儿呀，妈拖累了你，妈真想早点儿死……”

宁伟最怕母亲流泪，他是个脾气倔强、性格冷硬的人，从小到大没流过几次眼泪，即使父亲去世的时候，他也没哭过，但他和母亲感情最深，最疼母亲，他见不得母亲流泪。此时，他看见白发苍苍的老母亲在痛哭，顿时觉得肝肠寸断，他双膝一软，跪在母亲床前：“妈，是儿子无能，让您这么大岁数还受这种罪，儿子不孝啊……”

宁伟忍不住流泪了……

李援朝穿着一条时髦的西装吊带裤，双手插在裤兜里，站在办公室的玻璃落地窗前凝视着窗外的街景沉思。

钟跃民坐在办公桌前的沙发上望着他。

李援朝转身对钟跃民说：“你小子手也够黑的，硬是把杜卫东的下巴弄脱臼了，他没什么事儿吧？”

“没事儿，我又给他装上了，好多年没给人装下巴了，手都有些生了，我托着他的下巴装了5分钟才装上，疼得这小子直冒冷汗。”

李援朝大笑道：“真有意思，商场上如今也是刀光剑影啊，不光是情报战、谋略战，连决斗都出来了。”

“比武结束后杜卫东讹上了我，他说我不能什么事都当赢家，不然就太不公平了，他要求我在生意上拉他一把。”

“哦，他到底要做什么生意？”

“电话程控机，三浦株式会社是专门经营通信器材的，杜卫东早就盯上中国的通信器材市场了，尤其是程控交换机，利润非常丰厚。国内很多单位还在使用人工交换机，看来马上会进行设备更新，市场潜力很大。杜卫东的困难是，他需要一家有进出口权的大公司和他联手，这个公司还要有广泛的客户资源，这两个条件缺一不可。在他看来，正荣集团是块流着油的肥肉，他需要的条件正荣集团无不具备，更何况他对你我都熟悉，他知道中国人做生意很看重人脉关系，早对正荣集团的背景、人事、运作方式及资本构成做了深入研究，是有备而来的。这两个月来，杜卫东被我弄得快发疯了，他说什么我都表示没兴趣，还不时对他冷嘲热讽，这回是真把他逼急了，恨不得借比武把我送进医院。”

李援朝警觉地问：“杜卫东怎么这么了解咱们内部的事，你不觉得他的情报来源有些奇怪吗？”

“我想过这个问题，可以肯定，我们公司内部有人向他提供情报，这个人的地位可能很接近领导层，不过，我现在还没查出这个人。”

“恐怕很难，这么大一个公司，员工有上千人，杜卫东只要用点儿小钱便可以搞到任何商业情报。不过，杜卫东提出的合作问题我们还是可以考虑的。”

“我也正在考虑，眼前就有个机会，有家大宾馆准备安装电话程控机，找到了我，准备委托咱们公司进口安装。杜卫东也报了价，价格还算合理，给咱们留出了足够的利润空间。”

“那还犹豫什么？只要有利润，我们甚至可以和魔鬼合作，就别说一个杜卫东了。依你看，杜卫东可靠吗？”

“他和所有的日本商人一样，只想趁中国各项法规还不健全时大捞一把，因为三浦株式会社这种小资本的公司在日本国内很难立足。日本是个成熟的商业社会，想把生意做大，除了依托大资本和新技术，几乎没有什么法律空子可钻。杜卫东是来钻空子的，也就是说，在商场上无道德而言，以合同为准，如果我们在签合同之前被人做了套儿，那只好认倒霉，你告他也没用，关键是不能让他有空子可钻。”

李援朝笑道：“跃民，你可真算是上道儿了，杜卫东的运气不太好，刚进入中国做生意就遇上了你，那他是不是也想给你下个套儿呢？”

“我做了调查，这几年通信器材产品更新换代越来越快，往往是去年的新产品到了今年就落后了，杜卫东这小子还算有良心，他只是报给我前年的产品型号，而价格却和最新的产品价格持平。据我调查，他报出的那种型号在日本国内已经落到了新型号价格的一半，我说他有良心是因为他还没拿5年前的产品糊弄咱们。”

“这个王八蛋，我早说过，和日本人打交道要格外小心，一不留神就会被他们算计了。”李援朝愤愤地骂道。

“这是雕虫小技，他利用的是中国商家对国际市场缺乏了解和沟通渠道，还有就是产品更新换代速度所产生的价格差。在中国的计划经济时代，所有产品都是10年一贯制，按咱们的传统思维，前年的新型号就是最新的产品。在他们日本人眼里，中国还是个穷国，把前年的型号拿到中国来使用，仍然属于先进产品，用户是比较好糊弄的。”

李援朝笑道：“我看出来了，你已经有主意了，你就别兜圈子了，说说你的打算，我知道你是个不吃亏的人。”

“很简单，我也装傻充愣，在合同上做文章：我要的是最新型号的产品，这句话必须写到合同上，至于具体型号，则由他提供，预付款只给30%，余款安装验收后结清。我和那家客户谈了，他们认为，只要价格便宜，即使是前年的型号也够先进的。我说那好，现在你们就别吭声，由我来操作……”

李援朝插嘴道：“明白了，你是想等安装结束了再提出异议，指出对方没有提供最新型号的产品，有欺诈行为，然后拒绝支付余款，反正电话程控机已经开始使用了，咱们不用着急，这个官司打10年也无所谓。”

“不可能打10年，就是打1年杜卫东也受不了，大部分的钱都是他垫的，闹不好还有贷款，拖一天就要付一天的利息，最后他只能和我谈判，我要把价格压下一半儿，你不干咱就慢慢打官司，看谁耗得起谁，反正最后也是我胜诉。”

李援朝放声大笑：“钟跃民啊，你这家伙可真是老谋深算，诡计多端。好吧，这个合同你就负责到底吧。”

“援朝，你可得注意保密，杜卫东那小子做生意一般，搞情报倒是把好手。”

“你放心，到目前为止，只有你知我知，咱们把刀磨快，时机一到，大刀就向鬼子头上砍去……”

·第十九章·

办公桌上电话的铃声响了，钟跃民懒洋洋地抓起电话，是秘书何眉的声音："钟经理，三浦株式会社的武原正树先生打来电话，您要接进来吗？"

钟跃民干脆地说："告诉他，就说我不在。"

"钟经理……这样不好吧？那个程控总机的安装工程已经验收了，按合同规定，我们现在该付余款了，武原正树先生好像就是为这件事找您，您不接电话不太合适吧？"

"何眉，你的话太多了，这不是你该管的事，请你执行命令。"钟跃民摔下话筒继续翻阅文件。

何眉轻轻走进来，坐在沙发上静静地望着他。

钟跃民抬起头："何眉，有事吗？"

"没事，我只是想在这里坐坐。"

钟跃民冷冷地说："请回你的办公室去坐，你的岗位不在这里。"

何眉犹豫了一下，顺从地站起来走回自己的办公室。

钟跃民现在有些厌恶何眉，起因是武原正树。他偶然发现何眉竟然是把公司内部情报提供给武原正树的"内奸"，这个发现使钟跃民大为恼怒。何眉的办公桌上有个和钟跃民办公室通话的装置，如果有电话找钟跃民，应该先由何眉接，她问清姓名后再通过通话装置请示钟跃民，得到允许后才把电话转过来。那天何眉不知怎么晕了头，她在和武原正树通话时竟没发现直通经理室的通话装置正开着，这使钟跃民无意中得知了她和武原正树的交易。钟跃民惊讶地发现，何眉在这次电话程控机交易中拿到了5%的回扣。钟跃民由此推测，这个女人利用合同向对方要回扣已经不是一次两次了，钟跃民翻看了一下最近经自己手所签的合同，涉及的总金额已达到两三亿元，若是以总金额的5%拿回扣该是多少？他心里是有数的。钟跃民不是傻子，他不是不知道这些合同的价值，以他的位置，拿个几百万元回扣实在是易如反掌。他之所以不收回扣，倒不是因为他有多高的觉悟，而是因为他对金钱有种漫不经心的态度，他是那种有钱就花、没钱也能忍的人。

在部队当军官时，他领到工资就请战友们吃饭，没钱时吃别人的也不脸红，谁向他借钱他都借，还与不还他都想不起来。有一次教导员的老婆向他借了50元钱，教导员过了几天就把钱还给了他，钟跃民用这50元钱请人吃了几顿饭也就花光了，谁知教导员的老婆没和丈夫通气，又还了他50元，钟跃民想也没想，又把这50元钱花了。等教导员得知他拿了双份钱向他讨要时，他也没有尴尬的表示，只是声明钱花光了，有什么事儿下个月再说吧，谁让你们非给老子双份钱？下次记好了，否则还我10份钱我也照样花。战友们都了解他，谁也不认为他是故意的。钟跃民不拿回扣还有一个原因，他是李援朝介绍来的，自己不能对不起朋友。这就好比你在饥寒交迫时，有个好心人把你请到家里管你吃住，你不能趁人家一不留神，把人家的存款给卷了。钱是好东西，但不能无原则地挣，他打算先在正荣集团铺铺路，等以后自己开公司时再挣。

钟跃民无意中听到何眉和武原正树的对话，口气之亲昵，语言之暧昧，这使他感到很愤怒。他不是个爱吃醋的男人，况且何眉也不是他老婆，他与何眉的关系不过是逢场作戏，谁也用不着给对方守节。问题不在这儿，钟跃民最反感女人为了某种目的和男人上床，性爱是男女双方为了寻找快乐，这好比做游戏，你不爱玩可以不参加，没人强迫你，如果你玩完了就马上提条件，你既得到了快乐又达到了目的，这就他妈的不是东西了。钟跃民还记得他和何眉上床时的情景，那天他还假装浪漫地铺垫了整整一个晚上，又是音乐又是红酒地玩起了小资情调，闹了半天人家根本不需要这些，她要的是钱，在她眼里你就是嫖客，只要满足了她的要求，你用不着花一晚上玩小资情调，在办公室干都成。

钟跃民想起这些就像吃了苍蝇一样恶心，看来朋友们的忠告是有道理的，这年头儿好女人可不太多了，一个漂亮女人要是无缘无故向你微笑，你就得留神，闹不好那微笑后面就是一个陷阱，让你糊里糊涂地掉进去。钟跃民唯一感到庆幸的是，自己在和武原正树打交道时，保密工作做得还不错，整个公司只有自己和李援朝两人知道内情，不然何眉把情报一传过去，武原正树就绝不会上钩了。

不知什么时候，何眉又走进他的办公室："跃民……"

"叫钟经理。"

"好……钟经理，我想问你个问题，可以吗？"

"请讲。"

何眉注视着他："我觉得你最近好像变了个人似的，变得我都不认识了，如果你不那么健忘，你该记得，你我的关系好像不只是上下级的关系吧？"

钟跃民合上文件夹："何眉，我承认我曾经喜欢过你，可那是几个月以前的事了，现在我又改变了主意，我想把这种关系退回到以前的状态。当然，我可以对以前做过的事承担责任，如果你觉得自己吃了亏，可以提出要求，甚至可以开出价格，我会考虑的。”

“请你解释清楚，我究竟做了什么事使你这样绝情？”何眉可怜巴巴地望着他问道。

钟跃民叹了口气：“何眉，大家都留点儿面子不好吗？何必非撕破脸？我不愿使你难堪，可你非逼我说出来，还做出一副纯洁无辜的样子。我只是不明白，一个受过高等教育的姑娘，怎么可以同时有两副面孔？请问何小姐，那个武原正树给了你什么好处？”

何眉浑身一震，像遭到雷击，她低下头：“跃民，你听我解释……”

钟跃民做出暂停的手势：“我知道你要说什么，你大概想说你爱我，是吗？这样说就更蠢了，你既不爱我，也不爱那个武原正树，你只是爱钱。何眉，我不明白，就算你想挣钱，想拿回扣，那也不必把自己搭上，我曾很天真地认为自己还算个有魅力的男人，你的行为使我的自信心受到很大的打击。”

钟跃民的话说得很刻薄，何眉终于受不了了，她猛地站了起来：“钟跃民，你说够了没有？既然你撕破了脸，那我也和你说句心里话，我看不起你们这些人，你不过是个当兵的，有什么本事，还不是因为和李援朝是朋友？要是真凭本事，你在正荣集团当个业务员都不配。我承认我想利用你的权力，我出身贫寒、没有背景，我想出国深造，我需要钱，可我不是妓女，也不想靠卖身来挣钱，我是用智慧来挣钱。你也好，那个叫武原正树的蠢货也好，我从来没把你们放在眼里，你们不过是我棋盘上的两枚棋子，你明白吗，钟跃民？”

钟跃民微笑着说：“何眉，你总算说出了心里话，对你的行为我可以理解，正因为如此，我才没有追究你索取回扣的事。好了，这件事我以后不会再提了，你可以去工作了。”

何眉反问道：“你不会再提了？”

“当然，我原谅你了，你还有什么要说的吗？”

何眉的脸上腾起了怒火：“那我告诉你，我并没有原谅你，我恨你，你侮辱了一个女人，迟早会付出代价的。”她说完扭头欲走。

“等一下，”钟跃民轻声说，“也许你需要调换一下工作，要我帮忙吗？”

“你随便吧。”何眉摔门而去。

钟跃民点燃一支烟，陷入沉思。

钟跃民在秦岭的小楼前停好汽车，他西装革履，抱着一束红玫瑰按响了秦岭的门铃。

身穿睡袍的秦岭打开门，一见到钟跃民便欣喜地喊道：“跃民，怎么不打个电话告诉我你要来？快进来。”

钟跃民走进客厅：“我想给你个惊喜，这束花儿漂亮吗？”

秦岭兴奋地看着花束：“美极了，谢谢你。”她帮钟跃民脱下西服，把上衣挂好，然后展开双臂环绕着钟跃民的脖子，“跃民，你是不是寂寞了？”

“什么话，好像我是嫖客似的。”

秦岭嗔怒道：“你说什么呢？你是嫖客，那我成什么啦？”

钟跃民开玩笑道：“你是茶花女，玛格丽特。”

秦岭脸色骤变，猛地甩开钟跃民扭过身去。

钟跃民赔笑道：“哎，急啦，真不识逗。得，我说错了还不成，向你道歉，请你宽恕……还生气？得啦，意思到了就行了，你有完没完，要不我给你跪下？”

“你跪。”

钟跃民做出要下跪的姿势：“我可跪了啊……你还真让我跪？”

秦岭转怒为笑：“行了，饶了你，以后再胡说八道，我就把你的嘴用胶带封上。”

钟跃民坐在沙发上，秦岭把头依偎在他的肩上。

钟跃民抚摸着秦岭的长发：“秦岭，我想结婚了。”

秦岭一惊，挺直了身子：“和谁？”

“还能和谁？我找你找了十几年，你说，我还能和谁结婚？”

秦岭慌乱地说：“跃民，这……这有点儿突然，我没有心理准备。”

钟跃民严肃地问：“你不爱我？”

“不，我爱你，可是……为什么要急着结婚，咱们这样不是挺好吗？”

钟跃民注视着秦岭的眼睛：“秦岭，我爱你，我希望你能名正言顺地做我的妻子，你愿意吗？”

秦岭闭上眼睛，泪水顺着面颊滴落下来。

钟跃民继续说着：“我这个人毛病挺多，也放荡过，不过，那都是以前的事了。我仔细想过，如果我决定结婚，就应该正式告别荒唐的生活方式，做个有责任感的人。我可以保证，婚后我会做个好丈夫，希望你能接受我的求婚。”

秦岭温柔地吻了一下他的脸：“跃民，请给我些时间，容我想想，好吗？”

“可以，但我想问一句，你是不是心里有事？能告诉我吗？”

“你别问了，到时候我会把所有的事告诉你。跃民，你去浴室吧，我在卧室等你。”

“钟经理，日本三浦株式会社的武原正树先生又来电话找您，这已经是第六次了，您接吗？”新调来接替何眉的秘书小张问道。

“噢，是杜卫东，这小子最近大概成了热锅上的蚂蚁，连寻死的心都有了。”钟跃民幸灾乐祸地笑着吩咐道，“接进来吧，我该和他谈谈了。”

“跃民，你在躲我吗？”武原正树在电话里有些气急败坏。

“哪儿的话？我最近出差了，一直不在北京。对了，你那个安装工程怎么样了？嗯，我得看看合同，好像是已经过期了吧？这可不大好，合同上写了，过期要罚款的。卫东，你真让我为难，咱们是朋友，我可不好意思真按合同规定追究你的违约责任。”

武原正树压着火气说：“工程早已验收通过，用户现在已经开始使用了，可是贵公司并没有按合同规定的条款将70%的余款付给我，请问，这是什么意思？”

“哦，是这样？财务部太不像话了，现在还没有付款？你先挂上电话，我去财务部问一下，一会儿你再来电话。”钟跃民放下电话，点燃一支烟，得意地微笑起来。

20分钟以后，武原正树又迫不及待地打来电话：“跃民，你问了吗，他们为什么不付款？”

“我问了，财务部说咱们的合同有点儿问题，让我去问技术部，我又颠儿颠儿地跑到技术部去问。技术部的秦部长很生气，他认为贵公司有利用合同进行欺诈的行为，他已经上报了董事会，建议起诉贵公司。卫东啊，你这就不仗义了，咱们好歹是朋友，对不对？你坑谁也不能坑我啊！我不是专业人员，也搞不清电话程控机的具体型号，我一直认为你在合同上写明的型号是今年最新的产品，可你怎么能拿前年的旧型号来以次充好呢？技术部的一个工程师对我说，这种型号的产品在日本已经是淘汰设备了。卫东，你看这件事怎么办？”

武原正树沉吟了一会儿，突然轻轻笑了：“跃民啊，这大概是我公司技术人员疏忽，把型号搞错了，但即使是前年的产品，若是在中国使用也是很先进的，如果我没有记错，你们中国很多部门还在使用人工交换机，这已经是前进了一大步了嘛。”

钟跃民冷笑道：“贵公司的疏忽实在大了些，型号搞错了可以理解，但价格也搞错了就令人费解了。无论如何，一种即将被淘汰的产品不应该卖出一流的价格。这使我想起童年时我家院子里有个傻子，这个傻子总把别人晾在窗台上的鞋拿回自己家，他的家长告诉邻居，别跟他一般见识，他是傻子。那时我也淘气，总想证实一下这小子是真傻假傻，于是我就到他家窗台上拿了一双鞋，结果你猜怎么着？这傻子二话没说，抄起菜刀就追，硬是把我追出两公里，直到我扔了那双鞋。你知道中国人怎么评论这种傻子吗？这叫往里傻不往外傻。”

“跃民，你这是什么意思，说话不要这样尖刻好不好？不管怎么样，合同终归是合同，即使打官司，法院也会以合同为准。合同上写明了产品型号，我也根据合同完成了安装，验收报告上表明，通过验收的产品型号和合同上规定的产品型号是一致的。如果贵公司有异议，那只能说明贵公司的代表在签订合同时自己的理解能力出现问题，与三浦株式会社无关。”

“武原正树先生，请你再仔细看看合同，上面的第二款清清楚楚地标明，乙方，也就是正荣集团要的是最新型号的产品，是委托甲方购买及安装。为什么是委托呢？因为你们不是生产厂家，是经营通信器材的贸易公司，我们不可能去日本国内购买，只好委托你们去购买，你们应该为用户采购到最先进的设备。这是你们的责任，白纸黑字，清清楚楚。这好比我不懂医药，有一天我拉肚子，请你替我去买治拉肚子的药，但我说不出药名来，于是你就给我买来泻药，你的理由仅仅是我没报出药名。我想，这场官司不管是在日本打还是在中国打，我相信法官们的思维都应该是清晰的。”

武原正树终于气急败坏了：“钟跃民，咱们法庭上见……”

“别这样，卫东，你不要意气用事嘛，打官司需要很长的时间，这么拖下去恐怕对贵公司不利。据我推测，你也许向银行贷了款，商业贷款的期限不会太长，而且利息很高，很可能官司还没打完你就破产了。卫东啊，你要三思，你不能和我比，正荣集团是国家的公司，我亏损几亿也还扛得住，照样小酒喝着，小妞儿泡着，更何况我只付了30％的合同款，真拖个一年两年我怕什么？”

电话里的武原正树不吭声了，他大概正在算账，权衡利弊。

钟跃民继续数落着：“卫东啊，你太不仗义了，在合同上给我设套儿就不提了，我可以理解，这年头儿不管是日本人还是中国人，想发财都想疯了，谁不想逮住机会捞一把？可你不该抢我的女朋友，我找个女朋友不容易啊，本来我都打算和何眉结婚了，正想去买家具，结果让你插了一杠子，我他妈的鸡飞蛋打啊……”

“对不起，跃民，这件事我做得是有点儿不地道，我向你道歉。”武原正树低声道。

“算啦，我的痛苦已经过去了，也想开了，不就是个女人嘛，咱们认识多少年了，就算你有天大的不是，我也不能为个女人和你翻脸不是？何况你也为何眉花了不少钱，我只不过是心里有点儿堵得慌，本来我和她之间是个很纯情的故事，闹不好就是一出《罗密欧与朱丽叶》，结果你这孙子半道儿插了一杠子，操，罗密欧没当成，我倒他妈的成了奥赛罗，我真该掐死何眉那娘们儿……”

“跃民，咱俩再好好商量一下，都是朋友，打什么官司？我刚才说的不过是气话，你不要当真，现在兄弟我听你的，这个合同你说怎么办？我听你的就是，反正我知道你不会让我太吃亏。”

“这样吧，除去你的采购安装成本，我在全部成本的总额上给你10％的利润，虽然挣得少点儿，但也算没白干。”

“可是……光是何眉就从我这里拿走了5%，这等于我干了半天只拿到5%，这单生意我亏大了。”

“那你还泡了妞儿呢，当嫖客能不花钱吗？你们日本人怎么这么抠，连这点儿钱都要省？”

“问题是，5%是多少，有这么贵的小姐吗？我们东京红灯区的小姐不到100美元就能干一夜，他妈的何眉……”

钟跃民终于烦了：“那是你和她之间的事，我管不着，至于合同，如果我提的方案你不同意，那就还是打官司吧，我挂了……”

“别，别挂，跃民，我同意，就按你说的办。操！钟跃民呀，你丫真是吃人不吐骨头……”

宁伟把摩托车开进一条破旧的胡同里，他在一个院子门前停住了车，仔细辨认着字迹模糊的门牌，又掏出通信录核对着门牌。

一个戴红袖标的老人在一旁警惕地打量着他：“你找谁呀？”

宁伟客气地问：“大爷，锤子是住这院吗？”

老人继续打量着他：“你是哪儿的？”

“我是他中学同学。”

老人点点头说：“嗯，看样子，你是来要债的吧？”

“您怎么知道？”

“我怎么知道？我是看着这小兔崽子长大的，我还不了解他？来找他的都是要债的。”

宁伟晃了一下，急切地问：“他在家吗？”

老人哼了一声：“他有两年多没回来过了，鬼知道他在哪儿，这儿住着他妈，七十多岁了，吃了上顿没下顿，这小兔崽子从来不管，要不是街坊邻居照顾，他老妈早饿死啦。”

宁伟一跺脚，仰天长叹：“坏了，我上当了。”

老人同情地说：“小伙子，你不是第一个上当的，这小子是个骗子，骗的人可多了，公安局也找他呢，逮住他就没轻的。哼，打小我看他就不是只好鸟儿，爬墙头、钻狗洞、打瞎子、骂聋子，啥坏事都少不了他……”

宁伟咬牙切齿地跨上摩托车，一轰油门，闪电般窜了出去。

宁伟骑车赶到位于和平里的出国人员服务部门口，这里人流如潮，各种车辆在这里装卸着日本产的电视机、收录机等免税商品，很多北京市民在围观，他们羡慕地望着从国外归来的出国人员提着各种免税商品进进出出。几个叼着烟的外汇贩子出没在人群里，见人就纠缠。宁伟奇怪，怎么这些外汇贩子的形象都是大同小异？在他们中间你看不到一个稍微顺点儿眼的人，百分之百都是些形象猥琐、獐头鼠目的家伙，锤子的形象天生就是干这行的。

一个外汇贩子踱过来："哥们儿，有美子吗？"

宁伟客气地问："没有。我想打听个人，你认识一个叫锤子的人吗？"

那家伙一看无利可图，马上就泄了气，不耐烦地回答："锤子，还他妈斧子呢，没听说过。"

宁伟耐心地说："哥们儿，你再仔细想想，他老在这儿倒汇，你肯定见过。"

贩子幸灾乐祸地笑了："我明白了，你让人切了吧，这到哪儿找去，人家拿了钱还站这儿等你？说不定上哪儿泡妞儿去啦，别找了，下回留点儿神吧。"

宁伟愣愣地望着远处，沉默不语。

李援朝背着手站在落地窗前，他望着窗外，眉头紧锁地思索着什么。

钟跃民走进办公室："李总，你找我？"

李援朝冷冷地说："跃民，你先坐下，我有重要事要和你谈。"

钟跃民开玩笑道："这么严肃，李总有什么指示，打个电话给我就行了，还这么郑重其事，好像天要塌下来似的。"

李援朝绷着脸说："我没心思和你开玩笑，告诉你，天还真有可能塌下来，你告诉我，贸易部账面上的50万资金哪儿去了？"

钟跃民松了一口气："就为这事？我有个战友要注册公司，想拆借50万验资，验资完后马上归还，利息也是按国家规定的比例偿还。"

李援朝无力地坐下："糟啦，事情就出在这里，有人给检察院写了检举信，检举你挪用公款，检察院已经开始调查了。"

钟跃民急了："援朝，企业之间互相拆借资金是很正常的啊，更何况人家按规定付利息，为期仅一个月，我更没有从中渔利，我看不出这里有什么违法的事。"

李援朝敲敲桌子道："你糊涂啊，还没有违法？第一，咱们是国有资产的公司，而你战友要注册的是私人公司，这等于你把国家的钱借给了私人，这已经触犯了法律，叫挪用公款。第二，我让财务部查了一下，那笔资金从转走到今天已经六十多天了，也就是说，你到现在还没有归还。第三，就算是企业间的短期拆借，你为什么没有签合同？没有合同就转走了50万，你说得清楚吗？"

钟跃民一听，顿时惊得冷汗都下来了："援朝，是我糊涂，对财务制度我确实不懂，真对不起，我马上把这笔资金要回来，决不会让公司受损失。"

李援朝公事公办地说："赶快要回来，检察院还在调查阶段，现在把钱追回来，事情要好办得多，一旦检察院决定立案，那就谁也帮不了你了。跃民，你好自为之吧。"

钟跃民火烧火燎地站起来："谢谢，我马上就去。"

手表盘上的指针已经指向深夜1点，钟跃民坐在车里，手扶方向盘，目光炯炯，没有一丝倦意，他在车里已经等了整整6个小时了。宁伟的家在一个老旧的居民楼上，钟跃民傍晚时找到这里，宁伟不在家，家里只有生病的老母亲。他母亲见过钟跃民，知道他是宁伟的老连长。老太太很热情地请他坐下等一会儿，他谢绝了老太太的挽留，转身下了楼。

此时钟跃民恨不得宰了宁伟，他不想让老太太看见这情景，今天他就是在这里等一夜也要等到宁伟。他不相信宁伟能坑自己，当宁伟还是个新兵时，钟跃民就是他的班长，在一个连队里混了七八年，要说宁伟是个骗子，打死他也不相信。钟跃民下了决心，今天一定要等到宁伟，他要问问这个浑蛋，为什么敢坑老战友。

前方亮起雪亮的车灯，钟跃民终于看见宁伟开着摩托车回来了，他不动声色地坐在车里看着。

宁伟关掉引擎，摘下头盔正准备上楼。

钟跃民猛地打开了车大灯，两道雪亮的光柱射向宁伟，他被强光刺得捂住眼睛。

钟跃民下了车，砰的一声关上车门，一步一步走向宁伟。

宁伟一见钟跃民就慌了："大哥，你听我解释……"

钟跃民不说话，挥起一拳击中宁伟的脸，宁伟仰面栽倒，他挣扎着刚爬起来，钟跃民飞起一脚，将他踢出两米远，他又狠狠地摔倒。

宁伟的嘴角流出了鲜血，他突然放声大哭："大哥，我不是躲你，我让人骗了，我在街上找了他一天，我非弄死他不可。大哥，我对不起你，你打死我吧，你打啊……打啊……"

钟跃民仰天长叹，无力地垂下拳头，他转身默默地向汽车走去，宁伟哭着追过去："大哥……"

钟跃民喝道："滚……再跟着我，我弄死你！"

钟跃民在秦岭楼下的小路旁停住车，正在锁车门，他突然发现前面有个中年男人也刚刚锁好车，已经迈上了小楼的台阶，按响了秦岭的门铃。

钟跃民警觉地停住脚步。

门开了，打扮得光彩照人的秦岭和来人亲热地拥抱、接吻，然后相拥着走进客厅，钟跃民怔怔地站在那里看着，小楼一层的客厅窗户被厚厚的窗帘遮住，但仍有柔和的光线从缝里透出。

钟跃民的目光落在那男人的轿车上，那是一辆昂贵的林肯牌轿车。他点燃一支香烟，面部肌肉抽搐了几下，他发现二楼卧室的灯也亮了，秦岭的影子映在窗子上，她正在拉动窗帘。

钟跃民的心里腾起了一股怒火，他摔掉香烟，走上台阶按响了门铃。

穿着睡衣的秦岭来开门。

她一见来人是钟跃民，顿时大惊失色："跃民，你怎么来了？我跟你说……"

钟跃民推开秦岭走进客厅，秦岭惊慌地跟着他，那个中年男人已换上睡衣正从楼梯上下来。

钟跃民上前一把抓住他的衣领，举起拳头……

秦岭带着哭腔，不顾一切地抱住钟跃民的胳膊："跃民，你冷静点儿，他是我男人……"

那个男人有五十来岁，脸上的皮肤却保养得极好，看上去是个很儒雅的人。他愤怒地盯着钟跃民："你是什么人？敢到这里撒野，我要报警……"

钟跃民冷静下来，放下拳头："秦岭，我想听听你的解释，我在外面等你。"他头也不回地走出门。

中年男人抓起电话要报警，秦岭一把按住电话："千万别报警，求求你了。"

"小岭，这是什么人？是你的情人吗？你怎么能这样？我需要你的解释……"

秦岭突然爆发地大喊："好，我给你解释，我也给他解释，反正都是我一个人的罪过，我是个坏女人，你满意了吗？"

钟跃民在汽车旁抽着烟踱步。

秦岭走出门来："跃民……"

钟跃民做出手势阻止住她："你别说了，我来说说我的判断，这是个有钱的老板，是他包了你，这所房子和你的豪华生活都是他送给你的，对不对？"

秦岭平静地说："是的。"

"为什么早不和我说？你为什么要骗我？"

"跃民，我对你说过，你我分手的这十几年里发生了很多事情，此时的我已经不是当年的我了。"

钟跃民固执地问："我问你为什么要骗我。"

秦岭低声道："因为……我还爱你，不想伤害你。"

钟跃民冷笑道："你不爱他，只是为了钱，是这样吧？"

秦岭扬起头，挑衅地说："如果你愿意这么理解，随你吧，我不想解释，我并没有嫁给你，你无权指责我，我有权选择自己的生活方式。"

钟跃民突然仰天大笑："秦岭啊，你和我开了个大玩笑，让我钟跃民也尝尝被人涮了一把的滋味，真是报应啊。"

"跃民，你别这么想，我没有要捉弄你的意思……"

钟跃民摇摇头："秦岭，我发觉命运这东西真让人琢磨不透，我钟跃民本是个无福之人，好事要是太多了，我还真无福消受。'杯满则溢，月盈则亏'，古人说得没错，看来，我的厄运该到了，这也算公平，总不能好事都让我占全了吧？"

秦岭抓住他的手："你怎么了，发生什么事了？"

钟跃民的话里带着苦涩："本来，我今天是向你告别的，这一去不知哪年才能回来，我心里实在放不下你，现在……我放心了，我走了，你多保重。"

钟跃民坐进汽车发动车子，秦岭不顾一切地追过去喊道："跃民，你别走，发生了什么事？请你告诉我……"

钟跃民的汽车像箭一样窜出去……

秦岭满脸是泪地喊着："跃民……"

钟跃民正坐在办公桌前收拾东西，新来的女秘书张小姐走进办公室："钟经理，刚才保卫部来电话通知，请您去一下。"

钟跃民镇静地回答："我知道了，小张，这是我的车钥匙，文件已经整理好，都放在桌上。这是几份正在执行的合同，你要注意上面的截止日期，千万别违约。"

张小姐睁大了眼："钟经理，您这是怎么了？要辞职吗？"

钟跃民笑笑："我要走了，请转告李总，就说我钟跃民很抱歉，将来有一天，我会报答他的。小张，你有男朋友了吗？"

"没有。"

"那我祝你找个好丈夫，再见！"钟跃民走出办公室。

钟跃民走进保卫部时，两个穿检察官制服的人正在和保卫部的干部交谈，还有两个持警棍的法警站在一边。

检察官们站了起来："你是钟跃民？"

钟跃民点点头回答："我是钟跃民，你们是检察院的？"

一个检察官说："我叫魏平，检察员，请你和我们走一趟。"

钟跃民反问道："有证件吗？拿出来给我看看。"

魏平颇感意外："嗬，你事儿还不少，还怕我们是冒充的？"他掏出证件给钟跃民看。

钟跃民仔细看了看证件上的照片，抬头看看魏平，又低头核对了一下，然后把证件还给魏平："嗯，看样子像是真的。"

魏平不满地说："什么叫看样子像是真的？我们还没问你什么，你倒审查上我们了。"

钟跃民笑笑："别介意，这年头儿假货太多，我有个战友前些日子不知和谁结了仇，也是来了两个穿检察服的人，要他跟着走一趟，结果那两个穿检察服的是流氓，走到半路上就把他打了一顿，然后就没影儿了，你说冤不冤？"

"你这话里有什么意思吧，该不是把我们也当成流氓了？"

"没有，一看你们就是真的，一脸正气，流氓可装不出来。走吧，检察官先生。"

这是钟跃民第一次和检察官打交道，在检察院的审讯室里，魏平和一个女书记员坐在审讯者的位子上，钟跃民坐在一个浇筑在地上的水泥墩上。

他的案子很简单，反正钱是他借出去的，想赖也赖不掉，他如实交代了事情的过程，按办案人员的说法，叫"供认不讳"。至于钱的去向，他也交代得清清楚楚，审讯很顺利，不到半个小时就结束了。

魏平合上卷宗夹说："钟跃民，你刚才的供词和我们掌握的情况基本一致，我欣赏你的合作态度。我想问句题外话，你知道是谁写的匿名检举信吗？"

"能猜出来，是我的前任秘书何眉。"

"她和你有私怨？"

钟跃民露出了玩世不恭的微笑："这是个很俗的故事，当领导的和女秘书之间常常会发生点儿故事，我当然也未能免俗。"

魏平点点头："噢，明白了，始乱终弃引起的仇恨，是这样吧？钟跃民，我翻了你的档案，发现你的经历很不一般，当过侦察营长，上过战场，指挥过一支特种部队，还是二等功臣，你怎么从部队转业不到两年就腐化成这样？"

钟跃民自嘲道："就像人们通常所说的那样，我放松了思想改造，被资产阶级的糖衣炮弹所击中。我说魏检察官，这种事好像与本案无关吧？你要想听故事咱们单独讲，这儿不是还有位女书记员吗？"

魏平说："钟跃民，看看你这玩世不恭的态度，你大难临头了，知道不知道？给国家造成了50万元的损失，这罪可不轻啊，要是你能想办法把这50万元补上，那么对你的处理会轻得多，你明白我的意思吗？"

"我明白，但我就算把自己卖了，也卖不出50万元。没办法，我只好承担自己应负的责任，该判几年由法院说了算。"

魏平说："对不起，我不得不给你办个拘留证，你被拘留了。有些事我们还要详细调查，时间可能拖得长些，最近经济案多，我们人手有限，你在看守所里要有心理准备。”

钟跃民站起来问道：“听说看守所的环境挺糟糕？”

魏平冷冷地回答：“那儿要是跟疗养院似的，我还想进去呢。”

钟山岳在客厅的沙发上坐着看报，院子里门铃响，小保姆去开门。

高玥拎着很多水果、蔬菜走进客厅：“钟伯伯，您好，我来看看您。”

钟山岳摘去老花镜仔细看着她：“你是叫高……高什么来着？”

“高玥，您忘了？我和钟跃民还合伙卖过煎饼呢。”

“对了，想起来了，我还吃过你们不少煎饼呢。后来，你们都有了工作，我也吃不上啦。对了，钟跃民不在家，有个同事打电话来，说他有紧急任务，出差去深圳了。”

高玥笑着说：“我不找他，我来看看您。”

钟山岳惊奇地说：“看我……哦，我明白了，你是跃民的女朋友。”

“对呀，我们是好朋友，我又是个女的，所以就叫女朋友。钟伯伯，今天我休息，我来给您做饭，让您尝尝我的手艺，好不好？”

“好啊，我这张老嘴可馋了，我就等着吃你做的饭了。”钟山岳用手向院子里的小保姆一指，小声说，“那丫头做饭不好吃。”

高玥挽起了袖子：“您稍坐一会儿，我做饭快着呢，一会儿就好。”

高玥的手脚很麻利，她用了不到40分钟，就做好了三菜一汤。当她把菜端进餐厅时，她发现钟山岳已坐在餐桌前等候了，老人脸上露出了兴奋的表情。她不由黯然神伤，这个老人太可怜了，他偶尔吃上一顿家常饭就这样知足，可想而知，那个小保姆的做饭手艺肯定很糟糕。高玥愤愤地想，养个儿子有什么用？钟跃民这个浑蛋成天就像个蜜蜂似的，来往于花丛之间，过着灯红酒绿的生活，他老父亲在家里竟然过着这种日子。这个浑蛋，是该给他点儿教训。

高玥把菜一盘盘端上桌子，钟山岳眉开眼笑地说：“姑娘，你的手艺是不错，光闻味儿就知道。”

高玥说：“钟伯伯，我给小保姆放了一天假，今天我来照顾您。”

钟山岳像个馋嘴的孩子，顾不上和高玥说话，只顾着吃。高玥望着钟山岳便想起钟跃民，不由感到一阵辛酸，她转过身去，轻轻擦去脸上的泪水……她忘不了她和钟跃民相处的那段日子，虽然没有钱，但日子过得很快活，和钟跃民在一起，她的心情总是很愉悦。那个家伙就有这种本事，他要是一高兴，就开始胡说八道，高玥总是被他逗得大笑不止，乐得喘不过气来。这样愉快的日子，还会回来吗？

电话铃响了。

高玥拿起话筒："喂……什么，你是哪儿？看守所，噢，我知道了，这里是钟跃民家，您请说，好，好，我明天就送被褥去，谢谢，再见。"

高玥挂上电话，转过身来，她突然愣住了……白发苍苍的钟山岳望着她，脸上老泪纵横。

高玥惊慌地扶住老人："钟伯伯，您怎么了？"

"跃民出事了，他不是出差，你别瞒我老头子，从你今天进门时我就有感觉……"

高玥扶住老人，流泪道："钟伯伯，您别着急，您听我说……"她忍不住痛哭起来。

钟跃民被一个警察押着走过长长的走廊，警察打开一扇铁门命令道："进去！"

钟跃民走进去，铁门在身后"砰"的一声关上了。室内的光线很暗，他发现监舍里坐着十几个人，这些人正目不转睛地盯着他，态度似乎不大友好。钟跃民向他们点点头，便默默地坐下。于是这些人又都把目光转向一个面目狰狞的人。那人坐在墙角，身子下面垫着两床叠好的被子，另外的两床被子垫在他的后背，看上去他似乎在享受沙发的舒适感，身旁还有个十七八岁的孩子在为他捶腿。

钟跃民用眼睛的余光发现那人在向同伙使眼色，接着马上就有两个家伙站起来，狞笑着走到钟跃民身边。

一个家伙一脚踢在钟跃民的背上，喝道："站起来！"

钟跃民坐着没动："有事吗？"

那几个家伙互相望望，突然大笑起来。

一个胖子笑道："傻逼，第一次进来吧，不知道规矩？'有事吗？'瞧你问的这句话，你的事儿多啦，还没办手续呢，是不是，哥儿几个？"

同伙们狞笑着附和："没错……让这傻逼先反省一会儿再说……"

胖子说："听见没有？先站到墙角反省一会儿，我先给你做个示范。"他弯下身子成90度，两臂向后高高扬起，做出喷气式挨斗的姿势。

他们又大笑起来。

胖子直起身子说："看清楚没有？姿势要准确，身子要绝对成90度，这是规矩。先反省一会儿，晚饭后还有节目，等这十几套节目都做完了，你小子就算是被录取了，这好比考大学，你还没参加高考呢，这所大学暂时还不能录取你。"

钟跃民慢慢站了起来，用手指指着那个像是头目的人说："你，是这些浑蛋的头儿吧？你听着，十几年前，我像你们一样浑蛋，那时你们恐怕还穿着开裆裤，动手打架是我最开心的一件事。真想和你们玩玩儿，可我今天不想打，因为我不愿伤了你们，这会加重我的罪，我不想在监狱里待一辈子。如果你们觉得打我一顿会很开心，那我可以同意，但有一点，你们只能打一次，要是打顺了手，没完没了，我可要还手了。好吧，你们开始吧。”钟跃民坐下，轻轻合上眼睛不说话了。

那些喽啰们都转过脸看着那个面目狰狞的人，好像他能掌握所有人的生杀大权。

一个满头白发的老年人站起来，战战兢兢地哀求道：“迟宝强……不，迟大哥，你饶了这位新来的弟兄吧……”

那个叫迟宝强的人发出阴冷的声音：“老白毛，你他妈是不是也想挨揍了，要不你来替他？”

老白毛辩解着：“我不敢……”

“那就闭上你的臭嘴，再敢说一句话，我就把你这老东西的门牙掰下来。”

迟宝强慢慢站起来，拎起一床毛毯，一步步向钟跃民走来。

钟跃民合着眼一动不动。

迟宝强猛地把毯子蒙在钟跃民头上，他身后的一伙人一拥而上，向钟跃民拳打脚踢……

几个年龄较大的室友坐在墙角，惊恐地看着这残酷的殴打场面，重击人体发出的闷响一声声传来。

迟宝强打累了，又狠狠地踢了钟跃民一脚，吩咐道：“行了，把毯子掀开。”

胖子掀开蒙住钟跃民的毯子。

钟跃民挣扎着爬起来，走到墙角的水池边吐出一口血水。他惨笑道：“够他妈专业的，脸上一下不打，怕让人看出来，谁教你们的？”

迟宝强阴笑道：“怎么样，哥们儿，服不服？”

钟跃民活动了一下脖子说：“打也打了，再问这个就没什么意思了，这规矩我懂，宋朝就有了，武松不是还差点儿挨了一百杀威棒吗？”

“懂规矩就好，哥们儿，别往心里去，谁进来都一样，规矩不能破，看你还像条汉子，别的节目就免了。”

钟跃民看看他：“哥们儿，你刚进来时也有这么一顿吗？”

迟宝强笑了：“我是定规矩的人，能和你们一样吗？不瞒你说，长这么大我还没尝过挨揍的滋味呢，净是我揍人了。”

“噢，明白了，有机会你也该尝尝这滋味，这感觉还不错。”

“嘿，听这意思你还不服，还想挨揍是怎么着？”

“算啦，哥儿几个也够累的了，歇口气，明天再收拾我行不行？”

·第二十章·

张海洋最近交了个女朋友，她刚从警官大学毕业，叫魏虹。魏虹被分配到刑警队时，张海洋刚好被提为副队长，因为老队长升任副局长，所以以前的副队长被扶了正。张海洋在部队就是正营职，是有级别的二线干部，所以被提为副队长也是顺理成章的事。

初到刑警队的新刑警都要由老刑警带一段时间才能独立工作，因此张海洋毫不客气地把魏虹收为徒弟，他从魏虹报到的那天起就动了心思。张海洋三十多年来还没正经交过女朋友，在部队时是没机会，转业以后别人给他介绍过几个姑娘，但都没谈成，主要是人家不干，那几个姑娘都很实际，认为他当个普通刑警没有多大出息，弄得张海洋灰头土脸的。这一次总算老天开眼，把个漂亮的大学毕业生送到他面前，他不能再放过这个机会了。

张海洋老老实实给魏虹当了两个月的师父，到了第三个月头上，就频频向女徒弟发起攻势了。为这件事，他还专门找过钟跃民，他认定钟跃民是个寻花问柳的老手。

钟跃民果然经验老到，他问清楚了魏虹的文化背景，然后告诉张海洋，这类妞儿好蒙，稍微给她点儿浪漫就可以了，你就往白马王子那路数上装就行了。

张海洋听得一头雾水，白马王子是他妈的装出来的？浪漫，怎么个浪漫法儿？总得有点儿具体操作呀。

钟跃民不耐烦了，说："你这个人怎么有点儿弱智？怪不得连个老婆都找不着，女人要的是氛围，你送她一束花儿就行了。"

张海洋觉得钟跃民的话还是有些道理的，送花儿算得上是个高招儿。他忙问钟跃民哪里有花店，钟跃民正急着要走，便没好气地说，到公园掐去……

张海洋当然没敢到公园去掐花儿，他找到一个花店，买了一束红玫瑰，趁魏虹感冒休病假时送去。果然，魏虹兴奋得眼睛闪闪发亮，效果非常好，张海洋大受鼓舞，准备趁热打铁继续进攻，不过下一步该如何走，他还想和钟跃民再商量一下。等他再找钟跃民时，这家伙却不见了，哪儿去了？进去了，就住在张海洋所在的分局看守所里。

这是钟跃民在看守所里度过的第一个夜晚，牢房里的人都睡着了，鼾声此起彼伏。钟跃民靠墙坐着，他解开衣服检查自己的伤势，发现身上布满青紫色的伤痕，他轻轻地按摩着受伤处，时时疼得咝咝地哈凉气。他爬起来，一瘸一拐地走到墙角的水池边，又吐出一口血水。他知道自己的伤不算重，顶多是些皮肉伤，内脏没有什么问题，只是胃里不太舒服，可能是溃疡面又出血了，挨打的时候，他护住了所有的要害部位。他只是觉得有些窝火，这辈子还没人敢这么揍过他。

假装睡着的老白毛把眼睛睁开一条缝，观察着钟跃民的举动。钟跃民在水龙头那里洗了把脸，又爬回自己的铺位。老白毛悄悄伸出手碰碰他，钟跃民看着他。老白毛向他伸出大拇指，钟跃民轻轻拍拍老白毛的手背，表示谢意。

老白毛把嘴伸到钟跃民耳边说："小伙子，没事儿吧？"

钟跃民小声说："没事儿，皮肉伤，胃里有点儿出血，没关系，我本来有胃溃疡的毛病。谢谢您，老先生。"

"小伙子，忍了吧，这些人心毒手狠，别跟他们顶，不然会吃亏的。"

钟跃民点点头："我知道，老先生，您睡吧。"

不远处的迟宝强翻了个身，把眼睛睁开一条缝，注视着他们。

钟跃民被捕的消息在朋友们中间引起轩然大波，最着急的当然还是周晓白，她特地请了几天假，托了她能想到的一切关系。她所在的内科有个刚从军医大分配来的女医生，这姑娘的男朋友是检察院的检察官，周晓白从这位检察官嘴里了解了钟跃民的案情。检察官认为，钟跃民的案子很简单，关键就是那50万元公款，如果能还上，他至多是个免予起诉的问题。周晓白听了检察官的分析，心里略微踏实了些，钟跃民没有别的问题，只是钱的事情，这使她颇感欣慰。但是下一个问题又来了，这50万元可不是小数，到哪儿去找这么多钱？

周晓白把郑桐夫妇和张海洋都约到自己家，想和大家商量一下，看看能凑多少钱，谁知这些人都是清一色的穷光蛋，大家都是靠工资吃饭的人，基本上是挣多少花多少。

袁军这时才想起自家的存折，他一边在抽屉里胡乱翻着，一边问周晓白："咱们还有多少钱？"

周晓白没好气地回答："你才想起来？咱们的存款连1万元都不到。"

郑桐叹气道："我们也是，真是穷到一块儿去了。我算了一下，咱们的朋友里就没一个有钱的。"

袁军丧气地说："唉，想得头疼，真想不出办法。"

周晓白说："那也得想，跃民还在里面呢，也不知受了什么罪。"

袁军发火道："你唠叨什么，就会埋怨，你倒想个办法呀？"

周晓白站起来："你冲我嚷嚷什么，谁让你是男的呢？"

"男的怎么啦，男的就该倒霉？哼，跃民就是瞎了眼，栽到一个女人手里。"

"袁军，你给我说清楚，少在这儿含沙射影，事情是宁伟引起的，不是女人。再说了，我又不是那个何眉，你冲我发什么火？"

"我不跟你说，神经病！"

"你才神经病呢，袁军，你今天总算露出真实嘴脸来了，你要看我不顺眼，你早说呀，不想过了就给我滚。"

郑桐息事宁人地劝道："行啦，行啦，都少说几句。袁军，这就是你的不对了，晓白是个女人，你怎么能当着女人的面指桑骂槐地说女人不好？你犯不上跟女人一般见识嘛。晓白，我也得说你几句，两口子过日子吵几句嘴是正常的，不能动不动就让男人滚，真滚了你怎么办？那不就守寡了吗？"

周晓白心里正有气，她一听有人教训自己，立刻就火了，于是怒火便向郑桐倾泻过去："我们俩吵架关你什么事？我乐意守寡，你管得着吗？我告诉你，少在我这儿指手画脚，你先把自己的老婆管好再说。"

蒋碧云不爱听了："哎，晓白，你怎么把我也捎上啦？什么叫'把自己的老婆管好再说'，我怎么啦，偷人了是怎么着？"

袁军也无名火起："郑桐，我最烦你这种人，要主意没有，就会火上浇油，有能耐你想出个好办法来，要不怎么说你是臭知识分子呢。"

郑桐也来了气："嘿，怎么都冲我来啦，我说什么啦？袁军，咱们可是商量正事儿呢，你不能一不高兴就搞人身攻击，恶意诽谤，什么叫臭知识分子？我看你是'四人帮'的残渣余孽，都到现在了还使用'文革'语言，我要说你是臭当兵的你干吗？"

周晓白立刻做出反应："郑桐，你说谁呢？我也是当兵的……"

张海洋听不下去了："哎哟，我说哥们儿、姐们儿，咱们不是在商量钟跃民的事吗，怎么自己干起来了，咱们说正事行不行？我认为咱们现在凑钱不太现实，得想点儿别的办法，比如，咱们能不能想法抓住锤子那个骗子？"

郑桐说："这可是你们公安局的事，我们能抓得着？"

周晓白这才想起张海洋的警察身份："对了，我才想起来，你是警察，跃民不是被关在公安局的看守所吗，你明天带我们看看他去，我给他送点儿吃的……"

张海洋苦笑道："跃民的案子是检察院办的，跟我们公安局没关系，我们属于代押。再说了，也不是我想见就能见的。我现在能做的，是利用一切眼线关系寻找锤子。根据这个人的生活方式分析，他是个闲不住的人，特别是有了钱以后，他肯定要光顾高档消费场所和娱乐场所，要是能抓住他，跃民的事情就好办一些。”

郑桐问：“那个宁伟怎么样了？”

张海洋说：“还在满街找锤子，我见过他一次，他一声不吭。这家伙是个性格内向的人，认死理，不是能听人劝的人，我担心他要惹事，想找他谈谈，可是好几天都找不到他。”

秦岭和李楚良是在一次音乐会结束时认识的。秦岭那时还在黄河歌舞团当独唱演员，她离婚还不到一年，已经被团长张玉喜骚扰得快要发疯了。她的处境团里很多人都知道，不过大家认为，当领导的总该有些特权，况且一个漂亮的女演员也该有棵大树靠着，都是文艺圈子里的人，有些绯闻是正常的。

李楚良的祖籍是陕北绥德，他的父亲李义德早年投身西北军冯玉祥部，1949年以国民党国防部中将参议的身份随撤离大陆的国民党部队去了台湾，后来因“孙立人案”受牵连，他辞去军职赴新加坡定居。到了李楚良大学毕业子承父业时，李义德已经是身价过亿的东南亚富商了，毕业于哈佛商学院的李楚良博士，顺理成章地经营起庞大的家族企业。

5年前，李楚良回大陆考察投资项目，考察的第一站就是西安，他被邀请观看了一个当地政府主办的音乐会。这个音乐会是专门为回来考察投资的陕西籍海外华人举办的，目的是招商引资，因此这场音乐会充满了乡土风情，除了几段秦腔清唱外，整场演出几乎都是陕北民歌。那天秦岭演唱的是那首著名的《兰花花》，她唱得很投入，第一段还没唱完，李楚良的眼泪就流了下来。这是他父亲最喜欢的歌，他是从小听着这首民歌长大的，他记得父亲去世前在医院的病床上还在听这首歌，每次都听得老泪纵横，那种浓浓的、化不开的乡情使老人至死都对黄土地魂牵梦萦……

李楚良虽然出生在海外，但他家族中的那种对黄土地的思念之情对他影响至深，秦岭的歌声着实打动了他，他擦着眼泪关照随行人员去买鲜花。当时的西安鲜花还属于奢侈品，他的手下跑遍大半个西安城，在音乐会结束之前才花高价买来了一批鲜花，制成了一个两米高的巨大花篮，李楚良亲自带人将花篮送到了后台。此举惊动了后台所有的演员，他们都没见过这种场面，连秦岭都被震惊了。她从艺时间不短了，还从来没有人给她献过花，这巨大的花篮超出了她的想象，她首先想到的不是李楚良出手阔绰，而是感到他对民歌艺术的尊重和理解。当李楚良问秦岭能否赏光一起吃饭时，秦岭本想拒绝，但她看到李楚良眼泪汪汪期盼的样子，在这一瞬间，秦岭竟被深深地感动了，她不由自主地点了点头……

那天晚上是秦岭命运的一个转折点，接下来的两个月，两人的关系急速发展，为此李楚良把公司的一切事务都抛在脑后，他被秦岭迷住了，他发誓要不惜一切代价得到秦岭，如果秦岭不答应，他就决不离开西安。

在秦岭的眼中，李楚良也的确是个很优秀的男人，他受过良好的教育，举止谈吐都显出一种儒雅的风度。他是西方上流社会教育的典型产物，对音乐和艺术有着极高的鉴赏力，也很会享受生活，对美食、服装、游历和各种上流社会运动都有自己独到的见解和实践。此外，他还是个成功的商人，这种男人简直无可挑剔。像李楚良这种集多种优势于一身的男人，是很难不使女人动心的，秦岭当然也不例外。因为像李楚良这样的男人，好比多种优势集于一身的优良品种，你很难把其中一点从他身上分离出来，若是这样，他就不是李楚良了，是智慧、品位、阅历和财富共同造就了李楚良，而俗人只会关注他的财富，因此秦岭也说不清楚，自己的心灵深处是否也有某种对财富的渴望。

总之，秦岭毅然走出了这一步，她成了李楚良的情人。李楚良是个有家室的人，他没有向秦岭隐瞒，只是向她征求意见，而秦岭对婚姻也并无要求，她不是个传统型的女人，喜欢自由的生活，如果李楚良执意要和她结婚，她也许倒要考虑考虑，她愿意和李楚良保持情人状态。多年来，秦岭对自己身边复杂的人事关系和生存状态早已感到厌恶，她无法摆脱那些权势者人为的控制，她的命运总是操纵在别人手里，就凭这一点，她也要反抗一下，那些想控制她的人，无非是靠着掌握档案关系和人事制度的权力，如果你把这些东西通通抛弃的话，这些权力也就失了作用。秦岭干脆辞了职，回到了北京。

在生活中，秦岭向来主张顺其自然，李楚良曾开玩笑地问她："我不在你身边时，你还会有其他的情人吗？"

秦岭回答："我不敢保证没有，这取决于我的运气，如果我遇到一个很出色的男人，我想我不会拒绝的。"

李楚良自信地说："那我对你可以放心了，因为我相信你对男人的鉴赏力，比我更出色的男人也可能有，但你未必能遇见。"

秦岭更正道："阿良，你在这点上不够聪明，一个人的魅力不是靠所有优点的累积，就像参加高考，以几门课的总分达到录取线，这种方法可能适合考试，但决不适合感情的取舍，一旦涉及感情，很多事就说不清楚了。"

其实秦岭在和李楚良进行这番对话时，她做梦也没有想到自己这辈子还能和钟跃民重逢。钟跃民对于她来说，只是一个遥远的回忆，当年她认识钟跃民时，他只是一个活跃的、充满青春气息的大男孩，这么多年过去了，谁知道他会变成什么样。秦岭自己也闹不懂，当钟跃民又出现在她面前的时候，尽管岁月流逝，可当年那种感觉却依然如故。那天音乐会结束后，她和钟跃民坐在咖啡厅里，那时她还没有和钟跃民重温旧梦的打算。奇怪的是，当钟跃民和她相对而坐时，秦岭竟感到一种雄性的气息迎面扑来，使她感到一阵慌乱，一阵窒息，一股久违的激情从灵魂深处喷涌而出，使她难以自抑。那个当年的大男孩，现在已经长成了一个伟岸的男人，浑身散发着男性的魅力，他的思维和动作都同样敏捷，秦岭在他的脸上读出了沉静如水的自信，杀伐决断的霸气。秦岭后来才明白，只有在血与火的战场上淬过火的男人，才能形成这种气质。钟跃民这个家伙还是这么坏，他明明知道秦岭已经彻底解除了防线，还装模作样地要她闭上眼睛，找一找当年的感觉。其实秦岭早就打定了主意，那天晚上钟跃民无论想要什么，她都会毫不犹豫地给他，这样的男人她绝不想放过，哪怕只有一夜她也情愿。这时李楚良在她心中已经化作了一个符号，当秦岭在床上抚摸钟跃民时，连那个符号都不存在了。

李楚良对秦岭不忠于他的表现感到很伤心，那天晚上他和钟跃民打了一个短暂的照面，在他看来，这个男人似乎很粗野，他实在不明白秦岭为什么会爱上这种男人。李楚良是个商人，他在处理一切事务的时候都是很重视契约精神的。他为了得到秦岭，已经花了很大的代价，秦岭现在所享受的豪华生活都是他给的，他和秦岭之间的关系，前提当然是感情，但从某种意义上说，也有一种约定俗成的契约关系，秦岭无论如何不应该违约。

秦岭是个聪明女人，从她和钟跃民重逢的那天起，她就明白，这一天迟早要来，但她不在乎，她已经收拾好自己的东西，随时准备搬出这座小楼。她甚至已经和几家音像出版社联系好，准备再出几张唱片挣些钱维持生活。秦岭认为，顺其自然的生活方式最适合自己，她愿意享受这种豪华的生活，但如果有一天生活要求她放弃这些，她同样也会顺其自然，能养活自己的工作很多，她一样可以生活得不错。既然李楚良是个商人，愿意用商业思维去处理事务，那就谈谈，她同样也可以用商人的思维来处理两人之间的关系。

秦岭和李楚良坐在客厅里的沙发上，在谈话之前他们已经商量好，双方谁也不许说伤人的话，即使分手也应该心平气和。

李楚良很伤心地说："小岭啊，这些年我待你不算薄吧？我给你买了房子、车子，都是最好的，你该知道，我心里只有你，没有第二个女人，我不明白的是，你为什么要背叛我？"

秦岭平静地回答："阿良，我承认你对我好，但是你不想想，你对我好的目的是什么，是搞慈善，还是搞扶贫？都不是，你的目的是得到我，我也把自己给了你，坦率地说，这是一种交换，咱们都得到了各自想要的东西，你并没有吃亏。"

李楚良说："你要这么说，当然也可以。平心而论，我一直认为你很有商业方面的才能，因为你的头脑很冷静，我欣赏你的直率，同时我也想告诉你，我喜欢你，正因为喜欢你，才愿意花大价钱，只要物有所值。但我希望你真正属于我，而决不允许别的男人染指。做个不恰当的比喻，这好比我买了一辆凯迪拉克汽车，它的价格不菲，我买它是为了自己使用，可有一天我发现它成了公车，任何人都可以使用它，这样对我就不公平了。"

秦岭笑了："阿良，你是个好商人，在商务谈判方面确有独到之处，你的比喻很有意思，我很希望自己能变成你的凯迪拉克，可你忽略了一个小小的细节，你的汽车总要有个牌照登记手续吧，那上面写谁的名字呢？"

"当然是写我的名字，因为是我花钱买的。"

"这就对了，你的汽车应该用你的名字登记，但你的妻子呢？是否也应该用某种合法的形式固定下来呢？假如我没有记错的话，你的妻子好像不是我，而是一个居住在新加坡的女人。也就是说，这个女人和你是有契约的，她有责任遵守契约，如果她和别的男人相好，那应该视为违约，至于我，我不记得咱们有这方面的契约。"

李楚良想了想也笑了："小岭啊，我说你是个好商人嘛，你说得有道理，使我无话可说。好吧，我想提个建议，咱们能否重新签个合同，我和新加坡的妻子离婚，然后买断你这辆凯迪拉克，请告诉我，我需要付出什么代价？"

"'买断'的意思是……"

"一旦你成为我的妻子，就要遵守契约，这是唯一的条件，你可以开价。"

话一旦说到这个份儿上，就有些伤感情了，其实这种商务谈判式的交谈，都是双方情绪化的表现，在彬彬有礼的交谈中，话中暗藏心计。

秦岭忽然觉得很没意思，再这么谈下去，双方受伤害的程度会更重，秦岭不想再进行这种谈话了，她站了起来："阿良，我得承认，我不是个传统意义上的好女人，刚才我和你说的那些话，都是气话，请你不要当真。你为一个女人花了很多钱，这个女人当然应该忠实于你，毕竟这是个男权社会，而男权社会的道德准则大部分是为了约束女人。譬如你，一个成功的商人，可以有妻子为你生儿育女，可以有情人点缀你的生活，你还可以理直气壮地要求你的情人忠实于你，是什么理由使你这么理直气壮呢？其实说开了，那不过是因为你为这个情人花了钱，就是这么简单，除此之外，你的任何指责都不过是借口。可我不明白，一个如此简单的问题，你何必要搞得这样复杂？你看，我处理问题就比较简单，我的东西已经收拾好，只想麻烦你最后一次，能帮我叫辆出租车吗？"

李楚良没想到秦岭已经决意离开他，他刚才说的不过是气话，目的无非是希望秦岭能忠实于他，他不想失去这个女人，他发现自己犯了一个愚蠢的错误，竟然把商务活动的原则应用于感情方面的谈话，把自己平时极力掩盖的商人面目，突然暴露在秦岭面前，这实在是愚蠢至极。

李楚良抢上一步，堵住客厅的门，他的精神完全垮了，他哀求道："小岭，你听我说，我刚才说的完全是气话，请你原谅我。我爱你，不想失去你，现在我一切都听你的，如果你同意，我马上回去办离婚手续，请你做我的妻子，好吗？"他说着竟流下了眼泪。

秦岭的心又软了，她给李楚良擦去眼泪，温柔地抱住他，神色黯然地说："阿良，你容我想想，好吗？毕竟，走出这一步是需要勇气的。"

周晓白匆匆走进红玫瑰咖啡厅，她从没来过这里，这么豪华的消费场所可不是军人能消费得起的。

一个扎着玫瑰红领结的服务生迎面向她鞠躬道："请问，您是周小姐吗？"

"是的，我找一位姓秦的小姐。"

"请随我来。"

服务生引周晓白穿过大厅，来到一张靠窗子的桌前。

穿着雍容华贵的秦岭站起来和周晓白握手："周小姐，请坐，原谅我的冒昧，把你约来，实在是不得已的事，请不要介意。"

周晓白微笑着："别客气，秦小姐，我也是久仰你的芳名了。我感到奇怪的是，你是怎么知道我办公室的电话的？"

"这很简单，钟跃民常和我说起你，也说起过你在哪个军队医院工作，我一查就清楚了。"

周晓白凝视着秦岭喃喃道："你果然漂亮，难怪跃民当年被你迷住。"

秦岭笑道："你也不差嘛，漂亮的女医生可并不多见。"

"秦小姐，你真会说话。好吧，咱们说正事，你找我来有什么事吗？"

秦岭直截了当地问："钟跃民究竟出了什么事？请你详细告诉我。"

"你不知道？我还以为你知道得比我详细呢。"

"那天夜里，钟跃民从我家走的时候，情绪很异样，说了一些莫名其妙的话，后来，我给他公司打电话，才知道他出事了。"

"哦，钟跃民常在夜里出入你的家吗？他可真有艳福……"

秦岭正色道："周小姐，这不是咱们今天要谈的，请你谈谈钟跃民的案子……"

清晨，一缕阳光从铁窗射进监舍，离地面高约2.5米的窗户上安装着很密的铁栏，阳光被铁栏切割得支离破碎。这时，迟宝强把枕头摆在室内唯一的一小块儿阳光里，他横着身子躺在那里享受着难得的日光浴，两个年轻的室友在为他按摩，迟宝强闭着眼睛，舒服得直哼哼。钟跃民冷眼看着他，心里在纳闷，这个流氓的心理状态倒是很稳定，哪怕是在最糟糕的环境里，他也能因陋就简地创造出环境所能提供的最大享受。在某种意义上，有了这样的心理素质，坐牢也许就成了休养。钟跃民很怀疑这种人在外面是否享过福，闹不好是进了监狱以后才享起福来。他仔细观察这家伙，他的上身胸大肌和胳膊上的肌肉异常发达，但双腿却显得又细又瘦。通常这种情况，是因为少年时干过某种依赖上身动作的粗活造成的。从徒手格斗的角度看，这人的"下盘"实在不堪一击，以钟跃民的腿功，只需轻轻一脚就能踢断他的腿骨。他的皮肤黝黑粗糙，手指的关节粗大变形，身体上裸露处伤痕累累，胸前文着一个硕大的心形图案，两支带羽的箭交叉着穿透那颗心，心形图案的两侧还文着两个直径5厘米的字：忠和孝。钟跃民看得笑了起来，这人已经坏得流油了，还讲什么忠孝，这不是扯淡吗？

走廊里传来用钥匙开锁的声音，迟宝强像兔子一样蹿起来，迅速坐到墙角里，把双手规规矩矩放在膝盖上，看来他也不是个天不怕地不怕的人。

监舍的铁门被打开，一个看守员把脑袋伸进来问："哪个是钟跃民？"

钟跃民答应着站起来。

看守递过了一包东西："这是你家里送来的东西，你清点好。"

监舍的铁门关上了，钟跃民默默地清理物品，迟宝强走过来，蹲在一旁乱翻钟跃民的东西。

钟跃民冷眼看着他，没有说话。

迟宝强挑出两件衣服，连同香皂、牙膏一同拿走，钟跃民眯缝起眼睛看着他，把拳头攥紧又松开了，此时他最担心的是自己控制不住，一下子废了迟宝强。

钟跃民想，世界上怎么还有这种窝心的事？为了怕一个恶人受伤，自己只好委曲求全地受这个恶人的欺负，这叫他妈的什么事？他强咽下这口气，靠着墙合上眼睛，他觉得这些人大概是坐牢时间长了，心理有些变态，虐待一下新来的人，心里能找到某种平衡，发泄完了也就算了。

钟跃民没有想到，这些人想的和他想的并不一样，他们不想让钟跃民过安稳日子，在他们看来，节目才刚刚开始，大伙正在兴头上，怎么能匆匆收场呢？他们很快就让钟跃民忍不下去了。

这是钟跃民进看守所以后的第一顿牢饭，大家都规规矩矩坐成两排，等一个值日的服刑犯给大家分饭，每个人都分到两个窝头和一碗菜汤。

轮到钟跃民时，分饭的人竟隔过了他，钟跃民奇怪地四处看看，发现几个年龄大的室友都只分到一个窝头，而迟宝强和几个喽啰的面前却摆满了窝头。

钟跃民站起来和颜悦色地问道："这里的规矩是不是还有绝食这一条？"

迟宝强笑道："你刚进来，肚子里油水大，怕你吃坏了肚子，你先扛几顿，这得慢慢适应。"

钟跃民开始较真儿了："没关系，我不怕吃坏肚子，我在外面吃过比这更差的东西，你能不能开恩赏我两个？"

"不行，我得对你的身体负责，出门在外，身体最重要，真要吃坏了肚子，不是给政府添麻烦吗，对不对，哥儿几个？"

喽啰们七嘴八舌地起哄道："就是，只要你身体好就是我们最大的幸福……"

"哥们儿，你好好歇着，这点儿活儿不算什么，我们哥儿几个替你干了……"

钟跃民终于火撞脑门了，他决定教训一下迟宝强，让这小子长长记性。他脸色一变，冷冷地问道："可我不明白，你们凭什么这么从容地吃别人的饭？"

迟宝强一边狼吞虎咽一边晃晃硕大的拳头："就凭这个。"

"明白了，你的意思是谁的拳头硬，谁就可以抢别人的饭？"

"没错，是这道理，学着点儿吧，哥们儿。"

钟跃民走过去一脚踢翻了迟宝强的碗："那你先别吃了，咱们比比拳头，谁输了谁饿着。"

迟宝强停止了咀嚼，诧异地盯了钟跃民一眼，站了起来："嘿，这不是斗气儿吗，身上又痒痒了是不是？"

钟跃民向几个喽啰一指："你们，一起来。"

几个喽啰骂骂咧咧地要爬起来，被迟宝强制止。

迟宝强脱下上衣，活动着手腕，把指关节按得叭叭直响："小子，昨天我走了眼，没想到你还是个敢磕的主儿。咱们可说好了，要是见了血，在看守那儿可得说是自己不小心磕的。"

"我没问题，就看你的了。"

迟宝强凶狠地向钟跃民脸上打去，钟跃民低头躲过一拳，随即一个勾拳击中他的腹部，迟宝强疼得弯下腰，钟跃民站立不动，静静地等他恢复原状。

迟宝强终于直起身子，挥舞拳头向钟跃民扑过来，钟跃民右腿闪电般飞起，脚尖踢中他的右下颚，这一脚力道非同小可，迟宝强四肢摊开飞出3米多远，身子狠狠地撞在水泥墙上又弹了回来。钟跃民静静地站在那里，等迟宝强爬起来。他只用了三成的力，还真怕把迟宝强踢伤了。

迟宝强艰难地爬起来，吐出了一口血水，看样子他的牙床被踢烂了，右面颊肿胀起来，但他还不想服输，稍微定定神又一拳向钟跃民的脸部打来。钟跃民闪过拳头，左右开弓，随着两声脆响，迟宝强的脸上挨了两记沉重的耳光，他被打得一愣，还没醒过味儿来，脸上又挨了4记耳光……

钟跃民像猫玩老鼠似的，不停地变换着步法，两只手左右开弓，不停地扇迟宝强的耳光，无论他怎样护住脸部，钟跃民都能准确地打中他的脸。转眼间，迟宝强两边的脸都肿胀起来，成了酱紫色，眼睛成了一条细缝。

钟跃民觉得差不多了，再打下去就容易出事了，他一脚踢中迟宝强的小腹，迟宝强捂着肚子栽倒在墙角，痛苦地翻滚着。

钟跃民用手指着几个喽啰："你们，一起来。"

喽啰们惊恐地望着他，动也不敢动。

钟跃民一把抓住一个喽啰的头发，一记沉重的耳光把他打倒在迟宝强的身上。

钟跃民正准备抓第二个，喽啰们吓得跪在地上不停地求饶："大哥，我们服了……"

钟跃民摇摇头说："就这点儿胆量，还想欺负人，是谁把你们惯成这样的？不行，都给我起来，排队站好。"

喽啰们战战兢兢地站起来排好队，钟跃民挨个儿赏了每人两记耳光，这两记耳光打得重了些，这些家伙被打得口鼻喷血，面颊呈酱紫色。他们被吓坏了，没想到挨耳光也能被打得这样重。

迟宝强挣扎着要爬起来，钟跃民又一脚踢中他的下颚，他栽倒在墙角不敢再动了。

钟跃民指着迟宝强冷冷地说："也该给你立立规矩了，3天之内，不许吃饭，不许说话，如有违反，我打掉你的门牙。"

下午开饭时，每人都分到自己应得的一份，室友们开始狼吞虎咽地吃起来，尤其是几个年龄大的室友，他们自从进来的那天起就一直被克扣着口粮，今天总算是吃到了自己的全部定额，因此显得迫不及待。钟跃民注意到，迟宝强也端起了碗，这让他感到很恼火，这小子分明是把他的命令当成了放屁，这还了得，看来还是欠揍。

钟跃民若无其事地走过去，端走了他的饭，迟宝强急了，站起来想抢回他的饭。钟跃民把一碗菜汤扣在他脸上，又左右开弓给了他4记耳光，迟宝强的鼻子又被打出了血，钟跃民又抬起膝盖猛撞在他的胃部，迟宝强脸色煞白地瘫软在地上。钟跃民把迟宝强的窝头随手分给几个年龄大的室友，他们低声道谢不已。

钟跃民踢了迟宝强一脚，说："我再说一遍，3天之内，不许吃饭，不许说话，你违反一次，我就打你一次。"

迟宝强趴在地上喘着粗气恶声说："老子手里要是有把刀子，我他妈非挖出你的心不可。"

钟跃民冷笑道："我倒真希望你此刻有把刀子，那我就可以以正当防卫的理由拧断你的脖子。迟宝强，在我看来，你的颈椎比火柴棍也粗不了多少。咦，你怎么又说话了，我不是刚说完吗？"

钟跃民一把拎起迟宝强，照他脸上又扇了4记耳光。

迟宝强的嘴里、鼻子里又流出了鲜血，他闭着眼睛躺在墙角不吭声了。

老白毛过来解劝道："算了吧，大家都不容易，得饶人处且饶人，这事就过去了吧。"

钟跃民哼了一声："没那么容易，这里的规矩不是他定的吗？好，就照他的规矩办，凭拳头吃饭，他要是能把我打了，我可以饿3天，没本事嘛，挨饿活该。"

宁伟坐在"金马"夜总会吧台的高脚凳上喝啤酒，他的眼睛在不停地向四周巡视。

宁伟卖掉了摩托车，顺便也把公司里的办公设备低价卖了，他再也不打算开什么公司了，就为了开这个狗屁公司，他连累钟跃民进了牢房，一想起这些，宁伟的眼睛就冒火。他今后什么也不想干了，他把自己今后的命运和那个浑蛋锤子连在了一起，不找到锤子决不罢休，这个骗子一定要为自己的行为付出代价。

一个打扮得很妖艳的女孩子坐在他身旁，挑逗地看着他，宁伟无动于衷地继续喝啤酒。小姐用胳膊肘碰碰宁伟："哥，能给我买杯酒吗？"

宁伟点点头。

女孩子立刻对调酒师说："来杯XO。"

宁伟把啤酒杯重重地放在吧台上："给她啤酒。"

女孩子撒娇地说："哥，我不喝啤酒，我要喝XO。"

宁伟冷冷地看了她一眼："要饭吃还挑嘴？不喝就算了。"

女孩子小声说："小气鬼……"

"去你妈的，滚……"

女孩子恨恨地离去。

宁伟一口喝干啤酒，穿过一道走廊，走进舞厅。

舞厅里灯光昏暗，各种颜色的光束在人群中扫来扫去，在震耳欲聋的迪斯科舞曲中，人们在疯狂地扭来扭去，宁伟在狂舞的人群中寻找着。

黑暗中一只手搭在他肩膀上，一个人凑在他耳边问道："哥们儿，要粉儿吗？"

宁伟摇摇头。

“那要妞儿吗？”

宁伟摇摇头。

“那你找什么？”

宁伟烦了，他张嘴骂道：“找你妈呢。”他走出舞厅，走过两侧都是包房的长长走廊，一阵嘈杂声传来，前面一间包房的门被猛地推开，一个披头散发、满脸是血的女人哭叫着迎面跑来，后面追着几个面目凶恶的汉子。

那女人一头撞在宁伟身上，宁伟连忙扶住她。那女人鼻青脸肿的，他认出这正是刚才在酒吧和自己搭过话的女孩儿，她也认出了宁伟，她无助地躲在宁伟身后：“哥，救救我。”

几条恶汉骂骂咧咧地要抓住女孩儿，她躲闪着，拼命抓着宁伟的衣服。

宁伟拦住恶汉：“怎么回事？”

恶汉诧异道：“怎么着，你是这妞儿的保镖？”

“什么保镖？我谁也不认识。”

“那你就他妈给我靠边儿点儿。”

宁伟好言道：“不过……你们一群人打一个女的，总不是件露脸的事吧？”

“嘿，还真碰上个叫板的，你知道我是谁？”

宁伟笑道：“我管你是谁。”

恶汉扭头对几个同伙说：“你们看见没有？我说这妞儿不简单嘛，还真有给她撑腰的，把酒瓶给我。”

恶汉接过同伙递过的酒瓶对宁伟骂道：“怎么着，你丫是不是活腻了？”

宁伟不耐烦地说：“去去去，该干吗干吗去，别在这儿招我烦。”

恶汉一把抓住宁伟的衣领，另一只手高举酒瓶：“打你丫的。”

宁伟大怒：“打啊，不打你是孙子！”

恶汉猛地抡起酒瓶砸在宁伟头上，酒瓶被砸得粉碎……宁伟用手掸掸头发，抖落头上的碎玻璃碴，他的头部毫发无损，宁伟平静地说：“打完啦？那该我了……”他一拳将恶汉打出两米远，恶汉仰面摔倒。

恶汉的几个同伙纷纷扑上来，宁伟飞起一脚，踢中一个家伙的裆部，那家伙发出一声惨叫，捂着裆部痛苦地在地毯上打起滚来。另一个家伙一时收不住脚，已经冲到了宁伟的面前，宁伟把头一甩，他的额头猛撞在那人的鼻梁上，那人的鼻梁骨被撞碎，鲜血喷了他一身……

剩下的两个家伙被吓坏了，他们待在原地一动不敢动，宁伟整整衣服，扭头就走。

那女孩儿在走廊尽头追上宁伟说：“哥，谢谢你。”

宁伟烦躁地说："滚开。"

"哥，我不走，你想骂就骂吧，反正我也是让人骂惯了。"

"我说你怎么这么烦人呀，你跟着我干什么？"

"因为你是好人，这儿的好人不多。"

宁伟走出夜总会大门，女孩儿紧紧地跟着他。

宁伟回头看看："你还跟着？想挣钱别找我，我没钱。"

女孩儿小声说："我不要你的钱。"

"不要钱？那我还怕你有病呢。"

女孩儿说："那我请你吃饭行不行？"

宁伟停住脚和气地说："谢谢，我不饿，我只想求你一件事。"

"你说吧，怎样都行。"

"你他妈别老跟着我行不行？我烦。"

"那你一个人待着不是更烦吗？我陪你说说话就不烦了。"

"嘿，你这人怎么跟猪皮鳔似的，粘上就甩不掉了。小姐，我告诉你，我不是见义勇为的好汉，也没想帮你，你犯不上领我的情，今天的事是因为我本来正心烦，那帮浑蛋把我招得更烦了，不打他们一顿，我今天就睡不着觉，你明白了吧？"

"我明白了，你不是这里的常客，刚才在酒吧里我注意你半天了，你像在找什么人，是不是？也许我还能帮你忙呢。"

宁伟突然想起了什么，他上下打量着女孩儿："你常出入这种场所？"

"当然了，歌厅、舞厅、酒吧、夜总会，你随便提哪家，我都熟。再说，我还有一群姐妹呢。"

宁伟一拍脑门，喜形于色地说："嗐，我怎么早没想到这儿，对不起，小姐，我请你吃饭吧。"

女孩儿坚决地说："我刚才不是说了吗，我请你。"

"不行，不行，哪有让女的掏钱的道理？我来。对了，怎么称呼你呢？"

"我叫珊珊。"

秦岭总算是从周晓白的嘴里得知了钟跃民的事情，她没有感到惊讶，这个不安分的男人无论发生了什么事，她都不会感到惊讶，这才是钟跃民的生活。他不是最不喜欢过平庸的日子吗，他这辈子讨过饭，打过仗，当过营长，还卖过煎饼，可就是没有体验过坐牢的滋味，这不是正好吗？

秦岭沉思道："你的意思是，50万元就能救钟跃民，是这样吗？"

周晓白说："按法律规定，挪用公款要超过一定时间才能构成罪名，跃民挪用这笔款时间还不长，另外，跃民个人没有从中获取好处，况且宁伟的公司是集体所有制，只要追回这笔款项，事情就可以定为单位间的资金拆借。”

“50万元，这可是不小的一笔钱呢。”

“可不是，我们都快急疯了，到处去借，连10万都凑不齐，差得远呢。”

秦岭紧锁眉头，自言自语地说：“我来想想办法。”

周晓白兴奋地探过身子：“你有办法？这太好了，秦岭，你可得救救钟跃民，不然他一辈子就完了，更何况，你和他的关系……”她望着秦岭住了嘴。

秦岭说：“没关系，你说下去，他和我是情人关系。说起来让你笑话，我们第一次的时候，还是在陕北农村的一个草垛里，钟跃民是我的第一个男人。”

“我想问句不该问的话，如果跃民出来了，你会和他结婚吗？”

“不会。”

“为什么？”

“周小姐，你问得太多了。”

“对不起。”

秦岭在招呼服务生结账。

周晓白站起来戴上军帽说：“秦小姐，我今天很高兴。”

“哦，就因为我答应救钟跃民？”

“这还不该高兴吗？朋友们都想帮他，可实在是能力有限，你要是能帮上他，那就太好了。”

“周小姐，你对钟跃民倒是一往情深呀。”

“人在危难中，就算是朋友，也该拉一把，更何况……我还爱过他。”

秦岭淡淡地说：“钟跃民的确是个不俗的男人，他身上有一种奇异的气质，若是发挥得当，他应该是个能成大事的人，这也是我这么多年没把他忘了的原因。周小姐，我要告诉你一句话，这种男人，你要离他远点儿。”

“为什么？你不是也和他……很亲密吗？”

“可我从来没打算嫁给他呀。这就是我和你的区别，因此我受伤害的程度要小得多，我可以做他的情人，不要他为我负任何责任，你能做到吗？这是个游戏人生的家伙，生活对于他来说，是只有过程而没有目的，他在品尝各种人生的滋味，连坐监狱都可能成为他人生的资本。我估计，此时他在里面快活得很呢，这种体验可不是每个人都有机会的。”

周晓白不好意思地承认：“你的想法很奇特。我承认，我从来没有了解过他，我只是觉得和他在一起很愉快。”

秦岭付完账也站了起来：“所以，当年就是没有我的出现，你们的结局也不会太好，因为你们根本没有共同之处。咱们走吧，我开车送你。”

在停车场上，秦岭就像个大姐姐一样替周晓白打开车门，还伸出手亲热地摸摸她的脑袋。

周晓白钻进汽车后问道：“秦岭，你是不是觉得我特傻？”

秦岭面带微笑看着她：“这倒不是，你挺单纯的，将门之女，从小得到的宠爱太多了。”

“你这是客气的说法，我能听出来，这就是傻。”

秦岭发动车子说：“要说傻，咱俩都够傻的，钟跃民这个浑蛋正在尽情品尝生活的各种滋味，倒是咱们俩在为他担心。我正在考虑，是不是让他在里面多待些日子，省得他出来后埋怨。”

看守所里又开饭了，分饭时大家的眼睛都看着迟宝强，他半合着眼，对放在眼前的窝头、菜汤似乎无动于衷，大家开始吃饭。

迟宝强突然抓起一个窝头拼命往嘴里塞，噎得他直翻白眼，室友们都吃惊地停止了进食，呆呆地望着他，屋子里很静。

钟跃民站起来，一脚踢掉迟宝强手里的窝头，一把拎起他，左右开弓又是4记耳光，迟宝强终于号啕大哭起来：“我操，姓钟的，没他妈这么欺负人的，我都两天没吃饭了，你打也打了，仇也报了，还有完没完？”

迟宝强边哭边把头往墙壁上猛撞，吓得老白毛拼命抱住他。

钟跃民冷酷地说：“别管他，让他撞。迟宝强，你要是不撞出脑浆来，都不算条汉子。”

迟宝强呜咽着：“我实在受不了了，你打死我得了……”

钟跃民笑道：“打死你多没意思，还是你自己尝尝挨饿的滋味，也省得以后欺负别人。这规矩是你自己定的，要破也得你自己破，你说吧，怎么办？”

迟宝强低声说：“我……我认栽啦。”

老白毛也劝道：“老钟，得饶人处且饶人，迟宝强也认错了，这事算了吧。”

钟跃民哼了一声：“就这两下子也敢当流氓？将来出去好好练练再说，别净给流氓丢脸。迟宝强，你可以吃饭了。”

老白毛把饭端给迟宝强，他艰难地吞咽着食物，时时揉着青紫色的腮帮，眼睛里流出成串屈辱的泪水。

珊珊不是北京人，她来自四川的一个小县城，在京城已经混了好几年了。她不知道自己算是从事哪行的，她有时在酒吧里陪客人喝酒或跳舞，还兼职做些倒卖白粉和摇头丸之类的小买卖。有几个二手毒贩子负责给她供货，她再卖给一些临时来了毒瘾的客人，挣点儿差价。珊珊做生意的经营范围很广，只要有钱挣，她什么都可以卖，包括她的身体。干这行的女孩子都有一个共同的想法，就是趁年轻多挣些钱，没人打算一辈子卖淫，只要攒够了钱，就回家乡做个小买卖，从良嫁人，那时谁会知道你都干过些什么，只要你愿意，你可以声称自己是最贞洁的圣女。

宁伟是个真正的实用主义者，他平时最看不起妓女，但他突然想到，这些混迹于风月场所的女人也许能帮他找到锤子，这时他马上换成一副嫖客的面孔，殷勤地把珊珊带到一个饭馆请她吃饭。

宁伟一边点菜一边假惺惺地问道："珊珊，刚才那些人为什么打你？"

珊珊懒洋洋地说："他们是卖白粉的，我有时也帮他们推销一些，自己挣个差价。今天是结账的日子，我应该把向他们赊的白粉钱给他们，可我昨天让人家骗了，连一分钱也没有了，没钱给他们，就只好挨打了。"

"你也让人骗了？"

"可不是，昨天我在迪厅碰见一个男的，长得挺帅的，我们一起蹦迪，聊得还不错，后来我们就开了房间，再后来我就迷迷糊糊地睡着了，等我醒了一看，这人没了，我的手包也没了，一分钱也没给我剩下，让人白玩了一把，还倒贴了钱，真倒霉。"

"你大概中了人家的圈套，他可能是给你下了麻醉剂。"

"只好认倒霉了，哥，咱俩搭伙吧。"

"咱们怎么搭伙，我也跟着卖？"

珊珊不满地说："说话怎么这么难听呀，谁让你跟着卖了？你当我的保镖，有人要是不给钱或是欺负我，你就揍他们。"

"噢，我负责打人，那你呢？你负责什么？"

"我负责挣钱呀，挣了钱三七分账，怎么样？我七你三。"

宁伟笑道："凭什么我只拿三成？"

"我出力多呀，你又不可能天天打人。我可是得天天陪人睡觉呀，再说了，没生意的时候，我还可以免费陪你过夜，你并不吃亏嘛。"

宁伟正色道："合伙的事以后再说，我先向你打听一个人，你要帮我找到他，我免费给你当保镖。"

珊珊喜上眉梢："那太好了，有你这么个保镖，我可就放心了，看你打架那几下子，真够专业的，你是不是在少林寺当过和尚？"

"你怎么这么多废话？我和你说正事呢，我要你帮我找个人。"

"你说，你说，我听着呢。"

这是钟跃民最后一次被提审，检察员魏平和女书记员坐在审讯席上，魏平没有像往常那样例行公事地打开卷宗，而是颇带善意地对钟跃民露出微笑。

钟跃民仔细看看魏平，疑惑地问："二位有什么高兴事，是不是打算放我了？"

魏平说："你想什么呢？一下子就给国家造成50万元的损失，你自己算算该判多少年？"

钟跃民无所谓地说："我犯得上去想吗？这又不是我该考虑的事。顺便问一句，我的案子是不是快开庭了？如果这不是什么保密的事，你就提前告诉我一声，我也好为今后的服刑生活做些准备。"

魏平饶有兴味地问："你打算做些什么准备呢？"

"找个适合我干的活儿呗，我正在考虑这个问题，前几天看守所的管教员还问我有什么特长，我说我会做煎饼，他说：'这个特长圈儿里恐怕用不上，你还会什么？'我说实在不行，我就去看守监狱的武警部队当个教练吧，给他们带带新兵，教教射击和擒拿技术，这也算发挥点儿余热……"

魏平和女书记员都笑了起来："钟跃民，你可真能侃，你把武警部队看成什么了，从'圈儿'里找教练？"

"这你就不懂了吧，当年刘伯承元帅组建南京军事学院，不是还从国民党俘虏中选教官吗，那些战犯都能当教官，我不过是挪用了点儿公款，罪过总比战犯要轻吧，我怎么不能当教官？"

魏平扔过一盒三五牌香烟："钟跃民，你当教官的事儿以后再说，先抽烟吧。"

钟跃民点燃一支烟不满地问："今天找我有事吗？你们审理案子也太慢了，就这点儿事，该判几年就判几年，要是不够判刑，就快点儿把我放了。"

魏平说："噢，这会儿着急了，早干吗去了？你要是不挪用公款，我还用不着认识你呢，你还当你的经理，求见一下钟经理还得通过女秘书预约，现在，就由不得你了。"

"行啊，你就慢慢办案吧，反正国家发工资，旱涝保收，你就是10年办成一个案子也照样拿工资，我等得起，反正要是判刑，这会儿也折抵刑期吧？"

魏平打开卷宗，拿出一些文件说："钟跃民，告诉你，你的案子有转机了，有人匿名汇来一笔50万元的款子，汇款单上只写明是替你补上那笔被骗的钱，没有留下名字，你好好想想，这有可能是谁干的？"

钟跃民吃了一惊："有这事？真见鬼了。"

魏平说："只要没给国家财产造成损失，对你的处理就会轻得多。"

“既然没给国家造成损失，我是不是就没事了？”

“钟跃民，我看你是个法盲，虽然这笔钱补上了，但这并不能说明你没有犯挪用公款的罪，犯了罪就要受处罚，这是两码事。现在你要仔细想想，这笔钱有可能是谁汇来的？”

“我也想不出是谁。”

魏平合上卷宗说：“那好，你可以回去了，你还要耐心等一段时间，我们会尽快结案的。”

看守所监房的铁门被打开了，一个戴着手铐脚镣的粗壮大汉被关进来，这个人面目狰狞，眼睛里闪着凶光，阴沉沉地环视着所有人。

迟宝强的目光和那汉子的目光相撞，他吃了一惊：“你是……熊瞎子？”

熊瞎子狞笑着：“老迟，山不转水转，咱哥儿俩又见面啦，我可想死你了。”

迟宝强做出一副满不在乎的样子，口气强硬地说：“熊瞎子，真巧啊，听说你找我找了两年了，这回不是找着啦，有事吗？”

熊瞎子紧紧盯着迟宝强说：“哦，没什么大事，只是有点儿小账要清清，咱哥儿俩的事该有个了断了吧？”

“你想怎么样？”

熊瞎子问：“老迟，这次进来能判几年？”

“事儿不大，顶多3年吧。”

熊瞎子笑起来，那张脸显得很恐怖：“我是不打算出去喽，4条人命，够枪毙4回吧？”

迟宝强幸灾乐祸地笑了：“恭喜你，熊瞎子，你挺能干啊，不过你放心，人家不会枪毙你4次，一颗子弹就够啦。”

熊瞎子大笑起来：“说得是呀，干掉4个人，是一颗子弹，再多干掉一两个，不也是一颗子弹吗？”

迟宝强一怔，随即又强硬地说：“熊瞎子，我可不是被吓大的，我迟宝强这辈子见得多了，明说吧，当年你手下那个兄弟的腿是我打断的，你敢怎么样？”

“老迟，别激动，俗话说，有屁股不愁挨板子，咱俩既然被分到一个号里，就有的是时间，对不对？”

钟跃民听着两人斗嘴没有说话，他的眼睛注视着熊瞎子戴着手铐的双手，这双手呈黑紫色，指节粗大，手背上全是黑色的茧皮。

钟跃民的心里一动，他凭这双手看出这人的功夫很厉害，像是练过铁砂掌，三个迟宝强也不是他的对手。

钟跃民幸灾乐祸地想，这下有热闹看了。

京郊怀柔县有个银龙度假村，这里环山临水，景色很优美，度假村宾馆的设施也很豪华，附近还有高尔夫球场和温泉，是个供有钱人享乐的地方。

锤子在这里已经住了1个多月了，在他有限的经历中，能享福的日子实在不多，早年捡破烂的生涯就不必说了，就算是改革开放以后，像他这类出身于底层、没受过什么教育的人也不可能得到什么实惠。这类人的素质太差，即使偶尔挣到一些钱，也马上会挥霍一空。可想而知，一个没享过福的人面对五光十色的商业社会，往往会不择手段，急不可耐地去追求财富，那些灯红酒绿的娱乐场所和高档消费场所无时无刻不在向他们展现着各种诱惑。锤子就是这样的人，他对一切享受都抱有极大的兴趣，他需要的是能直接作用于感官的享受。

锤子认为自己是最能享受生活的人，他从来不干华而不实的事，他喜欢实惠的感官享受，比如吃喝、玩女人、赌博之类的活动，这才是真正的享受。多年来锤子一直过着入不敷出的日子，倒腾外汇那是不得已的时候才干的，他的主要精力都放在行骗上。他认为骗子这行风险最小，就算受害者最后找到了自己又能怎么样，他可以上法庭去告，锤子才不怕这个，反正是要钱没有，要命有一条，如果受害人愿意，他那个破家连带老妈都可以抵给受害人。再说了，他一旦骗到钱，能老老实实待在家里等着人来找吗，你上哪儿去找？在锤子的行骗生涯中，宁伟这50万元是最大的一笔款，也是最容易得手的一次，他几乎没费什么劲儿就使宁伟这个傻大兵相信了他。锤子坚持认为，这笔钱是老天爷特地给他送来的，那天早晨他出门之前，左眼皮就跳个没完，结果一出门就碰上了宁伟，这笔钱难道不是从天上掉下来的吗？至于宁伟这个老同学被骗以后会怎么样，锤子认为这不关他的事，他也犯不上去想。宁伟这些年当兵都当傻了，这次被骗对他是个教训。锤子的思维很奇特，他甚至认为自己的行为是从另一个角度对宁伟提出的善意的警告，社会这么复杂，他以后应该多长点儿心眼儿才是。

度假村旁是一个幽静的湖泊，湖边的沙滩上支着几顶遮阳伞，锤子穿着浴衣躺在沙滩椅上，他身旁躺着几个戴着墨镜的男女。

一个穿游泳衣的女人走上岸，锤子殷勤地递上浴巾。

那女人是锤子花钱包下的，事先说好包两个月，每月报酬1万元。这1个月来，锤子不得不承认，这小婊子还是挺敬业的，每天在床上都能把锤子折腾得晕乎乎的，不愧是专业级的。

那女人懒洋洋地躺在躺椅上：“大哥，你今天手气不错，赢了这么多，可不能一毛不拔呀。”

锤子伸出手摸着她裸露的大腿：“没问题，今天所有的费用我埋单。”

他身旁一个留着络腮胡子的人问道：“锤子，你丫最近是不是犯什么案子啦？来无踪去无影的，上次说好了你埋单，哥儿几个还挺高兴，等结账的时候，你丫连影儿都没有了，有你这么办事儿的吗？”

“有这事儿吗？我怎么不记得。哥儿几个，你们说句良心话，我锤子是抠抠搜搜的人吗？咱是什么出身？清朝那会儿，我爷爷的爷爷是什么官儿你知道吗？说出来吓死你，那官衔叫什么来着？挺拗口的，这么说吧，就相当于现在的组织部副部长，那会儿我们家在京城的大宅院就有七八处，花起银子像流水，光姨太太就十几房。”

络腮胡子嘲笑道：“那你丫肯定是哪房姨太太的后代，闹不好还是你家祖上从八大胡同买来的。”

锤子不爱听了：“去你妈的，我们家有家谱，正宗的嫡系。哥们儿是生不逢时啊，要倒退几十年，我锤子马褂儿一穿，瓜皮帽儿一戴，左手提个鸟笼子，右胳膊上架只鹰，到戏园子瞅哪个角儿顺眼，掏出银票一撒……”突然，一只手搭在锤子的肩膀上，锤子抬头望去，宁伟正站在他身旁。

锤子一惊：“哎哟，这是谁呀？有日子没见啦，来来来，坐下。哥们儿，不瞒你说，昨儿个我做梦还梦见你了呢。”

宁伟冷笑道：“锤子，日子过得不错嘛，我找你可费了劲儿啦。”

锤子满脸堆笑：“宁伟啊，人生在世，不就图个高兴吗，咱哥儿俩好不容易见个面，今天得好好叙叙旧，一会儿咱们去蒸蒸桑拿，晚上我发你个妞儿，咱可说好了啊，今天的一切费用算我的，谁跟我抢，我跟谁急。”

宁伟笑笑说：“锤子，咱们先把账结了，等结完账由我做东，怎么样？”

锤子一脸惊讶地问：“什么账呀？”

“你还有必要装傻吗，那50万元的账总不会这么快就忘了吧？”

“哟，宁伟，我怎么听不懂啊，什么50万，你是不是记错啦？”

宁伟咬着牙说：“锤子，我看出来了，你是想赖账，可我今天抓住你了，要无赖总不是办法吧？”

锤子一副无赖嘴脸：“宁伟，我听明白了，你是说我欠你50万，那好，有欠条吗？拿出来看看，这么说吧，只要有欠条，我立马给钱，要是没有，就说明你想敲诈我。我这个人脾气好，不会说什么，可我这几个哥们儿脾气不太好，他们的脾气一上来，我劝都劝不住。”

宁伟向四周看看锤子的几个同伙，那几个人正虎视眈眈地盯着宁伟，那个络腮胡子眼里露出了凶光，嘴里不耐烦地骂道："孙子，你丫有事儿没事儿？没事儿滚蛋，找抽呢是不是？"

宁伟从衣兜里掏出几个带刺的钢指环分别套在左手的食指、中指、无名指上，他张开手掌冲着阳光欣赏了一下，然后扭过头来和颜悦色地说："锤子，你了解我，我这个人嘴拙，要是动嘴，我还真说不过你。咱们简单点儿说吧，我今天找你，没想让你还钱。我知道，就冲你过的这种日子，那50万可经不住花，恐怕早打了水漂儿。可你知道吗，一个人干了坏事，是要受到惩罚的。我只想和你商量一下，你是愿意还钱呢，还是愿意后半生落个残废？你自己挑吧。"

锤子站了起来，嘴硬地说："宁伟，你要这么说，我可就顾不上老同学的面子了。我再说一遍，我不知道那50万是怎么回事，就是这话，你看着办吧，你要是想找不自在，咱们谁残废还难说呢。"

宁伟身形未动，左臂闪电般地画出一道弧线，一个上勾拳击中锤子的鼻子，"啪"的一声爆响，钢指环的杀伤力惊人，拳落处皮开肉绽，指环上的钢刺在一瞬间将锤子的脸变成了烂柿子。锤子只觉得自己的脸在猝不及防中被一柄8公斤的铁锤迎面击中，整个世界在眼前爆炸了，视野里一片漆黑，万朵繁星纷纷飘落……宁伟不动手则罢，一旦动起手来就是连续动作，决不给对方任何喘息的机会，他狠狠地一脚踢中锤子裆下的睾丸，锤子像触了电一样两眼翻白，捂住裆部痛苦地弯下腰，宁伟毫不迟疑地又是一脚，踢中他的脸，锤子仰面飞出3米远，跌倒在沙滩上。

锤子的几个同伙扑上来，把宁伟围在中间，宁伟灵活地闪过对方的攻击，频频出击，凶狠地将几个同伙一一打倒，那几个同伙被打得血流满面，在地上疼得直打滚。

宁伟又一把拎起锤子，向锤子的软肋处连连猛击，锤子发出了一阵惨叫，宁伟一脚踢中他的膝盖，锤子捂着腿在地上痛苦地翻滚，宁伟咬着牙向躺在地上的锤子一脚一脚地狠踢着。

锤子发出的惨叫声惊动了在附近巡逻的保安员，几个手持警棍的保安员扑向宁伟，想合力制伏他，却没想到被宁伟轻易地夺过了警棍，他凶狠地用警棍将几个保安员打倒，然后转身继续用警棍不紧不慢地猛击锤子的双腿，锤子的腿骨在警棍的重击下被砸得粉碎……

吃了亏的保安员们自知不是对手，他们谁也不敢动手了，只是不远不近地围住现场，一个被打得满脸是血的保安员用电话报了警。

10分钟以后，锤子已经变成一堆悄无声息的烂肉，宁伟仍然在不紧不慢地踢着。

一辆闪着警灯的警车呼啸而来，几个警察跳出警车，纷纷掏枪向前冲去……

就在宁伟被捕的那天晚上，被关在看守所里的钟跃民也经历了一场生死搏斗，事后钟跃民承认，本来他只是想看看热闹，谁知自己却被稀里糊涂地卷进去了。

那天睡觉前，迟宝强的脸色已经变得煞白，别看迟宝强当着熊瞎子的面嘴硬，其实他心里早就哆嗦了。这个熊瞎子可不是一般的罪犯，他是东三省有名的惯匪，此人自幼和高人习武，练得一身好武艺，后来入了黑道，干下了不少大案子。东北的警方曾数次抓捕他，却都被他逃脱了。两年前，熊瞎子带着手下的一个兄弟流窜到北京，他本来是想到北京踩踩道，看准机会抢劫银行，没想到他那个兄弟嫖娼时不给钱，和迟宝强发生了冲突。迟宝强在北京的黑道上不算重量级人物，他只是纠集一群马仔欺行霸市，收些保护费，他地盘里的娼妓当然也归他管，那些娼妓都和他定了口头协议，迟宝强负责向她们提供保护，她们每月向迟宝强交纳一定的费用。那天熊瞎子的兄弟就撞到了迟宝强的手里，那家伙在东北横惯了，嫖娼向来不给钱，也没人敢向他要。就这样，他几乎忘了嫖娼还有付款这回事儿，到了京城也这么横，当妓女向他要钱时，他随手赏了妓女两记耳光，打得那个妓女脸蛋乌紫，1个月不能接客，这就显得太过分了，迟宝强当然不能不管。迟宝强便带着一群弟兄把那家伙绑到郊外，用镐把将他的腿骨砸成了三截，然后又意犹未尽地把那家伙扔进了运河，差点儿淹死。就这样，他和熊瞎子结了仇。有一次熊瞎子和迟宝强狭路相逢，迟宝强自知难逃一死，他急中生智举起了提包，声称提包里装着炸药，熊瞎子若是不让路，两人就同归于尽。熊瞎子当时不明底细，没敢轻举妄动，迟宝强算是逃过一劫。两年来，熊瞎子和迟宝强玩开了捉迷藏，一时谁也奈何不得谁，没想到事情就这么巧，这一对仇人竟被关在一个监号里。

那天夜里，钟跃民想心事睡不着觉，而监号内的室友们都已入睡，他本能地感到熊瞎子也并没有睡着，因为他的翻身很有规律，这引起了钟跃民的警觉，他装作已睡熟的样子，暗暗观察着熊瞎子。他发现熊瞎子的眼睛睁开一道缝，他翻了个身，眼睛在观察监室内的情况，在他确定大家都睡着以后，便把手放进嘴里，轻轻掏出一颗假牙。钟跃民看见不锈钢齿桥上的环状钢丝，才明白了他的打算，于是心里暗暗称赞，这家伙的脑子倒是真好使。

熊瞎子将钢丝弯成90度，插进手铐的钥匙孔里，轻轻地转动着……钟跃民听见一声轻微的响声，手铐被打开了，熊瞎子慢慢爬起来，用手拎着脚镣的铁链，竟没有一点儿声响。

熊瞎子走到迟宝强身边，猛地骑在他身上，双手死死地掐住他的脖子，迟宝强在睡梦中被惊醒，他拼命挣扎着，企图摆脱熊瞎子的双手。熊瞎子狞笑着，死死掐住他的脖子，迟宝强无声地挣扎着，眼睛渐渐向上翻，挣扎渐渐减弱。

钟跃民本来想看看热闹，他希望双方打个头破血流才过瘾，可他马上就发现情况不对，迟宝强根本没有还手之力，再有个几十秒钟，他就被掐死了，这可不是闹着玩的。钟跃民顾不上多想，他蹿起来扑向熊瞎子，使出擒拿手法想制伏他，熊瞎子不得不松开双手，和钟跃民翻滚在一起，他似乎对近身肉搏很在行，猛地用额头撞击钟跃民的鼻子，钟跃民被撞得血流满面，他咬着牙挥拳猛击熊瞎子的软肋，熊瞎子双腿将钟跃民蹬出去，钟跃民仰面跌倒。这一脚的力道非同小可，钟跃民凭经验判断，自己的肋骨可能被踢断了两根……熊瞎子一招儿得手，马上毫不留情地压在钟跃民身上，伸出双指直插钟跃民的双眼，钟跃民曲肘扫中熊瞎子的下颚，熊瞎子被打翻，钟跃民顺势翻了上来，狠狠用拳头猛击他的脸部，两人又厮打翻滚在一起……

老白毛等人拼命拍打监舍的铁门大声呼救。

几个看守员冲进来，制住了熊瞎子，他发出了一声长长的号叫，拼命挣扎着，看守们七手八脚地把他拖了出去。

满脸是血的钟跃民用毛巾捂住鼻子，他感到右肋一阵剧痛，连呼吸都有些困难。钟跃民觉得很窝囊，他在战场上都没受过伤，没想到在监狱里被踢断了肋骨。

刚刚缓过气来的迟宝强一下子跪在钟跃民面前大哭道："钟哥，谢谢你的救命之恩，我迟宝强对不起你……"

钟跃民没好气地踢了他一脚，骂道："滚开……"

·第二十一章·

检察官魏平带着钟跃民从看守所的大铁门里出来，魏平在值班室的门口与哨兵办理释放手续。钟跃民仰头向天空望去，空中的太阳亮得刺眼，四周的景物在晃动，他感到一种眩晕，连忙用手捂住眼睛。

魏平办好手续走出值班室，他发现钟跃民有些站立不稳，连忙关切地扶住他："钟跃民，你没事吧？"

"有些头晕。"

魏平说："刚从里面出来都这样，很快就会适应的。"

钟跃民懵懵懂懂地问："我的案子就算完了？"

"是啊，从现在起，你自由了，我不是已经告诉你结论了吗？"

"我没注意听，你再说一遍吧。"

魏平不满地说："你这人什么毛病，心不在焉的。好，我再说一遍，经过调查取证，你的挪用公款罪可以成立，但考虑到你的认罪态度和积极退赔的行动，更重要的是在在押期间有重大立功表现，救了一条人命，所以检察机关对你做出免予起诉的决定，你听明白了吗？"

钟跃民倒较起真儿来："你说我在案发后积极退赔，这不符合事实，我没有退赔，谁汇的款我不知道。"

魏平火了："听你那意思，是想否定检察机关的结论，好像我们放你放错了，你是不是挺留恋号里？要不这么得了，我再把你送回去。"

钟跃民想了想说："要是你能做主把熊瞎子那小子和我关在一个号，我就愿意回去，他弄断我两根肋骨总不能就这么完了，等到我伤好了，我还想和他交交手，我得弄断他4根肋骨。"

魏平说："算了吧，你也没吃亏，把人家的鼻梁骨都打碎了，下巴也脱臼了，为抢救这小子花的医疗费比你的还多。医生说，碎骨伤及了他的运动神经，要不是抢救及时，那小子就完了，钟跃民，你出手也真够黑的。"

钟跃民越想越觉得自己吃了亏："我要是没救迟宝强那小子，是不是也一样免于起诉？那这场架算是白打了，重大立功表现也该给点奖金什么的。"

魏平笑道："你做梦去吧，要不是立功，你至少得被判个一两年，还奖金呢，别净想美事儿。"

钟跃民说："那我回家了。"

魏平主动提出："我开车送你吧。"

"算了，你那身制服再把我爸吓着。"

魏平掏出了记事本说："给我留个电话号码吧，以后交个朋友。"

钟跃民写下电话号码，开玩笑道："以后我再犯了什么案子就不怕了，咱检察院有人啊。"

魏平说："再犯案子，我照抓不误，不过……在你没犯案之前，我还是愿意和你交个朋友，平心而论，你小子倒不招我讨厌。"

宁伟这次的祸可惹大了，才短短几分钟时间，锤子在他的手里就没了人形，要不是警察来得快，锤子很可能就被弄死了。据警察说，当他们把锤子和他的两个同伙送进医院急诊室抢救时，那个值班的实习医生都吓坏了，他从来没见过这么重的伤，锤子的肋骨被打折了七根，脾脏破裂，两条腿多处粉碎性骨折，眼睛视网膜脱落，视力已经消失，只有光感，内脏也多处受伤出血。这类伤员就算经过抢救保住了性命，今后也只能在轮椅上苟延残喘地度过后半生。锤子的两个同伙的伤比他稍微轻点儿，但也会落下严重残疾。还有当时上前制止宁伟的四个保安员，他们也不同程度地受了伤。最窝囊的是，他们四个手持警棍的大汉，竟在一瞬间被赤手空拳的宁伟打倒，警棍倒成了宁伟的凶器，锤子的两条腿就是被警棍猛击致残的。

被捕后，宁伟对自己的行为供认不讳，他表现得很合作，曾多次向警方表示，他对那四个受伤的保安员表示抱歉。至于对锤子及其同伙造成的伤害，宁伟表示很满意，他认为自己已经达到了目的，他的目的就是想让锤子在轮椅上度过后半生，不然他还会去行骗。宁伟对于自己即将面临的重刑毫不在乎，他表示愿意接受法庭审判。

宁伟的案子很简单，用不着太多的调查取证，这是场光天化日之下的伤害案，人证、物证俱在，甚至连请律师都显得多余。宁伟在看守所里向法官表示自己对请律师没兴趣，他的家人似乎也请不起律师，于是法庭决定为他指定律师。当时钟跃民还在看守所里没出来，和宁伟比较亲近的人只有张海洋了。张海洋没有犹豫，自己花钱请了律师，他希望律师的辩护能减轻对宁伟的判决，能少判一年是一年，宁伟曾经是他的战友，还当过他的徒弟，张海洋不能不管。

法庭开庭那天，钟跃民和张海洋很早就赶去旁听，宁伟被法警押进法庭，坐进被告席时，他还回头向坐在旁听席上的钟跃民和张海洋点头示意。

法庭辩论很快就结束了，宁伟的律师为他做了辩护，理由有两点：第一，宁伟的犯罪事出有因，他是在被骗后忍无可忍才采取了行动；第二，他在预审期间认罪态度较好。律师希望法庭能考虑到宁伟曾在部队立过功，对他予以从轻处罚。

公诉人对律师所做的辩护没有反驳，可能是认为没有反驳的必要，宁伟的案子事实很清楚，按照《刑法》的条款判就是了。

法庭的审判长在经过合议庭商议后开始宣读判决书："被告人宁伟为索取债务，造成重伤致残三人、轻伤四人的严重后果，根据中华人民共和国《刑法》第二百三十四条之规定，被告人宁伟重伤害罪名成立，现判处被告人宁伟有期徒刑十五年，剥夺政治权利五年……"

被告席上的宁伟无动于衷地仰头望着天花板。

旁听席上有个女孩子突然哭了起来，钟跃民和张海洋惊讶地回头看了她一眼，这个女孩子是谁，和宁伟是什么关系？这个念头在他们脑海里闪了一下。

宁伟被戴上手铐押上囚车，钟跃民和张海洋匆匆从审判庭里追出来。

钟跃民喊道："宁伟……"

宁伟抬起头望着他："大哥，我对不起你，害得你吃了官司，不过，我总算是报了仇。"

钟跃民说："宁伟，你听我一句，在监狱里千万别再惹事，争取早点出来，我们会去看你。"

张海洋也喊道："宁伟，你要保重啊，战友们都会去看你，你母亲那里请放心，我们会替你照顾的。"

囚车里的宁伟不吭声了，只是向他们投出诀别的目光……

秦岭和周晓白又在红玫瑰咖啡厅里见了一面，两个女人轻轻地握握手，然后相对而坐。她们谁也没有说话，只是互相凝视着对方，似乎都想从对方的脸上解读出她们共同关心的那个男人的信息。

秦岭终于打破了沉默："周小姐，你见到钟跃民了？他还好吗？"

周晓白回答："见到了，他精神还可以，可是……你为什么不见见他呢？要不是你帮助，他恐怕不会这么快就出来。还有，你为什么不让我对他说呢？我不明白。"

秦岭淡淡地说："我想，我和他的关系已经结束了，所以没必要再见了，况且，我也要走了。"

"你去哪儿？"

"我已经办好去美国定居的手续，明天和我先生一起走，今天我是来和你告别的。"

周晓白惊讶地问："你结婚了，这是怎么回事？我一直以为你爱的是钟跃民，早知现在，你当初何必……"

秦岭马上接过她的话："你想说，'你当初何必把钟跃民从我手里抢走'，对不起，我当初并不知道你的存在，而且就算知道，这也不关我的事，跃民有选择女友的权利。"

"你是说，他选择了你，可你并没有选择他？"

"是的，我一直认为钟跃民是个有魅力的男人，但他最适合做个情人，而不是丈夫。至少到现在为止，他还没有能力建立家庭，一个没能力承担各种责任的男人最好不要谈婚姻。当然，他可以爱女人，这是他的权利。"

"我明白了，是你先生支付了这50万元，你帮了钟跃民，可你不觉得这是把自己给……"

"给卖了，是吧？可你想错了，无论从哪方面来说，我先生都是个不错的男人。钟跃民的事，我并没有瞒他，他在得知我和钟跃民的关系后，仍然毫不犹豫地支付了这笔钱。从这点上看，他不是个心胸狭隘的男人，也使我对他刮目相看。如果说，以前我对他的感觉还有些模糊，或者是为了某种利益和他交往，那么通过这件事，我倒真爱上了他。试想，这件事若换了钟跃民，他做得到吗？"

周晓白表示赞同："这倒是，很少有男人能这样大度。"

"所以，对咱们女人来说，男人可真是本永远翻不完的书，这好比购买精品，优秀的男人各有品牌，钟跃民这种品牌，虽然也算得上是精品，可总有点儿设计上的欠缺。"

周晓白点点头说："你的比喻很有意思，这大概是两种文化的差异，不是个人问题。"

秦岭微笑着说："这个话题太大了，一时说不清楚，况且作为女人，我们也有自身的问题，怎么能过高地要求男人呢，你说对吗？"

周晓白站起来伸出手："那就祝你一路顺风，下次回国一定要和我联系。"

秦岭握住她的手："谢谢，咱们建立个热线怎么样？就像间谍那样单线联系，因为我还有点儿好奇心，钟跃民现在正处于他一生中的低谷时期，我倒真想看看，这家伙下一步要玩些什么新花样。"

"好吧，我会随时向你通报他的情况。秦岭，你真的不想在出国之前见他一面吗？你这一去不知什么时候才能再见到他，别留下什么遗憾。"

"晓白，我已经嫁人了，不像以前那样自由了。我先生是个不错的人，我不愿意让他伤心，况且他也为营救钟跃民出了力，就凭这一点，我也应该对得起他，你说对吗？”

“说真的，秦岭，要是咱们能早些认识，我会和你做好朋友的，要分手了，我们拥抱一下好吗？”

“当然，晓白，我也很喜欢你，咱们已经是朋友了，希望常联系。”

两个女人轻轻拥抱了一下，互相友好地拍拍后背。

钟跃民从看守所里出来以后，一直在操心自己的工作问题。他从侧面了解了一下，自从他出事以后，正荣集团也有了很大变化，首先是董事会成员做了调整，李援朝一派在内部争斗中失势，他不仅没能进入董事会，连总经理的职位也丢了。李援朝很轻松地辞了职，随即办了出国定居的手续去了美国。

据一个圈内的朋友说，李援朝是个很善于操作的人，他早就开始为出国定居做准备了，这些年他不动声色地捞了不少钱，还把老婆孩子也送到了美国。据那个朋友估计，李援朝这次被排挤出董事会，很有可能是他自己操作的结果，不然以李援朝的精明，他绝不至于败得这样惨。在他辞职的当天晚上，有人看见他在一个贵族俱乐部里和几个朋友喝酒，他连开了两瓶XO，谈笑风生，兴奋异常，绝不像个失败者。还有个驻美国大使馆武官处的朋友说，他在纽约的曼哈顿看见了李援朝，这家伙购置的豪宅至少值几百万美元，他每天开着一辆劳斯莱斯牌的汽车，去纽约帝国大厦自己的公司上班。总之，这孙子算是牛到家了，和他现在的地位比，正荣集团算什么？比钟跃民当年的煎饼摊儿强不到哪儿去。

据说钟跃民出事后，贸易部有两个女职员也立刻辞了职，一个是何眉，另一个就是高玥。李援朝还特意挽留过高玥，因为她是个很能干的业务员，但高玥执意要走。她辞职以后去向不明，公司里的人再没有见过她。

钟跃民听父亲说高玥到他家去过几次，但她没说自己在做什么。他出狱以后去高玥的住处找过她，但没有找到，这个女孩儿神秘地失踪了。

钟跃民还真有些着急，以前他自视甚高，觉得自己什么都能做，在正荣集团时，他甚至觉得贸易部经理的职位都有些委屈了自己，以他的能力当个总经理也绰绰有余。而现在他却有些恐慌了，他发现自己这半辈子好像是白过了，到头来连个一技之长都没有，他现在需要考虑的是该怎么养活自己的问题。

袁军和郑桐来看望他，这两位老朋友也为他着急，他们的工作性质必然决定了他们的交际范围。袁军在总部的作战部门工作，既不管钱物，也没有人事调动方面的权力。郑桐乃一介寒儒，他所在的单位是研究社会科学的，不可能有什么经济效益，他一家三口日子过得很紧，至今还住在筒子楼里。不过郑桐很有些文人式的天真，他认识一些做生意的朋友，而且自认为在朋友那里很有面子，他觉得把钟跃民介绍到朋友的公司去工作，那是看得起他们，所以他对钟跃民的工作问题显得很胸有成竹。

袁军不好意思地说：“跃民，这些年我和周晓白一直在部队工作，地方上的关系一点儿也没有，想帮也帮不上你，真对不起，你有我这么个朋友真没用。”

钟跃民说：“你别这么说，怨我自己不争气，失业了，还得朋友们替我操心，是我对不起你们。唉，以前没工作心里还有底，那时复转办还管，现在我可真成了无业游民了。”

郑桐大包大揽地说：“跃民，我倒认识几个开公司的朋友，不过都是些小老板，公司规模不大，我给你联系一下，他们肯定会给我面子。”

钟跃民灰溜溜地说：“谢谢，现在我干什么都行，当个业务员，跑跑供销之类的我都愿意干，三十多岁的人了，总不能再要我爸养活我。”

钟跃民以为自己的要求不高，给人家公司当个跑腿儿的业务员他就知足了，以前自己是大公司经理，多少也做过些大生意，现在屈尊成了跑腿儿的，按理说这种活儿不该太难找。谁知他想错了，就像俗话说的那样，人一倒霉，喝口凉水都塞牙。找工作太难了，难得超出了他的想象。

郑桐给他介绍的第一家公司是做化工生意的，公司很小，在一家招待所租了一间房子做办公室。钟跃民一进门心里就有数了，他在正荣集团时没少受这类小公司老板的纠缠，这些小老板既没资金又没路子，却一心一意想做大生意发大财。他们租一间房子做办公室，公章、合同章都随身带着，他们只能买空卖空做无本生意，一年也未必能做成一桩生意，只会四处拉关系搞批文，偶尔搞到一份倒了好几手的批文就乐得屁颠儿屁颠儿的。

郑桐的朋友姓张，名片上的头衔是总经理，他很客气地请钟跃民坐下，还殷勤地给钟跃民倒了一杯水。谈话不到10分钟就结束了，钟跃民很客气地回答了张总所有的问题。张总站起来伸出了手：“好吧，这件事容我考虑一下，你先回去等等，有了结果我会通知郑桐，就这样吧。”

这位张总办事倒是挺利索，他在钟跃民刚走出办公室时就答复了郑桐，而郑桐却没好意思马上通知钟跃民，他一直拖到晚上才给钟跃民打了电话。

郑桐在电话里吞吞吐吐地说：“跃民，那张老板给我打了电话，说得挺客气，说你是个人物，思维很敏捷，条理也清楚，谈吐不俗……”

钟跃民喜道：“他同意我做业务员了？”

“跃民，你别着急，他说……他那里是个小庙，装不下你这尊大神，你的本事在他之上，你迟早会发达起来。”

钟跃民泄气地说："噢，明白了，说了半天是没戏，绕这么大弯子干吗？明说就行了呗，没关系，我这个人倒霉惯了，在这方面有承受力。"

郑桐安慰道："其实，他那个屁大的公司还真不值当去。算了，跃民，我再帮你联系。"

钟跃民说："不过，我觉得奇怪，今天我和那个张经理谈得不错呀，怎么连个业务员的工作也不给？"

"实话说吧，就是因为你太精明，让他觉得你非池中之物，使他缺少安全感，怕这个公司经理的位子被你取而代之，一个对他有威胁的人，他会要吗？"

"唉，现在有谁能赏我碗饭吃，我就感激不尽了，哪还有这份歪心思，得，我以后注意就是。"

"对呀，装傻谁不会？咱以后就往大智若愚的路子上走。"

后来的事实证明，装傻也不行，这种火候不太好掌握，关键在于你是上门求人家，那些老板很容易把你当成穷途末路的乞讨者。钟跃民去第二家公司面试时，他吸取了第一次求职的教训，极力装出一副老实人的样子，对方问什么他答什么，人家不问他绝不开口，那位老板问他是否熟悉主管进出口贸易的一些机关，有没有什么关系，比如外贸部、外经委这类的机关。钟跃民老老实实回答不认识。那老板说："我们公司是做国际贸易的，要经常和海关打交道，像报关这类的业务你熟悉吗？"钟跃民摇摇头说不熟悉。那位老板没有再问什么，也客气地说要考虑一下，请他回去等通知。

钟跃民刚走进郑桐的家门，两人还没来得及说话，就听见郑桐养的一只八哥欢天喜地地叫了起来："你好！"

钟跃民乐了："你好！这只八哥倒是伶牙俐齿的，发音还挺准。"

"你吃了吗？"八哥叫道。

"没吃，你管饭吗？"钟跃民逗着笼子里的八哥。

"操你妈……"八哥突然破口大骂。

"操你妈，这浑蛋东西怎么骂人呀？"钟跃民大怒，不顾身份地和八哥对骂起来。

"算了，算了，都少说两句。跃民，你怎么跟只鸟儿一般见识？"郑桐息事宁人地劝道。

"肯定是他妈的你教的，这八哥欠抽。"钟跃民愤愤地说道。

"我可没教它，大概是它以前的主人教的，就因为它会骂人，我才买的它。拿破仑说过，不会骂人的鸟儿不是只好鸟儿。"

“拿破仑什么时候说过这话？他说‘不想当元帅的士兵不是个好士兵’。”

“这是一码事，真理从来是放之四海而皆准的，我们应该宽容地对待一只鸟儿，谁还没点儿缺点，作为一只鸟儿，会骂人至少说明了它有语言天赋，我还准备教它英语呢，只要它别太出圈儿，譬如喊反动口号什么的，别的都可以原谅，逮谁骂谁，爱谁谁啦。”

“你从哪儿弄这么只鸟儿来？”钟跃民问。

“那天我去花鸟市场，刚进去就挨了骂，这八哥非常狡猾，它不会上来就骂人，而是先和你客气一下，‘你好’，然后是‘你吃了吗’，得，等你眉开眼笑准备和它聊聊了，第三句就是‘操你妈’。有个老头儿挨了骂，差点儿把拐杖抡过去，我觉得这只八哥挺可怜的，其实它不过是想舒坦舒坦嘴，并不是真想把老头儿的妈怎么样。我赶紧拦住老头儿，掏钱把它买了下来。好家伙，回家的路上，它骂不绝口，溜溜儿地骂了我一路，回家又骂了蒋碧云和我儿子……”

“你好！”八哥又叫了起来，看来它就会这三句话。

“操你妈……”钟跃民才不上它的当，提前骂了出来。

郑桐猛地想起下午接到那老板的电话，钟跃民的事又黄了，他不满地质问道：“跃民，你怎么和人家谈的？”

钟跃民说：“我装作没见过世面的样子，绝对给那个王老板一种老实人的印象，又怎么啦？”

“完啦，你他妈演得太过火啦。王老板说，你那哥们儿有点儿弱智，问这也不会，问那也不懂，那你他妈到这儿干吗来了，这儿又不是开粥棚救济穷人的地方，整个一傻逼。”

钟跃民大怒：“我操！这还他妈让人活吗？太精了不行，那咱就傻点儿，傻不就能给人老实的感觉吗，老实人不是谁都放心吗？闹了半天，傻也不行，还落个弱智，那你让我怎么办？”

“这火候你得自己掌握，也不能走极端呀，别一精起来就老谋深算，一傻起来就流鼻涕……”

钟跃民烦了：“去他妈的，这事你别管了，工作没找着，倒惹了一肚子气，我自己想办法吧。”

郑桐自嘲道：“古人说的有道理，‘百无一用是书生’，以前我对这句话还不太服气，现在我是真没什么好说的了。当年插队的时候，我认为只有通过个人奋斗才能改变自己的命运，结果奋斗了这么多年，只不过从农民变成了一介书生，还是属于这个社会的弱势群体，既无钱也无势，自己过得不怎么样，对朋友更是没用，想起来就灰溜溜的。”

钟跃民笑道："你是个受过教育的人，不该有这种俗人的想法。"

郑桐蹦了起来："我是俗人？我倒想听听我怎么个俗法儿。"

"一介书生怎么了，无权无势就丢人了？你是不是很羡慕有权有势的人，你苦读多年难道是为了这些？"

"那你说是为了什么？我苦读多年总不至于是为了今天住筒子楼吧，这年头儿谁会拿知识分子当回事儿？我儿子的班主任把他班里学生的家长都做了分类，做官的属一类，有钱的属二类，知识分子、普通市民、工人、小职员属第三类，家访的重点都放在前两类。据说也上我家来过一次，在筒子楼里转晕了，差点儿转进了女厕所，这位班主任一怒之下回去了，从此再也不来了。你说，知识分子算不算弱势群体？"

钟跃民最近看了不少书，正在思考一些问题，他早就想和郑桐探讨一下，今天晚上倒是个机会。

"郑桐，你不觉得一个社会的大部分成员都趋同于一种生活方式，这不太正常吗？比如所有的家长都给自己的孩子设计了同样的路，好好学习，将来考大学，大学毕业后争取做官，当老板，当学者，最差也要混个白领阶层，就是没人打算做个普通劳动者。现在几乎人人鄙视蓝领劳动者，认为蓝领劳动者是无能的代名词，这太不正常了，世界上有这么多人，应该各有各的活法，不能趋同于一种生活方式。"

郑桐从沙发上坐直了身子，表情也严肃起来："这倒也是，社会生活应该是多元化的，这种多元化应该具体到我们每一个人的思维方式和行为方式。跃民，我承认自己在某些思想方面不如你，别的不说，你当年卖煎饼的举动就使我对你刮目相看，你在按照自己的想法生活，这恐怕算得上是一种境界。"

钟跃民说："我认为咱们的社会最需要的是创造力，并不在于你读了多少年书，你的学历有多高。一个缺乏创造力的人哪怕读完了博士后也是个庸才，而一个富有创造力的人可以把平庸的生活变得丰富多彩。说白了，社会结构好比一张千层饼，每个人都待在属于自己的那一层，你当然可以往上一层努力一把，但需要创造力，不是人人都能玩的。要是没那个能力，你就该安心待在属于自己的那一层，还要很敬业地干好自己的活儿，因为不可能人人都翻到第一层去。如果都翻到第一层那成什么啦？那是发面饼。"

"得，你这一说哥们儿眼前豁然开朗，忽然觉得自己住筒子楼都太奢侈了，我该住到地窖里，因为我的确没搞出什么成果，要想在筒子楼里住踏实了，就得拿出点儿创造力来。可是，话又说回来了，你钟跃民属于哪层呢，你该睡在那千层饼的哪一层？"

"不好意思，我混了半辈子，身无一技之长，除了最底下那层，哪层也贴不上。我也想明白了，与其到那些皮包公司给人家跑腿儿，还不如从最低层干起，我就照这路数找工作……”

正说着，蒋碧云带着孩子回来了，她一进门就大惊小怪地嚷了起来：“哟，我以为屋里着火了呢，连楼道里都是烟味儿，你们少抽点儿行不行……”

钟跃民打算到火车站的货运场找个装卸工的活儿，他围着货运场转了两圈儿，一时还没找到负责招临时工的部门。他今天特地穿了一身旧军装当工作服，这种打扮走在街上显得很傻，有点儿像来京的上访人员，如今的部队早换新式军服了，这种老式军装就像古董一样，该列入收藏品了。

钟跃民正在货场上转悠，忽然听见有人叫他的名字，他还挺纳闷，怎么这种地方也能碰见熟人？他回头一看，发现李奎勇正坐在出租车里向他招手。

李奎勇是拉一个到货场提货的客人来这里的，客人下车以后，他无意中向货场里扫了一眼，就发现了钟跃民，因为他的打扮太招眼了，现在谁还穿这身破国防绿，如今连装卸工们都是清一色的迷彩工作装。李奎勇一开始还真把钟跃民当成上访者了，但转念一想，上访的跑货运场干吗来了？是不是想偷东西？再一细看便大吃一惊，这不是钟跃民吗，他跑这儿干吗来了？

钟跃民向李奎勇说了自己的打算，他还一绷劲儿，鼓起胸肌，做出健美运动员的造型：“你瞧咱哥们儿这身块儿，天生就是干装卸的材料儿。”

李奎勇听得辛酸，眼泪差点儿没流下来，钟跃民居然混到这个份儿上。在他眼里，钟跃民从来就不是个一般人物，过去打架时有多大份儿就不必说了，就说他从部队转业时也够牛的，侦察营长，战场上的功臣，这可不是闹着玩的。后来他又进了大公司，成天西装革履地出没于各种社交场所。有一次李奎勇在国际俱乐部门口拉活儿，看见钟跃民挎着个妞儿从里面出来，那小妞儿长得真漂亮，李奎勇认为只有钟跃民才配泡这种妞儿。后来他听说钟跃民出事了，李奎勇并不感到奇怪，他见得多了，那些做大买卖的主儿，随时都有进局子的可能，今天这主儿还在马克西姆吃法式大餐，明天没准儿就到号儿里啃窝头去了。他没想到钟跃民这么快就出来了，而且准备来当装卸工了，这反差也忒大了点儿，简直让李奎勇难以接受。

李奎勇一把揪住钟跃民：“走，咱先找个饭馆边吃边谈……”

钟跃民说：“以后再说吧，我还得去找活儿呢。”

李奎勇火了：“找个屁活儿，你他妈出什么洋相？要是我今天没碰见你，你当‘大茶壶’（注：旧时代妓院中给妓女和嫖客沏茶倒水及打杂的男性，俗称大茶壶，社会地位极为低下，一旦干上这行，连子孙都抬不起头来）去我都不管，可我碰见你了，就不能让你去扛大个儿，咱是不是哥们儿？我要是眼看你混成这副惨相儿都不管，我他妈成什么人了？”

“奎勇，你这话就不对了，干什么不是为‘四化’做贡献呀，我就喜欢扛大个儿……”

“少他妈来这一套，跟我走，你走不走……”

“哥们儿，你别拉拉扯扯的，不知道的以为咱们搞同性恋呢。好好好，我跟你走，你他妈把手松开……”

李奎勇想出了一个主意，他打算和钟跃民换班开出租车，每人各开12小时，人歇车不歇，唯一的风险就是钟跃民有可能碰见“管儿处”的巡查人员。“管儿处”是出租车司机们对出租车管理处的简称。按规定，两人合开一辆车是严重的违规行为，因为钟跃民根本不具备当出租车司机的资格。李奎勇认为，钟跃民不可能永远开出租车，这是暂时干干，真让“管儿处”的人逮住再说，没有过不去的桥。

钟跃民却不同意这样做，他不愿意影响李奎勇挣钱。谁都知道，开出租车这行很辛苦，“车份儿”钱也交得多，每天拉满8个小时的活儿，才能挣够上交的“车份儿”钱，自己再想挣钱得在8小时以外挣，所以干这行的司机每天工作十五六个小时是常事。钟跃民认为与其欠李奎勇这么大人情，不如当装卸工省心，闹好了可以把工头儿的权夺了，自己混个工头儿干干。

李奎勇懒得和钟跃民争论，他了解钟跃民，这个人脑子里总能冒出一些稀奇古怪的想法，他现在又惦记上工头儿的位置了，下一步还不知道要干点儿什么。幸亏现在没有窑子了，不然钟跃民很有可能心血来潮跑到窑子里去当“大茶壶”。李奎勇干脆地对钟跃民说：“你少跟我在这儿穷扯淡，两条道儿任你挑一条，要么你老老实实开出租车，要么你现在就走，我没你这么个朋友。”钟跃民这才不吭声了。

周晓白正坐在办公桌前翻看一些病历，钟跃民把门推开一条缝，探进头来用山东口音说：“周大夫，俺是从山东来的，你给俺看看病。”

周晓白没有抬头：“看病请去挂号处挂号。”

“俺肚上长个瘤子，比脑袋还大，你看，像怀了娃一样。”

周晓白恼怒地抬起头来：“我不是和你说了吗……跃民，你真讨厌，从哪儿学的一嘴山东腔？”

钟跃民问：“周大夫，你约我来有什么事吗？”

“看你说的，没事就不能约你来吗？这好像是你第一次到我办公室来，对不对？”

“晓白，你该不是找我来闲扯吧，我现在可是蓝领阶层，正忙着呢，有事儿就快说，要是没事儿我可走了。”

周晓白一把将他按在椅子上：“你给我坐下，好像这世界上就你忙，别人都闲着似的，我找你有事。”

“那你看看表，几点了？”

“11点半，怎么啦？”

“怎么啦？该吃饭了，我饿了。”

“哟，对不起，我给忘了，走吧，咱们出去找个饭馆，我请你吃饭。”

“算了，就到你们医院的食堂吃得了，别费事。”

“那也行，咱们边吃边说。”

周晓白把钟跃民带到医院的食堂，这个军队医院的伙食办得不错，每人从门口取一个带格子的不锈钢盘子，然后在窗口排成队，由炊事员盛菜。这种份儿饭是三菜一汤，采用计账形式。钟跃民早晨没吃早饭，这会儿早饿得两眼发花，他抄起一个盘子就冲到了窗口，当着很多排队人的面把盘子递进窗口，这种公然“加塞儿”的行为令医务人员侧目，大家见他是周晓白带来的，谁也不好意思说什么。

一个中年医生问周晓白：“周大夫，这位是谁呀？”

周晓白笑着回答：“对不起，他是我的一个病人，脑子有点儿问题。”

“精神病，该不会发疯打人吧？”

“不会，他没有暴力倾向，临床表现只是对食物有特殊的兴趣。”

等周晓白把自己那份儿工作餐端回来时，钟跃民已经吃完了，正盯着她手里的那份儿饭，周晓白索性把盘子递给他：“我的天，你怎么饿成这样？我看你真该找个老婆管管了，你就放开吃吧，不够我再去拿。”

钟跃民连吃了两份儿饭才住了嘴，他掏出了烟正要点火，却被周晓白制止：“跃民，这儿不能抽烟，你不知道医院的规矩吗？”

钟跃民不满地收起烟：“事儿真多，现在我越来越看不上你们这些知识分子，还是在我们工人阶级群儿里自在。”

“算了吧，刚当两天半出租车司机，就自称起工人阶级了，连司机都是个黑司机，哪天让人家查出来看你怎么收场。”

“晓白，你找我有什么事？说吧。”

周晓白说：“跃民，你知道是谁替你交的50万元吗？”

“可能是秦岭吧？我认识的人里面，只有秦岭有这个能力。”

“你猜得不错，是她，你怎么好像无动于衷，难道不想问问她的情况？”

“我想她和那个商人达成了某种协议，这钱是那个男人给的。”

“天哪，这都能猜对了，你可真神了。”

“这没什么奇怪的，当我发现秦岭过着一种很奢华的日子时，我就猜到了。一个女人，没什么能挣大钱的专业，就算会唱几首民歌，也不会有这么多钱，你没见过她住的别墅，恐怕没有100万买不下来。”

“你心里全明白，却装作什么也不知道，为什么要这样？”

“我想和她结婚，当时我觉得自己有能力使她过好，在我和她结婚之前，她的私生活我无权过问，但秦岭拒绝了，她只愿意和我做情人。在我出事的前一天夜里，我碰巧见到了那个男人，尽管我有心理准备，可事情来得太突然，我还是发了火，闹得很不愉快，后来我明白了，这大概就是嫉妒吧。”

周晓白说：“秦岭已经去美国定居了，临行前她找过我，我们谈得不错。跃民，你想知道我们都谈了些什么吗？”

“没兴趣，不过我从心里感激她，这50万不是小数儿，看来那个男人终于如愿以偿了。本来，我想和他竞争一下，结果还是他赢了。”

周晓白安慰道：“跃民，你别难过，秦岭有她的难处。我看得出来，她对你很有感情。”

“没事儿，我早想明白了，就我现在这个样子，连工作都没有，根本无权有非分之想。不过，我欠秦岭的钱，我早晚会还的。”

“我相信你的能力，从认识你的那天起我就从来没有怀疑过。”

“晓白，最近我在想，自己这前半辈子是白活了，对谁都没多大用处，还净给别人添麻烦，我得意的时候很少想着别人，可我倒霉的时候却有这么多朋友帮助我，这很让我惭愧。比如你，你对我好，我心里明白，但我越想越觉得自己是那条被农夫暖过来的蛇……”

“你别这么说，我从来没后悔认识你，你怎么能把自己看得一无是处呢？如果是这样，你怎么会有这么多爱你的朋友？你只不过比较另类而已，不愿意当个俗人，这也没什么，你有权选择自己的生活方式，我能理解你。说心里话，我倒不希望你改变自己，你该按照自己的想法去生活，不然你就不是钟跃民了。”

钟跃民沉默了一会儿才抬起头来：“谢谢，晓白，谢谢你……”

钟跃民把车停在一家夜总会的门前，这家夜总会很豪华，门前灯火辉煌，五颜六色的霓虹灯不断变幻着图案，明灭闪烁。很多拉夜活儿的出租车司机都喜欢到这里等活儿，前些日子钟跃民在这里拉了一对男女，那男人上车就吩咐道：“哥们儿，上三环，你就顺着路开吧，把后视镜挪开，别回头就行。”那天夜里钟跃民围着三环路足足开了五圈儿，后面那对男女哼哼唧唧折腾够了才下了车，那男人随手甩了5张100元的钞票，把钟跃民乐得差点儿晕过去。这次他尝到了甜头，于是每天夜里都到这里转转，希望能再碰上这类活儿，他才不管那些男女在后座上干什么，反正是别玩炸药包就行。

开出租车这行倒是很开眼，尤其是夜里，什么新鲜事都能赶上。前两天有个看着挺清纯的小姐上了车，等到了目的地时，小姐却不打算付钱，她一撩裙子说了句：“大哥，你随便摸吧。”

当时把钟跃民吓了一跳，他还真没看出来这居然是只“鸡”，他赔着笑脸说：“对不起，小姐，我可是有老婆孩子的人，您还是付钱吧。”

那位小姐摸了他脸一把，笑道：“干这事儿的都是有老婆孩子的人，装什么蒜呀？这样吧，咱俩定个合同，以后你每天夜里来接我，我呢，对你免费。”

钟跃民终于烦了：“赶快掏钱，废什么话呀！”

那位小姐扔下钱骂了一句：“看你这抠劲儿，这辈子也就配当个臭开车的。”

钟跃民若无其事地收起了钱，他才懒得和这些“鸡”斗嘴，只要她付钱，爱说什么就说什么吧。

一对男女从夜总会里出来，男人伸手召唤出租车，钟跃民生怕别的司机和他抢活儿，猛踩油门冲过去停下。男人搂着女人上了车，钟跃民问：“您去哪儿？”

男人说：“你先开车吧，去哪儿一会儿再说。”

钟跃民大喜，心说，又上来一对野鸳鸯，这下又有钱挣了。他把汽车开上了二环路，沿着中间的行车道以60公里的时速不紧不慢地开着。汽车开上了一座立交桥，从立交桥上望去，二环路两侧的市区灯火辉煌，鳞次栉比的高级饭店、写字楼、巨大的彩色浮法玻璃使装潢华丽的建筑物犹如水晶制成的模型。

钟跃民望了一眼后视镜，突然一愣，后座上的男人正搂着女人在接吻，那女人竟是何眉。钟跃民见怪不怪地耸耸肩膀，随手点燃一支香烟。

何眉小声对男人说了句什么，那男人立刻很不客气地呵斥道：“司机，请把烟掐了，小姐不喜欢烟味。”

钟跃民低声说：“对不起。”他马上熄灭了烟。

那男人的声音传来：“何小姐，今天我特意没带司机来，你知道是为什么吗？”

何眉撒娇道：“你们男人那点儿心思谁不知道？即使是局级也免不了俗。”

“嘘……小声点儿。”

何眉嘲讽道：“你呀，活得真累，刚才我听你给老婆打电话，声音还挺温柔，问寒问暖的，我要是你老婆，没准儿也被你蒙住了。我真奇怪，你们男人撒起谎来怎么都是这样从容不迫？连谎话都是一样的，不是开会就是学习。我觉得好笑，即使是撒谎，也别这么千篇一律，应该有点儿创造性嘛。”

“何小姐，你这张小嘴儿可真厉害，看问题总是这么一针见血。不过，你的看法并不全面，应该这样看，世上但凡有成就的男人，都是具有创造性的男人，而创造性是从哪里来的呢？我看是被女人激发出来的。譬如现在，我急切地需要你来激发一下我的创造力，怎么样，咱们去找个安静地方谈谈好吗？"

何眉心领神会地笑道："我好像听明白了，你的意思是想开个房间，你太性急了，咱们今天是来谈合同的，好像没有别的内容吧？"

"何小姐，合同目前只有一个，但想拿到这份合同的人却很多，我不得不进行某种权衡，如果你对这份合同志在必夺，那么就应该向我证明一下，凭什么这份合同该和你签，如果我认为你的理由得当，那么明早就可以正式签约，何小姐，这毕竟是招标嘛。"

"不愧是领导干部，说话滴水不漏，这些话甚至可以拿到会上去讲，没有人会从这些话里抓到什么把柄。不过，我却马上就听出了你的潜台词，好吧，既然话都说到这儿了，我会向你证明，我应该是这次中标的唯一人选……"

那男人吩咐道："司机，去香格里拉。"

钟跃民算计了一下，香格里拉饭店就在附近，下了立交桥再走两公里就到了，他算是白高兴一场，本来他打算上三环路多开儿圈儿呢，谁知这位男士这么急不可耐地要去开房间，钟跃民的宰客计划显然要落空。他心里暗暗骂道，这孙子，你着什么急呀，有什么事儿难道不能在后座上做吗？钟跃民眼珠儿一转就来了主意："先生，我建议你们去别的饭店，我刚才拉了一位客人，他就是从香格里拉出来的，说是已经客满了。"

何眉一听他的声音马上警觉起来："哟，这个司机的声音怎么有点儿耳熟，您贵姓？"

钟跃民不动声色地说："姓钟。"

何眉惊讶地说："钟跃民？"

"不好意思，正是鄙人。"

何眉笑了："想不到钟经理也成了出租车司机了，生活真是一场喜剧啊。"

钟跃民笑笑："何小姐还这么漂亮，公关能力真是无坚不摧啊。对不起，我不是有意偷听您的隐私，请相信我的职业道德，你们说的话我根本没记住。"

何眉冷笑道："没关系，我对下人一贯是很宽容的，一个女人若是待人过于苛刻，就不太可爱了，是不是？"

钟跃民表示赞同："您真仁慈，简直像圣母。"

何眉说："真有意思，看来一个人的职业发生变化，性格也会跟着发生变化。"

"要不怎么说呢，这叫人穷志短，马瘦毛长，干什么都得进入角色。"

"钟经理，干这行挣钱不多吧，我能帮你什么忙吗？"

"当然能，一会儿您多给我点儿小费就算帮忙了。"

“这没问题，只要你的服务使我满意。”

“我一定尽心尽力。”

钟跃民把出租车停在一家豪华饭店的门前，这家饭店的客房部经理和他是熟人，曾向他许诺，每拉来一位客人住宿，钟跃民可以得到消费总额10%的回扣，他刚才要是真把客人拉到香格里拉饭店，他找谁要回扣去？钟跃民敏捷地跳下车，抢在门卫拉车门之前打开车门，恭敬地扶何眉下了车。

那个男人递过一张百元钞票：“不用找了。”

“谢谢先生，您真慷慨。”

那男人挽起何眉准备进门。

钟跃民追过去：“何小姐请留步。”

何眉停住脚步：“什么事？”

“不好意思，您刚才答应给我小费，我想您可能是忘了，但这对我却很重要。”

何眉无奈地掏出一张百元钞票递给他。

钟跃民恭恭敬敬鞠了一躬说：“谢谢何小姐，祝您今晚心想事成，再见！”

钟跃民跳上汽车开走了，何眉呆呆地望着远去的汽车发愣。

男人轻轻搂住她：“何小姐，你怎么了？”

何眉喃喃自语道：“我以前还真没看出来，这家伙还挺无赖的。”

钟跃民按照地址找到一个临街的、尚未开张的饭馆门前，他疑惑地对了对手中的地址，没错，就是这里。一个小时以前，他接到了高玥的电话，这丫头怪得很，失踪了这么长时间，也不做任何解释，听口气好像昨天刚和钟跃民见过面似的。她只是让钟跃民记下这个地址，马上来一趟，她有重要事请钟跃民帮忙。钟跃民一听说高玥有事求自己，自然不好推托，他还记得高玥照顾他父亲的事，觉得自己欠了这姑娘的人情，他放下电话，骑上自行车就匆匆赶来。

高玥正站在人字梯上粉刷天花板，她一见到钟跃民还是那副淡淡的表情，这么长时间没见了，她既没有惊喜，也没有一句起码的寒暄。她用刷子指了指地板：“跃民，把那个灰浆桶给我递上来。”

钟跃民拎起灰桶递上去：“小高，出什么事了，这么火急火燎地约我来？”

“当然有急事，不然敢劳你的大驾？我先把这点儿活儿干完，咱们一会儿再说。”

钟跃民四处张望着：“这好像是家要开张的饭馆吧？”

“嗯，可能吧。”

“什么叫可能吧，说话这么阴阳怪气的。你给我下来，简直不像话，这么长时间没见了，见面也不知道叫声哥，你有点儿礼貌没有，还反了你啦？给我下来！”

高玥马上下了梯子，她用纸巾擦着手说：“哥，我现在有难处，你能帮我吗？”

“只要不是借钱，别的忙我都可以帮，你说吧。”

“钱倒不想借，我只想借你的脑子。你看，这是我刚盘下的饭馆，你知道，我干这行心里实在没把握，我想请你和我一起干，咱们还当合伙人，好吗？”

钟跃民马上表示没有兴趣：“小高，我现在没钱入股，你就免了吧。”

高玥望着他说：“可你有能力呀，你的能力值一半的股份，你明白吗？”

“小高，这是开饭馆，不是开救济站，你是不是想救济我？”

“我救济你干吗？听说你出租车开得红红火火的，每天都盘算着怎么宰客，你还用救济？我只是想求你帮帮我，干吗说得这么难听，你管不管吧？”

“你想让我吃软饭？不行，我钟跃民还要脸呢。”钟跃民转身欲走。

高玥固执地拦住他：“你敢走，怎么一点儿绅士风度没有，你还要一个女人怎么求你？”

“小高，我知道你是想帮我，我心里领情，可帮人没这么帮法的，这等于我在占你的便宜呀。”

“那好，算我雇用你好不好？你当经理，我当老板，我这个老板听经理的。”

“让我想想，好吗？”

“哎呀，你想什么，咱们哪有想的时间？这里有多少活儿呀，我这几天都快累死了，咱们就算是说定了，现在该你干活儿了，我要休息几天，这儿交给你了，怎么干你说了算，我走了啊……”

高玥走了，钟跃民站在那里发了好一会儿愣。

张海洋穿着件背心站在训练厅的中央，刑警队的十几个男女刑警都在一对一地进行散打训练。自从张海洋转业后被分配到刑警队，他就成了刑警队的散打教练，这是顺理成章的事，当初公安局选中他，也是因为看中他指挥过侦察分队，有很多专业技能适合于刑警工作，像他这样在部队从事过十几年侦察专业的转业军官，是最受公安局欢迎的。

刑警队的队员们大多都是从警院、警校毕业的大中专生，只有魏虹等几个人是从警官大学毕业的本科生。队员们都很年轻，大多数是二十多岁的青年。以张海洋的眼光看，他们在院校里学的一些专业技能都是些小儿科的玩意儿，练格斗时花架子太多，拳脚上缺乏功力，尤其是腿功很差，能踢过胸就不错了，像转身后摆腿这类高难动作几乎没人能做，这样的功夫，对付一般的流氓、小偷尚可，要对付受过训练的人就差得太远了。

张海洋正在指导队员们练习散打，正好钟跃民有事来找张海洋，他在旁边看了一会儿就笑了起来，对张海洋挖苦道："他们是在练舞蹈吧？我怎么看着有点儿像'文革'时的忠字舞，你们是在排练什么节目吗？"

张海洋没好气地说："什么忠字舞？我们排练《天鹅湖》呢。"

钟跃民恶毒地嘲讽道："那我怎么没看见天鹅呢？倒像是进了烤鸭店……"

张海洋骂道："你他妈有事儿没事儿？没事儿赶紧走，别招我烦。"

魏虹穿着一身迷彩作训服走过来，她见过钟跃民，知道钟跃民和张海洋的关系，便笑着和钟跃民打招呼："钟哥，你来啦？"她转身递给张海洋一条毛巾，"看你这一身汗，快擦擦。"

钟跃民笑着问："小魏，在你们张队手下日子不好过吧？我看他成天绷着小脸儿，事儿妈似的，拿着鸡毛当令箭，这刚混上个处级，可给我的感觉已经是局级的派头了，我都替他发愁，将来真到了局级怎么办？"

魏虹看看张海洋笑道："钟哥，你们老战友开玩笑，我可不敢搭话，要是得罪了张队，他以后非给我穿小鞋不行。钟哥，你喝水吗？我给你倒水去。"

张海洋用毛巾擦着汗问："你找我有什么事儿？"

钟跃民严肃起来："我刚才接到宁伟大哥的电话，他母亲已经报病危了，现在正在医院抢救，咱们帮助去料理一下吧。"

张海洋立刻穿上警服："你怎么不早说？赶快走……"

宁伟的母亲是夜里去世的，张海洋和钟跃民一直和宁伟的哥哥姐姐们守在床头，老人去世以后，他们帮助料理了后事。在遗体火化前，家属们排着队向遗体告别时，张海洋突然也哭了起来，钟跃民在一旁默默地看着他，既不劝解，也不吭声。他了解张海洋的心情，张海洋为宁伟的事一直感到内疚。他自从转业回来，一直忙于工作，很少和宁伟见面，对宁伟的家境根本不了解，如果他早知道宁伟的处境，他会想办法动用自己所有的关系帮助宁伟。他始终认为，宁伟落得今天这样的下场，与他没有主动帮助宁伟有很大关系。当年生死与共的战友，如今竟落得这样的下场，张海洋的心里感到很凄凉。

钟跃民也在想宁伟，他喜欢宁伟，即使宁伟的过错使他受牵连入狱，他也不恨宁伟。每当想起宁伟，钟跃民总是感到一阵迷惘，感到命运无常，他隐隐有种不祥的预感，总觉得像宁伟这种性格的人是不会俯首帖耳听凭命运的摆布的。很难想象，他会心静如水地度过15年的铁窗生活，宁伟不是那种很在乎生命的人，但凡这种人都会在乎生命的存在状态。如果他打算选择另一种生存方式，凭他的身手，还是有些本钱的。钟跃民不愿意再想下去了，对付命运最好是采取顺其自然的态度，该发生的事必然要发生，该结束的事早晚会结束。

钟跃民的预感到底应验了。宁伟在一个有着浓雾的夜里开始了行动，他把一条床单搓成了绳子，套住电网上的瓷珠爬上了高墙，用他事先藏好的电线接在电网线的两端，以保证电网线被铰断后能继续通电，然后他用偷来的钳子铰断了电网线，钻了出去。这看似简单，其实绝不是一般人能做到的。他把身子悬挂在4米多高的大墙上，冒着触电的危险接上引线，稍微弄出些响动就会引来两侧岗楼上的火力。他成功了，他的成功在于他过人的胆量、极强的臂力和腹肌，还有行动计划的周密性和突然性。为了这次越狱行动，宁伟早就和一个当电工的犯人交上了朋友，他在收集电线的时候表现得极为谨慎，电线都是些不足40厘米长的线头，他把这些线头连接起来做成了两根五六米长的引线。至于电工钳，则是傍晚收工时偷的。他知道，如果他今晚不行动，那么明天早晨电工就会发现电工钳被盗，监狱里就会展开一场大搜查，他藏的那些电线和绳子就会全被搜出来，如果是这样，他以后再想越狱可就难了。所以当他下手偷电工钳时，他已经没有了退路，今夜必须成功，不然他宁可丧命于哨兵的枪下。

宁伟在这座监狱里服刑已经快1年了，他从入狱那天起就做好了越狱的准备，他连想都没想过自己会在这座监狱里服满15年徒刑，就这么苟延残喘地活着简直没有任何意义，若是那样，宁伟宁可死掉。为了越狱，他以极大的克制力忍受了很多欺侮，他所住的监室里有个称王称霸的犯人，有一次这个犯人当众抡起拳头照他的脸上打了一拳，宁伟的鼻子被打得喷出血来，他默默地擦去了血，一声没吭。只有他自己知道，他是费了好大的劲儿才克制住自己，没有出手拧断那家伙的脖子。

宁伟是一个星期以前收到大哥的来信的，当他得知母亲去世的消息时，他默默地在床上坐了一夜。没人知道他在这一夜中都想了些什么，别人只能推断，他以前之所以没有越狱，是因为他怕给母亲带来麻烦，而他母亲去世以后，对宁伟的所有约束都不复存在了。

在距离监狱十几公里的一个小镇上，身穿囚服的宁伟从浓雾中走来，他藏在街道的阴影处，警惕地观察着四周的动静。寂静的街道上空无一人，小镇在沉睡，只有几盏路灯发出昏暗的灯光。

宁伟闪到一家百货商店门口，掏出一截铁丝插进钥匙孔，转动了几下，锁无声地打开了。他敏捷地闪进商店，随手关上了门。商店里的值班员正在值班室里蒙头大睡，宁伟溜进了服装柜台，仔细地挑选着衣服，他把几件衣服装进一个大提包里，拿起提包刚要走出柜台，又似乎想起了什么，他走到玩具柜台拿了一把玩具手枪装进了提包。

小镇中央的街道两侧零零散散地停着几辆汽车，宁伟选择了一辆夏利牌汽车，他摸摸衣兜，发现刚才开锁的一截铁丝已经被随手扔掉，他曲肘向汽车驾驶室侧面的玻璃轻轻一撞，车窗玻璃发出一声闷响，玻璃面上立刻布满了密如蛛网的裂纹，但没有飞溅破碎开来，宁伟用手在碎玻璃上掏了一个洞，伸进手打开了车门。

宁伟坐进驾驶室，将手伸到仪表盘下摸索着，他很快找到了点火开关的电线，重新接上线头，汽车发动起来，他挂上挡猛踩油门，汽车飞快地驶入黑暗之中……

·第二十二章·

高玥和钟跃民的餐厅开张以来，生意还不错，餐厅的名字是钟跃民起的，因为经营的是鲁菜，所以以五岳之首的泰山命名，叫泰岳餐厅。

钟跃民身穿西服在营业厅里迎来送往地应酬着，营业厅里的大部分桌子都被客人坐满，服务小姐川流不息地给客人上菜。高玥坐在收费台里忙着收款。

一辆巡洋舰牌越野吉普车停在餐厅的大门前，身穿警服的张海洋跳出车来，他几步蹿进餐厅的大门。

钟跃民眉开眼笑地迎过来：“嗬，张队长，感谢光临敝店，小店蓬荜生辉啊。来来来，这边坐，想吃点什么？我可告诉你，对你这种穿制服的人，本店一概提高收费标准，想白吃，门儿也没有，不然我就告你是横行乡里、鱼肉百姓的伪警察。”

“跃民，我不是来吃饭的，我有急事要和你谈。后面有地方吗？”

钟跃民一愣：“去办公室谈吧。”他把张海洋带进餐厅的经理办公室。

张海洋的脸色很不好：“跃民，我刚得到消息，宁伟越狱了。”

钟跃民无所谓地递过一支烟说：“这不奇怪，他早晚要跑，再说，他也有这个能力。”

“嘿，钟跃民，你怎么无动于衷？他是咱们的战友，这么一越狱，宁伟这辈子算毁了，你就不着急？”

“我觉得他不跑这辈子也已经毁了，15年，等坐满刑期出来人都老了，这辈子也完了，所以，宁伟跑与不跑都是一样的，反正也毁了。”

张海洋蹦了起来：“你说的叫什么话，你想过没有，宁伟越狱出来靠什么生活？他只能去犯罪，去危害社会。你想想吧，跃民，宁伟受过各种特殊训练，这种人一旦走上与社会为敌的道路，会造成什么样的后果，你考虑过没有？”

钟跃民幸灾乐祸地说：“你这个警察是不是也怕了？他玩手枪的那手绝活儿可是你教的，宁伟要是危害社会，那你就是教唆犯。”

“跃民，我他妈没心思和你开玩笑。我问你，如果你是宁伟，你从监狱里跑出来要做的第一件事是什么？”

“对不起，我不是宁伟，如果是我，我不会越狱，我会老老实实接受改造，重新做人，不就15年吗，咱就把牢底坐穿……”

“你少来这套，要是你，你恐怕更得干出点儿惊天动地的事儿，所以我得向你借点儿思路。你告诉我，宁伟越狱后第一件事要干什么？”

“他本来就是15年重刑，要是被抓回去，肯定还要被加刑，加完刑再跑再加刑，这么折腾下去，早晚是死，宁伟不可能不知道后果。所以当他决定越狱时，就已经下了破釜沉舟的决心，打算与你们这些警察为敌了。我看他出来要做的第一件事，肯定是先弄一支手枪，不过……你们警察总不是吃干饭的吧，你们再抓他就是，有什么大惊小怪的？”

“说得容易，宁伟可不是一般的罪犯，凭我对他的了解，一旦枪到了他的手里，麻烦就大啦。”

钟跃民问：“他越狱后都有些什么线索？”

“撬了一家商店，弄走了几件衣服，还偷了一辆夏利车，随后就没了线索。”

钟跃民不再开玩笑了，他面色凝重地说：“下一步他有可能杀人，这家伙是个天生的杀手。”

“跃民，我有个感觉，我和宁伟早晚有一天要刀兵相见，不是我倒在他枪口下，就是他倒在我枪口下。”

“都是一口锅里吃过饭的战友啊，你下得了手向他开枪吗？宁伟他下得了手向你开枪吗？海洋，你怎么啦……”钟跃民震惊地望着他。

张海洋已是泪流满面了，他用双手捂住脸痛苦地说：“宁伟完了……”

在云峰夜总会的豪华包房里，一个肥胖的中年男人坐在沙发上，珊珊斜躺在中年男人的怀里，那男人手执话筒正声嘶力竭地唱着流行歌曲，另一只手在珊珊身上摸索着。

宁伟被捕后，珊珊失去了保护，那些被宁伟痛打过的毒贩子立刻又嚣张起来，他们向珊珊指出两条路供她选择，要么在她脸上划几刀，要么就陪他们每人睡一个星期。珊珊连想都没想就选择了后者。两害相权取其轻，陪这些浑蛋睡睡不算什么，要是脸上被划几刀就惨了，干这行的女人被毁了容就相当于商家被吊销了营业执照。

在这行里干久了，珊珊早已习惯了这些游戏规则，对于男人，她早已经麻木了，她认为天下所有的男人都可以归为两类，无所谓好坏，他们的区别仅在于有钱和没钱。只有宁伟是个另类，在珊珊眼里，这个人不苟言笑，永远都是一副冷峻的神态，冷峻中透出隐隐的杀气。他一出手就打倒了几个毒贩子，居然没有向珊珊提出任何要求。世界上竟有这种人，帮了忙却不索取回报，这种男人她还没有见过。

珊珊最后悔的事就是把锤子的行踪告诉了宁伟，她的一个姐妹被锤子花钱包了下来，那个姐妹把锤子的行踪告诉了珊珊，她要是早知道宁伟的结局，说什么也不会告诉他。宁伟把人打成残废，被判了15年，珊珊认为这太不值得，她闹不懂男人为什么会有如此强烈的复仇心。对珊珊来说，宁伟的被捕是她最大的损失，以至于现在谁都敢欺负她。

眼前这个肥胖的中年男人姓沈，人称“沈老板”，珊珊只知道这个人很有钱，却不知他是做什么生意的。此人行踪不定，口风也很紧，每次来这里消费都显得出手阔绰，在众多的风尘女子中，他似乎对珊珊更感兴趣些。他的爱好不多，每次都要个包间，让珊珊陪他唱唱歌，然后带她去吃夜宵，最后才去宾馆开房间。有一次他脱衣服的时候，珊珊发现他还带着枪，这下可把珊珊吓得不轻，她才知道这个沈老板是黑道中人。

沈老板的嗓子很刺耳，他唱歌的时候总会发出一种很尖锐的金属音，就像用金属勺子刮玻璃的声音。他一旦拿起话筒唱歌，感情就变得十分投入，还尤其喜欢唱爱情歌曲，唱到动情之处还眼泪汪汪的。珊珊怎么也闹不明白，既然唱得这样投入，怎么手却还一点儿不闲着，一心怎能二用呢？沈老板往往一手拿话筒声情并茂地唱着，一手仔细而准确地在珊珊的敏感部位游走，弄得珊珊一时还拿不定主意，是跟着唱呢，还是该哼哼几声表示兴奋。

珊珊手袋中的手机铃声响了，她取出手机说：“沈哥，我出去接个电话，马上就回来，你等我啊。”

沈老板正唱得动情，他扫兴地说：“快点儿回来，珊珊，以后陪客人时不要开手机，听见没有？”

珊珊一边答应着一边走到走廊里打开手机：“喂……”她突然吃惊地捂住嘴，“哥……你怎么……”

宁伟放下电话，又向侍者要了一扎黑啤酒，他坐在高脚凳上，倚着吧台慢慢地喝着冰冷的啤酒，酒吧里的灯光昏暗，一个乐手在吹奏萨克斯管，音乐声低沉而凄婉。

一个把长发扎成马尾辫的青年走过来坐在宁伟身旁对调酒师说：“给我来杯风暴。”

宁伟不动声色地喝着啤酒。

马尾辫没话找话地问：“哥们儿，我看你整个晚上都坐在这儿喝酒，是不是有烦心事？”

宁伟冷冷地反问道：“有烦心事儿又怎么样，你有什么法子让我不烦吗？”

“心烦好办，来点儿粉儿抽就不烦了，来点儿吗？”

宁伟又喝了一口啤酒，摇摇头："没兴趣，你这里除了有白粉儿，还有别的吗？"

马尾辫接过调酒师递过的酒杯喝了一口："这要看你想要什么，还要看你有多少钱。"

"这么说，只要我有钱，你什么都能弄来？"

"差不多吧，你说，我听听。"

宁伟用手做出手枪的手势："有这玩意儿吗？"

马尾辫笑了："我当是什么，就这个呀，有的是，要什么型号的？你先出个价儿。"

"我只要54式，你开价吧，别让我出价，我要开10块钱的价，你干吗？"

马尾辫伸出巴掌："这数儿，怎么样？"

宁伟一口喝干了酒，把玻璃杯砰地放在吧台上："价格还算公道，我要了，咱们找个地方验货吧，我会带着钱去的。"

"一言为定。"

餐厅已经打烊，钟跃民正在灶间里巡视，他随手关了操作间的灯，回到了营业厅。

高玥坐在收款台上刚刚结完账，见钟跃民进来，便把账本一合："老板，今天的流水额达到5000多了，照这么下去，咱们快发财了。"

钟跃民皱着眉头说："我和你说过多少遍了，别叫我老板，你是老板。"

高玥耍赖地说："我乐意这么叫，你管得着吗？我就拿你当老板，你不爱听也得听。"

钟跃民无可奈何地说："好，你愿意叫就叫吧，反正营业执照上写的是你的名字。"

"老板，我有个提议。"

"又是提议，你哪儿这么多提议？快说。"

"咱们喝点儿酒怎么样？"

"咦，今天是什么日子，你也要喝酒？"

"我怎么就不能喝酒，我今天高兴。老板，可以吗？"

"废话，想喝就喝，没人管你。"

高玥往高脚杯里斟满红葡萄酒，递给钟跃民一杯，两人碰杯，喝了一口。

钟跃民说："小高，咱们可说好了，等我攒够钱，我马上买下这餐厅51%的股份，到那时候我才是老板。"

"你干吗不把全部股份都买下来？"

“那你干什么去？”

“把我也作价折进股份里，你就一块儿把我也买走得了。”

“那么高小姐准备把自己作价多少钱呢？我得算算我是否买得起。”

“1元人民币如何？”

“嗬，跟白送差不多。”

“就是白送，你要吗？”

钟跃民不说话了。高玥注视着他：“跃民，我在问你，你要不要？”

钟跃民笑笑：“小高，你怎么动起这个念头了？难道你不知道，我钟跃民如今混成这样，好像还没有什么能力承担责任，这可不是闹着玩的，将来闹出人命来，我的罪过可就大了。”

高玥站起来，走到钟跃民的身后轻轻搂住他：“我又不是没见过你得意时的样子，成天宝马香车、美人如云的，那时候你要我吗？就现在，你成了这副德行，我才敢开口。”

“我这个人变数太大，不适合过安稳日子，也许这辈子就是浪迹天涯的命，我可不想坑你，恐怕……”

“谁想和你白头偕老，说不定哪天觉得你没魅力了，我先把你休了。你别这么自我感觉良好，我才不会纠缠你。跃民，说真的，咱们在一起试试好吗？要是感觉不太好，你随时可以和我分手，如果过了几年，我们彼此感觉还不错，那咱们就再商量下一步。”

钟跃民感叹道：“天哪，你和我相差10岁，思想这么前卫，我倒成了老古董了，动不动就相爱不渝，白头偕老，这也太丢份儿了。好吧，既是有人白送，咱们就试试。”

高玥恼怒地推开他：“钟跃民，你又来了，我说白送可以，但你不能说，不然我成什么啦？”

钟跃民站起来：“好好好，不是白送，是奉献，就像雷锋同志一样，是做好事。顺便问一句，你今天还回去吗，要不要就在办公室里凑合一夜？”

高玥的脸红了：“你看，狼就是狼，终于龇出牙来了，机会来了是不是？刚才还装得特纯洁，说什么‘我这个人变数太大’，像正人君子似的，这回总算露出狰狞面目了吧？”

“你这人脑子净往歪处想，思想太不健康，我是打算让你住办公室，我回家，你想到哪儿去了？行啦，你去睡吧，我走了。”钟跃民向大门走去。

高玥带着哭腔跺脚大喊：“钟跃民，你敢走，把我一个人扔下，你安的什么心……”

验货的地点约在西郊的长河边，这里紧挨着颐和园的围墙，路边是一片树林，一到夜晚，这里就人迹稀少，是个从事违法交易的好地方。

宁伟站在河边，右臂搭着一件风衣，他吸着香烟，两眼警惕地向四周巡视着。越狱后，宁伟作了一件不大不小的案子，他在夜里顺着流水管爬上三楼的一户人家，经过翻检，他找到了2000元现金，他很失望，为了这点儿钱，他在楼下观察了整整一个晚上，确信这户住宅的主人不在家才动的手。不过这点儿钱虽然不多，但毕竟解了燃眉之急。在北京，一个兜里没有一分钱的逃亡者处境是极其危险的。在监狱里时，宁伟对越狱后的生活做过周密的计划，他不能在任何宾馆和旅社住宿，就算他伪造了身份证也不能住，那里绝对是陷阱，有多少逃亡者都栽在住宿上，这个行业归公安局的特行科管，每一个客房服务员都可能是公安局的眼线。宁伟相信，此时他的照片已经被大量印发，每一个口岸、路卡、派出所都有追捕他的通缉令。住宿问题对于宁伟倒不算什么事，他在近郊的一个废旧厂房里布置了落脚点，好在天气还不冷，在冬天到来之前，他会把所有的事都料理完，到那时候谁也别想抓住他。现在他最需要的就是一支手枪，只要有了枪，一切计划都会实现的。

一辆出租车缓缓地从他身边开过，宁伟吸着烟似乎视而不见，他知道出租车里的人正在观察他，干这行的人哪里有什么信誉？反正是黑吃黑，把别人算计了那是本事。

出租车驶过宁伟100米左右停在路边，马尾辫和另外一个人下了车，向宁伟走来。

他扔掉烟蒂迎上前去。马尾辫笑道："哥们儿，挺准时呀，钱带了吗？"

宁伟左手从衣兜里掏出一个牛皮纸袋晃了晃："5000元，一分不少。"

马尾辫伸手要拿纸袋，宁伟缩回手："你的货呢？"

马尾辫使了个眼色，他的同伙掏出手枪指住宁伟："枪在这儿呢，哥们儿，别动，留神走了火儿，先把钱递过来，慢点儿……"

宁伟身形未动，冷冷道："哥们儿，不会玩枪就别起哄，你保险还没开呢。"

那家伙看了手枪一眼，慌忙要开保险。宁伟喝道："别动，你们看看我的右手。"他右臂的风衣下露出一支枪的枪口。

两个家伙僵住了。

"把枪放在地上，踢过来，快点儿，我数三下就开枪。"

一个家伙乖乖地把枪放在地上踢向宁伟。

"向后退！"

宁伟捡起手枪，把自己的塑料玩具枪随手扔进河里。马尾辫后悔莫及地骂道：

“妈的，你拿玩具枪吓唬我们？”

宁伟熟练地拉开枪膛，见子弹已上了膛，他满意地歪歪头：“滚吧。”

“你……是不是把钱给我们？”

“要钱？你再说一遍。”

“不要了，不要了，我们走……”两个家伙拔腿就跑，消失在黑暗中。

宁伟仔细看了看手里的枪，那两个家伙倒是很有路子，这支54式手枪品相不错，崭新的枪身上带着烤蓝，在月光下泛出蓝幽幽的光泽。他检查了一下膛线，发现这支枪还没有被使用过，膛线上还保留着出厂前机械加工造成的细微纹路。他退下弹匣，拉动套管，一颗黄澄澄的子弹从退壳窗里蹦了出来，宁伟又试了试复进弹簧的力度，觉得很满意。弹匣里有5发子弹，虽然不多，但应付眼前要干的事也够了。

宁伟充满温情地抚摸着枪身，久违了，手枪。自从离开军队以后，他再也没有摸过枪，现在，这支枪就像他的情人一样，已经和他的生命结为一体。如果有一天，这支枪不再属于他了，那就是他生命终结的日子。

枪柄在他的手掌里渐渐变得温暖起来，仿佛有了灵性……

餐厅外的大街上，一辆出租车慢慢驶过……

宁伟戴着一副变色眼镜，嘴上留起了胡须，他轻轻摇下车窗，注视着泰岳餐厅，他终于看见了玻璃窗里钟跃民的身影……宁伟此时心静如水，他心里明白，自己已经走上了一条不归路，想回头已是不可能了，等他把手头的事情料理完，如果运气好的话，他会去国外隐姓埋名度过余生。宁伟认为，自己这辈子谁的人情也不欠，唯独欠钟跃民的。刚才他冒充钟跃民的同学往他家打了个电话，钟山岳唠唠叨叨说了半天，宁伟没费什么劲儿就把钟跃民的情况摸得一清二楚了。想起钟跃民，他感到很抱歉，由于自己疏忽，使老连长的事业毁于一旦，还吃了官司，这是宁伟的一块心病，他希望能弥补自己的过失。

汽车慢慢驶过泰岳餐厅的大门，宁伟平静地对司机说：“走吧……”

珊珊和大部分干这行的女孩子一样，租一套自己单独居住的房子，是最首要的问题。来京闯荡的这些年，她一直居住在海淀区的一幢旧居民楼里，由于经常有男人来找她，已经引起了左邻右舍的非议，街道居委会也对她格外注意，幸亏没抓住她什么把柄，珊珊早就想挪挪地方了。自从宁伟越狱后找到她，珊珊又在一个新建的小区里租了一套房子，这是一套两居室的住宅。由于这个住宅区刚刚投入使用，住户还很少，邻居之间也互不相识，这种环境使珊珊非常满意。

宁伟是个很谨慎的人，他一开始并不同意搬到这里和珊珊同居，主要原因是，像他这样的逃犯，最忌讳住楼房，因为一旦被人堵住大门，楼下又形成了包围圈，这里便成了绝地，任你有多大本事也别想逃脱。一般来讲，像这类躲避追捕的人，应该藏身在居民稠密的平房、胡同地区，一旦有危险，房顶便是逃生的通道，只要你动作敏捷，弹跳力超人，就可以从一个屋顶跳到另一个屋顶，然后消失在密如蛛网的胡同小巷里。不过，宁伟现在对居住地点没有选择的权利，他的社会关系太少了，即使有也全在警方的掌握控制中。相比之下，珊珊这种处于社会边缘的风尘女子，对宁伟来说倒是个最好的掩护者。

宁伟还有个心理问题，他还是个童身，虽然复员后谈过几个对象，但哪次都是没谈过1个月就吹了，还都是女方先提出来的。他的性格似乎不太招女人喜欢，也缺乏和女性打交道的经验。一个从没有体验过性爱的男人，他的性爱观往往比较保守，对于妓女这行，宁伟倒不是出于一种道德谴责，而是本能地有种不洁的感觉，别说和这种女人睡觉要花钱，就是倒找钱他还觉得脏呢。当然，这都是他入狱以前的想法，现在他正在慢慢克服这种心理障碍。

珊珊虽然是个做皮肉生意的女人，但她并不像一般的妓女那样庸俗。多数妓女是不讲感情的，她们对金钱有种永不餍足的渴望，她们既然支出了皮肉的成本，就拼命要求男人用金钱来回报，她们不会为男人花一分钱。珊珊却不是这样，她喜欢宁伟，只要能和宁伟在一起，倒赔钱她也愿意。她自从见到宁伟那天起就迷上了这个男人，不为别的，只为宁伟那一手出神入化的拳脚功夫，他在1分钟之内便轻松地打倒三四个恶汉，竟然还脸不红气不喘，像没事儿人一样，还拒不承认自己是在帮珊珊的忙。珊珊认为，那是宁伟谦虚，她明明听见宁伟责问恶汉，“为什么一群人打一个女的，这总不是件露脸的事”，这说明宁伟是个行侠仗义的好汉，帮了别人的忙还不求回报的男人，她长这么大还没见过。珊珊没受过什么教育，只上过几年小学，以她的文化程度看，宁伟就是天下最优秀的男人，对于这样的男人，她就是当牛做马也愿意付出。

尽管宁伟有些心理障碍，但这难不倒珊珊，她毕竟是个有经验的女人，一旦上了床，就该轮到她收拾宁伟了。女人的手总是有些魔力的，有时轻轻一拂便能化腐朽为神奇，在珊珊充满柔情的抚摸下，宁伟身上蓄积多年的炽热能量突然被引燃了，宁伟毕竟不是柳下惠，此时他的心理障碍随着能量的爆发被炸得无影无踪，眼前只剩下个柔情似水的女人，管她是什么女人，哪怕她是个妖精……一阵雷鸣电闪过后，宁伟和珊珊赤裸着躺在床上，珊珊依偎在宁伟的怀里轻声说：“宁伟，我爱你。”

宁伟不吭声。珊珊亲吻着他的胸口：“我知道你在想什么，只不过不愿意说出来就是了。我想告诉你，我是向男人卖过自己，不过那是以前，自从和你好了以后，我就再也没出过台，你爱信不信。”

宁伟平静地说：“我信，我不在乎你的过去。”

“你别骗我了，我知道你在乎，你和我睡觉是需要我帮你，因为你没地方去。”

宁伟坐了起来：“你要这么说，那我还是走吧。”

珊珊使劲把他按倒，小声央求道：“你别生气，我不让你走，你要是愿意的话，就永远住下去。”

宁伟冷漠地说：“珊珊，你我没有永远，我不想骗你，我走上这一步，已经没有回头路了。咱们的事，不能有第三个人知道，收留越狱犯人就是窝藏罪，要判刑的。至于我，你放心，没有人能活着抓到我。”

“宁伟，只要是你的事，我都心甘情愿去做。对了，我差点儿忘了，那个沈老板最近有点儿动静了。”

宁伟的神色越发冷峻起来：“那太好了，这个毒贩子总算要动动了，我还以为这老东西金盆洗手了呢。”

泰岳餐厅开张有半年多了，由于地理位置好，生意一直很红火。钟跃民的朋友很多，其中有不少走仕途的朋友已经混到处级、副局级，做官的人总是有很多吃吃喝喝的应酬，这当然不是他们自己掏钱，他们请客时用的是公款，一顿饭花个两三千元算不了什么，关键是要有个好环境，不然会在客人面前很没面子。照他们的说法，到这种档次的饭店请客，是这些官员朋友顶住了很大的压力，算是帮他一把，因为钟跃民的餐厅既没有名气，也不豪华，到这里来请客，很容易让客人看不起，同僚之间也会有议论，说他假公济私。这年头儿吃饭是次要问题，主要问题是讲排场、用餐环境和氛围，你哪怕在香格里拉饭店吃一份意大利通心粉，也比在钟跃民的餐厅里吃龙虾有面子。

现在开个餐厅很不容易，除了要善于经营，还要应付各种地面儿上的麻烦，首先是税务局核定营业税，说是有标准，其实全在管片儿税务员一句话，要是没有搞好关系，就有可能定个高营业税。

防疫站的人更不敢得罪，他们要是想封你的门，只需在灶间里转一圈儿就能找到理由，因为无论哪家饭馆的灶间都不可能像医院的消毒室一样干净。

和派出所就更要搞好关系，餐厅里的厨师和服务员都是外地人，他们的暂住证都归派出所办。隔壁的饭馆有个外地户口的厨师，因为暂住证过期了，被送到遣送站筛了半个月的沙子，挣出了路费后被遣送回乡。所以和派出所的关系一定要搞好。钟跃民已经闹不清楚有多少个部门能管着他，总之，你谁也得罪不起，不信你就试试。比如你餐厅门口的街道上有个烟头儿，这就有可能被城管部门罚款，因为门前是你的“三包”区，在这片区域里，小至一个烟头儿，大至一个炸药包，无论发现了什么都是你的事儿。连清洁队你都惹不起，餐厅里不是有洗手间吗，对不起，你得交钱，不然就堵死你的污水管道。这半年来，钟跃民的大部分精力都放在应付各种部门的检查上，他觉得自己头都大了一圈儿。当然，这些管理部门也是各司其职，执行的是公务，你发牢骚也没有用，只好努力和各部门搞好关系，积极配合人家的工作。

最难缠的是这一带的地痞流氓，这类人很讨厌，要说他们是黑社会倒有点儿抬举他们了，他们不具备国外黑社会那种组织严密的特点，也没有那样财大气粗，他们不过是住在附近胡同里的一些无赖，既没钱也无势，靠的是要横和威胁，他们深谙买卖人的心理：多一事不如少一事，希望破点儿财就能消灾，反正他光脚的不怕你穿鞋的。

钟跃民最厌恶这类地痞，他知道自己早晚要和这些人发生冲突，这种人你躲都躲不开，隔壁的那些饭馆都遭到过他们的骚扰，只有泰岳餐厅他们还没有来过。不过，钟跃民估计他们快来了。

袁军这天过生日，周晓白约郑桐夫妇来泰岳餐厅吃饭，说是为袁军过生日，大家一起聚聚，其实这夫妇俩还是想借机会照顾一下钟跃民的买卖。

大家都是下班以后来的，袁军和周晓白都来不及换便装，于是穿着军装就来了。

钟跃民盯着袁军和周晓白的上校肩章说：“嗬，上校，那身国防绿我穿了十几年，怎么我一转业部队马上就换了装，这身毛料军装是挺漂亮的。唉，如今连周晓白都混成上校了，我倒成了个体户。”

周晓白不满地说：“什么叫‘连周晓白都混成上校了’？我本来就应该是上校，论军龄我还比你早一年呢，这会儿你看我们穿新式军服眼馋了，谁让你非要转业？”

袁军说：“就是，跃民要是不转业，现在也是上校了。其实1988年授衔时，我授中校衔，晓白是文职，她最近当了副院长，才从文职转为上校的。你说这到哪儿说理去，都是同一年入伍的，我才是正团，她倒成了副师级，按规定，她明年就可以授大校衔了。”

高玥今天是第一次参与这些老朋友的聚会，她的年龄和这些人相差有10岁，以前又不太熟，所以她显得有些腼腆。

周晓白问高玥：“小高，你怎么看上钟跃民了？肯定是他给你下了什么套儿，你一不留神，让他给套住了，对不对？”

“恰恰相反，是他一不留神，让我给套住了，刚套住时他还挣扎了几下，一看没戏，这才老实下来。”高玥笑嘻嘻地说，一副占了大便宜的神态。

钟跃民抱怨道：“就是，本来我开出租车开得挺好，每天都能遇见好多新鲜事，我工作得很愉快，可高玥非拉我来开饭馆，我一来就被套住了。”

高玥说：“还说呢，我要是不把他拉回来，他再干几个月就真成流氓了，你们猜钟跃民都干了些什么？他专拉那些野鸳鸯，只要人家给钱，干什么他都装没看见，真够坏的。”

钟跃民解释道：“顾客就是上帝，上帝要是想干点儿什么我管得了吗？”

周晓白说：“钟跃民，你还有没有点儿是非观念？遇见这种事，你就该把他们直接拉到派出所去。你可好，不但不制止，还津津乐道，就差跟人家一起干了。”

钟跃民说：“我凭什么把人家拉到派出所去？那些野鸳鸯对我们司机非常友好，每次完了事出手都挺大方，都快把我惯出毛病来了。我只是个出租车司机，不是警察，我没有权力也没有义务去干涉别人的私生活，你们这些女同胞对我的指责毫无道理。”

袁军表示赞同：“就是，这些女同胞在思想观念上总是表现出一种霸气，强迫别人接受她们的观念。”

郑桐也附和道：“对，这叫话语霸权，她们总是把自己的观点当作真理，拒不承认多元化，尤其是周晓白和蒋碧云，现在正往女权主义者的路上走，其实她们根本不知道什么叫女权主义。就说蒋碧云吧，我认为她是个典型的实用主义者，她嘴上高谈什么妇女解放、女性独立，可在实际生活中，一遇到扛煤气罐这类需要卖力气的家务，便立刻把头缩回去，再不说什么女性独立了，还一口咬定这应该是男人干的活儿。大家说说，这就是女权主义者？”

蒋碧云立刻回嘴道：“郑桐，你少在这儿胡说八道，这是对我的诽谤……”

营业厅的一角突然传来拍桌子的声音，大家惊讶地扭过头看，只见一个满脸络腮胡子的壮汉吼道：“把你们老板叫来。”

服务员赔着笑脸说：“先生，有什么事能和我说吗？”

“哪儿这么多废话？让你去你就去！”络腮胡子身旁有个矮胖子，他的声音也很蛮横，几乎惊动了餐厅里所有的人。

钟跃民放下筷子，站起来走过去：“两位先生，我是老板，有什么事请对我说，我叫钟跃民，两位先生怎么称呼？”

络腮胡子无礼地上下打量着钟跃民：“叫我马五就行了。钟老板，你这儿买卖不错呀，我们哥儿俩没别的意思，来恭喜你发财。”

钟跃民点点头，客气地问：“谢谢，你们还有别的事吗？”

马五阴冷地笑了笑：“也没什么大事，想和钟老板交个朋友，兄弟我在这一片儿说话还算句话，钟老板要是看得起我，你这饭馆的治安由我负责，谁要是在这儿乍刺儿，你给我打个电话，我打断他的狗腿。”

“咱们素昧平生，你这么帮我，总不会是白帮吧？你能不能痛快点儿？有话就直说。”

“好，我喜欢痛快人，既然钟老板快人快语，我也就不兜圈子了。我的意思是你的饭馆由我保护，你呢，每月付些费用，数额嘛，咱们可以商量。”

钟跃民笑了：“这就是所谓的保护费吧？以前只是听说，今天还真让我领教了。我要是说不愿意付保护费呢，我会面临什么后果？”

马五冷笑：“那我就什么也不说了。”说完，他站起来就走。

“我听出来了，你这是威胁。”

“哟，我可什么也没说，钟老板要是不把我放在眼里，我还能说什么？那我只好告辞了。”

马五和同伙悻悻地站起来，转身要走。

他们刚转过身，却愣住了……身穿军服、佩上校军衔肩章的袁军和西装革履的郑桐手拎着啤酒瓶子拦住他们的去路。

马五看看钟跃民说：“钟老板，这是怎么回事？”

“我这两个哥们儿好像不太喜欢你们。”

马五摆出一副无赖的架势：“哟，这哥们儿还是俩杠仨花，官儿不小呀，怎么着，要打我？真新鲜了，我还没见过上校打架呢，今儿还真想见识见识。”

袁军轻蔑地说：“小子，倒退20年，我和你差不多，也是在街头闲逛的小流氓，那时候你好像还在吃奶，没想到我一愣神儿的工夫，你们就像浇了大粪的庄稼，嘣的一下全蹿起来了，倒向我们收起保护费来了，还反了你啦？”

郑桐拍拍马五的肩膀：“小子，你爹当流氓的时候也是这一带的吧？回去跟你爹打听打听，问他知道不知道我们的名字。”

马五冷冷地说：“钟老板，你这两个哥们儿话太多了，要是没什么事，我就告辞了，咱们山不转水转，总有再见面的时候。”

钟跃民笑道：“二位慢点儿走，你们好像把结账的事忘了，真不好意思，一点儿小钱，你们也不在乎，就算照顾小店的生意吧。”

“钟老板，你太不给我面子了吧，不愿交我这朋友没关系，可你不能栽我的面子。”

袁军骂道：“狗屁，你他妈有什么面子，连这点儿小钱都要省，你还好意思当流氓，你别给流氓丢脸了行不行？”

马五示意矮胖子：“给他结账，别的账咱们以后再算。”

矮胖子无奈地把钱扔在桌上。

“妈的，你哪儿来的这么多废话？我看你这张嘴是欠抽，我把这身军装脱了，省得说军人欺负老百姓。”袁军骂着要脱军装。

马五和同伙不再说话，转身走了，钟跃民和袁军、郑桐相视而笑。

周晓白鼓掌：“真好玩，两个小流氓被三个老流氓吓跑了，到底是资历浅点儿。跃民，你们流氓也讲资历？”

钟跃民笑道：“那当然，哪行不讲资历？老干部不是1949年10月1日以前参加革命才有离休待遇吗，我们这行是1968年12月之前的资历深，是不是，弟兄们？”

袁军和郑桐附和道：“没错。”

周晓白笑弯了腰：“还好意思说呢，高玥，我得给你讲讲钟跃民当流氓的历史……”

沈老板坐在一辆乳白色的凌志牌轿车的后座上，汽车正在陡峭的盘山公路上行驶着，这是门头沟通往百花山的公路，有些路段是事故和险情多发地，司机很小心地驾驶着汽车。他身旁的保镖孙大鹏抱着一只精致的拷克箱，孙大鹏知道此行事关重大，丝毫不敢懈怠，为了拷克箱里的250万元现金，他今天特地带了一支64式手枪，腰带上还挂了一颗草绿色的82式手雷，这是为防备对方“黑吃黑”而采取的措施，万一对方不守信誉想“黑”沈老板，孙大鹏就准备用手雷给他们点儿颜色看看。

沈老板为这桩生意已经忙乎半年了，白粉儿交易是一种操作性极强的生意，从双方初次接触到具体谈判，就需要一段不短的时间。即使双方以前曾经有过成功的交易，也不能从此认定对方就百分之百可靠。这种生意的风险实在太大了，缉毒警察、黑道人物，包括交易的对方，都是贩毒者的天敌，一着不慎，满盘皆输。干这行要有良好的心理素质，要有把脑袋别在裤腰带上的心理准备，没这个本事你就趁早干点儿别的。

沈老板天生就是个冒险家，他今年已经五十多岁了，在这五十多年里，他大概只做了十几年良民，剩下的时间都在从事玩命的勾当。他深知白粉儿生意中风险最大的环节是运输，便有意避开了这一环节，这部分利润他不想挣，还是留给比他更敢玩命的人去挣吧。沈老板只在北京接货，他只需建立起自己的销售网络就可以了，半年来他已经成功地以北京为中心建立起自己的销售渠道，只要货运到北京，马上就可以向中原、西北、东北、华北地区呈放射状分销出去。这次交货的地点是沈老板经过反复研究才确定的，他选择了百花山自然保护区，因为那里有大片的原始森林，地形复杂，万一出现危险情况可以逃进原始森林，突围的可能性要比在城里大得多。

盘山公路越走越窄，凌志轿车转过了一个山口，眼前豁然开朗，前面就是下坡路，沈老板的司机阿宽摘了挡，汽车轻快地顺着坡路向山下滑行，转过一个“Z”字形弯。阿宽不得不放慢了速度，因为他的车差点儿撞在一辆解放牌大卡车的尾部，卡车司机似乎没发现后面的凌志轿车，他仍以三挡的速度慢吞吞地行驶着。宽宽的车厢把公路塞得满满的，阿宽不停地按着喇叭，示意卡车让路。沈老板警惕地盯着卡车，他现在对任何车辆都抱着怀疑的态度，首先要判断一下有没有可能是警方布下的圈套。保镖孙大鹏已经握住了手枪，把子弹推上了膛，如果这辆卡车拒不让路，那么很可能是有意进行拦阻，警方也许会在前边设路障进行围捕。孙大鹏握枪的手已经出汗了，他决定只要发现异常就率先开火，干这行的人都是亡命徒，没有人会考虑投降的问题，因为投降也不会得到宽恕，横竖都是个死。

沈老板突然惊喜地发现，前面那辆卡车开始向路边靠了，司机阿宽猛踩油门从卡车旁挤上去，当凌志轿车和卡车并排平行的一刹那，沈老板隔着车窗看见了卡车司机的脸，那是一张瘦瘦的、棱角分明的脸……当凌志轿车正要超越卡车时，卡车突然向左一打轮，车头撞在凌志轿车的侧面，阿宽感到方向盘突然失去了控制，凌志轿车飞出公路，翻到了坡下……

沈老板和阿宽都被汽车的一连串横翻撞得昏死过去，只有孙大鹏还清醒，他满脸是血地从后窗爬了出来，即使伤成这样，他也没忘了抓住装现金的拷克箱。下午的太阳很刺眼，昏头昏脑的孙大鹏被阳光晃得闭上了眼睛，恍惚中他觉得有人轻轻踢了自己一脚，当他睁开眼时，却发现黑洞洞的枪口正对着他的眉心，距离只有10厘米。孙大鹏的精神一下子崩溃了，他知道自己是碰上同行了，对方的目标是装钱的拷克箱。按黑道上的规矩，提钱箱的人是不应该再活下去的，不过，孙大鹏还是抱有一丝侥幸心理，他把拷克箱推过去：“老哥，钱你拿走，给我留条命……”

他的话音没落，枪就响了，孙大鹏的眉心出现了一个黑洞，鲜血和脑浆从脑后成雾状飞溅到岩石上……

歌台上一个女歌手拿着话筒在唱流行歌曲，彩色的球状旋转灯变幻出五颜六色的灯光效果，舞池里几对舞伴紧紧拥抱着在跳贴面舞。

宁伟和珊珊坐在大厅角落的一张桌子前，两人正在小声交谈。

一个衣着考究的中年男人坐在舞池侧面的沙发上，几个保镖模样的人前后簇拥着，珊珊的目光不经意地扫过中年男人的手，他左手无名指戴着一枚镶着硕大钻石的白金戒指，灯光照在钻石的折光棱面上，折射出彩虹般的光芒。

珊珊用眼光向宁伟示意：“你看见那个男人了吗？”

“嗯，怎么了？”

“我以前见过他，但没打过交道，他叫李震宇，是震宇实业有限公司的总经理。听说这个公司很有实力，生意做得很大，这个李震宇还是个脚踩黑白两道的人物。你看，他的随身保镖就有4个，我的一个姐妹和他的保镖认识，那个保镖有一次喝多了酒吹牛说，李总是得罪不起的，凡是得罪过他的人，没有一个能活下来。”

宁伟淡淡地说：“即使是阎王爷，也不可能想叫谁死谁就会死，何况这个李震宇把自己的名声抬到这个份儿上，他自己就已经离倒霉不远了。不过，这不关咱们的事，来，喝酒！”

李震宇朝身边的几个保镖挥挥手：“你们都去玩吧，不必在我身边陪着，我想一个人静一会儿。”

几个保镖向李震宇恭恭敬敬地鞠了躬，然后散开，各自消遣去了。

李震宇的几个保镖都是他花重金聘来的，他坚信一分钱一分货的道理，他的仇家太多，有很多人不希望他活在这个世界上，因此李震宇在人身安全方面是舍得花钱的。

保镖杜建彪曾经当过武术散打运动员，在省级的散打比赛中取得过第三名的成绩，他因为酒后斗殴把对手打成重伤而被判刑，出狱后经人介绍投到李震宇的门下。保镖李宝胜练过柔道和国际式摔跤，也有前科。保镖王玉田和刘雄是纯粹的黑道人物，从小就在街头斗殴滋事，两个人未必有什么功夫，但以心毒手狠著称，这两个人身上有极强的、仿佛是与生俱来的暴力倾向，往往是脸上还笑嘻嘻时，手上的刀子已经捅进了别人的肚子。令人奇怪的是，这4个桀骜不驯的汉子，到了李震宇的门下，就成了唯命是从的奴仆。当着李震宇的面，他们神态谦卑，连说话都是低声细语的。

由此可见，李震宇是何等人物。

李震宇喜欢到歌厅来坐坐，他从不唱歌跳舞，对歌厅的小姐也毫无兴趣。他才看不上这种女人，他不过是喜欢这里的气氛，坐在这里喝喝酒，放松一下脑子。这个歌厅里有很多私人酒柜，其中第一号酒柜就是李震宇的，他长年存放在这里的两瓶法国路易十三XO，每瓶酒的价格都上万元，他只喝这一种酒。

领班小姐亲自为李震宇斟上酒，他把玩着斟满琥珀色酒液的水晶磨花杯，心里在盘算着公司的生意。需要他操心的事实在太多了，难得有这悠闲的片刻，李震宇把头靠在沙发上，疲惫地合上眼睛……

保镖王玉田没有别的嗜好，他只喜欢女人，今天要不是陪着李总来夜总会，他早找个小姐开房间去了，而此时是他的工作时间，王玉田只好强忍着。他盯着舞池里跳贴面舞的男女，阵阵欲火直往脑门上撞，他对身旁的刘雄建议道：“哥们儿，跳舞怎么样？”

刘雄无聊地四处看看：“没劲，连个舞伴儿都没有，跳什么舞？”

“遍地是小妞儿，还怕找不着舞伴儿？”王玉田四处张望着，他突然发现了坐在角落里的宁伟和珊珊。

“看见没有？那儿有个妞儿，长得还行。”

“人家身边可是有主儿啊。”

“那又怎么样，不过是邀她跳个舞嘛，哥们儿，看我的。”

在舞厅的角落里，宁伟和珊珊正在交谈，王玉田端着一杯酒过来：“小姐，能赏光跳个舞吗？”

珊珊客气地说：“对不起，我有舞伴了。”

“赏个光吧，小姐，你的男朋友不会吃醋的。”

宁伟连眼皮都不抬，不动声色地拿起叉子在果盘里叉了一块水果放进嘴里。

“先生，我已经和你说了，我有舞伴。”

王玉田并不气馁：“看来小姐不肯赏我这个面子了，这可不好，我要是坚持邀请呢？”

宁伟终于说话了：“你这个人怎么这么招人烦呀，还有事吗？没事就走开。”

王玉田弯下腰，把两个手撑在桌面上，他不屑地看了宁伟一眼：“嗬，还挺横，我邀请这位小姐跳舞关你什么事？我没和你说话。小姐，求你了，和我跳一个吧。”

宁伟冷冷地发出警告：“我再说一遍，你给我走开，别招我生气。”

“怎么着，你生气又怎么样？”

宁伟猛地将手中的叉子扎进王玉田的手背上，王玉田发出一声惨叫，那叉子竟扎穿他的手，把手钉在桌子上。

惨叫声惊动了歌厅里所有的人，连李震宇也回过头来。

杜建彪和李宝胜正在喝酒，一见同伴吃了亏，不由大怒，他们从没遇到过这种情况，谁这么大的胆子，敢打李总的人？真他妈活腻了。两人放下酒杯向宁伟扑过去，宁伟飞起一脚踢中杜建彪的裆部，杜建彪的脸瞬时变得煞白，他弯下腰捂住裆部痛苦地蹲在地上。宁伟又转身打出一个漂亮的勾拳，正中李宝胜的下巴，李宝胜的身子腾空而起，飞出两米开外，砸翻了一张桌子，桌上的玻璃器皿被砸得粉碎。

宁伟端起酒杯一饮而尽，对珊珊说：“走吧，这鬼地方简直不是人来的地方。”

珊珊微笑着挽起宁伟的手臂：“真棒，就像看武打片，比成龙还棒。”

舞厅的另一端突然传来鼓掌声，李震宇拍着手掌站了起来，他满面春风地赞道：“漂亮，太漂亮了，二位请留步。”

宁伟转过身不耐烦地问：“有事吗？我可没工夫听你扯淡。”

李震宇微笑着说："刚才我的人冒犯了你，我替我手下人向你赔礼了，要是先生不嫌弃的话，我想和先生交个朋友，不知先生肯不肯赏个面子。"

宁伟略感意外地说："嗬，这事儿倒是挺新鲜，那咱就谈谈？"

"太好了，小姐，请把1号包房打开，不要让任何人打扰我们。"

李震宇把宁伟和珊珊请进豪华包房，并亲自给他们斟酒。

宁伟站在屋子中央不肯坐下，他戒备地盯着李震宇说："有什么事你就说吧，其实，我们是偶尔来歌厅坐会儿的，可你那个手下人太讨厌，我预先警告过他。"

"先生不必介意，他会受到惩罚的，我可以向你保证。不过，要不是这个浑蛋，我也无缘目睹先生刚才显露的一身功夫，李某佩服。"

"你过奖了，这不过是雕虫小技罢了。不过我还是不明白，你为什么要和我交朋友，是不是需要我帮你什么忙？"

李震宇笑道："帮忙？哦，暂时没有，不过以后也说不准，重要的是，咱们今天就算是认识了，对不对？"

宁伟皱皱眉头说："我不太习惯用这种方式谈话，双方都绕来绕去的，要不就是互相吹捧，聊个半天还没进入正文，咱们是不是该把这些程序免了？有事儿你就直说，没事儿我就走了。"

李震宇称赞道："说得好，有性格，先生真是条好汉。那咱们就直来直去，我不想问先生的尊姓大名，也不想知道你从哪儿来，到哪儿去，我只对先生这身功夫感兴趣，也想顺便提个建议，希望先生能和我合作，请你考虑。"

"你的意思是给你当保镖？"

"这是第一种合作方式，当然，保镖这种叫法不太适合于你，不如叫行政助理更为妥当。"

宁伟笑笑："这个建议我没兴趣，我这个人不习惯给别人当差，还有别的建议吗？"

"好，第二条建议请你考虑，你我可以采用一种随意的合作形式，如果我需要你的帮助，我会找你，报酬问题每次现谈，你看如何？"

宁伟想了想："这个可以考虑，只是我不知道我有没有能力帮你忙。"

"这个你放心，我不会让你做超出自己能力的事，现在，咱们干一杯如何？"

"干杯，咱们可以成交了。"

深夜，最后一批顾客终于走了，高玥在忙着结算一天的营业额，钟跃民和张海洋相对而坐，两人都沉默着一杯接一杯地喝着啤酒。

两人刚刚吵过架，心里都不太痛快，起因还是宁伟的事。

据张海洋的一个线人报告，最近黑道上出现一个冷面杀手，此人心毒手狠，似乎学过武功，上星期四在本市裕龙夜总会门口的黑道火并中，他以一对四，赤手空拳将对方三个人打成重伤。有目击者看见吃亏的一方刚掏出枪来，那个杀手便以更快的速度拔枪射击，当场打死一人，子弹是从眉心打进去的，其射击手法极为娴熟老到。这个案子还没来得及破，上个月的一件枪击案又引起了张海洋的注意。在百花山附近的盘山公路上，有一辆凌志轿车被一辆解放牌卡车撞出公路，翻滚出几十米，开解放牌卡车的肇事司机竟持枪追到沟底，在近距离内将凌志车上的一个人击毙，车上另外两个幸存者当时昏迷过去，他们清醒以后对此事茫然不知，提供不出任何有价值的线索，只是声称几个朋友结伴去百花山游玩，死者是他们新结识的朋友。至于凶手是否与他有仇，或者凶手从死者手里抢走什么东西，他们都不清楚，这件案子警方现在还没有调查出结果。但张海洋还是发现了一条重大线索，根据技术鉴定，裕龙夜总会枪击案和百花山枪击案竟是同一支枪所为。

张海洋虽然还没有证据，但他认定这是宁伟干的，两个死者都是眉心中弹，这绝对是宁伟的射击手法。

张海洋认为宁伟有可能来找钟跃民，他希望钟跃民能协助自己抓住宁伟。但钟跃民一听却发了火，话还说得很不客气："我管得着吗？我又不是警察，凭什么帮你抓宁伟？"

张海洋的话也很不客气："凭什么，凭你是个公民，你有责任有义务协助公安机关抓捕嫌犯。"

钟跃民更火了："海洋，你他妈少跟我卖狗皮膏药，刚穿两天半警服，就真拿自己当警察了？狗屁！我是没看见宁伟，就是看见了，我也拿他当朋友。"

张海洋被噎得说不出话来，他好不容易才把火压回去："跃民，我知道你对我有看法，我张海洋是个小人，刚穿了两天半警服就想拿自己的战友立功……"

钟跃民冷冷地打断他的话："我可没这么说，这是你自己说的，不过我基本同意你对自己的评判。"

这句话说得太重了，张海洋的眼泪一下子就流了出来："跃民，你我认识二十多年了，别人不了解我，你也不了解？你知道自从宁伟出事以后我过的是什么日子？我他妈每天晚上失眠，我忘不了咱特遣队的弟兄们，都是生死与共的弟兄啊……可我有什么办法，我救不了宁伟啊，我他妈千不该万不该，就不该当这警察，不该当这刑警队长。宁伟在杀人啊，他还要继续杀人，我能不管吗？要是你能见到他，你和他说，别再杀人了，算我张海洋求他了……"

钟跃民刚才在气头上，话说完了就后悔了，他理解张海洋的心情，这的确是个两难选择，当了警察就得抓嫌犯，哪怕这个嫌犯是与你生死与共的弟兄，不然你就是在犯罪。张海洋的心理压力实在是太大了，如果作为老战友的钟跃民也认为他是小人，那张海洋可真没法活了。

钟跃民递过一张纸巾："对不起，海洋，我刚才话说得太重了，宁伟的事咱们看看再说吧。说实话，我倒希望他跑得远远的，跑出国去，咱们眼不见心不烦，要是通过你我的手让他送了命，那咱们这辈子心理负担实在是太大了。其实宁伟他不一定会来见我，我了解他，他不是个爱给别人找麻烦的人。再说，我真见到他又怎么样，劝他投案自首？要知道，每个人计算生命的方式是不一样的，让他在监狱里苟活一辈子，他宁可铤而走险，更何况他越狱后又犯了案子，恐怕很难得到宽恕。"

张海洋擦干眼泪说："宁伟要仅仅是个逃犯，那自有人去追捕他，问题是他就在本市杀人越货，好像是成心和警方作对。这我就躲不开了，刑警队干的就是这个，不抓住他就是我们失职。跃民，你知道我担心什么？我担心刑警队的弟兄们，宁伟是个高手，闹不好将来抓捕他的时候，弟兄们会有伤亡。"

张海洋的心情不好，又多喝了点儿酒，钟跃民担心他明天上班迟到，便劝他早点儿走。张海洋刚才受了钟跃民的刺激，他骑上自行车还在唠叨着："跃民，改日我还来，你得给我说清楚，我张海洋是不是小人……"

钟跃民说："走吧，你还磨叽什么？我是小人，行了吧？"

张海洋骑上自行车摇摇晃晃地走了，钟跃民回到餐厅随手锁上了门。

他们两个人谁也没注意到，宁伟就在附近看着他们……

餐厅外的大街上，一辆桑塔纳牌汽车停在街道的拐角处，宁伟坐在车内手扶方向盘望着钟跃民和张海洋分手，珊珊坐在他身旁。

宁伟沉思道："珊珊，你说，要是我把这50万元还给钟跃民，他会收下吗？"

"宁伟，我说话你不要介意，如果钟跃民是你的朋友，你就不该见他，更不能给他送钱。"

"你是说这样很容易给他带来危险？可我欠他的钱啊。"

"可你的钱是怎么来的，把赃款还给朋友？这可有点儿不够意思，公安局一旦追查，是要追回的，你不是给人家添乱吗？"

宁伟叹了口气："这倒也是，珊珊，你多带些朋友来吃饭吧，这笔钱能花多少就花多少，只有这么办了。"

珊珊突然指着前面说："哎，那两个人在干什么？"

宁伟猛地直起身子，他看见一辆摩托车停在泰岳餐厅的门口，驾驶员和后座上的人都穿着黑色摩托服，头上戴着头盔，后座上的人拿出一个啤酒瓶做的燃烧瓶，用打火机点燃，然后用力将燃烧瓶扔向餐厅的窗户，燃烧瓶砸碎玻璃窗，室内燃起了大火。

餐厅门外的摩托车加大油门冲出去，宁伟拧动点火钥匙，汽车轰然发动起来，他猛踩油门向摩托车追去……

宁伟有意把摩托车放出两公里，为的是不让钟跃民看见，他轻轻一打方向盘，汽车将摩托车别倒，两个戴头盔的人连同摩托车在路面上滑出几十米远。

宁伟下了车，向两个人走过去，两个人从地上爬起来掏出刀子扑过来。

宁伟一个高边腿踢中一个家伙的鼻子，那人惨叫一声飞了出去，另一个家伙的刀子已经刺到宁伟眼前，他一把抓住对方的手腕，用肘部猛击对方的小臂关节，对方惨叫一声，小臂被生生折断。

宁伟不慌不忙地向躺在地上的两个人软肋上猛踢，这两个家伙在地上痛苦地惨叫着，滚动着……

坐在汽车里的珊珊被宁伟凶狠的表情吓得捂住嘴……

张海洋的刑警队是钟跃民常来的地方，不过，以受害人的身份到这里来，他还是第一次。昨天夜里发生的事是纵火案件，属于重大案件，理所当然应该归刑警队负责侦破。钟跃民以受害者的身份大模大样地坐在沙发上，先是训了张海洋几句，提醒张海洋注意，警察是纳税人的公仆，是靠纳税人养活的，现在由于仆人失职，主人差点儿被烧死，这事儿怎么办，这样的仆人还养着他干什么？

张海洋一见钟跃民没出什么事便放了心，对于这种逮住理就不让人的主儿，最好的办法是别接他的话茬儿，他边给钟跃民倒水边问："你那餐厅的损失大吗？"

"幸亏扑救得及时，损失不大，不会影响营业。"

张海洋说："那两个放火的浑蛋还在医院里昏迷着，等他们醒过来，有了口供，我马上抓那个叫马五的地痞，现在已经派人把他监控起来了。"

张海洋手下一个叫李东平的刑警进来报告："张队，那两个家伙刚醒，口供也证实了，是那个马五指使的，小林他们已经去抓人了。"

张海洋问道："那两个浑蛋伤势怎么样？"

"惨不忍睹，浑身多处骨折，内伤也很严重，上面吐血底下尿血，都得残废。"

张海洋点燃一支烟沉思道："跃民，你估计这件事是谁干的？"

钟跃民沉重地说："还用问吗，除了宁伟还能是谁？"

张海洋深深叹了一口气："和我估计的一样……"

泰岳餐厅被人纵火未遂后停业整修了两天，今天是餐厅整修后第一天开张营业，钟跃民一早就四处给朋友们打电话，邀请他们来聚一聚。话说得挺客气，说自己实在想念朋友们，又没工夫登门去一一拜访，只好请朋友们来小店坐坐。其实钟跃民的意思很明白，话已经放出去了，来不来就看自觉了。他可没打算请客，不管是谁，到钟某人这儿白吃，门儿也没有。

没到11点，两辆警车就停在了餐厅门口，张海洋带着魏虹、李东平等几个刑警下车走进餐厅。

钟跃民迎过去，像个生意人那样一抱拳："欢迎，欢迎，弟兄们一来，小店真是蓬荜生辉呀。海洋，我怎么一见警车停在我这儿心里就发毛，你别净吓唬我好不好？"

张海洋摘下大檐帽道："这说明你心里有鬼，什么人见警察才害怕？今天我们在附近办案，我和弟兄们来给你捧捧场，你可得悠着点儿，我们可都是挣工资的穷人。"

李东平开玩笑说："钟老板，你这儿的刀子快不快？"

钟跃民说："得，看在弟兄们的面子上，我今天不宰张海洋。"

警察们围着桌子坐下，张海洋把菜谱一推，说："跃民，你看着上菜吧，今天我请客。"

"那你先看看自己带了多少钱。"钟跃民伸手在张海洋衣兜里乱摸，掏出了皮夹翻着："嗬，500多，就照着500花吧。"

"操，真他妈黑，你给我剩点儿，我还得买烟呢。"

魏虹一贯向着张海洋："钟哥，你和我们张队可是老战友了，他的钱你也敢收？"

"小魏，真不好意思，我这个人就认得钱，不认识什么老战友，你们的张队我也不认识，他是谁呀？"

"哎，钟哥，你现在可真成了商人，掉到钱眼儿里去了……"

营业厅另一头传来一阵喧哗声，珊珊和七八个装束奇形怪状的男女青年在大声说笑着，他们的桌子上盛菜的盘子已经摞了起来，服务员仍在不停地上菜。

张海洋点燃一支香烟，望着那群喧哗的男女在思索着什么。

钟跃民解释道："这些孩子可能是发了财，刚才一进门就要包桌，说是照着2000块钱花，我劝他们少要点儿，根本吃不了，你猜这些小兔崽子怎么说？说：'你这当老板的有病是怎么着？给你送钱来了你还拦着，我们有钱，就乐意这么花。'把我噎得说不出话。我心说，得，小兔崽子，你们乐意糟蹋钱就可着劲儿花吧，我又不是你们的爹。"

张海洋目不转睛地凝视着珊珊，喃喃地说："那女孩儿我好像在哪儿见过，想不起来了。"

"我说，你是不是有职业病呀，看谁都可疑？"

张海洋移开了目光，自嘲道："是，我也觉得我有病。不想了，吃饭，吃饭……"

餐厅门口一辆挂着军牌的切诺基吉普车停下，身穿军服的袁军和几个佩上校、大校军衔肩章的军官下车走进餐厅，钟跃民迎上去。

一辆奔驰牌轿车开进别墅区，停在一座二层小楼下，一个中年胖男人和一个浓妆艳抹的女人下了车，两人亲热地搂抱着走上台阶。那胖子已经喝得半醉，黑暗中他的手哆嗦着拿出钥匙，却怎么也对不准钥匙孔，那女人拿过钥匙，打开了门，搀扶着胖子进了门。

离小楼不远处的小路上停着一辆汽车，宁伟坐在车内神色安详地抽着烟，他低头看了看手表，已经是深夜1点钟了。这老家伙也够能折腾的，这把岁数了，每天夜里都要换不同的女人，身子骨儿受得了吗？宁伟已经跟踪他三天了，前两夜他一直没有找到机会下手，看来今天倒是个机会。这片别墅区刚刚建好，物业公司的管理还没来得及跟上，除了大门处有个保安员在值班，小区内根本没有保安人员。这胖子肯定很有钱，这三天来他每天都在不同的住宅里过夜，谁知道他到底有多少处房子。

宁伟三天以前接到李震宇的电话，李震宇在电话里只是轻描淡写地问宁伟，有件小活儿愿不愿干。

宁伟简短地说："30万。"

李震宇更干脆，在电话那边蹦出两个字："成交！"

宁伟看见二楼的一间房子灯亮了，窗户上映出那女人的影子，她正在拉动窗帘，看样子这胖子要睡觉了。他倒是挺会享福，每天没见他干什么正经事儿，除了吃喝赌博就是泡妞儿，他哪儿来的这么多钱？宁伟最烦的就是这种人，这种人和那个被他打残废的锤子是一路货色，杀这种人宁伟心里不会有任何负担。

宁伟拿出一双白手套戴上，悄悄地下了车，他敏捷地顺着流水管道攀上二层的露台，掏出手枪轻轻将子弹推上了膛，他拉开露台的玻璃门，闪进厅内……

卧室里，胖子正和那女人在床上滚动着，他喝得有点儿多了，一切景物在他眼里都显得模模糊糊，进卧室时竟一头撞在门框上，他没觉出疼来，只是感到眼前有无数金色的小星星在乱窜。胖子很想睡觉，这么一天到晚吃喝玩乐实在是很辛苦，可是不行，那女人不干，胖子要是不意思一下，那女人非和他翻脸不可。

临上床时，两个人闹了点儿小小的不愉快，那女人声称自己有洁癖，胖子若是不洗澡就不让他上床。胖子有些不高兴，怎么如今什么女人都说自己有洁癖，都他妈真的假的？他一怒之下便动了粗，一把将女人拎起来扔上了床，然后一个饿虎扑食骑在女人身上，像剥香蕉皮一样把女人的衣服一件件剥下来，那女人假意挣扎了几下便安静下来，她很快就有了反应，像鸡叨米一样在胖子的脸上印满了口红印……

他俩正在缠绵悱恻时，一支手枪顶住了胖子的太阳穴，他的身子突然僵住了，那女人吓得张大嘴，无声地看着宁伟。

胖子不愧是久闯江湖，见过些风浪，枪口顶到头上却仍然很镇静："我明白了，是李震宇派你来的？"

宁伟微笑着说："死到临头了，何必问呢。"

胖子笑笑说："那不见得，干你这行的无非是冲着钱来的，要是我比李震宇出的钱多呢？你开价吧。"

"好啊，让我看看你有多少钱，麻烦你去把保险柜打开，慢点儿，小心我的枪走火。"

宁伟坐在床头的沙发上，随手拿起一个鸭绒枕头放在腿上，右手用枪指住胖子。

胖子顺从地走到一面墙前，将一幅油画摘下，露出了嵌在墙上的保险柜门。他拨动号盘，用钥匙打开保险柜门，他想起保险柜里有一支手枪和钞票放在一起，而且子弹已上了膛，他故意用后背挡住宁伟的视线，心里盘算着，他只要有几秒钟时间，就该这个杀手倒霉了。胖子做了一个深呼吸，突然伸手抓住手枪，猛地转身……

宁伟早已将枕头捂在枪口上，手枪发出一声闷响，子弹准确地打进了胖子两眼之间的眉心，在子弹强大的冲击力下，胖子的身子飞起来撞到墙上，又弹回来才颓然倒下，他后脑喷出的鲜血飞溅在雪白的墙面上，纷纷扬扬的绒絮在房间里飞舞着……

宁伟又将枪口对准那个女人："对不起小姐，你的运气不太好，看见了一些不应该看见的事，我只好对不起了。"

那个女人吓得跪在床上不住地磕头："大哥，求你饶了我，我什么也不会说……"

宁伟毫不犹豫地扣动了扳机，又是一声闷响……

钟跃民和高玥坐在一家五星级饭店的西餐厅里，桌子上放着一支粗大的红蜡烛，飘忽的烛光制造出一种梦幻般的效果，室内乐队奏出的背景音乐烘托出温馨浪漫的氛围。服务生打开香槟酒，把两人的酒杯斟满。

钟跃民举起酒杯说："小高，今天是你的生日，我不想送你什么礼物，那太俗了，我想送你一个温馨的夜晚，来，祝你生日快乐。"

高玥的脸庞在烛光的照映下显得如桃花般娇艳："谢谢你，你有个活跃的大脑，这里面永远能产生出鲜活的思想，总是给我一种目不暇接的感觉。跃民，能遇到你，真是我的幸运。"

两人干杯。

"小高，和一个比你大10岁的男人相爱，你是不是感觉不太好？"

"恰恰相反，我感觉好极了，有种被呵护的感觉。我常和我的朋友说，要是男人和你的年龄相差5岁以下，就根本不能考虑。"

"够极端的，这下大龄女青年就更多了。"

"她们可以去找更老的男人，比如，40岁的女人找50岁的男人。"

"小高，你对结婚这件事怎么看？"

"无所谓，结婚证只是张纸，我有你就够了，也不想用一张纸把你拴住，如果有一天你不爱我了，请你告诉我，我不会纠缠你。"

"够现代的，这是你这个年龄的人的时尚吗？你的意思是不是说，要是有一天我在你眼中没有吸引力了，希望我也不要纠缠你。"

"当然，咱们是平等的。"

"那这日子过得……也太没谱了，也就是说，咱们随时都有散伙的可能。"

高玥笑了："没这么严重，这和结婚是一回事，即使咱们真领了结婚证，也不能保证不离婚吧？"

钟跃民也笑了："这倒也是，只是我脑子一时还没转过来，要是到时候咱们感觉都不太好，要散伙，你不会和我觅死觅活吧？"

"跃民，你别自我感觉太好了，我至于这样吗？我可不是你们那个年龄段的女人，我比你想象的要开放，总之，不会让你累着。"

"这我就放心了，你知道我最怕什么吗？前几天我看了个电视剧，那里面有个女孩儿郑重其事地对她男友说：'我决定把自己的一生交给你。'这句话把我吓坏了，动不动就把自己的一生交出去，这太吓人了，潜台词就是：这辈子我就讹上你了。"

"别害怕，那个编剧是个蠢货。"

钟跃民要结账时，服务生走过来说："先生，您不用付账了，有位先生刚才替您付了账。"

钟跃民惊奇地四处看看，没发现熟人："是谁？他人呢？"

服务生鞠了一个躬："对不起，他已经走了，我问过那位先生，请他留下姓名，但他不肯说，只是说他是你在军队服役时的战友。"

钟跃民像触电般猛地站起来，来不及和高玥打招呼便冲出餐厅……

他发疯般地在停车场上四处寻找："宁伟，宁伟，你他妈给我出来，你出来，我要见你，你不是有枪吗？有种你就向我开枪，你给我出来，宁伟，算我钟跃民求你了……"

偌大的一个停车场静悄悄的，没有任何回应。

高玥匆匆从饭店里追出来，她轻轻抱住钟跃民，钟跃民停止了挣扎。

"跃民，跃民，你冷静些，宁伟不会见你，他早走了。"

"宁伟，我的兄弟，你干吗要往绝路上走啊……"钟跃民痛苦地喊着。

·第二十三章·

钟跃民的餐厅经过两年多的经营，终于走出低谷，还清了借款，他买下了泰岳餐厅51%的股份，成了名副其实的老板。

手里刚刚有了些积蓄，钟跃民又产生一些不安分的想法。他实在不喜欢过这种平静的生活，这种生活可能适合大多数人，但不适合钟跃民，他需要一种时时能感受到新鲜感的生活方式，这种生活方式能给他带来挑战，带来激情，不然生活就变成了一潭死水，纵然生活得很富足，也没有任何意义。

高玥是个善解人意的姑娘，她知道钟跃民的脑子里每天都要冒出很多稀奇古怪的想法，对此她采取放任自流的态度，其实她也不喜欢那种安分守已守着老婆过日子的男人。她认为，一个男人身上最重要的优点应该是一种创造力，并且能利用这种创造力不断丰富人生。海明威大概就属于这类人，这个世界上哪里有乱子，他肯定要去凑凑热闹，这家伙一天兵没当过，竟以平民的身份参加了两次世界大战，还多次身负重伤。世上就是有这么一种人，天生就不喜欢过正常人的日子，而是愿意接受挑战，喜欢冒险。既然海明威可以这样生活，为什么钟跃民就不可以呢？高玥认为自己应该支持钟跃民的想法。

钟跃民本来打算去神农架的原始森林里寻找野人，这是他目前的经济实力可以办到的事，像这类探险的事如果可以供他选择的话，他宁可选择去百慕大三角玩玩，弄条渔船在那片经常失踪船只的海域上转悠，他倒要看看那所谓的超自然力是怎么把自己化为乌有的。当然，去百慕大目前还不大现实，他只能考虑眼前能做到的事。

高玥热心地出主意："要让我看，你不如去新疆的塔克拉玛干沙漠考察，那里面有很多被湮没的城市，楼兰就不必说了，还有些不如楼兰名气大的城市，比如尼雅、精绝国这类的废墟都在沙漠腹地，去过的人也很少，你要是能找到这些城市，肯定很好玩。"

钟跃民一听就兴奋起来，这倒是个好主意，到沙漠里寻找两千多年前的古国，这太刺激了。他想了好几天，还对着地图仔细盘算这次行动的细节。他认为此行风险当然是不小，闹不好自己还有可能困死在沙漠里，但这个计划实在太诱人了。他想象着，自己经历了千难万苦终于找到了精绝国，在古国的废墟上挖掘起来，先是挖出了大量的木牍、竹简，然后又挖出了一具古代干尸……他盘算着，要是真挖出了干尸，他一定要把干尸弄回来，做个玻璃罩子收藏起来。现在搞收藏的人不少，有收藏邮票、钞票、火花的，有收藏酒类和香水的，国外还有人收藏飞机和坦克，可谁听说过有收藏干尸的？这可不是有钱就能收藏的。

高玥一听说钟跃民的收藏计划，先是被吓得哆嗦了一下，随即便坦然了，她说："等咱们有了钱，你专门买一所房子放你的收藏吧，就是别让我看见那东西，不然我会睡不着觉。"

钟跃民可不是想想就算了，他是个想到一件事就准备行动的人，他订购了一辆四轮驱动的切诺基吉普车，还加装了绞盘自救设备。他开着崭新的吉普车从汽车销售中心出来，感觉好极了，按他的计划，如果不出什么变故的话，再有两个星期的时间他就会出现在塔克拉玛干大沙漠的边缘了。

谁知钟跃民高兴得太早了，他开着新车从汽车销售中心出来不到5公里就出了点儿事……

在一个十字路口，钟跃民左转弯时，听见后面"咣当"一声响，他从反光镜里看见一个人连人带自行车倒在地上。钟跃民一惊，心说，坏了，刮倒人了，他连忙刹住车窜出来，想把那人扶起来，谁知那人却推开他的手，抱着腿呼天抢地起来，声音非常凄厉，似乎疼得受不了……

钟跃民感到很疑惑，他的汽车驾驶技术是在部队练出来的，别说是在这样好的路况下行车，就是很多高难度的特技驾驶他也玩得很娴熟，况且刚才他转弯时还从反光镜里观察了后面，怎么会突然出现个骑车人？这可有些奇怪。再说这个人的一通叫唤也很可疑，刚才他转弯时车速很慢，就算把这人蹭倒，他也顶多是摔一下，哪至于这么呼天抢地？这可有点过了。钟跃民早就听说有人专门以此为职业，制造各种事端敲诈司机，看来这家伙有点儿问题。

想到这里，钟跃民放了心，他用脚碰碰那人道："别叫了，不就是想要钱吗，你说，要多少？"

这句话果然很灵验，那人马上不叫唤了。他慢慢地睁开了眼睛，和钟跃民对视了一眼，当两人的目光相对时，两人都惊奇地睁大了眼睛……

钟跃民认出来了，这是他在陕北插队时同住一个窑洞的知青曹刚。一晃二十多年过去了，没想到他和曹刚在这种情景下重逢了。

曹刚显然也认出了钟跃民，他显得有些慌乱，但马上又镇定下来，他笑着把手伸给钟跃民："跃民，咱们可是多少年没见了，来，扶哥们儿一把……"

钟跃民站着没动，冷冷地说："自己站起来。曹刚，你装什么孙子，干上这行了？行啊，长出息了。”

曹刚的脸红了，他臊眉耷眼地从地上爬起来，推起自行车要走，钟跃民一把抓住他：“你干吗去？咱们还没谈钱的事呢。”

“跃民，这……这是误会，我还有事儿，咱们改日再聊好不好？”

“改日我到哪儿去找你？我看还是现在聊吧，你跟我走，咱们找个地方聊聊去。”

曹刚无奈地推起自行车跟钟跃民走出人群，钟跃民把他带到附近的一家茶艺馆里。两人坐下后，钟跃民嘲讽地说：“曹刚，你怎么干上这行了？咱们这茬人岁数可不小了，身子骨儿哪扛得住这么摔，你每天得摔几次？”

曹刚难堪地低下头：“跃民，真没想到今天碰上你了，早上出门儿我就觉着不对劲，右眼皮一个劲儿地跳，果然，一出门儿就遇见你了，真他妈丢人。跃民，看在咱们当年睡一个炕上的交情，你别给我传出去，我曹刚再不怎么样，也还要个脸面。”

钟跃民点点头：“你放心，我不会对任何人说。曹刚，你这些年是怎么过来的，和我说说好不好？”

曹刚长叹了一口气说：“唉，别提了，知青大批返城时，我已经在当地成了家，不属于返城对象，没办法，我又在县城里干了几年，直到1985年才带着老婆孩子回到北京。回来以后我就后悔了，要房没房，要工作没工作，整个是两眼一抹黑呀。我父母都是工人，生了我们兄妹六人，我们小时候全家就挤在两间小平房里。那时候北京住房都紧，还不觉得挤，等我在外面混了17年回来，我父母还是住在那两间小平房里。我大哥也是插队知青，他比我早回来几年，娶的也是农村老婆，还有两个孩子，他一家四口占了一间房子。我父母挤在一间房里。我是一家三口，孩子都10岁了，能住在哪儿？真他妈的叫天天不应啊，我说了你还别不信，我把家里的小厨房给拆了，整出了一块不到5平方米的空地，我在这块地上愣盖起一座二层楼，砖是从建筑工地偷的，楼板是电车修理厂拆下的废电车地板，在小楼没封顶之前先得把双人床放在二楼上，然后才能封顶。你见过电影里日本鬼子的炮楼吗？我那座楼就和炮楼差不多，就缺几个枪眼了。你想想，统共不到5平方米的地方盖起一座4米多高的楼，说它像炮楼都高抬了它，要我说就像根儿烟囱，我家就住在烟道里。这就是我的家，我一家三口现在还住在炮楼上。”

钟跃民听得目瞪口呆，他怎么也想象不出，5平方米的地方能盖出4米多高的楼来，这已经超出了他的想象，他震惊不已，一时竟无言以对。

曹刚突然声泪俱下：“跃民，你真不知道我们这些没权没势的老百姓过的是什么日子，人不怕受苦，最怕的就是没盼头。当年你当兵走后，知青点的弟兄们有三天都没人说话。你想想，要是有人指着一口破窑洞对你说，这就是你的家，你这一辈子只能住在这里，你只配过一辈子苦日子，你没有希望了，你能感受到那种绝望的心态吗？我告诉你，这么多年我就是在这种绝望的心态下过来的。回城以后，我在一个建筑公司当瓦工，老婆几乎不识字，在北京找不到工作，一家三口靠我那点工资只能勉强糊口。我过得挺知足，咱就是这命，不敢跟别人比，能过上这种日子我也就认了。可是去年我们单位不景气，搞分流下岗，第一批下岗的就有我。我不怕你笑话，我当时都给头儿跪下了，哭啊，求啊，该说的都说了，但都没用，二十多年的工龄啊，就这么白干了。要是我再老点儿，这事儿倒好办，大不了弄个几十片安眠药一吃，一了百了，可我才四十多岁，上有老下有小，想一撒手就走又实在放不下。我去找工作，人家一看我这岁数连谈都不想谈，好不容易托人找了个看大门的差事，一个月给300块，我还挺知足，可干了不到一年又让人家给顶了。这年头儿看大门都成肥缺了，多少人都惦记着，那个单位的头儿家里有人下岗，所以就把我的差事顶了。我想来想去，觉得自己是个废物，活到这把岁数了，要文化没文化，要技术没技术，我能去干什么？没办法，除了搞点儿歪门邪道，我没别的路可走……"

钟跃民听得眼圈儿都红了，他没想到当年的知青伙伴如今混得这样惨。他突然意识到自己是个很自私的人，多年来他很少关注别人的生存状态，也很少想到去帮助别人，而自己在困难的时候却心安理得地接受别人的帮助。现在他刚刚缓过点儿劲儿来，手里有了点儿钱，首先想到的是买汽车去探险，却没有想到有很多人还没解决生存问题，无论如何，自己现在的经济状况都是有能力帮助别人的。

钟跃民问道："当年石川村的弟兄们都在哪里？他们中间有多少人下岗？"

"钱志民和张广志也下岗了。赵大勇在蹬三轮儿，郭洁给牛奶公司送牛奶，李萍提前退休了。王虹还不错，在当小学教师。混得好的人几乎没有，咱们这一代人算是倒霉透了，这是报应，'文革'初期打老师、砸东西，坏事干了不少，老天爷要惩罚咱们。你算算，咱们该上学的时候没学上，该工作的时候被送去插队，吃了半辈子的苦，没享过一天福，正是年富力强的时候，又他妈的下岗了。唉，你说怎么倒霉事儿都让咱们这一拨人赶上了？倒霉了大半辈子，到头来连他妈我儿子都看不起我，说我没本事，说我这种没本事的人就不该生孩子，把孩子弄到这个世界上来受穷，我太不负责任。操！我他妈后悔死了，早知如此，当年他妈怀他的时候，我真该一脚把这小兔崽子踹下来。"

钟跃民站了起来："曹刚，我开了个饭馆，规模不算大，如果你愿意的话，到我这里来干，真不好意思，目前我暂时就这点儿能力。"

"可我……什么也不会，长这么大我还没进过几次饭馆……"

"那你不会学吗，谁教过你往人家汽车上撞了，你不是也无师自通了吗？哎哟，哥们儿，我和你开玩笑呢，你可别当真。将来我的饭馆要是垮了，我和你一起往汽车上撞，不过你小子也太没眼力了，开切诺基的有几个富人？咱要讹也得讹坐林肯或凯迪拉克的主儿。曹刚，咱们现在就去我那里，你先跟掌灶的厨师学学手艺吧，等你出了师，愿意留下我欢迎，要是有更好的去处我也不拦你。”

曹刚哭了：“跃民，我……我真不知说什么好……”

“走吧，哥们儿，哪天你把钱志民、郭洁他们都找来，大伙聚一聚。这帮孙子，回城这么多年了，也不来找我，真不够意思。”

张海洋身穿便衣在靠墙角的桌子前自斟自饮，桌子上摆着几个喝空的啤酒瓶，两道菜却几乎没动。这是中午用餐时间，餐厅里顾客盈门，他时而醉眼蒙眬地向四周张望，时而大口喝着啤酒。

餐厅的另一端又传来吵闹声，还是珊珊和一群装束新潮的青年在吃饭，桌子上装有各色菜肴的盘子高高地摞起。

张海洋醉醺醺地喊道：“老板，再来两瓶啤酒。”

钟跃民拎来两瓶啤酒放在桌子上，他不满地说：“我说你小子今天怎么啦，有完没完？话都说不利索了，还喝？”

“跃民，我没醉，我发现了一条有关宁伟的重要线索。”

钟跃民四下望望：“在我这儿发现线索？你他妈该不会认为是我把宁伟藏起来了吧？”

“哼，我敢保证，要是有一天宁伟真找到你的门上，你会帮他的，我说得不对吗？”

“何以见得？”

张海洋盯着钟跃民道：“咱们一起混了二十多年，我还不了解你？你这个人讲义气，不大讲原则，我没冤枉你吧？”

“海洋，少给我来你们警察这一套，看谁都像是嫌犯。我实话跟你说，宁伟是不是嫌犯我不知道，也没义务帮你抓他，因为我不是警察。”

“可你是公民，每一个公民都有义务协助公安机关追捕嫌犯，你要是知情不举，就是包庇罪犯，要负刑事责任。”

“嗬，给我上开法制课了，你有事儿没事儿？喝完了没事儿就走，别影响我做生意，你小子一个人就占我一张桌子，一坐下就俩小时，一盘鱼香肉丝，一盘木须肉，总共才消费二十来块钱，已经严重地影响到我的顾客周转，这不是砸我的生意吗？还口口声声说是来照顾我买卖，赶紧走，再不走我要收你占桌费了。”

“你现在真他妈成奸商了，整个一认钱不认朋友，咱们可是老战友，别这么唯利是图好不好?"

钟跃民道:"你刚才说发现什么重大线索了?"

"是啊,就在刚才我突然想起来了,你注意一下那桌男女。你说过,他们几乎天天来,来了就胡吃胡造,每次都照着两三千元消费,这件事本身就很值得注意。你看看,要这么多菜,他们根本吃不了,要不是有什么目的,他们绝对没必要这样做。要真是钱多得花不完,又想过花钱的瘾,可以去长城、昆仑、香格里拉,这些五星级饭店能把你兜里所有的钱都掏得干干净净,一顿饭花个几万元很正常,干吗非跟你这破饭馆较劲?我在想,是什么原因吸引他们到你这破饭馆来的。"

"你真是个当警察的材料,这点儿事就引起你注意了,这个问题我连想都没想过。"

"上次我来这里吃饭,就注意到他们了,当时只是觉得那个花钱请客的女孩子有点儿眼熟,但怎么也想不起来在哪儿见过。也就是在刚才,我猛然想起,那次宁伟开庭受审,有个女孩子在旁听席上哭了起来,你还记得吗?现在那张桌子前的女孩子就是她。"

钟跃民仔细看了一眼:"我想起来了,是她。"

"还用我说结论吗?"

"我明白了,你不用说了,我知道你该做什么。"

"那我走了。"张海洋站起来欲走。

"海洋……"钟跃民欲言又止。

张海洋停下脚步:"什么事?"

"你比我懂法律,你再仔细想想,有什么办法能救宁伟?"

张海洋垂下头:"跃民,谁也救不了他,他死定了……"

钟跃民长叹一声,沉默了……

张海洋转身走了。

刑警李东平跟踪珊珊已经两天了,目前还没有发现宁伟的踪迹,但他已经有了某种感觉,这个女孩子的确有点儿问题。她的行踪很诡秘,防范意识很强,李东平凭经验判断,她并没发现自己被跟踪,她只是很警惕而已。这种女孩子头脑很简单,她对警察的了解大部分来自电影和电视剧,有时候还模仿电影里的反跟踪手段,走着走着突然掏出个小镜子来,装作补妆,其实是在观察后面是否有人跟踪,这种拙劣的举动常使李东平哑然失笑。

李东平从警院毕业不到3年,在警院学习时,各科成绩都是优等,教官对他的评价很高,认为他将来会在警界有一番作为,但他有个致命的弱点,就是自负。警察这种职业向来提倡分工有序的团队精神，恰恰最反对个人英雄主义，因为自负的人往往容易把事情搞糟。有一次围捕一个持枪歹徒，李东平竟赤手空拳迎着歹徒的枪口冲了上去，幸亏狙击手在歹徒向他开枪之前将其击毙，不然李东平早成烈士了。

那次行动结束之后，张海洋大发雷霆，臭骂了李东平一顿，他认为李东平是在玩命，根本不是在执行任务，当时有一个中队荷枪实弹的武警，哪用得着他赤手空拳往上冲。这次跟踪任务是张海洋亲自交代给李东平的，考虑到宁伟随时有可能出现，张海洋特地批准李东平带枪执行任务。按规定，刑警的枪械都是统一管理，只有执行需要使用枪械的任务时，由上级批准后才能携带，这种情况毕竟不太多，所以刑警们也并不是总能摸到枪。

李东平是个热爱武器的人，如果允许，他愿意每天24小时枪不离身。对武器有此嗜好的人其实很多，这类人多为青年男性，李东平就属于这类人。此时他摸着腋下快枪套里的64式手枪，心中充满了情人般的爱恋。他希望在执行任务的时候，嫌犯能给他提供一个使用枪械的机会。在警院实习时，他的手枪射击成绩总是名列前茅，但当了几年刑警，他还从来没有遇到过和歹徒展开枪战的机会，他盼望着这个机会的到来。

珊珊走进一座商厦，乘自动扶梯上了二层，在卖化妆品的柜台前仔细挑选着化妆品。她似乎很悠闲，她仔细挑选了半天化妆品却什么也没买，又转身在卖冷饮的柜台前买了一支蛋筒冰激凌，然后坐在椅子上漫不经心地吃起来。离她不远处的李东平听见珊珊的手机响了，她打开手机简短地说了几句话便关上手机站了起来，随手将冰激凌扔进垃圾桶，匆匆下楼了。李东平也尾随着她踏上自动扶梯。

他看见珊珊走出商厦，有辆乳白色的捷达轿车疾驶而来，停在珊珊身旁，她打开车门上了车，汽车飞驰而去。

李东平上了一辆出租车，他向司机亮出了证件："我是公安局的，请协助我执行任务，跟上前边那辆车。"

司机仔细看看证件，兴奋地说："嘿，够刺激，以前我在电视剧里净看见跟踪的镜头，没想到今天还真让我碰上了。"他兴高采烈地挂上挡，汽车加大油门向前追去。

李东平的运气不错，驾驶前面那辆捷达汽车的正是宁伟，这些日子他一直住在李震宇提供的住宅里，他和珊珊每到周末才见一次面。

捷达汽车径直开上京津唐高速公路，宁伟发现后视镜里出现一辆出租车，正在不远不近地跟着他，他警觉地问道："珊珊，你刚才没有发现有人跟踪你？"

“跟踪？没发现。”

宁伟哼了一声：“我来试试就知道了。”他猛地加大了油门，车速在不断增加，车速表上的指针已指向140公里的时速……

后视镜里，那辆出租车也提高了车速，仍然是不远不近地跟着。

宁伟冷冷地笑了：“这恐怕是张海洋的人，车上顶多两个人，不足为虑，我得逗他们玩玩。”

李东平正在用手机向张海洋汇报情况：“张队，我一直在跟着，但我看不清是谁在开车，要是我估计得不错，这个驾驶员有可能就是宁伟。张队，现在我们已经过了天津，正向塘沽方向开去，我的手机快没电了，等我这边有了进展，我马上找电话向你汇报。”

电话里传来张海洋的喊声：“李东平，你的任务是监视，你要随时和我保持联系，请随时报告你的位置，千万不要擅自行动，喂……喂……李东平……”

李东平看看手机的显示屏，上面显示电已耗尽，他把手机扔到后座上，望望车窗外，发现天色已经暗了下来，前面那辆捷达汽车打开了尾灯和示廓灯，红色的尾灯像两只眼睛，正不怀好意地盯着李东平。

李震宇为宁伟提供的住宅，在塘沽的海滨区，这里是20世纪90年代初期开发的海滨浴场，浴场的旁边是一片风格各异的别墅群，宁伟的汽车在一座哥特式小楼下停住，他若无其事地打开车门，和珊珊一起说笑着走上小楼的台阶。

不远处的出租车也停了下来，李东平坐在汽车里注视着宁伟掏出钥匙开门，在路灯的灯光下，宁伟的头部侧影显得很清晰。李东平掏出一张照片核对了一下，他的眼前一亮，脱口道：“没错，就是宁伟……”

宁伟和珊珊已经打开了房门，两人相拥着走进小楼。

李东平问司机：“你有手机吗？”

“哎，真不巧，这两天我媳妇正用着我的手机呢。”

李东平低声道：“真糟糕……”

小楼的客厅里，宁伟神色冷峻地掏出手枪，抽出弹夹检查子弹，然后将子弹顶进枪膛。

珊珊惊慌地问：“宁伟，你又要杀人？我求你了，别再杀人了。”

宁伟冷冷地说：“珊珊，你知道吗？我犯下的案子已经够枪毙我几次了，杀一个人是死，杀100个人也是死，这没什么区别。”

“可你以前杀的都是坏人，这次可是警察呀。”

“都是一回事，在我眼里没有坏人和警察之分，谁挡我的路谁就得死。”

“宁伟，求求你，千万别再杀人，你答应我，好吗？”

宁伟厉声喝道：“珊珊，你的话太多了，现在你上楼去等一会儿，咱们马上走。”

珊珊住了嘴，默默地走上楼去，宁伟穿过客厅，拉开了小楼的后门，隐没在黑暗中。

李东平对司机说：“同志，请您协助我一下，开车到最近的报警点报警，这是电话号码。我们队长正在指挥中心等我的消息，你告诉他，我已经核实过，这个人就是宁伟，一个罪行累累的逃犯。他身上肯定有枪，我在这里监视，请张队长马上采取行动。”

出租司机不放心地问：“警察同志，你一个人行吗？”

“没问题，你快走，千万别耽误了。”李东平下了车，向司机打了个手势，司机将汽车开走了。他看见汽车红色的尾灯在黑暗中渐渐消失，才转过身子，隐身在一棵树后，监视着小楼内的动静。

这里是一处绿化带，从这里望去，小楼的全景尽收眼底，楼内从一层到二层，所有的灯都亮了，整个楼房灯火辉煌，二楼的窗口还有人影在晃动。李东平松了一口气，他掏出香烟点燃，刚刚吸了一口，他的身子突然僵住了……一支手枪的枪口顶在他的太阳穴上，宁伟在他身后轻轻地问道：“你是张海洋的人吧？”

李东平保持镇静状：“我不懂你的意思，我是来找亲戚的。”

宁伟冷笑道：“那个亲戚就是我吧？从北京跟到塘沽，一路够辛苦的。警察先生，你听好，我和你无冤无仇，对你这条命也毫无兴趣，况且你们的张队长还是我的战友，如果你肯合作，我绝不杀你。我只想问一句，张海洋是怎么发现我的踪迹的？”

李东平知道自己的身份已经暴露，他索性把话挑明：“我拒绝回答。宁伟，你跑不了了，我们的人已经包围了这一带，你现在最明智的举动应该是放下武器投降。”

宁伟笑了一声：“小子，你去糊弄鬼吧，等那个司机报了警，张海洋带人赶来，至少还要两三个小时，弄不好还要请当地的武警部队协助，等你们忙乎完了，我没准儿都在北京睡醒一觉了。”

李东平直起身子，面对黑洞洞的枪口毫无惧色：“宁伟，我听我们张队介绍过你，也知道你身手不错，论本事我可能不如你，可我是个警察，我有我的职责，既然你让我碰上了，我就非把你抓捕归案不可，除非你杀了我。”

宁伟嘲讽道：“嗬，求功心切，即使当烈士也不在乎，想抓我，你有那个本事吗？”他把手枪插进腰间的皮带，“咱们不妨玩一把，你要是能赤手空拳制伏我，那没说的，我乖乖跟你走，要是我赢了，可就要你的命。”

李东平平静地表示应战：“好啊，咱们闲着也是闲着，我来讨教几招儿。”

两人成对峙状，虎视眈眈地对视着。

宁伟冷笑道：“小子，你该听张海洋说过，我是个快枪手，我劝你别耍花招，我之所以没缴你的枪，是认为你的出枪速度对我不构成威胁。”

李东平拉开夹克拉链，做出要脱衣服的样子，宁伟微微点点头，表示同意，李东平突然闪电般从左腋下的枪套里抽出手枪……

他实在是低估了对手，宁伟出枪速度更快，他从皮带上拔出手枪的同时枪就响了……李东平眉心中弹，仰面栽倒。

宁伟吹了吹枪口，将手枪插回皮带，他俯下身子看看李东平的尸体，似乎很惋惜地摇摇头，然后转身走了。

李东平的死在公安局的干警之间引起了极大的震动，像这种公然枪杀警察的事以前很少发生，以往虽然也有警察牺牲在和犯罪嫌疑分子的枪战中，但那毕竟是另外一种性质，这相当于牺牲在两军交火的战场上。可这次宁伟却干得实在太恶劣了，他简直丝毫不讲游戏规则，出手就敢杀警察，完全不考虑后果。在警方看来，宁伟是明目张胆地向警方提出挑战，他似乎在用行动告诉警方，谁挡他的路谁就得死，哪怕是警察也不例外。这也太猖狂了，他以为自己是谁？宁伟的行动激怒了所有的警察，这已经不仅仅是维护法律尊严的问题了，已发展到执法者和作案者私人之间的仇恨了。

公安局为李东平举行了隆重的追悼会，几乎所有的干警都参加了悼念仪式。会场中央挂着李东平的遗像，李东平身穿警服的遗体躺在鲜花丛中，警察们神情肃穆地排成长队，围绕着李东平的遗体走过，逐个和烈士的亲属握手，哀乐声在灵堂中回响着……

张海洋在告别室门外像困兽一样来回走动着，他两眼血红，不停地抽着烟，地上已扔满烟蒂。

钟跃民得到消息匆匆赶来，张海洋扔掉烟蒂迎上去低声咆哮起来：“跃民，他杀了李东平，这个浑蛋，我要亲手杀了他，我要给李东平报仇……”

钟跃民拍着张海洋的背安慰着：“海洋，你镇静些，别太激动。你看，我不是一听说这件事就来了嘛。”

张海洋仍然抑制不住自己的情绪：“跃民，我……我真他妈的后悔啊，我当年为什么要教宁伟？让他学会了这身杀人功夫，到头来，我手下的弟兄却倒在他的枪口下。跃民，是我作的孽啊……我对不起李东平啊，他是个独生子啊，他的父母今后怎么办……”

钟跃民扬起脸，仰望天空：“海洋，说实话，我早知道他该死，可我心里……真的很矛盾，我一闭上眼睛就看见当年在雷场上一起蹚雷的那些战友，都是出生入死的弟兄啊，能活到今天的人都不容易啊……”

“可是跃民，这不是咱们个人的恩怨，宁伟现在已经成了一个杀人不眨眼的魔鬼，让他多活一天，就不知又有谁会死在他枪口下。跃民，你要帮帮我呀。”

钟跃民咬牙下了决心：“我想好了，海洋，我和你站在一起，咱们想办法抓住这个浑蛋。”

张海洋握住钟跃民的手，不停地说：“谢谢你，谢谢你，我替李东平的父母谢谢你……”

钟跃民经过仔细考虑，决定推迟去塔克拉玛干沙漠探险的计划，原因很简单，他突然发现自己身边需要帮助的人太多了。自从上次在街上遇见曹刚以后，他和当年一起插队的那些老知青接上了关系，经曹刚联络，大家在泰岳餐厅聚了一次，连郑桐和蒋碧云都来了，当年在陕北石川村插队的10个知青都凑齐了。老知青返城以后彼此之间都很少来往，因为生活的担子都很重，多年来都是各忙各的，这次大家见了面，都发现这些当年的伙伴已经和自己记忆中的模样相去甚远。因为每个人对当年知青伙伴的记忆都是年轻时的相貌，转眼20多年过去了，再见面已经是中年人了。

高玥的年龄和这些老知青相差了十来岁，根本不属于一代人，她也从来没有接触过这类人，她很有兴趣地观察着这些老知青。看上去，这些人都比实际年龄老，下岗的钱志民和张广志、蹬三轮儿的赵大勇、送牛奶的郭洁、提前退休的纺织女工李萍，都是社会最底层的普通劳动者，单从相貌上看，就能发现贫困的生活给他们留下的痕迹。常年蹬三轮儿的赵大勇已经驼背了，脊椎弯得像个虾米。送牛奶的郭洁皮肤是古铜色的，头发已经花白，一看就知道是长年在露天风吹日晒的结果。钱志民下岗后在胡同口开了个修鞋摊儿，他的两只手青筋毕露，粗糙不堪，黑乎乎的，就像两截儿老树根，这大概是皮鞋油和化学胶水合力的结果，连他身上都散发出一股皮革味儿。李萍还不到五十岁，已经苍老得像六十多岁的人，她的退休金每月还不足400元。

同样也是下岗工人的张广志在街上修自行车，据说经他修完的自行车没有不返工的，还有人反映他经常在附近的慢车道上撒图钉，以此来增加自己的业务量，由于信誉太差，找他修车的人寥寥可数。人太穷或太富都容易染上坏毛病，张广志的坏毛病是酗酒，其实说他酗酒有点儿冤枉他，他喝得并不多，少则二两，多则四两。但问题是，他不管喝几两，逢喝必醉，醉了就打老婆出气，老北京人管这类人叫“酒腻子”。

高玥读过不少知青小说，这类书读多了就容易被误导，她曾经一度很崇拜那些被称为“老三届”的群体。在她眼中，那些“老三届”个个谈吐不俗，思想深刻，他们见过世面，吃过苦，他们洞悉人生，处世豁达，在实际生活中具有极强的适应能力，而且在各行业中都是事业有成的佼佼者。这都是高玥以前对“老三届”的认识，不过现在她可不这么看了，现在坐在她餐厅里吃饭的这些“老三届”，才是大多数“老三届”真实的生存状态。那个张广志语言粗俗，举止毫无教养，刚喝了几口酒就脱下了背心，光着膀子要和钟跃民划拳。他对钟跃民现在还没有孩子感到大惑不解，一口咬定钟跃民是下三路出了毛病，不可能是有意不要孩子，不然这些年擦枪走火儿也得弄出一两个孩子来。钟跃民懒得解释，便坦然承认自己的生殖系统方面出了点儿问题。郑桐和蒋碧云一听就大笑起来，高玥也在厨房里捂着嘴偷偷地乐。

钱志民说：“这事儿要是放在我身上，非他妈急死我，当年我媳妇头一胎是个女孩儿，烦得我一宿没睡着觉。我哥家是两个女孩儿，我要是再弄不出个儿子来，我们老钱家就断了香火了，这还行？打死我也得生第二胎，我们厂计生办的干部每天追着我做工作，我说了，爱谁谁，谁挡着我要儿子我就跟谁玩命。老天爷总算开眼，我媳妇也争气，第二胎果然是儿子。”

钟跃民问：“你考虑过吗，两个孩子是否养得起？”

“我考虑它干什么？先生了再说。”

钟跃民说：“问题就在这儿，这就是你穷的主要原因。你的脑子就像一盆糨子，什么都不做计划，不顾后果，先干了再说，这就是穷人的思维方式。你只想着给老钱家续香火，却不想想孩子多了是否养得起，如果你连养自己都困难，那你哪有能力给你的孩子提供好的生存环境，使他受到好的教育呢？你们发现没有，越是穷人孩子越多，这几乎成了一个规律，这显然是思维方式出了问题。”

钱志民说：“你说的这些我平时没琢磨过，人就是这样，越不动脑子，脑子就越木。”

高玥从厨房里把菜端出来，一盘盘送上桌子。她心里在琢磨着钟跃民，这家伙真是个另类，他怎么和什么人都能打交道？明眼人谁都能看出来，这些来自社会底层的人都生活得很艰难，他们需要朋友的帮助，却毫无回报的能力。高玥想，以钟跃民的智商和社会经验，他还能不明白这点儿道理？这些人对他毫无帮助，而几乎每个人都需要他的帮助，这样的朋友要是再多一些，那钟跃民就别想安生了，这个家伙在想什么呢？

高玥记得那天钟跃民在街上遇见曹刚，当天就把曹刚带回了餐厅，说是让曹刚和掌灶的王师傅学学手艺。王师傅是四川人，来自四川的一个小县城，厨艺属中等水平，但他自视甚高，平时从来不带徒弟，他希望川菜厨师越少越好，这样才能显出他的价值。一开始他对钟跃民的要求一口拒绝，但钟跃民有办法，他深知金钱的杠杆作用，便摆出一副商人嘴脸，就加薪问题和王师傅讨价还价起来，来自小县城的王师傅眼皮浅，没见过多少钱，钟跃民在他的月薪基础上又加了500元，就把他搞定了。

那天晚上餐厅关门以后，钟跃民对高玥说："我的探险计划恐怕要推迟了，我想和你商量一下，咱们再贷些款，加上手里的钱，扩大一下经营规模，比如办个连锁店怎么样？"

高玥笑了："我早说过，你是老板，你说了算，用不着和我商量。我看出来了，你想搞些慈善事业，我猜得对吗？"

"何以见得？"

"我早就发现你不是个拜金主义者，只不过有时装得特别贪婪，比如你开出租车时喜欢拉野鸳鸯，多挣个一两百元就美得找不着北，别人都以为你特别喜欢钱，我可不这样看，其实你喜欢的是一种随心所欲的生活方式，只要有刺激，有新鲜感，你就有激情，有创造力。我发现你无论干什么都很'入戏'，只忠实于自己的感受，根本不考虑别人的想法，无论是卖煎饼还是开出租车，无论是当大公司经理还是当个小饭馆的老板，你都玩得兴致勃勃。你不会用毕生的精力去追求金钱，你会觉得这样过一生毫无意义，你宁可降低消费水平，用不多的钱去满足自己的生活方式，你对于金钱的态度仅此而已。我说得对吗，钟跃民先生？"

钟跃民不满地说："大部分都差不多，但你说我搞慈善事业，我就有点儿不爱听了，我钟跃民又不是什么富人，就这么个破饭馆还是刚刚还清了借款，我有资格搞慈善事业吗？说出来让人笑话。"

高玥不解地问："那你要干什么，开什么连锁店？这一个餐厅咱们都忙不过来，我想你可能是打算帮助那些老知青才动了开连锁店的念头。"

钟跃民陷入沉思，他喃喃道："其实一个人需要的并不多，也并不是每个人都想当富翁，对于大多数人来说，只要有个安定的职业，有一份足够维持尊严的收入，就不错了，关键是……生活应该给每一个愿意努力工作的人提供希望，你想过吗？没有希望的生活是很悲惨的，我只是想帮帮那些不如意的哥们儿，不是想用金钱去帮，而是想给他们希望，这才是他们最需要的。"

高玥笑道："这也是搞慈善嘛，我看是一回事。"

"这不是一回事，希望和金钱怎么能是一回事呢……"

在高玥的眼里，钟跃民也许有很多缺点，但他身上没有半点儿庸俗之气，这是个豪爽大气的男人，他所表现出的独特气质总能唤起高玥的激情，如果你爱这个男人，你就得想办法去理解他，并且找到一种行之有效的办法和他相处。高玥和他相处的时间不短了，两人还从来没红过脸，这主要归功于高玥豁达的人生态度。她喜欢钟跃民这个人，只要能和他在一起，要饭去都无所谓。换句话说，这次钟跃民别说是想扩大经营，就是想把两人辛辛苦苦干起来的饭馆卖了，她也会随他去。

高玥回到前厅，见那些老知青已经喝得半醉了，看来这些人很少在饭馆吃饭，他们的胃口惊人，把每一道菜都吃得精光，喝光了4瓶五粮液和1箱啤酒仍没显出败象。高玥提醒钟跃民："你把你的打算和大家说说嘛，趁你们现在还清醒，要是再过一会儿恐怕就都醉了。"

钟跃民这才想起该说的事："哟，我差点儿忘了，有件事我想请大家帮忙。是这样，最近我正在筹备另开一个餐厅，不知弟兄们能不能到我这里来帮忙。"

老知青们都愣了，自从曹刚来了以后，他们都很动心，但他们也明白，现在这个餐厅根本用不了这么多人，所以今天谁也没好意思开口，没想到钟跃民会主动提出这件事，而且还说得这么客气，好像他有求于大家似的。这个钟跃民真会做人，既要帮助人，还要避免别人难堪，他们一时不知该说什么好，都沉默了。

李萍小心地问："跃民，我倒很想来，可我不知自己能干什么。"

"你要能来可太好了，你可以学学制作冷荤嘛，女士抡炒勺不太合适。总之，大家用不着担心，谁来都可以找到适合自己的工作。听说张广志这小子修自行车净坑蒙拐骗，还会耍无赖，我看这也算是个特长，让他当采购肯定吃不了亏。当一个饭馆的采购员得学会算小账，几分钱的差价也要算，我就不行，老让小贩黑我，人家两下就把我绕进去了，我还以为占了多大便宜，我看张广志当采购得了，你小子有能耐就把所有的小贩都绕进去，把一毛钱当成一块钱花，最好是白拿了菜还让对方倒找钱，这才是称职的采购员。"

老知青们大笑起来，气氛马上活跃了。

张广志的眼圈都红了："跃民，我刷刷碗就行，采购是动钱的事，你可别让我干，别让弟兄们怀疑我黑了你的钱。"

钟跃民笑道："咱们这个饭馆以后搞个股份制，不过得等我收回成本，你要是黑钱就等于黑自己的钱、黑大家的钱，那大伙非捶你不可。"

张广志的眼泪终于流了下来："跃民，你别说了，什么帮忙不帮忙，其实谁不明白，你是看哥儿几个混得太惨，想拉我们一把，难得你还想着当年一起住窑洞的穷哥们儿。我张广志是爱占小便宜，也蒙过别人，可我不能蒙朋友，不能黑对我有恩的人。跃民，你放心，以后大伙要是发现我黑了一分钱，哥儿几个就把我祖宗十八辈挖出来挨个儿操一遍……”

“哎哟，这儿还有女士呢，你他妈嘴能不能干净点儿，怎么说着说着就日爹操娘的？”钟跃民提醒道。

“得，咱不是粗人吗，说文明的咱不会啊，大伙多包涵，咱以后慢慢改。”

钱志民说：“跃民，不瞒你说，今天我本来不想来，怕寒碜，我也小五张儿的人了，如今混成这模样，来了也给哥们儿丢份儿，可我实在是想见见你，我忘不了咱们当年在破窑洞的土炕上侃大山的情景，想起来就像昨天的事儿。跃民，你在的时候咱知青点多热闹，甭管多烦多累，一听你侃大山，什么愁事儿都忘了，你走以后有很长时间大伙都不想说话，大伙都说钟跃民这小子把咱知青点的灵气儿给带走了。唉，那段苦日子真难熬，一想起当年的事，我就跟我媳妇说，不行，我非得见见钟跃民不可，和他分手这么多年了，我再也没见过能让我开心的人了。说真的，跃民，我想你呀。”

钟跃民握住他的手说：“志民，弟兄们还在一起干吧，干好了大家都有饭吃，万一干不好，我还带着哥儿几个要饭去，你们别忘了，我当年还是哥儿几个选出来的丐帮帮主呢。”

钱志民忍不住流泪了，他站起来冲进了洗手间。

蒋碧云怔怔地看着钟跃民，把钟跃民盯得发毛。钟跃民对郑桐说：“你老婆没病吧，有这么看人的吗，该不是得了什么青春型精神分裂症吧？”

蒋碧云笑了：“你才有病，跃民，我发现你不知从什么时候开始变了，变在哪里我一时还说不好，但你肯定是变了。我要是夸你，你可别太得意，我觉得你变得很可爱了，也懂得关爱别人了，你该不是入了什么基督教之类的宗教组织吧？”

“没有，至少到目前为止，我还是个无神论者。不过我最近开始读书自学了，刚刚看完一本书，这对我的帮助很大，这本书叫《雷锋同志的故事》。”

“你又来了，说实话，你以前挺让人讨厌的，什么神圣的东西一到你嘴里就全变了味儿，一副游戏人生、玩世不恭的讨厌相。我认识你这么多年了，就没见你正经过，你呀，当年就是个流氓，不过，谢天谢地，当年的流氓终于浪子回头了。”

郑桐插嘴道：“钟跃民从来没当过流氓，当时他表现出的精神状态，不过是反映了一种中国版的‘垮了的一代’的精神特征。按照规律，这类人随着年龄的增长，阅历的增加，迟早会向社会的主流文化回归。你觉得钟跃民变了，这就对了，说明你的感觉并不迟钝，他是在回归。”

蒋碧云问：“他要回归到哪里？”

郑桐想了想，坐直了身子，严肃地说：“我觉得……是一种悲天悯人的人文关怀……”

钟跃民笑着摆摆手："弟兄们，咱们说正事，今后咱们得在一起干了，既然要合作，那么当务之急就是要统一观念。这点很重要，弟兄们别不爱听，如今大家都已沦为穷人阶层了，我想，咱们得琢磨一下，咱们为什么穷？"

郭洁说："没权、没势又没文化、没一技之长，可不是得受穷吗？"

"不对，是一种观念，因为这种观念才造就了穷人，郭洁的理由也反映了一种穷人观念，大家都没跳出穷人观念的圈子，不把这个问题解决了，咱们干不好。"

郑桐听得很仔细，他反问道："穷人观念是什么，能举例说明吗？"

"那好，我举个例子，最近报纸上有条小消息：有家外资餐厅为了促销，登报宣布每天向市民提供80份免费早餐。第二天店员们一开门就傻了，外面黑压压地站了好几百人，这些人明知道店家只提供80份早餐，而他们的人数早已超过80人，有些人甚至深夜两三点钟就在此等候，还自己组织起来发了号，但后来的人不管那些，他们认为这些号没有权威性，谁能抢着算谁的，于是数百人蜂拥而上，挤碎了玻璃，挤翻了柜台，把经理挤到桌子底下，还踩伤了很多人。你们猜猜这份免费早餐值多少钱？才值4元钱啊，张广志，如果当时你在，你会去抢吗？"

"我肯定会，那不是白给吗，不要白不要。"

"这就对了，这就是典型的穷人心态。这些人家里都揭不开锅了吗？好像不至于，因为没听说谁被饿死。说了半天，还是张广志那种心态，不要白不要，只要能占点儿小便宜，就可以不要尊严。我就是这副没德行的样子，因为我穷，你爱看得起看不起，反正我占了便宜。要是这么想可就糟了，你占了小便宜，可吃了大亏，因为你把人的尊严丢了，谁愿意搭理一个没有尊严的二皮脸？我很难设想，一个没有尊严的人能做成生意。有了尊严，你才能有诚信，不然就没人和你做生意，你挣不着钱就继续受穷，越穷就越没尊严，这样就进入一种恶性循环的怪圈，最后连自己都不把自己当人了。"

张广志叹道："没错，我就进入这种怪圈了，越穷心理就越不平衡，就越想占便宜。一个穷人，你能有多少机会占便宜？所以越想占便宜越没戏，先是蒙个块儿八毛的，后来连这块儿八毛的都挣不着了，可那会儿没人跟我说这些，咱自己也不明白。"

钟跃民摆摆手："关于办饭馆的问题就这么定下来了，我要声明，我可不是搞救济，我认为一个堂堂正正的人如果被人救济，那应该是他的耻辱。我是想给大家提供一点儿希望，我认为世间最糟糕的生活是没有希望、没有盼头的生活，这很容易使人绝望，这种绝望的感觉实在是太糟糕了。我想，咱们要改变这种处境，一起去创造一种有希望的生活，那应该是种很实在的盼头，看得见摸得着，只要你努力工作，好好做人就能够实现，因为我们的要求并不高，我们只要过一种有尊严的体面生活就知足了。”

郑桐率先鼓起掌来：“好一场充满人文关怀的讲演，听得我都想和你们一起干了。”

高玥笑道：“看来跃民收集干尸的计划得推迟了，你们不知道吧？他那个计划可刺激了……”

钟跃民说：“车都买了，塔克拉玛干沙漠是一定要去的，等咱们的连锁店开张了，我再去也不迟。”

·第二十四章·

李东平死后，宁伟和珊珊就仿佛蒸发在空气里，消失得无影无踪。张海洋自知责任重大，连续几个晚上失眠，医生说他由于过于焦虑，患了神经衰弱症，只要放开工作，好好休息几天就能缓解。但张海洋不可能休息，他现在几乎是在提心吊胆地生活，张海洋动用了他所能调动的全部警力和线人，也没有发现任何有价值的线索。局长已经催过几次了，要张海洋限期破案，他当着下属的面时显得很镇静，其实心里已经快沉不住气了。

张海洋觉得现在唯一能帮助自己的就是钟跃民。理由很简单，当年在部队，宁伟一直在钟跃民手下，他当新兵时钟跃民就是他的班长，后来又当了他的排长和连长。对钟跃民，宁伟一直既崇拜又敬畏。张海洋记得有一次宁伟不知为了什么要和三排的一个战士打架，当时在场的人谁也劝不住，大家都知道宁伟的厉害，谁也不敢过分地激怒他，只能好言相劝，可是宁伟守在三排宿舍的门口，谁说也不听。后来排长钟跃民来了，他只是瞪了宁伟一眼，奇迹便发生了，脾气暴躁的宁伟这会儿就像耗子见了猫，连忙低下头去，钟跃民只说了一句话："宁伟，你是不是觉得没人管得了你？这样吧，咱们找个地方，我陪你过几招儿。"宁伟自知理亏地小声说："排长，我没想打架……"钟跃民冷冷地说："那你堵着三排门口干什么？给我滚！"宁伟啪的一个立正，向他敬了个礼，忙不迭地跑了。张海洋当时心里暗暗吃惊，这个钟跃民哪来的一股霸气？连宁伟都吓成这样，真不可思议。

张海洋经过仔细考虑，决定还是要请钟跃民来帮忙。钟跃民了解宁伟，而且为宁伟吃过官司，如果说杀人越货的宁伟此时还残存着一点人性的话，那么他只有对他的老连长钟跃民还心存内疚。他派珊珊来泰岳餐厅挥霍，这明摆着是来给钟跃民送钱的，他时刻在注视着钟跃民，只要钟跃民在，宁伟迟早会露面的。

张海洋把这些想法向局长做了汇报，局党委为此还专门开会讨论过，最后特批允许钟跃民作为编外人员加入宁伟的专案组。谁知钟跃民却不领情，他不耐烦地说："去去去，我正忙着呢，没工夫和你们这些警察闲扯淡，你们公安局又不发我工资，这年头儿哪有白使人的，你们局长批准了我就得去，他算老几？你告诉他一声，就说大爷没工夫。"

张海洋说："跃民，你可答应过我，怎么这会儿又变卦了，你还是不是爷们儿，说话还算不算话？"

"我是答应过你，要是看见宁伟我会劝他投案自首，可他要不听，我也没辙，我又不是执法者，他手里有枪，闹不好再给我一枪，我招谁惹谁了？要讲流血牺牲也是你们警察的事，我现在的身份是老百姓，是弱者，需要你们这些拿枪的警察保护，我这饭馆要是垮了，你们公安局管吗？要不这么得了，让你们局长特批一下，明天我带那些知青哥们儿上你们公安局食堂去吃饭，一天三顿，伙食标准照着每人每天50元就行了，就算案子破了我们也不走，得吃一辈子，理由很简单，为了协助你们破案，我们都失业了，不吃公安局吃谁？"

张海洋低声下气地说："跃民，咱们不是哥们儿吗，帮帮我，好吗？算我求你了，明天我就带刑警队的弟兄们到你的饭馆去吃饭，怎么样？我给弟兄们下个命令，以后谁要是请客，哪儿也不许去，只能去泰岳餐厅。要是哪个地痞、流氓敢找你麻烦，你跟我说，由我们刑警队去收拾他。"

钟跃民笑道："少来这套，上次流氓差点儿把我的饭馆烧了，你们警察在哪儿？结果还是宁伟出手帮忙，要是指望你，我这饭馆早他妈的被烧成灰了。"

"跃民，求你了，帮帮忙，哪怕是给我出点儿主意也好，我一贯佩服你的脑子，只要你想干，你总能想出点子来。跃民，咱俩是什么关系？快30年的交情了，你要是见我有难处都不伸手拉一把，那我只能对咱们的友谊重新评价了。"

"嗬，你还威胁起我了，你们这些警察怎么都穷横穷横的，求人的事也敢犯横？"

"我这不是开玩笑吗。好，这事儿就算说定了……"

公安局的会议室里，张海洋正在主持会议，钟跃民坐在他的身边，刑警队的干警分坐在长会议桌两侧。

张海洋先做介绍："大家都认识吧，这位是钟跃民，是我在部队时的老战友，也是老朋友。这次为了宁伟这个案子，我特地请示了局党委，局党委经过研究，特批钟跃民先生作为编外人员加入我们的专案组。"

刑警队的干警鼓掌。

"今天的会议也算是个见面会吧，大家先见个面，认识一下，有什么问题尽管提出来。跃民，你是不是和大家说点儿什么？"

钟跃民摇摇头，干警们热烈地鼓掌。

钟跃民笑着摆摆手："那我就说几句，其实，今天我能坐在这里和你们一起开会，这件事本身就很荒唐。在我的记忆里，一个老百姓和一群警察一起侦破一个案件的事还没听说过。"

张海洋插嘴道："'文革'那会儿好像有，那会儿是群众专政。"

钟跃民继续说："其实我心里明白，我的作用是向专案组提供一些信息，因为宁伟在我手下当过兵，我最了解他，其余的，我恐怕也帮不上什么忙。现在是讲法制的时代，按法律规定，我是以一个公民的身份来协助公安机关破案，而法律没有赋予我执法的权利。换句话说，如果有一天我们和嫌犯遭遇，并展开枪战，那么在座的同志可以掏出枪还击，而我却只能抱着脑袋躲到一边去。同志们可别误会我贪生怕死，因为法律没有赋予我使用枪械的权利……"

张海洋和警察们都笑了起来。

钟跃民严肃起来："关于宁伟这个人，我想提醒大家注意，今后不管是谁发现他的踪迹，都千万不要轻举妄动，一定要等援兵赶到以后按计划行动，李东平的牺牲就是个教训。宁伟不是个一般嫌犯，他在侦察部队服役了7年，你们张队长也知道，当时我们连队最要命的训练科目，就是每天早晨的5公里武装越野，凡长年经受这种高强度训练的人，在体力和耐力上都要大大优于常人。宁伟受这种训练的时间长达7年，在我的记忆里，他的各项军事考核，成绩是全优，尤其是枪法，的确是个高手。我一点儿也不怀疑，在某些特定环境里，他能创造出某种奇迹，这就是你们面对的对手。"

张海洋插嘴道："我来补充一句，钟跃民说得不错，宁伟的确是个高手，在体力、智力和技术上，我和钟跃民从来不敢小瞧他，但大家也不要因此把他看成那个无所不能的007。世界上不存在不可战胜的人，他和我们一样，都是凡胎肉身，两个肩膀扛个脑袋，干掉他没什么难的，我们之所以提醒大家注意，是想尽量在抓捕行动中避免伤亡，最好的结果应该是兵不血刃地解决战斗。"

钟跃民说："宁伟这个人也有弱点，他有自己的行为准则，自己认定的事，就要不惜一切代价去实现，很少考虑后果，用这样的思维方式去行事，难免不出漏洞。此外，这个人还比较讲义气，或者说很有念旧情结，从他越狱后的表现可以判断，他杀的人大部分是黑道儿上的人，李东平的牺牲似乎是个例外，具体情况还要等抓住宁伟后才能搞清楚。据我判断，他恐怕早发现了李东平在跟踪他，如果他想杀人灭口，恐怕没必要把人引到小楼再动手，作为一个职业杀手，他可以有很多种办法在高速公路上就除掉对方。我想，李东平生前有可能和宁伟进行过某种较量，或者做出了使宁伟受到威胁的动作，宁伟才开了枪。"

张海洋说："你说得有道理。问题是，李东平牺牲后，我们所掌握的一切线索都断了，现在从何处入手还没个头绪。据我们调查，李东平被杀的那栋小楼是一个自称季平的人买的，付的是现款，房地产公司留下了他的身份证复印件，经调查，这是个假身份证，照片上的人也不是宁伟。"

魏虹也汇报说："出事后，那个女人也失踪了，现在查明，那个女人叫珊珊，当过舞女和三陪小姐，有时也参与一些小宗的白粉交易，但她本人不是吸毒者。不过，这种女人的名字没有什么实际意义，她们都是外地来京谋生的，几乎全部使用假名字。"

钟跃民疑惑地说："据我所知，宁伟好像没有女朋友，他怎么会认识这种女人？还有，我怀疑有人在庇护着宁伟，他交往的圈子比较狭小，性格沉默寡言，不善交际，至少在他入狱以前没有那种经济实力雄厚的朋友。我看，这极有可能是他越狱后认识的朋友，凭宁伟的社会关系，要不是有人庇护，他早就待不下去了。我们来分析一下，像宁伟这种人，对谁有用？"

刑警张文说："一个训练有素的杀手，恐怕是黑道人物梦寐以求的。"

钟跃民说："对呀，只有黑道上的人才对他感兴趣，养个职业杀手是比较合算的。据我所知，现在国内的黑道组织还只是一些雏形，不像意大利黑手党那样组织严密，但有一点是共同的，就是光靠偷和抢弄不来多少钱，只有开公司做生意才能挣大钱，真正有经济实力的黑社会头子，都有公开的经济实体作为掩护，我们的注意力应该放在这类人身上。"

张海洋猛地想起一件事："对了，我的一个线人提供了一个消息，说震宇公司总经理李震宇手下的一个保镖在酒吧喝醉酒时吹牛，说谁跟李总作对，准不出三天就得死。最近黑道上死的几个人都和李总有仇，李总一句话就要了他们的命。"

钟跃民眼睛一亮："海洋，这肯定是条线索，你们该调查一下。"

"我已经派人调查了，我看咱们是不是来个敲山震虎？"

"对，有意散出风去，表明公安机关已开始注意李震宇的动向，看看他的反应。"

张海洋一拍大腿说："对，从现在开始，全天候监视李震宇……"

李震宇得到消息的时候他正在和一个客户谈生意，他举着手机只是静静地听着，从头到尾没有说一句话，但那个客户发现，李总的脸色在一瞬间变得煞白。

李震宇打发走客户后，他静静地坐在皮转椅里仰头合上了眼睛。此时，他表面上沉静如水，但实际却五内俱焚。他是十几年前靠走私起家的，多年来一直是坐在火山口上，说不定什么时候他就会死无葬身之地，但他不能不继续干下去。李震宇知道，如今的很多商界巨贾当初都是靠走私起家的，走私贩子是不光彩，可一旦完成了资本的原始积累，他们就成了受人尊敬的商界名流，他们的名字总和慈善家连在一起，受到全社会的注目。人生就是一场赌博，赌赢了就是社会精英，输了不但身败名裂，连性命都难保，李震宇愿意赌一把。干这行的风险系数极高，除了要提防海关和边防武警部队，最大的威胁来自同行，"黑吃黑"向来是黑社会的法则，反正大家做的都是掉脑袋的事。李震宇一直认为自己是个儒商，不喜欢暴力，长这么大他还没和别人动手打过架，如果有人和他作对，他宁愿花钱摆平这件事。花个几十万元让仇人永远离开这个世界，这是个好办法，反正他只是个付款人，他的手是干净的，并没有沾过血。杀人当然不好，但只要自己不杀人，也算对得起自己的良心了。

李震宇现在需要考虑的是怎么处理宁伟的事，他可以给宁伟一笔钱，然后送他越境去东南亚，问题是万一宁伟失手被抓住怎么办？即使逃到国外，国际刑警组织也不会放过他，谁能保证宁伟一旦被捕不会牵连别人？一个死刑犯在临刑前为了保命，交代出一件大案子，这就是重大立功表现，马上就可以改为缓期执行，命就保住了。这事儿要是换了李震宇，他也会毫不犹豫地揭发同伙，死到临头了谁还会讲哥们儿义气？看来最好的办法是让宁伟从这个世界上永远消失，除此之外，没别的办法。

李震宇站起身来走到窗前向外望去，他发现在街道对面的拐角处停着一辆浅蓝色的切诺基吉普车。据手下人向他报告，这辆汽车是前天上午出现的，只要李震宇到公司来上班，这辆切诺基就会准时停在那里，李震宇下班时，这辆切诺基也会神秘地消失。李震宇冷笑了一声，心说，这些警察的跟踪技术也太差了，他们好像根本不在乎被人发现，这简直是在明目张胆地监视自己。李震宇久闯江湖，这种事以前也见得多了，被公安局盯上算不了什么大事，他们只要没掌握证据，便不敢轻举妄动。李震宇在心里盘算着，怎样才能从容地把跟踪的警察甩开。

周晓白身穿双排扣的女式校官服坐在办公桌前阅览文件，她的肩章已经是4颗银星的大校军衔了，她忽然想起了什么，连忙拉开抽屉，在里面翻动着。

一个上尉军官拿着文件夹走进来请示："周副院长，院办公室的这份报告，您如果没有什么不同意见，就请签字。"

周晓白边签字边问："张干事，上次外科递上来的那份报告放在哪里了？"

上尉回答："哦，是那份申请购买医疗设备的报告吗？"

"对，就是那份，我记得你好像交给我了。"

上尉想了想肯定地说："您当时把它放进抽屉里了，您再仔细找找。"

"好，那你忙去吧。"

上尉转身出去了，周晓白继续在抽屉里寻找，她把抽屉里的东西一样样地拿出来，终于找到了那份报告。当她把抽屉里的东西一样样放回去的时候，从一个旧日记本里滑出一张发黄的旧照片，她拿起照片漫不经心地看了一眼，突然愣住了——这是她当年和钟跃民在云水洞前的合影。

她凝视着照片，一动不动，脑海中出现一幕幕当年的情景……一群青年男女兴高采烈地在郊区公路上骑自行车互相追逐着、嬉笑着……她和钟跃民依偎着，站在形态各异的钟乳石前……熊熊的篝火照亮了青年男女们的脸……当年那首关于离别的苏联歌曲在寂静的山谷中回荡……

周晓白重新把照片夹进笔记本里，拿起了电话，按动号码："喂，是跃民吗？我是周晓白，我有事要见你……"

李震宇闹不清自己究竟有多少房产，他喜欢在风景区购置住宅，但从来不用自己的名字，这样一旦出事，大不了这处房产不要了就是，能免掉很多麻烦。平心而论，为了宁伟这个超一流的杀手，他已经付出了不少，刑警李东平的死，使李震宇不得不放弃了塘沽海边的那座别墅，这处房产虽说不算什么，可也值个一百多万。现在看来，他又要破财了，宁伟一旦被干掉，他又要放弃一处房产了。

这是位于昌平区的一个风景优美的住宅区，路两侧的山坡上到处是形态各异的小楼，李震宇的轿车停在一座小楼前，他带着两个保镖钻出汽车，匆匆走进小楼。

这一切都在警方的视线之内，老谋深算的李震宇这次可失招儿了，这一路上他无论怎么谨慎观察，也没有发现跟踪者。他哪里知道，张海洋为他下了大本钱，仅跟踪的车辆就动用了5辆不同型号的车，每辆车尾随李震宇不到5公里就被替换掉，最后跟进这片住宅区的竟是一辆装运垃圾的小卡车。

宁伟却不那么好糊弄，他早已养成了习惯，他藏身的小楼附近出现任何目标都会引起他的注意。此时，他正站在小楼二层的一个房间里，用望远镜从窗帘缝中向跟踪的垃圾车观察，这辆小卡车停在路边的两个垃圾桶前，却没人下来收垃圾，这是个明显的破绽，宁伟面无表情地扔掉望远镜，掏出手枪，将子弹推上膛……

李震宇坐在楼下客厅的沙发上，两个保镖站在他两侧，双手交叉放在小腹处，一副典型的保镖站姿，宁伟拎着两瓶1.25升的塑料瓶装可乐从楼上下来。

李震宇站起来笑容满面地伸出了手："宁先生，好久不见了，我今天有事路过此地，顺便来看看你。"

宁伟微笑地和他握手："李总，你可真是稀客，我的面子不小呀，还劳李总这么远来看我，我真不知说什么好。"

"宁先生，你不要客气，咱们是朋友嘛，更何况你帮了我不少忙，我还没谢你呢。"

宁伟拧开可乐瓶，将可乐分别倒进3个杯子，他边把玩着空瓶边说："李总，你用不着谢我，咱们是合同关系，你我之间谈的是交易，我为你做事，你付我钱，每做完一次清一次账，到目前为止，咱们谁也不欠谁的。"

李震宇说："话是这么说，交易是交易，但咱们是人，人总是要讲感情的，我从来就不认为生意场中只有利益，没有感情。宁先生，我今天来除了看望你，还带来一些不太好的消息。"

宁伟不动声色地说："请讲。"

"据可靠消息，最近警方加大了对你的追捕力度，而且……已经怀疑到我身上。"

宁伟轻轻笑了："我从来没拿你当棵大树，也不想靠你，大不了就是挪挪地方。"

"宁先生，咱们是朋友，李某这么多年闯世界，在黑白两道都有些名气，别的不敢讲，'义气'二字还是有口皆碑的，这点你尽管放心，李某就是刀架在脖子上也不会出卖朋友。"

"哦，想必李总对我已有安排了？请李总明示。"

李震宇很真诚地说："你重案在身，留在此地早晚会有麻烦，还是到国外躲躲吧，我已经为你准备了护照，云南边境也有我的朋友，他们可以护送你去泰国。"他用手指指放在玻璃茶几上的手提箱，"宁先生，这提箱里有20万美金，算是我送你的盘缠吧，请宁先生过目。"

保镖王玉田站起来，双手拨开手提箱卡锁，慢慢地打开箱盖……宁伟似乎漫不经心地注视着他的动作。

王玉田猛地将手伸进箱子，抓起一支装了消声器的手枪……宁伟出手更快，他闪电般拔出手枪，一手将可乐瓶口套入枪管，"砰、砰"两声闷响……王玉田、刘雄眉心中弹，仰面栽倒。空瓶子把枪声降到了最低限度，效果并不次于消声器。

李震宇吓得举起双手："宁先生，你这是干什么？我是好意啊。"

宁伟走过去将空箱子抖了抖，嘲讽道："李总呀，刚才听你一说，我还挺受感动的，眼巴巴地等着那20万美金呢，可这箱子里除了有支装了消声器的手枪，我怎么没发现美金呢？请李总指点一下，这是为什么？"

"宁先生，不要误会，这可能是我手下人自作主张，绝对不是我的意思。"

"李总，你这个人大概是谎话说惯了，张嘴就来。事到如此，你没有必要再说谎，反正你要死了，说一句实话怕什么？你不就是想干掉我灭口吗，有什么不敢承认的？"宁伟捡起保镖的手枪把玩着，"这枪不错嘛，美国货，0.38口径，消声器也很配套，比我这可乐牌消声器强多了，真是精品……"

李震宇没想到事情会搞得这样糟，他从没做过去死的心理准备，而现在，宁伟的枪口已经对准了他的脸。李震宇的脸色突然变得煞白："宁先生，你不要冲动，咱们可以商量，你可以开价，我马上打电话让人送钱来……"

宁伟手中的枪又发出一声闷响，李震宇眉心中弹，一头栽倒。宁伟走到窗前，轻轻将窗帘掀开一道缝。远处的那辆垃圾车还静静地停在那里，看来警察没有听见枪声。

宁伟微笑着轻轻说："对不起了，张队，这个烂摊子留给你了。"他打开小楼的后门，悄悄走了出去……

钟跃民身穿深蓝色西服走进香格里拉饭店的咖啡厅，他远远地就看见周晓白穿着军装坐在靠窗的一张咖啡台前，他快步走到周晓白面前躬了躬身子说："大校女士，我来了。"

周晓白的脸上露出了微笑："跃民，你坐吧，喝点儿什么？"

钟跃民对服务员做了个手势："来杯啤酒。"

周晓白注视着他问道："好久不见了，你还好吗？"

"饭馆的生意还不错，我现在已经是老板了。"

"你不一直是老板吗？"

钟跃民解释道："以前是打工的，因为我没有投资，高玥是老板，现在我已经把钱还给了高玥，我拥有了51％的股份，是个既无内债又无外债的人了。"

"以你和高玥的关系，何必还把账算得这么清？"

"生意上的事你不懂，谁的投资数额高，谁就是老板，即使是夫妻，也不能一肚子糊涂账。我要是没有投资就当老板，那不成了吃软饭的了？"

周晓白笑道："跃民，你可真是变多了，我都快找不到过去的那个钟跃民了。我认识你的时候，你还是个在冰场上打架追女孩子的浑小子。1972年你回来探亲，穿着一身破军装，脸上的神态已经是一副老兵风范了。后来再见到你，你已经是连长了，一副标准的职业军人的样子。再后来，你的身份在不断变化，营长、卖煎饼的摊贩、大公司经理、出租车司机，现在又成了饭店老板，你这辈子好像总是在玩花样，不知你以后要干点什么。"

钟跃民一本正经地说："我在思考宇宙的命运。"

周晓白笑得一口咖啡喷出来："你又没正经了，宇宙的命运，你以为你是谁？哲学家还是上帝？"

钟跃民收住笑容："开玩笑，开玩笑，不过我近来真的在反思，反思我这前半辈子。总的来说，我这前半辈子经历了很多事，对生活没有什么太多感悟。我想了很久，终于明白了一个道理，这就是——永远不要抱怨。"

"这算是什么感悟？你能说得具体些吗？"

钟跃民搅动着咖啡说："当年插队时我们没有任何娱乐，到了晚上大家无处可去，只好坐在炕头上聊天，聊着聊着就开始抱怨，怨天怨地怨命运，觉得天地间就数我们最不幸，谁也没想到还有不如我们的人，其实当地农民的生活比我们还糟糕。1983 年我去陕西接新兵，特地绕道回石川村看了看。当然，那时当年的伙伴都早已返城了，唯独石川村风貌依旧，农民的生活比起当年来稍稍好了些，只是不用每年春季外出要饭了，别的方面还是没有改善。我们当年住过的窑洞已经塌了，井台上的辘轳还是我们当年用过的，我一看这情景，心里就有种很辛酸的感觉……"

周晓白温和地催促道："说下去，你想起了什么？"

"我想到不少老知青在著书立说，有的人把自己说得像俄国的十二月党人，是为了一种崇高的理想去承受苦难，而且有意识地夸大了那种苦难。我想起石川村的乡亲，记得当年我曾问过村里的杜老汉，他最盼望的是什么，杜老汉的话使我感到震惊，他说他只想吃白面馍，他对生活的要求仅仅如此。我当时忍不住想流泪，乡亲们祖祖辈辈都过着这种生活，那真是一种令人绝望的生活，但他们并不抱怨，只是把苦难默默地咽进肚里，融进信天游的歌声里。你没有到过陕北，不会有这种感受，只有在黄土高原那特有的情境下，才能感受到信天游的苍凉，听起来令人肝肠寸断，热泪长流。那是人类在苦难中的感情宣泄，是一种深刻的无奈。都是人哪，同在一块土地上生活，谁又比谁高贵多少，我们有什么好抱怨的呢？"

周晓白惊讶地注视着钟跃民："你可真是变了，变得让我感到陌生，我记忆中的钟跃民从来就是个游戏人生的家伙，你什么时候变得这么深沉？"

钟跃民马上又恢复了常态，他用手夸张地比画了一下："你没发现我的胸怀像大海一样吗？深沉而辽阔。"

"你看，你看，真不经夸，一眨眼工夫又倒退了20年，还是当年的无赖，我说你的嘴脸不要变化得这么快好不好？我的脑子都跟不上了。说真的，你刚才说得真好，很惭愧，我也经常抱怨，这的确不是什么好习惯，看来以后我也应该调整自己的心态。"

钟跃民转移了话题："你今天约我有什么事吗？"

"哦，前些日子，袁军碰见了杜卫东，杜卫东还问过你。杜卫东很希望能见见你，他认为你是个讲规则的人，那次的商业合作他吃了亏，但责任在他。他说当时自己鬼迷心窍，想趁中国市场刚开放之机趁乱捞一把，若不是你大度，他非破产不可。杜卫东从此长了记性，老老实实按规则做生意，他很后悔自己当初做过的事，觉得应该感谢你，他对你的评价是：虽然嘴损，但为人大度，得理便饶人，不赶尽杀绝。"

"哦，看来他还真长记性了，以后有机会我倒愿意和他继续做朋友。仔细想想，那时我有些狭隘，其实当时我识破了他的圈套，完全可以向他直接指出来，从字面上把合同完善，让他没有空子可钻，这才是与人为善的态度。我那时不太懂得宽容，现在想起来还挺后悔的。”

周晓白说：“你现在懂得宽容了，这倒真是个进步，看来我也需要宽容。跃民，你别嫌我旧事重提，说真的，这辈子没能嫁给你，我一直耿耿于怀，今天我约你来就是想和你做个了断。”

“我不明白，咱们的关系不是早就谈清楚了吗，还有什么可了断的？”

周晓白不满地皱起眉头：“那是你，我可没那么容易解脱出来，都像你这么没心没肺，世上的事就好办了。告诉你，前几天我和袁军大吵了一架。”

钟跃民怔住了，他没想到袁军居然有胆子和周晓白吵架，这太不正常了。

“跃民，你别笑话我，起因是我在梦里叫了你的名字，我醒来的时候发现枕头都被泪水浸湿了。袁军开着床头灯，正襟危坐地在一边看着我。当时我很恼怒，好像被人窥透了隐私，我大喊：‘袁军，你看我干什么？你滚！’袁军突然流泪了，他只说了一句话：‘晓白，咱们离婚吧。’当时我感到很震惊，他居然敢对我说这种话，我们结婚这么多年，这是从来没有过的。我冷冷地说：‘对不起，我还没想过这个问题。’袁军却突然爆发了，他喊道：‘我想过，我想了很多年了，我本来以为时间能抚平你的创伤，能使你爱我，可我想错了，直到今天你还想着钟跃民。周晓白，你知道吗？我是个男人，我有自己的尊严，与其这样，我们不如分手，我不想要一个同床异梦的老婆……’”周晓白流泪了。

钟跃民理亏地低声道：“晓白，对不起，我该怎么补救这件事？要不，我找袁军谈谈？”

“不用了，我们已经解决了。你知道，袁军从来没向我发过火，突然来这么一下，倒把我吓傻了，我想起这些年他对我的爱护，觉得自己实在是不讲理，人家该做的都做到了，你还要怎么样？无论如何，他没有任何过错，是我自己的问题。我对袁军说：‘是我不好，请你原谅，我不想和你离婚，因为我爱你。’”

钟跃民有些紧张地问：“袁军怎么说？”

“袁军哭了，他对我说：‘晓白，这么多年了，这是你第一次对我说你爱我，这真是你说的吗？’我回答：‘是的，我爱你，这辈子我不会再有非分之想，我会老老实实只爱你一个人，你要相信我。’”

钟跃民说：“晓白，你是个好女人，多年来你一直关心我、帮助我，拿我当朋友，真的，我不值得你这样做……”

周晓白用纸巾擦擦眼泪说：“我承认，多年来，我心里一直没把你放下，总幻想着有一天能和你在一起，那将是我最幸福的时刻。直到今天，我收拾旧物时发现咱们当年的合影，在那一瞬间，我的心反而突然平静了，平静得连我自己都吃惊，我以前干吗这么傻，非要把钟跃民这个家伙拉回身边，他不是我二十多年的好朋友吗，这难道还不够吗？人生有如四季，每个季节都有不同的内容，春天享受青春的浪漫，夏天品尝爱情的美酒，秋天有了成熟的思想，冬天坐在火炉边回顾一生，仔细品味这一生的欢乐和痛苦、友谊和爱情，这种温馨的回忆伴你走向生命的尽头……”

钟跃民鼓起掌来：“极美的意境，真令人神往，一个成熟的女人果然是魅力四射，光彩照人。晓白，我想告诉你一句心里话，你想听吗？”

“当然。”

钟跃民探过身来小声说：“这辈子能有你这样的朋友，我真的感到很幸运。”

周晓白轻轻握住他的手：“你呀，害得我和袁军多年来同床异梦，你作孽呀，对袁军来说这太不公平了。快给袁军打个电话，让他也来，省得这家伙心里酸溜溜的，我要告诉他，我终于把钟跃民给甩了。”

“我真痛苦……”

“活该，干吗总是你甩别人？你也该尝尝这滋味，快打电话啊，把高玥和郑桐夫妇都叫来，咱们在一起好好聊聊。我现在很痛苦，整天陷在工作里，连朋友都很少见，我很想念大家，你知道吗？人是不能没有朋友的……”

张海洋最近往钟跃民这里跑得很勤，宁伟的案子还在悬着，他的心情很烦躁，希望钟跃民给他提供一些思路，而钟跃民却和他闲扯：“我说海洋，那个叫魏虹的小妞儿你到底勾搭上了没有？”

“还在眉来眼去的阶段，她好像对我也有点儿意思，一见我，眼神儿就挺温柔的。不过，彼此还没有挑明关系。”

“你的感觉靠得住吗，别是自作多情吧？就你这岁数，成天又唬着个脸，人家别是拿你当叔叔了。”

“跃民，你这个人就这点不好，总是嫉妒别人的幸福，别人一幸福，你就感到烦恼，这毛病得改改。”

“哥们儿，这种事儿你没经验，我得教教你，凡事都要早下手，晚了你连汤都喝不上。瞄准了就别犹豫，立刻果断出击，穷追猛打，不给对方喘息的机会。”

“我怎么听着有点儿像徒手格斗，这是搞对象吗？”

“你怎么这么笨呢？白当这刑警队队长了，该利用职权的时候就得用，你教教她应该怎样和领导搞好关系。”

张海洋没心思和他胡扯：“得，关于搞对象的问题以后再说，我现在满脑子都是宁伟的案子。他最近好像蒸发了，我们估计他失去了李震宇的庇护，在北京肯定是无法藏身了，现在很可能藏在外地，通缉令已经发到全国了。”

钟跃民叹道："这小子真是好身手，那个李震宇有些不知深浅，他哪知道宁伟的厉害，竟然想先发制人干掉宁伟，结果自己倒先丢了命，我看黑道上恐怕没有人是宁伟的对手。"

张海洋说："妈的，当时我晚到了一步，让宁伟跑了。我看了现场，心里不得不暗暗称赞，从专业角度看，这小子干得相当利索，3发子弹干掉3个人，全部是眉心中弹，我的人就守在外面，居然没听见枪声。他用空可乐瓶子做的消声器，看来效果相当不错，没想到这小子当职业杀手还真有点儿天分。"

钟跃民说："海洋，咱们换位思考一下，如果你处在宁伟的处境，目前最佳的选择是什么？"

张海洋回答："要是我，肯定会选择一条最佳路线逃出国境，我会选择进入缅甸或泰国。从云南边境进入缅甸并不难，宁伟手里有钱也有枪，可以用钱请向导，就算没有向导，那些热带雨林也挡不住他，他受过严格的丛林生存训练……"

钟跃民迟疑了一下，终于很艰难地说："我想起一件事，也许对你有点儿帮助，这大概是抓住宁伟的唯一机会了。"

张海洋眼睛一亮："你说……"

"下个月16日，是宁伟母亲的忌日，他母亲的骨灰安葬在郊区的北山公墓，是父母合葬墓。你知道，宁伟是个孝子，很有可能在逃出国境之前要去父母坟前告别，这符合宁伟的性格，虽不善表达，但是个心思极重的人，他对母亲的感情很深，在部队时他每个月都给母亲发一封信。他对我说过，他之所以拼命苦练军事技术，是想提干。你可能不了解宁伟这种家庭的孩子，他们和吴满囤的想法都差不多，能当上军官是他们改变命运的唯一出路。宁伟对我说过，他母亲希望儿子能当上军官，母亲的愿望他要不惜一切代价去满足。其实人的思路都差不多，要是换了我，在亡命天涯之前也会到母亲墓前再看一眼。"

张海洋激动地抓住钟跃民的手："跃民，你终于帮我了，到底是老战友，谢谢了。"

钟跃民冷冷地说："你用不着谢我，我可以告诉你实话，即使宁伟走到今天这一步，我仍然不厌恶他。在我眼里，他仍然是当年那个满脸稚气的新兵蛋子。你想一下，如果当年那个男人毒打的不是自己的老婆，而是另外一个女人，那么宁伟的行为就是见义勇为，他不但不会被赶出部队，还会立功受奖。到今天，他可能是个上校团长。我真为宁伟惋惜，人生无常啊，往往因为一件小事，一生的命运就改变了。"

张海洋黯然无语，钟跃民伤感地长叹一声。

此时宁伟正在云南边境一个小镇的旅馆里，悠闲地躺在床上看《笑傲江湖》，这类新派武侠小说是宁伟唯一可以接受的文学作品，他通常是不看书的。

为了躲避通缉，他对自己的外形做了一些调整，以前他的发型是“板寸”，现在却留长了头发，把头发向脑后梳过，还用发胶固定住，这就成了“背头”。他故意把眉毛剃短，留起了胡子。宁伟确信自己的形象和通缉令上的照片有了很大改变，他知道警方手里只有一张自己入狱时照的照片，那时他剃了个秃子，嘴上也没留胡子，还有两道很漂亮的剑眉。这种简单的化妆术的确很奏效，这一路上他没有遇到什么麻烦。在贵州的一个小县城里，他还在长途汽车上抓住了两个扒手，他把这两个倒霉的家伙扭送到当地的派出所，受到值班警官的表扬。其实宁伟的目的就是想和警察打个照面，验证一下自己的化妆术，这是一招儿险棋，但他不大在乎被人认出来，他手枪的保险已经打开，随时可以拔枪射击，警察没认出他，算是他们命大。

从北京到云南边境，宁伟竟走了两个星期，他坐长途汽车专走县与县之间的路段，尽量避开大城市，有时走完一段路还要休息两天再继续走，反正宁伟有的是时间和耐性。

珊珊是和宁伟分开走的，她乘火车直接到达目的地，先找到自己的一个远房表哥，通过表哥和当地的蛇头接上了关系。

宁伟捧着书看得正入迷，突然听见有人在轻轻敲门，他闪电般从枕头下抽出手枪，拨开保险，然后将手枪插入裤兜，穿上西服上衣，走到门后问道：“谁？”

门外传来珊珊的声音：“是我。”

宁伟打开门，珊珊闪身进来，把门关上，然后抱住宁伟吻了一下：“想死你了。”

宁伟轻轻推开珊珊说：“先说正事。”

“我和那个蛇头谈了，他开价50万元。”

宁伟沉吟道：“50万元当然没问题，关键是他能为我们做什么。”

“他保证把我们护送到泰国，包括办理有关证件，还负责和当地的一位黑道老大接上关系，条件是先交一半定金，另一半到曼谷后付。”

“听起来还不错，可以成交，但你要警告他，一旦我付了款，他就得保证守信誉，要是耍花招儿，我就杀了他。”

“你放心吧，我表哥说，这个蛇头干这行已经十几年了，从来没失过手，他不光做泰国生意，连加拿大、南美等国家都有入境渠道。”

宁伟冷冷地说：“你表哥可靠吗？要是在他这儿出了问题，我照样杀他，即使他是你的表哥。”

珊珊生气地回答：“宁伟，你现在真是杀人杀红了眼，早晚有一天，你会杀了我。”

“你？我不会，你帮过我，我会报答你。在这个世界上，除了你，我可以杀任何人。”

“那钟跃民和张海洋呢？”

宁伟沉默不语。

珊珊轻轻解开他的衣扣，帮他脱下上衣：“你呀，看起来杀人不眨眼，其实心思还挺重的，你是个念旧的人，我说得对吗？你别想这些烦心事了，来，上床去放松一下吧。”

宁伟和珊珊做爱时，努力想集中精力进入状态，他很想让这个女人满足，但他还是失败了，他的心灵深处有某种东西令他挥之不去，他无法用语言表达出自己的感受，他想了很久也没想出头绪来。

珊珊把脸贴在宁伟的胸膛上小声说：“宁伟，咱们这一去，恐怕就永远回不了中国了。”

宁伟一声不吭，两眼望着天花板在沉思。

珊珊说：“反正我不在乎，我家乡那个小县城，从来都是重男轻女，我父母除了让我挣钱，连正眼都不看我，我在外边是死是活，他们根本不关心。我巴不得走得远远的，永远不回来，这里没有我值得留恋的东西。宁伟，你怎么不说话？”

宁伟自言自语道：“就这么走了？”

“当然，今晚交定金，后天出发，已经说好了。”

宁伟终于想清楚了，那种一直在困扰着他心灵的情绪是什么，那分明是一种伤感、一种离愁，使他感到震惊的是，自己长这么大还从来没有过这种感觉，这种感觉来得是那样突然，那样强烈，一时竟使他难以自抑。他将被迫逃离的这片土地，曾经承载过他太多的希望和憧憬，承载过他的欢乐和痛苦，更重要的是，这片土地上埋葬着他一生中最爱的人——母亲。一想起这些，宁伟就有些受不了，恍惚中，他想起了许多被悠长岁月尘封的往事，这些遥远的回忆好像同时被灼亮的光源所照耀，全都像电影画面一样鲜活地呈现在他眼前……

他的童年是牵着母亲的手走过来的。记得那是在所谓的三年自然灾害时期，宁伟只有三四岁，母亲在一个破烂的街道工厂糊纸盒。她实在不放心把宁伟一个人扔在家里，就带着他去上班。母亲工作时，宁伟便在一边玩耍。成年以后，宁伟常常回忆起童年时的情景，回忆中的画面有如黑白电影，没有任何色彩。他只记得那低矮破烂的工棚，狭窄拥挤的院子，一群衣衫褴褛、面带菜色的中老年妇女坐在案子前拼命地用刷子涂抹着糨糊。这是一群极廉价的劳动力，每糊好两个纸盒才能挣到一分钱。她们拼命地工作，在干活儿的时候几乎没有人说话，工棚中只有翻动纸张的声音和轻轻的咳嗽声，除此之外，工棚中永远是静悄悄的。这种令人压抑的气氛使宁伟的儿童天性受到压制，他不敢四处走动，不敢大声说话和哭闹，他只能乖乖地坐在小板凳上，往往一坐就是几个小时。他小小的年纪已经学会了盼望，他盼望着时间快点走，到了午饭时间，母亲才有工夫和他说几句话。对于童年的记忆，宁伟印象最深刻的就是吃饭，那时全国老百姓都在挨饿，粮食奇缺。母亲和那些和她在一起工作的大妈、大婶都患了浮肿病，有段时间她们脸上的皱纹突然奇迹般地消失了，皮肤变得透明光滑，显得很丰满。宁伟长大以后才知道，这是长期缺乏营养造成的后果，这种状态再持续下去，人就危险了。

每当想起当年的情景，宁伟就有种痛不欲生的感觉，他觉得母亲早逝和那些年的生活状况有关，是饥饿和劳累把母亲的身体拖垮了。童年时他不懂事，由于饥饿，他经常把母亲的那份午饭也吃掉，母亲常常是含着眼泪摸摸他的头，忍着饥饿又继续去工作。有一次，母亲被饿得实在受不了了，她趁别人不注意吞食了糊纸盒用的糨糊，谁知这种糨糊里含有大量化学药物，母亲疼得捂住肚子在工棚里满地打滚，若不是抢救及时，那次很可能就丢了性命……

童年的情景犹如在眼前，虽然岁月流逝，仍永难磨灭。这是一种冰冷的记忆，就犹如一条流动的冰河。在他记忆的雪原上，那条冰河在永远地流淌着……

想到这里，宁伟突然感到嗓子里发堵，有一股热流从心灵深处喷涌而出，在这一瞬间，他泪如泉涌……在他的记忆中，长这么大，他还没这样哭过，这是一种撕心裂肺般的痛苦。当着珊珊的面这样哭，他感到丢脸，毕竟自己是个男人，他极力压抑着自己，狠狠地咬住被角，不使自己哭出声来。这种压抑实在太难受了，他觉得呼吸困难，似乎要窒息，那股急于喷涌而出的热流被封住了出口，在他的体内翻腾奔突着，使他的身体剧烈地抽搐，他最终没有控制住，忍不住号啕大哭起来……

珊珊温柔地把他的头抱在自己怀里："宁伟，你哭吧，哭出来会好一点，男人也要哭的，这不算丢脸。"

宁伟哭够了，终于平息下来，他沉默了一会儿，又猛地从床上坐起来，说："不行，我现在还不能走，我还有重要的事没办。"

珊珊问道："还有什么事能比这件事更重要？"

宁伟低声道："我要最后去看一看父母，最后一次……今生今世我恐怕不会再给父母扫墓了。"

珊珊惊恐地问道："你要回北京？"

宁伟坚定地回答："对，最后一次。"

"这太危险了，你早上了全国通缉的名单，哪怕是个边远小镇的派出所都有你的照片，要不是咱们事先做了假证件，你还化了装，再有我表哥帮忙，咱们连这小镇都藏不住，早被抓住了。”

宁伟苦笑道：“我知道危险，可哪儿不危险？泰国、南美，无论咱们到了哪个国家，都要东躲西藏，这就是亡命天涯的日子。”

“宁伟，你后悔了？”

“这倒没有，我的路是自己一步一步走出来的，怨不得别人。这是我的命，我认命，要是我必须死，那我不管躲到哪里都要死。”

珊珊哭了：“宁伟，我知道，你想干的事，谁也拦不住你，可我怎么办？”

“你可以等我几天，要是我回不来，你就自己走吧。”

“不，咱俩的命是连在一起的，你要是不在了，我活着还有什么意思？我长这么大，还没人对我这么好，为了你，我什么都可以做，我不会离开你。”珊珊泪如雨下。

宁伟叹了口气说：“我不会强迫你，你自己可要想好。”

珊珊低声道：“我想好了，要活就一起活，要死就一起死，我不后悔。”

宁伟伸手拉过提包，从包里拿出一支小巧的64式手枪，他熟练地拔下弹匣，拉开枪膛看了一下，又随手递给珊珊：“这支枪给你，我来教你怎么用。”

“我不敢……”珊珊惊恐地说。

宁伟厉声道：“不敢也得学，你早晚用得着。”

钟山岳趴在客厅里的长沙发上，钟跃民在给父亲按摩，他使的劲儿大了些，钟山岳忍不住叫了起来：“哎哟，轻点儿，我这把老骨头可经不住你折腾。”

“爸，您忍着点儿，才按两下就受不了了？别忘了您是共产党员，是特殊材料制成的，对您这样的老党员就得严格要求，像您现在这种表现，要是被敌人抓住，逼您交出党的机密，也别上老虎凳，给您按摩两下就扛不住了，还不全招了？”钟跃民和父亲调侃着。

“嗯，你这小子就和老子耍贫嘴吧，等我一会儿起来非揍你不可。哎哟，轻点儿……”

钟跃民边按摩边说：“钟山岳先生，识时务者为俊杰，只要你招了，说出你们党组织的机密，我保证你有享不完的荣华富贵……”

“你放屁……”

门铃响了，钟跃民去开门，袁军和郑桐走进来，两人见到钟山岳连忙向老人问好：“钟伯伯，您好。”

钟山岳连忙坐起来招呼道：“是袁军和郑桐呀，你们坐嘛，跃民正在给我按摩，差点儿把我这把老骨头给按散了，这个欠揍的东西。”

袁军笑着怂恿道："对，揍他，别看他当了老板，他就是当了总裁，也是您的儿子，该揍还得揍。"

钟跃民提醒钟山岳道："爸，您该睡觉了，明天早上您不是和人约了场门球吗？"

钟山岳颤巍巍站起来向卧室走去，他突然想起了什么："袁军啊，听说你干到副师级了？"

"在总部当个参谋，没意思。"

"还是得下部队带兵，当参谋有什么意思？嗯，你们都比跃民强，这个没出息的东西，成天穿件西服，腆着个肚子，一脸的奸商样儿……"钟山岳唠叨着。

袁军等人笑着目送钟山岳进了卧室。

郑桐说："跃民，我们俩今天来向你告个别，我们单位最近和美国耶鲁大学签了约，双方互派一批学者讲学，时间为两年，其中有我，月底就走。"

钟跃民很兴奋地说："这可是件好事，郑桐现在是学者了，居然到国外去讲学了，真是值得祝贺。袁军呢，你有什么好事？"

袁军笑道："真巧了，让你爸说中了，我还真要下部队了，是我主动要求的，回我的老部队当副师长，也是月底走。"

钟跃民问："在总部多好，一下部队个个都像大爷似的，基层的人一见了你们，一口一个总部首长。当年张海洋在我们军侦察处才混了个连级参谋就抖起来了，见了我们就摆出上级机关的架子，当时我们认为他实在是欠揍。"

"已经干到副师级了，这辈子恐怕要干到底啦，既然这样，还不如到野战军去带兵，总部机关虽说牌子唬人，可人满为患，总部机关有句顺口溜，叫'瞎参谋、烂干事、不要脸的助理员'。我们局光大校衔参谋就有十几个，反正都是副师级了，按规定不会再转业了，于是就混日子，混到退休算完。"

钟跃民表示赞同："这样也好，从副师长干起，只要干到正师就有晋将的可能，咱们这些人里也该出个将军了。"

袁军问道："跃民，我听说你那饭店成了救济站了，专收下岗的，有这事儿吗？"

"没这么严重，就是几个插队时的哥们儿，下岗没地方去，就投奔我了。你们这些人，看着都跟真事儿似的，又是当副师长又是当学者的，你们有能耐给我安排几个下岗职工试试，有戏吗？看来还得靠我这个奸商，钟老板没多大本事，只能做点小事，能解决几个就业的，也算是个对社会有用的人。"

"你还别说，跃民还真是越来越深沉了，要是这种奸商再多几个，倒也是件幸事，就好比黄鼠狼，虽说偶尔偷几只鸡吃，可好歹主食是吃耗子。"郑桐对袁军说。

袁军附和道：“没错，这得看主流，偷鸡吃是因为一时没逮着耗子，还不许人家偶尔犯个错误？”

“还是哥儿几个理解我，我真想拥抱你们……”

“别价，我对同性恋可没兴趣。”郑桐说。

袁军和郑桐坐了一会儿就告别了。钟跃民正准备看书，这时电话铃响了，他拿起电话：“喂，我是钟跃民。”

话筒里传来张海洋的声音：“跃民，我已经做好准备，5月16日，也就是后天，是宁伟母亲的忌日，我准备后天在北山公墓设伏。”

“是啊，成败在此一举了，这件事早该结束了。”钟跃民说。

“跃民，谢谢你帮忙，等我把这件事忙完，咱俩找个时间一起坐坐。”

“张海洋，你是什么意思？是不是后天行动不打算让我去？”

张海洋小心地解释道：“我带刑警队的人，还有一部分武警战士配合，你就别去了。反正你也帮不上忙，你是老百姓，没有执法权，我总不能发你支枪，让你也参加战斗。”

钟跃民怒道：“张海洋，你们公安局就这么办事，过河拆桥？需要我时，我就是专案组的编外成员，不需要我时，就把我一脚踢开，这也太不仗义了吧？”

“跃民，宁伟的身手你知道，后天闹不好就是场恶战，你去不但帮不上忙，没准儿还添乱，为什么一定要去？”

“为什么？宁伟是你我的战友，他就是犯了天大的罪，临走时我也得送送他吧？张海洋，这件事你要是不帮忙，我钟跃民从此就没你这个战友。”

“跃民，你别急好不好？我跟局长汇报一下，你听我的信儿，好吗？”

钟跃民听也不听，狠狠地挂上电话……

钟跃民在深夜空无一人的大街上漫步，他嘴里吹着口哨，是歌曲《三大纪律八项注意》的调子，他以标准的队列姿势甩动双臂向前走着。

街口停着一辆警车，几个巡警拦住一辆出租车，正在检查司机的证件，钟跃民走到巡警面前，主动掏出身份证递过去。

一个巡警上下打量着他说：“我好像没要求你出示证件吧？”

钟跃民解释道：“我不是怕您把我当坏人吗。”

巡警奇怪地问：“你深更半夜的在这儿转悠什么呢？”

钟跃民收起证件说：“闲的！”他继续向前走去。

几个巡警面面相觑，小声嘀咕道：“这人有病吧……”

钟跃民漫步在一个街心花园里，他沉思了一会儿，又似乎想起了什么，于是手忙脚乱地掏出了通信录在路灯灯光下翻看起来，他终于找到一个电话号码，忙打开手机拨号码，手机中传来电话接通的蜂音。

电话里传来一个女人柔和的声音：“哈啰？”

“我是钟跃民，请讲国语。”

女人的声音沉默了，钟跃民耐心地等着。

“跃民，真的是你？对不起，我没有一点思想准备。”

“秦岭，你好吗？”

“我还好，你呢？”

“我还可以，现在我这里是凌晨2点钟，旧金山是几点？”

“上午10点，跃民，你怎么知道我的电话？”

“你不是和周晓白单线联系吗，是她给我的。喂，你老公在旁边吗？他会不会吃醋？”

“他不在家，再说，就是他在也没关系，他不反对我有一般交往的男朋友。跃民，你那里已经是凌晨2点了，你怎么还没有睡，发生什么事了？不然你怎么会想起给我打电话。”

钟跃民的声音有些伤感：“别担心，没事儿，我睡不着，一个人在街上散步。秦岭，我很想念你，何况我还欠着你的钱，我早把这笔钱准备好了。”

“这点儿小事你何必还挂在心上，咱们不是朋友吗。跃民，你还是‘在路上’吗？”秦岭的声音还是那么悦耳。

“秦岭，我喜欢‘在路上’的感觉。生命是一种过程，我们完全可以把这种过程设计得很有趣，这种过程之所以有趣，是因为它是由一连串最初的体验所组成，初体验属于生命中最纯粹最美好的那一部分，它意味着梦想、勇气、新奇、刺激和执着……但很多时候，初体验往往还伴随着恐惧、担忧、绝望和危险，初体验是残酷的。我很喜欢‘体验’这个词，因为我是个更看重过程的人。秦岭，你还记得吗？当年我们都很喜欢凯鲁亚克说过的那句话：我还年轻，我渴望上路，带着最初的激情，追寻着最初的梦想，感受着最初的体验，我们‘上路’吧。”

“跃民，难得你还有‘在路上’的激情，在我们的同龄人中，你恐怕是个另类，能理解你的人也许不会太多，但我想告诉你，如果这个世界上还有什么人能理解你的话，那我肯定算一个。你听我说，那笔钱你‘在路上’用吧，要说凯鲁亚克的年轻时代和现在有什么相同的话，那就是只要你‘上路’就需要花钱。”

“欠债当然要还，我这个人对冒险有着特殊的嗜好，万一哪天死了，岂不成了欠债不还的小人？”

秦岭生气地说：“跃民，闭上你的乌鸦嘴，不要胡说八道，我最烦你说这个。”

“秦岭，你那里天气怎么样，是不是阳光明媚？也许你坐在花园里，膝上放着一本书，我闭上眼睛就能看见你，可我一睁眼，这里还是深夜。”

“你猜得差不多，我还真在看书，只不过是坐在露台上，再过几个小时，你那里就天亮了，太阳会照常升起，也许，你是第一个迎接阳光的人。”

“秦岭，你对现在的生活满意吗？”

“很满意，我收了几个学生，都是中国移民的孩子，我在教他们弹钢琴，前几天有个孩子在州里举办的少儿钢琴比赛中得了第二名，我觉得挺有成就感的。再说，教钢琴课收入也不错，我可以自己养活自己，至少我不会像以前那样一心一意靠在丈夫身上，我和我丈夫的感情很好，家庭生活很平静。我想，一个女人对生活的要求也不过如此了，想想这些年我走过的路，经历过，也爱过，而现在应该是过平静生活的时候了。跃民，我想告诉你一句话。”

“你说，我听着呢。”

“你是我见过的最出色的男人之一，我很怀念咱们相处的日子，虽然很短暂，可那是我最美好的回忆。你是个令人难忘的家伙，你要好好活着，少干些冒险的事，别让我们这些好朋友为你伤心，好吗？”

“谢谢你，秦岭，祝你好运，我挂了。”

“祝你幸福，每天都沐浴在阳光里，再见……”

北山公墓的山坡上排列着密密麻麻、形态各异的墓碑，这是个普通的日子，没有什么人来扫墓，整个公墓静悄悄的，只有一个守墓老人在墓碑间巡视着。他走过一排排墓碑，回到自己的小屋，公墓又归于寂静，死一样寂静。

墓碑间的小路上传来脚步声，听起来是两个人穿着皮鞋走在石板上发出的声响，脚步声显得很沉重，很缓慢，在潜伏中的钟跃民和张海洋听来，这脚步声简直响若擂鼓……

宁伟和珊珊的身影终于出现在小路上，宁伟穿着一身黑色的西服，手里抱着一束白色的马蹄莲，珊珊身穿黑色套裙，手挽着宁伟一步步走来……

他们走到一座墓碑前，轻轻把花束放在碑座上，宁伟双膝跪下，珊珊也跟着跪下。

宁伟望着墓碑上父母的遗像说：“爸、妈，儿子和媳妇向你们告别了，我们这一去恐怕就不回来了，请二老放心，儿子早晚会和二老团聚。爸、妈，儿子和媳妇给二老磕头了。”

两人连磕了3个头，珊珊抬起头来，两行泪水滴落下来，宁伟也抬起头来，他的脸色平静，无半点泪痕，他站起来，掸了掸膝上的尘土……突然，他似乎察觉出什么，闪电般拔出手枪……

他发现自己前后左右的墓碑后面出现了全副武装的警察和武警战士，无数枪口在向自己瞄准……

张海洋的声音传来："宁伟，你被包围了，我命令你放下武器，马上投降。"

宁伟突然扑倒珊珊，抱着珊珊横滚到墓碑后。

"宁伟，你跑不了啦，不要抱有侥幸心理，希望你能明智一点，放下武器投降。"

墓碑后宁伟的声音显得很平静："张海洋，你应该了解我，我这个人从来不服软，要我放下武器投降，这不可能。我警告你们，谁要是硬往我枪口上撞，我也没办法，实话告诉你，我这里还有30发子弹，我不会浪费子弹，要是有30个人陪我一起上路，倒也挺风光的。"

张海洋小声对身旁的武警狙击手说："注意目标，他只要露头就开火，这小子是铁了心了。"

那个狙击手熟练地架好79式狙击步枪，从4倍的光学瞄准镜里望去，宁伟藏身的墓碑前，只有荒草在晃动，他隐蔽得很好。

狙击手边搜索着目标边说："张队，这小子是个老手，隐蔽的角度很刁，根本不露头。"

"别忙，耐心点儿，会寻找到机会的。"

钟跃民悄悄地挪过来道："海洋，告诉你手下人千万不要轻举妄动，别看你们穿了防弹背心，这没用，宁伟专往眉心上打，没有必要增加伤亡，我来和他谈谈。"

"你要小心，千万别露头。"张海洋小声叮嘱道。

"我还用你教？！"钟跃民大声喊道，"宁伟，我是钟跃民，你听见没有？"

宁伟的声音从墓碑后传来："钟大哥，你也来了？你说吧，我听着呢。"

"宁伟，你是个老兵了，以你的军事常识看，今天你眼前的地形和双方的态势，你还有可能突围吗？"

"我知道，这已经是死棋了，但还有最后一招儿，叫困兽之斗。"

"宁伟，我曾经当过你的连长，你说句心里话，我钟跃民对你怎么样？"

"钟大哥，你对我很好，只是我对不起你。"

"宁伟，那你听我一句劝，放下武器投降吧。"

"大哥，我做不到，你总不会和他们一起骗我吧？放下武器就会得到宽大，这可能吗？我手上有好几条人命，放下武器是死，不放下武器也是死，反正是死。"

"你说得不错，我不想骗你，你肯定是死定了，你手上有好几条人命，法律绝不会宽恕你，我和张海洋虽然是你的战友，可我们谁也救不了你。我只想告诉你一句话，你想听吗？"

“你说吧，我听着呢。”

“宁伟，你到了今天这个地步，完全是你自己一步一个脚印走过来的，这怨不得别人。如果你是个男子汉，就该为自己的行为承担后果，就是死，也该像个男人那样去死，死得像条汉子。”

墓碑后是死一样的寂静。

“宁伟，你隐蔽得很好，不愧是个训练有素的老兵，可你应该知道，想干掉你并不难，那块墓碑可以挡住子弹，但挡不住火箭弹和迫击炮弹。宁伟，你害怕了吗？我记得当年在部队，我们踏入雷场的时候，你宁伟还算得上是条好汉，但是现在，如果不是因为害怕，为什么要用一个无辜的姑娘作掩护？你要她陪你一起死吗？好汉做事好汉当，为什么要拉无辜者垫背，你当年的勇气哪里去了？”

墓碑后的宁伟继续沉默着，他一只手持枪，另一只手紧紧搂着珊珊，他在沉思……

珊珊用手温柔地抚摸着宁伟的脸小声说：“宁伟，我想告诉你，和你在一起，我一点也不后悔。”

宁伟默默地拔出手枪弹夹，用手指将子弹一颗颗拨落在地上，然后将空弹夹插在枪上，他搂过珊珊若有所思地说：“我想了想，觉得钟大哥说得有道理，我是个男人，就是天塌下来，也该由我去顶，珊珊，我希望你好好活下去。”

珊珊绝望地喊道：“不……”

宁伟凑过嘴唇，两人热烈长吻……珊珊泪如泉涌，她紧紧地搂住宁伟，忘情地吻着……宁伟抬起头来，脸色平静。

钟跃民从藏身的墓碑后站起来，慢慢走上前去，他边走边说：“宁伟，我来了，你曾经是我的兵，是我的战友，即使你现在成了杀人犯，我也没把你看成是孬种，如果你必须去死，那么由我来送你一程。”

张海洋终于忍不住了，他流着眼泪也站起来向前走去，边走边喊道：“宁伟，我也来了，如果你愿意开枪，就开枪好了，我和钟跃民一起送你，也不枉咱们战友一场。”

一个武警上尉悄悄地对狙击手命令道：“注意目标，他一旦做出异常动作，立刻开火。”

宁伟终于从藏身的墓碑后慢慢站了起来，他面色平静，一步一步迎着钟跃民和张海洋走来。

狙击手的瞄准镜中出现宁伟的脸，十字线的中心牢牢地对准宁伟的眉心。

宁伟边走边说：“两位大哥，我在上路之前，还劳你们相送，我宁伟够有面子了，谢谢，真是非常感谢……”他突然停住脚步，从后腰拔出手枪……

狙击手的枪声响了，一颗7.62毫米的弹头高速旋转着打进宁伟的眉心，从后脑穿出，爆起了一团血雾，碎骨和血浆飞溅开来，强大的冲击力使他的身子向后飞起，仰面栽倒。

钟跃民静静地站在那里一动不动，就像一座雕塑。张海洋不顾一切地扑到宁伟的尸体上，他的眼泪夺眶而出……

一个警察捡起宁伟的手枪拉开枪膛，发现枪膛中并没有子弹，他低声道：“张队，他把子弹退了，是故意让我们打死他……”

张海洋痛哭起来：“宁伟呀，你糊涂呀，为什么一步步往绝路上走呀！”

刑警和武警战士持枪向这里跑过来，所有人的目光都集中在宁伟藏身的墓碑后，他们看见珊珊慢慢地站了起来，她把手枪顶在自己的太阳穴上。

张海洋惊呼道：“放下枪，姑娘，你听我说……”

珊珊面色平静地望了众人一眼，自言自语地说：“宁伟，等等我，我来了……”

枪声响了，珊珊扑倒在墓碑前……

钟跃民和张海洋被惊呆了，两个人都痛楚地闭上眼睛……

宁伟的死使钟跃民和张海洋很久都无法从哀痛中恢复过来，钟跃民从北山公墓回去后，整整昏睡了两个昼夜。据高玥说，他在昏睡中不断地怒骂着什么人，还时不时痛哭，高玥坐在一边，整整两个昼夜没有合眼。钟跃民醒后却什么也想不起来，他只记得梦中总是出现那座山谷中薄雾笼罩的4号大桥，那座凶险莫测的210高地，天空中布满密密麻麻橘红色的弹道，成串银亮的曳光弹飞蝗般从眼前掠过，大口径炮弹爆炸形成的冲击波飓风般地将人的残破肢体抛向天空……在一片草绿色的钢盔下面，他看见了很多熟悉的面孔，吴满囤、于根柱、童铁林，最后一个闪过的面孔竟是宁伟，他们端着冲锋枪，枪口上喷出白炽的火焰，他们呐喊着，义无反顾地冲进死亡的烈焰中……

过了很久，张海洋告诉钟跃民，那两天他也做了同样的梦，他的梦境犹如一盒反复播放的录像带，自己一次一次地被敌人用匕首钉在胸墙上，而宁伟一次一次地出现，他出手如电，一刀刺穿敌人的心脏，张海洋在梦中大声哭喊着：“宁伟，我的兄弟，请原谅我，我欠你的情，下辈子我做牛做马也要还啊……”

张海洋说，梦境中的宁伟只是冷冷地看了他一眼，拎着冲锋枪头也不回地走进一片炫目的光影里……

张海洋还说，就是在那些痛苦的日子里，他苦追几年之久的魏虹终于向他表示，她这辈子非张海洋不嫁。

·第二十五章·

张海洋和魏虹的婚礼定在泰岳餐厅举行，张海洋把来宾的人数严格限制在十来个人，都是些关系比较近的人。魏虹本来还想把自己在警官大学的同学和刑警队的同事都请来，谁知钟跃民阴沉着脸一口回绝："小魏，不就是结个婚吗，干吗这么兴师动众，咱们能不能不学那些俗人？我可事先声明啊，要是你们非坚持请这么多穿警服的，那就另找地方，我这里不接待。"

魏虹很不高兴："钟大哥，你怎么这样，穿警服的怎么了，我和海洋不都是穿警服的吗？"

钟跃民冷冷地说："小魏，你的话太多了，你让张海洋说话。"

张海洋已经沉默半天了，他心里很矛盾，作为老战友，他太了解钟跃民了，知道钟跃民还没有从宁伟死亡的阴影中解脱出来。近来他看谁都不顺眼，甚至毫无道理地迁怒于那个开枪击毙宁伟的狙击手，他认为这个狙击手的心理素质太差，还没弄清楚宁伟的意图就开了枪，不然的话，那天的结局不会这么糟糕，至少那个女孩子，她可以活下来。张海洋知道他在钻牛角尖，一时还无法从那种抑郁的情绪中走出来，因此迁怒于所有穿警服的人。

张海洋息事宁人地对魏虹说："小魏，这又不是什么大事，跃民既然不喜欢刑警队的人，咱们就改日单请他们，何必招他不高兴。"

私下里，魏虹不无醋意地对张海洋发牢骚："海洋，你那个战友说句话就是圣旨吗？除了他，我还没见过你对谁这么俯首帖耳。"

张海洋只是沉默着，不做任何解释，他觉得自己和钟跃民的关系是很难向魏虹解释清楚的。他珍惜和钟跃民的友谊，不愿意为这点小事和钟跃民闹得不愉快。

钟跃民到底没有主持成张海洋的婚礼。他在婚礼的那天早上突然接到一个电话，高玥发现他接电话时脸色忽然阴沉起来，便预感到有什么事情发生了，但她不会主动询问。她知道，如果钟跃民认为有必要告诉她，他会主动对她讲的，反之，你问也没有用。

钟跃民挂上电话，怔怔地点燃一支烟，他沉默了好一会儿才低声问："小高，咱们手头还有现金吗？”

“有两万多元，是昨天收入的营业款。”

“都给我拿来。”

高玥问也不问便拿出现金交给钟跃民。他感激地看了高玥一眼，解释道：“是李奎勇的弟弟来的电话，李奎勇刚被诊断出肺癌，已经是晚期了。”

高玥一惊：“住进医院了吗？”

“没有，他死活不进医院，我想，他可能是出于经济原因，我得去看看他。今天张海洋的婚礼你帮忙张罗一下，替我向他们夫妇道一下歉。”

高玥把现金装进钟跃民的提包，她搂住钟跃民吻了一下说：“快去吧，别担心这里，我会向张海洋夫妇解释的。跃民，我只想告诉你，如果你的朋友治病需要用钱，你可以把饭馆卖了，毕竟是人命关天呀，这件事由你做主，不必考虑我的意见。”

钟跃民紧紧地抱住高玥低声说：“谢谢，谢谢，小高，我真的非常感谢你……”

钟跃民已经有三十多年没去过李奎勇的家了，李奎勇家仍然在宣武区南横街的大杂院里，还是当年那两间房子。他感到很惊讶，李奎勇的家和30年前相比，竟看不出有什么明显的改变。这个大杂院恐怕有百十年的历史了，占地面积不小，估计以前是个大户人家的宅院，而现在却看不出半点昔日的风光，因为真正意义上的院子早已经消失了，到处盖满了杂乱无章的房子，昔日的院子里只剩下一条仅够一人行走的小道。从院门到李家的房子直线距离估计有三十米，但钟跃民在这条小道上竟遇到了5个90度直角弯儿，他的脑袋蹭掉了一户人家晾出的女人裤衩，还差点儿撞进了一家正在炒菜的厨房里。钟跃民纳闷，如今的北京到处都在拆迁，一处处的高级住宅小区拔地而起，怎么这里一点儿动静也没有，还保持着几十年前的样子。

李奎勇的弟弟妹妹都已成家搬了出去，只有20世纪80年代中期才从陕西回京的李奎勇没有房子，他的工作单位在接收他的时候还提出了一个令人沮丧的条件，必须签字保证永远不向单位提出住房要求，否则不予接收。李奎勇一家三口和母亲挤在父亲留下的两间房子里，他12岁的儿子和奶奶住在外间，李奎勇和妻子住在里间。李奎勇的母亲两年前患了老年痴呆症，记忆力全部丧失，每天除了昏睡就是一声不吭地呆坐在床沿上，此时，老人正躺在床上昏睡。

钟跃民已经有一年多没有见到李奎勇了，这一见却吃了一惊。李奎勇已经完全变了样子，他身上瘦得脱了形，衣服像是挂在身上，显得空荡荡的。他的脸庞已经浮肿变形，皮肤是暗黑色的，透出一种死亡的气息。钟跃民进门时，李奎勇正在剧烈地咳嗽，他的妻子王淑芬和大弟弟李奎元在帮他捶背，李奎勇连连吐出几口带血的浓痰才慢慢平复下来。

钟跃民感到很难过，此时他不知该说些什么好，只是低声说了一句："奎勇，我才知道你病了，你该早告诉我。"

李奎勇笑道："跃民，你来啦？我来介绍一下，这是我媳妇王淑芬，我弟弟奎元你见过，就不用我介绍了。"

王淑芬是个农村妇女，长得比较丑，她怯生生地向钟跃民点点头，便和李奎元走到外屋。

李奎勇说："跃民，我媳妇是个农村娘们儿，没见过世面，见了生人就不敢说话，让你见笑了。"

钟跃民笑笑："肯定挺能干的。"

"长得很丑是不是？"

"一般吧，你看着顺眼就行。"

"问题是我看着也不大顺眼，不过她心眼儿挺好的，我这个条件也只能找这样的媳妇。这种娘们儿虽说模样不济，可一旦跟了你就死心塌地，让人很放心。"

"你妈也需要有个人照顾，要是找个城里姑娘，人家才懒得伺候老人，所以说好事不能都让你一个人占全了。"

"跃民，我还记得你上一次来我家是30年前，你约我一起去天桥剧场买《红色娘子军》的舞剧票，从此以后你再也没来过。时间过得真快，一晃30年过去了，想起来就像昨天发生的事一样。跃民，今天我请你来没别的意思，就是想和你告个别，我要走了。"

"你别这么说，得了病就得治，咱们都要有信心，我可不是来和你告别的，我已经给你联系好了医院，一会儿我陪你去，反正你不能这么消极地在家里待着。"

"跃民，你没必要安慰我，你说的话恐怕自己都不信，已经是晚期了，干吗要花这个冤枉钱？现在的医院黑着呢，就像个无底洞，多少钱扔进去都填不满。咱别犯傻，治与不治结果都是一样的。"

"这叫什么话？你不用考虑钱的问题，这由我来解决。咱们朋友一场，今天你能不能听我一句，咱们先去医院好不好？"

"哥们儿，你应该了解我，凡是我想做的事，谁劝也没有用，咱们不谈这些好不好？你我认识几十年了，见面不吵架的时候少，如今我要走了，你就别招我烦了行不行？"

钟跃民无言以对，他不知该说些什么好，面对着这样贫困的家庭，他觉得自己无论说什么都是废话，他除了能拿出一点儿钱来，别的什么忙也帮不上。李奎勇所在的出租车公司是个集体所有制单位，医疗费实行包干政策，每年只按人头发放200元医疗费，如果看病费用超过200元，就得自掏腰包。钟跃民知道，如今200

元的医疗费连一次感冒都得不起，有钱人还无所谓，只苦了李奎勇这类无权无势的老百姓。李奎勇说得没错，这个世界上不可能有什么平等，一般来说，每个人的命运从一出生就注定了。钟跃民记得李奎勇曾经很为自己的工人出身而自豪，曾几何时，工人阶级的牌子多么响亮，还被称为“领导阶级”，尽管没有什么实际利益，但至少是受人尊重的，可是如今像李奎勇这样的工人，已经无可奈何地沦落到社会的最底层，成了弱势群体。想到这里，钟跃民感到很辛酸。

“跃民，你信佛吗？”

“不信，我没有任何宗教信仰，但我绝对尊重宗教信仰。”

“我以前也不信，后来我接触了几个信佛的人，常和他们聊天，我渐渐地对佛教有了些兴趣，只是那会儿我工作太忙。你想啊，我那时每天早上一醒，眼睛还没睁开就他妈的欠了公司两百多块钱的‘车份儿’，哪有工夫琢磨别的。我生病以后才算是有了闲，于是就先把自己这一辈子仔细想了想，最后又想到了佛教。能静静地想想心事，这也是一件很享受的事，我心里也好受点儿。跃民，你愿意听听吗？”

“当然，我今天就是来陪你聊天的，咱们俩有多少年没好好聊聊了？难得凑在一起呀，今天咱们聊个够，你说吧，我听着呢。”

“那次在医院，医生把我弟弟叫到办公室谈话，还把门关上，我心里就有点儿明白了，看来我这病有点儿悬啦。奎元出来时我一眼就看出他哭过，咱们中国的医院就这点不好，谁得了绝症就千方百计地瞒着，怕病人想不开，有些病人也愿意配合医生装傻充愣，自己蒙自己。可我早就想明白了，既然是寿限到了，该走咱就得走。当时我一把揪过奎元说：‘你小子长能耐了是不是？有事敢瞒着我。我知道，我的病治不好了，是不是？今天你要是不说我就揍你。’奎元当时哭了，说：‘大哥，医生已经确诊了，是肺癌晚期，医生说要马上住院。’我说：‘既然已经是晚期了，还住什么院，这不是把钱往水里扔吗？最后无非是人死了，活着的人也倾家荡产了，走吧，咱们回家。’当天晚上我就失眠了，先是咳嗽咳得睡不着，后来不咳了，我还是睡不着。我想了很多，先是觉得这辈子活得太窝囊。你想，我这辈子就没过过一天的舒心日子，小时候家里孩子多，全靠我爸一个人挣钱养家，本来日子过得就紧巴巴，偏偏又赶上三年困难时期，只记得那几年我经常饿得肚皮贴后脊梁，眼睛里总是小星星乱飞，那滋味一辈子也忘不了。我14岁时，我爸一撒手走了，我这个长子就代替父亲管起了这个家，托社会主义的福，那时我爸的单位还按规定每月向我家发放抚恤金，不然我们家可就惨了。你知道吗？这是我们家历史上最富裕的几年，因为国家规定抚恤金是按家庭人口发放，虽然每人只有十几块钱，可是我家人口多，这样就占了便宜，加起来比我爸在世时的工资还高，仔细想想挺让人辛酸，这样的便宜居然是拿我爸的命换来的。后来我去陕西插队，那段日子你也经历了，咱们那儿是穷村，连续很多年工值都是每天合5分钱，辛苦了一年还倒欠钱。我为了能挣点儿钱给家里寄去，每天拼命干活儿，还自愿到水库工地上背石头，有一次工程塌方还把我活埋了，被救出来后我整整昏迷了两天两夜，左边的肋骨折了3根，还吐了血。我歇了一个月，伤还没好又上了工地，其实没人逼我去，是我自己舍不得工地上那几顿饱饭和每天一块钱的工钱。这样的日子我过了整整4年，1974年我才被分配到县电力局野外架线队工作。总算有了份工作，我真的很知足，每月把工资的一半儿都寄回家，自己连身衣服都舍不得买，长年都穿着工作服，无论多苦多累，我都牢牢地记着，我他妈的不是光为自己活着，家里还有老妈和一大群弟弟妹妹，我是长子，得负起这份责任。在这期间我有了个相好的，是个西安知青，长相虽然一般，可人品还不错，我们相好了3年，最后还是分了手，这不能怨她，我家的情况是明摆着的，哪个女人嫁给我也不可能有好日子过，她犹豫了很长时间，再加上她父母的压力，最后还是下决心和我断了。不怕你笑话，我们相好了3年，我硬是没动过她一根指头，不是没机会，而是我怕将来万一结不了婚坑了人家，临分手的那天她哭着对我说要把身子给我，也不枉我们相好一场。我不是圣人，要是有个你喜欢的女人哭着喊着非要和你睡，你能撑得住？当时我心一横，心说，爱怎么着怎么着，我先把事儿干了再说。可是说来不好意思，那天晚上我什么也没干成。你想啊，一个和自己相好了几年的女人要永远地离你而去，这种感觉太让人绝望了，我和她在那天晚上都处于这种绝望的状态下，连寻死的心都有，哪还有心思干那个？不阳痿才怪呢。我们就这么搂着过了一夜，第二天她走时我们都很平静，既然都知道今生今世不可能在一起，那还不如平静地分手，长痛不如短痛啊，从此我再也没见过她。说真的，我忘不了她，她是我一生中唯一爱过的女人，这种爱的感觉我想以后不会再有了。后来我经人介绍认识了我现在的媳妇，刚才你看见了，长得丑，脑子还不大明白，基本上是个文盲。她家即使在陕北农村也算是贫困户，和我的家境是半斤对八两，谁也别嫌谁。这是我的命，我必须得认命，什么叫万念俱灰，大概也就是这样吧？我这辈子就是个穷命，无论我怎么努力都摆脱不了这个穷命，现在我真是认头了，人怎么能挣过命呢。我挣扎了一辈子，到头来不但自己的现状没有改变，亲人的现状也没有改变，就算在朋友中间，我也是个没用的人，混到这个份儿上，也早该被淘汰出局了。”

钟跃民制止住他的话：“奎勇，你这样评价自己是很不公正的，你做得已经够多的了，别说你的亲人，就连我这个朋友，也在最困难的时候接受过你的帮助。我钟跃民永远也忘不了，记得那时你对我说过，‘谁都有走背运的时候，你要是条汉子就得咬牙扛过去’。奎勇，你知道吗？就这么一句话，当时我的眼泪一下子就流出来了，人在失意的时候感情是最脆弱的。奎勇啊，我们是朋友，朋友之间是要互相帮助的，我曾经接受过你的帮助，现在我的情况好些了，也有能力帮助朋友了，希望你也不要拒绝我。”

钟跃民拿出那两万元现金说：“奎勇，既然你不愿住进医院，我想我还是应该尊重你的选择，请你把这些钱收下，钱不多，只能救救急，过几天我会再送些钱来。”

李奎勇望着钟跃民说：“跃民，如果我不接受呢？”

“那我扭头就走，从此没你这个朋友，记得吗？这句话你曾经对我说过，今天该轮到我说了。”

李奎勇叹了口气抱怨道：“你呀，总是不吃亏，我那句话你现在还记着，又原样给我扔了回来，报复心够强的，好吧，我收下就是，咱们聊点儿别的。”

钟跃民问：“你刚才提到对佛教感兴趣，这是怎么回事？我记得你也是个没有宗教信仰的人。”

李奎勇又剧烈地咳嗽起来，钟跃民连忙帮他捶背，好一会儿才平复下来。李奎勇吐出了很多血痰，他用毛巾擦擦嘴角上的血迹，说：“我有个信佛的朋友，他告诉我，佛教相信轮回转世，认为每个人都有前世和来生，如果你这辈子修得好，做了很多善事，那么下辈子还会投胎为人，还会生活得很幸福。反过来说，要是你这辈子经常作恶，那么下辈子投胎就未必是人了，也许成了某种动物。当然，变成了动物也不是完全没有了希望，经过若干次轮回，也许还能重新投胎为人，但这个人一生的命运不会太好，恐怕要受苦一辈子。佛教讲究因果报应，作恶就必须受到惩罚，就像欠了债必须要还一样，这辈子没还，下辈子也得还。我那朋友说，他的师父修行层次很高，而且已经开了‘天眼’，一眼能看出人的前世。有一次，他师父买东西，进了一家大商场，一进门见商场里乱哄哄的，到处是人，这时他的‘天眼’就睁开了。这一睁开不要紧，他发现这商场立马变成了动物园，到处是动物，从耗子到大象，应有尽有。他师父当时挺纳闷，心说，这个商场的动物也忒多了，往日逛商场虽说也能见到些动物，但毕竟人是多数，比例不会相差得太大。后来这位老先生转念一想就明白了，原来这个商场坐落在这个城市的贫民区，这里的居民都是从事最下等工作的人，这就对了，很多人的前世都是动物，难怪要受穷，这就是因果。当时我一听就怒了，操，有这么糟蹋人的吗？本来当穷人就够倒霉的了，还得挨骂，连他妈的上辈子都是动物，这也太让人没盼头了……”

钟跃民忍不住笑了起来：“按达尔文的进化论说，人本来就是动物变的，富人、穷人都一样，最早都是三叶虫，或是单细胞生物，这没什么可丢份儿的。”

李奎勇也笑了：“我本来也想请那位高人看看我的前世，就算是动物也该有点儿区别吧？老虎和耗子都是动物，可是这两类动物能比吗？一个是国家一级保护动物，一个是除‘四害’的对象。后来我还是没敢让人家看，为什么？主要是心里没底，万一我被认出上一世是只耗子，而且还是被耗子药药死的，那我可真就没有勇气再活下去了，这太让人绝望了。”

钟跃民没有说话，他是个现实主义者，既不关心前世也不在乎来生，管他什么轮回。

李奎勇又咳嗽了一阵，继续说：“当然，这都是玩笑话。我问过那个信佛的朋友，人能不能停止轮回？不管下辈子是人还是动物，我都他妈的烦了，我什么都不想当，最好让我永不投生。他说除非你修行达到极高的境界，那时你可以进入极乐世界，只有到了这个层次才能停止轮回，这可不是一般人能做到的。我听了他的回答顿时感到灰溜溜的，心里很不痛快。你想啊，就这么没完没了地轮回下去，哪辈子是头啊？人这一辈子真是很没意思，要说人为什么活着，每个人都能说出一大堆理由。要我说，人活着就是为了生存，没有别的目的，既然来到这个世界上，你就得想法活下去，就得拼命挣钱养活自己，要是有了孩子，你还得把孩子养大，孩子大了你也老了，离死也就不远了，这辈子就这么过去了，要说有什么意义，我看狗屁意义也没有。”

钟跃民笑了：“你这个结论倒是很直截了当，其实很多事情原本就是这么简单，不过是被人为地复杂化了，作为一个人，来到这个世界上，他既没有选择的可能，也没有目的。”

李奎勇向钟跃民伸出手：“给我一支烟。”

“哥们儿，这不太好吧？抽烟会使你的病加重，你还是忍着点儿吧。”

“已经是这样了，多抽一支烟和少抽一支烟没有什么区别，破罐破摔吧。”

“这倒也是，身子都掉井里了，耳朵还挂得住？这会儿你就是想抽白面儿，我也不能拒绝你。”钟跃民替他把香烟点燃。

李奎勇深深吸了一口烟：“好几天没抽烟了，我媳妇把烟都藏起来了，好像我戒烟病就能好似的，还是你够意思，能理解一个要死的人的心思，和你聊天我很轻松。跃民，当我知道自己得了不治之症的时候，你猜我是什么心情？”

“大概是挺高兴，因为你活得太累了，活得不耐烦了，想一劳永逸地休息了，是不是？”

李奎勇兴奋地给了钟跃民一拳：“太对了，还是你理解我，你小子是挺聪明的。说真的，当时我是挺高兴，就像小时候盼过年似的，我是觉得活得太累，不光是累，还没有盼头。我记得插队时干累活儿，最累的时候就盼着收工，因为收工后你可以在井台上洗个澡，整整一个晚上的时间都供你支配，这是每天中最轻松的时刻，这就是最具体的盼头，要是没有这个盼头，我可能支撑不到收工就趴下了。可是就整个人生来说，我却找不到盼头，无论我怎样挣扎也改变不了现状，这就是命啊。我有时就盯着我儿子，一盯能盯1个小时，我就琢磨，我把这小子带到这个世界上来也许是个错误。这小子随我，从小就不爱学习，一看书就犯困，可打架却有些天分，你看我现在什么德行，他将来就是什么德行，差不了太多。你别指望他将来能考上大学，找份体面的工作，没戏，他也就是个干糙活儿的料，能混口饭吃就不错了。将来的社会竞争会更激烈，像这种头脑简单的愣头青还不是得受一辈子穷？等到年纪大了，该找个媳妇了，到那时这小子就该步他爹的后尘了，又没文化又穷，好人家的女孩儿谁会跟他？只能找个又丑又傻的媳妇凑合着，要是生了孩子，他还得拼命挣钱养活孩子，到头来和我一样，一辈子穷困潦倒，让人看不起。我越想越灰心啊，没盼头的日子真的很没意思。现在好了，我这辈子终于熬出头了，世界上再操蛋的事也总得有个完。跃民，我真累了，该走啦。”

钟跃民久久地沉默着，他觉得李奎勇今天显得话格外多，这似乎是回光返照，在意识到生命即将终结的时候，他对人生有了某种感悟。

李奎勇又点燃一支烟，继续说道：“前些日子我看过一本书，是个遭遇车祸的人被抢救过来后写的。当他被送进医院抢救室时，心脏已经停止了跳动，他回忆当时的情景说，他感到浑身暖洋洋的，全身都处于一种松弛状态，舒服极了，他感到自己的身体变得很轻，渐渐地飘浮起来，一直飘到天花板上，他从天花板向下望去，只见医务人员仍在拼命地给他做人工呼吸，他的遗体静静地躺在床上，家属在一边哭喊着……这时他才明白，此时在天花板上的他是一个已经脱离了肉体，能四处飘荡的灵魂……这个人最后又被抢救过来，他大概是属于阳寿未尽的那种人，不然咱们这些活着的人永远也不会知道濒死的感受。跃民，你看书比我多，这种事你听说过吗？”

钟跃民点点头说：“我也看过这方面的书，据说美国有个科学家想验证一下人是否有灵魂，如果有，灵魂是不是物质的。他搞了一个实验，把一个濒临死亡的人放在一架特制的、极精密的电子秤上，在那个人咽气的一刹那，他发现这个人的体重突然减少了零点几克，这个科学家得出结论，他认为人的灵魂是物质的，因为它有重量。当然，至于人是否真有灵魂，目前人类所掌握的科学手段还不足以验证，因此也不能得出结论。”

李奎勇突然脸色惨白，大汗淋漓，他痛苦地捂住胸口，呼吸显得很急促。钟跃民急忙扶住他问道：“奎勇，你是不是很疼？”

“是啊，浑身都在疼，疼得有些受不了，得了癌症真是件很痛苦的事，我真不希望再拖下去了，还是早点儿了结好。跃民，我想求你一件事，你得答应我。”

钟跃民摇摇头：“在你没说出具体要求之前，我恐怕什么也不能答应你。”

“事情不大，你也做得到，给我找点儿安眠药，行吗？”

“奎勇，我理解你的心情，但我帮不了你，你的要求使我为难，你总不能为了自己要飞到天花板上，就让我去坐牢，顶个杀人犯的恶名，这太不公平了。”

李奎勇长叹一声：“我就知道你不会帮我，你小子，真他妈的不够意思。”

“除了这个要求，别的我都能答应你，我可以为你母亲养老送终，也可以尽我的能力帮助你的老婆孩子。”

李奎勇摇摇头：“朋友只可救急，但救不了穷。我走了以后，奎元就是长子了，他应该承担起责任。跃民，今天我找你来，就是想和你告个别，既然朋友一场，就总要有始有终，现在我有点儿累了，你走吧，不要再来了。我走后奎元会通知你。再见吧，哥们儿，要是有缘，咱们下辈子还做朋友。”

钟跃民神色黯然地拥抱了李奎勇：“奎勇，再见！”他站起来向门口走去，他知道如果再不走，他就会控制不住自己的悲伤。

“跃民……”

钟跃民停住脚步，但他没有回头。

“我走的时候，会在天花板上等你，你看不见我，可我能看见你，你朝我招招手，我才会放心地走，那是咱们最后的告别……”

钟跃民没有回头，他低声回答：“我知道了……”说完他头也不回地走了。

周晓白给钟跃民打来电话，说有人送了她两张音乐会的票，是柏林爱乐交响乐团访华演出的贝多芬的《第九交响曲》，指挥大师祖宾·梅塔担任客座指挥。

周晓白问钟跃民有没有兴趣听听。

钟跃民当然有兴趣，柏林爱乐可是世界一流的交响乐团，更何况还是大名鼎鼎的祖宾·梅塔担任指挥。

周晓白的父亲周镇南于20世纪80年代中期以大军区正职的职务离休，他的家搬进了干休所的一座二层的小楼里。周家的子女大都在外地工作，只有最小的女儿周晓白在北京。在周家众多的子女中，周镇南最宠爱的还是小女儿周晓白。他在位的时候动用职权把周晓白从野战军调入北京的总部医院，对此，周镇南毫不隐讳：老子年纪大了，调回个子女照顾一下又怎么啦？谁爱说闲话就说去，老子听不见。看来周晓白被提升为大校副院长，这里面也有周镇南操作的因素。别看他已经离休，没有了权力，但他在军队的余威尚在，他的老部下遍布全军，老头子说句话还是有一定分量的。

周晓白的两个哥哥都是20世纪60年代中期从哈尔滨军事工程学院毕业的，一直在军队服役，如今都已官拜少将，成了某军事部门的负责人。这似乎是个惯例，像周镇南这类1955年授衔的中将，子女中出现几个将军也是正常的。周晓白出身于这种典型的军人世家，父亲是中将，哥哥们是少将，她这个最小的女儿军衔也最低，是肩章上两杠四星的大校军衔。

这些日子，周晓白的二哥周淮海在北京开会，他便带着秘书和警卫员住回父母家。钟跃民如约来找周晓白时，正遇见要出门开会的周淮海。他是个英俊的中年人，长得和周晓白很相像，眼睛很大，双眼皮，肤色白皙，显得有些文弱。他穿着一身毛料将官军服，肩章上佩着金灿灿的将星，正要往沃尔沃轿车里钻，看见钟跃民走进院子便直起身子问道："你找谁？"

钟跃民客气地向他点点头说："我找周晓白。"

周淮海上下审视着钟跃民问道："你是哪个单位的，找她有什么事吗？"

钟跃民有点儿烦了，这个人什么毛病，上来就查户口，有什么事？难道没事就不能来吗？他故意回答："我没有单位，是个体户，今天我有点儿时间，来找周晓白聊聊。"

周淮海其实没有无礼的意思，他不过是当领导干部时间长了，养成了首长的习惯，话一出口就不自觉地带有居高临下的口吻。但钟跃民的回答也很牛气，看他的意思，是他今天好不容易抽出点儿时间来找周副院长聊聊，他以为自己是谁，组织部部长？这是什么话，晓白从哪里认识这么个个体户。周淮海真有些生气了，他不屑和这种人一般见识，便沉下脸道："周晓白不在家。"言外之意是希望钟跃民马上走。

钟跃民却不识相："不对吧？她说好了等我，怎么能言而无信呢？看来只有两种可能：或是周晓白缺乏诚信，或是你没说实话。"

周淮海的秘书正把手挡在汽车门框上，防止首长碰了头，他一听钟跃民的话便恼了，连忙喝道："嗨，你怎么和首长说话呢？"

钟跃民不卑不亢地回答："我是个老百姓，又不归你们首长管。再说了，我也不知道他是不是真的首长。您别笑话，我们老百姓不认识你们肩牌儿上的东西，我有个表弟刚从军校毕业，他肩牌儿上也是一颗星，我记得他说过，凡是挂一颗星的都是少尉，也就是排长，排长能算首长吗？"

周晓白这时站在二楼的露台上正饶有兴味地听钟跃民胡诌，她早就看见钟跃民走进院子，还没来得及招呼他，就见钟跃民和二哥发生了冲突，她索性不说话看起了热闹。钟跃民可是很久没耍贫嘴了，这家伙一旦来了情绪往往是妙语连珠，气死活人不偿命。周晓白就喜欢听他胡诌，别管心里有多烦，一听钟跃民胡侃，心里的烦恼马上就烟消云散。当她听到钟跃民故意把少将当成少尉时，周晓白忍不住在露台上放声大笑起来。

正待发作的周淮海和秘书见露台上的周晓白乐得前仰后合，心中便疑惑起来，周淮海问道："晓白，你傻笑什么？这是谁呀？"

周晓白捂着肚子笑道："二哥，你赶快走吧，再不走，你连少尉都当不上了，也许就是列兵了。哎哟，钟跃民呀，你可乐死我了，我的肚子……"

周淮海和秘书苦笑着钻进汽车走了。

钟跃民走进客厅抱怨道："侯门深似海呀，一个个体户要见周副院长怎么这样难呢？那个少将是你二哥，他打过仗没有？"

"好像没打过，他是搞技术出身的。"周晓白忙着给他沏茶。

钟跃民说起了风凉话："在我眼里，只有1955年那批将军才是货真价实的，那是打出来的。哼，现在……什么少将？跟黄酱差不多。"

"行啦，你嘴上积德吧，再说下去，你的损话就全来了。我替你说吧，我爸是'钟匠'，我哥是'黄酱'，我是'两毛四'，行了吧？"

钟跃民气儿正不顺，张嘴便教训起人来："晓白，你这个大校差不多就算了，别再让你爸走门路晋将了，要是像你这种连枪都没怎么摸过的女将军再多几个，咱们军队的脸往哪儿放啊？再说了，就算是将军世家，也不能一窝一窝地出将军，我看你们家快成'酱缸'了。'王侯将相，宁有种乎？'当将军可不能靠遗传基因，你是医生，就老老实实当好你的医生呗，非去当什么副院长，还真事儿似的挂个大校的牌子，起什么哄呀？"

周晓白被气得半天说不出话来，她憋了好一会儿才还嘴道："钟跃民，你这混账东西，嘴还这么损，我二哥得罪了你，我又没得罪你，你怎么就会欺负我？这辈子碰上你算我倒霉，年轻时你就欺负我，这半辈子都过去了，你还欺负我。哼，除了你，还没人敢跟我这么说话。我忘了是谁说过，宁可被挂在悬崖上，也别挂在钟跃民的舌头上，那可了不得，绝对是场灾难。"

钟跃民又想起了周淮海，嘴上便越发恶毒起来："你二哥倒是挺气宇轩昂，尤其是让那身将官服一打扮，就像个金丝雀，漂漂亮亮的，他该去指挥仪仗队，那才能体现中国军人的风貌呢，外国元首一看，以为中国几百万军人都是这种飘逸俊秀的小白脸儿，能不能打仗单说，至少是一支英俊漂亮的军队，漂亮得让敌人都舍不得打你。"

周晓白讨饶道："行了，行了，你饶了我们一家吧，我替我哥向你道歉，你嘴下积德吧。"

钟跃民觉得自己已经说痛快了，便住了嘴。

周晓白叹了口气道："其实，你要是不转业，现在也该是大校了。咱们这些老朋友里，只有你最适合当职业军人，如果再有几场战争，你还真能成为将军，你有这个潜质。你呀，真是太可惜了，一个本来有希望成为将军建功立业的人，现在却成了小老板，无论怎么说都是浪费人才。”

钟跃民最不爱听这种话，他反驳道：“这是俗人的想法，一个人来到这个世界上，可不是为了建功立业。首先他是不得不来，因为他没有选择的权利。既然来了，那就要选择一种自己喜欢的生活方式，快乐地度过一生。你二哥认为当官快乐，那是他自己的事，但谁也没有权利要求别人认同自己的价值观。”

周晓白自知不是钟跃民的对手，便息事宁人地说：“我是俗人，行了吧？你这个小老板已经训了我这个副院长半天了，总该歇歇嘴了。”

“晓白，你不要净往自己脸上贴金，谁说你是俗人了？你有这么好吗，我看你像个专制者，万幸的是现在权力还小点儿，只是个副院长，要是你当了总后卫生部部长，那还有别人的活路吗？”钟跃民刻薄地挖苦道。

周晓白气得端起水杯要泼钟跃民：“你还有完没完了……”

“跃民，你来了。”袁军从书房里走出来向钟跃民打招呼。

钟跃民随袁军走进书房，见书房里摆着一个很大的沙盘，上面摆放着一些坦克和火炮模型，钟跃民笑道：“到底是当副师长的人，在家里还玩沙盘作业。”

袁军显得有些疲惫，他用手指轻轻揉着太阳穴说：“要下部队了，得熟悉一下业务。当年在装甲兵指挥学院，我的成绩还算不错，后来被调到总部工作，我觉得专业用不上了，也就慢慢荒疏了。这两天我在临阵磨枪，不然到了部队非招人笑话不可。”

周晓白说：“你早干吗去了？这么多年在总部就是混日子，别的本事没学会，就是吃饭喝酒的水平见长，都是让下面部队给惯的。”

钟跃民仔细看着沙盘问：“这是装甲集群师进攻的队形？看着还挺像那么回事嘛。”

袁军笑道：“玩坦克战术你可是外行，最好不要发表评论。”

钟跃民像玩玩具一样摆弄着沙盘上的坦克模型道：“咱们来一场不对称的红蓝军对抗演习怎么样？”

“好啊，你说怎么玩？”

“你为红军，是一个齐装满员的甲种坦克师。我为蓝军，是一个特种侦察大队，我率先攻击，你认为我首选的攻击点应该在红军的什么位置上？”

袁军不屑地笑笑：“小儿科嘛，这还用问？特种部队擅长偷袭，他的攻击点应该选在我军的指挥系统、通信和信息处理系统等要命的地方。”

钟跃民说：“我费那个劲干什么？找个管道工把你们驻地附近的自来水管道弄开，把巴豆水灌进去，顶多是费几百公斤巴豆，剩下的事就是看热闹了，一个师的人在同一天一起拉肚子肯定是非常壮观的景象。要是我高兴，再把你们驻地的污水管道堵死，让粪便从厕所里漾出来，不出一天，这个坦克师就成了臭烘烘的大粪场……”

袁军想了想承认道：“这倒是个歪招儿，你这个人总能想出点儿歪门邪道来。”

周晓白已经换上了一套蓝色的毛料裙装，一副白领职业妇女的装束，她走进客厅说：“恶心死了，这是钟跃民式的特种战，只有他才想得出这种歪招儿。”

袁军认真地说：“你可别小看了这个主意，这是真正的智慧，关键在于思路的灵活多变，不以固定的思维去考虑问题。”

周晓白笑道：“这里有个规律，凡是从小安分守己的好孩子，打死他也想不出这么多歪招儿来；相反，能想出这种歪招儿来的人，小时候肯定是狗都嫌的孩子。”

袁军表示同意：“没错，钟跃民小时候的确不是个好孩子，我可以证明。”

周晓白催促道：“跃民，别侃了，咱们该走了，音乐厅有规定，迟到者必须等到幕间休息才能进去，咱们可别晚了。”

钟跃民不好意思地对袁军说：“你也和我们一起去吧，不然多不礼貌。”

袁军摆摆手笑道：“音乐厅是你们这些情趣高雅的人去的地方，我可不敢到那儿去充数。晓白说过，对于高雅音乐，不怕你不懂，就怕你明明不懂还要装模作样，自命风雅。你们去吧，我这个人品位太低，不喜欢交响乐。”

周晓白亲昵地挖苦道：“我们袁军就这点好，绝对有自知之明。”

钟跃民和周晓白走进剧场的时候，灯光正好暗了下来，紫红色的丝绒大幕徐徐拉开，指挥大师祖宾·梅塔身穿传统的黑色燕尾服，背对着观众举起了指挥棒。钟跃民和周晓白在黑暗中不停向人道歉，摸索着找到自己的座位。他们刚刚坐稳，舞台上的灯光骤然放出一片光明，祖宾·梅塔银色的指挥棒在灯光下划出一道“闪电”，第一乐章开始了，引子在震音背景的衬托下展开……

周晓白在钟跃民耳边轻声道：“来得真是时候，仿佛有神示，祖宾·梅塔就像是在等咱们。”

钟跃民把手指放在嘴唇上轻声嘘了一下，他全神贯注地投入到展开的第一乐章中，这时第一主题已经出现，他感到贝多芬那逝去一百多年的灵魂在今夜又回到了人间，那傲岸不屈的气概表现出不畏强暴的性格，这真是个极有个性的男人。随着第一主题的展开，一股雄性的气息扑面而来，钟跃民瞬时感到血液在周身激荡，激情在黑暗中迸发……

钟跃民合上眼睛，仿佛已经睡去。在这个世界上，何谓光明，何谓黑暗？人人都认为自己在寻找光明，以为自己找到的就是光明，这才使这个世界复杂起来，这是人性使然。人性将这个世界对立起来，这个世界才有了光明与黑暗、善良与邪恶，对于这种种对立的事物，究竟谁才具有评判权呢？罗曼·罗兰曾做出这样的判断："要是一个人听了器乐美妙的和弦，或是听了温柔的歌声，而不知道欣赏，不知道感动，不会从头到脚地震颤，不会心旷神怡，不会超脱自我，那么这个人的心就是不正的、丑恶的、堕落的。"

钟跃民冷冷地笑了，罗曼·罗兰先生，此言差矣。一个邪恶的人也可能被音乐所感动。历史曾留下这样一个瞬间，当纳粹军队占领华沙时，一个温文尔雅的德国军官下令处决了一批波兰市民，在行刑队的枪声响过之后，这位军官在尸体堆旁弹奏起钢琴，弹奏的竟是贝多芬的《月光奏鸣曲》。据目击者说，这位军官的演奏水平极为专业，对乐曲的理解非常深刻，以一种柔情蜜意的处理手法细腻地表现了贝多芬的情感，如梦如幻的钢琴曲在华沙的街道上回荡，而受害者的鲜血已经汇成了一条红色的小溪……

在这个世界上，何谓善，何谓恶？不同的种族和意识形态由于立场和角度不同，导致了结论的大相径庭。在这个多元的世界上，存在着多元的真理，当真理与真理发生冲突时，人类便不可避免地陷入惶惑之中，不同的理念和立场在冲撞，在对抗，导致了仇恨、流血和战争……

感慨中，乐队已经展开了第三乐章，双主题变奏曲，如歌的慢板，音乐中充满了沉思、梦幻与期望。突然，严峻的号角声响起，惊醒了人们的美梦，音乐中出现了分外哀伤的叹息，旋律变得如泣如诉，忧郁伤感……

贝多芬的思想是深邃的，又是简约的。他用音乐的语言告诉人类：只有当所有的人都成为兄弟的时候，人类才可能获得幸福。第四乐章那巨浪冲击式的急板一下子抓住了钟跃民的心，引起他无穷的遐想……

这个世界上尽管有太多不尽如人意的事情，但人类理性的思维和科学的批判精神像黑暗中的闪电划破夜空，以其巨大的穿透力穿越历史的尘埃，最终将人类载往理想的彼岸。那将是个何等辉煌的彼岸，到处是生气勃勃的灵性、充满创造力的无涯空间、奔腾驰骋的激情、轰轰烈烈的生命意志和令人倾慕的人格力量，所有的人都像兄弟姐妹一样生活在一起，消除了种族的偏见，消除了仇恨，没有了思想的桎梏，只有心灵的自由勃发和个性的恣肆张扬，那该是一个值得我们千秋万代仰视的理想境界……人不能过一种没有希望的生活，而整个人类又何尝不是这样？

全曲的高潮即将来临，男中音领唱、男女声四重唱与交响合唱的形式多次变奏，交替出现，最后阵容强大的合唱队骤然爆发出巨大的声浪，气势磅礴，热情昂扬地合唱出《欢乐颂》的主题：

拥抱起来，亿万人民，

大家相亲又相爱。

…………

整个终曲辉煌壮丽，交响乐队与欢腾激越的大合唱汇成了汹涌澎湃的洪流，喻示着欢乐的人群在理想的天国里尽情高歌着人生的欢乐与美好，一切黑暗和丑恶都将在这里被淹没……

钟跃民被强烈地震撼着，他觉得自己的心脏猛然迸裂开来，一股滚烫的液体从眼中喷涌而出，在这一瞬间，他看见周晓白也在用纸巾擦拭着眼泪……

深夜，钟跃民被急促的电话铃声惊醒，他惊坐起来，呆呆地盯着电话机，霎时出了一身冷汗，深夜的电话铃声似乎是某种不祥之兆，是谁这么晚打来的电话？钟跃民抓起电话："我是钟跃民，请讲话。"

"钟大哥，我是李奎勇的弟弟李奎元，对不起，这么晚了还打扰你……"

钟跃民不客气地打断他的话："是不是你哥的事情，他怎么样了？你简单点儿说。"

李奎元抽泣起来："我哥他刚刚去世，现在我们全家都在医院里，我哥嘱咐过，他走以后马上通知你。"

"知道了，我马上去。"钟跃民挂上电话，开始穿衣服。

高玥也被惊醒了，她惊慌地连声问道："跃民，怎么了？发生什么事了吗？"

"李奎勇病故了，现在在医院里，我得去看看。"

"我跟你一起去。"

"不用了，你睡吧。"

钟跃民赶到医院抢救室的时候，医务人员正在撤掉吊瓶和监护设备，李奎勇的遗体还躺在抢救台上，他的几个弟弟妹妹正在哭着给他擦洗身子、换衣服，他们显得格外悲痛。

李奎元告诉钟跃民，他哥哥是1个小时之前在家里进入弥留状态的。由于李奎勇生病以后坚持不肯进医院治疗，弟弟妹妹谁也不敢违背他的决定，因为谁要是提出去医院谁就得挨骂，大家只好轮流请假护理这个大哥，只有等他进入弥留状态时才敢叫救护车把他送进医院抢救。

钟跃民走到李奎勇身边，望着他已无生气的脸，久久注视着。他想起不久前自己和李奎勇有关灵魂的那段对话，感到心中一片茫然。他想对死者家属说点儿什么安慰的话，却觉得嗓子被哽住了，他张了张嘴，结果却什么也没说出来。

他缓缓地抬起头来，两眼注视着天花板，李奎勇生前的那句话在他耳边响起：

“我走的时候，会在天花板上等你，你看不见我，可我能看见你，你朝我招招手，我才会放心地走……”

钟跃民知道，此时李奎勇的灵魂正在默默地注视着他，等待着和他告别。他艰难地扬起左手，只说了句：“奎勇，你走好，钟跃民和你告别了……”

话没说完，他已经泪流满面了，冥冥中他似乎听到一声深深的叹息，他知道，李奎勇的灵魂永远地逝去了……

· 尾声 ·

来自西部的电子邮件之一

小高：

我正在新疆的阿勒泰，这一路还比较顺利，车胎爆过3次，不过都被我补好。我从克拉玛依沿216国道驾车向西而行，沿途连续几个小时的狂奔，满目苍凉的戈壁荒滩使我觉得自己走向的是一个永远不可能到达的地方。车至恰库图才看到一个小小的绿洲，乌伦古河最美的一段从那里逶迤流过，河畔矮树丛生，暮色四起，这时你才有那么一点儿感觉到阿勒泰了。

在216国道上恰库图镇以北约100公里处，我从那里的岔路口向右拐入青河境内。那里的三道海子真是风情万种，寂静的山林和牧场在辉煌壮观的日落中斑驳闪烁，绿茵茵的高山牧场上，成群的牛羊马匹，使人觉得远古游牧的生活一直延续到了此时。而沉默的群山深处，已经荒芜并废弃了的成吉思汗大道雄壮依旧，似乎仍然在历史中不停地延伸，近在身旁的历史也只能遥遥相望，无法靠近。

我离开青河，驾车向西折进富蕴，进入了可可托海的桦林公园，著名的额尔齐斯河从那里出发，幽蓝动人，头也不回地穿过阿勒泰向北流去。两岸河谷幽静深暗，林木繁茂，野花明亮，一派欧洲风光，到了秋季更是层林尽染，绚丽多姿。出富蕴县后，向西则进入福海境内，美丽的乌伦古湖俯身静卧在阿勒泰草原上，洁白细腻的沙滩上芦苇丛生，湖水清澈。乌伦古湖的湖面开阔，天鹅、鹤、野鸭、海鸥等各种水鸟成群地飞翔在湖心岛屿上空。到了傍晚，四下风景如画，更觉异域风情无限迷人。我在阿拉善的温泉里泡了两个小时，竟睡着了，险些被水呛死。

喀纳斯是一个未遭污染的天然原始生态地，是葱茏浓郁的植物王国，是万物竞生的动物乐园。喀纳斯湖清澈碧蓝，是一块有灵性的水域。在喀纳斯南岸，蒙古族图瓦人聚居生活在图瓦村中，据说他们都是成吉思汗的嫡系后裔，在喀纳斯地区已经居住了好几百年。

我在阿勒泰地区逗留了5天，走遍了白湖、千湖、鸣沙山，还游览了阿克吐别克五彩河岸、库须根岩画、镜泉、红桦林、齐德哈仁细石器遗址、多尕尔特岩画、乌拉斯特河谷……在遥远的阿勒泰，绮丽的风光总是一页又一页频繁乍现在仓促、匆忙的旅行途中。来到这里的人无论怎样潦草，怎样走马观花地经行这一路，都会有什么东西在心中永远保留下来，使你在无限遐想中追忆途中的一些散乱的画面。阿勒泰是遥远的，它的遥远不仅是地域上的遥远，更有着时空上的遥远，它保留着远古的信息，拒绝被喧嚣的世事所烦扰，我不知道这种宁静质朴还能保持多少年，因为我在路上已经遇见了不少旅游者，在可可托海的桦树林里还遇见了两个背着霰弹枪的偷猎者，使我生气的是，别看这两个浑蛋长得獐头鼠目，可手里的霰弹枪竟是雷明顿牌的，真他妈的是好枪。看来照此下去用不了几年，这片最后的净土就会毁在这些浑蛋手里。

我的笔记本电脑快没电了，得找个地方充电去，就写到这里吧，请你把这些文字存入软盘保存起来，我还会继续写，闹不好将来就能凑起本散文集，凭什么某些人的散文集卖得洛阳纸贵，赚得盆满钵满？真正的散文大师还没出山呢。

来自西部的电子邮件之二

小高：

我在奎屯市休整了两天，然后驾车向西北狂奔，时速高达110公里。那些黑色的戈壁、褐黄色的山褶皱、白色的雪山、绿色的森林、湍急的河流从车窗外急速掠过，就像是刚做了一场虚幻的梦，此时一股生命的潜流悄悄爬上我的心头——这里是亚洲中部以辽阔富饶而著称的伊犁河谷，它倾斜的草场和耐寒的冷杉告诉我们，这里是干旱大陆上一个不同寻常的所在。

美丽的巩乃斯河则是伊犁河谷最著名的草原——巩乃斯大草原的摇篮，这条河流以奇特的方式喂养着广袤的草原。它一切的一切，水和岸，雾与浪，仿佛都是为了草原而生，不仅以柔软舒展的四肢伸向每一片绿海，也以手掌般的河汊在草原的纵深地带抚摸每一棵小草，那小小的滩涂湖泊还形成了一个天然的蓄水池，染绿了草地……

以野苹果而闻名的果子沟是由准噶尔盆地翻越天山，进入伊犁河谷的

第一条通道，全长70公里，夏花绚烂，山路险奇，因满沟百花争艳、野果累累而得名。每年夏末秋初，在这里可看到一年四季的不同景色。

所有关于伊犁的文字中永不衰退的话题则是美丽的那拉提。那里是古老的天山孔道，沿途分布着成千上万的塞人墓冢，暗示着古草原人曾经是怎样孤寂而频繁地往来于这条著名的通道。独步草原，因地势的大面积倾斜而使视野清晰开阔。当你在高处俯瞰交错的河道和连绵的森林时，你会想到若不是蕴涵了最深沉悲伤的灵魂，这草原绝不会沁出如此浓郁而迷人的色调。这儿的木屋、毡房、草棚、羊圈……似乎都有意压低了呼吸，等待在这草原的起伏之处，轻轻喘息着，一切人为的痕迹画上这草原后都不知不觉淡了下来，顺着那拉提的旋律进入永恒的和谐。

这才是西部的典雅与浪漫。

来自西部的电子邮件之三

小高：

西部天山的驾车旅行是非常令人惬意的，我已经横跨南部天山，进入了塔里木盆地，在库尔勒市住了一夜，于第二天中午赶到轮台。我第一次知道轮台这个古城还是通过少年时代背诵的唐诗，边塞诗人岑参的《白雪歌送武判官归京》中有一句："轮台东门送君去，去时雪满天山路。"诗中所说的轮台就是这里，不过当年的轮台古城已经被湮没在塔克拉玛干大沙漠里，现在的轮台城历史并不久远，显然这不是我要找的轮台城。

谢天谢地，我在一张旅游地图上发现，古轮台城遗址离沙漠公路直线距离只有不到30公里，这使我很惊喜，决定去看看。我在城里四处打听，想花钱雇个向导，结果是想挣钱的人倒是不少，却没有一个人认识路，大部分人甚至从没听说过沙漠里还有座古轮台城。

找不到向导，我只好一个人上路了。我买了两箱矿泉水，还带了两桶备用汽油，开着切诺基义无反顾地进入大沙漠。我原以为沙漠里只有光秃秃的沙丘，其实不然，这里的地形比我想象的要复杂得多。

我沿着一条不知名的旧河道向西南方向前进，时时用指北针观察着方位，车速只有每小时20公里，这里荒漠、沙漠交集，旧河道里布满了沙枣、胡杨、红柳，我要小心翼翼地绕过河谷台地上稀落的红柳沙包和枯死的胡杨林。值得一提的是沙漠中枯死的胡杨林，成片的死胡杨树东倒西歪，枝杈张牙舞爪地刺向苍穹，使我感到一种浓重的死亡气息，其悲剧效果令人久久地震撼不已。

不知是因为地图测绘得不精确还是因为地形太复杂，地图上直线不到30公里的距离，我竟开车走了6个多小时，里程表显示，我已开出了150公里，竟然还没有发现轮台古城的踪迹。顺便提一句，我已经获得了在沙漠里驾车的经验，原先我以为所有的沙丘都是松软的，常见电影里的沙漠旅行者艰难地跋涉，每一脚都深深地陷入流沙中。其实我发现沙丘分为两种，除了这种松软的，大部分沙丘都是比较坚硬的，只是表层有约1厘米厚的浮沙，走在上面并不困难。我听一个塔里木油田的地质师说，他们用的沙漠地形图很多都是20世纪50年代测绘的，几十年来，大部分沙丘还保持着原貌。

在我几乎放弃这次行动时，古轮台城的废墟便出现了，它的样子和我想象的差不多，在如血的残阳中，古城遗址半掩半露地展现在我的面前。遗址是一座方城，占地10余万平方米，东西墙依稀可辨，城内街道脉络分明，官署民舍界线清楚，一条河道穿城而过。举目故城，残墙断壁，倾颓不堪。城中还有几间保存完整的房子，只是没有了房顶，仍见高门大柱，朱漆梁栋，显示出当年的豪华。还有一个院落，房柱歪七扭八，倾斜而立，胡杨木大门仍然半掩半开，似乎主人刚出家门，一会儿就会回来似的，使人想来不禁悚然。古轮台城遗址没有楼兰、交河、尼雅等故城有名，由于离沙漠边缘较近，不像楼兰等古城在沙漠腹地，去一次要付出千辛万苦的代价，因此古轮台遗址反而默默无闻，据说其考古价值也不太大。

我在一座可俯瞰古城的土台上默默坐了两个小时，此时落日辉煌，整个古城沐浴在一片血色之中，我不由又想起了我们以前常说的那句话："血色浪漫。"古城四周死一样寂静，在这万古不灭的寂静中，我似乎有了某种感悟……

高玥对钟跃民的表现感到很愤怒，这家伙已经走了两个多月了，开始还打回过几个电话，发来几封电子邮件，声称回来后要出散文集，闹不好中国会由此出现一个散文大家。他在最后一个电话里说，他正准备从新疆进入青海，走昆仑山一线，他预料在戈壁沙漠地区手机会失去作用，要高玥不要担心，他会在适当的时候打电话，通报自己的行踪。这个电话打完后，这个家伙就失去了踪迹，似乎变成了一缕水汽，蒸发在西部的戈壁沙漠中。本来高玥对这种不近人情的做法抱着一种顺其自然的态度，她从认识钟跃民那天起就知道他是个什么东西，能和他走到一起，她已对他的行为方式有充足的心理准备，这个家伙只要别出什么事，就随他去吧。但钟跃民这次做得真有些过分了，他已经有1个多月没动静了，这太不像话了，你是死是活，总该有个消息吧？

钟跃民终于打回了电话，话筒里他的声音很小，好像是从很遥远的地方传来："高玥，我是钟跃民。"

"你还能记得我？真是谢天谢地，你总算还记得打个电话回来。钟跃民，你真让我感动，你现在在哪儿？"高玥忍住气问道。

"嗨，他妈的，一言难尽，我在青海碰见一群可可西里反偷猎队员，他们刚和偷猎者打了场枪战，一个队员受了重伤。我和他们聊了一夜，觉得这些哥们儿挺不容易的，长年在荒原上和那些偷猎者打交道，经费不足，待遇也极低，还时刻有生命危险。据说偷猎者里有不少神枪手，有的还是从部队复员的，打起枪战来，反偷猎队员经常吃亏。当时我一听就坐不住了，可可西里有这么热闹，我听着怎么有点儿像西部片里的故事？于是我决定以志愿者的身份加入反偷猎队，我还给他们演示了自己的枪法，那个队长当时就表现出极大的热情，批准我参加反偷猎队。这种生活方式很适合我，在一片茫茫无际的荒原上，我和一帮糙汉子扛着自动步枪，开着吉普车乱窜，时不时地和偷猎者打上一场枪战，这日子过得太刺激了……"

高玥带着哭腔说："跃民，你只顾自己玩得痛快，我怎么办？我不想妨碍你的生活方式，可我是个女人，我想你了，怎么办？"

"我还没说完呢，你先听着好不好？我刚一参加巡逻就发现了一伙偷猎者，这些浑蛋干得太过分了，4个人竟杀了600多只藏羚羊。他们把藏羚羊的皮剥走，把尸体扔在荒原上，真是尸横遍野呀，简直惨不忍睹，为了点儿钱就这样伤天害理，真他妈的……得，不说了，我和你说点儿正事儿，我手里没钱了，你能给我寄些钱来吗？我们这里经费很紧张，我是带着切诺基入的伙，这是我们这里性能最好的车了，不过现在切诺基已经不成样子了，昨天还趴了窝，我们没有钱去修理。弟兄们平时生活很苦，我带的那点儿钱都买了吃的了，现在我兜里只有两毛钱了，我是在可可西里边缘的一个小镇上给你打的电话，你看……"

高玥的眼泪终于流了下来："你这个流浪汉呀，让我说你什么好？听你说话有气无力的，你是不是已经在挨饿了？跃民，你再坚持一下，我明天就坐飞机去西宁，我会以最快的速度赶到你身边，你等我……"

2002年8月31日第一稿完成